dtv

Deutsche Lyrik
von den Anfängen bis zur Gegenwart

Band 1

Deutsche Lyrik
von den Anfängen bis zur Gegenwart
in 10 Bänden
Herausgegeben von Walther Killy

Band 1: Gedichte von den Anfängen bis 1300
Herausgegeben von Werner Höfer und Eva Willms

Band 2: Gedichte 1300–1500
Herausgegeben von Eva Willms und Hansjürgen Kiepe

Band 3: Gedichte 1500–1600
Herausgegeben von Klaus Düwel

Band 4: Gedichte von 1600–1700
Herausgegeben von Christian Wagenknecht

Band 5: Gedichte 1700–1770
Herausgegeben von Jürgen Stenzel

Band 6: Gedichte 1770–1800
Herausgegeben von Gerhart Pickerodt

Band 7: Gedichte 1800–1830
Herausgegeben von Jost Schillemeit

Band 8: Gedichte 1830–1900
Herausgegeben von Ralph-Rainer Wuthenow

Band 9: Gedichte 1900–1960
Herausgegeben von Gisela Lindemann

Band 10: Gedichte 1961–2000
Herausgegeben von Gerhard Hay und
Sibylle von Steinsdorff

Gedichte von den Anfängen bis 1300

Nach den Handschriften in zeitlicher Folge
herausgegeben von
Werner Höver und Eva Willms

Deutscher Taschenbuch Verlag

Unveränderter Reprint der in den Jahren 1969–1978
erstmals unter dem Titel ›Epochen der deutschen Lyrik‹
erschienenen Sammlung deutscher Gedichte, Band 1,
München 1978.

Originalausgabe
September 2001
Deutscher Taschenbuch Verlag GmbH & Co. KG,
München
www.dtv.de
© 1978, 2001 Deutscher Taschenbuch Verlag, München
Umschlagkonzept: Balk & Brumshagen
Gesamtherstellung: Druckerei C. H. Beck, Nördlingen
Gedruckt auf säurefreiem, chlorfrei gebleichtem Papier
Printed in Germany · ISBN 3-423-59052-1

Anthologien, welche die Geschichte der deutschen Lyrik darstellen, haben selbst eine Geschichte. Die erste umfassende mag des Herzoglich-Braunschweig-Lünebürgischen Hofrats und Professors J. J. Eschenburg *Beispielsammlung zur Theorie und Literatur der schönen Wissenschaften* gewesen sein, die im Jahre 1788 bei Friedrich Nicolai erschien. Sie stellte in neun Bänden sämtliche „Dichtungsarten" dar, wobei etwa die Hälfte des Gesammelten heute zur lyrischen Poesie gerechnet werden würde. Ausgezeichnet war sie dadurch, daß sie Literatur nicht national, sondern als einen geordneten Zusammenhang verstand, dessen vielfarbige Muster aus dem Zettel langdauernder Überlieferung und dem Einschlag der großen europäischen Sprachen, der alten wie der neuen, hervorgebracht wurden. Das Werk hatte als Motto einen Satz des Seneca, der als Leitwort für jede anthologische Unternehmung dienen kann: „Longum iter est per praecepta; breve et efficax per exempla" – lang ist der Weg durch Belehrung, kurz und wirksam der durch Beispiele. Der Weg sollte zu einem Bildungsziel führen, um durch eine „Reihe von Beispielen und ausgehobenen Mustern sowohl Lehrer als Lernende in Stand zu setzen, den Unterricht in den schönen Wissenschaften, bei welchem die Beispiele eben so nothwendig, und zur Bildung des Geschmacks eben so behülflich, oder vielmehr, noch weit nothwendiger, noch weit behülflicher sind, als bloße Theorie und Regeln, desto vollständiger und fruchtbarer zu ertheilen und zu genießen. Beide erhalten durch diese Sammlung . . . eine Handbibliothek der schönen Literatur." Und er unterdrückte den Seufzer nicht, der jedem Sammler kommt, zumal wenn eilfertige Kritiker ihr Votum abgegeben haben: „Es ist nur allzu wahr, daß auch diese Arbeit, wie leider! alles menschliche Wissen, nur Stückwerk ist, und sein kann."

Sein Interesse also war die „Bildung des Geschmacks" – heute würden wir sagen: eines umfassenden ästhetischen Vermögens und Urteils, ohne das man nicht zu den Gebildeten zählte. Es war noch nicht geschichtlich. Die Frage nach Wechsel und Zusammenhang poetischer Rede, nach Wandlung und Beständigkeit ihrer Formen, nach Vor- und Rückschritten, nach ihren Gegenständen und Bildern, oder gar nach dem in all diesem sich aussprechenden, wandelbaren Bewußtsein und seiner zeitlichen Bedingtheit war ihm noch nicht wichtig. Sein Zeitgenosse Herder hatte sie zu großem Teil schon aufgeworfen, aber Zeitgenossenschaft oder gleiches Geburtsjahr begründen (wie das hier eingeleitete Werk zeigt) noch keineswegs ein gleiches Interesse oder die Zugehörigkeit zur gleichen geistigen Generation. Ein wenig geschichtlicher, auf die Nationalliteratur gerichtet, war die Absicht der *Lyrischen Anthologie*, die der einst hochberühmte Dichter Friedrich Matthisson im Jahre 1803 in Zürich erscheinen ließ, zwanzig zierliche, aber inhaltsreiche Bände. Darin „sind die Dichter unserer Nation nach der Zeitfolge aufgestellt, und bilden eine Art von Kunstgallerie, wo Geist, Manier und Gehalt eines jeden, wie in einer nach den Schulen geordneten Gemäldesammlung, leicht gefaßt und gewürdigt werden können." Hatte der Gelehrte Eschenburg seine Exempel in das feste System der Gattungslehre geordnet, so errichtete der Lyriker Matthisson ein Museum mit vielen Räumen, in denen die Ausstellungsstücke so zusammengestellt wurden, daß eine gewisse Einheitlichkeit herauskam. Die Wände waren gestrichen mit der Farbe der Empfindsamkeit und die Gedichte, selbst die barocken, leider auch. Denn die auf die Poesie gerichtete Erwartung war von so bestimmter Couleur, daß der Herausgeber sich nicht scheute, mit den Texten nach seiner Willkür und seinem Geschmack zu verfahren. Betrachtet man sein Unternehmen heute, so ist es ein Zeugnis der Wirksamkeit des Zeitgeschmacks (nicht das letzte) und als solches bemerkenswert. Aber es fehlte ihm jene Treue, welche die in lebhafter Entwicklung befindliche Philologie schon zu ihrer vorzüglichsten Tugend gemacht hatte: die Treue zum Text, und das heißt zu der geschichtlichen Erscheinung, die in ihm dauerhaft geworden war.

Das war ganz anders oder wäre ganz anders geworden in der bedeutendsten lyrischen Anthologie unserer Literatur, die nur, leider, niemals über erste Überlegungen hinausgekommen ist. Der in Aussicht genommene Herausgeber verlor das Interesse nach einem anfänglich großen, alles Bisherige und das meiste Künftige übertreffenden ernsthaften Engagement. Die Gründe taßte er in die knappen, an den schwäbischen Philosophen und bayrischen Schulreformer Niethammer im April 1809 gerichteten Worte: „ein Anfang ist sogar gemacht manches auszuschreiben und zu rangiren. Was aber für eine curta supellex dabey zur Evidenz kommt, wollen wir lieber verschweigen, wenn man zuletzt sähe, daß man die Arbeit aufgeben müßte." Die curta supellex, das unzulängliche Rüstzeug, ist noch jedem ernsthaften Arbeiter im Laufe der Arbeit hinderlich geworden. Wenn es Goethe so lebhaft empfand, so mochte das auch an dem ehrgeizigen und für die Bewertung der Literatur durch das Bürgertum klassischer Zeit charakteristischen Anspruch Niethammers gelegen haben. Dieser wollte nicht weniger als ein „Nationalbuch nicht nur dem Volke in die Hand geben, sondern . . . es in unsre Schulen einführen." Das war nicht einfach groß dahergeredet, sondern politischen und vor allem bildungspolitischen Überlegungen entsprungen, die heute noch, heute wieder Beachtung verdienen. Sie darf sich nicht an dem Worte national stoßen, das im Zeitalter der deutschen Zersplitterung und der Napoleonischen Kriege noch mit Unschuld gebraucht werden konnte.

Es ging um ein die vielfach geteilte Nation einigendes Band, welches nicht durch Macht, sondern durch die Literatur als „das natürlichste Band einer Nation ... und eben damit auch das natürlichste gemeinschaftliche Bildungsmittel" geschlungen werden sollte. Noch genauer ging es um ein erstmals bewußtwerdendes, von geschichtlichen Entwicklungen verursachtes Sprachproblem. Es sei, so schrieb Niethammer, „ein Hinderniss der Cultur, und schwächt das Interesse der Älteren an der Bildung ihrer Kinder, ... wenn keins das andre versteht, und es gar keine feste Bildungspunkte giebt, durch die Alle hindurch müssen." Es mangelte der „Vereinigungspunkt der Bildung aller Stände; Gebildeten und Ungebildeten, Hohen und Niedern gleich wichtig, gleich bekannt", der vordem die Bibel gewesen war; aber „sie hat aufgehört, dies zu seyn." An ihre Stelle sollte eine Sammlung treten, „die als Sammlung classisch sey" und jedermann zugänglich. Die Aneignung von überlieferter und zeitgenössischer Literatur sollte diesen Zweck besser erfüllen als die heute noch in Deutschland endemische Ausflucht in die Theorie; nur hieß diese damals noch nicht Kommunikationswissenschaft, sondern man dachte „durch die Ästhetik es zu zwingen."

Wie weit der Urheber des Projekts sich über dessen Schwierigkeiten im klaren war, ist nicht mehr erkennbar. Sicher ist, daß hier die Überforderung der Nationalliteratur zum ersten Male sich ankündigte, die später, nicht zuletzt im deutschen Unterricht, so folgenreich werden sollte. Goethes Interesse, dem wir die umsichtigste Überlegung anthologischer Arbeit verdanken, erlahmte an den aus solchem Anspruch folgenden Schwierigkeiten. Niethammers, noch dem vergangenen Jahrhundert angehörenden Gesichtspunkt der geschmacklichen Bildung, der bis in die Bemühungen der Kunstbewegung vor dem Ersten Weltkrieg wirksam war, ließ er sogleich zurücktreten. „Auf den Character des Volcks, nicht auf den Geschmack ist zu wirken", denn „Unsre Zeit hat Geschmack aber keinen Character", und „Der Hauptzug des Characterlosen ist der Mangel an Gerechtigkeit im Urtheil." Auch über die beiden möglichen Grundtypen jeglicher Anordnung war er mit sich im Reinen. „Faßte man den Vorsatz, eine solche Sammlung frei und ohne Rücksicht zu veranstalten, so könnte man sie sich entweder historisch-genetisch denken: die Gedichte würden aufgeführt, um zu zeigen, wie sich die Individuen ausgebildet, teils für sich, teils an ihren Vorgängern, und wie weit diese Dichtart bei uns gediehen; oder man wollte etwas Fertiges, Abgeschlossenes, Vollbrachtes darstellen. In jenem Falle können die Mittelstufen nicht entbehrt werden; in diesem würde nur das Beste aufgeführt." Man wird sich dieser Alternative noch zu erinnern haben, wenn es um die Begründung des vorliegenden Unternehmens geht. Von dem Augenblick an, da die Anordnung nach Gattungen nicht mehr interessant schien, gab es nur noch zwei Gesichtspunkte, die Fülle des Stoffs zu gliedern – den historischen oder den inhaltlichen. Der historische muß nicht notwendig ein nur literarhistorischer sein, während der inhaltliche die poetischen Themen als einen Ausdruck der bedeutendsten Bereiche menschlichen Daseins zu arrangieren sucht. „Eine solche Sammlung würde vielleicht nach Rubriken aufgestellt und gliche alsdann den protestantischen Gesangbüchern."

Goethe wäre diesen später so beliebten Weg nicht gegangen. Auch der vortreffliche Echtermeyer, dessen *Auswahl deutscher Gedichte* (Halle 1836) sogleich zu gedenken sein wird, überließ die Einschachtelung der Poesie in verräterisch beschriftete Schubladen den späteren Nachfolgern, die seinen Namen mißbrauchten. „Feld und Heide; Sonne, Mond und Sterne; Wandern; Soldatenleben; Pflichten und Tugenden; Gotteserkenntnis; Das Deutsche Reich; Weltkrieg" – so werden die Aufschriften heißen. Sie waren himmelweit entfernt von den Vorstellungen, die Goethe entwickelte, wobei er sich Herder, Schlözer, Eichhorn, Heeren, Sartorius, lauter Historiker also, als Vorarbeiter und die Geschichte des jüdischen Volkes als „vortheilhaftester Meridian" nahm. Das heißt, er orientierte sich an ihr, um sich die geschichtlichen Bedingungen zu verdeutlichen, unter denen Poesie stattfindet und die in ihr zur Sprache kommen. Da liest man: „Regimentsverfassung durch alle Grade . . . Verhältniß nach innen. Nach außen . . . Schwancken in den Maximen, religiosen, politischen . . . Conflict, Unruhe, Starrsinn . . . Volcksmasse vorsätzlich vernichtet . . . Noch fortlebend. Fortwirkend." Erst nach Goethes Tod sollte Dichtung durch Gervinus in solche Zusammenhänge gestellt werden. Goethe hat sie vielfach antizipiert; weil er so viel, nicht weil er (wie heute zu behaupten wieder Mode ist) so wenig davon wußte, ist das lyrische Volksbuch nicht zustande gekommen. „Die Übersicht der deutschen Poesie, deren früheste Anfänge jetzt wieder aufgeregt und ans Licht gebracht werden, durch ihre mittlern Zustände bis auf die neuesten, ist schwer zu fassen und je deutlicher man darüber wird, je unmöglicher scheint es aus so widersprechenden Elementen einen Codex zusammenzubringen, dessen Theile nur einigermaßen neben einander bestehen könnten." Das war das letzte Wort.

Allein es wuchs eine jüngere Generation heran, deren Verhältnis zu einer sich entfaltenden Geschichts- und Literaturwissenschaft weniger gebrochen war als dasjenige Goethes. Die junge, romantische Germanistik, ein Kind der Jurisprudenz und der Altphilologie, eroberte sich mit neuen kritischen Werkzeugen die poetische Vergangenheit, hoffnungsvoll für Gegenwart und Zukunft. Was die Lehrer erschlossen hatten, das trugen die Schüler zusammen. Zwei der bedeutendsten Gelehrten, Wilhelm Wackernagel in Basel (ein Berliner Kind und Lachmanns Schüler) und Karl Goedeke (ein Niedersachse, Schüler J. Grimms, K. O. Müllers und Dahlmanns) wandten viel Zeit, viel Mühe und Sorgfalt auf ihre großen Anthologien, mit denen sie Lehrern und Lesern

Stoff für Unterricht und Nachdenken bereitlegen wollten. Der zweite Band von Wackernagels *Deutschem Lesebuch* erschien 1836, im gleichen Jahr wie die *Auswahl deutscher Gedichte* des ebenfalls in Berlin ausgebildeten Gymnasiallehrers Th. Echtermeyer. Echtermeyer war von diesen dreien der älteste (* 1805) und starb jung; Wackernagel (* 1806) kam zu frühen, Goedeke (* 1814), dessen *Elf Bücher Deutscher Dichtung* 1849 erschienen, zu späten Ehren. Er setzte den beiden höchst umfänglichen Bänden eine melancholische Widmung an Jakob und Wilhelm Grimm voran: „Wollte Gott, es kämen einst wieder Tage, wo unser Volk, im Besitze seiner Freiheit sicher, wiederum Studien begünstigte, wie die, bei denen mich der März des Jahres 1848 überraschte."

Echtermeyer überlebte die Revolution nicht mehr, an deren geistiger Vorbereitung er in den *Hallischen Jahrbüchern* mitgearbeitet hatte. Dafür wurde sein Freund Hiecke, der nachfolgende Herausgeber seiner Sammlung, als Demagoge verfolgt, so wie der Student Goedeke Göttingen dégoutiert verlassen hatte, um den Sieben Treue zu erweisen. Das wird hier notiert, damit klar werde, welche Gesinnung den Arbeiten dieser Männer zugrunde lag. Es war nicht nur eine wissenschaftliche Gesinnung vom höchsten Rang, es war auch eine öffentliche. Ihr Liberalismus verpflichtete sie, das, was sie kannten und wußten, mit Liberalität weiterzugeben. Bestärkt fanden auch sie sich durch die Überzeugung, daß dem Umgang mit Sprache und Literatur ein eminent bildender Wert zukomme. 1848 war Goedeke Sprecher der Opposition im Hannoverschen Landtag; dort hat er seine Meinung in die Sätze zusammengefaßt: „Wissenschaft und Kunst sind Gemeingut und in ihnen Deutschland eins. Damit ist das deutsche Leben nicht umgrenzt und erschöpft. Es bleibt ein weites Gebiet übrig, von dem beide ausgehn und auf das sie wieder zurückwirken müssen. Ohne diese Wechselwirkung blüht weder eine Kunst, noch gedeiht eine Wissenschaft." Echtermeyer, wie Hiecke ein Zögling der Pforte, unterrichtete an den bedeutenden Frankeschen Stiftungen, Hiecke kümmerte sich um Schulreform, Wackernagel, einst Gymnasiast des Grauen Klosters, unterrichtete am Basler Gymnasium Jakob Burckhardt. Hochschule und Schule waren noch nicht getrennt, so wenig wie die akademische von der politischen Welt.

Die Grundlagen dieser großen Anthologien, jedenfalls die der beiden Professoren, war durchaus philologisch im damaligen strengen Sinn. Die Anordnung chronologisch, die Absicht darauf gerichtet, ein Gesamtbild der Lyrik zu geben. Und so wie Schule und Universität noch zusammengehörten, waren auch Philologie und musischer Sinn nicht getrennt. *Aus den Quellen* setzte Goedeke mit Stolz auf das Titelblatt seiner Sammlung, und fügte hinzu: *Mit biographisch-literarischen Einleitungen und mit Abweichungen der ersten Drucke, gesammelt und herausgegeben.* War so der philologischen Absicht Genüge getan, so huldigte er der

Vorrede

poetisch-historischen auf der Rückseite des Titelblatts mit einem zeit-
genössischen Gedicht Friedrich Rückerts, denn niemand von ihnen
allen schloß die Gegenwart aus:

> Schön ist es überall, ein Stellvertreter seyn,
> Zu gelten für die Welt, und nicht für sich allein.

Fast zweitausend Gedichte standen so exemplarisch für vergangene
Zeiten, „wobei auch die Mittelstufen nicht entbehrt werden", nach den
einzelnen Dichtern geordnet, diese wieder in größeren, teils zeitlich,
teils durch Dichtarten bestimmten Gruppen zusammengefaßt. Ganze
Epochen traten in ein neues Licht (es sollte bald wieder verlöschen), vor
allem das auch Wackernagel wichtige 16. Jahrhundert und die Barock-
zeit, deren umfassende, auch bibliographische Repräsentation ohne die
Göttinger und Wolfenbütteler Schätze so wenig möglich gewesen wäre
wie im vorliegenden Werk. Erst in der zweiten Hälfte unseres Jahr-
hunderts wurde wieder Vergleichbares geleistet.

Trockener als Goedeke, aber vielleicht aufschlußreicher, leitete Wak-
kernagel sein Buch ein. Auch er dichtete in seinen Nebenstunden, aber
er ließ die Musen guten Gewissens vor der Pforte seiner *Vorrede* stehen.
Ausdrücklich spricht er von seinem Buch als einem geschichtlich orien-
tierten Unterrichtswerk: „Die chronologische Anordnung hat aber ihren
Grund in den historischen Zwecken meines Buches, die keine andre
zuliessen, in der Absicht für die Geschichte der Sprache und die der
Litteratur, mithin, da Metrik uns eine historisch-dogmatische Entwick-
lung der poetischen Formen, Poetik nur eine Philosophie der Geschichte
der Dichtkunst seyn darf, auch für Metrik und Poetik eine hinreichende
Menge von Urkunden zu sammeln." Auf diese Weise wurden Auswahl-
kriterien nötig, die über die Subjektivität einer auf das Kanonische ge-
richteten ästhetischen Bewertung hinausweisen: „. . . wer aus jeder Peri-
ode und von allen Dichtern nur das auslǟse, was ihm schön däuchte,
würde bloss eine chronologisch geordnete Anthologie zu Stande bringen,
ein Bild ohne Schatten und Perspective, und es wäre vergebene Mühe, in
einem solchen Buche historische Belehrung zu suchen." Gerade weil
Wackernagel sich „Studenten und gereiftere Schüler" als Benutzer seines
Buches dachte, „wäre jene Schönthuerei wahrlich übel am Platze, die
sich bei jedem neuen Namen hinsetzt und die Hände in den Schooss legt
und staunt und starrt; da darf vielmehr und muss das Urtheil angeregt
und die Geschichte zum Bewusstseyn gebracht werden."

Man sieht, wie selbstverständlich die Heranbildung von kritischen
Lesern war, deren historischer Sinn entwickelt werden sollte und zwar
vorzüglich durch eine Entwicklung des Sprachsinns. „Die Litteratur-
geschichte geht bei allen Völkern und zu allen Zeiten Hand in Hand mit

der Geschichte der Sprache; zwischen beiden besteht eine unauflösbare Wechselwirkung; die Sprache bildet den Dichter eben so wohl, als sie von ihm gebildet wird." Im Grunde hatte die pädagogische Neigung dieser Anthologisten längst „Lernziele" für die Bildung von Jung und Alt formuliert, zu deren Beschreibung heute ein unbeschreiblicher Aufwand an sachferner Theorie und sprachwidrigem Jargon aufgewendet wird. So der Echtermeyer-Herausgeber Hiecke: „Worin wird diese Bildung bestehen müssen? In den praktischen Fähigkeiten des guten Lesens, des Verständnisses guter Schriftsteller, des Auffindens treffender Gedanken über angemessene Aufgaben, so wie der richtigen, fließenden und zusammenhängenden mündlichen und schriftlichen Darstellung derselben. Ferner in einem mannichfaltigen Wissen, theils einem theoretisch-abstracten, theils einem historischen . . ."

Und dennoch trug die Bemühung dieser Männer, denen es weder um die Darstellung eines vorwiegenden Kanons, noch um die Flucht in die Vergangenheit ging, auch einen Keim des Verderbens in sich. Er war begründet in der drohenden Verselbständigung des geschichtlichen Sinns, die man mit dem Namen des Historismus zu bezeichnen pflegt, und in der optimistischen Bewertung seiner Erkenntnismöglichkeiten. Ganz greifbar wird das in den Schlußsätzen von Wackernagels Vorrede: „. . . denn das ist der grosse Werth des historischen Verfahrens (ich darf es loben, wie jeder Schüler die Lehre seines Meisters loben darf,) dass es in seiner Objectivität und seiner Vielseitigkeit keinem andern Principe vorgreift, wenn dieses nur wirklich ein Princip ist." Wenn damit die Fülle der Fragen an die Historie, in unserem Falle der poetischen Zeugnisse gemeint war, so mochte das wohl hingehen. Nicht mehr hingehen durfte die Art und Weise, in welcher solche „Objectivität" sich immer fragwürdigeren Prinzipien zur Begründung lieh. Das ist darstellbar an der Geschichte der deutschen lyrischen Anthologien, und die besondere Geschichte des Echtermeyer nach dem Tode der beiden ersten Herausgeber ist dafür ein unabweisliches Exempel. Seine wechselnden Vorreden und Inhalte, seine immer stärkere Verengung, welche die Poesie in den Dienst des Patriotismus und des deutschen Gemüts stellte, bestätigten nur zu bald Nietzsches Diagnose: „Jene naiven Historiker nennen ,Objektivität' das Messen vergangener Meinungen und Taten an den Allerwelts-Meinungen des Augenblicks; hier finden sie den Kanon aller Wahrheiten; ihre Arbeit ist, die Vergangenheit der zeitgemäßen Trivialität anzupassen."

Die „Allerwelts-Meinung" lautete: „Überhaupt fand ich, daß dem patriotischen Empfinden des heranwachsenden Geschlechts in den bisherigen Auflagen nicht hinreichend Genüge geschehen . . ." Und der Dichtungsbegriff, der an die Stelle eines weltliterarisch orientierten trat und die Auswahl bestimmte, war in jedem Sinne simpel. Es galt, „diejenigen Gedichte zu wählen, für welche sich bereits das Volksgemüt erklärt hat . . . Doch muß sich der Herausgeber bei diesem Geschätte im Einklang fühlen mit der Volksseele, wenn seine Auswahl Anklang finden soll." Solche 1907 niedergelegten „Prinzipien" galten – mit bekannten Folgen – noch lange fort und übten ohne Scheu Verrat an den ebenso ernsthaften wie urbanen Gesinnungen, auf die die früheren großen anthologischen Unternehmen sich gegründet hatten. Bis zu welchen Exzessen der „Einklang mit der Volksseele" zu gehen bereit war, zeigen einige Bände der umfangreichen Serie *Deutsche Literatur in Entwicklungsreihen.* Die Narrenkrone gebührte wohl dem Universitätsprofessor Dr. Heinz Kindermann: „Die Befreiungsdichtung der Ostmärker rauscht einher wie hymnischer Orgelton . . . Die Erlösungsdichtung der Sudetendeutschen hat einen soldatischen Zug . . . Der Gang unserer Geschichte nimmt in Wort und Bild der Dichter eine Wendung ins Überlebensgroße. Die Dichtung aber ist die Stimme des Volkes in diesem leidenschaftlichen Drama der Wiedergeburt, die den Richtspruch über das deutsche Lebensziel verkündet für das kommende Jahrtausend." (1939)

Diese Vorrede hat nicht den Ehrgeiz, eine Geschichte der deutschen Anthologie zu schreiben, die nur ein Teil wäre der ungeschriebenen Geschichte der Germanistik, des wechselnden Geschmacks und der wechselnden Maßstäbe. Sie will lediglich Möglichkeiten anschaulich machen, die ein Anthologist hat, wenn er aus der unübersehbaren Fülle der Hervorbringungen von Jahrhunderten seine Auswahl zu treffen hat; oder wie Goedeke seinen Vorsatz faßte: „Die deutsche Dichtung . . . in selbstredender Geschichte aus den Quellen zu schildern, die Zeit durch ihre bezeichnendsten Dichter und diese durch ihre eigenthümlichsten Dichtungen darzustellen." Die bislang betrachteten Werke waren Unterrichtszwecken oder ernsthaften Liebhabern zugedacht gewesen, der Echtermeyer ein reines Schulbuch, das sich in wachsendem Maß das Bürgerhaus erobert hat. Allein es gibt noch einen Typus der lyrischen Anthologie (neben der populären Sammlung), der hier zu betrachten ist, nämlich die esoterische, die nach dem „Besten und Bleibenden" fragt, die – mit den Worten Rudolf Borchardts – „das für Ewigkeiten Geschriebene wahrhaft zu lesen und das höchste Liebevolle selig zu lieben" unternimmt. Sie setzt nicht nur den poetischen Sinn voraus, der im Umgang mit Poesie stets aber oft vergeblich zu erhoffen ist. Sie unterstellt auch den Besitz von Kriterien. Ohne Zweifel gibt es so etwas wie eine Einübung in das Lesen von Gedichten, eine Übung des Wahrnehmungs- und Urteilsvermögens, und gewiß hat Brecht recht mit dem Satz „In der Anwendung von Kriterien liegt ein Hauptteil des Genusses." Die Frage ist, woher die Kriterien zu gewinnen und ob sie gar formulierbar seien. Für das 18. Jahrhundert war das zunächst kein Problem, der Begriff des „Kunstrichters" setzte das Vorhandensein von

Kunstgesetzen voraus. Für das 19. Jahrhundert galten weithin die durch die Klassik gesetzten Maßstäbe oder ein vager romantischer, von Gefühlen geleiteter Poesiebegriff, wie er in der Wendung vom „Einklang mit der Volksseele" seinen vulgärsten Ausdruck fand. Das 20. Jahrhundert, ein Zeitalter allgegenwärtiger Relativierungen, entwickelte ein neues Bedürtnis nach festem Halt, mochte er nun ideologisch begründet sein oder „nur" ästhetisch.

Ein vortreffliches Beispiel dafür ist Rudolf Borchardts *Ewiger Vorrat deutscher Poesie* (1926), von dessen Titel der Herausgeber jedes einzelne Wort wichtig genommen wissen wollte. Er dachte „die bestehenden Sammlungen deutscher Gedichte durch eine grundsätzlich neue Stellung der geistigen Aufgabe und eine im kritischen wie im künstlerischen einheitliche Ordnung zu ersetzen." Was bei diesem hohen Anspruch herauskam, war eine in vieler Hinsicht bedeutsame, insgesamt aber eklektische, ja gewalttätige Anthologie, deren edle Typographie verdeckte, wie unedel hier mit der Vergangenheit verfahren wurde. Es war zugleich ein Beispiel für eine Befangenheit im Zeitlichen und eine Subjektivität des Urteils, die nicht geringere Gefahren hervorrief wie der alte Glaube an die Objektivität geschichtlicher Erkenntnis. Seine „durch die beiden grossen zeitgenössischen Dichter, die seiner Generation alle ersten Kriterien des Urteils erst wiedergaben", gelegten Grundlagen gerieten in eine dem Herausgeber so unbewußte wie unerwünschte Nähe zu denen des völkisch gewordenen Echtermeyer. Die in seinem Buche zugelassenen Autoren rücken zusammen in „eine heilige Volksgemeinschaft". Es repräsentiert „nicht Poesie Einzelner, sondern das poetische Vermögen der Volksgesamtheit, in der Gesamtheit latent und diffus, in Individuen von geringer oder zerstreuter innerer Energie dem heterogenen Stoffe nur angeflogen, in den wortführenden begnadeten Seelen Botschafterin des Allen gemeinsamen Erlebnisses, der von Allen her wehenden Sehnsucht, ein Akt und eine Vollendung." Auf solcher spätestromantischer Grundlage übte (der im Lesen von Poesie sehr erfahrene) Borchardt, an George messend, nun sein selbstverliehenes Richteramt. Dem ganzen 19. Jahrhundert wurde das Urteil gesprochen, so wie Söhne es den Vätern zu sprechen pflegen. Es ging um „Einlassen und Verwerfen" in seinen säkularen Tempel, und verworfen wurden viele, Heine an der Spitze, die Droste nicht geschont, so wenig wie die aufgenommenen Texte selbst geschont wurden. Wer „Propheten, Zwölfboten und Heilige" solchen Tempels seien, bestimmte Borchardt. „Wohl ist nichts versäumt geblieben an Vergleichung von Drucken und Ausgaben, was dazu beitragen konnte, die Gedichte so schön als möglich (!) zu machen ... aber darüber hinaus suche und erwarte niemand am falschen Platze eine philologische Treue, die der Herausgeber an ihrem Platze sehr wohl zu üben gelernt hat ... Die Absicht des Dichters ist ihm nie massgebend gewesen, wenn diese Absicht dem Dichterischen des Gedichtes aus Verkehrtheit schadete." So war die Demutsgebärde vor dem „Aufbau der Seele des deutschen Volkes" in Wahrheit ein Hochmut gegenüber dessen geschichtlichen Verwirklichungen. Das freischwebende ästhetische Urteil gab die kaum begründbare Legitimation ab, nicht nur fürs Verwerfen, sogar für Amputationen, welche Heines bezauberndes *Aus alten Märchen winkt es* . . . von sechs auf zwei Strophen reduzierten – darüber wurde dann *Fragment* geschrieben. Aus den beiden ausgewogenen Strophen von Hölderlins *Hälfte des Lebens* wurde die vierstrophige *Skizze einer Ode* fingiert, alles, um das deutsche Gedicht „so schön als möglich" zu machen. Es war ein Triumph des irregeleiteten Feingefühls über die Wahrheit; wie Brecht gesagt hat: „Bei George" (einem der Leitsterne Borchardts) „hat man einen extremen Subjektivismus, der als objektiv auftreten möchte, indem er formal-klassizistisch auftritt."

Bei Borchardts Anthologie wurde verweilt, um den Typus der exklusiven Sammlung darzustellen, die kanonische Wirkungen erstrebt. Blickt man zurück, so zeigen sich folgende anthologische Möglichkeiten: Die Auswahl, die Poesie nach vorgegebenen Kategorien musterhaft anordnet (Eschenburg); die Auswahl, die einzelne Autoren portraitiert (Matthissons *Gallerie*); die Auswahl, die dem Studium dienen will und nach historischen Gesichtspunkten gewählte Texte in möglichster Breite anbietet und auch „die Mittelstufen" nicht ausschließt; die Auswahl, die pädagogisch wirken möchte, im weitesten Sinne (Goethe) oder im eingeschränkten (wiederum Eschenburg; Echtermeyers erste Auflage „Für die untern und mittlern Classen gelehrter Schulen"); schließlich eine populäre, mehr oder wenig dem Zeitgeschmack verpflichtet, die bunt gemischt oder irgendwie gruppiert „das Schönste" bietet – dafür gäbe es Beispiele ohne Zahl. Die vorliegende Sammlung weiß sich am ehesten den Vorbildern Goedekes und Wackernagels verpflichtet, nicht nur, weil sie wenn irgend möglich durchgängig auf die ersten Drucke zurückgreift. Sie verzichtet jedoch darauf, ein vorgezeichnetes Bild der Geschichte zu entwerfen, dessen Linien umso fragwürdiger werden, je deutlicher sie herausgearbeitet sind. Statt dessen versucht sie, einen Begriff zu geben vergangener Zeitgenossenschaft, Materialien zum geschichtlichen Verständnis nicht nur der Lyrik, zugleich Gegenstände ernsthaft-vergnüglichen Lesens. Das bedarf der Erläuterung und der Begründung, die kurz gefaßt sein darf, weil die Herausgeber in den Einleitungen der einzelnen Bände Hinlängliches darüber gesagt haben.

Entscheidend für die Wahl eines annalistischen Verfahrens (der Vorschlag kam von J. Stenzel) war die Fragwürdigkeit der gängigen Periodisierungen, deren suggestive Etiketten den Blick auf die Vergangenheit nicht freigeben, sondern verdecken. Die „Romantik" folgte nicht zeitlich auf die „Klassik", der „Sturm und Drang" schloß sich nicht an die tändelnde Anakreontik und was derlei irregeleitete Vorstellungen mehr sind. „Dieses einseitige, verfälschende Bewußtsein von einander folgenden Epochen soll das annalistische Prinzip der vorliegenden Anthologie korrigieren, in der das jeweilige Erscheinungsjahr der Erstdrucke die Anordnung bestimmt. Die ausgewählten Gedichte stehen in eben der Folge, in der sie, im Druck gleichsam objektiviert, Eingang in das rezipierende Bewußtsein der Leser gefunden haben." (Pickerodt, Band 6) „Beabsichtigt ist dabei ein Bild dessen, was einmal literarische Öffentlichkeit war, und zugleich ein Bild davon, wie sie sich von Jahr zu Jahr wandelte." (Schillemeit, Band 7) „Eine solche Gliederung zielt auf Geschichte, auf den Prozeß sich entwickelnder Literatur und zwar so, daß sie durch die Synopse von Unveränderlichkeit oder Veränderung, Kontinuität oder Überraschungen einerseits mit den fortschreitenden Jahreszahlen andererseits Geschichte in gewissem Sinne spürbar werden läßt." (Stenzel, Band 5) „Eben deshalb sind dilettantische, mittlere, ja auch sogenannte ‚schlechte' Gedichte durchaus repräsentativ: sie stehen hier für das andeutend wiederherzustellende allgemeine Niveau, den Durchschnittsgeschmack der Zeit, aber auch für etwas, was manche Leute mit Tradition verwechseln: das Festhalten an der Form und am Ton bei völliger, wiewohl unbewußter Preisgabe des Gehaltes." (Wuthenow, Band 8)

Nur dem flüchtigen Blick werden die so gebotenen Querschnitte verwirrend oder gar einebnend erscheinen. Dem Bemühten sollten sie ein farbiges Zeitbild geben, das nicht oberflächlich, sondern vielschichtig ist. Verschiedene Generationen, nach dem Geburtsjahr oder nach der Gesinnung, existieren nebeneinander. Was in Wahrheit geschätzt und gelesen wurde zeigt sich – es ist nur selten das die Zeiten Überdauernde. Das Kühne und Neue, die besondere Stimme, hebt sich vom alltäglichen Grunde umso deutlicher ab; aber es ist sein Grund. „Dabei kann es nicht darauf ankommen, in geschmäcklerischer Manier vergessene Schätze zu heben. Vielmehr soll jedes der aufgenommenen Gedichte *repräsentieren:* Gattungen, Stiltendenzen, literarische Vorbilder, Verschiedenheiten der Motivbearbeitung, Quellen, politisch-zeitgeschichtliches Bewußtsein." (Pickerodt, Band 6) Dem Leser wird Arbeit zugemutet, welche man in Deutschland nicht gern im Zusammenhang mit Gedichten nennt. Aber schon das einzelne Gedicht lohnt die Mühe einer gründlichen Vergegenwärtigung, je besser es ist, umso mehr. Der Verband von Gedichten macht Fragen möglich, die Zusammenhänge eröffnen. Sie zu stellen ist die Aufgabe des Benutzers. Er wird Themen und Formen finden, die überdauern; er wird Eintagsblüten entdecken, die zu Recht verwelkt scheinen – aber dabei wird sich ihm das Problem ergeben, was ihnen zu zeitgenössischer Wirkung verholten, was den Wandel des Geschmacks oder das Vergessen bewirkt habe. Was brachte Bach, was Schubert zu ihren Texten? Verschiedene Modi des Gebrauchs von Poesie, populäre, unterhaltende, spielerische, anspruchslose, scheinbar oder wirklich anspruchsvolle werden greifbar und machen die Crux der literarischen Wertung mit ihren wandelbaren Kriterien deutlich. Zuzeiten war Poesie eine Hauptsache, zu anderen gut nur für die Nebenstunden. Zuzeiten hatte sie Funktionen im täglichen, gesellschaftlichen Leben, über das sie Auskunft gab und dem sie zum Wort verhalf; zuzeiten – nicht gar zu lange – diente sie der Artikulation des Persönlichsten, das sich doch wandelt, indem es öffentlich wird. Fesselnd ist das Wechselspiel zwischen Gleichzeitigkeit und Spontaneität, erregend die Beobachtung der Anachronismen: lang Überliefertes, wo es nicht mehr, kühner Vorgriff, der noch nicht erwartet wird. Deutlich und wirksam werden sie erst in ihrer zeitlichen Gemeinsamkeit.

Aus der Vielfalt der möglichen Fragen, oft zu Kontroversen vereinfacht, wird sich jedoch bei hinlänglicher Vertrautheit mit dem Gegenstand ein ganzes Bild von Zusammenhang und Veränderung der deutschen Lyrik abheben. Auf die Gefahr der Simplifikation hin seien seine Umrisse hier festgehalten, wie sie aus dem Dunkel einer Vorzeit langsam hervortreten, in der Sprechen und Singen, Spiel, Tanz, Ritus und Zauber kaum zu trennen waren. Durch zahllose Jahrhunderte hat der Lyrik zweierlei gefehlt, was man ihr späterhin als Charakteristikum zumutete: sie zielte weder primär auf den Ausdruck subjektiver Empfindung, noch war ihr Wert durch „Originalität" bestimmt. Sie verdankte ihr Dasein der humanen Neigung, mit Worten spielerisch umzugehen und den Anlässen, die solche Neigung beförderten. Er waren die menschlichsten, diejenigen, die immer wiederkehren: Freude, Trauer, Liebe, Tod, Ruhm, Erinnerung an Taten, welche geschehen, Lust an dieser Welt und Bedenken der letzten Dinge. Bevor die Germanistik sich der gesellschaftlichen und geselligen Vorbedingungen lyrischer Rede bewußt zu werden begann, hatte – gegen das Nachbarfach gerichtet – der große Altphilologe Hermann Fränkel bei der Betrachtung frühgriechischer Poesie festgehalten: „Wir erwarten unwillkürlich in einem Lied ... nichts als die ‚sinnliche Ausprägung originaler Seelenschwingung' zu finden, und sind jedesmal von der vielen Sachlichkeit, die beigegeben ist, und von der Typisierung enttäuscht: den Minnesang, in dessen Gebiet auch ‚nur die Größten, im Überzeitlichen ragenden Vertreter mehr geben als formale Gestaltung typischer Gedanken und Empfindungen' (G. Müller) – und auch sie nicht immer. Sie wollen gar nicht das Mehr. Ähnlich ist es mit der wundervollen Barocklyrik. Verstehen können wir aber solche Poesie nur, wenn wir auch diese Züge, das Repräsentativ-Gesellschaftliche und das Allgemeingültig-Typische positiv nehmen, und nicht nur als fehlende Intimität und Originalität."

Man muß diesen Rat behalten, wenn es um die Annäherung an die gesamte Poesie vor der Mitte des 18. Jahrhunderts geht, in der die Imitation von Vorbildern ehrenvoll und Abwandlung erkennbarer Muster eine Kunst war. Poesie galt lange als lernbar, und auch die Meister hatten die Erlernung des Handwerks nicht verschmäht. Poesie war erfreulich und nützlich zugleich, und am nützlichsten, wo sie das Lob Gottes vollzog. Aber auch ihre irdischen Zwecke hatten ihren verständigen Ort im sozialen Leben. Sei es, daß sie mit einer regelmäßigen Welt künstlichen Scheins die Bedingungen der Gegenwart überspielte, sei es, daß sie den wiederkehrenden Vorkommnissen dieser Gegenwart zur Artikulation verhalf: „Daher haben ihren Namen die Trau- oder Hochzeitgedichte / Trauer- oder Leichgedichte / Klag und Jammergedichte / Traum- und Lustgedichte / u. d. g. So schreibt man auch zuzeiten den Inhalt etwas deutlicher / als: die Ruhe des Gemühts / das Landleben / die Hofsitten / der Regen / der bezechte Poet / der Winter." Dieser Themen- und Anlaßkatalog Harsdörffers hatte die Überzeugung zum Grunde: „Die Dichtkunst ist eine Fertigkeit aller Sachen schikkliche Gestalt zu erfinden / beweglich vorzutragen und wolständig auszubilden." Eine Fertigkeit ist lehrbar. Hundert Jahre später hieß es bei Klopstock: „Die höhere Poesie ist ein Werk des Genie."

Das erleuchtete, subjektive Gefühl wurde zum Gegenstand und zum Zweck der Poesie. Individualität sprach sich aus und suchte sich in der Emotion zu finden. Zugleich wurde mit der Entdeckung eines autonomen Individuums, welches das Bewußtsein seiner selbst in poetischer Bewegung fand, die Natur als ein weites Feld entdeckt, auf dem solche Bewegung sich ergehen konnte. An die Stelle der anmutigen Masken und verhüllend-enthüllenden Kostüme, die das 18. Jahrhundert spielerisch liebte, trat das Sich-Aussprechen eines Einzelnen, der entweder sich selbst oder einen hohen Auftrag („was bleibet, stiften die Dichter") wichtig nahm. Nur in der Klassizität des Goetheschen Gedichts (und in dessen Nachklang bei Mörike) war den zentrifugalen Kräften ein Augenblick vorübergehender Ruhe gewährt. Er vereinte den momentanen Anlaß, das individuelle Gefühl mit einer lebhaften, Einsicht eröffnenden Anschauung: „Auf ihrem höchsten Gipfel scheint die Poesie ganz äußerlich; je mehr sie sich ins Innere zurückzieht, ist sie auf dem Wege zu sinken. – Diejenige, die nur das Innere darstellt, ohne es durch ein Äußeres zu verkörpern, oder ohne das Äußere durch das Innere durchfühlen zu lassen, sind beides die letzten Stufen, von welchen aus sie ins gemeine Leben hineintritt."

Es war dies ein Hauptproblem der romantischen Lyrik – Goethe hatte es erkannt –, deren stimmungsvolle Erregtheit auf Weltgeheimnisse deutete. Aber die Stimmung war nicht leicht zu erhalten und des Novalis Gleichung „Poésie = Gemütherregungskunst" barg Gefahren.

Vorrede

Wenn irgendwo, so kann man am hundertjährigen Echo klassisch-romantischer Töne die Richtigkeit eines anderen Goetheschen Satzes studieren, der zugleich das Verfahren der vorliegenden Sammlung mitbegründet: „Wenn eine gewisse Epoche hindurch in einer Sprache viel geschrieben und in derselben von vorzüglichen Talenten der lebendig vorhandene Kreis menschlicher Gefühle und Schicksale durchgearbeitet worden, so ist der Zeitgehalt erschöpft und die Sprache zugleich, so daß nun jedes mäßige Talent sich der vorliegenden Ausdrücke als gegebener Phrasen mit Bequemlichkeit bedienen kann."

Aber wenn irgendwo, so stellt sich der „Zeitgehalt" grade in solchen Produktionen dar, deren Verwirklichungsweise Allgemeingut geworden und deren populäres Beharrungsvermögen nur von den allerersten Köpfen durchschaut oder gar durchbrochen werden kann. Heine war ein solcher, und sein vielzitiertes Verslein

> Doch Lieder und Sterne und Blümelein,
> Und Äuglein und Mondglanz und Sonnenschein,
> Wie sehr das Zeug auch gefällt,
> So machts doch noch lang keine Welt.

umschrieb nicht nur den „Kirchhof der Romantik", sondern ahnte eine Entwicklung voraus, die den Dichtern viel zu schaffen machen sollte. Sie hatte früher begonnen und war zum ersten Male in Hölderlins so gewaltigem wie reinem Entwurf, den Zeitgenossen noch verborgen, hervorgetreten. Im gleichen Maße, wie die gegenwärtige Welt „keine Welt" mehr zur Sprache kommen ließ, suchte der Dichter ihr eine eigene „Welt in der Welt" (Hölderlin) entgegenzusetzen. Sie mußte nicht die Gestalt eines mythologischen Systems annehmen, sie konnte auch den Weg der Emanzipation von dieser Welt einschlagen. „Gedichte – blos wohlklingend und voll schöner Worte – aber auch ohne allen Sinn und Zusamenhang . . ." (Novalis). Die sogenannte moderne Poesie bereitete sich vor, in welcher der Zusammenhang des Gedichtes als eines autonomen Gebildes mit einem begreiflichen Sinn keineswegs mehr evident sein muß. In einem berühmten Zeugnis hat Hugo von Hofmannsthal, jung geneigt, auf die überlieferte Weise zu dichten, die Folgen benannt, die daraus entsprangen: „Mein Fall ist, in Kürze, dieser: Es ist mir völlig die Fähigkeit abhanden gekommen, über irgendetwas zusammenhängend zu denken oder zu sprechen." Das war im ersten Jahre unseres Jahrhunderts geschrieben. Zwanzig Jahre später notierte der junge Benn: „ich schreibe nichts mehr – man müßte mit Spulwürmern schreiben und Koprolalien; ich lese nichts mehr – wen denn? die alten ehrlichen Titaniden mit dem Ikaridenflügel im Stullenpapier? ich denke keinen Gedanken mehr zu Ende, rührend das Bild des Abendländers, der immer noch und immer wieder, und bis der Okzident in Schatten sinkt, dem Chaos gegenübertritt mit seiner einzigen Waffe, dem Begriff, der Schleuder, davidisch, mit der er um sein Leben kämpft . . ."

Aber die Dichter hörten nicht auf, die Schleuder gegen den Goliath der Sprachnot zu erheben und einem entgleitenden Weltzusammenhang das so zerbrechliche wie zähe Gebilde des Gedichts entgegenzusetzen. „Es ist ein so namenloses Unglück, wenn einem die Welt entzweibricht" hatte Trakl schon 1913 in einem Brief geschrieben. Ein halbes Jahrhundert später faßte ein großer Dichter, dessen Gedichte je länger je mehr dem Verstummen entgegensprachen, die paradoxe Existenz der Poesie in dem Satz zusammen: „Die Dichtung: diese Unendlichsprechung von lauter Sterblichkeit und Umsonst!"

Allein dieser Ausspruch Paul Celans sollte Warnung genug sein, den hier als Verlauf angedeuteten, in seinen Zusammenhängen vielfach geschichteten Vorgang als unabänderlich, die Art ihn zu beschreiben als die einzige zu nehmen. Davor sollte nicht nur die Bemerkung J. Burckhardts bewahren „. . . die ‚Größe‘ des einzelnen Dichters ist sehr von seiner ‚Verbreitung‘ oder Benützung zu unterscheiden, welche noch von ganz anderen Gründen mitbedingt wird. Man sollte sonst zwar denken, daß bei Dichtern vergangener Zeiten nur die Größe entscheide; aber ein Dichter kann als Bildungselement und als Kunde seiner Zeit einen Wert haben, der weit über seinen Dichterwert hinausgeht." Vor einseitigen Bewertungen, allzu folgerichtig konstruierten Zusammenhängen sieht sich der Benutzer dieser Sammlung auch durch die Vorentscheidung geschützt, die das annalistische Verfahren wählte und dem Begriff der „Größe" durch den der „Verbreitung" Perspektive verleiht. Das setzt ein sehr offenes Konzept von Lyrik, ja von Literatur voraus.

Die Einleitung jedes einzelnen Bandes gibt nicht nur eine Begründung seiner – schon angesichts der Verschiedenheiten der Epochen – besonderen Aufgabe. Zusammen machen sie ein kleines Kompendium. Je weiter wir uns von der Gegenwart entfernen, umsomehr wandeln sich die historischen Bedingungen, die Veröffentlichungs- und Überlieferungsweisen, und zweifellos hatten die Herausgeber des vorliegenden ersten Bandes den schwierigsten Auftrag. Dennoch ist auch er unverkennbarer Teil des ganzen Unternehmens, so wie die Bände, in denen die poetischen Übersetzungen aus fremden Sprachen die Grundlage der unseren bieten, den Zusammenhang herstellend, den man seit Goethe Weltliteratur nennt und ohne den es keine Epochen der deutschen Lyrik gäbe. Man wird gewahr, wie es (nochmals mit Goethe zu reden) „für eine Nation ein Hauptschritt zur Cultur ist, wenn sie fremde Werke in ihre Sprache übersetzt." Und so mögen am Schluß, anknüpfend an die Tradition

Vorrede

deutscher Anthologie und Philologie, noch einige Strophen stehen jenes
Gedichtes aus der Feder einer der größten Übersetzer von Gedichten,
das Goedeke seiner Sammlung vorangestellt hat:

> Schön ist es überall, ein Stellvertreter seyn,
> Zu gelten für die Welt, und nicht für sich allein.
>
> Die vielen gehn dahin, vom Drang des Tags getrieben,
> Und wo sie gingen, ist nicht ihre Spur geblieben.
>
> Stehn bleiben wenige, das Zeugniß nachzutragen
> Vom Streben ihrer Zeit, wenn andre Zeiten tagen.

Es sind doch Spuren geblieben. Der Leser mag ihnen nachgehen, viel-
leicht führen sie ihn in die Ferne, vielleicht auch zu sich selbst und zu
seiner Zeit, ehe andere Zeiten tagen.

W. K.

So einfach die formale Bestimmung dessen ist, was als 'Lyrik' des ausgehenden 12. und des 13. Jahrhunderts zu gelten hat, so schwierig ist sie für die Zeit vorher. Die wenigen erhaltenen poetischen 'Denkmäler' aus germanischer Zeit lassen erkennen, daß die gleiche poetische Technik, der Stabreim, für die unterschiedlichsten poetischen Zweckformen verwendet wurde; die geschichtlich orientierten Darstellungen der Lyrik arbeiten denn auch für diesen Zeitraum mit Begriffen wie 'Kleinkunst' oder 'Kurzformen', um die Gebilde zu beschreiben, die „am ehesten" als Lyrik anzusprechen sind, da sie neben der Kürze „nicht erzählenden Charakter" haben. Es sind überwiegend Zauber- und Merkverse, von denen einige wenige zufällig und vereinzelt den Weg aufs Pergament fanden. Die Schreibkunst wurde den germanischen Stämmen in großem Umfang erst mit dem Christentum vermittelt und lag jahrhundertelang nahezu ausschließlich in den Händen der Mönche, unter denen sich nur höchst selten ein Überlieferer der ehemals mündlich tradierten, seinerzeit noch lebendigen oder neu entstehenden 'heidnischen' Poesie fand. Die Texte auf S. 31–34 geben eine Auswahl des Erhaltenen; das *Hildebrandslied* wurde deshalb mit aufgenommen, weil es häufig als eine Vorform der Ballade angesehen wird. Es sollte auch im Rahmen dieser Anthologie mit seiner jüngeren Bearbeitung (s. Bd. 3), die als 'Volksballade' gilt, und mit der neuzeitlichen Balladendichtung verglichen werden können.

Die Ausschließlichkeit des klerikalen Literatentums und Schriftwesens dürfte auch der Grund dafür sein, daß uns auch aus den ersten Jahrhunderten nach der Christianisierung eine volkssprachige Poesie, deren Existenz in den Formen *liod* und *leich* nicht-poetische Quellen bezeugen, nicht überliefert ist. Der gesamte Zeitraum bis zum 11. Jahrhundert erscheint uns als eine Phase, in der zwar in der Sprache der Kirche, dem Latein, auch auf deutschem Boden geistliche wie weltliche – gelegentlich außerordentlich weltliche – Lyrik eine Blütezeit erlebte, die gleichen Verfasser die Volkssprache jedoch nur höchst selten einmal zu poetischen Aussagen benutzten oder in ihr Geformtes überlieferten. Die Volkssprache galt als roh, ungebärdig und fehlerhaft; wenn man sich ihrer bediente, geschah es überwiegend zu seelsorgerischen Zwecken (einige Beispiele dazu bieten die Texte bis S. 44). Ihnen diente auch der schon jetzt reichlich fließende, in den folgenden Jahrhunderten sich verstärkende Strom der Übersetzungen lateinischer geistlicher Hymnen und Psalmen, der hier ausgespart wurde, da in dieser Reihe eine Gesamtdokumentation dieser sekundären poetischen Tätigkeit in deutscher

Sprache vorgesehen war; der entsprechende Band beginnt jedoch leider erst mit Übertragungen aus dem 16. Jahrhundert.

Bei der Magerkeit der Überlieferung lyrischer Gebilde bis hin zur Mitte des 12. Jahrhunderts ist es um so erstaunlicher, daß in der 2. Hälfte dieses Jahrhunderts – für unsere Kenntnis gleichsam aus dem Nichts – eine poetische Produktion einsetzt, die nicht mehr vom Klerus, sondern von allen Schichten des Adels getragen wird und zunächst auch ausschließlich für diese bestimmt, an ihr Kulturbewußtsein und -bedürfnis gebunden ist. Sie findet schlagartig eine große Schar von Produzenten und bewegt sich – fast könnte man sagen, vom Augenblick ihres Entstehens an – auf großer künstlerischer Höhe. Ihre formale Bestimmung läßt sich in den Termini der Zeit vornehmen: Es gibt jetzt einmal *daz liet*, die für den Gesang bestimmte Einzelstrophe, oder *diu liet*, die aus mehreren gleichen Strophen bestehende Strophenfolge. Hinzu kommt *der leich*, bei dem unterschiedlich gebaute metrisch-musikalische Einheiten oder Versikel zu einer Großform verbunden sind (s. z. B. S. 116 ff. oder S. 164 ff.). Hauptmerkmal der Abgrenzung gegen andere Gattungen ist, daß dies immer eine gesungene, für den Vortrag eines Sängers bestimmte Kunst gewesen ist. Leider können wir uns keine genauen Vorstellungen darüber machen, wie die Aufführungspraxis im einzelnen ausgesehen hat. Die Texte sind meist ohne ihre Melodien aufgeschrieben worden; zudem sind die wenigen zeitgenössischen Notationen – ohnehin meist auf die Angabe der Tonintervalle beschränkt (s. Abb. S. 516) –, in ihrer Auflösung umstritten; auch fehlt ihnen jeder Hinweis auf die zu vermutende instrumentale Begleitung durch die Sänger selbst oder andere Spielleute (vgl. dazu S. 261 und S. 449).

Es ist also eine Kunst, die zu ihrer Realisation das gesellige Beisammensein von Interpret und Zuhörern braucht. Da sich diese Poesie in großem Umfang einem Thema zuwendet, das jüngere Jahrhunderte eher der Intimität der Einzellektüre zuordneten, ist der gesellschaftliche Charakter dieser Kunst und ihrer Ausübung mit Nachdruck zu betonen. In einem Großteil der Poesie dieser Zeit geht es um Liebe. Ihr auffallendstes Charakteristikum ist dabei, daß die – unserer Vorstellung nach – höchst subjektive, individuelle Empfindung, der hier Ausdruck verliehen wird, zugleich von verblüffender Einheitlichkeit ist. Von einigen, überwiegend noch ins 3. Viertel des 12. Jahrhunderts zu datierenden Strophen abgesehen, in denen Männer und Frauen in gleicher Weise umeinander werben, miteinander leiden, umeinander trauern dürfen (vgl. die Texte S. 50 und S. 53–58), begegnen sich in den übrigen die adlige Dame und ihr Ritter meist in der starren Pose unbeugsamer Abwehr ihrerseits und schmelzender Hingabe und unerschütterlicher Hoffnung seinerseits Beschwörend, flehend, mahnend, drängend wirbt der unentrinnbar der Liebe Verfallene in niemals wankender Treue um die schönste, beste, tugendhafteste der Frauen, deren Vollkommenheit nur einen Fehler hat: sie erwidert seine Liebe nicht.

Neben dieser beherrschenden Thematik gibt es die kleine Gruppe der sogenannten Tagelieder, die den Abschied zweier Liebender nach gemeinsam verbrachter verbotener Liebesnacht zum Thema hat (s. z. B. S. 56f., 107 und 139f.) und die mit ihrem – freilich ähnlich starren – Rollenspiel so etwas wie ein Kontrastprogramm zur 'Entbehrungslyrik' bietet und sich sogar als noch zählebiger erweist als diese (vgl. Bd. 2 S. 322 f.). Weiter gibt es einige wenige Strophen HARTMANNs (S. 80) und WALTHERS (S. 113 f. und 126f.), in denen die Liebe zu der Frau besungen wird, die Liebe zu erwidern willens und imstande ist; und es gibt schließlich die derbe und gelegentlich laszive Variante NEIDHARTS und seiner Nachfolger, in der die adorierte 'Dame' ein an sich durchaus williges Bauernmädchen ist, dessen Unerreichbarkeit durch die Konkurrenz einer törichten, prügelfrohen, aber finanziell vermögenden Schar von Bauernburschen bedingt ist, gegen die der arme Ritter oft genug den kürzeren zieht. Alle Dichtungen dieser Art bilden schmale Rinnsale neben dem breiten Strom der 'konventionellen' Liebeslyrik und mit dieser zusammen gelten sie denn auch als *die* Lyrik des 12. und 13. Jahrhunderts, für die noch heute einfühlsam altertümelnd die alte Bezeichnung *minnesanc* verwendet wird. Seit dem Ende des 14. Jahrhunderts musikalisch und thematisch veraltet, war diese Kunst jahrhundertelang nahezu vollständig vergessen. Erst im 18. Jahrhundert wurde sie von literarhistorisch Interessierten wiederentdeckt, die sich jedoch rund 60 Jahre lang vergeblich bemühten, die Aufmerksamkeit einer breiteren Öffentlichkeit auf dieses Gebiet zu lenken. Noch Tiecks modernisierende Bearbeitung, die 1803 unter dem Titel *Minnelieder aus dem schwäbischen Zeitalter* erschien, verriß ein Anonymus (vermutlich Kotzebue selbst) in der Zeitschrift *Der Freimüthige* schnellfertig: „Wer eine Ameisennatur hat und aus einem großen Haufen Unrath wenige Fruchtkörner mühselig heraus zu klauben versteht, nun! der wird sich allenfalls durch dieses immer und ewig von Wunne, Meye, Minne und Vögelein lallende Geversel unter vielem Seufzen und Gähnen hindurchwinden." Rund ein Vierteljahrhundert später wäre ein solches Urteil schon fast ein Sakrileg gewesen. Denn zu Beginn des 19. Jahrhunderts nahm sich die noch junge Germanistik dieser Dichtung an, und seither ist sie zum nationalen Kulturgut von höchstem Rang geworden und bis heute unangefochten geblieben.

Die Popularität über den Kreis der Kenner hinaus beruhte dabei und beruht gewiß auch heute noch mit auf der Pracht der Überlieferung. Zu Beginn des 14. Jahrhunderts archivierten Kenner, Liebhaber und Sammler der untergehenden höfischen Kunst das ihnen noch Bekannte in Prachthandschriften, von denen vor allem die ganzseitig bebilderten Liederhandschriften, die *Große Heidelberger (Q 19)* und die *Weingartner Lieder-*

handschrift (Q 43) – von den besitzenden Bibliotheken in ehrfurchtgebietendem Dekor zur Besichtigung dargeboten –, das Bewußtsein vermitteln, daß uns in ihnen ein Schatz, ein kostbares nationales Erbe erhalten geblieben ist.

Die Zeitgenossen hielten ihre Kunst für etwas, das hauptsächlich *vröude* bereiten sollte (vgl. z. B. WALTHER über REINMAR S. 137f.), die wiederentdeckende Neuzeit jedoch hielt sie, soweit sie nicht einfach schwärmend verehrte und verklärte, für eine interpretatorische Herausforderung, die sie in immer erneuten Anläufen angenommen hat. Beide – wissenschaftliches Interesse und Schwärmerei – gingen freilich oft genug eine äußerst unglückliche Verbindung ein. Dabei beruhte die Faszination für die Wissenschaftler gerade auf der Sperrigkeit des Gegenstandes, dieses „geschichtlichen Wunders" (Burdach, 1904), dieses „Rätsels" (Brinkmann, 1952), dieses „bizarren Phänomens" (Wapnewski, 1975), das sich umso unzugänglicher erwies, je genauer man es auf seine Standes- und Epochengebundenheit hin befragte. Sein plötzliches Entstehen, die Einheitlichkeit der stereotypen männlichen Entbehrungshaltung und des Frauenkultes, der die bekannte rechtliche, politische und kirchliche Einschätzung der Frau ignoriert, sowie die lange Dauer dieses literarischen Phänomens galt es zu erklären. Trotz intensiver Forschungen und emsiger interpretatorischer Bemühungen ist dies bis heute letztlich in keinem Punkt befriedigend gelungen.

Den unterschiedlichen Lösungsversuchen der Ursprungsfrage – als Quellen des Minnesangs wurden u. a. sowohl die provenzalische, die klassisch antike, die maurisch arabische, die (erschlossene!) heimisch volkstümliche und die mittelalterlich-lateinische Liebesdichtung zu erweisen versucht – sind immer wieder die großen Unterschiede zur jeweiligen 'Quelle' und die große Eigenständigkeit der deutschen Dichtung entgegengesetzt worden. Gleich unvereinbar sind die Erklärungsversuche zum Rollenspiel des Minnesangs. Das naive Verständnis als persönliche Bekenntnislyrik und das entsprechende Konstruieren der erotischen Biographien der einzelnen Verfasser darf als Weg gelten, den die Forschung insgesamt verlassen hat. Auch die Auffassung der gesamten Richtung als konventionelle Spielerei ohne jeden tieferen Ernst und persönliches Engagement wird einhellig abgelehnt, und ebensowenig mochte man sie rein als „politischen Panegyrikus" des Hofpoeten verstehen, der mit seinen Huldigungsgedichten für eine fürstliche Gönnerin die Bitte oder zumindest die Erwartung materiellen Lohnes verband (Wechssler). Aber auch neuere Erklärungsversuche stehen unversöhnt und unversöhnbar nebeneinander. So definiert man die „hohe Minne" als einen „Akt der Seele, durch den mit Hilfe der schwingenden Sinne ein Geistiges durch seine sinnliche Hülle hindurch erfaßt wird" (Fr. Neumann), will man den Minnesang als Aussage über das Verhältnis des

„staufischen Menschen" zum „Mitmenschen, zur Welt allgemein, letzt-
lich zu Gott" (Brinkmann) verstehen oder als Ausdruck der Liebe allge-
mein als der „erschütterndsten Gewalt, die sie für jeden empfänglichen
Mann darstellt" (de Boor). Interpreten dieser Richtungen unterlegen den
Verfassern des 12. und 13. Jahrhunderts Ansichten über das 'Wesen' der
Geschlechter und der Liebe, deren Herkunft aus der deutschen Klassik
unverkennbar ist. Im bewußten Gegensatz dazu versteht man den Minne-
sang als das dichterische Analogon des kollektiven Aufstiegsstrebens einer
bestimmten Schicht, der Ministerialen, für die als „marginal men" der
damaligen Gesellschaft das beständige Streben nach sozialem Aufstieg
bei äußerst geringen Aufstiegschancen eine existentielle Notwendigkeit
gewesen sei (Köhler). Hier wird mit einer Trägerschicht und also mit
einem Schichtenmodell operiert, das der außerordentlich differenzierten
Gruppe der Ministerialität, die zudem keineswegs die einzige Träger-
schicht war, in keiner Weise gerecht wird. Allen Interpretationsversu-
chen gemeinsam aber ist einmal, daß sie den Minnesang nicht als das ver-
stehen wollen, als was er formuliert ist, als Liebesgedichte von Männern
an Frauen, zweitens, daß sie die Adressaten, die Frauen, gar nicht in den
Blick bekommen und folglich auch nicht über die möglichen Wirkungen
auf diese intendierte Gruppe reflektieren, daß sie drittens eine völlig
gattungsgebundene, nämlich auf diesen Minnesang beschränkte 'Minne-
ideologie' verabsolutieren zu dem „Lebensgefühl" entweder des „stau-
fischen Menschen" schlechthin – lauter Bamberger Reiter lieben lauter
Utas von Naumburg – oder zur literarisch kaschierten Aufstiegsideologie
einer bestimmten Schicht.

Da die Herausgeber dieser Anthologie sich über die Defizite der bis-
herigen Interpretationsansätze weitaus einiger sind als über die neu ein-
zuschlagenden Wege zu befriedigenderen Erklärungen, muß es hier mit
dem Versuch der Irritation des Lesers sein Bewenden haben. Den Unter-
haltungscharakter des Minnesangs, der bei der ideellen Befrachtung
durch die verschiedenen Interpreten oft fast gar nicht mehr erkennbar
wird, möchten wir jedoch mit allem Nachdruck betonen.

Höfische Unterhaltung war wohl auch die mittelalterliche Lyrik, die
unter der Bezeichnung 'Spruchdichtung' von der Forschung lange Zeit
mehr liegengelassen als behandelt worden ist. Über die Anfänge dieser
Dichtung gibt die Überlieferung kein klares Bild. Bei der vielfach ange-
nommenen 'vorwaltherschen Periode' der 'volkstümlichen' Gnomik
und Spruchpoesie stützt man sich auf das kleine SPERVOGEL (I)-Corpus
als ihren einzigen Repräsentanten. Erst mit WALTHER VON DER VOGEL-
WEIDE beginnt für uns die Reihe der als Individuen greifbaren Verfasser
jener Strophen, für die uns das Mittelalter selbst keine eigene Gattungs-
bezeichnung überliefert hat. Die moderne Bezeichnung konserviert
einen Forschungsirrtum; man glaubte, diese Dichtungen seien im Ge-

gensatz zum Minnelied „vielleicht ... mehr rezitativ oder parlando vorgetragen" worden (Simrock). Auch nachdem man die – sogar wesentlich umfänglichere – Melodieüberlieferung durch die *Jenaer Liederhandschrift (Q 20)* entdeckt hatte, behielt man den irreführenden Namen, mit dem auch die tatsächlich nur gesprochene oder gelesene Reimpaardichtung (Beispiele erst im 2. Bd.) bezeichnet wird, bei. Erst in jüngerer Zeit wird er mehr und mehr durch 'Sangspruch' oder 'Liedspruch' ersetzt, ein Vorgang, der auch einen Umschwung im Interesse der Forschung signalisiert. Sieht man von dem vereinzelten Interesse an den sogenannten politischen Strophen und der gelegentlich den Heroenkult streifenden Beschäftigung mit WALTHER VON DER VOGELWEIDE einmal ab, so haben frühere Zeiten sich hauptsächlich für die formale Abgrenzung zum Lied interessiert. Dabei erwiesen sich Grenzziehungen – Mehrstrophigkeit hier, Einstrophigkeit dort, kunstvollerer kürzerer Strophenbau hier, weniger kunstvoller wuchtiger Bau dort – als unbefriedigend, weil sich allemal mehr oder weniger umfangreiche 'Ausnahmen' konstatieren ließen. Der eigentliche Unterschied beruht im Verwendungszweck, der im 13. Jahrhundert völlig eindeutig ist: Das Lied ist eine nur in dieser Form bestehende Einheit von Text und Melodie, wobei man hinzufügen muß, daß ein solcher Strophenverbund nicht immer so eng verzahnt wurde, wie wir es von moderner Mehrstrophigkeit gewohnt sind, was schon bei den Zeitgenossen gelegentlich zu Unsicherheit über Anzahl und Reihenfolge der Strophen führte (s. u.). Die Spruchmelodie (der Ton) ist dagegen eine Mitteilungsform, die von vornherein dazu bestimmt war, unterschiedliche Inhalte aufzunehmen, und die, so weit wir wissen, zu beliebigen Vortragseinheiten zusammengestellt werden konnte.

Die Verengung des Forschungsinteresses auf die Frage der formalen Abgrenzung von Lied (= Minnesang) und Spruch verfestigte automatisch den Gegensatz Lied und Spruch als zweier Gattungen und entsprechend den ihrer Träger als Minnesänger und Spruchdichter, in denen dann auch soziologische Einheiten gesehen wurden. Dabei ist das einzige verbindende Merkmal aller Sprüche dies, daß sie nicht Minnesang im oben beschriebenen Sinne sind. Im übrigen reicht ihre Themenskala von der Kritik an politischen und kirchlichen Zuständen, Stellungnahmen für oder gegen politische Richtungen oder Personen, Fürstenpreisstrophen, Lehr-, Mahn- und Warnstrophen aller Art, Zeit- und Weltklagen, Memento-mori-Strophen, Gebeten, biblischen Berichten, theologischen Abhandlungen, Frauenpreisstrophen, Überlegungen über die Liebe, das Verhältnis der Geschlechter, über die Kunst, die rechte Art des Lobens, Preis und Schelte von Vorgängern und Kollegen, Auseinandersetzungen mit Konkurrenten, die gelegentlich sogar mit Namen benannt werden, bis hin zu den vielfachen Variationen der Bitte um Unterstützung, dies alles auch in vielfacher Vermischung, gelegentlich an Fabeln erklärt, in Rätseln versteckt oder an Gleichnissen und Exempeln demonstriert. Wie das einzige einheitliche Kennzeichen aller dieser Texte ist, daß Strophen unterschiedlichsten Inhalts auf die gleiche Melodie gesungen wurden, so ist das einheitliche Kennzeichen ihrer Verfasser – von denen wir, wie bei den Minnesängern auch, häufig nicht mehr als einen Namen kennen – die Tatsache, daß sie derartige Mitteilungsformen verwendeten; im übrigen gestatten die überlieferten Textcorpora eine saubere Trennung: Sangspruchdichter hier – Liedersänger dort ebensowenig wie die sonst gebräuchlichen Einteilungen, etwa: adlige Minnesänger hier – bürgerliche oder fahrende Spruchdichter dort; oder: poetische Amateure hier – professionelle Literaten dort. Es finden sich jeweils Vertreter des einen Typs auch im anderen Lager, so daß man gut daran tut, von solchen Gruppierungen insgesamt vorerst abzusehen. Wir wissen noch sehr wenig über den Nicht-Minnesang, sein Publikum, seine Aufführungspraxis, seine Stelle im literarischen Leben der Zeit. Anders als beim Minnesang, über den eine Reihe von Handschriften ein weitgehend vollständiges, einheitliches Bild liefert, beruht unsere Kenntnis der Sangspruchdichtung hauptsächlich auf zwei Handschriften, der *Großen Heidelberger (Q 19)* und der *Jenaer Liederhandschrift (Q 20)*, die sich gegenseitig als – vielleicht sehr einseitige – Auswahlen charakterisieren und dadurch die Unsicherheit hinsichtlich des Gesamtbereichs der Sangspruchdichtung eher vergrößern als verringern. Zweierlei lassen die Texte erkennen:

1. Sie sind überwiegend auf höfisches Leben, höfische Personen und höfische Probleme ausgerichtet.
2. Für einige, vielleicht für viele der Verfasser müssen die Existenzbedingungen zeitweilig oder immer schwierig gewesen sein; soweit sie von ihrer Kunst lebten, mußten sie das in einer ständisch gegliederten Gesellschaft tun, die den Sänger/Schriftsteller als Stand nicht kannte und ihn folglich, wenn er nichts als das war, unter das Gesindel rechnen mußte, das außerhalb der ständischen Ordnung und deren 'Ehrenrechte' lebte.

Die Texte lassen einerseits die Notwendigkeit erkennen, sich zu 'vermarkten' wie jeder Spielmann und Gaukler auch, anderseits spiegeln sie den Kampf um die Anerkennung als Künstler, als einen Adligen des Geistes und der Fähigkeiten (vgl. z. B. S. 328), spiegeln den Zwang, unter den Besitzenden die Einsicht wecken zu müssen, die Kunst zu fördern sei weise, ehrenvoll und gottgefällig, der Ruhm, den der 'Meister' verbreitete, sei kein 'billiger' Ruhm; sie spiegeln auch die tatsächliche oder gefürchtete Gefährdung durch jeden, der unter gleichen Bedingungen lebte, aber nicht mit der gleichen Strenge den gleichen Anspruch an sich selbst vertrat (vgl. S. 385 f.). Folgerichtig erscheint es, daß unter diesen Umständen so häufig die Präzeptorenrolle gewählt wird; folgerichtig, daß man 'konservativ' ist, d. h. Bewährtes, Althergebrachtes, offiziell Anerkanntes propagiert, dem das Publikum seine Billigung nicht versagen kann; folgerichtig, daß sich so wenig Spielerisches, Amüsantes, Komisches unter diesen Texten findet; folgerichtig schließlich auch, daß diese Art des Dichtens und seine Träger keine Zukunft hatten und über das Jahrhundert hinaus nur noch vereinzelt ihren Markt fanden. Schon mit FRAUENLOB tritt ein anderer Dichtertypus auf den Plan (dies ist der Grund, warum der Großteil der Strophen dieses Dichters, der zeitlich noch in diesen Band gehört hätte, in den folgenden übernommen wurde).

Aber auch nicht auf alle Sangspruchdichter des 13. Jahrhunderts muß zutreffen, was sich aus den Texten einiger ableiten läßt (vgl. das Themenverzeichnis S. 283). Daß gerade die 'autobiographischen' Texte so oft als symptomatisch für die 'Gruppe' als ganze genommen wurden und dies noch in allerjüngster Zeit (Franz), lag ebenso sehr an dem Systemzwang, in Gegenbegriffen zum Minnesang denken zu müssen wie an der Unlust, sich mit diesen Texten insgesamt gründlich zu befassen. Letzteres hatte seinen Grund ebensosehr in der Klassifikation als „schamlose Bettelpoesie", die vielen Forschern als außerordentlich degoutant erschien, wie in der Befangenheit in normativen Kunstbegriffen, die nur Unkunst konstatieren konnte, wo, so wie hier, Zwecke, gar noch so offensichtlich 'niedere' Zwecke, im Spiele waren.

Entsprechend sind für viele Texte die philologischen Probleme, die sie aufgeben, ungelöst. Der Umfang der Textcorpora, die man den einzelnen Verfassern zuschreiben darf, ist häufig ebensowenig geklärt wir ihre Überlieferung. Rund 15 von ihnen haben nicht einmal einen eigenen Herausgeber gefunden; wir benutzen sie noch immer in den Abdrucken von der Hagens von 1838, die weder kritisch noch handschriftengetreu sind. Viele der älteren Ausgaben bedürften einer gründlichen Revision.

Vom Minnesang hingegen liegt jeder Text in Ausgaben vor, die selbst anspruchsvollen philologischen Bedürfnissen genügen. Ihre Apparate ermöglichen es jedem Benutzer, die philologischen Probleme der Überlieferung und ihre Lösung durch den Herausgeber zu überschauen und neu zu überdenken. Es sind oft nicht wenige; die Probleme nicht und auch nicht die Lösungen, die vorgeschlagen und diskutiert worden sind. Unterschiedliche Strophenzahlen und -folgen, und – wie bei der Spruchdichtung auch – unterschiedliche Zuweisungen, Lücken und Textverderbnisse in den einzelnen Quellen boten und bieten dem Textphilologen noch ein weites Betätigungsfeld, auf dem glänzende Leistungen zu verzeichnen sind, allerdings auch ein Grundübel: häufiger als uns Heutigen lieb ist, wurden vorgefaßte Meinungen über das Anliegen und die Individualität eines Autors und seine künstlerische Potenz („diese Lesart ist des Verfassers unwürdig") oder gar über das Wesen des Minnesangs zur

Basis für die Textherstellung gemacht (zum Editionsproblem allgemein vgl. den *Editorischen Bericht* am Ende des Bandes).

Einschränkend ist festzustellen, daß dieses Hauptgewicht der philologischen wie der interpretatorischen Bemühung stets nur einem Teil des Minnesangs gegolten hat, dem Zeitraum von den Anfängen bis einschließlich WALTHER und NEIDHART. Der mindestens ebenso umfängliche Rest steht der Spruchdichtung an allgemeiner Unbekanntheit kaum nach. Bei der langanhaltenden Gleichförmigkeit des Minnesangs lag das Einteilungsschema: spontane, originale Schöpfung tief aus der ringenden Seele des ritterlich deutschen Herzens im Anfang – geist- und seelenloses Nachbeten und sinnentleerter Formalismus der Epigonen zu nahe, als daß es nicht alsbald zur verbindlichen Sehweise geworden wäre und die entsprechenden Bearbeitungsschwerpunkte erzwungen hätte.

Die meisten der bisher vorhandenen Anthologien spiegeln diese Bewertung wieder. Man findet nach dem *Hildebrandslied* und dem *Wessobrunner Schöpfungsgedicht* in der Regel die frühen Anonymi, den KÜRENBERGER, MEINLOH VON SEVELINGEN, FRIEDRICH VON HAUSEN, REINMAR DEN ALTEN, HEINRICH VON MORUNGEN und natürlich WALTHER VON DER VOGELWEIDE vertreten, von letzterem – oft als einzigen Beitrag zur Sangspruchdichtung – ein paar markige Antipapst-Sprüche; dann beginnt nach NEIDHART die große Lücke. Das späte Mittelalter vertreten dann erst OSWALD VON WOLKENSTEIN und das Volkslied. Selbst Anthologien, die nur dem Mittelalter gelten, verschlanken sich nach WALTHER meist umgekehrt proportional zur tatsächlichen Produktion. Hinzu kommt, daß sie den Leser in der Regel nicht mit Philologie belasten, also glatte, d. h. im Sinne *eines* Herausgebers aufbereitete Texte bieten und somit dem Leser einen einheitlichen Textzustand und eine einheitliche Authentizität von KÜRENBERG bis BENN vorspiegeln.

Diese Anthologie möchte beides vermeiden: die Glätte und das Mißverhältnis in der Gewichtung der tatsächlichen lyrischen Produktion dieses Zeitraums. Vielleicht hat die Sangspruchdichtung gegenüber dem Minnesang, bei dem häufiger vor allem im 13. Jahrhundert ein Text exemplarisch für viele gleichförmige steht (z. B. bei GOTTFRIED VON NEIFEN, S. 247 f.) mehr Raum erhalten, als ihr unter diesem Gesichtspunkt zustünde. Aber hier gab es eine Bandbreite von Themen und lyrischen Sprechweisen zu dokumentieren, die zudem Einblick in einen so viel dynamischeren Literaturbetrieb gestatten als der ‹Minnesang und kein Ende›, daß man die Verschiebung zu ihren Gunsten gerechtfertigt finden wird.

Entsprechend dem Konzept dieser Reihe bieten wir alle Texte in einer historisch verbürgten Fassung (s. den *Editorischen Bericht* am Ende des Bandes). Daher wird sich manchem Leser manche liebgewordene Fassung, manche ‹unvergängliche› Zeile als ein Philologenprodukt enthüllen, tief nachempfunden allemal, aber ob dem 12. Jahrhundert, ob dem 19. – möge es der Leser selbst entscheiden.

Eine liebe Pflicht bleibt uns gegenüber dem Deutschen Taschenbuch Verlag und vor allem gegenüber unserem Lektor Herrn Friedrich Kur zu erfüllen. Mit nie endender Geduld und ungewöhnlichem Verständnis war er immer wieder bereit, allen Wünschen, vor allem nachträglichen letzten und allerletzten Änderungswünschen, nachzukommen. Ihm und allen, die unsere Arbeit mit wertvollen Hinweisen begleiteten, vor allem Frau Gisela Kornrumpf, gilt an dieser Stelle unser herzlicher Dank.

8. Jahrhundert

Unbekannter Verfasser

Erster Merseburger Zauberspruch

Eiris sazun idisi,   sazun hera, duoder.
suma hapt heptidun,   suma heri lezidun,
suma clubodun   umbi cuoniouuidi:
insprinc haptbandun!   inuar uigandun!   *Q 26*

Unbekannter Verfasser

Zweiter Merseburger Zauberspruch

Phol ende uuodan   uuorun zi holza.
du uuart demo balderes uolon   sin uuoz birenki*t*.
thu biguol en sinhtgunt,   sunna, era suister;
thu biguol en friia,   uolla, era suister;
thu biguol en uuodan,   so he uuola conda:
sose benrenki,   sose bluotrenki,   sose lidirenki:
ben zi bena,   bluot zi bluoda,
lid zi geliden,   sose gelimida sin!   *Q 26*

Eiris: Einst setzten sich Frauen, setzten sich hierhin, dorthin *[?]*. Einige knüpften Fesseln, andere hielten das Heer auf, andere lösten die Stricke auf: Entspring den Fesseln! Entflieh den Feinden!

Phol: Phol und Wodan ritten in den Wald. Da wurde Balders Fohlen der Fuß verrenkt. Da besprach ihn Sinthgunt [und] Sunna, ihre Schwester; da besprach ihn Frija [und] Volla, ihre Schwester; da besprach ihn Wodan so, wie er es gut konnte: Ob Beinverrenkung, ob Blutstau, ob Gliedverrenkung: Knochen zu Knochen, Blut zu Blut, Glied zu Gliedern, als ob sie geleimt wären!

Phol *Ä. nach Q 58.*   4 birenkict.

UNBEKANNTER VERFASSER

Hildebrandslied

Ik gihorta đat seggen,
đat sih urhettun   ænon muotin
5 hiltibra*n*t enti hađubrant   untar heriun tuem,
sunufatarungo.   iro saro rihtun,
garutun se iro guđhamun,   gurtun sih iro suert ana,
helidos, ubar ringa,   do sie to dero hiltiu ritun.
hiltibra*n*t gimahalta, heribrantes sunu   – her uuas heroro man,
10 ferahes frotoro –,   her fragen gistuont
fohem uuortum,   wer sin fater wari
fireo in folche   [. . .]
[. . .]   „eddo welihhes cnuosles du sis.
ibu du mi ꬱnan sages,   ik mi de odre uuet,
15 chind in chunincriche;   chud ist m*i* al irmindeot.“
hadubra*n*t gimahalta,   hiltibrantes sunu:
„dat sagetun mi   usere liuti,
alte anti frote,   dea érhina warun,
dat hiltibrant hætti min fater,   ih heittu hadubrant.
20 forn her ostar gi*w*eit   – floh her otachres nid –
hina miti theotrihhe   enti sinero degano filu.
her furlaet in lante   luttila sitten
prut in bure   barn unwahsan,
arbeo laosa.   he*r r*aet ostar hina.

IK .GIHORTA: Ich hörte berichten, daß sich die Krieger Hildebrand und Hadubrand allein zwischen zwei Heeren trafen, Sohn und Vater. Sie hatten ihre Rüstung gerichtet, hatten ihre Panzerhemden angelegt, hatten ihre Schwerter über die Eisenringe gegürtet, die Krieger, als sie zu diesem Kampf ritten. Hildebrand, Heribrands Sohn, sprach – er war der ältere Mann, der lebenserfahrenere –, mit wenigen Worten begann er zu fragen, wer sein Vater wäre im Heer der Männer [. . .] „oder von welchem Geschlecht du seist. Wenn du mir einen nennst, weiß ich mir die andern, die Nachkommen [?] im Königreich; das ganze Volk ist mir bekannt [oder: uuet, chind, in chunincriche chud . . .: junger Mann, im Königreich ist mir das ganze Volk bekannt]. Hadubrand, Hildebrands Sohn, sprach: „Das berichteten mir unsere Leute, alte und erfahrene, die früher lebten, daß mein Vater Hildebrand hieß, ich heiße Hadubrand. Einst zog er nach Osten – er floh vor Odoakers Haß – fort mit Theoderich und vielen seiner Krieger. In der Heimat ließ er im Frauengemach [?] klein ein Kind sitzen, un-

IK GIHORTA *Theoderich, König der Ostgoten († 526), besiegte 489/90 Odoaker, den weströmischen König germanischer Herkunft, und ließ ihn 493 ermorden. Im Hildebrandslied erscheint der Kampf Theoderichs als Rückkehr eines von Odoaker vertriebenen Helden. – Ä. nach Q 58.*
5 hiltibraht, *ebenso 9, 32, 47.*   *15* min.   *16* hadubraht, *ebenso 38.*   *20* gihueit.
24 heraet.

25 det sid detrihhe   darba gistuontun
fateres mines;   dat uuas so friuntlaos man.
her was otachre   ummet tirri,
degano dechisto   miti deotrichhe.
her was eo folches at ente,   imo wuas eo fehta ti leop,
30 chud was her   chonnem mannum.
ni waniu ih, iu lib habbe."
„wettu irmingot", quad hiltibrant,   „obana ab heuane,
dat du neo dana halt mit sus sippan man
dinc ni gileitos."
35 want her do ar arme   wuntane bauga,
cheisuringu gitan,   so imo se der chuning gap,
huneo truhtin: „dat ih dir it nu bi huldi gibu."
hadubrant gimalta,   hiltibrantes sunu:
„mit geru scal man   geba infahan,
40 ort widar orte.
du bist dir, alter hun,   ummet spaher,
spenis mih mit dinem wuortun,   wili mih dinu speru werpan.
pist also gialtet man,   so du ewin inwit förtos.
dat sagetun mi   seolidante
45 westar ubar wentilseo,   dat inan wic furnam.
tot ist hiltibrant,   heribrantes suno."
hiltibrant gimahalta,   heribrantes suno:

---

erwachsen, ohne Erbe. Er ritt fort nach Osten. *det* später mußte Dietrich [auch] meinen Vater entbehren; er war ein Mann so ohne Freund. Jener war maßlos ergrimmt über Odoaker, [er], der treueste Gefolgsmann bei Dietrich. Er war immer an der Spitze des Heeres, ihm war stets der Kampf zu lieb, er war tapferen Männern bekannt. Ich glaube nicht, daß er noch lebt." *„wettu* Gott", sprach Hildebrand, „vom Himmel oben, daß du nie bisher mit einem so nah verwandten Mann zu tun hattest." Darauf löste er gewundene Ringe vom Arm, mit einer Kaisermünze versehen *[?]*, wie sie ihm der König, der Herrscher der Hunnen, gegeben hatte: „Auf daß ich es dir aus Freundschaft schenke." Hadubrand, Hildebrands Sohn, sprach: „Mit dem Speer soll der Mann Gaben entgegennehmen, Spitze gegen Spitze. Du bist, alter Hunne, überaus schlau, verführst mich mit deinen Worten, willst mich mit deinem Speer treffen. So alt du geworden bist, so betrügerisch bist du immer gewesen *[?]*. Das sagten mir westwärts übers Meer fahrende Seeleute, daß ihn ein Kampf dahingerafft hat. Tot ist Hildebrand, Heribrands Sohn." Hildebrand, Heribrands Sohn, sprach *[s. Anm.]*:

25 gistuontum.   26 fatereres *(vgl. Q 58 Anm.)*.   28-29 unti deotrichhe darba gistontun her.   29 feheta.   45 man.   47 *Da das folgende nur eine Rede Hadubrands sein kann, wurde hinter V. 47 eine größere Lücke vermutet, die die angekündigte Rede Hildebrands enthielt. Diese Lösung ist ebenso unbefriedigend wie der Versuch, die Verse 47–50 als Rede Hadubrands hinter V. 59 einzuschieben.*

„wela gisihu ih in dinem hrustim,
    dat du habes heme   herron goten,
50 dat du noh bi desemo riche   reccheo ni wurti.“
„welaga nu, waltant got“, quad hiltibrant,   „wewurt skihit!
ih wallota sumaro enti wintro   sehstic ur lante,
dar man mih eo scerita   in folc sceotantero.
so man mir at burc enigeru   banun ni gifasta,
55 Nu scal mih suasat chind   suertu hauwan,
breton mit sinu billiu,   eddo ih imo ti banin werdan.
doh maht du nu aodlihho,   ibu dir din ellen taoc,
in sus heremo man   hrusti giwinnan,
rauba bihrahanen,   ibu du dar enic reht habes.
60 der si doh nu argosto“, quad hiltibrant,   „ostarliuto,
der dir nu wiges warne,   nu dih es so wel lustit,
gudea gimeinun.   niuse de motti,
werdar sih hiutu dero hregilo   hrumen muotti
erdo desero brunnono   bedero uualtan.“
65 do lettun se aerist   asckim scritan
scarpen scurim,   dat in dem sciltim stont.
do stoptun tosamane   staim bort chludun,
hevwun harmlicco   huitte scilti,
unti im iro lintun   luttilo wurtun.
70 giwigan miti wabnum [. . .]   *Q 21*

„Deutlich sehe ich an deiner Rüstung, daß du zu Hause einen gütigen Herrn hast, daß du auch nicht um dieses Herrschers willen ein Verbannter wurdest.“ „Wohlan, waltender Gott“, sprach Hildebrand, „das Unheil vollzieht sich! Ich zog sechzig Sommer und Winter *[wohl: 30 Jahre]* außer Landes, wo man mich immer in die Schar der Bogenschützen eingeordnet hat. Nachdem man mir vor keiner Burg den Tod zugefügt hat, wird mich nun mein eigenes Kind mit dem Schwert erschlagen, mit seiner Waffe niedermachen, oder ich [werde] ihm den Tod bringen. Doch kannst du jetzt leicht, wenn dir deine Kraft reicht, von einem so alten Mann die Rüstung gewinnen, das Waffenkleid *[oder: die Beute]* davontragen, wenn du irgendein Recht darauf hast. Der wäre doch nun der Feigste“, sprach Hildebrand, „unter den Leuten des Ostens, der dir den Kampf verweigerte, da er dich so sehr reizt, der Kampf zwischen uns beiden. Nun versuche *de motti*, wer von beiden heute den Harnisch verlieren *[?]* muß oder wer beide Rüstungen in Besitz nehmen wird.“ Da ließen sie es zunächst mit Eschenlanzen angehen *[?]* in so hartem Stoß, daß sie in den Schilden standen. Dann ließen sie die klingenden *[?]* Kampfschwerter *[?]* aufeinanderprallen, sie schlugen grimmig auf die weißen Schilde, bis ihnen das Lindenholz kurz und klein wurde. Es wurde mit den Waffen gekämpft [. . .]

    70 *Sonstige literarische Zeugnisse des Vater-Sohn-Kampfes lassen schließen, daß der verlorene Schluß die Tötung des Sohnes enthalten hat.*

9. Jahrhundert

UNBEKANNTER VERFASSER

Wessobrunner Schöpfungsgedicht

De poeta

> Dat gafregin ih mit firahim   firiuuizzo meista,
> 5   Dat ero ni uuas   noh ufhimil,
> noh paum   noh pereg ni uuas,
> ni [...] nohheinig   noh sunna ni scein,
> noh mano ni liuhta   noh der mareo seo.
> Do dar niuuiht ni uuas   enteo ni uuenteo,
> 10   enti do uuas der eino   almahtico cot,
> manno miltisto,   enti dar uuarun auh manake mit inan
> cootlihhe geista.   enti cot heilac [...]

Cot almahtico, du himil enti erda gauuorahtos enti du mannun
so manac coot forgapi, forgip mir in dino ganada rehta galaupa
15 enti cotan uuilleon, uuistóm enti spahida enti craft, tiuflun za
uuidar stantanne enti arc za piuuisanne enti dinan uuilleon za
gauurchanne!   *Q 36*

DE POETA: Vom Dichter *[Schöpfer?]*. Das habe ich bei den Menschen als größtes der
Wunder erfahren, daß es weder die Erde gab noch den Himmel oben, weder gab es
Baum noch Berg, weder schien irgendein [...] noch die Sonne, weder leuchtete der
Mond noch das helle Meer. Als es da nichts gab von Enden und Grenzen, da gab es
früher *[?]* den einen allmächtigen Gott, den [gnaden]reichsten der Männer, und da
gab es auch viele ruhmvolle Geister bei ihm. Und der heilige Gott [...]   13 All-
mächtiger Gott, du hast Himmel und Erde geschaffen und den Menschen so viel Gutes
verliehen, verleihe mir in deiner Gnade wahren Glauben und guten Willen, Weisheit
und Einsicht und Kraft, den Teufeln zu widerstehen und das Böse zu vermeiden und
deinen Willen zu tun!

DE POETA *Wegen des 2. Teils, in dem man Reste von Stabreimen hat entdecken wollen, wird
das Gedicht auch 'Wessobrunner Gebet' genannt. Die Zusammengehörigkeit der beiden Teile ist
jedoch umstritten, entsprechend auch die Lücke nach V. 12. – Ä. nach Q 58.*   7 stein.

UNBEKANNTER VERFASSER

Petruslied

[Melodie]

Unsar trohtin hat farsalt   sancte petre giuualt,
5   daz er mac ginerian   ze imo dingenten man.
     kyrie, eleyson!   christe, eleyson!

Er hapet ouh mit vuortun   himilriches portun.
     dar in mach er skerian,   den er uuili nerian.
     kirie, eleison!   christe, *eleyson!*

10   Pittemes den gotes trut   alla samant upar lut,
     daz er uns firtanen   giuuerdo ginaden!
     kirie, eleyson!   christe, eleison!   *Q 34*

UNBEKANNTER VERFASSER

Ludwigslied

RITHMUS TEUTONICUS DE PIAE MEMORIAE
HLUDUICO REGE, FILIO HLUDUICI AEQUE REGIS.

5   Einan kuning uueiz ih,   Heizsit her hluduig,
     Ther gerno gode thionot;   Ih uueiz, her imos lonot.
Kind uuarth her faterlos,   Thes uuarth imo sar buoz:
     Holoda inan truhtin,   Magaczogo uuarth her sin.

UNSAR: Unser Herr hat Sankt Peter die Gewalt übergeben, daß er einen Menschen, der auf ihn hofft, erretten kann. Herr, erbarme dich! Christus, erbarme dich!   7 Er bewahrt auch mit [seinen] Worten die Pforte des Himmelreichs. Da kann er hineinlassen, wen er erretten will. Herr . . .   10 Laßt uns alle gemeinsam die Stimme erheben und den Geliebten Gottes anflehen, daß er sich über uns Verdammte erbarmen möge! Herr . . .

RITHMUS: Ein volkssprachiges Lied, frommen Angedenkens, über König Ludwig, den Sohn Ludwigs, der ebenfalls König war.   5 Ich kenne einen König, er heißt Ludwig, der Gott bereitwillig dient; ich weiß, er belohnt ihn dafür. Als junger Mann verlor er den Vater, dafür erhielt er sogleich Ersatz: Der Herr nahm sich seiner an,

UNSAR   *Ä. nach Q 58.*   3 *Die Melodie ist in Neumen notiert, die noch nicht sicher entziffert werden konnten.* 9 f.

RITHMUS *Auf den Sieg Ludwigs III. über die Normannen bei Saucourt (3. August 881) noch vor Ludwigs Tod (5. August 882) gedichtet. – Ä. nach Q 58.* 7–12 *Nach dem Tod Ludwigs des Stammlers im Jahre 879 teilte Ludwig die Herrschaft über Westfranken mit seinem Bruder Karlmann († 884).*

Gab her imo dugidi,   Fronisc githigini,
10   Stuol hier in urankon.   So bruche her es lango!
Thaz gideilder thanne   Sar mit karlemanne,
Bruoder sinemo: Thia czala uuunniono.
So thaz uuarth al gendiot,   Koron uuolda sin god,
Ob her arbeidi   – So iung – tholon mahti.
15   Lietz her heidine man   Obar seo lidan,
Thiot urancono   Manon sundiono.
Sume sar uerlorane   Uuurdun sum erkorane;
Haranskara tholota,   Ther er misselebeta.
Ther, ther thanne thiob uuas   Inder thanana ginas,
20   Nam sina uaston;   Sidh uuarth her guot man.
Sum uuas luginari,   Sum skachari,
Sum fol loses,   Inder gibuozta sih thes. –
Kuning uuas eruirrit,   Thaz richi al girrit,
Uuas erbolgan krist,   Leidhor, thes ingald iz.
25   Thoh erbarmedes got,   Uuuisser alla thia not.
Hiez her hluduigan   Tharot sar ritan:
„Hluduig, kuning min,   Hilph minan liutin!
Heigun sa northman   Harto biduuungan."
Thanne sprah hluduig: „Herro, so duon ih
30   – Dot ni rette mir iz –,   Al thaz thu gibiudist."
Tho nam her godes urlub,   Huob her gundfanon uf,
Reit her thara in urankon   Ingagan northmannon.
Gode thancodun,   The sin beidodun.
Quadhun al: „fro min,   So lango beidon uuir thin."

---

er wurde sein Erzieher. Er gab ihm [Herrscher]tugenden, ein herrliches Gefolge, den Thron hier in Franken. Möge er es lange genießen! Das teilte er dann sogleich mit Karlmann, seinem Bruder: die Anzahl der Freuden *[oder:* Nutznießungen*]*. Als das alles beendet war, wollte Gott ihn auf die Probe stellen, ob er – so jung – Mühsale ertragen könnte. Er ließ heidnische Männer über das Meer kommen, um das Volk der Franken seiner Sünden wegen zu mahnen. Die einen gingen sogleich verloren, die anderen wurden auserwählt; harte Strafen erduldete, wer zuvor ein schlechtes Leben geführt hatte. Der, der da ein Dieb gewesen war und mit dem Leben davon kam, nahm Fasten auf sich; von da an wurde er ein guter Mensch. Mancher war ein Lügner gewesen, mancher ein Räuber, mancher voll Zuchtlosigkeit, und er tat Buße dafür. – Der König war fern, das Reich ganz verwirrt, Christus war erzürnt, ach, dafür mußte es büßen. Doch Gott erbarmte sich seiner, er kannte all die Bedrängnis. Er befahl Ludwig, sogleich dorthin zu reiten: „Ludwig, mein König, hilf den Meinen! Die Normannen haben sie in große Not gebracht." Darauf sprach Ludwig: „Herr, ich werde alles tun – es sei denn, der Tod hindert mich daran –, was du befiehlst." Dann nahm er von Gott Abschied, er erhob die Kriegsfahne, er ritt gegen die Normannen ins Frankenland. Die auf ihn gewartet hatten, dankten Gott. Sie sagten alle: „Herr, so lange

23 *Ludwig und Karlmann kämpften 880 in Vienne.*

35   Thanne sprah luto   Hluduig, ther guoto:
       „Trostet hiu, gisellion,   Mine notstallon!
    Hera santa mih god   Ioh mir selbo gibod,
       Ob hiu rat thuhti,   Thaz ih hier geuuhti,
       Mih selbon ni sparoti,   Uncih hiu gineriti.
40   Nu uuillih, thaz mir uolgon   Alle godes holdon.
       Giskerit ist thiu hieruuist   So lango, so uuili krist.
       Uuili her unsa hinauarth,   Thero habet her giuualt.
    So uuer so hier in ellian   Giduot godes uuillion,
       Quimit he gisund uz,   Ih gilonon imoz,
45   Bilibit her thar inne,   Sinemo kunnie."
    Tho nam her skild indi sper;   Ellianlicho reit her.
       Uuolder uuar errahchon   Sina uuidarsahchon.
    Tho ni uuas iz burolang,   Fand her thia northman.
       Gode lob sageda: Her sihit, thes her gereda.
50   Ther kuning reit kuono,   Sang lioth frano,
       Ioh alle saman sungun: „Kyrrieleison!"
    Sang uuas gisungan,   Uuig uuas bigunnan,
       Bluot skein in uuangon,   Spilodun ther urankon.
    Thar uaht thegeno gelih,   Nichein soso hluduig:
55   Snel indi kuoni,   Thaz uuas imo gekunni.
    Suman thuruhskluog her,   Suman thuruhstah her.
    Her skancta cehanton   Sinan fian*ton*
    Bitteres lides.   So uue hin hio thes libes!
    Gilobot si thiu godes kraft!   Hluduig uuarth sigihaft.
60   Ioh allen heiligon thanc!   Sin uuarth ther sigikamf.

---

warten wir auf dich." Da sprach Ludwig, der vortreffliche, mit lauter Stimme: „Seid zuversichtlich, meine Gefährten, meine Mitstreiter! Gott hat mich hierher gesandt und mir selbst befohlen, daß ich, wenn es euch ratsam erschiene, hier kämpfte, mich selbst nicht schonte, bis ich euch gerettet hätte. Nun will ich, daß mir alle treuen Diener Gottes folgen. Unser irdisches Leben ist so lang befristet, wie Christus es will. Will er unser Dahinscheiden, darüber hat er die Macht. Jedem, der hier in Tapferkeit Gottes Willen tut, werde ich es lohnen, kommt er gesund davon, kommt er um, dann seinem Geschlecht." Darauf nahm er Schild und Speer; kühn ritt er [dahin]. Er wollte in Wahrheit *[oder:* als Vorhandene*]* seine Gegner feststellen *[?]*. Da währte es nicht lange, er stieß auf die Normannen. Er pries Gott: Sieht er [doch], wonach er verlangt hat. Mutig ritt der König, er sang ein heiliges Lied, und alle zusammen sangen: „Herr, erbarme dich!" Das Lied war verklungen, der Kampf hatte begonnen, das Blut schien in den Wangen, wild kämpften da die Franken. Ein jeder Krieger kämpfte dort, aber keiner so wie Ludwig: tapfer und kühn, das war ihm angeboren. Den einen durchschlug er, den anderen durchbohrte er. Er schenkte seinen Feinden alsbald bitteren Wein ein. Wehe immer über sie! Gelobt sei die Macht Gottes! Ludwig wurde Sieger.
                Dank auch allen Heiligen! Ihm gehörte der Sieg im Kampf.

57 fian.

Uuolar abur hluduig,   Kuning u*nser* salig!
  So garo soser hio uuas,   So uuar soses thurft uuas,
  Gihalde inan truhtin   Bi sinan ergrehtin!   *Q 46*

10. Jahrhundert

UNBEKANNTER VERFASSER

Augsburger Gebet

Got, thir eigeNhaf ist,   thaz io geNathih bist.
INtfaa gebet uNsar,   thes bethurfun uuir sar,
5   thaz uns thio ketinun   bindent thero sunduN,
thiNero mildo   geNad intbinde haldo!   *Q 32*

UNBEKANNTER VERFASSER

liubene ersazta sine gruz   unde kab sina tohter uz.
to cham aber starzfidere,   prahta imo sina tohter uuidere.

Q 10

Heil und abermals [Heil] Ludwig, unser begnadeter König! So bereitwillig er immer war, wo seine Hilfe vonnöten war, erhalte ihn der Herr in seiner Gnade!

GOT: Gott, es ist dir eigentümlich, daß du immer barmherzig bist. Erhöre unser Gebet, das brauchen wir baldigst, daß uns – uns fesseln die Ketten der Sünden – die Gnade deiner Barmherzigkeit bald befreie!

LIUBENE: *liubene* setzte sein Weizenbier an und verheiratete [?] seine Tochter. Da kam *starzfidere* wieder, brachte ihm seine Tochter zurück.

RITHMUS   61 uolar. ui . . . salig.
GOT *Nach einer lateinischen Vorlage.*

Unbekannter Verfasser

Lorscher Bienensegen

Kirst, imbi ist hucze!   nu fluic du, uihu minaz, hera,
fridu frono in *godes munt*   *heim zi comonne gisunt!*
5   sizi, sizi, bina!   inbot dir sancte maria.
hurolob nihabe du: zi holce ni flucdu!
noh du mir nindrinnes,   noh du mir nintuuinnest.
sizi uilu stillo!   vuirki godes uuillon!   *Q 39*

11. Jahrhundert

Unbekannter Verfasser

De Heinrico

*N*unc almus thero euuigero   assis thiernun filius
benignus fautor mihi,   thaz ig iz cosan muozi
5   de quodam duce,   themo heron heinriche,
qui cum dignitate   thero beiaro riche beuuarodę.

Intrans nempe nuntius,   then keisar namoda her thus:
„cur sedes", infit, „otdo,   ther unsar keisar guodo?

Kirst: Christus, der Bienenschwarm ist draußen! Nun flieg du, mein Getier, hierher, um im Frieden des Herrn unter Gottes Schutz gesund heimzukommen! Sitz, sitz, Biene! Das hat dir die heilige Maria geboten. Das sollst du nicht dürfen: Flieg nicht in den Wald! Weder sollst du mir entkommen, noch sollst du mir entweichen. Sitz ganz still! Vollbringe Gottes Willen!

Nunc almus: Über Heinrich. Nun steh mir, gnädiger Sohn der ewigen Jungfrau, als gütiger Helfer bei, damit ich von einem Herzog, dem Herrn Heinrich, berichten kann, der auf ehrenvolle Weise das Reich der Bayern verwaltet hat.   7 Es trat nämlich ein Bote ein, er sprach den Kaiser mit Namen an: „Warum sitzt du [noch hier]",

Kirst *Ä. nach Q 58.*   4 munt godes gisunt heim zi comonne.

Nunc almus *Der historische Bezug von 'De Heinrico' ist umstritten, da es sich um die Beziehungen dreier deutscher Kaiser namens Otto zu vier Bayernherzögen namens Heinrich handeln kann. Am meisten Zustimmung fanden die beiden folgenden Deutungen: Der Text bezieht sich* a) *auf die Aussöhnung Ottos I. im Jahre 941 mit seinem Bruder Heinrich;* b) *auf eine Begegnung zwischen Otto III. († 1002) mit Heinrich dem Zänker. – Ä. nach Q 58.*   3 *Initiale nicht ausgeführt.*   7 thuf.

hic adest heinrich,　　　bringt her hera kuniglich,
10　　dignum tibi fore　　　thir selu*emo* *z*e sine."

Tunc surrexit otdo,　　　ther unsar keisar guodo.
perrexit illi obuiam　　　inde uilo manig man
et excepit illum　　mid mihilon eron.

Primitus quoque dixit:　　　,,uuillicumo, heinrich,
15　　ambo uos equiuoci,　　　bethiu goda endi mi;
nec non et sotii,　　　uuillicumo si*d gi m*i."

Dato responso　　　fane heinriche so scone
coniunxere manus.　　　her leida ina in thaz godes hus;
petierunt ambo　　　thero godes genatheno.

20　　Oramine facto　　　int*f*ieg *i*na auer otdo,
ducxit in concilium　　　mit michelon eron
et amisit illi,　　so uuaz so her þar hafode,
preter quod regale,　　　thes thir heinrih nigerade.

Tunc stetit al thiu sprakha　　　sub firmo heinricho.
25　　quicquid otdo fecit,　　　al geried iz heinrih,
quicquid ac amisit,　　　ouch geried iz heinrihc.

Hic non fuit ullus　　　(thes hafon ig guoda fulleist
nobili*bu*s ac liberis,　　　thaz tid allaz uuar is),
cui non fecisset heinrich　　　allero rehto gilich.　　　*Q 9*

---

sagte er, ,,Otto, unser guter Kaiser? Heinrich ist da, er bringt ein königliches Heer[?],
würdig, von dir selbst in Augenschein genommen zu werden [?]." 11 Da erhob
sich Otto, unser guter Kaiser. Er ging ihm entgegen, [er] und viele Männer, und
empfing ihn mit großen Ehren. 14 Zuerst sprach er: ,,Willkommen, Heinrich, ihr
gleichnamigen beide [?], sowohl Gott wie mir; und auch ihr Begleiter, ihr seid mir
willkommen." 17 Nachdem Heinrich geziemend geantwortet hatte, reichten sie sich
die Hände. Er führte ihn in die Kirche; beide baten um Gottes Huld. 20 Nach dem
Gebet empfing ihn Otto abermals, er führte ihn mit großer Ehrerbietung in die Rats-
versammlung und überließ ihm, was immer er dort [zu tun][?] hatte, ausgenommen
das, was königseigen war, wonach Heinrich nicht verlangte. 24 Danach unterstand
die gesamte beratende Versammlung dem zuverlässigen Heinrich. Was immer Otto
tat, alles das hatte Heinrich geraten, und was immer er unterließ, auch das hatte Hein-
rich geraten. 27 Da war niemand (darüber habe ich sichere Kunde von Edlen und
Freien, daß dieses alles wahr ist), dem Heinrich nicht gleiches Recht hätte zuteil werden
lassen.

10 selue moze. 16 sidigimi. 20 intsiegina. 28 nobilis.

UNBEKANNTER VERFASSER

Ad equum errẹhet

Man gieng after wege,
zoh sin Ros in handon.
5   do begagenda imo min trohtin
mit sinero arngrihte.

„wes, man, gestu?
zune ridestu?"
„waz mag ih riten?
10   min ros ist errẹhet."

„nu ziuhez da bi fiere!
tu rune imo in daz ora!
drit ez an den cesewen fuoz!
so wirt imo des erræheten bûz."

15 Pater noster. et terge crura eius et pedes, dicens: „also sciero werde disemo –
cuiuscumque coloris sit, rot, suarz, blanc, ualo, grisel, feh – rosse des erræheten
bûz, samo demo got da selbo bûzta."   *Q 38*

EZZO

*N*v wil ih iv, herron,   heina war reda vor tuon
uon dem angenge,   uon alem manchunne,
uon dem wistuom alse manicualt,   ter an dien buchin stet gezalt,
5 uzer genesi unde uzer libro regum,   tirre werlte al ze dien eron:

AD EQUUM: Für ein steifgewordenes Pferd. Ein Mann ging den Weg entlang, [er]
zog sein Pferd mit den Händen [hinterher]. Da begegnete ihm mein Herr in seiner
Barmherzigkeit.   7 „Warum, Mann, gehst du? Weshalb reitest du nicht?" „Wie
kann ich reiten? Mein Pferd ist steif."   11 „Nun zieh es an der Seite! Flüstere ihm
in das Ohr! Tritt es gegen den rechten Fuß! Dann wird ihm Abhilfe von der Steifheit
geschaffen."   15 Vater unser. Und bedecke seine Schenkel und Füße, sage dabei:
„So schnell werde dieses Pferd – von welcher Farbe es sein mag, rot, schwarz, weiß,
falb, grau, gescheckt – von der Steifheit befreit, wie das, das Gott selbst da befreite."

NV WIL IH: Nun will ich euch, [ihr] Herren, eine wahre Darstellung vom Anfang
geben, von dem ganzen Menschengeschlecht, von der so vielfachen Weisheit, die in
der heiligen Schrift steht, aus der Genesis und aus dem Buch der Könige, dieser ganzen

---

NV WIL IH *Entstanden ca. 1060. Der Eingangsstrophe einer späteren Fassung von 34 Stro-
phen zufolge soll Bischof Gunther von Bamberg († 1065) dieses Lied in Auftrag gegeben haben,
zu dem Ezzo den Text, Wille die Melodie lieferten. – Ä. nach Q 47.*   2 *Initiale nicht aus-
geführt, ebenso* 6, 10, 16, 22, 28, 34.

*L*ux in tenebris,   daz sament uns ist;
der uns sin lieht gibit,   neheiner untriwon er nefligit.
in principio erat uerbum,   daz ist waro gotes sun.
uon einimo worte er bechom   dire werlte al ze dien gnadon.

10 *W*are got, ih lobin dih,   din anegenge gihen ih.
taz anagenge bistu, trehten, ein,   ih negiho in anderz nehein:
der got tes himilis,   wages unde luftes
unde tes in dien uiern ist   ligentes unde lebentes.
daz geskuofe du allez eino,   du nebedorftost helfo darzuo.
15 ih wil dih ze anegenge haben   in worten unde in werchen.

*G*ot, tu gescuofe al, daz ter ist,   ane dih neist nieht.
ze aller iungest gescuofe du den man,   nah tinem bilde gtan,
nah tiner getate,   taz er gewalt habete.
du blies imo dinen geist in,   taz er ewic mahti sin
20 noh er neuorhta imo den tot,   ub er gehielte din gebot.
ze allen eron gescuofe du den man   – du wissos wol sinen ual.

*W*ie der man getate,   tes gehugen wir leider note:
turh tes tiufeles rat   wie skier er ellende wart!
uil harto gie diu sin scult   uber alle sin after chumft;
25 sie wvrden allo gezalt   in des tiuveles gewalt.
uil mihil was tiv unser not,   to begonda richeson ter tot,
ter hello wos ter ir gewin,   manchunne al, daz fuor dar in.

Welt zu Ehren: 6 Das Licht in der Finsternis *[Io. 1, 5]*, das ist bei uns; der uns sein Licht gibt, der weiß von keiner Untreue. Im Anfang war das Wort, das ist in Wahrheit Gottes Sohn *[Io. 1, 1]*. Durch ein Wort wurde er dieser ganzen Welt zum Heil.   10 Wahrer Gott, ich lobe dich, ich spreche von deinem Anfang *[d. h. von dir als dem Anfang]*. Du allein, Herr, bist der Anfang, keinen anderen spreche ich ihnen zu: [Du bist] der Gott des Himmels, des Meeres und der Luft *[vgl. Ps. 145, 6]* und dessen, was an Liegendem *[Unbewegtem]* und Lebendigem in den Vieren *[d. h. den Elementen]* existiert. Das alles hast du allein geschaffen, du brauchtest dazu keine Hilfe. Ich will dich zum Anfang haben in Worten und in Werken.   16 Gott, du hast alles geschaffen, was da ist, ohne dich ist nichts *[Io. 1, 3]*. Zu allerletzt schufst du den Menschen, geformt nach deinem Bild, nach deiner Gestalt, damit er Gewalt hätte. Du bliesest ihm deinen Geist ein, damit er ewig sein könnte und er den Tod für sich nicht fürchtete, wenn er dein Gebot hielte *[Gen. 1, 26f. und 2, 7]*. Zu allen Ehren schufst du den Menschen – du wußtest genau seinen [Sünden]fall [voraus].   22 Daran, wie der Mensch handelte, denken wir mit großem Schmerz: Wie schnell wurde er durch des Teufels Rat verstoßen! Schwer legte sich seine Schuld auf seine ganze Nachkommenschaft; sie gerieten alle in die Gewalt des Teufels. Sehr groß war unser Elend, der Tod richtete seine Herrschaft auf, der Gewinn der Hölle mehrte sich, das ganze Menschengeschlecht fuhr dort hinein.

Do sih adam do beuil,   do was naht unde uinster.
do skinen her in welte   die sternen be ir *zi*ten,
30 die uil lucel liehtes paren,   so berhte so sie waren,
wanda sie beskatuota   diu nebiluinster naht,
tiv uon demo tieuele chom,   in des gewalt wir waren,
unz uns erskein der gotis sun,   ware sunno, uon den himelen.

*De*r sternen aller ielich,   ter teilet uns daz sin *lieh*t:
35 sin lie*h*t, taz cab uns abel,   taz wir durh reht ersterben.
do lerta uns enoch,   daz unseriv werh sin al in got.
uzer der archo gab uns noe   ze himile reht gedinge.
do lert uns abraham,   daz wir gote sin gehorsam,
der uil guote dauid,   daz wir wider ubele [...]   *Q 41*

1. Drittel 12. Jahrhundert

Unbekannter Verfasser

Millstätter Blutsegen

Der heligo christ vva*s* geboren ce betlehem,
dannen quam er vvidere ce ie*ru*salem.
da vvard er getoufet uone iohanne
in demo iordane.
Duo uerstuont der iordanis fluz
unt der sin runst.

---

28 Als Adam gefallen war*[?]*, da war Nacht und Finsternis. Da schienen zu je ihrer Zeit die Sterne in die Welt herab, die nur wenig Licht brachten, so hell sie auch waren, denn die nebelfinstere Nacht überschattete sie, die von dem Teufel kam, in dessen Gewalt wir waren, bis uns der Gottessohn, die wahre Sonne, von den Himmeln herab erschien.   34 Jeder der Sterne ließ uns sein Licht zuteil werden: Sein Licht gab uns Abel *[Gen. 4]*, daß wir um der Gerechtigkeit willen sterben sollen. Da lehrte uns Henoch *[Iudae 14]*, daß alle unsere Werke in Gott [getan] sein sollen. Aus der Arche gab uns Noah *[Gen. 6–9]* rechte Hoffnung auf den Himmel. Da lehrte uns Abraham *[Gen. 23]*, daß wir Gott gehorsam sein sollen, der edle David *[2 Sam. 14]*, daß wir gegen Böse [...]

Der heligo: Der heilige Christus wurde zu Bethlehem geboren, von dort kam er wieder nach Jerusalem. Dort wurde er von Johannes im Jordan getauft. Da stand das Wasser des Jordan und sein Strömen still. Ebenso steh du still, Blutstrom, um der

Nv wil ih   29 beirzten.   34 leth.   35 lieth.
Der heligo *Ä. nach Q 69.*   3 vvar.   4 iesalem.

Also uerstant du, bluot rinna,
10 durh des heiligen christes minna!
Du uerstant an der note,
also der iordan tate,
duo der guote sancte iohannes
den heiligen christ *tou*fta!
15 verstant du, bluot rinna,
durch des heliges cristes minna!   *Q 49*

UNBEKANNTER VERFASSER

[Melodie]

vbermût div alte,
diu ritet mit gewalte;
5 vntrewe leitet ir den vanen;
girischeit, div scehet dane,
ze scaden den armen weisen.
div lant, div stant wol alliche en ureise.
                                                    Q 30

2. Drittel 12. Jahrhundert

UNBEKANNTER VERFASSER

Tif furt trvbe
und schone wiphurre –
sweme dar wirt ze gach,
5 den geruit iz sa.   *Q 51*

Liebe des heiligen Christus willen! Bleib bezwungen stehen, wie es der Jordan tat,
als der gute Sankt Johannes den heiligen Christus taufte! Steh still, Blutstrom, um
der Liebe des heiligen Christus willen!

vbermût: Die alte Hoffart zieht mit der Gewalt ins Feld; Untreue trägt ihr die
Fahne voraus; Habsucht rennt los, um den hilflosen Waisen zu schaden. In allen
Landen herrscht die Not.

Tif: Eine tiefe, trübe Furt und Abenteuer mit schönen Frauen – wer sich da zu
jählings hineinstürzt, der wird es bald bereuen.

DER HELIGO   14 tuofta.
vbermût   2 *Die Melodie ist in Neumen notiert, die noch nicht entziffert wurden.*

UNBEKANNTER VERFASSER

Der zi chilcun gat
vnd ane rve da stat,
der wirt zeme ivngistime tage
5   ane wafin resc/agin.
Sver da wirt virteilt,
der het imir leit.   *Q 51*

SPERVOGEL (I)

Do der gv̂te wernhart
an dise welt geborn wart,
do begonde er teilen al sin gv̂t.
5 do gewan er rv̂degers mv̂t.
der saz ze bechelere
vnd phf/ac der marke menegen tac. der wart von siner frvmecheit
                                    so mere.   *Q 18*

Mich mv̂t daz alter sere,
wan ez hergere
alle sine craft benam.
ez sol der gransprvnge man
5 bedenken sich en zit,
swenne er ze hove werde leit, daz er ze gwissen herbergen rite.

                                                Q 18

DER ZI: Wer zur Kirche geht und ohne Reue dort steht, der wird am Jüngsten Tag
wehrlos erschlagen. Wer dort verurteilt wird, der leidet ewige Pein.

Do DER: Als der vortreffliche Wernhart in diese Welt geboren wurde, begann er
[alsbald] seinen gesamten Besitz auszuteilen. Da machte er sich die Gesinnung [jenes]
Rüdiger zu eigen. Der saß in Bechlaren und bewachte lange Zeit das Grenzland. Der
wurde [auch] seines edlen Charakters wegen so berühmt.

MICH MV̂T: Mich bedrückt das Alter sehr, denn es hat dem Herger seine ganze
Kraft genommen. Der junge Mann, dem gerade der Bart zu sprießen beginnt, soll
beizeiten dafür sorgen, daß er, wenn man ihn bei Hof nicht mehr mag, dorthin reiten
kann, wo er zuverlässig Unterkunft findet.

DER ZI *Ä. nach Q 69.*   5 rescagin.

DO DER *Diese sowie die Texte S. 82ff., die in den Hss. unter dem Namen „Spervogel"
(in Q 18 z. T. unter „Der Junge Spervogel") erscheinen, wurden in der Forschung verschiedenen
Verfassern zugewiesen; für den älteren wurden auch die Namen „Herger" und „Kerling" (vgl.
die beiden folgenden Sprüche) erwogen. – Ä. nach Q 19.*   5–7 *Im Nibelungenlied ist Rüdiger
von Bechlaren Etzels Lehnsmann, der die Nibelungen auf ihrem Zug an den Hunnenhof festlich
bewirtet und reich beschenkt.*   7 phfac.

Weistv, wie der igel sprach?
„vil gv̂t ist eigen gemach.“
zimber ein hvs, kerlinc!
dar inne schaffe dinv́ dinc!
5 die herren sint erarget.
swer da heime niht en hat, wie maneger gv̂ter dinge der darbet!

Q 18

Ein wolf vnd ein wizzic man
satzen schahzabel an,
si wurden spilnde vmbe gv̂t.
der wolf begonde sinen mv̂t
5 nach sinem vater wenden:
do kom ein wider dar gegan, do gab er beidv́ roch vmbe einen
venden.   Q 18

Ein wolf sine svnde vloch,
in ein closter er sich zoch,
er wolde geislichen leben.
do hiez man in der schafe phflegen.
5 sit wart er vnstete:
do beiz er schaf vnde swin. er iah, daz ez des pfaffen rvden tete.

Q 18

WEISTV: Weißt du, was der Igel gesagt hat? „Ein eigenes Heim ist sehr viel wert.“ Bau ein Haus, Kerling! Sieh zu, daß du drinnen gut versorgt bist! Die Herren sind geizig geworden. Wer zuhause nichts hat, auf wie viele gute Dinge muß der verzichten!

EIN WOLF: Ein Wolf und ein kluger Mann begannen eine Partie Schach, sie spielten um Geld. Der Wolf begann sein Verhalten nach seinem Vater auszurichten: Ein Widder kam da vorbei, da gab er [der Wolf] beide Türme für einen Bauern.

EIN WOLF SINE: Ein Wolf wollte von seinen Sünden loskommen, er zog sich in ein Kloster zurück, er wollte ein geistliches Leben führen. Da trug man ihm auf, die Schafe zu hüten. Seitdem wurde er wankelmütig: da riß er Schafe und Schweine. Er sagte, das habe der Jagdhund des Pfarrers getan.

IN der helle ist michel vnrat.
swer da heimV̊te hat,
dú svnne schinet nie so lieht,
der mane hilfet in nieht
5 noh der lihte sterne.
ia mv̊t in alles, das er siht. ia werer da ze himel also gerne.   *Q 19*

Swel man ein gv̊t wib hat
vnd zeiner ander gat,
der bezeichet das swin.
wie môht es iemer erger sin?
5 es lat den lutern brvnnen
vnd leit sich in den trûben pfůl. den sitte hat vil manig man
                                            gewunnen.   *Q 19*

Wurze des waldes
vnd erze des goldes
vnd ellú abgrúnde,
dú sint dir, herre, kv́nde.
5 dú stent in diner hende.
alles himelschliches her, das en môhte dich niht vol loben an
                                            ein ende.   *Q 19*

IN DER: In der Hölle ist große Not. Wer da hausen muß, [dem] scheint die Sonne
nie so hell, weder tröstet ihn der Mond noch der helle Stern. Ach, es schreckt ihn alles,
was er sieht. Ach, er wäre so gern dort im Himmel.

SWEL MAN: Der Mann, der eine gute Frau hat und zu einer anderen geht, wird durch
das Schwein symbolisiert. Wie könnte es je schlimmer kommen? Es verläßt den
klaren Brunnen und legt sich in die schlammige Pfütze. Viele Männer führen sich so
auf.

WURZE: [Alle] Kräuter des Waldes und [alles] goldhaltige Gestein und alle Ab-
gründe sind dir, Herr, unverborgen. Sie stehen in deiner Hand. Die ganze himmlische
Heerschar kann niemals damit zu Ende kommen, dich angemessen zu lobpreisen.

IN DER *Dieser und die beiden folgenden Texte in Q 18 unter dem Namen „Der Junge Sper-
vogel".*

Unbekannter Verfasser

Contra uermes

    Iob lage in dem miste.
    er rief ze criste,
5   er chot: „du gnadige crist,
    du der in demo himile bist,
    du buoze demo mennisken des wurmis!"
    Durch die iobes bete,
    dier zuo dir tete,
10   do er in demo miste lâg,
    do er in demo miste riêf
    zuo demo heiligin crist:
    der wurm ist tôt,
    tôt ist der wurm!   Q 31

Unbekannter Verfasser

Weingartner Reisesegen

In nomine patris et filii et spiritus sancti
    Ic dir nach sihe,   Ic dir nach sendi
5   mit min funf fingirin   funui undi funfzic engili.
    Got dich gisundi,   hein dich gisendi!
    offin si dir diz sigi dor,   sami si dir diz seldi dor,
    Bislozin si dir diz wagi dor,   sami si dir diz wafin dor!

des gûtin sandi ulrichis segen vor dir vndi hindir dir vndi hobi dir vndi nebin
10 dir gidan, swa du wonis vndi swa du sis, daz da alsi gut fridi si, alsi da weri,
da min fravwi sandi marie des heiligin cristis ginas.   Q 42

Contra: Gegen Würmer. Job *[Iob 3, 8]* lag im Schmutz. Er rief zu Christus, er
sagte: „Gnädiger Christus, der du im Himmel bist, befreie den Menschen vom
Wurm!" Um Jobs Bitte willen, die er an dich richtete, als er im Schmutz lag, als er aus
dem Schmutz zu dem heiligen Christus rief: Der Wurm ist tot, tot ist der Wurm!
In nomine: Im Namen des Vaters und des Sohnes und des Heiligen Geistes. Ich
schaue dir nach, ich sende dir nach mit meinen fünf Fingern fünfundfünfzig Engel.
Gott erhalte dich gesund, sende dich heim! Offen sei dir das Tor zum Sieg, ebenso sei
dir das Tor zum Glück, verschlossen sei dir das Tor des Meeres, ebenso sei dir das Tor
der Waffen! 9 Der Segen des guten heiligen Ulrich vor dir und hinter dir und über
dir und neben dir, wo du dich aufhältst und wo du bist, damit dort ein ebenso guter
Friede herrsche, wie dort war, wo meine heilige Frau Maria den heiligen Christus zur
Welt brachte.

In nomine *Â. nach Q 76.*   7 selgi.

2. Drittel 12. Jahrhundert

UNBEKANNTER VERFASSER

Du bist min, ih bin din,
des solt du gewis sin.
du bist beslossen in minem herzen,
verlorn ist daz sluzzellin:
du möst och immer dar inne sin.

5

Q 35

UNBEKANNTER VERFASSER

Uvere div werlt alle min
von deme mere unze an den rin,
des wolt ih mih darben,
daz diu chûnegin von engellant lege an minem arme!

5

Q 33

UNBEKANNTER VERFASSER

Taugen minne, div ist gût,
si chan geben hohen mût.
der sol man sih ulizen.
swer mit triwen der nit phliget, deme sol man daz wizen.

5

Q 33

Du bist: Du bist mein, ich bin dein, dessen sollst du sicher sein. Du bist in meinem Herzen eingeschlossen, das Schlüsselchen ist verloren [gegangen]: du mußt nun immer drinnen bleiben.

Uvere: Wäre die Welt vom Meer bis zum Rhein mein eigen, ich wollte darauf verzichten, hielte ich die Königin von England in meinem Arm!

Taugen minne: Verschwiegene Liebe ist gut, sie kann unendlich beseligen. Ihr soll man sich hingeben. Wer sich ihr nicht getreulich widmet, den soll man deswegen ausschimpfen.

Uvere   5 diu chûnegin *ist Korrektur von späterer Hand; ursprünglich* chunich, *wobei vielleicht ein Name eingesetzt werden sollte.*

UNBEKANNTER VERFASSER

Melker Marienlied

Iu, in erde   leit Aaron eine gertæ,
diu gebar mandalon,   nuzze also edile.
5 die sůezze hast du fure braht,   můter ane mannes rat,
     Sancta MaRia.

Iu, in deme gespreidach   moyses ein fiur gesach.
daz holz niene bran,   den louch sah er obenan,
der vvas lanch unde breit;   daz bezeichint dine magetheit,
10   Sancta MaRia.

Gedeon, dux israel,   nider spræit er ein lamphel.
daz himeltů die vvolle   betouvvete almitalle;
Also chom dir diu magenchraft,   daz du vvurde berehaft,
     Sancta MaRia.

15 Mersterne, morgen rot,   anger ungebrachot,
dar ane stat ein blůme,   diu liuhtet also scone.
si ist under den anderen   so lilium undern dornen,
     Sancta MaRia.

Ein angel snůr geflohtin ist,   dannen du geborn bist:
20 daz vvas diu din chunnescaft.   der angel vvas diu goteschraft,
da der tot vvart ane irvvorgen,   der uon dir vvart uerborgen,
     Sancta MaRia.

Ysayas, der vvissage,   der habet din gevvage.
der quot, vvie vone iesses stamme   vvŏehse ein gerten imme,

Iu: Oh, Aaron legte einen Stab in die Erde, der brachte Mandeln hervor, so edle Nüsse *[Num. 17, 1–8]*. Diese Süße hast du hervorgebracht, Mutter ohne Mitwirkung eines Mannes, heilige Maria.   7 Oh, Moses sah in dem Gesträuch ein Feuer *[Ex. 3, 2]*. Das Holz verbrannte nicht, er sah die Flamme herausschlagen, die war hoch und weit ausgebreitet; das symbolisiert deine Jungfräulichkeit, heilige Maria.   11 Gideon, der Führer Israels, breitete ein Lammfell auf der Erde aus *[Iud. 6, 36–40]*. Der Himmelstau betaute die Wolle ganz und gar; ebenso kam die Majestät [Gottes] über dich, so daß du schwanger wurdest, heilige Maria.   15 Meeresstern, Morgenrot *[Cant. 6, 9]*, ungepflügter Acker, auf dem eine Blume steht, die so herrlich leuchtet. Sie ist unter den anderen wie die Lilie unter den Dornen *[Cant. 2, 2]*, heilige Maria. 19 Eine Angelschnur ist geflochten worden, an deren Ende du geboren bist: das war deine Ahnenreihe. Der Angelhaken, an dem der Tod erwürgt wurde, war die Gotteskraft *[Christus]*, der von dir *[im Mutterschoß]* verborgen wurde, heilige Maria. 23 Von dir spricht Isaias, der Prophet. Der sagte *[Is. 11, 1.10]*, wie von Jesses Stamm

Iu Ä. *nach Q 66.*

25 da uone scol ein blûme varen;   diu bezeichint dich unde din
Sancta MaRia.   [barn,

Do gehit ime so vverde   der himel zů der erde,
da der esil unde daz rint   vvole irchanten daz vrone chint.
do vvas diu din vvambe   ein chrippe deme lambe,
30   Sancta MaRia.

Dǒ gebære du daz gotes chint,   der unsih alle irloste sint
mit sinem heiligen blůte   uon der evvigen nœte.
des scol er iemmer gelobet sin.   uile vvole gniezze vvir din,
Sancta MaRia!

35 Du bist ein beslozzeniu borte,   entaniu deme gotes vvorte,
du vvaba triefendiu,   pigmenten so uolliu.
du bist ane gallen   glich der turtiltůben,
Sancta MaRia.

Brunne besigelter,   garte beslozzener,
40 dar inne flǒzzit balsamum,   der vvæzzit so cinamomum.
du bist sam der cederboum,   den da flǒhet der wůrm,
Sancta MaRia.

Cedrus in libano,   rosa in iericho,
du irvvelte mirre,   du der vvæzzest also uerre.
45 du bist uber engil al,   du besůntest den euen ual,
Sancta MaRia.

Eua braht uns zvvissen tot,   der eine ienoch richsenot.
du bist daz ander vvib,   diu uns brahte den lib.

---

diesem [?] ein Zweig heranwüchse, aus dem eine Blüte sprießen werde; der symboli-
siert dich und dein Kind, heilige Maria.   27 Da vermählte sich auf so herrliche Weise
der Himmel mit der Erde, wo der Esel und der Ochse das heilige Kind wohl erkannten
[Is. 1, 3]. Da war dein Schoß eine Krippe für das Lamm, heilige Maria.   31 Da hast
du den Sohn Gottes geboren, der uns dann alle mit seinem heiligen Blut von der ewi-
gen Pein erlöst hat. Deshalb soll er immer gepriesen sein. So sehr werden wir durch
dich beschenkt, heilige Maria!   35 Du bist eine verschlossene Pforte [Ez. 44, 2],
aufgetan dem Wort Gottes, du [honig]triefende Wabe [Cant. 4, 11], an Gewürzen
[d. h. Tugenden] so reich [Cant. 5, 1]. Du bist ohne Galle wie die Turteltaube, heilige
Maria.   39 Versiegelter Brunnen, verschlossener Garten [Cant. 4, 12], in dem Bal-
sam fließt, der duftet wie Zimt [Eccli. 24, 20]. Du bist wie der Zederbaum [Eccli.
24, 17], den der Wurm meidet, heilige Maria.   43 Zeder im Libanon, Rose in Jericho
[Eccli. 24, 17f.], du auserwählte Myrrhe [Eccli. 24, 20], du duftest dort so weithin. Du
stehst über allen Engeln, du sühntest Evas Fall, heilige Maria.   47 Eva brachte uns
zweifachen Tod [zeitlichen und ewigen], der eine herrscht noch immer. Du bist die zweite
Frau, die uns das Leben [wieder] brachte.

36 vvanba.   37 Nach mal. Anschauung besaß die Turteltaube keine Galle; sie galt als
Sinnbild der Keuschheit, vgl. Cant. 5, 2.

der tiûfel geriet daz mort.   Gabrihel chunte dir daz gotes wort,
50   Sancta MaRia.

Chint gebære du magedin,   aller vverlte edilin.
du bist glich deme sunnen,   uon nazareth irrunnen,
hierusalem gloria,   israhel lęticia,
      Sancta MaRia.

55 Chuniginne des himeles,   porte des paradyses,
du irvveltez gotes hus,   sacrarium sancti spiritus,
du wis uns allen vvegunte   ze iungiste an dem ente,
      Sancta MaRia!

Q 25

Unbekannter Verfasser

Mich dvnket niht so gv̊tes noch so lobesam
so dv́ liehte rose vnd diụ minne mins man.
dv́ cleinen vogellin,
5   dv́ singent in dem walde, dest menegem herzen liep.
mir enkome min holder geselle, ine han der svmer winne niet.

Q 18

Der von Kürenberg

„Ich stv̊nt mir nehtint spate an einer zinne;
do hort ich einen riter vil wol singen
in kv́renberges wise al vs der menigin. –
5   er mv̊s mir dv́ lant rumen, alder ich geniete mich sin.“

Der Teufel gab den Rat, der Tod bedeutete. Gabriel verkündete dir das Gotteswort,
heilige Maria.   51 Ein Kind hast du, Adel der ganzen Welt, als Jungfrau geboren.
Du bist wie die Sonne *[Cant. 6, 9]*, von Nazareth aufgegangen, der Ruhm Jerusa-
lems, die Freude Israels *[Iudith 15, 10]*, heilige Maria.   55 Königin des Himmels,
Pforte des Paradieses, du auserwähltes Haus Gottes, Tempel des heiligen Geistes
[Gen. 28, 17], sei du uns allen am letzten Ende hilfreich, heilige Maria!

Mich dvnket: Ich glaube, es gibt nichts so Gutes noch so Preiswürdiges wie die
leuchtende Rose und die Liebe meines Freundes. Die kleinen Vögelchen singen im
Wald, darüber freut sich manches Herz. Kommt mein liebster Freund nicht, gibt es
für mich keine Sommerfreude.

Ich stv̊nt: „Ich stand gestern abend spät auf einer Zinne; da hörte ich mitten aus
der Menge einen Ritter herrlich auf eine Kürenberger-Melodie singen. – Er muß
mir das Land verlassen, oder ich gewinne ihn für mich.“

Mich dvnket *In Q 18 Neune, in Q 19 Waltram von Gresten zugewiesen.*
Ich stv̊nt *Str. und Gegenstr. in der Hs. durch 6 weitere Str. getrennt.*

„Nv bring mir her vil balde min ros, min isen gewant,
wan ich mŮs einer fröwen rvmen dú lant.
dv́ wil mich des betwingen, das ich ir holt si.
si mŮs der miner minne iemer darbende sin." *Q 19*

Ich zoch mir einen valken mere danne ein iar.
do ich in gezamete, als ich in wolte han,
vnd ich im sin gevidere mit golde wol bewant,
er hŮb sich vf vil hohe vnd flŏg in anderiv lant.

5   Sit sach ich den valken schone fliegen.
er fŭrte an sinem fŭsse sidine riemen,
vnd was im sin gevidere al rot guldin.
got sende si zesamene, die gelieb wellen gerne sin! *Q 19*

Der tvnkel sterne, der birget sich.
als tv̂ dv, fröwe schone! so dv sehest mich,
so la dv dinú ŏgen gen an einen andern man!
son weis doch livzel ieman, wies vnder vns zwein ist getan.
Q 19

Aller wibe wunne, dú get noch megetin.
als ich an si gesende den lieben botten min,
io wurbe ichs gerne selbe, wer es ir schade niet.
in weis, wies ir gevalle – mir wart nie wib als lieb. *Q 19*

---

6 „Nun bring mir schnellstens mein Pferd, meine Rüstung, denn ich muß um einer
Dame willen das Land verlassen. Die will mich dazu zwingen, daß ich sie liebe. Sie
wird auf meine Liebe ein für allemal verzichten müssen."

Ich zoch: Ich habe mir länger als ein Jahr einen Falken abgerichtet. Als ich ihn so
gezähmt hatte, wie ich ihn haben wollte, und ich ihm sein Gefieder mit Gold schön
umwunden hatte, stieg er hoch auf und flog davon. 5 Seither sah ich den Falken
herrlich fliegen. Er trug seidene Fesseln an seinem Fuß, und sein Gefieder war ganz
rotgolden. Gott führe die zusammen, die einander lieben wollen!

Der tvnkel: Der Morgenstern [?] verbirgt sich. Mach es ebenso, schöne Frau!
Wenn du mich siehst, dann richte deinen Blick auf einen andern Mann! Dann weiß
doch niemand, wie es zwischen uns beiden steht.

Aller wibe: Die beglückendste aller Frauen ist noch ein Mädchen. Wenn ich ihr
meinen lieben Boten sende, würde ich, ach, gern selbst [um sie] werben, wäre es nicht
ihr Schade. Ich weiß nicht, wie sie darüber denkt – ich habe nie eine Frau so lieb ge-
habt.

Wib vnde vederspil, die werdent lihte zam;
swer si ze rehte lvket, so sv̊chent si den man.
als warb ein sch̊ne ritter vmbe eine fr̊wen g̊t;
als ich dar an gedenke, so stet wol hohe min m̊t.   *Q 19*

Dietmar von Aist

Ez dvnket mich wol tvsent iar, daz ich an liebes arme lac.
svnder ane mine schvlde fremedet er mich menegen tac.
sit ich bl̊men niht ensach noch enhorte der vogel sanc,
5   sit waz mir min vreide kvrz vnd och der iamer alzelanc.
                                                    Q 18

Uf der linden obene, da sang ain claines vogellin,
vor dem walde wart es lvte; do h̊p sich aber das herze min
an aine stat, da es e da was. ich sach die rosen bl̊men stan,
die manent mich der gedenke vil, die ich hin ze ainer vrowen
                                                    han. *Q 43*

Wib: Frauen und Jagdvögel werden leicht zahm; wenn man sie richtig lockt, dann fliegen sie auf den Mann. So umwarb ein schöner Ritter eine edle Dame; wenn ich daran denke, wird mir ganz warm ums Herz.

Ez dvnket: Es scheint mir tausend Jahre her zu sein, daß ich im Arm des Geliebten lag. Ganz ohne mein Verschulden meidet er mich [schon] manchen Tag. Seither hatte ich kein Auge mehr für Blumen und kein Ohr mehr für das Lied der Vögel, seither war alle Freude für mich von kurzer Dauer und der Schmerz allzu lang.

Uf der: Hoch oben auf der Linde, da sang ein kleines Vögelchen, am Waldrand ließ es sich hören; da zog es mein Herz wieder an einen Ort, wo es früher gewesen war. Ich sah die blühenden Rosen stehen, die erinnern mich an die vielen Gedanken, die ich einer Frau zuwende.

Ez dvnket *In Q 18 Heinrich von Veldeke (s. S. 63–66) zugewiesen. Zuweisung hier in Übereinstimmung mit der Forschung nach Q 19 und Q 43.*
Uf der *In Q 18 Heinrich von Veldeke (s. S. 63–66) zugewiesen.*

Es stŷnt ein frŏwe alleine
vnd warte vber heide
vnd warte ir liebes;
so gesach si valken fliegen.
5   „so wol dir, valke, das dv bist!
dv flúgest, swar dir lieb ist.
dv erkýsest dir in dem walde
einen bŏm, der dir gevalle.
also han ŏch ich getan,
10   ich erkos mir selbe einen man,
den erwelton minú ŏgen.
das nident schone frŏwen.
owe, wan lânt si mir min lieb?
ioh engerte ich ir dekeines trutes niet.“   *Q 19*

Frŏwe, mines libes frŏwe,
an dir stet aller min gedank;
dar zŷ ich dich vil gerne schŏwe.
dv gewunne nie vnsteten wank.
5   dar zŷ were ich dir vil gerne bi.
nv nim mich in din genade, so belibe ich aller sorgen fri.
     Q 19

„Slafest dv, friedel ziere?
wan weket vns leider schiere.
ein vogellin so wolgetan,
das ist der linden an das zwi gegan.“

Es stŷnt: Es stand eine Frau allein und schaute aus über die Heide und schaute aus nach ihrem Geliebten; da sah sie Falken fliegen. „Wie gut hast du es, Falke! Du fliegst, wohin du magst. Du suchst dir im Wald einen Baum aus, der dir gefällt. So habe ich es auch gemacht, ich suchte mir selbst einen Mann aus, den erwählten meine Augen. Das beneiden schöne Frauen. O weh, warum lassen sie mir meinen Geliebten nicht in Ruhe? Ich habe ihnen doch nie einen Freund wegnehmen wollen.“

Frŏwe: Gnädige Frau, Frau meines Lebens, an dich denke ich immerzu; und ich sehe dich nur zu gern. Du bist nie unbeständig gewesen. Und ich wäre so sehr gern bei dir. Nun laß mich dein Wohlwollen finden, dann kann mir kein Leid geschehen.

Slafest dv: „Schläfst du, schöner Liebster? Leider weckt man uns bald. [Schon] hat sich ein hübsches Vögelchen auf den Zweig der Linde gesetzt.“

Es stŷnt *Meist nicht als Werk Dietmars angesehen, vermutlich älter.*
Slafest dv *Ä. nach Q 64.*

„jch was vil sanfte entslafen;
nv rûfestv, kint, ‚wafen!'
lieb ane leit mag niht sin.
swas dv gebútest, das leiste ich, *frúndin min.*"

Dú frôwe begvnde weinen:
10 „dv ritest hinnen vnd last mich einen.
wenne wilt dv wider her zv̂ mir?
owe, dv fv̂rest mine frôide sant dir!"   *Q 19*

UNBEKANNTER VERFASSER

Der walt in grv̂ner varwe stat,
wol der wunneclichen zit!
miner sorgen wirdet rat.
5 selic si daz beste wip,
dv̂ mich trôstet svnder spot.
ich bin vro, dest ir gebot.

Ein winken vnd ein vmbesehen
wart mir, do ich si nahes sach.
10 da moht anders niht geschehen,
wan daz si minnecliche sprach:
„vrúnt, dv wis vil hohgemv̂t!"
wie sanfte daz minem herzen tv̂t!

„Ich wil weinen von dir *h*an",
15 sprach daz aller beste wip.

---

5 „Ich war so sanft eingeschlafen; nun rufst du, Kind, ‚auf, auf!' Liebe ohne Leid
kann es nicht geben. Was immer du sagst, das tu ich, meine Freundin." 9 Die Frau
begann zu weinen: „Du reitest fort und läßt mich allein. Wann wirst du wieder zu
mir kommen? O weh, du nimmst mein Glück mit dir fort!"

DER WALT: Der Wald steht in grüner Farbe, oh, wie herrlich ist diese Zeit! Meinen
Sorgen wird abgeholfen. Gesegnet sei die beste der Frauen, die mich tröstet und nicht
zum Narren hält. Ich bin glücklich, sie will es so. 8 Ein Winken und Umschauen
erhielt ich, als ich sie kürzlich sah. Da konnte es denn nicht anders sein, als daß sie
liebevoll sagte: „Freund, sei recht glücklich!" Wie wohl das meinem Herzen tut!
14 „Ich werde deinetwegen weinen", sagte die allerbeste der Frauen. „So bald es

SLAFEST DV   8 min frúndin.
DER WALT *In Q 18 Walther von Metze (s. S. 289 ff.) zugewiesen. Zuweisung hier in Übereinstimmung mit der Forschung. – Ä. nach Q 64.*   14 gan.

„schiere soltv mich enphan
vnde trosten minen lip."
„swie dv wilt, so wil ich sin.
lache, liebez frowelin!"

Q 18

UNBEKANNTER VERFASSER

Upsalaer Sündenklage

Ich firsachen demo diyuelle alles sines vuillen ane mir.
herro drethin, ich bekenne mich dir
5 vnde diner heilier mûter
unde allen dinen druten
Aller der sundeclicher dethe,
di ich mit uuerken oder mit rethen
I en vverlte gefrumede,
10 sinth ich sunde gehûgede.
Ich geben mich an des almehtien godes geuualt,
vuande mine sunden sinth so manichfalt,
Dat ich si alle nith nemach genennen.
ich sundich menischo, ich bekenne
15 manslath unde roubes,
mordes unde zouberes,
Allerslaten hûres,
vuerltliches rumes,
Maniger meineide.
20 ich han mich firuuarth leyder
Mith auunste unde mith nide,
mith hazze unde mit girede,

---

geht, sollst du mich zu dir kommen lassen und mich glücklich machen." „Ich will,
wie du willst. Lach doch, liebes Mädchen!"

ICH FIRSACHEN: Ich widersage dem Teufel in allem, was er von mir begehrt. Herr-
gott, ich bekenne dir und deiner heiligen Mutter und all deinen Vertrauten alle meine
sündigen Taten, die ich je mit Werken oder mit Überlegungen in dieser Welt begangen
habe, seit ich nach Sünden trachtete. Ich gebe mich in die Gewalt des allmächtigen
Gottes, denn meine Sünden sind so vielfältig, daß ich sie nicht alle nennen kann. Ich
sündiger Mensch, ich bekenne Totschlag und Raub, Mord und Zauberei, alle Arten
von Hurerei, weltliche Ruhmsucht, viele Meineide. Ich habe mich leider durch Miß-
gunst und durch Neid zugrunde gerichtet, durch Haß und durch Begierlichkeit,

ICH FIRSACHEN *Ä. nach Q 66.*   14 meinscho.   22 giredent.

Ane oberdranke unde ane oberaze.
ich neuûlde des nit lazen,
25   des ich zubele gedathe,
.er ich iz mit uuerken uolbrehthe.
Ich neuuarth minen ebencristen ni so holt,
so ich uan rethe solde,
Minen uader, miner muoter,
30   minen suuestren, minen brûderen
unde anderme mime geslehthe,
al*so* ich solde uan rethe.
Ich han firbroken uiren unde uasten,
ich [...]
35   [...] Ro negesutha,
noch umbe sin dienest nerutha,
so ich uan rethe solde dun.
ich gaf min almusene in rum
vnde han mich firsumt (daz ist mir leith),
40   daz ich dier hieligen cristenhiet,
beide lebenden unde doten,
nebesceinede ni neheine guote
Mit almusen unde mit gebede;
daz claich dime himelischen goðe.
45   Ich bekennen mih ander stunde,
daz ich niene geruthe miner sunden
mit sulchen ruen noch mit sulchen uorthen,
so ich uuere durftich.
ich vuas ie zu allemo ubele gare,
50   ich nepfinch ni buza noch harmscare
so groze noch so suuere,
so mine meindethe vueren.

---

durch unmäßiges Trinken und Essen. Ich wollte nicht aufgeben, was ich Böses plante, bevor ich es nicht ins Werk gesetzt hatte. Ich war gegen meine Mitchristen nie so wohl gesonnen, wie ich von Rechts wegen sollte, nicht gegen meinen Vater, meine Mutter, meine Schwestern, meine Brüder und meine übrige Verwandtschaft, wie ich von Rechts wegen sollte. Ich habe Feiertage und Fasten übertreten, ich [...] *Ro* suchte ich weder, noch kümmerte ich mich um seinen Dienst, wie ich von Rechts wegen hätte tun sollen. Ich gab mein Almosen aus Ruhmsucht und habe es versäumt (das bereue ich), die heilige Christenheit, die Lebenden wie die Toten, durch Almosen und durch Gebet Gutes erfahren zu lassen; das klage ich dem himmlischen Gott. Ich bekenne weiterhin, daß ich meine Sünden nie mit solcher Reue noch mit solchen Worten bedachte, wie mir nötig gewesen wäre. Ich war immer zu allem Bösen bereit, ich erhielt nie Buße oder Strafe, die so groß und so schwer wie meine Sünden gewe-

32 al.   34 *Nach* ich *ca.* 1¼ *Zeile ausradiert.*   45 bekemnen. stude.   52 meinthe.

Der maze rethe,
die mir min euuarthen dathen,
55   Di nebehilth ich mit gehorsame nie;
des bekennen ich mich gode hie.
Die mir hant gedinet,
den han ich ungelonet;
Die miner herbergen gerden,
60   uil selden ich di uerthe.
Ich neliz mich nie irbarmen
di sichen noch di armen.
Ich han minen zehenden ungegeben.
vnreht uuas ie min leben
65   Leider in allen enden.
di da in kerchere *oder* in benden
oder in andren steden
[...]

               Q 45

UNBEKANNTER VERFASSER

[Melodie]

Christ, der ist erstanden
von der marter alle.
5   des svll wir alle fro sein,
christ sol vnser trost sein. kyrieleis!   *Q 22*

---

sen wären. Die Ratschläge zur Mäßigung, die mir meine Priester gaben, habe ich niemals gehorsam befolgt; dazu bekenne ich mich hier vor Gott. Die mir Dienste erwiesen haben, die habe ich nicht belohnt; die bei mir Unterkunft suchten, habe ich nie aufgenommen. Nie hatte ich mit Kranken und Armen Mitleid. Ich habe meinen Zehnten nicht gezahlt. Mein Leben war leider durch und durch böse. Die im Kerker waren oder gefangen oder an anderen Orten [...]

CHRIST: Christus ist von all den Martern auferstanden. Darüber sollen wir uns alle freuen, Christus soll unser Trost sein. Herr, erbarme dich!

ICH FIRSACHEN   54 dir.   66 oī.
CHRIST *Eine Kontrafaktur zu diesem Lied s. Bd. 2 dieser Reihe, S. 331.*

UNBEKANNTER VERFASSER

Nu bitden wir den heiligen geist
vmb den rehten glauben aller meist,
daz er vns behůte an vnserm ende,
5   so wir heim suln varn vz diesem ellende. kyrieleis!   *Q 14*

3. Drittel 12. Jahrhundert

MEINLOH VON SEVELINGEN

Es mag niht haissen minne, der lange wirbet vmbe ain wip.
die lv́te werdent sin inne vnd wirt zerfv́ret dvr nit.
vnstętv́ frv́ntschaft machet wankeln mv̊t.
5   wan sol ze liebe gahen; das ist fv́r die merkęre gv̊t,
das es iemen werde inne, e ir wille si ergan.
so sol man sv́ triegen.
da ist gnv̊gen ane gelvngen, die das selbe hant getan.   *Q 43*

Ich bin holt ainer vrowen, ich wais vil wol, vmbe was.
sit ich ir begvnde dienen, si geviel mir ie bas vnd ie bas.
ie lieber vnd ie lieber so ist si ze allen ziten mir,
ie schőner vnd ie schőner, vil wol gevallet si mir.

NU BITDEN: Nun laßt uns den Heiligen Geist vor allem um den rechten Glauben
bitten, damit er uns bei unserem Tod behüte, wenn wir aus dieser Verbannung heim-
kehren sollen. Herr, erbarme dich!

Es MAG: Es wird keine Liebe daraus werden, wenn einer lange um eine Frau wirbt.
Die Leute merken es, und [es] wird durch Mißgunst auseinandergebracht. Oft unter-
brochene Freundschaft macht unbeständigen Sinn. Man soll sich rasch zur Liebe ent-
schließen; das ist gut gegen die Spitzel, damit es niemand merkt, bevor sie *[die Lieben-*
den] ihr Ziel erreicht haben. So muß man sie betrügen. Damit haben oft genug die
Erfolg gehabt, die sich so verhalten haben.

ICH BIN: Ich liebe eine Frau, ich weiß wohl, warum. Seit ich ihr zu dienen begonnen
habe, gefiel sie mir immer besser und besser. Sie ist mir immer lieber und lieber [ge-
worden], immer schöner und schöner, sie gefällt mir über die Maßen. Sie ist gesegnet

NU BITDEN *Mel. erst aus Aufzeichnungen des 16. Jh.s bekannt, vgl. Q 68 S. 335.*
ICH BIN *Â. nach Q 19.*

5   si ist sęlig ze allen eren, der besten tvgende pfliget ir lip.
stvrbe ich nach ir minne
vnd wurde ich danne lebende, so wurbe ich aber vmbe *das wib*.

Q 43

Mir erwelten minv̇ ȯgen ainen kindeschen man.
das nident ander vrowen. ich han in anders niht getan,
wan ob ich han gedienet, das ich dv̇ liebeste bin.
dar an wil ich keren min herze vnd al den sin.
5   swelhv̇ sinen willen hie bevor hat getan,
verlos si in von schvlden,
der wil ich nv niht wîssen, sihe ich si vnvrȯlichen stan.   *Q 43*

So we den merkeren! die habent min úbel gedaht;
si habent mich ane schulde in eine grosse rede braht.
si wenent mir in leiden, so si so runent vnder in.
nv wissen al geliche, das ich sin frúndinne bin,
5   ane nahe bi gelegen; des han ich weis got niht getan.
stechent si vs ir ȯgen!
mir ratent mine sinne an deheinen andern man.   *Q 19*

Ich sach botten des svmers: das waren blůmen also rot.
weistv, schȯne frowe, was dir ein ritter enbot?
verholne sinen dienest. im wart liebers nie niet.
im truret sin herze, sit er nv ivngest von dir schiet.

---

mit allen Ehren, übt sich in den besten Tugenden. Stürbe ich [vor Sehnsucht] nach ihrer Liebe und würde ich dann auferstehen, so würbe ich wieder um diese Frau.

Mɪʀ ᴇʀᴡᴇʟᴛᴇɴ: Meine Augen haben mir einen jungen Mann ausgesucht. Deswegen sind andere Frauen neidisch. Ich habe ihnen nichts anderes angetan, als daß ich mich angestrengt habe, die Liebste zu sein. Darauf will ich [weiterhin] Herz und Verstand richten. Wenn die, die vorher getan hat, wie er wollte, ihn durch eigene Schuld verloren hat, will ich sie jetzt nicht tadeln, wenn ich sie traurig dastehen sehe.

So ᴡᴇ: Schande über die Spitzel! Die sind böse über mich hergefallen; sie haben mich schuldlos in ein großes Gerede gebracht. Sie glauben, sie verleiden ihn mir, wenn sie so untereinander tuscheln. Nun mögen es alle wissen, daß ich seine Liebste bin, aber ohne mit ihm geschlafen zu haben; das habe ich weiß Gott nicht getan. Stäche man ihnen doch die Augen aus! Mir raten meine Sinne doch zu keinem andern Mann.

Iᴄʜ sᴀᴄʜ: Ich sah Boten des Sommers: es waren so rote Blumen. Weißt du, schöne Dame, was dir ein Ritter ausrichten ließ? Seinen Dienst im Geheimen. Er hat nie etwas Lieberes gehabt. Sein Herz ist traurig, seit er sich neulich von dir trennte.

Iᴄʜ ʙɪɴ   7 ir lip.

5 nv hôhe im sin gemv̂te gegen dirre svmerzit!
   fro wirt er niemer,
   ê er an dinem arme so rehte gv̂tliche gelit.   *Q 19*

Heinrich von Veldeke

   Tristrant mv̂ste – svnder danc –
   stete sin der kvneginne,
   wand in poisvn da zv̂ twarc
5 mere danne dv́ craft der minne.
   des sol mir dv gv̂te danc
   wizzen, daz ich niene gedranc
   alsvlhen pi*ment* vnd ich si minne
   baz danne er, vnd mac daz sin.
10 wolgetane   valsches ane,
   la mich wesen din,   vnd *wis* dv min!

   Sit dv́ svnne ir lihten schin
   gen der kalten hat geneiget
   vnd dv́ cleine vogell*in*
15 ir sanges sint gesweiget,
   trvric ist daz herze min,
   wan ez wil nv winter sin,
   der vns sine craft erzeiget
   an den blv̂men, d*ie* man siht
20 lihter varwe   erbleichet gar*w*e.
   da von mir geschiht   leit vnd liebes niht.
                                                              Q 18

Nun mach ihn glücklich zu dieser Sommerzeit! Er wird nie wieder froh, bevor er
nicht so recht zärtlich in deinem Arm liegt.

TRISTRANT: Tristan mußte – gegen seinen Willen – der Königin *[Isolde]* treu sein,
denn mehr als die Gewalt der Liebe zwang ihn der Zaubertrank dazu. Darum soll die
Gute mir hoch anrechnen, daß ich nie einen so gewürzten Trank getrunken habe und
ich sie [doch], wenn möglich, heftiger liebe als er. Du Schöne ohne Fehl, laß mich
dein sein, und sei du mein! 12 Seit die Sonne ihren hellen Schein vor der Kälte
hat vergessen lassen und die kleinen Vögelchen aufgehört haben zu singen, ist
mein Herz voll Traurigkeit, weil es nun Winter wird, der uns an den Blumen seine
Macht vor Augen führt, an denen man sieht, daß ihre leuchtenden Farben gänzlich
verblichen sind. Das bringt mir Leid und keine Freude.

TRISTRANT *Die verschiedene Sagenmotive (u. a. Zaubertrank) verbindende Liebesgeschichte
von Tristan und Isolde wurde im MA mehrfach dichterisch gestaltet. – Ä. 8 nach Q 64, die
übrigen nach Q 43.* 6 dir. 8 pin. 11 *f.* 12–21 *Häufig als Einzelstr. aufgefaßt.*
14 vogellv̂. 19 den. 20 gar owe.

„Der blideschaft svnder rv́we hat
mit eren hie, der ist riche
(das herze, da dv́ rv́we inne stat,
das lebet iamerliche);
5   er ist edel vnde frv̂t.
   swer mit eren   kan gemeren
   sine blitschaft, das ist gv̂t.“

„Dv́ schône, dv́ mich singen tv̂t,
si sol mich sprechen leren
10   dar abe, das ich minen mv̂t
niht wol kan gekeren:
si ist edel vnde frv̂t.
   swer mit eren   kan gemeren
   sine blideschaft, das ist gv̂t.“   *Q 43*

Gerner het ich mit ir gemaine
tvsent marke, swa ich wolte,
vnd ainen schrin von golde,
danne *ich* von ir wesen solde
5   verre, siech vnd arme vnd aine.
des sol si sin von mir gewis,
das das dv́ warhait an mir is.   *Q 43*

Die noch nie wurden verwunnen
von minnen, alse ich nv bin,
die enmvgen noch enkvnnen
niht wol gemerken minen sin.

DER BLIDESCHAFT: „Wer hier in Ehren fröhlich ist, ohne es zu bereuen, der ist reich (das Herz, in dem die Reue wohnt, führt ein jämmerliches Leben); er ist hochgesinnt und klug. Kann einer in Ehren seine Fröhlichkeit mehren, das ist gut.“   8 „Die Schöne, die der Grund ist, warum ich singe, die soll mich [das] aussprechen lehren, daß ich meinen Sinn nicht abwenden kann: Sie ist hochgesinnt und klug. Kann einer ...“

GERNER: Lieber hätte ich zusammen mit ihr irgendwo, wo ich gern wäre, tausend Mark und einen Kasten voll Gold, als daß ich fern von ihr, krank, arm und allein wäre. Sie kann ganz sicher sein, daß dies die reine Wahrheit über mich ist.

DIE NOCH: Die noch nie von der Liebe besiegt wurden, so wie ich es jetzt bin, die können nicht verstehen, wie mir zumute ist, noch sind sie dazu imstande.

DER BLIDESCHAFT *Die beiden Str. in allen Quellen durch 23 weitere Str. getrennt.*
GERNER *Ä. nach Q 19.*   4 *f.*
DIE NOCH *Die beiden Str. in allen Quellen durch 6 weitere Str. getrennt; wegen der getrennten Überlieferung häufig als zwei Einzelstr. aufgefaßt.*

5
ich han alda minne begvnnen,
da mine minne schinen min,
danne der mane schine bi der svnnen.

Die minne bit ich vnde man,
dv́ mich hat verwunnen al,
10
das ich die schônen dar zv̊ span,
das si mere min geval.
geschiht mir als dem swan,
der da singet, als er sterben sal,
so verlv́se ich ze vil daran.   *Q 43*

Swer ze der minne ist so frŭt,
das er der minne dienen kan
vnd er dvrch minne pine tv̊t,
wol im, derst ein selig man!
5
von minne kvmt vns alles gv̊t,
dú minne machet reinen mv̊t;
was sold ich svnder minne dan?

Jch minne die schonen svnder *w*ank,
ich weis wol, ir minne ist dar.
10
ob miniv minne ist kranc,
so wirt ôch niemer minne *w*ar.
ich sage ir miner minne dank.
bi ir minne stat mi*n* sank.
erst tvmb, swers niht gelôbet gar.   *Q 19*

Ich habe da zu lieben begonnen, wo meine Liebe weniger sichtbar ist, als der Mond
neben der Sonne sichtbar sein kann.   8 Die Liebe, die mich gänzlich besiegt hat,
bitte und ermahne ich, daß ich die Schöne dazu verlocken [kann], daß sie mein
Glück größer mache. Geht es mir wie dem Schwan, der singt, wenn er sterben muß,
so wäre mein Schaden zu groß.

SWER: Wer so viel von der Liebe versteht, daß er sich der Liebe hingeben kann und
er sich um der Liebe willen aufs Äußerste anstrengt, wohl dem, er ist ein glücklicher
Mensch! Durch Liebe entsteht uns alles Gute, die Liebe schenkt ein reines Herz; was
sollte mir ein Leben ohne Liebe?   8 Ich liebe die Schöne und bin ihr treu, ich weiß
wohl, die Liebe zu ihr ist lauter. Sollte meine Liebe unvollkommen sein, dann gibt es
überhaupt keine wahre Liebe. Ich danke ihr für [diese] meine Liebe. Mit der Liebe zu
ihr steht [und fällt] mein Singen. Ein Tor ist, wer das nicht aufs Wort glaubt.

SWER *Mel. vielleicht Kontrafaktur einer romanischen Liedform (s. Q 54 Nr. 43). – Ä. 8
nach Q 64, 13 nach Q 43.*   8 dank.   13 mim.

Dú minne betwang salomone,
der was der aller wisest man,
der ie getrůg kv́niges krone.
wie mồht ich mich erwerren dan,
5   sin betwunge ǒch mich gewaltekliche,
sit si solken man verwan,
der so wise was vnd ǒch so riche?
den solt han ich von ir ze lone.

Q 19

Kaiser Heinrich

JCh grůsse mit gesange die sv́ssen,
die ich vermiden niht wil noch en mac.
d*as* ich si von mvnde rehte mohte grůssen,
5   ach leides, des ist manig tag.
swer nv disú liet singe vor ir,
der ich so gar vnsenfteclich enbir,
es si wib oder man, der habe si gegrůsset von mir.

Mjr sint dú rich vnd dú lant vndertan,
10   swenne ich bi der minneclichen bin;
vnd swenne ich gescheide von dan,
so ist mir aller min gewalt vnd min richtv̂m da hin,
wan senden kvmber, den zelle ich mir danne ze habe.
sus kan ich an freuden stigen vf vnd ouch abe
15   vnd bringe den wehsel, als ich wenne, dur ir liebe ze grabe.

Dú minne: Die Liebe bezwang Salomon, [und] der war der allerweiseste Mann, der je die Königskrone getragen hat *[vgl. 1 Reg. 5, 9–14 und 11, 1–10]*. Wie könnte ich mich dann dagegen wehren, daß sie nicht auch mich mit Macht in die Knie zwingt, da sie solch einen Mann besiegte, der so weise war und auch so mächtig? Das ist die [einzige] Gabe *[das Bewußtsein, nicht widerstehen zu können]*, mit der sie mich entlohnt.

JCh grůsse: Mit meinem Lied grüße ich die Süße, von der ich weder lassen will noch kann. Daß ich sie, wie es recht ist, selbst begrüßen konnte, ach, das ist leider viele Tage her. Wer nun, Frau oder Mann, dieses Lied vor ihr, die ich so schmerzlich vermisse, singt, der soll sie von mir gegrüßt haben.   9 Mir sind die Reiche und Länder untertan, wenn ich bei der Geliebten bin; und wenn ich mich von ihr trenne, ist all meine Macht und mein Reichtum dahin, nur Sehnsuchtsschmerz gilt mir dann als [einziger] Besitz. So trägt mich das Glück in Höhen und Tiefen, und um ihrer Liebe willen, so glaube ich, wird mich dieses Auf und Ab bis zum Grab begleiten.

JCh grůsse *Die Verfasserschaft Kaiser Heinrichs VI. (1165–1197) ist umstritten. – Ä. nach Q 43.*   4 do.

Sit das ich si so gar herzeclichen minne
vnd si ane wenken zallen ziten trage
beide in herze vnd ouch in sinne,
vnder wilent mit vil maniger clage,
20 was git mir dar vmbe dú libe ze lone?
da bútet si mirs so rehte schone;
e ich mich ir verzige, ich verzige mih e der crone.

Er súndet, swer des niht gelŏbet,
das ich mŏhte geleben manigen lieben tag,
25 ob ioch niemer crone kemme vf min hŏbet,
des ich mich ân si niht vermessen mag.
verlur ich si, was het ich danne?
da tohte ich ze freuden weder wiben noh manne,
vnd wer min bester trost beide ze âhte vnd ze banne.   *Q 19*

FRIEDRICH VON HAUSEN

Ich mv̊s von schvlden sin vnvro,
sit si iach, do ich bi ir was,
ich mohte haissen eneas,
5 vnd solte aber des wol sicher sin, si wurde niemer min tido.
wie sprach si do!
al aine frŏmidet mich ir lip,
si hat ie doch des herzen michr berŏbet gar fv́r allv́ wip.

---

16 Da ich sie nun so von Herzen liebe und sie unbeirrt zu aller. Zeiten in meinem Herzen und meinen Gedanken trage, und das oft mit großen Klagen, was gibt die Geliebte mir dafür zum Lohn? Da bereitet sie mir so wundervolle Stunden; ehe ich auf sie verzichtete, verzichtete ich eher auf die Krone.   23 Der versündigt sich, der das nicht glaubt, daß ich, auch wenn ich nie die Krone tragen würde, [mit ihr] viele schöne Tage erleben könnte, was ich ohne sie nicht zu hoffen wagen kann. Verlöre ich sie, was bliebe mir dann? Dann hätten weder Frauen noch Männer an mir [die geringste] Freude, und mein bester Trost wäre in Acht und Bann.

ICH MV̊S: Ich habe allen Grund, traurig zu sein, weil sie, als ich bei ihr war, sagte, ich könnte Äneas heißen und dürfte aber dessen sicher sein, sie würde niemals meine Dido. Wie konnte sie so reden! Nur mir gegenüber ist sie [so] kalt, dabei hat sie mir doch mehr als alle anderen Frauen mein Herz gestohlen.   9 Mit Erinnerungen muß

ICH MV̊S 4–5 *Nach der Darstellung Vergils nahm Dido, die Königin Karthagos, den nach einer neuen Heimat suchenden trojanischen Flüchtling Äneas auf und verliebte sich in ihn. Als er sie auf Befehl des Jupiter verließ, gab sie sich selbst den Tod.*

Mit gedęnken mv̊s ich die zit
10 vertriben, als ich beste kan,
vnd lernen, des ich nie began:
trvren vnde sorgen pflegen; des was vil vngewent min lip.
dvrch allv́ wip
wande ich niemer sin bekomen
15 in so rehte kvmberliche not, als ich von ainer han genomen.

Min herze mv̊s ir klvse sin,
al die wile ich han den lip.
so mv̊ssen iemer allv́ wip
vil vngedrvngen drinne wesen, swie lihte si sich getrôste min.
20 nv werde schin,
ob rehte stęte iht mv́ge gefromen.
der wil ich iemer gen ir pflegen, dv́ ist mir von ir gv́ti komen.

Q 43

Es węre ain wunneclichv́ zit,
der nv bi frv́nden môhte sin.
ich węne, an mir wol werde schin,
das ich von der geschaiden bin, die ich erkos fv́r allv́ wip.
5 ir schôner lip,
der wart ze sorgen mir geborn.
den ögen min mv̊s dikke schaden, das si so rehte habent erkorn.

Uvęre si mir in der masse lip,
so wurd es vmbe das schaiden rat;
10 wan es mir also niht enstat,
das ich mich ir getrôsten mvge. öch sol si min vergessen niht,

---

ich mir, so gut ich kann, die Zeit vertreiben und [muß] lernen, was ich niemals wollte:
mich quälen und mir Sorgen machen; daran war ich gar nicht gewöhnt. Ich glaubte
nicht, daß alle Frauen mich je in so jammervolle Not hätten stürzen können, wie mir
jetzt von einer einzigen geschieht.   16 Mein Herz soll, so lange ich lebe, ihre Klause
sein. Deshalb dürfen alle anderen Frauen sich nicht in dem engen Raum drängen [?],
wie leicht sie sich auch über mich hinwegsetzt. Nun soll sich zeigen, ob nicht wahre
Treue etwas ausrichten kann. Die will ich ihr gegenüber immer bewahren, die hat
ihre Vortrefflichkeit mich gelehrt.

Es WĘRE: Es wäre eine herrliche Zeit, könnte man jetzt bei denen sein, die man liebt.
Ich glaube, man sieht es mir an, daß ich fern bin von der, die ich mir vor allen Frauen
auserwählt habe. Ihre schöne Gestalt ist mir zum Kummer geboren worden. Es muß
meine Augen oft schmerzen, daß sie sie so bedingungslos auserwählt haben.   8 Hielte
sich meine Liebe zu ihr in Grenzen, so wäre es mit der Trennung nicht so schlimm;
nun steht es aber nicht so mit mir, daß ich mich über sie hinwegtrösten kann. Auch sie
wird mich nicht vergessen,

wan do ich schiet
von ir vnd ich si ivngest anesach,
ze vrôden mv̊s ich vrlop nemen, das mir da vor e nie geschach.

Q 43

Ich lobe got der siner gv̊te,
das er mir ie verlech die sinne,
das ich si nam in min gemv̊te,
wan si ist wol wert, das man si minne.
5   noch besser ist, das man ir hv̊te,
danne iegelicher sinen willen
spręche, das si vngerne horte
vnd mir die vrôde gar zerstorte.

Doch besser ist, das ich si mide,
10   danne si âne hv̊te węre
vnd ir dehainer, mir ze nide,
spręche, des ich doch vil gern enbęre.
ich han si erkorn vs allen wiben;
lasse ich iht dvrch die męrkęre,
15   vrômede ich si mit den ȯgen,
si minnet iedoch min herze tȯgen.

Min lip was ie vnbetwungen
vnd vngemv̊t von allen wiben.
alrest han ich rehte befvnden,
20   was man nach liebem wibe lide.
des mv̊s ich ze manigen stvnden
der besten vrowen aine miden,

---

denn als ich von ihr Abschied nahm und ich sie zum letzten Mal sah, mußte ich mich von Freuden trennen, was mir vorher noch nie geschehen war.

ICH LOBE: Ich preise Gott für seine Güte, daß er mir je die Einsicht verliehen hat, daß ich sie in mein Herz geschlossen habe, denn sie ist es wirklich wert, daß man sie liebt. Noch besser ist es, daß man sie abschirmt, als daß jeder seine Wünsche ausspricht, was sie nur ungern hören würde und mir die Freude gänzlich verdürbe. 9 Es ist doch besser, daß [auch] ich ihr fernbleibe, als daß sie ohne Aufsicht wäre und jemand, um mich zu ärgern, ihr den Hof macht, worauf ich doch wahrhaftig keinen Wert lege. Ich habe sie mir aus allen Frauen ausgewählt; wenn ich wegen der Aufpasser etwas unterlasse, wenn mein Blick sie fremd ansieht, insgeheim liebt mein Herz sie doch. 17 Ich bin [bisher] stets frei und unbeschwert von allen Frauen geblieben. Erst jetzt habe ich richtig erfahren, wie weh einem nach der geliebten Frau sein kann. Ich muß nämlich lange Zeit von einer der besten Frauen fern sein, darum ist mein

ICH LOBE *Mel. wahrscheinlich Kontrafaktur eines romanischen Liedes (s. Q 54 Nr. 33).* – *Ä. 14 und 18 nach Q 64, 17 und 27 nach Q 19.* 14 niht. 17 Ain. 18 doch gemv̊t.

des ist min herze dikke swẹre,
als es mit vrôden gerne wẹre.

25 Swie dike ich lobe die hv̊te,
deswar, es wart doch nie min wille,
das ich *in* iemer in dem mv̊te
werde holt, die so gar die sinne
gewendet hant, das sv́ der gv̊ten
30 entpfrômden wellent stẹte minne.
deswar, tv̊n ich in niht mere,
ich veraische doch gerne alle ir vnere.   *Q 43*

Vvas mag das sin, das dv́ welt haisset minne
vnd es mir tv̊t so we ze aller stvnde
vnd es mir nimet so vil miner sinne?
ich wande niht, das es iemen entpfvnde.
5 getorste ich es iehen,   das ich es hette gesehen,
da von mir ist geschehen   also vil herze sere,
so wolt ich daran geloben iemermere.

Minne, got mv̊se mich an dir rechen!
wie vil dv minem herzen der vrôden wendest!
10 vnd môhte ich dir din krvmbes ôge vs gestechen,
des het ich reht, wan dv vil lv́tzel endest
aṅ mir sôlhe not,   so mir din lip gebot.
vnd wẹrist dv tot,   so dvhte ich mich riche.
svs mv̊s ich von dir leben betwungenliche.   *Q 43*

Herz oft schwer, wo es doch gern froh wäre.   25 Wie oft ich auch die Aufsicht gut-
heiße, das habe ich wahrhaftig nie gewollt, derer freundlich zu gedenken, deren Ab-
sicht es einzig und allein ist, der Guten die treue Liebe zu verleiden. Wahrhaftig, wenn
ich ihnen sonst nichts antue, würde ich doch gern ihre Schande zur Kenntnis brin-
gen *[?]*.

VVAS MAG: Was mag das sein, das die Welt Liebe nennt und das mir [doch] immer so
viel Schmerz zufügt und mich kaum einen klaren Gedanken fassen läßt? Ich habe
[bisher] nicht geglaubt, daß jemand es [wirklich] empfunden hat. Könnte ich zu be-
haupten waġen, ich hätte es je zu Gesicht bekommen, von dem mir so viel Herzeleid
zuteil geworden ist, so wollte ich immer daran glauben.   8 Liebe, Gott soll mich an
dir rächen! Wieviel Glück entziehst du meinem Herzen! Und könnte ich dir dein schee-
les Auge ausstechen, das wäre mein gutes Recht, denn du läßt solches Leid, das du
über mich verhängt hast, ganz und gar kein Ende finden. Und wärst du tot, ich wäre,
glaube ich, Herr meiner selbst. So aber muß ich leben unter deiner Herrschaft.

ICH LOBE   27 f.
VVAS MAG *Öfters als Str. 3 und 4 des folgenden Liedes verstanden.*

Wafena, wie hat mich minne gelassen,
dú mich betwanc, das ich lie min gemv̂te
an solhen wan, der mich wol mac verwassen,
es ensi, das ich geniesse ir gûte,
5   von der ich bin   also dike ane sin.
mich dvhte ein gewin,   vnd wolte dú gv̂te
wissen die not, dú wont in minem mv̂te.

Wafena, was habe ich getan so ze vnereṇ,
das mir dú gv̂te ir grûsses niht engvnde?
10 svs kan si mir wol das herze verkeren.
das ich in der werlte besser wib iender funde,
seht, dest min wan;   da fúr so wil ichs han
vnd wil dienen [...]   mit trúwen der gv̂ten,
dú mich da blúwet vil sere ane rûten.   *Q 19*

Min herze, min lip, die wellent scheiden,
die mit ein ander waren nv menige zit.
der lip wil gerne vehten an die heiden,
ie doch dem herzen ein wib so nahen lit
5   vor al der werlte; das mv̂t mich iemer sit,
das si ein ander niht volgent beide.
mir habent dú ŏgen vil getan ze leide.
got eine mv̂sse scheiden noch den strit.

Wafena: Ach, in welchen Zustand hat die Liebe mich versetzt, die mich dazu ge-
zwungen hat, daß ich mein ganzes Denken auf eine solche Hoffnung gestellt habe, die
mich wahrlich zugrunde richten kann, wenn ich nicht die Güte derer erfahre, durch die
ich so oft ganz von Sinnen bin. Mir käme es [schon] wie ein Gewinn vor, wenn die
Gute von dem Leid, das mich erfüllt, erführe.   8 Ach, was habe ich Ehrloses getan,
daß mir die Gute kein Grußwort gönnt? So kann sie mir das Herz [im Leib] herum-
drehen. Seht, ich glaube nun einmal, daß ich auf der Welt nirgendwo eine bessere Frau
finden werde; dazu will ich stehen und will [...] der Guten getreulich dienen, die
mich – ohne Rute – so sehr schlägt.

Min herze: Mein Herz und ich wollen sich trennen, die nun [schon] so lange bei-
einander gewesen sind. Ich brenne darauf, gegen die Heiden zu kämpfen, dem Herzen
jedoch steht eine Frau näher als die ganze Welt; das quält mich seither ohne Unterlaß,
daß keiner dem andern nachgeben will. Meine Augen haben mir viel Kummer ge-
macht. Gott allein wird den Zwiespalt beenden müssen.

Wafena *Öfters als Str. 1 und 2 des vorhergehenden Liedes verstanden.*
Min herze *Vermutlich kurz vor dem Kreuzzug 1189–1192 entstanden. Mel. wahrschein-*
lich Kontrafaktur eines romanischen Liedes (s. Q 54 Nr. 27).

Sit ich dich, herze, niht wol mac erwenden,
10   dvne wellest mich vil trureclichen lan,
so bitte ich got, das er dich gerûche senden
an eine stat, da man dich wol welle enpfan.
owe, wie sol es armen dir ergan!
wie getorstest eine an solhe not ernenden?
15   wer sol dir dine sorge helfen wenden
mit trûwen, als ich han getan?

Ich wande ledic sin von solher swere,
do ich das krúce in gotes eren nan.
es wer ôch reht, das es also were,
20   wan das min stetekeit mir sin verban.
ich solte sin ze rehte ein lebendic man,
ob es den tvmben willen sin verbere.
nv sihe ich wol, das im ist gar vnmere,
wie es mir svle an dem ende ergan.

25   Niemen darf mir wenden das zvnstete,
ob ich die hasse, die ich da minnet ê.
swie vil ich si geflehte oder gebete,
so tût si rehte, als sis niht verste.
mich dvnket rehte, wie ir wort geliche ge
30   rehte, als es der svmer von triere tete.
ich wer ein gôch, ob ich ir tvmpheit hete
fúr gût; es engeschiht mir niemer me.   *Q 19*

---

9 Da ich dich, Herz, nicht umstimmen kann, ohne daß du mich in großen Kummer stürzt, so bitte ich Gott, daß er dich an einen Ort schicken möge, wo man dich willkommen heißen wird. O weh, wie wird es dir armem Ding ergehen! Wie konntest du es wagen, dich allein in eine so verzweifelte Situation zu begeben[?]? Wer wird dir getreulich deine Sorgen vertreiben helfen, wie ich es getan habe?   17 Ich glaubte, ich wäre frei von solchen Leiden, als ich zu Gottes Ehre das Kreuz nahm. Es wäre ja auch rechtens, daß es so wäre, nur meine Beständigkeit hat es mir unmöglich gemacht. Es wäre doch rechtens, daß ich das ewige Leben [?] erlangen könnte, wenn es [das Herz] nur auf seine törichten Wünsche verzichtete. Nun sehe ich ein, daß es ihm völlig gleichgültig ist, was letztlich aus mir wird.   25 Niemand braucht mir das als Unbeständigkeit auszulegen, wenn ich der zürne, die ich einst liebte. Wie oft ich sie auch anflehte oder mit Bitten bestürmte, sie tut einfach so, als ob sie es nicht verstünde. Es kommt mir so vor, als sei es mit ihren Worten ganz so wie mit dem Trierer Sommer. Ich wäre ein Narr, wenn ich ihre Verständnislosigkeit hinnähme; das passiert mir nicht wieder.

30 *Anspielung unklar; sie wurde bezogen auf den Streit zwischen Kaiser und Papst um die Person des Bischofs Volmar, der 1186 einen Sommer lang widerrechtlich das Bischofsamt von Trier innehatte (die Beendigung dieses Streits ermöglichte den Beginn des Kreuzzugs), auf das unbeständige, regen- und nebelreiche Klima des Moseltals und auf vieles andere.*

RUDOLF VON FENIS-NEUENBURG

Jch han mir selber gemachet die swere,
das ich der ger, dú sich mir wil entsagen.
dú mir zerwerbenne vil lihte were,
5 die flúhe ich, wan si mir niht kan behagen.
ich minne die, dú mirs niht wil vertragen.
mich minnent ŏch, die mir sint doch bormere:
sus kan ich wol beide 'fliehen vnd iagen'.

O we, das ich niht erkande die minne,
10 ê ich mich hete an si verlan!
so hete ich von ir gewendet die sinne,
wan ich ir nah minem willen niht han.
sus strebe ich vf vil tvmben wan.
des fúrhte ich grôsse not gewinne.
15 den kumber han ich mir selber getan.   *Q 19*

HEINRICH VON RUGGE

Dv́ welt mit grimme wil zergan nv vil schiere.
es ist an den lv́ten vil gros wunder geschehen:
vrŏwent sich zwene, so spottent ir viere.
5 węren sv́ wise, sv́ mŏhten wol sehen,
das ich dvrch iamer die vrŏde verbir.
nv sprechent gnv̆ge,   warvmbe ich niht singe,
den vrŏde noch geswichet e danne mir.

JCH HAN: Den Kummer habe ich mir selbst zugefügt, daß ich mich nach der sehne,
die sich mir versagen will. Um die ich leicht erfolgreich würbe, der gehe ich aus dem
Weg, weil sie mir nicht gefallen kann. Ich liebe die, die es mir nicht erlauben will. Mich
lieben dagegen die, die mir doch völlig gleichgültig sind: und so kann ich wohl 'flie-
hen und jagen'. 9 O weh, daß ich die Liebe nicht durchschaute, bevor ich mich mit
ihr einließ! Dann hätte ich mich von ihr abgewendet, denn so, wie ich es möchte,
kann ich sie nicht haben. So lebe ich auf törichte Hoffnungen hin. Deshalb fürchte ich,
[ich] werde noch viel Leid erfahren. Den Kummer habe ich mir selbst zugefügt.

Dv́ WELT: Die Welt wird vor Bosheit nun bald ein schlimmes Ende nehmen. Mit
den Leuten ist etwas sehr Merkwürdiges geschehen: Wenn zwei fröhlich sind, so
machen sich viere darüber lustig. Wären sie klug, könnten sie deutlich sehen, daß ich
mich vor Jammer von allem fröhlichen Treiben fernhalte. Und da gibt es genügend
[Leute], denen der Humor viel früher ausgeht als mir, die [noch] fragen, warum ich
nicht singe.

JCH HAN *Mel. wahrscheinlich Kontrafaktur eines romanischen Liedes (s. Q 54 Nr. 34).*
8 *terminus technicus aus der Sprache des Kriegs und des Kampfspiels.*
Dv́ WELT *In Q 18 Reinmar (s. S. 89–100) zugewiesen.*

Dv́ welt hat sich von vrôden geschaiden,
10   das ir der vierde niht rehte tv̊t.
ivden vnd cristen – ich enwais vmbe die haiden –,
die denkent alzeverre an das gv̊t,
wie sv́ des vil gewinnen. doch wil ich in sagen:
es mv̊s alles hie beliben.   den rainen wiben
15   nv niemen dienet ze rehte, alse hôre ich sv́ clagen.

Swer nv den wiben ir reht wil verswachen,
dem wil ich vertailen ir minne vnd ir grv̊s.
ich wil ir laides von herze niemer gelachen,
swer nv welle, der lasse oder tv̊s.
20   wan ist ir aine niht rehte gemv̊t,
da bi vinde ich schiere   drie oder viere,
die ze allen ziten sint hv́besche vnde gv̊t.   *Q 43*

Ich was vil vngewon,   des ich nv wonen mv̊s,
das mich der minne bant   von sorgen liesse iht fri.
nv scheidet mich da von   ein vngemacher grv̊s.
der was mir vnbekant,   nv ist er mir als bi;
5   vil gerne were ichs vri.
mir en wart dv́ sele noch der lip,
deswar, nie lieber danne mir ie was ein wib,
dv́ eteswenne sprach, das selbe were ich ir.
nv hat sis gar verkêrt her ze mir.   *Q 19*

---

9 Die Welt hat sich [deshalb] von der Freude abgewendet, weil jeder vierte Unrechtes tut. Juden und Christen – von den Heiden weiß ich es nicht – trachten allzusehr nach irdischem Besitz, wie sie davon [möglichst] viel zusammenraffen. Doch ich will ihnen sagen: all das muß hier zurückbleiben. Ich höre die edlen Frauen klagen, daß niemand ihnen mehr dient, wie es sich gehört.   16 Wer nun den Frauen ihr Recht schmälern will, den will ich von ihrer Liebe und ihrem Gruß ausgeschlossen wissen. Ich werde niemals über ihren Kummer herzlich lachen, mag das tun oder lassen, wer will. Denn ist unter ihnen eine nicht gesonnen, wie es sich gehört, finde ich um sie herum alsbald drei oder vier, die immer sittsam und gut sind.

ICH WAS: Ich war ganz und gar nicht gewöhnt, woran ich mich jetzt gewöhnen muß, daß mich die Liebesfessel nicht [auch] frei von Kummer sein ließ. Nun trennt mich ein unfreundlicher Gruß davon *[von dieser Gewöhnung]*. Den kannte ich [bisher] nicht, jetzt wird er mir zuteil; nur zu gerne wäre ich ihn [wieder] los. Wahrhaftig, nie ist mir weder Seele noch Leib lieber gewesen als [die] eine Frau, die einst sagte, ich bedeutete ihr ebensoviel. Nun hat sie es mir ins Gegenteil verkehrt.

Des libes habe ich mich   dvr got vil gar bewegen;
es wer ein tvmber wan,   duhte mich des ze vil.
ia lies er wunden sich,   do er vnser wolte pflegen.
der im des lonen kan,   wie seliclich er tůt!
5   wir toben vmbe gůt.
nv lant mih tvsent lande han,
ê ich sie danne wisse, so mv̂ste ich sie lan,
vnd ennwirt mir dar nach niht wan siben fůsse lanc.
vf besser lon stet aller min gedanc.   *Q 19*

BERNGER VON HORHEIM

Mir ist alle zit, als ich fliegende var
ob al der welte vnd dv́ min allv́ si.
swar ich gedenke, vil wol sprvnge ich dar.
5   swie verre es ist, wil ich, so ist es mir nahe bi.
starke vnde snel, baidv́ rich vnde fri
ist mir der mv̂t: dvr das lôfe ich so balde.
mir enmag entrinnen dehain tier in dem walde. –
das ist gar gelogen, ich bin swęre als ein bli.

10   Ich mag von vrôden toben ane strit:
mir ist von minne so liebe geschehen.
swa węre ain walt baidv́ lang vnde wit,
mit schônen bômen, den wolte ich erspehen;

DES LIBES: Mein Leben habe ich Gott zuliebe gänzlich aufgegeben; töricht wäre
es, wenn mir das zu viel erschiene. Wahrlich, er ließ sich martern, als er uns erretten
wollte. Wer ihm das vergelten kann, wie segensreich handelt der! Wir kämpfen ver-
bissen um irdischen Besitz. Laßt mich tausend Länder besitzen, ich müßte sie zurück-
lassen, ehe ich sie vollständig kennengelernt hätte, und ich bekomme danach nicht mehr
als ein sieben Fuß langes [Stück Erde]. All mein Streben geht auf besseren Lohn.
MIR IST: Mir ist immer zumute, als ob ich über die ganze Welt hinflöge und sie
gänzlich mir gehörte. An welchen Ort ich auch denke, ich könnte ihn mit einem Sprung
erreichen. Wie weit es auch ist, wenn ich will, ist es ganz in meiner Nähe. Stark und
behend, mächtig und frei ist mein Sinn: deswegen bewege ich mich so schnell. Kein
Tier im Wald kann mir entkommen. – Ist alles gelogen, ich bin schwer wie Blei.
10 Ich kann unbedenklich toll sein vor Glück: Ich habe durch die Liebe so Liebes
erfahren. Wo immer ein großer und breiter Wald mit prächtigen Bäumen wäre, den

DES LIBES *Dieses Gedicht steht wohl im Zusammenhang mit dem 3. Kreuzzug 1189–1192.*
MIR IST *Mel. vielleicht Kontrafaktur einer romanischen Liedform (s. Q 54 Nr. 47). – Ä.*
nach Q 19.

da mohte man mich doch springende sehen.
15   min reht ist, das ich mich an vrôden twinge. –
wes lv́ge ich gŏch? ich enwais, was ich singe.
mir wart nie wirs, wil ich der warhait iehen.

Ich mache den merkęren trv́benden mv̂t.
ich han verdienet ir nit vnd ir has,
20   sit das min vrowe ist so riche vnde gv̂t.
e was mir we, nv ist mir sanft vnde bas.
ain herzelait, des ich niene vergas,
das han ich verlassen vnd ist gar verwunden.
min vrôde hat mich von sorgen enbvnden.
25   mir wart nie bas. – vnde lv́ge ich v́ das.   *Q 43*

Nv lange   ich mit sange   die zit   han gekv́ndet;
swanne si vienc,   al zergie,   das ich sanc.
ich hange   an getwange.   das git,   dú sich sv́ndet;
wan si michs ie   niht erlie,   sine twanc
5   mich nah ir,   dú mir   so betwinget den mv̂t.
ich singe vnde svnge,   betwunge   ich die gûten,
das mir ir gv̂te bas tete. si ist gût.   *Q 19*

---

möchte ich mir aussuchen; da könnte man mich herumtoben sehen. Es ist mein gutes Recht, mich so an das Glück heranzudrängen. – Warum lüge ich Tropf? Ich weiß nicht, was ich singe. Wenn ich die Wahrheit sagen soll, so ging es mir nie schlechter. 18 Ich mache die Aufpasser verdrießlich. Ich habe mir ihren Widerwillen und ihren Haß zugezogen, weil meine Geliebte so vornehm und gut ist. Früher ging es mir schlecht, nun fühle ich mich wohl und wohler. Ein Herzeleid, das ich nie habe vergessen können, das habe ich jetzt hinter mir gelassen, und [es] ist völlig überwunden. Mein Glück hat mich vom Kummer befreit. Nie ging es mir besser. – Und das lüge ich euch vor.

Nv lange: Nun habe ich lange mit meinem Gesang den Frühling angesagt; sobald er anfing, wurde all mein Singen zunichte. Ich liege in Fesseln. Das macht die, die sich versündigt; denn sie, die mich so bezwingt, hat mich nie davon befreit, mich in ihren Bann zu schlagen. Ich singe und würde [erst recht] singen, wenn ich die Gute dahin brächte, daß sie mich besser behandelte. Sie ist gut.

Mir ist   15 ret.
Nv lange *Mel. wahrscheinlich Kontrafaktur eines romanischen Liedes (s. Q 54 Nr. 35).*

HARTMANN VON AUE

Swez vroide an gv̂ten wiben stat,
der sol in sprechen wol
vnd iemer wesen vndertan.
daz ist min sitte vnd ist min rat,
5 alse ez mit trvwen sol.
daz kan mich niht vervan
an einer stat,
dar ich gnaden bat.
10 swaz si mir tv̂t, ich han mi*ch* ir gegeben
vnd wil ir einer leben.

Moht ich der schonen minen mv̂t
nah mine*m* willen sagen,
so liez ich minen sanc.
15 nv ist min selde niht so gv̂t;
da von mv̂z ich ir clagen
mit sange, daz mich twanc.
swie verre ich si,
so sende ich ir den botten bi,
20 den si wol horet vnd eine siht.
der enmeldet min da niht.

Ez ist ein clage vnd niht ein sanc,
d*a* ich der gv̂ten mitte
ernv́we minv́ leit.
25 die sweren tage sint al ze lanc,
die ich si gnaden bitte
vnd si mir doch verseit.
swer selchen strit,
der kvmber ane vreide git,

SWEZ VROIDE: Wem edle Frauen Glück bedeuten, der soll Gutes von ihnen sagen und ihnen stets zu Diensten sein. So halte ich es, und das rate ich [allen], wie ich es als meine Pflicht ansehe. Aber an der einen Stelle, wo ich um Zuneigung gebeten habe, nützt es mir gar nichts. Wie sie sich auch mir gegenüber verhält, ich habe mich ihr übereignet und will nur für sie allein leben.   12 Könnte ich, wie ich wollte, der Schönen sagen, wie mir zumute ist, dann brauchte ich nicht mehr zu singen. Nun habe ich [aber] nicht so viel Glück; deshalb muß ich ihr im Lied klagen, was mich überwältigt hat. Wie weit ich auch fort bin, ich sende diesen Boten *[mein Lied]* zu ihr, den sie hört und als einzige erkennt. Der wird mich da nicht verraten.   22 Es ist eine Klage und kein *[fröhliches]* Lied, womit ich der Guten erneut meine Leiden schildere. Die trübe Zeit dauert zu lange, in der ich um Zuneigung flehe und sie mich dennoch nicht erhört. Wer solchem Konflikt, der zu glücklosem Kummer führt,

SWEZ VROIDE *Ä. nach Q 43.*   10 mir.   13 minen.   23 daz.

30   verlazen kvnde (des ich nieni kan),
          der were ein selic man.   *Q 18*

Min dienst, der ist alzelang
bi vngewissime wane;
nach der ie min herze rang,
dv́ lat mich trostes âne.
5 ich mohte *ir* clagen   vnd vndersagen
von maniger swęren zit.
sit ich erkande ir strit,
sit ist mir gewesen vúr war
ain stvnde ain tag, ain tag ain woche, ain woche ain ganzes iar.

10 Ove, was tęte si ainem man,
dem si doch vient węre,
sit si so wol verderben kan
ir frv́nt mit maniger swęre?
mir tęte bas   des riches has,
15 ioch mohte ich etteswar
entwichen siner schar.
dis lait wont mir alles bi
vnd nimt von minen vrǒden zins, alse ich sin aigen si.   *Q 43*

Dem krúze zimt wol reiner mv̌t   vnd kv́sche sitte;
so mag man selde vnd alles gǔt   erwerben da mitte.
ǒch ist es niht ein kleiner haft   dem tvmben man,
der sime libe meisterschaft   niht halten kan.

---

aus dem Weg gehen könnte (was ich nicht kann), der wäre ein glücklicher Mensch.
Min dienst: Mein Dienen in ungewisser Hoffnung dauert allzu lange; die, nach
der mein Herz sich immer verzehrt hat, läßt mich ohne Trost. Ich könnte ihr von
vielen leidvollen Zeiten klagen und erzählen. Seit ich ihren Widerstand erfahren habe,
dehnte sich mir eine Stunde zum Tag, ein Tag zur Woche, eine Woche zu einem gan-
zen Jahr.   10 O weh, was würde sie [erst] einem Mann zufügen, dem sie wirklich
feindlich gesonnen wäre, wo sie so gekonnt ihren Freund mit vielerlei Qualen zu-
grunde richten kann? Die Reichsacht wäre leichter zu ertragen, könnte ich doch deren
Strafe irgendwohin entkommen. Dieses Leid hat sich bei mir eingenistet und nimmt
Zins von meinen Freuden, als wäre ich sein Leibeigener.
Dem krúze: Zu dem Kreuz gehört ein reines Herz und keusches Leben; dann kann
man mit ihm das Heil und alles Gute erwerben. Zudem bedeutet es für den schwachen
    Menschen, der sich nicht selbst zu meistern versteht, keinen geringen Halt.

Min dienst *Ä. nach Q 64.*   5 in.
Dem krúze *Datierung kontrovers; vermutlich dem Kreuzzug von 1197/98 zuzuordnen. –
Ä. nach Q 64.*

5   es wil niht, das man si
       der werke dar vnder fri.
       was tŏgt es vf der wat,
       der sin an dem herzen niene hat?

       Nv zinsent, ritter, úwer leben   vnd ŏch den mv̊t
10   dvrh in, der iv da hat gegeben   beide lip vnd gv̊t!
       swes schilt ie was zer werlte bereit   vf hohen pris,
       ob er den gotte nv verseit,   der ist niht wis.
       wan swem das ist beschert,
       das er da wol gevert,
15   das giltet beidú teil:
       der welte lob, der sele heil.

       dv̊ werlt lachet mich triegende an   vnd winket mir.
       nv han ich als ein tvmber man   gevolget ir.
       Der hacchen han ich manigen tac   gelŏfen nach;
20   *da niemen stete vinden mac,   dar was mir gach.*
       nv hilf mir, herre krist,
       der min da varende ist,
       das ich mich dem entsage
       mit dinem zeichen, das ich hie trage.

25   Sit mich der tot berŏbet hat   des herren min,
       swie nv dú werlt nach im gestat,   das lâsse ich sin.
       der frŏide min den besten teil   hat er da hin;
       schv̊fe ich nv der sele heil,   das wer ein sin.
       mag ich ime ze helfe komen,
30   min vart, die ich han genomen,
       ich wil ime ir halber iehen.
       vor gotte mv̊sse ich in gesehen!   *Q 19*

Es will nicht, daß man unter ihm handelt, wie es einem gefällt. Wozu taugt es auf dem
Kleid dessen, der es nicht auch im Herzen trägt? 9 Nun gebt, ihr Ritter, euer Leben
und Denken für den zum Zins, der euch da Leib und Gut geschenkt hat! Wenn einer,
dessen Schild der Welt um großen Ruhmes willen stets zur Verfügung stand, ihn Gott
jetzt versagt, so ist er nicht klug. Denn der, dem es beschert ist, die Fahrt mit Erfolg
durchzuführen, erwirbt beides: das Lob der Welt, das Heil der Seele.   17 Die Welt
lacht mich betörend an und winkt mir zu. Und ich, ein törichter Mensch, bin ihr ge-
folgt. Deren Fersen *[?]* bin ich lange Zeit nachgelaufen; dahin, wo niemand Bestän-
digkeit finden kann, hat es mich getrieben. Nun hilf mir, Christus, unser Herr, daß
mich mit diesem Zeichen, das ich hier trage, von dem befreie, der mir nachstellt.
25 Seit mir der Tod meinen Herrn geraubt hat, läßt es mich gleichgültig, was die Welt
nach ihm zu bieten hat. Das Herzstück meines Glücks ist mit ihm dahingegangen;
erwürbe ich nun Heil für die *[seine?]* Seele, das wäre ein sinnvolles Tun. Kann ich
ihm zu Hilfe kommen, [dann] will ich die Hälfte meiner Fahrt, die ich unternommen
habe, ihm zugute kommen lassen. Dürfte ich ihn [doch] vor Gott wiedersehen!

17–18 *nach* 19–20.

Maniger grůsset mich also
(der grůs tůt mich ze masse fro):
„hartman, gen wir schowen
ritterliche frowen!"
5   mac er mich mit gemache lan,
vnd ile er zv̊ den frowen gan!
bi frowen truwe ich niht veruan,
wan das ich mv̊de vor in stan.

Ze frowen habe ich einen sin:
10   als si mir sint, als bin ich in;
wand ich mag bas vertriben
dv́ zit mit armen wiben.
swar ich kvm, da ist ir vil.
da vinde ich die, div mich da wil.
15   dú ist ŏch mines herzen spil.
was tŏg mir ein ze hohes zil?

IN miner torheit mir beschach,
das ich zv̊ zeiner frowen gesprach:
„frowe, ich han mine sinne
20   gewant an úwer minne."
do wart ich twerhes an gesehen.
des wil ich, des si iv beiehen,
mir wib in solher mâsse spehen,
dú mir des niht enlânt beschehen.   *Q 19*

MANIGER: Mancher begrüßt mich mit den Worten (der Gruß macht mir nur wenig Freude): „Hartmann, komm, laß uns den vornehmen Damen unsere Aufwartung machen!" Er soll mich in Ruhe lassen und zu den Damen eilen! Bei Damen bringe ich es zu nichts weiter, als daß ich lustlos bei ihnen herumstehe. 9 Mit den [vornehmen] Damen halte ich es so: Ich bin zu ihnen so, wie sie zu mir sind; denn ich kann meine Zeit besser mit einfachen Frauen vertreiben. Wo ich auch hinkomme, gibt es viele von ihnen. Da finde ich die, die mich [um meinetwillen] mag. Die ist [dann] auch meines Herzens Freude. Was nützt es mir, ein Ziel anzustreben, das zu hoch gesteckt ist? 17 In meiner Naivität passierte es mir, daß ich zu einer Dame sagte: „Gnädigste, ich habe mir vorgenommen, Ihre Liebe zu erwerben." Da wurde ich schief angesehen. Deshalb will ich, und ich sage es euch [allen], mir solche Frauen aussuchen, bei denen mir so etwas nicht passiert.

Ich var mit úweren hulden, herren vnde mage.
lút vnde lant, die mv̊ssen selig sin!
es ist vnnot, das ieman minr verte vrage:
ich sage wol fúr war die reise *mîn.*
5 mich vieng dú minne vnd lie mich varn vf mine sicherheit.
nv hat si mir enboten bi ir liebe, das ich var.
es ist vnwendig: ich mv̊s endelichen dar.
wie kvme ich breche mine trúwe vnd minen eit!

Sich rv̊met maniger, was er dvr die minne tete.
10 wa sint dú werk? die rede hôre ich wol,
doch sehe ich gern, das si ir eteslichen bete,
das er ir diente, als ich ir dienen sol.
es ist geminnet, der sich dur die minne ellenden mv̊s.
nv seht, wie si mich vs miner zvngen zúhet vber mer.
15 vnd lebte min her*re*, salatin vnd al sin her
dien brehten mich von vranken niemer einen fv̊s.

IR minne singer, ú mv̊s ofte misselingen.
das iv den schaden tŭt, das ist der wan.
ich wil mich rv̊men, ich mag wol von minnen singen,
20 sit mich dv́ minne hat vnd ich si han.
das ich da wil, seht, das wil alse gerne haben mich;
so mv̊st aber ir verliesen vnderwilent wanes vil.
ir ringent vmbe lieb, das úwer niht en wil.
wan mv́get ir armen minnen solhe minne als ich?   *Q 19*

ICH VAR: Mit eurer Billigung, Herren und Verwandte, trete ich die Fahrt an. Leute und Land mögen gesegnet sein! Es braucht mich niemand wegen meiner Fahrt zu befragen: Ich sage offen, warum ich reise. Die Liebe nahm mich gefangen und ließ mich auf Ehrenwort *[einstweilen]* ziehen. Nun [aber] hat sie mir befohlen, daß ich, wenn ich ihre Zuneigung nicht verlieren wolle, aufbreche. Es ist nicht mehr zu ändern: ich muß endlich dorthin. Schwerlich bräche ich Treueversprechen und Schwur! 9 Mancher rühmt sich dessen, was er um der Liebe willen vollbringen würde. Wo sind die Taten? Die Worte höre ich freilich, doch sähe ich gern, daß sie den einen oder anderen bitten würde, er solle ihr so dienen, wie ich ihr dienen werde. Das heißt Liebe, wenn einer um der Liebe willen in die Fremde muß. Nun seht, wie sie mich aus meiner Heimat über das Meer treibt. Lebte mein Herr noch, Saladin und sein ganzes Heer brächten mich keinen Fußbreit aus Franken *[Abendland?]* fort.   17 Ihr, die ihr eure Liebe besingt, müßt oft scheitern. Was euch schadet, sind eure falschen Hoffnungen. Ich will mich rühmen, daß ich in rechter Weise von der Liebe singen kann, weil mich die Liebe besitzt und ich sie. Was ich anstrebe, seht, das strebt gleich begierig zu mir; ihr hingegen müßt immer wieder viele Hoffnungen begraben. Ihr kämpft um Liebe, die euch verschmäht. Warum könnt ihr Toren nicht solche Liebe lieben wie ich?

ICH VAR *Datierung s. S. 78 Anm. – Ä. nach Q 64.*   4 *f.*   15 her.

SPERVOGEL (II)

Swer in vremeden landen vil der tvgende hat,
der solde niemer komen hein, daz were min rat,
erne hete da den selben mv̂t.
5 ez enwart nie mannes lop so gv̂t,
so daz von sinem hv̂se vert, da man in wol erkennet.
waz hilfet, daz man tregen esel mit snellem marke rennet?   *Q 18*

Dv́ selde dringet vur die kvnst, daz ellen gat
vil dicke nach dem richen zagen in swacher wat.
erst tvmp, swer gv̂t vor eren spart.
zvht, dv́ wellent grawen bart,
5 trúwe machent werden man vnd wise schone vrage.
liebe meistert wol den kovf, so scheidet schade die mage.   *Q 18*

So we dir, armv̂t! dv benimest dem man
beide wi*tz*e vnd och den sin, daz er niht kan.
die vrúnt getvnt sin lihten rat,
swenne er des gv̂tes niht enhat.
5 si kerent ime den rvgge zv̂ vnd grv̂zent in wol trage.
die wile daz er mit vollen lebit, so hat e*r h*olde mage.   *Q 18*

SWER IN: Wer sich im Ausland vortrefflich bewährt hat, der sollte, so wäre mein Rat, niemals in seine Heimat zurückkehren, es sei denn, er zeigte dort die gleiche Gesinnung. Keines Menschen Lob war je so gut wie das, was von seinem eigenen Haus ausgeht, wo man ihn genau kennt. Was nützt es, einen trägen Esel *[Ruhm, der sich neu ausbreiten muß]* mit einem schnellen Rennpferd *[bereits verbreiteter Ruhm]* um die Wette laufen zu lassen?

DV́ SELDE: Glück drängt Können in den Hintergrund, der Mut im dürftigen Gewand tritt oft hinter dem reichen Feigling zurück. Ein Narr ist, wer auf Kosten seines Ansehens sein Vermögen zusammenhält. Selbstbeherrschung gesellt sich zum grauen Bart, Treue macht den Mann achtbar und verständige Frage weise. Liebe bringt einen Handel leicht zustande, Schaden dagegen trennt [selbst] die Verwandten.

So WE: Weh dir, Armut! Du bringst den Mann um Verstand und Klugheit, so daß er nicht aus noch ein weiß. Die Freunde können ihn leicht entbehren, wenn er nichts besitzt. Sie kehren ihm den Rücken zu und grüßen ihn widerwillig. Als er noch aus dem Vollen schöpfte, da hatte er liebe Verwandte.

SWER IN *Mel. dieser und der folgenden 6 Strophen in Q 20. Zum Verf. vgl. S. 46 Anm.*
So WE *Ä. nach Q 19.*   2 wise.   6 er volle holde.

Swer einen frúnt wil sv̆chen, da er sin niht enhat,
vnd vert ze walde spúrn, so der sne zergat,
vnd kŏfet vngeschŏwet vil,
vnd haltet gerne verlornú spil,
5 vnd dienet einem bŏsen man, da es an lon belibet,
dem wirt wol after rúwe kunt, ob ers die lenge tribet.   *Q 19*

Swer den wolf ze hirten nimt, der vat sin schaden.
ein wiser man, der sol sin schif niht vberladen.
das ich ú sage, das ist war:
swer sinem wibe volget dur das iar
5 vnd er ir richú kleider vber rehte maze kŏfet,
da mag ein hohvart von geschehen, das sim ein stiefkint tŏfet.
     Q 19

Wir loben alle disen haln, wand er v̆ns trŭch.
vernet was ein schoner svmer vnd korns genv̆g;
des was ellú dú werlt ŏch vro.
wer gesach ie schoner stro?
5 es fv́llet dem richen man die schúre vnd ŏch die kiste.
swanne es gedienet, dar es sol, so wirt es aber dan ze miste.
     Q 19

Swer einen: Wer einen Freund suchen will, wo keiner ist, und in den Wald geht,
um Spuren zu verfolgen, wenn der Schnee schmilzt, und viel kauft, ohne es [vorher]
anzuschauen, und dazu neigt, verlorene Spiele nicht aufzugeben, und einem schlechten
Mann dient, wo es keinen Lohn gibt, den wird das, wenn er es lange treibt, sicher
reuen.

Swer den: Wer den Wolf zum Hirten nimmt, der handelt sich dadurch Scha-
den ein. Ein kluger Mann soll sein Schiff nicht zu sehr beladen. Was ich euch sage,
stimmt: Wenn einer seiner Frau das ganze Jahr über nachgibt und ihr über das ge-
hörige Maß hinaus prächtige Kleider kauft, dann kann es passieren, daß sie über die
Stränge schlägt, so daß sie ihm ein Kind tauft, das nicht seins ist.

Wir loben: Wir alle preisen diesen Halm, denn er trug für uns Getreide. Voriges
Jahr gab es einen schönen Sommer und genügend Korn; darüber hat sich [denn] auch
alle Welt gefreut. Hat man je schöneres Stroh gesehen? Es füllt dem reichen Mann die
Scheune und auch den Kasten. Wenn es leistet, wozu es bestimmt ist, wird es danach
wieder zu Mist.

[Melodie]

Der gûte grûz, der vreut den gast, swen er in gat.
Vil wol dem wirte, daz in syme huse stat,
Daz er mit tzuchten wese vro
5 Vnde bietez syme gaste so,
Daz ym der wille dvnke gut, den er kegen ym keret.
Mit lichter kost erdienet lob, Swer vremden man wol eret.   *Q 20*

HARTWIG VON RUTE

Als ich sihe das beste wip,
wie kvme ich das verbir,
das ich niht vmbevahe ir rainen lip
5 vnd twinge si ze mir.
ich stan dike ze sprvnge, als ich welle dar,
so si mir so svsse vorgestet.
neme sin al dv́ welt war:
so mich der minnende vnsin aneget,
10 ich mohte sin niht verlan,
der sprvng wurde getan,
trvwet ich bi ir ainer hvlde dvrch disen vnsin bestan.

Q 43

Der gûte: Herzlicher Gruß erfreut den Gast, wenn er einkehrt. Gepriesen sei der Hausherr, in dessen Haus es so zugeht, daß er sich mit Anstand fröhlich zeigt und seinem Gast so entgegentritt, daß diesem die Gesinnung herzlich erscheint, mit der jener sich ihm zuwendet. Mit geringem Aufwand verdient sich ein Lob, wer dem Fremden Ehre widerfahren läßt.

Als ich: Wenn ich die Beste der Frauen anschaue, wie schwer versage ich es mir [dann], ihren schönen Leib zu umfangen und an mich zu reißen. Oft, wenn sie so lieblich vor mir steht, bin ich auf dem Sprung, als ob ich zu ihr stürzen wolle. Und wenn es die ganze Welt erführe: Wenn mich die Liebesraserei überfällt, würde ich es nicht lassen, ich würde zu ihr hinstürzen, könnte ich nur hoffen, durch diese Raserei die Zuneigung dieser einzigen nicht zu verlieren.

BLIGGER VON STEINACH

ICh merke ein wunder an dem glase, das niht von herte mac
gewern an siner stete einen ganczen tac.
dan ist dú herte niht bewart.
5 wer es ze masse hert, es stûnde vaster.
das selbe wunder siht man an den lúten, wene ich, same:
swer ane milte gûtes pfligt vnd da bi ane schame,
den wirfet si in vil swinder art
in einen schaden vnd in ein ewic laster.
10 des mannes sterke were gût,
die er ze rehten dingen liesse schinen.
so ist aber menger so gemût,
das er der geste has beiaget vnd leidet sich den sinen.
sol des ere lange wern, das mûs ein wunder wesen.
15 ich engehorte nie gesagen,
das ie geschehe, noch enhans öch niht gelesen.   *Q 19*

ALBRECHT VON JOHANNSDORF

Swie *gerne* ich var, so iamert mich,
wiez noch hie geste.
ich weiz wol, e*s* verkeret alles sich.
5 dú sorge tût mir we:

ICH MERKE: Ich stelle beim Glas eine Merkwürdigkeit fest, daß es wegen seiner
Härte keinen ganzen Tag heil bleiben kann. Dann ist es [auch] mit der Härte vorbei.
Wäre es in Maßen hart, überdauerte es länger. Die gleiche Merkwürdigkeit sieht man,
glaube ich, in gleicher Weise bei den Menschen: Wer ohne Freigebigkeit [seinen]
Besitz verwaltet und [dies], ohne sich zu schämen, den bringt sie *[seine Härte]* rasch
in Schaden und ewiges Unheil. Die Festigkeit des Menschen wäre [dann] gut, wenn
er sie bei den richtigen Anlässen bewährte. Nun aber ist mancher so gesonnen, daß er
den Zorn der Fremden auf sich zieht und sich den Seinen verleidet. Das muß ein Wun-
der sein, wenn dessen Ansehen lange Bestand hat. Ich hörte nie berichten, daß es je
geschehen sei, und habe es auch nie gelesen.

SWIE GERNE: Wie gern ich auch reise, bekümmert mich [doch], wie es [unterdes-
sen] hier gehen wird. Ich weiß wohl, alles ändert sich. Diese Sorge schmerzt mich:

ICH MERKE *Das metrische Schema dieser Str. ist identisch mit einem Ton Stolles (s. S. 392 bis
397).*

SWIE GERNE *Gelegentlich als unselbständige Str. aufgefaßt. In Q 18 Neune zugewiesen.
Zuweisung hier in Übereinstimmung mit der Forschung nach Q 19 und Q 43. Das Gedicht ist
dem Kreuzzug von 1189–1192 zuzuordnen. – Ä. nach Q 43.* 2 verre. 4 er.

die ich hie laze wol gesvnt,

der envind ich leider niht.

der leben sol, dem wirt menic wunder kvnt,

daz alle tage geschiht.

10 wir habin in eime iare der lṽte vil verlorn;

da bi so merkent gottes zorn,

vnd erkenne sich ein ieglichez herze gṽt!

die werlt ist vnstete.

ich meine, die da minnent valsche rete;

15 den wirt ze ivngest schin, wiez an dem ende tṽt.   *Q 18*

„Swas ich nv gesinge,

das ist alles vmbe niht, mir wais sin niemen dank,

es wiget alles ringe.

dar ich han gedienet, da ist min lon vil krank.

5 es ist hṽre an gnaden vnnẹher danne vert

vnd wirt ṽber ain iare vil lihte claines lones wert."

„Vvie der aines tẹte,

des frage ich, ob es mit fṽge mvge geschehen:

wẹr es niht vnstẹte,

10 der zwain wiben wolte sich fṽr aigen geben,

baidṽ tögenliche? sprechent, herre, wurre es iht?"

„wan solz den man erlöben vnde den vrowen niht."

                                                    Q 43

Leider werde ich nicht alle von denen, die ich hier gesund und munter zurücklasse, wiederfinden. Wer am Leben bleibt, wird manches Furchtbare erfahren, was [freilich] alle Tage vorkommt. Wir haben in einem Jahr [so] viele Menschen verloren; daran erkennt Gottes Zorn, und gehe jedes redliche Herz in sich! Die Welt ist unbeständig. Ich habe dabei die im Sinn, die gern auf betrügerische Ratschläge hören; die werden beim Jüngsten Gericht erfahren, wie sie *[die Welt]* sich am Ende verhält.

SWAS ICH: „Was ich jetzt auch singe, das ist alles vergeblich, niemand dankt mir dafür, es wird alles verachtet. Dort, wo ich meine Dienste geleistet habe, gibt es keinen Lohn für mich. Es *[das Dienen]* ist in diesem Jahr von Gunstbeweisen weiter entfernt als im vorigen und wird vielleicht im nächsten Jahr [erst] einer Andeutung von Belohnung für würdig befunden." 7 „Was wäre aber das für ein Verhalten bei einem von denen, möchte ich fragen, wenn es erlaubt ist: Wäre es nicht Treulosigkeit, wenn er sich insgeheim zwei Frauen zu eigen gäbe? Sagen Sie, mein Herr, würde es nicht zu Verwicklungen führen?" „Den Männern soll man es gestatten und den Frauen nicht."

Die hinnen varn, die sagen dvrch got,
das iervsalem, der rainen stat, vnd och dem lande
helfe noch nie nôter wart.
dv́ clage wirt der tvmber spot,

5   die sprechent alle: „wẹr es v́nserem *herren* ande,
er rẹche es an ir aller vart."
nv mvgent sv́ denken, das er lait den grimmen tot;
der grossen marter was ime ŏch vil gar vnnot,
wan das in erbarmet v́nser val.

10 swen nv sin crv́ce vnd sin grab niht wil erbarmen,
das sint von ime die selden armen.

Nv was gelŏben wil der han,
vnd wer sol im ze helfe komen an sinem ende,
der gotte wol hvlfe vnd tv̂t es niht?

15 als ich mich versinnen kan,
es ensi vil gar ain ehaft not, dv́ in des wende,
ich wẹne, er es v́bel v́bersiht.
nv lat das grap vnd ŏch das crv́ce gerv̂wet ligen:
die haiden wellent ainer rede an v́ns gesigen,

20 das gottes mv̂ter niht si ain maget.
swem disv́ rede niht nahe an sin herze vellet,
owe, war hat sich der gesellet!

Mich habent die sorge vf das braht,
das ich vil gerne kranken mv̂t von mir vertribe.

25 des was min herze her niht fri.

DIE HINNEN: Die fortziehen wollen *[zum Kreuzzug]*, dürfen in Gottes Namen sagen, daß Jerusalem, die heilige Stadt, und auch das Land nie dringlicher Hilfe gebraucht haben. Diese Klage wird zum Gespött der Toren, die sagen alle: „Wäre es [wirklich] für unseren Herrn schmerzlich, er würde es rächen, ohne daß sie alle einen Kreuzzug unternähmen." Nun sollten sie [doch] daran denken, daß er den bitteren Tod erlitten hat; es gab auch keinen Zwang für ihn, die große Marter auf sich zu nehmen, aber er hat Mitleid gehabt mit unseren Sünden. Wer nun mit seinem Kreuz und seinem Grab kein Erbarmen haben will, gehört zu denen, die durch ihn vom Heil ausgeschlossen sind.   12 Was will nun der, der Gott so gut helfen könnte und es nicht tut, als Glauben ausgeben, und wer soll ihm bei seinem Tod zu Hilfe kommen? Wenn ich es recht betrachte, ist es, glaube ich, böse, wenn es unterläßt, es sei denn, es handelt sich um eine rechtlich anzuerkennende Zwangslage, die ihn daran hindert. Aber nehmt [meinetwegen] an, daß das Grab und auch das Kreuz unbehelligt seien: Die Heiden wollen uns mit einer Behauptung niederringen, daß die Mutter Gottes keine Jungfrau sei. Wen diese Behauptung nicht bis ins Herz trifft, o weh, unter welchen Einfluß ist der geraten!   23 Mich hat die Betroffenheit dazu gebracht, daß ich mir willig allen Kleinmut austreibe. Davon war ich bisher nicht frei. Viele Nächte

DIE HINNEN *Datierung s. S. 85 Anm. – Ä. nach Q 19.*   5 *f.*

ich gedenke also vil manige naht:
„was sol ich wider got nv tv̂n, ob ich belibe,
das er mir genẹdig si?"
so wais ich niht vil grosse schvlde, die ich habe,
30   nv̂wan aine, der kvme ich niemer abe;
alle sv́nde lies ich wol wan die:
ich minne ain wip vor al der welte in minem mv̂te.
got herre, das vervach ze gv̂te!   *Q 43*

Ich wil gesehen, die ich von kinde
her geminnet han fúr ellú wib;
vnd ist, das ich genade vinde,
so gesach ich nie so gv̂ten lip.
5   obe aber ich ir were
vil gar vnmere,
so ist si doch, dú tugende nie verlie.
   frôide vnd svmer ist noch alles hie.

Ich han also her gervngen,
10   das vil trurekliche stûnt min leben.
dike han ich „we" gesvngen,
dem wil ich vil schiere ein ende geben.
„wol mich" singe ich gerne –
swenne ichs gelerne.
15   des ist zit, wan ich gesanc so nie.
   Frôide vnd svmer ist noh alles hie.   *Q 19*

---

lang denke ich mir: „Womit soll ich Gott bewegen, daß er mir, wenn ich nicht zu-
rückkehre *[oder:* wenn ich zuhause bleibe*]*, gnädig ist?" Ich weiß mich keines großen
Vergehens schuldig außer diesem einen, von dem ich niemals loskomme; alle Sünden
unterließe ich eher als diese: ich habe eine Frau lieber als alles in der Welt. Herrgott,
sieh etwas Gutes darin!

Iᴄʜ ᴡɪʟ: Ich will die wiedersehen, die ich seit meiner Jugend mehr als alle Frauen
geliebt habe; und finde ich Gegenliebe, dann habe ich auch nie eine bessere gesehen.
Aber wenn ich ihr auch völlig gleichgültig wäre, bleibt sie doch immer die, die nie-
mals etwas Schlechtes getan hat. Glück und Sommer sind ja noch für uns da.   9 Ich
habe bisher meine Kräfte so eingesetzt, daß ein trauriges Leben daraus wurde. Ich
habe oft „o weh" gesungen, damit will ich nun auf der Stelle aufhören. „Ich Glück-
licher" singe ich bereitwillig – wenn man es mich lehrt. Dazu ist es [höchste] Zeit,
denn so etwas habe ich noch nie gesungen. Glück . . .

REINMAR DER ALTE

So es iender nahet gegen dem tage,
so getar ich niht gefragen: „ist es tag?"
das kvmet mir von so grosser clage,
5   das es mir niht ze helfe komen mag.
doch gedenke ich wol, das ich sin anders pflag
hie vor, do mir dv́ sorge niht so ze herzen lag.
iemer an dem morgen trôste ich mich der vogele sang.
mir ne kome ir helfe an der zit,
10   mir ist baidv́ svmer vnde winter alzelang.

Ime ist wol, der mag gesagen,
das er sin liep in senenden sorgen lie.
nv mv̂s aber ich ain anders clagen:
ich gesach ain wip nach mir getrvren nie.
15   swie lange ich was, so tet si doch das ie.
dv́ not mir vnderwilent reht an min herze gie.
vnd wẹre ich anders iemen alse vnmẹre manigen tag,
deme het ich gelassen den strit.
dis ist ain ding, des ich mich niht getrôsten mag.

20   Dv́ liebe hat ir varnde gv̂t
also getailet, das ich den schaden han.
der nam ich mere in minen mv̂t,
danne ich von rehte solte haben getan.
doch wẹne ich, si ist von mir vil vnverlan,
25   swie lv́tzel ich der trv́wen mich anderhalp verstan.

So es: Wenn irgend *[?]* der Morgen heraufzieht, wage ich nicht zu fragen: „Ist es Morgen?" Daß er *[der Morgen]* mich nicht aufmuntern kann, kommt daher, weil ich so sehr traurig bin. Ich erinnere mich jedoch [noch] gut, daß es bei mir früher anders zuging, als mir der Kummer noch nicht so am Herzen nagte. Jeden Morgen wurde ich zuversichtlich durch den Gesang der Vögel. Wenn mir ihre *[der Dame]* Hilfe nicht beizeiten zuteil wird, ziehen sich mir Sommer wie Winter allzu lange hin.   11 Der hat es gut, der sagen kann, daß er seine Liebste im Sehnsuchtsschmerz zurückließ. Ich aber muß das Gegenteil beklagen: Ich habe nie erlebt, daß eine Frau sich nach mir gesehnt hat. Wie lange ich auch fort war, immer verhielt sie sich so *[ohne Sehnsucht]*. Dieser Kummer hat mir zuweilen fast das Herz abgedrückt. Wäre ich irgend jemand anderem so lange dermaßen gleichgültig, ich hätte mich längst von ihm zurückgezogen. Dies ist etwas, über das ich nicht hinwegkomme.   20 Die Liebe hat ihre Schätze so verteilt, daß ich das Nachsehen habe. Der gab ich mehr Raum in meinem Innern, als ich von Rechts wegen hätte tun sollen. Dennoch glaube ich, ich lasse nicht von ihr, wie wenig Treue ich auch von der Gegenseite zu gewärtigen habe.

So es *Zum Verf. vgl. auch Walthers Lied S. 130 f. und S. 137 f. – Ä. nach Q 18.*   9 helhe.

si was ie mit vrôden, ich mv̂se in sorgen sin;
also vergie mich dv́ zit.
es taget mir laider selten nach dem willen min.   *Q 43*

Ich wirbe vmbe alles, das ain man
ze weltlichen vrôden iemer haben sol:
das ist ain wip, der ich enkan
nach ir vil grossen werde niht gesprechen wol.
5   lobe ich si, so man ander vrowen tv̂t,
das engenimet si niemer tag von mir vergv̂t.
doch swer ich des, si ist an der stat,
das vs wiplichen tvgende nie fv̂s getrat,
da ist *in* 'mat'.

10   Alse eteswenne mir der lip
dvrch sine bôse vnstẹte ratet, das ich var
vnd mir gefrv́nde ain ander wip,
so wil ie doch das herze niender wan dar.
wol ime des, das es so rehte welen kan
15   vnd mir der sv̂ssen arbẹte gan.
doch han ich mir ain liep erkorn,
deme ich ze dienst – vnd wẹr es al der welte zorn –
wil sin geborn.

Vnde ist, das mirs min sẹlde gan,
20   das ich abe ir wol redendem mvnde ain kv́ssen mag verstelen,
git got, das ich es bringe dan,
so wil ich es tôgenlichen tragen vnd iemer heln.

Sie lebte immer im Glück, ich mußte leiden; so ging die Zeit an mir vorüber. Leider
kommt nie ein Morgen, wie ich ihn mir wünsche.

ICH WIRBE: Ich werbe um all das, was ein Mann für den Inbegriff des Glücks dieser
Welt halten soll: Das ist eine Frau, die ich nicht so preisen kann, wie es ihrem hohen
Wert entspricht. Preise ich sie, wie man andere Damen [gemeinhin] preist, das ver-
zeiht sie mir niemals. Ich schwöre jedoch, sie nimmt die Stelle ein, von der aus sie nie
einen Fußbreit von weiblicher Vollkommenheit abgewichen ist, diese Position bedeu-
tet 'matt' für sie *[alle anderen]*.   10 Wenn mir der Leib in seinem bösen Hang zur
Unbeständigkeit gelegentlich den Rat gibt, ich solle mich davonmachen und mir eine
andere Frau zur Freundin aussuchen, dann will das Herz jedoch nirgend anders als
dorthin. Gepriesen sei es, weil es so richtig zu wählen versteht und mir die süße Not
vergönnt. Ich habe mir doch wahrlich eine Geliebte auserkoren, zu deren Dienst ich
geboren sein will – und wäre die ganze Welt dagegen.   19 Und geschieht es, daß mir
das Glück so hold ist, daß ich von ihrem Mund, der so lieblich spricht, einen Kuß steh-
len kann, und läßt Gott es zu, ihn fortzutragen, so will ich ihn heimlich bei mir tragen

ICH WIRBE *Ä.* nach *Q 37.*   7–9 *Ihre Rolle ist die der allen Gegenspielern überlegenen
Dame im Schachspiel, durch die diese mattgesetzt werden.*   9 dv́.

vnd ist, das sis fv́r grosse swęre hat
vnd vehet mich dvrch mine missetat,
25   was tv̂n ich danne, vnsęlig man?
da nim eht ichz vnd trage es hin wider, da ichz da nan,
als ich wol kan.

Si ist mir liep vnd dvnket mich,
wie ich ir vollecliche gar vnmęre si.
30   was darvmbe? das lide ich;
ich was ir ie mit stęteclichen trv́wen bi.
nv was ob – lihte – ain wunder an ir geschiht,
das si mich eteswenne gerne siht?
sa denne lasse ich ane has,
35   swer giht, das ime an vrôden si gelvngen bas.
der habe im das.

Dv́ iar, dv́ ich noch ze lebenne han,
swie vil der węre, ir wurde ir niemer tag genomen.
so gar bin ich ir vndertan,
40   das ich niht sanfte vs ir gnaden mohte komen.
ich vrôwe mich des, das ich ir dienen sol.
si gelonet mir mit lihten dingen wol:
gelŏbe eht mir, swenne ich ir sage
die not, die ich an dem herzen trage
45   dike an dem tage.   Q 43

---

und immer verborgen halten. Wenn sie es [aber] für eine schlimme Kränkung hält und mir wegen meiner Missetat böse ist, was soll ich Unseliger dann tun? Ich nehme ihn einfach und trage ihn dort wieder hin, wo ich ihn hergenommen habe, wie ich wohl kann.   28 Ich liebe sie, und es kommt mir so vor, als ob ich ihr ganz und gar gleichgültig bin. Was soll's? Das ertrage ich; ich bin ihr immer in beständiger Treue zugetan gewesen. Wenn – vielleicht – ein Wunder mit ihr geschieht, so daß sie mich zuweilen gern sieht, was dann? Dann bin ich auf der Stelle ganz friedlich, wenn einer sagt, er habe es glücklicher getroffen. Soll er doch. · 37 Wie viele Jahre noch kommen, die ich noch zu leben habe, ihr soll davon kein einziger Tag entzogen werden. Ich bin ihr so gänzlich untertan, daß ich nicht unbeschadet den Bereich ihrer Gunst verlassen könnte. Ich bin glücklich darüber, daß ich ihr dienen darf. Sie belohnt mich schon reichlich mit kleinen Dingen: [zum Beispiel] mir zu glauben, wenn ich ihr von dem Schmerz erzähle, der mir oftmals am Tag das Herz abdrückt.

Sv́ iehent, der svmer, der si hie,
dv́ wunne, dv́ si komen,
vnd das ich mich wol gehabe als e.
nv ratent vnde sprechent, wie?
5 der tot hat mir benomen,
das ich niemer v́berwinde me.
was bedarf ich wunneclicher zit,
sit aller vrôden herre lv́tpolt in der erde lit,
den ich nie tag getrvren sach?
10 es hat dv́ welt an ime verlorn,
das ir an ainem manne nie so iamerlicher schade geschach.

Mir armen wibe was ze wol,
do ich gedahte an in
vnd wie min hail an sinem libe lag.
15 das ich des nv niht haben sol,
des gat mit sorgen hin,
swas ich iemerme geleben mag.
miner wunnen spiegel, der ist verlorn,
den ich mir hette ze svmerlicher ôgen waide erkorn,
20 des mv̊s ich laider ęnig sin,
do man mir saite, er węre tot,
ze hant viel mir *daz blůt* von deme herzen vf die sele min.   *Q 43*

Niemen seneder sv̊che an mich dehainen rat,
ich mag min selbes lait erwenden niht.
nv węne ich, iemen grôsser vngelv́ke hat,
vnd man mich doch so fro darvnder siht.

Sv́ ɪᴇʜᴇɴᴛ: Man sagt, der Sommer sei da, die Freude sei gekommen, und daß ich
fröhlich sein soll wie früher. Nun gebt mir Rat und sagt, wie? Der Tod hat mir einen
Verlust zugefügt, den ich nie mehr überwinde. Was sollen mir die freudenvollen Tage,
da der, der über alle Freuden gebot, Leopold, in der Erde liegt, er, den ich keinen Tag
traurig sah? An ihm hat die Welt einen Verlust erfahren, wie sie ihn schmerzlicher an
niemandem sonst je erlitten hat.   12 Ich arme Frau war zu glücklich, wenn ich an
ihn dachte und [daran], wie meine ganze Seligkeit von ihm abhing. Weil ich die
nun nicht [mehr] erleben soll, wird die Zeit in Gram vergehen, die ich noch zu
leben habe. Der Spiegel meines Glücks ist verloren. Ich muß den schmerzlich entbeh-
ren, den ich mir zu meines Lebens Sommer-Glück erkoren hatte. Als man mir sagte,
er sei tot, entströmte all mein Blut dem Herzen und schlug über der Seele zusammen.

Nɪᴇᴍᴇɴ sᴇɴᴇᴅᴇʀ: Kein Liebeskranker soll bei mir irgendwelche Hilfe suchen, ich
kann mein eigenes Leid nicht abwenden. Nun glaube ich, daß niemand unglücklicher

Sv́ ɪᴇʜᴇɴᴛ *Die Klage bezieht sich vermutlich auf Herzog Leopold V. von Österreich und
Steiermark († 31. 12. 1194). – Ä. nach Q 18.*   14 tail.   19 der.   22 der mv̊t.

5   da merkent doch ain wunder an!
ich solte v́ch clagen die maisten not,
nvwen das ich von wiben niht v́bel reden kan.

Spręche ich nv, des ich si selten han gewent,
daran begienge ich grosse vnstętekait.
10   ich han lange wile vnsanfte mich gesent
vnd bin doch in der selben arebait.
besser ist ain herze sere,
danne ich von wiben misserede.
ich tv̊n sin niht; si sint von allem rehte here.

15   In ist liep, das man sv́ stęteclichen bitte,
vnd tv̊t in doch so wol, das sv́ versagent.
hai, wie manigen mv̊te vnd wunderliche sitte
sv́ tögenliche in ir herze tragent!
swer ir hvlde welle han,
20   der wese in bi vnd spręche in wol.
das tet ich ie, nv kan es mich laider niht vervan.

Da ist doch min schvlde entrv́wen niht so gros,
alse rehte vnsęlig ich ze lone bin.
ich stan aller vrôden reht alse ain hant blos,
25   vnd gat min dienste wunderliche hin.
das geschach nie manne me.
vol ende ich aine senede not,
si getv̊t mir niemer, mag ichs behv̊ten, wol noch we.

Ich bin tvmp, das ich so grossen kvmber clage
30   vnd ir des wil dehaine schvlde geben.

---

ist, und doch sieht man mich dabei so fröhlich. Das ist doch merkwürdig, nicht wahr!
Ich sollte euch den größten Kummer klagen, aber ich kann nun einmal nicht schlecht
über Frauen sprechen.   8 Wenn ich jetzt etwas [Derartiges] sagte, woran ich sie nie
gewöhnt habe, dann ließe ich mir einen schweren Verstoß gegen die Treue zuschulden
kommen. Ich habe mich lange Zeit schmerzlich gesehnt und leide noch dieselbe Not.
Besser ist [jedoch] die Wunde im Herzen, als daß ich schlecht von Frauen spräche. Das
tue ich nicht; sie sind mit vollem Recht verehrenswürdig.   15 Sie haben es gern, daß
man sie beständig anfleht, und doch tut es ihnen so gut, „nein" zu sagen. Ach, wie
manche Caprice und seltsame Laune hegen sie insgeheim in ihrem Herzen! Wer ihre
Gunst gewinnen will, der suche ihre Nähe und mache ihnen Komplimente. Das habe
ich immer getan, aber leider nützt es mir nichts.   22 Dabei ist doch mein Verschulden
wahrhaftig nicht so groß, daß ich, was den Lohn angeht, so kreuzunglücklich sein muß.
Von allen Freuden entblößt wie eine Hand, so stehe ich da, und mein Dienen führt
auf seltsame Weise zu nichts. Schlimmeres ist noch keinem Mann widerfahren. Werde
ich mit [meiner] Sehnsuchtsqual allein fertig, dann tut sie mir, kann ich es ver-
hindern, niemals mehr wohl oder weh.   29 Ich bin töricht, daß ich so großen
Kummer beklage und ihr irgendeine Mitschuld daran geben will.

sit ich si ane ir dank in minem herzen trage,
was mag si des, wil ich vnsanfte leben?
das wirt ir iedoch lihte lait.
nv mv̂s ichz doch also lassen sin.

35   mir machet niemen schaden wan min stętekait.   *Q 43*

„Sage, das ich dirs iemer lone,
hast dv den vil lieben man gesehen?
ist es war, vnd lebt er schone,
als si sagent vnd ich dich hôre iehen?"
5   „frowe, ich sach in, er ist fro.
sin herze stat, ob irs gebietent, iemer ho."

„ICh verbúte im frôide niemer;
lâsse eht eine rede, so tût er wol.
des bitte ich in húte vnd iemer;
10   dem ist also, das mans versagen sol."
„frowe, nv verredent úch niet!
er sprichet: ,alles das geschehen sol, das geschiet'."

„Hat aber er gelobt, geselle,
das er niemer me gesinge liet,
15   es ensi, ob ich ins bitten welle?"
„frowe, es was sin mv̂t, do ich von im schiet.
ôch mvgt irs wol han vernomen."
„ôwe, gebúte ichs nv, das mac ze schaden komen!

Da ich sie gegen ihren Willen ins Herz geschlossen habe, was kann sie dafür, wenn ich in Traurigkeit leben will? Vielleicht erbarmt es sie jedoch einmal. Ich [meinerseits] muß es nun so lassen, [wie es ist]. Es ist nur mein Hang zur Treue, der mir schadet.

SAGE: „Sag an, damit ich dir immer dafür dankbar sein kann, hast du den allerbesten Mann [wirklich] gesehen? Ist es wahr, daß es ihm gut geht, wie sie sagen und ich [auch] dich sagen höre?" „Gnädige Frau, ich habe ihn gesehen, er ist guter Dinge. Wenn Sie es befehlen, ist sein Herz immer hochgestimmt."   7 „Ich verbiete ihm niemals, fröhlich zu sein; wenn er nur von einem Thema abließe, dann verhielte er sich tadellos. Darum bitte ich ihn heute und allezeit; es ist von der Art, daß man es verbieten muß." „Gnädige Frau, sagen Sie nichts Voreiliges! Er sagt: ,Alles, was geschehen soll, geschieht'."   13 „Mein Freund, hat er wieder geschworen, kein Lied mehr zu singen, es sei denn, ich bitte ihn darum?" „Gnädige Frau, das war seine Absicht, als ich ihn verließ. Das haben Sie auch schon allenthalben hören können." „O je, wenn ich das nun gebiete, das kann schlimme Folgen haben!

SAGE *Zu der neumierten Mel. in Q 33 s. Q 54 Nr. 4.*   12–15 *Verf. zitiert hier sein Lied Q 64 Nr. XXI, XIII.*

Ist aber, das ichs niht gebúte,
so verlúse ich mine selde an ime,
vnd verflûchent mich die lúte,
das ich al der werlte ir frôide nime.
alrerst gat mir sorge zû.
owe, nvn weis ich, ob ichs lasse oder ob ichs tŷ.

Das wir wib niht mvgen gewinnen
frúnt mit rede, sine wellent me,
das mŷt mich; ine wil niht minnen.
steten wiben tŷt vnstete we.
wer ich, des ich niene bin,
vnstete, liesse er danne mich, so liesse ich in."   *Q 19*

Des tages, do ich das krúze nam,
do hûte ich der gedanken min,
als es dem zeichen wol gezam
vnd als ein rehter bilgerin.
do wande ich, sie ze gotte also besteten,
das si iemer fûs vs sime dienste mer getrêten.
nv wellent si aber ir willen han
vnd ledekliche varn als ê.
dú sorge, dú ist min eines niet, si tût ôch mere livten we.

Noch fûre ich aller dinge wol,
wan das gedanke wellent toben;
dem gote, dem ich da dienen sol,
den enhelfent si mir niht so loben,

---

19 Fordere ich ihn aber nicht dazu auf, so verliere ich meinen Genuß daran, und die Leute verfluchen mich, weil ich alle Welt um ihre Freude bringe. Jetzt erst wird mir der Zwiespalt bewußt. O weh, nun weiß ich nicht, ob ich es tun oder lassen soll.
25 Es bekümmert mich, daß wir Frauen keinen Freund dadurch finden können, daß wir uns nur mit ihm unterhalten, [immer] wollen sie mehr; ich will nicht lieben. Treuen Frauen ist Untreue zuwider. Wäre ich, was ich aber nicht bin, untreu, [*so gäbe es keine Probleme,*] verließe er mich dann, verließe ich ihn [eben auch]."
DES TAGES: An dem Tag, als ich das Kreuz nahm, da hielt ich als rechter Pilger meine Gedanken im Zaum, wie es diesem [*heiligen*] Zeichen zukam. Da glaubte ich, ich könne sie so auf Gott konzentrieren, daß sie keinen Fußbreit mehr aus seinem Dienst wichen. Nun aber wollen sie wieder ihrem Willen folgen und frei schweifen wie zuvor. Diese Sorge habe ich nicht allein, sie plagt auch andere.   10 Noch stünde alles gut bei mir, wenn nicht die Gedanken in Aufruhr wären; sie helfen mir nicht, Gott, dem ich

DES TAGES *Auf welchen Kreuzzug sich dieses Gedicht bezieht, ist unbekannt.*

als ichs bedorfte vnd es min selde were.
15 si wellent noch alles wider an dú alten mere
vnd wen, das ich noch frôide pflege,
als ich ir eteswenne pflac.
das wende, mûter vnde maget, sit ichs in niht verbieten mac!

Gedanken nv wil ich niemer gar
20 verbieten (des ir eigen lant),
in erlôbe in eteswenne dar
vnd aber wider sa zehant.
so si vnser beider frúnde dort gegrûssen,
so keren dan vnd helfen mir die sÿnde bûssen;
25 vnd si in alles das vergeben,
swas si mir haben her getan.
doch fúrhte ich ir betrogenheit, das si mich dike noch bestan.

So wol dir, frôide, vnd wol im si,
der din ein teil gewinnen mac!
30 swie gar ich din si worden fri,
doch sach ich eteswenne den tac,
das dv uber naht in miner pflege were.
des han ich aber vergessen nv mit maniger swere.
die stige sint mir abe getretten,
35 die mich da leiten hin an dich.
mirn hulfe niemen wider ze wege, ern hête minen dienest vnd ôch
mich.   *Q 19*

---

dienen soll, so zu preisen, wie es nötig für mich wäre und es mir zum Heil gereichte.
Sie wollen sich unbedingt wieder den alten Geschichten zuwenden und wollen, daß
ich noch Freude genieße, wie ich sie einst·genossen habe. Schaffe Abhilfe, Mutter und
Jungfrau, da ich es ihnen nicht verbieten kann!   19 Nun will ich es den Gedanken
[auch] gar nicht völlig verbieten (sie haben ihr eigenes Reich [?]), ich mache die
Ausnahme [?], sie ab und zu dorthin gehen und sogleich wieder zurückkommen zu
lassen. Wenn sie dort die, die uns beiden die Liebsten sind, grüßen, dann sollen sie zu-
rückkehren und mir die Sünden abbüßen helfen; und alles das sei ihnen verziehen, was
sie mir bis heute angetan haben. Ich fürchte jedoch ihre Arglist, daß sie mich oft den-
noch überfallen werden.   28 Gepriesen seist du, Freude, und gepriesen sei der, der ein
wenig von dir erlangen kann! Habe ich dich auch ganz und gar verloren, so habe ich
doch einmal die Zeit erlebt, wo du mir über Nacht zugefallen bist. Das habe ich nun
über meinen vielen Leiden wieder vergessen. Die Wege, die mich zu dir führten, sind
mir verstellt. Niemand brächte mich wieder auf diesen Weg, der nicht [zum Dank] über
meinen Dienst und auch über mich selbst verfügen könnte.

Ein wiser man vil dike tût,
so des ein tvmber niht enkan.
als im das hôhet sinen mv̂t,
so mv̂s ich leider trurig stan.
5 ich mac wol sin von gôches art
vnd iage ein vppekliche vart.
toren sinne han ich vil,
das ich des wibes minne ger, dú mich ze frúnde nien en wil.

Sol ich leben tvsent iar,
10 so das ich in genaden si,
in gewinne niemer grawes har.
si ist aller wandelvnge fri.
lob si wol gedienen kan,
vnd weis doh wol, das alle man
15 ir niht gar gemêsse sint.
swer ir dekeines valsches giht, an dem hat has bi nîde ein kint.

Es ist ein speher wibes sin,
dú sich vor valsche hat behût,
swie gar vnschuldig ich des bin:
20 swa ich si weis, da spriche ich gût.
doch ist ein sitte, der nieman zimet,
swer dienest vngelonet nimet,
swie es doch leider vil geschehe.
hat mir deheinú so getan, der rate ich, das si zv̂ ir sehe.   *Q 19*

EIN WISER: Ein weiser Mann tut häufig, was ein törichter nicht vermag. So sehr dies jenem das Selbstgefühl hebt, so traurig muß ich leider dastehen. Ich muß wohl ziemlich verrückt sein und jage einem nutzlosen Unterfangen nach. Ich bin wirklich ein Narr, daß ich die Liebe der Frau zu erringen suche, die mich gar nicht zum Liebhaber will.   9 Würde ich tausend Jahre so leben, daß ich ihre Zuneigung besäße, mir wüchsen keine grauen Haare. Sie ist ohne Tadel. Sie verdient es wohl, gepriesen zu werden, und [ich] weiß doch genau, daß kein Mann ihr wirklich gemäß ist. Wer ihr irgendeinen Fehler nachsagt, ist eine Ausgeburt von Mißgunst und Neid.   17 Eine Frau muß besonders klug sein, wenn sie sich vor übler Nachrede bewahrt hat, wenn auch ich mir in dieser Hinsicht nie etwas habe zuschulden kommen lassen: Wo immer ich ihren Aufenthalt kenne, verbreite ich Gutes über sie. Dienste anzunehmen, ohne sie zu belohnen, ist jedoch ein Verhalten, zu dem niemand ein Recht hat, wenn es auch leider allzu oft geschieht. Hat mich eine so behandelt, der rate ich, sich vorzusehen.

EIN WISER *In Q 43 Heinrich von Rugge (s. S. 73 ff.) zugewiesen.*

Minne minnet steten man.
ob er vf minne minnen wil,
so sol im minnen lon geschehen.
ich minne minne, als ichs began.
5 die minne ich gerne minne vil.
der minne minne ich han veriehen.
die minne erzeige ich mit der minne,
das ich vf minne minne minne.
die minne meine ich an ein wib;
10 ich minne, wan ich minnen sol dvr minne ir minneklichen lib.

Q 19

Min ôgen wurden liebes alse vol,
do ich die minneklichen erst gesach,
das es mir hûte vnd iemer me tût wol.
ein minnekliches wunder da geschach:
5 si gie mir alse sanfte dur min ôgen,
das si sich in der enge niene sties.
in minem herzen si sich nider lies,
da trage ich noch die werden inne tôgen.

La sten, la stan! was tûst dv, selig wib,
10 das dv mih heime svˆchest an der stat,
dar so gewalteklich wibes lib
mit starker heimesvˆche nie getrat?
genade, frôwe, ich mag dir niht gestriten.
min herze ist dir bas vei*l*e danne mir.
15 es solde sin bi mir, nv ist es bi dir;
des mvˆs ich vf genade lones bîten.

Q 19

MINNE: Die Liebe liebt den beständigen Mann. Wenn er um Liebe willen lieben
will, dann soll ihm der Lohn der Liebe zuteil werden. Ich liebe die Liebe wie eh und je.
Die Liebe liebe ich inständig und freudig. Der Liebe habe ich Liebe geschworen. Die
Liebe erweise ich durch solche Liebe, indem ich um der Liebe willen die Liebe liebe.
Die Liebe wende ich einer Frau zu; ich liebe, weil ich um der Liebe willen ihre lieb-
liche Gestalt lieben muß.

MIN ÔGEN: Meine Augen füllten sich so mit Glück, als ich die Liebliche zum ersten
Mal sah, daß es mir heute und immer wieder wohl tut. Da geschah ein Liebeswun-
der: So sachte glitt sie mir durch die Augen, daß sie sich in der Enge nirgends stieß.
In meinem Herzen ließ sie sich nieder, darin trage ich insgeheim die Geliebte noch
immer. 9 Halt inne, halt inne! Was tust du, beste Frau, daß du mich an dem Ort
heimsuchst, den noch nie eine Frau im heftigen Überfall so gewaltsam betreten hat?
Gnade, Gebieterin, ich kann dir nicht widerstehen. Mein Herz ist für dich leichter zu
erhandeln als für mich. Es sollte bei mir sein, nun ist es bei dir; deshalb bin ich beim
Warten auf den Lohn ganz auf deine Gnade angewiesen.

MINNE *Die 2. Überlieferung in Q 19 weist das Gedicht Heinrich von Rugge (s. S. 73 ff.) zu.*
MIN ÔGEN *Verschiedentlich nicht als Werk Reinmars angesehen. – Ä. nach Q 64.*
14 veilre.

Ane swere   ein frôwe ich were,
ân das eine, das sich sent
min gemv̊te   nach siner gv̊te,
der er mich wol hat gewent.
5   sol ich liden   von im langes miden,
das mv̊t mich wol sere.
ich spriche im nit mere,
wan das er mich siht, das sint sin ere.

Min geselle,   swas er welle,
10   das mv̊s im an mir geschehen.
man so gv̊ten,   bas gemv̊ten,
han ich selten me gesehen,
im gelichen,   doch so gemellichen,
bi dem fúr die swere
15   besser frôide were.
iemer hort ich gerne sinv́ mere.

Min gedinge,   der ist geringe,
die wile ich in lebendig han.
swer in eret   vnd im meret
20   frôide, das ist mir getan.
swas er wolte,   das ich lassen solte,
das konde ich vermiden.
bôser lúte niden
wil ich im ze dienste liden.

25   Wol dem libe,   der den wiben
selche frôide machen kan!
mime heile   ich gar verteile,
midet mich der beste man.

ANE SWERE: Ich wäre eine Frau, die keinen Kummer hat, wäre nicht das eine, daß
sich mein Herz nach seiner Liebe sehnt, an die er mich so sehr gewöhnt hat. Wenn ich
sein langes Fernsein erdulden muß, bekümmert mich das so sehr. Ich sage nicht mehr
über ihn, als daß er es sich zur Ehre anrechnet [?], mit mir befreundet zu sein.   9 Was
mein Geliebter will, das erreicht er alles bei mir. Nie habe ich einen gleich vortreff-
lichen Mann gesehen, der einen besseren Charakter hat, noch [einen], der so fröhlich
ist, bei dem es gegen den Kummer besseren Trost gibt. Ich hörte stets mit Freude,
wenn man ihn rühmte [?].   17 Ich bin [immer wieder] rasch guten Mutes, so lange er
mir lebt. Wer ihn ehrt und sein Glück vergrößert, der tut das [zugleich] für mich.
Wollte er, daß ich irgend etwas nicht mehr täte, das könnte ich mir abgewöhnen. Den
Neid schlechter Mitmenschen will ich um seinetwillen ertragen.   25 Wohl dem
Mann, der Frauen so glücklich machen kann! Ich verdamme mein Glück, wenn mich

ANE SWERE *Meist nicht als Werk Reinmars angesehen.* – Ä. *25 nach* Q *64, 29 und 48 nach*
Q *37.*   25 den liben.

swes er phlege,   swenne er bi mir *lege*,
30   mit so frômden sachen
kvnder wol gemachen,
das ich siner schimphe mv̂se lachen.

Ich wer stete,   swas er tete,
ob er doch gedehte min.
35   er schiet hinnen   mit den minnen,
das ich nit vergisse sin.
wip mit gûten   sol ir ere hv̂ten
schône zallen ziten,
wider ir frv́nt nit striten.
40   also wil ich sin mit eren biten.

Zv̂ dem scheiden,   das v́ns beiden
menige frôide hat erwert,
gottes gv̂te   mir in behv̂te,
swar er in der welte vert.
45   also schône   man nach wibes lône
noch gerang nie mere.
das ich siner ere
weis so vil, das ist min herze sere.   *Q 19*

---

der beste aller Männer verläßt. [Mit dem], was er tat, wenn er mit mir schlief, mit so aufregenden Sachen brachte er es leicht zuwege, daß ich über seine Spiele lachen mußte.   33 Ich würde treu sein, was immer er auch täte, wenn er [dabei] doch an mich dächte. Er zog fort mit der lieben Gewißheit, daß ich ihn nicht vergäße. Eine wahrhaft liebende Frau soll immer hübsch auf ihre Ehre bedacht sein, nichts tun, was ihr Geliebter nicht mag. Und so will ich denn in Ehren auf ihn warten.   41 Da nun geschieden sein mußte, was uns beiden viel Glück genommen hat, so möge Gottes Güte ihn mir behüten, wo immer in der Welt er sich aufhält. So beglückend wie er hat sich noch kein Mann um den Lohn, den die Frau schenken kann, bemüht. Daß ich weiß, wieviel Ansehen er [draußen] genießt, das ist mein Kummer.

29 were.   48 was.

HEINRICH VON MORUNGEN

In so hoher swebender wunne
so gestûnt min herze ane vrôden nie.
ich var, als ich vliegen kvnne,
5   mit gedęnken iemer vmbe sie,
sit das mich ir trost enpfie,
der mir dvrch die sele min
mitten in das herze gie.

Swas ich wunnecliches schowe,
10   das spile gegen der wunne, die ich han.
lvft vnd erde, walt vnd owe
svln die zit der vrôde min enpfan.
mir ist komen ain hv́gender wan
vnd ain wunneclicher trost;
15   des min mv̂t sol hohe stan.

Vvol dem wunneclichen męre,
das so sv̂sse dvrch min ore erclang,
vnd der sanfte tv̂nder swęre,
dv́ mit vrôden in min herze sang,
20   da von mir ain wunne entsprang,
dv́ vor liebi alsam ain tô
mir vs von den ôgen drang.

Sęlig si dv́ sv̂sse stvnde,
sęlig si dv́ zit, der werde tag,
25   do das wort gie von ir mvnde,
das dem herzen min so nahen lag,
das min lip von vrôde ersrag
vnd enwais von liebe ioch,
was ich von ir sprechen mag   *Q 43*

IN SO: Noch nie hat mein Herz einen solchen Überschwang wonnevollen Glücks
erlebt. Seit mich ihr Trost erreicht hat, der mir durch meine Seele mitten ins Herz
gedrungen ist, kreise ich in Gedanken immerzu um sie, als könnte ich fliegen.   9 Al-
les, was ich an Herrlichem erblicke, soll im Widerschein des Glücks erstrahlen, das ich
empfinde. Luft und Erde, Wald und Wiese sollen meine Freudenzeit begrüßen. Ich
habe zuversichtlichen Glauben und beseligenden Trost gewonnen; deswegen darf ich
so überglücklich sein.   16 Gepriesen sei die beseligende Kunde, die mir so lieblich
in den Ohren klang, und die süße Qual, die mir mit so viel Freude ins Herz drang,
wodurch mich ein Glücksgefühl durchströmte, das mir vor lauter Liebe wie ein Tau
aus den Augen floß.   23 Gepriesen sei die süße Stunde, gepriesen sei die Zeit, der
Tag der Tage, an dem das Wort von ihrem Mund kam, das mir so zu Herzen ging,
daß ich vor Glück erbebte und [ich] vor Liebe nicht mehr weiß, was ich über sie sagen
soll.

Min erste vnd ouch min leste
frôide was ein wib,
der ich minen lip
bot ze dienste iemer me.
5   dú hôhste vnd ouch dú beste
in dem herzen min,
seht, das mv̂s si sin,
der ich selten fro beste.
ir tût leider we
10   al min sprechen vnd min singen.
des mv̂s ich an frôiden mich nv twingen
vnde truren, swar ich ge.

Nv ratent, lieben frôwen,
was ich singen mv̂ge,
15   so das es ir túge!
sang ist ane frôide kranc.
mir wart niht wan ein schôwen
von ir vnd der grûs,
den si teilen mv̂s
20   mit der werlte svnder danc.
dv́ zit ist ze lanc,
âne frôide vnd ane wunne.
nv wol dar, swer mich geleren kvnne,
das ich singe ir nv́wen sanc.

25   Wer ir mit mime sange
wol, so svnge ich ir.
sus verbot sis mir,
vnd ir tete min swigen bas.
nv swige aber ich ze lange.
30   solde ich singen me,
das tet ich als ê.

Min erste: Meine erste und auch meine letzte Freude war eine Frau, in deren Dienst ich mich für immer gestellt habe. Seht, in meinem Herzen muß sie die Erhabenste und die Beste sein, sie, derentwegen ich niemals fröhlich bin. Leider mag sie all mein Dichten und mein Singen nicht. Deshalb muß ich nun der Freude entsagen und traurig sein, wohin ich auch gehe. 13 Nun gebt Rat, meine sehr verehrten Damen, was ich singen soll, so daß es ihr gefalle! Gesang ohne Freude ist kraftlos. Ich bekam nichts anderes als ihren Anblick und den Gruß, den sie, ob sie will oder nicht, allen Leuten zukommen lassen muß. Ohne Glück und ohne Freude zieht sich die Zeit zu lange hin. Möge sich der schnell finden, der mich lehren kann, neue Lieder für sie zu singen. 25 Gefielen ihr meine Lieder gut, so würde ich für sie singen. Nun verbot sie es mir, und mein Schweigen behagte ihr besser. Nun schweige ich aber zu lange.

Min erste Ä. 21 nach Q 18, die übrigen nach Q 78.   21 kranc.

wie zimt miner fröwen das,
das si min vergas
vnd verseite mir ir hulde?
35 owe des, wie rehte vnsanfte ich dvlde
beide ir spot vnde öch ir has!

Vil wiplich wib, nv wende
mine sende klage,
die ich tögen trage,
40 dv weist wol, wie lange zit!
ein seldenriches ende,
wirt mir das von dir,
so siht man an mir
fröide ane allen wider strit,
45 sit das an dir lit
mines herzen hohgemŷte.
maht dv trôsten mich dvr wibes gŷte,
sit din trost mir fröide git?

Ich sihe wol, das min fröwe
50 mir ist vil gehas;
doch versŷche ichs bas,
in verdiene ir werden grûs.
des ich ir wol getröwe,
das hat si versworn.
55 ir ist leider zorn,
das ichs der werlte kvnden mŷs,
das ich niemer fûs
von ir dienste mich gescheide,
es kom mir ze liebe al dir ze leide.
60 lihte wirt mir swere bûs.   *Q 19*

Dürfte ich wieder singen, ich täte es wie zuvor. Wie schickt es sich für meine Dame,
daß sie mich vergaß und mir ihre Zuneigung versagte? O weh, wie schmerzlich
ertrage ich ihren Spott und ihre Abneigung! 37 Du Inbegriff der Frauen, nun ver-
kehre meine wehe Klage, die ich insgeheim, du weißt ja, wie lange schon, trage!
Erfahre ich durch dich [deren] beseligendes Ende, dann erlebt man an mir ein Glück
ohne den geringsten Schatten, da der Höhenflug meines Herzens von dir abhängt.
Willst du mich [nicht] mit Frauengüte trösten, da dein Trost mir Glück bringt?
49 Ich sehe wohl, daß ich meiner Dame ganz zuwider bin; dennoch gebe ich mir noch
größere Mühe, ihren erwünschten Gruß doch noch zu erlangen. Was ich von ihr
erhoffe, hat sie geschworen, nicht zu tun. Leider kränkt es sie, daß ich aller Welt
verkünden muß, daß ich niemals einen Fußbreit aus ihrem Dienst weichen werde,
ganz gleich, ob mir daraus Gutes oder Böses entsteht. Vielleicht werde ich doch
einmal für meine Leiden entschädigt.

44 alle. 59 ald ir.

Sach ieman die frowen,
die man mac schöwen
in dem venster stan?
dú vil wol getane,
5   dú tůt mich ane
sorgen, die ich han.
si lúhtet sam der svnne tůt
gegen dem liehten morgen.
ê was si verborgen,
10   do mẘst ich sorgen;
die wil ich nv lan.

Ist aber ieman hinne,
der sine sinne
her behalten habe?
15   der ge nach der schonen,
dú mit ir kronen
gie von hinnen abe,
das si mir ze troste kome,
ê das ich verscheide.
20   dú liebe vnd dẃ leide,
dú wellen mich beide
fúrdern hin ze grabe.

Wan sol schriben kleine
reht vf dem steine,
25   der min grab bevat,
wie lieb si mir were
vnd ich ir vnmere;
swer danne vber mich gat,
das der lese dise not
30   vnd ir gewinne kúnde,
der vil grôssen sẃnde,
die si an ir frúnde
her begangen hat.   *Q 19*

SACH IEMAN: Hat jemand zu der vornehmen Dame am Fenster dort hinaufgeschaut?
Die Wunderschöne nimmt mir die Sorgen, die ich habe. Sie strahlt wie die Sonne
am hellen Morgen. Vorher war sie unsichtbar, da mußte ich mir Sorgen machen;
die kann ich jetzt vergessen.   12 Ist aber jemand hier, der bis jetzt noch seine Sinne
beieinander hat? Der gehe der Schönen, die mit ihrer Krone von hier fortgegangen
ist, nach, damit sie mir zu Hilfe eile, bevor ich umkomme. Liebe und Leid zugleich
wollen meinen Weg ins Grab beschleunigen.   23 Auf den Stein, der mein Grab ver-
schließt, soll man in zierlicher Schrift schreiben, wie lieb sie mir war und wie gleich-
gültig ich ihr; wer dann über mich hinwegschreitet, der lese dieses Leid und erfahre
die schwere Sünde, die sie an ihrem Freund bis auf den heutigen Tag begangen hat.

Es tût vil we, swer herzekliche minnet
an so hoher stat, da sin dienst gar versmaht.
sin tvmber wan vil lúzel darane gewinnet,
swer so vil geklaget, das ze herzen niht engat.
     er ist vil wise, swer sich so wol versinnet,
das er dient, da man sin dienst wol enpfat,
vnd sich dar lat,   da man sin genade hat.

Ich bedarf vil wol, das ich genade vinde,
wan ich hab ein wib ob der svnnen mir erkorn.
dest ein not, die ich niemer vberwinde,
sîn gesehe mich ane, als si tet hie bivorn.
si ist mir lieb gewest da her von kinde,
wan ich wart dvr si vnd dvrh anders niht geborn.
ist ir das zorn,   das weis got, so bin ich verlorn.

Wa ist nv hin min liehter morgensterne?
we, was hilfet mich, das min svnne ist vf gegan?
si ist mir ze hoh vnd ôch ein teil ze verne
gegen mittem tage vnde wil da lange stan.
ich gelebte noh den lieben abent gerne,
das si sich her nider mir ze trôste wolte lan,
wand ich mih han   gar verkapfet vf ir wan.   *Q 19*

Es tût: Es schmerzt sehr, wenn einer seine herzliche Liebe [einer Person aus] so vornehmem Kreis zuwendet, wo man sein Dienen gänzlich verachtet. Wenn einer so viel klagt, was nicht zum Herzen dringt, findet seine törichte Hoffnung wenig Nahrung. Der ist wirklich klug, der es sich genau überlegt, dort zu dienen, wo man seine Dienste gern entgegennimmt, und sich dahin zu wenden, wo man ihm mit Wohlwollen begegnet.   8 Ich habe es bitter nötig, Wohlwollen zu finden, denn ich habe mir eine Frau erwählt, die höher [über mir] steht als die Sonne. Das ist ein Kummer, den ich niemals überwinde, es sei denn, sie schaut mich an, wie sie es früher getan hat. Ich habe sie von Jugend auf lieb gehabt, denn für sie und für niemanden sonst wurde ich geboren. Wenn ihr das mißfällt, bin ich, weiß Gott, verloren.   15 Wo ist nun mein heller Morgenstern geblieben? Weh, was hilft es mir, daß meine Sonne aufgegangen ist? Sie steht zu hoch über mir und auch in zu weiter Ferne dem Mittag zu und wird dort lange stehen. Ich würde gern den freundlichen Abend erleben, an dem sie sich mir zum Trost herniederneigen würde, denn ich kann den Blick von ihr, meinem Traum, nicht abwenden.

Es tût *A. nach Q 78.*   11 *f.*

Vns ist zergangen   der lieblich svmer.
da man brach blůmen, da lit nv der sne.
mich můs belangen,   wenne si minen kvmber
welle vol enden, der mir tůt so we.
5   ia klage ich niht den kle,
swenne ich gedenke an ir wiblichen wengel,
dú man ze frôide so gerne ane se.

Seht an ir ôgen   vnd merkent ir kinne,
seht an ir kele wis vnd průuent ir mvnt!
10   si ist – ane lôgen –   gestalt sam dú minne.
mir wart von frowen so liebes nie kvnt.
ia hat si mich verwunt
sere in den tot; ich verlúse die sinne.
genade, ein kúniginne, du tů mich gesvnt!

15   Die ich mit gesange   hie prise vnde krône,
an die hat got sinen wunsch wol geleit.
in gesach nv lange   nie bilde also schône,
als ist min frowe; des bin ich gemeit.
mich frôit ir werdekeit
20   bas danne der meie vnd alle sin dône,
die die vogel singent; das si iv geseit.   *Q 19*

Vns ist: Der liebliche Sommer ist von uns gegangen. Wo man Blumen pflückte,
liegt jetzt Schnee. Ich muß [den Zeitpunkt] herbeisehnen, an dem sie meinem Kummer,
der mich so schmerzt, ein Ende setzt. Es ist nicht der Klee, um den ich klage, wenn ich
an ihre frauenzarten Wänglein denke, die man so gern mit Freude betrachtet.   8 Seht
ihre Augen an und achtet auf ihr Kinn, seht ihren weißen Hals an und schaut auf ihren
Mund. Sie ist – ungelogen – wie die Liebe selbst gestaltet. Nie habe ich unter den
Frauen etwas so Liebes gefunden. Ja, sie hat mich bis auf den Tod verwundet; mir
schwinden die Sinne. Gnade, Königin, mach mich gesund!   15 Gott hat an der, die
ich mit meinem Lied hier preise und kröne, seinen Schöpfertraum verwirklicht. Seit
langer Zeit sah ich keine so schöne Erscheinung mehr, wie meine Gebieterin es ist;
das macht mich glücklich. Ihre Vollkommenheit freut mich mehr als der Mai und alle
seine Lieder, die die Vögel singen; das muß ich euch gestehen.

„O we,   sol aber mir iemer me
gelúhten dvr die naht
– noch wîsser danne ein sne –
ir lip vil wol geslaht?
5   der trŏg dú ŏgen mîn;
ich wande, es solde sin
des liehten manen schin.
        Do tagt es.“

„O we,   sol aber er iemer me
10   den morgen hie betagen?
als vns dý naht enge,
das wir niht dvrfin klagen:
‚o we, nv ist es tag‘,
als er mit klage pflac,
15   do er ivngest bi mir lag.
        Do tagte es.“

„O we,   si kuste ane zal
in dem slafe mich.
do vielen hin ze tal
20   ir trehene nider sich.
ie doch getroste ich sie,
das si ir weinen lie
vnd mich al vmbe vie.
        Do tagte es.“

25   „O we,   das er so dike sich
bi mir ersehen hat!
als er endachte mich,
so wolt er svnder wat
min arme schŏwen blos.
30   es was ein wunder gros,
das in des nie verdros.
        Do tagte es.“   *Q 19*

O we: „O weh, wird mir je wieder ihr herrlicher Körper – noch weißer als der
Schnee – durch die Nacht entgegenschimmern? Der täuschte meine Augen; ich
dachte, es sei der Schein des hellen Mondes. Da wurde es Tag.“   9 „O weh, wird
er je wieder den Morgen hier in den Tag übergehen lassen können? Die Nacht
soll uns so vergehen, daß wir nicht zu klagen brauchen: ‚O weh, nun ist es Tag‘,
wie er klagte, als er neulich bei mir schlief. Da wurde es Tag.“   17 „O weh, sie
küßte mich unzählige Male, als ich schlief. Da tropften ihre Tränen herab. Ich tröstete
sie jedoch, so daß sie aufhörte zu weinen und mich in die Arme nahm. Da wurde es
Tag.“   25 „O weh, daß er sich so oft an mir festgesehen hat! Als er mir die Decke
wegnahm, wollte er meine bloßen Arme hüllenlos sehen. Es war wirklich ein
Wunder, daß er dessen nie müde wurde. Da wurde es Tag.“

1. Drittel 13. Jahrhundert

WALTHER VON DER VOGELWEIDE

So die blv̂men vz deme graze dringent,
same si lachent gegen der spilden svnnen
in eineme meien an dem morgen vro,
5   vnd die cleinen vogelliv wol singent
in ir besten wise, die si kvnnen –
waz wunne mac sich da genozen zv̂?
ez ist wol halb ein himelriche.
svln wir sprechen, waz sich deme geliche,
10 so sage ich, waz mir dikke baz
in minen ovgen hat getan vnd tete och noch, gisehe ich daz:

Swa ein edeliv schone frowe reine,
wol gecleit vnd wol gebvnden,
dvr kvrze wile zv̂ vil lv́ten gat,
15 hovelichen hochgemv̂t, niht eine,
ein wenic vmbe sehende vnder stvnden,
alsam der svnne gegen den sternen stat –
der meie bringe vns al sin wunder,
waz ist denne da so wunnecliches vnder
20 als ir vil minneclicher lip?
wir lazen alle blv̂men stan vnd kapphen an daz werde wip.

Nv wol dan, welt ir die warheit schowen,
gen wir zv̂ des meien hochgezite!
der ist mit aller siner crefte komen.

SO DIE BLV̂MEN: Wenn im Mai am frühen Morgen die Blumen aus dem Gras sprie-
ßen, als ob sie der blitzenden Sonne entgegenlachten, und wenn die kleinen Vögelchen
die schönsten Lieder, die sie können, lieblich singen – welche Wonne kann sich mit
dieser vergleichen? Es ist wohl fast ein Paradies. Sollen wir sagen, was damit zu ver-
gleichen ist, dann bekenne ich, was mir oft noch schöner ins Auge gefallen ist und es
noch täte, wenn ich es betrachten könnte: ·12 Wo sich eine vornehme Dame, an-
mutig und fein, schön herausgeputzt von Kopf bis Fuß, zu ihrem Vergnügen unter die
Menge mischt, [wo sie] heiter, aber immer ganz Dame, [selbstverständlich] nicht ohne
Begleitung, sich zuweilen ein wenig umschauend, wie die Sonne unter den Sternen er-
scheint – [da] zeige der Mai uns alle seine Herrlichkeiten, was darunter ist so wonnig
wie ihre liebliche Gestalt? Wir lassen alle Blumen stehen und bestaunen die herrliche
Frau. 22 Nun wohlan, wollt ihr die Wahrheit wissen, [dann] laßt uns zum Maifest
gehen! Er ist mit allem gekommen, was er auszurichten vermag. Seht ihn und seht

25 Seht an in vnd seht an werden frowen,
  weders da daz ander vberstrite!
  daz bezer teil, daz han ich mir genomen.
  owe, der mich da weln hiezi,
  daz ich da daz eine dvr daz ander liezi,
30 obe ich ze rehte danne kvre?
  her meie, ir mvzent merze sin, ê ich mine frowen da verlvre.

           Q 18

  Aller werdecheit ein vûgerinne,
  daz sit ir zware, frowe mazze.
  er selic man, der ivwer lere hat!
  der endarf sich ivwer niender inne
5 *wede*r ze hove schamen noch an der straze.
  dvr daz sv̂che ich, frowe, ivwern rat,
  daz ir mich ebene werben leret.
  wirb ich nider, wirb ich hohe, ich bin verseret.
  ich waz vil nach ze nidere tot,
10 nv bin ich aber ze hohe siech; vnmaze en lat mich ane not.

  Nidere minne heizet, div so swachet,
  daz der mv̂t nach kranker liebe ringet;
  div minne tv̂t vnlobeliche we.
  hohe minne reizet vnde machet,
15 daz der mv̂t nach hoher wurde vf swinget;
  div winket mir nv, daz ich mit ir ge.

---

die edlen Damen an, welches von beiden den Sieg davonträgt! Ich habe mir den besseren Teil ausgesucht. O weh, wenn man mich vor die Wahl stellte, das eine für das andere aufzugeben, ob ich dann richtig wählen würde? Herr Mai, Sie müßten eher zum März werden, ehe ich meine Dame aufgäbe.

 ALLER: Alles, was wertvoll ist, bewirken wahrlich Sie, erhabene Einsicht in das rechte Maß. Glücklich der Mann, der Ihrer Lehre folgt! Der braucht sich Ihrer nirgendwo, weder am Hof noch draußen im Land, zu schämen. Deshalb bitte ich um Ihren Beistand, Herrin, daß Sie mich werben lehren, wie es sich für mich schickt. Werbe ich zu tief [unter meinem Stand], werbe ich zu hoch [über ihm], ist es mein Schaden. Ich bin beinahe zugrunde gegangen, weil ich zu tief herunterging, nun bin ich wiederum krank, weil ich zu hoch gestiegen bin; Maßlosigkeit läßt mich nicht ohne Qual. 11 Niedrige Liebe heißt die, die so demoralisiert, daß der Sinn nach unstandesgemäßer Liebschaft verlangt; diese Art von Liebe fügt unrühmlichen Schmerz zu. Hohe Liebe stachelt an und bewirkt, daß sich der Sinn auf ein hohes Ziel richtet; diese winkt mir nun zu, mit ihr zu gehen. Ich frage mich, warum die Einsicht in das

ALLER *Ä. nach Q 67.* 5 werder.

mich wundert, wes div maze beitet.
kvmpt div herzelibe, ich bin iedoch verleitet.
min ovgen hant ein wip ersehen,

20 swie minneclich ir rede si, mir mac doch schade von ir

geschehen. *Q 18*

Ich saz vf eime steine
vnd dahte bein mit beine,
dar vf saste ich den ellenbogen,
ich hete in mine hant gesmogen

5 min kinne vnd ein min wange.
do daht ich mir vil ange,
wes man zer welte solte leben.
dekeinen rat konde ich gegeben,
wie man drv́ dinc erwurbe,

10 der deheinez niht verdvrbe.
div zwei sint ere vnd varnde gv̂t,
daz dicke ein ander schaden tv̂t.
daz drite ist gottes hvlde,
der zweir vbergvlde.

15 die wolte ich gerne in einen schrin.
ia leider, des enmac niht sin,
daz gv̂t vnd welt/iche ere
vnd gottes hvlde mere
zesame in ein herze komen.

20 stig vnd wege sint in benomen,
vntrivwe ist in der saze,

---

rechte Maß [dennoch] zaudert. Wenn die Herzensneigung erwacht, bin ich doch wieder verführt. Meine Augen haben eine Frau erblickt, durch die mir, mögen ihre Worte auch noch so liebenswürdig sein, dennoch Unglück erwachsen kann.

ICH SAZ: Ich saß auf einem Stein und hatte ein Bein über das andere geschlagen, den Ellbogen hatte ich darauf gestützt, Kinn und Wange hatte ich in die Hand gelegt. Da dachte ich gründlich darüber nach, wie man in dieser Welt leben sollte. Ich wußte [mir] keinen Rat zu geben, wie man drei Dinge erlangen könne, ohne daß eines davon Schaden nähme. Zwei davon sind Ansehen und weltlicher Besitz, die einander oft beeinträchtigen. Das dritte ist die Gnade Gottes, unendlich viel wertvoller als die beiden andern. Diese [drei] besäße ich gern in einer Truhe. Ach leider, das kann nicht sein, daß Besitz und Ansehen in der Welt und dazu die Gnade Gottes zusammen in ein Herz kommen. Stege und Wege sind ihnen verwehrt, Untreue liegt im Hinterhalt,

---

ICH SAZ *Zur Mel. s. Q 54 Nr. 17. Str. 2, vermutlich auch Str. 1, entstand vor dem 8. Sept. 1198, der Krönung Philipps von Schwaben. Str. 3 bezieht sich auf die Bannung Philipps durch Papst Innozenz III. im Juli 1201. – A. 37 und 38 nach Q 67, die übrigen nach Q 43.* 17 weltiche.

gewalt vert vf der straze,
fride vnd reht sint sere wunt.
div driv enhabent geleites niht, div zwei enwerden ê gesvnt.

25 Ich horte ein wazzer diezen
vnde sach die vische vliezen,
ich sach, swaz in der welte waz,
velt, walt, lop, ror vnde graz.
swaz chrivchet vnde vlivget
30 vnd bein zer erden bivget,
daz sach ich vnde sag vch daz:
der dekeinez lebet ane haz.
daz wilt vnd daz gewurme,
die stritent starke stvrme,
35 same tvnt die vogel vnder in;
wan daz si habent einen sin:
si dvhten sich zeniht,
si enschvfen starc geriht.
si kiesent kvnege vnde reht,
40 si sezzent herren vnde kneht.
owe dir, tivsche zvnge,
wie stet din ordenvnge!
daz nv div mvgge ir kvnec hat
vnd daz din ere also zergat!
45 bekera dich, bekere!
die cirken sint ze here,
die armen kvnege dringent dich.
philippe setze den weisen vf vnd heiz si treten hinder sich!

Gewalt hält die Straße besetzt, Friede und Recht liegen auf den Tod danieder. Wenn diese beiden nicht gesund werden, so finden jene drei kein sicheres Geleit. 25 Ich hörte ein Wasser rauschen und sah die Fische schwimmen, ich sah, was es auf der Welt gab, Feld, Wald, Laub, Schilf und Gras. Was kriecht und fliegt und auf vier Beinen geht, das sah ich, und [ich] sage euch: Keines von allen lebt ohne Feindseligkeit. Wilde und kriechende Tiere kämpfen gewaltige Kämpfe aus, ebenso tun es die Vögel untereinander; nur ein vernünftiges Prinzip haben sie [alle]: Sie würden sich verloren geben, hätten sie nicht eine mächtige Rechtsordnung geschaffen. Sie wählen Könige und Gesetz, sie bestimmen, wer Herr ist und wer Knecht. Weh dir, deutsches Volk, wie steht es um deine Ordnung! Daß die Mücke jetzt ihren König hat und daß dein Ansehen so verfällt! Bekehre, bekehre dich! Die Kronreifen sind zu mächtig, die kleinen Könige bringen dich in Bedrängnis. Setz Philipp den Waisen auf und weise sie in ihre Schranken!

28 rot. 37 endvhten. 38 f. 46 *Die Kaiserkrone war achteckig; runde Kronreifen dagegen trugen die fremden Machthaber, in staufischer Kanzleisprache reguli = arme kvnege (V. 47) genannt.* 48 ein. *Waise wurde der kostbarste Edelstein der Kaiserkrone seiner einzigartigen Größe wegen benannt.*

Ich sach mit minen ōgen
50 *man vnde wip tōgen,*
da ich gehorte vnd gesach,
swas iemen tet, swas iemen sprach.
Ich horte in rome liegen,
zwene kv́nige triegen.
55 da von hv̂p sich der meiste strit,
der e waz oder iemer sit,
do sich begvnden zweien
die pfaffen vnde leien.
daz waz ein not vor aller not;
60 lip vnde sele lac da tot.
die pfaffen striten sere,
doch wart der le*ien* mere.
div swert, div leiten *sv́* dernider
vnd griffen zv̂ der stole wider.
65 si bienen, die si wolten,
vnd nivt, den si solten.
do storte man div gottes hv̂z.
ich horte verre in einer clvs
vil michel vngebere;
70 da weinte ein closenere,
er clagete gotte sinv́ leit:
,,owe, der babest ist ze ivnc; hilf, herre, diner cristenheit!"

Q 18

---

49 Ich sah mit meinen Augen insgeheim den Männern und Frauen zu, da hörte und sah ich, was jedermann tat, was jedermann sprach. Ich hörte, wie man in Rom log, zwei Könige betrog. Davon entstand der gewaltigste Streit, der je war und je wieder sein wird, als sich Zwietracht unter den Geistlichen und den Laien erhob. Das war eine Not größer als alle Nöte; Leib und Seele gingen zugrunde. Die Geistlichen kämpften heftig, doch waren die Laien in der Überzahl. Da legten sie ihre Schwerter nieder und griffen wieder zur Stola. Sie belegten die mit dem Bann, die sie [bannen] wollten, und nicht den, den sie hätten [bannen] sollen. Da zerstörte man die Gotteshäuser. Weit weg in einer Klause hörte ich großes Wehklagen; dort weinte ein Klausner, er klagte Gott seinen Kummer: ,,O weh, der Papst ist zu jung; hilf, Herr, deiner Christenheit!"

49–52 f.   54 *Wahrscheinlich die Staufer Philipp von Schwaben und Friedrich II.*   57 *der begonde sich.*   59 *von.*   62 *lere.*   63 f.   64 *Stola, Teil des geistlichen Ornats.*

Von rome vogt, von pvlle kv́nic, lat vch erbarmen,
daz man mich bi richer kvnst lat alsvs arm*en*!
gerne wolte ich, mohte ez sin, bi eigem vv́re erwarmen.
zai, wie ich danne svnge von den vogellinen,
5   von der heide vnd von den blv̂men, als ich wilent sanc!
swelch schone wip mir denne gebe ir habedanc,
der liez ich lilien vnde rosen vz ir wangel schinen.
kvme ich spate vnd rite vrů: „gast, we dir, we!"
so mac der wirt wol singen von dem grv̂nen cle.
10   die not bedenke, milter kv́nic, daz vwer not zerge!   *Q 18*

Herze liebez vrowelin,
got gebe dir hv́te vnd iemer gv̂t!
kvnd ich baz gedenken din,
des het ich willeclichen mv̂t.
5   waz mach ich nv sagen me,
wan daz dir nieman holder ist? owe, da von ist mir vil we!

Si verwizent mir, daz ich
nider wende minen sanc.
daz si niht versinnent sich,
10   waz liebe si, des haben vndanc!
siv getraf div liebe nie.
die da nach dem gv̂te vnd nach der *schô* ne minnent, we, wie
                                   minnent die!

VON ROME: Schutzherr Roms, König Apuliens, lassen Sie es sich zu Herzen gehen,
daß man mich trotz reicher Kunst so arm sein läßt! Gerne möchte ich mich, wenn es
möglich wäre, am eigenen Feuer wärmen. Hei, wie ich dann von den Vögelchen sin-
gen würde, von der Heide und von den Blumen, so wie ich früher gesungen habe!
Jeder schönen Frau, die mir dann ihr Dankeschön sagte, ließe ich Lilien und Rosen
auf ihren Wänglein leuchten. Komme ich [aber] spät an und reite früh fort, [dann]:
„Fremder, weh dir, weh!" Als Hausherr jedoch kann man leicht vom grünen Klee sin-
gen. Bedenke diese Notlage, gütiger König, damit [auch] Ihre Notlage ein Ende habe!
HERZE LIEBEZ: Herzlich geliebtes Mädchen, Gott segne dich heute und immer!
Könnte ich deiner noch inniger gedenken, ich wäre willig dazu bereit. Was kann ich
nun mehr sagen als dies, daß niemand dich mehr liebt? Ach, dadurch habe ich viel
Kummer!   7 Sie werfen mir vor, daß ich mein Lied an eine unstandesgemäße Adresse
richte. Daß sie nicht besser überlegen, was Liebe ist, dafür gebührt ihnen wahrhaftig
kein Dank! Die wurden nie von der Liebe getroffen. Wenn man seine Liebe nach Be-
sitz und Schönheit richtet, wehe, was ist das für eine Art Liebe!   13 Die Schönheit ist

VON ROME *Bitte an Friedrich II., entstanden vor dessen Aufbruch zur Kaiserkrönung nach
Rom 1220. Vgl. die Dankesstr. S. 133. Zur fragm. Mel. s. Q 54 Nr. 10. – Ä. nach Q 19.*
2 leit. arm.
HERZE LIEBEZ *Ä. nach Q 19.*   12 sene.

Bi der schone ist dicke haz;
zů der schone niemen si ze gach.
15 liep tůt dem herzen baz;
der liebe get dv́ schone nach.
liebe machet schone wip.
des mac dv́ schone niht getůn, sine gemachet lieben lip.

Ich vertrage, als ich vertrůc
20 vnd als ich iemer wil vertragen.
dv bist schone vnd hast gnůc,
waz mv́gen si mir da von gesagen?
swaz si sagen, ich bin dir holt
vnd nim din glesin vingerlin vur einer kvneginne golt.

25 Hast dv triwe vnd stetecheit,
so bin ich din ane angest gar,
daz mir iemer herzeleit
mit dinem willen widervar.
hast aber dv der zweier niht,
30 so mv́zest dv min niemer werden. owe, ob daz geschiht! *Q 18*

Dv́ welt waz gelf, rot vnde bla,
grv́ne in dem walde vnd anderswa.
die cleine vogele svngen da.
nv schriet aber dv́ nebelcra.
5 phligt si iht ander varwe? ia,
sist worden bleich vnd vber gra;
des rimphet sich vil menic bra.

---

oft mit Bosheit verbunden; niemand laufe der Schönheit zu sehr nach. Liebe ist besser
für das Herz; der Liebe ist die Schönheit untergeordnet. Die Liebe macht die Frauen
schön. Die Schönheit kann nichts dergleichen tun, sie macht keine Frau liebenswert.
19 Ich ertrage [ihren Vorwurf], wie ich ihn ertragen habe und ihn immer ertragen
werde. Du bist schön und besitzt genug, was können sie mir dazu sagen? Was sie
auch sagen, ich liebe dich und schätze deinen gläsernen Ring mehr als das Gold einer
Königin. 25 Hast du Treue und Beständigkeit, so gehöre ich dir ohne jede Angst,
daß du mir jemals mit Absicht Kummer machen wirst. Hast du aber diese beiden
nicht, so könntest du nie die Meine werden. O weh, wenn das geschehen sollte!

Dv́ WELT: Im Wald und überall war die Welt gelb, rot, blau und grün. Die klei-
nen Vögel sangen dort. Nun schreit wieder die Nebelkrähe. Zeigt sie *[die Welt]* eine
andere Farbe? Ja, sie ist fahl und grau in grau geworden; deswegen gibt es viele

HERZE LIEBEZ   17 schoner.   20 zeiner wile vertrage.   27 iemen.
Dv́ WELT *Ä. nach Q 19.*   5 varwe da ia.

Ich saz vf eime grv̂nen le,
da ensprvngen blv̂men vnde clê
10   zwischen mir vnd eime se.
der ovgenweide ist da niht me.
da wir schappel brachen ê,
da lit nv rif vnde sne.
daz tv̂t den vogellinen wê.

15   Die toren sprechent: „snia, sni!",
die armen lv́te: „owe, owi!"
des b*in* ich swer alsam ein bli.
der wintersorge han ich dri.
swaz der vnder andern si,
20   der wurde ich alse schiere vri,
wer vns der svmer nahe bi.

E danne ich lange *lebt* also,
den crebz wolte ich ê ezzen ro.
svme*r*, *m*ache vns aber vro!
25   dv zierest anger vnde lo.
mit den blv̂men spilt ich do,
min herze swebt in svnnen ho;
daz iaget de*r* winter in ein stro.

Ich bin verlegen als ein sv,
30   min sleht har ist mir worden rv.
sv̂zer svmer, wa bist dv?
ia sehe ich gerner velt gebv!
ê danne ich lege in selcher drv,
beclemmet were, als ich bin nv,
35   ich wurde ê mvnich ze tober*l*v.   *Q 18*

finstere Gesichter. 8 Ich saß auf einem grünen Hügel, dort wuchsen zwischen mir
und einem Weiher Blumen und Klee. Dort gibt es nichts Erfreuliches mehr zu sehen.
Wo wir früher Blumen pflückten zum Kranz, da liegt nun Reif und Schnee. Darunter
leiden die Vögelchen. 15 Die Toren rufen: „Würde es doch schneien!", die armen
Leute [dagegen]: „O weh, o weh!" Deshalb fühle ich mich schwer wie Blei. Ich habe
drei [spezielle] Wintersorgen. Was die unter anderen [?] angeht, so würde ich sie
schnell los, wäre uns der Sommer nahe. 22 Bevor ich auf die Dauer so leben müßte,
wollte ich eher den Krebs roh essen. Sommer, mach uns wieder froh! Du schmückst
Wiese und Hain. Dann würde ich mit den Blumen spielen, mein Herz schwänge sich
hoch auf im Sonnenschein; das jagt der Winter ins Stroh. 29 Ich bin durch das
träge Leben heruntergekommen wie eine Sau, mein gepflegtes Haar ist struppig ge-
worden. Süßer Sommer, wo bist du? Ach, lieber möchte ich zusehen, wie die Felder
bestellt werden! Ehe ich in so einer Falle läge, eingeklemmt wäre, wie ich jetzt bin,
würde ich lieber Mönch in Dobrilugk.

17 bra. 22 f. 24 svmer aber mache. 28 den. 33 f. 35 tobernv. *Zisterzienser-
kloster Doberlug, früher Dobrilugk, in der Lausitz.*

Got, diner trinitate,
die beslossen hâte
*D*in fúrgedanc mit rate,
der iehen wir: mit trivnge
5   Dú drú ist ein einvnge,
Ein got der hohe here.
sin ie selb wesende ere
verendet niemer mere.
Der sende vns sin lere.
10   vns *hat* verleitet sere
die sinne vf menge súnde
Der fúrste vs helle abgrúnde.

sin rat vnd böses fleisches gir,
Die hant geverret, her, vns dir.
15   Sit disú zwei dir sint ze balt
vnd dv der beider hast gewalt,
so tů das dinem namen ze lobe
vnd hilf vns, das wir mit dir obe
Geligen vnd das din kraft vns gebe
20   so starke, stete widerstrebe,

Da von din name wirt gêret
vnd öch din lob gemeret;
da von wirt er gevneret,
der vns da súnde leret

25   Vnd der vns vf vnkúsche iaget.
sin kraft von diner kraft verzaget.
des si dir iemer lob gesaget
vnd öch der reinen sv̈ssen maget,
von der vns ist der svn betaget,
30   der ir ze kinde wol behaget.

Gᴏᴛ: Gott, von deiner Trinität, die dein Vorherwissen und Ratschluß zusammenge-
fügt hatte, bekennen wir: In der Dreiheit ist diese Dreizahl eine Einheit, ein hocher-
habener Gott. Seine aus sich selbst seiende Ehre nimmt nie ein Ende. Er sende uns
seine Lehre. Der Fürst des Höllenabgrundes hat unsere Sinne zu großer Sünde ver-
führt. 13 Sein Ratschlag und die Begierde des bösen Fleisches haben uns, Herr, dir
entfremdet. Da diese zwei dir zu dreist sind und du über beide Gewalt hast, so tu das
zum Ruhm deines Namens und hilf uns, daß wir mit dir obsiegen und daß deine Macht
uns eine so starke, ausdauernde Widerstandskraft gibt, 21 durch die dein Name ge-
ehrt und dein Ruhm vermehrt wird; dadurch wird der geschändet, der uns zu sündigen
lehrt 25 und der uns zur Unkeuschheit treibt. Seine Macht verzagt vor deiner
Macht. Deshalb seist du immer gepriesen und auch die reine, süße Jungfrau, durch die
uns der Sohn geschenkt worden ist, der als Kind ihre Freude ist.

Gᴏᴛ *s. Einl. S. 22. – Ä. nach Q 15.*   3 sin.   10 hant.

Maget vnd mv̊ter, schowet der kristenheite not!
du blv̊nde gert aarones, vf gender morgenrot,
Ezechieles porte, dú nie wart vf getan,
dvr die der kúnig herliche wart vs vnd in gelan.

35 Als dv́ svnne schinet dvrh gantz gewúrhtes glas,
also gebar dú reine crist, dv́ magt vṛd mv̊ter was.

Ein bosch, der bran,   da nie niht an
besenget noch verbrennet wart.
Breit vnde gantz   da beleib sîn glantz,
40 vor fúres flamme vnverschart.

Das was dú reine   magt alleine,
dv́ mit megtlicher art

kindes mv̊ter worden ist
an aller manne mitte *wist,*
45 *wider menschlichen list*
Den waren crist
gebar, der vns bedâhte.
Wol ir, das si den ie getrůc,
der vnsern tot ze tode slůg!
50 mit sinem blůte er ab uns twůg
den vnfůg,
den even schvlde vns brahte.

Salomones   hohen throne s
bistv, frowe, ein selde here vnd o̧ch gebieterinne.
55 Balsamite,   margarite,
ob allen megden bist dv, maget, ein magt, ein kúniginne.
Gotes lamme   was din wamme
ein palas reine, da er eine lag beslossen inne.

---

31 Jungfrau und Mutter, sieh an die Not der Christenheit. Du blühende Gerte Aarons
[*Num. 17, 8*], du aufstrahlende Morgenröte [*Cant. 6, 9*], du Pforte Ezechiels [*Ez. 44,
2*], die nie geöffnet wurde, durch die der König in Herrlichkeit aus und ein gelassen
wurde. Wie die Sonne durch undurchlässig gefertigtes Glas scheint, so gebar die Reine,
die Jungfrau und Mutter war, Christus.   37 Ein Busch brannte, an dem niemals etwas
versengt noch verbrannt worden war. Rundum und vollkommen hielt sich sein Glanz,
unversehrt von der Flamme des Feuers [*Ex. 3, 2*]. Das war einzig die reine Jungfrau,
die jungfräulich   43 ohne das Dazutun eines Mannes die Mutter eines Kindes gewor-
den ist, entgegen aller menschlichen Einsicht den wahren Christus geboren hat, der
sich unser annahm. Gepriesen sei sie, daß sie einst den getragen hat, der unseren Tod
zu Tode schlug! Er hat mit seinem Blut den Makel von uns gewaschen, den Evas
Schuld uns gebracht hat.   53 Du bist, Herrin, für den hohen Thron Salomons eine
erhabene Heimstatt und auch Gebieterin. Balsamspendende, Perle, du bist, Jungfrau,
eine Jungfrau über allen Jungfrauen, eine Königin. Für das Lamm Gottes war dein Leib
ein kostbarer Palast, in dem er allein verschlossen lag.   59 Das Lamm ist [. . .] Christus,

44 vart.   45 *f.*

Das lamme ist   [. . .] crist,
60   der warer got ist,   da von dv bist
gehohet vnd geret.
Dem lamme ist gar   gelich gevar
der megde schar.   nv nemt sin war
vnd keret, swar *es* kere*t*!
65   *N*v bitte in, das er vns gewer
dvrh dich, des vnser dúrfte ger!
Dv sende vns trost von himel her!
des wirt din lop gemeret.

Dv maget vil vnbewollen,
70   de*r* Gedeones wollen
glihest dv bevollen,
die got selbe begos mit sîme tȯwe.
Ein wort ob allen worten
*Ent*slos dinr oren porten.
75   Das sv̂sse ob allen orten
dich hat gesv̂sset, sv̂sse himel frowe.

Das vs dem worte erwahsen si,
Das ist von kindes sinnes vri.
Es wůhs ze worte vnd wart ein man.
80   da merket alle ein wunder an:
Ein got, der ie gewesende, wart
ein man nach menschlicher art.
Swas er noch wunders ie begie,
das hat er vber wundert hie.
85   Des selben wunder*er*es hus
was einer reinen megde klus

---

der wahrer Gott ist, durch den du erhöht und geehrt bist. Die Schar der Jungfrauen trägt die gleiche Farbe wie das Lamm. Nun seht es an und wendet euch dorthin, wo es sich hinwendet! Nun bitte du [Maria] ihn, daß er uns um deinetwillen das gewährt, was unsere Armseligkeit verlangt! Sende du Trost vom Himmel herab! Das vermehrt deinen Ruhm.   69 Du unbefleckte Jungfrau, du gleichst vollkommen dem Fell Gideons, das Gott selbst mit seinem Tau begoß *[Iud. 6, 36–40]*. Ein Wort, erhabener als alle Worte, tat die Pforten deiner Ohren auf. Das Allersüßeste hat dich süß gemacht, süße Herrin des Himmels.   77 Was aus dem Wort erwachsen ist, ist frei von Kinderart. Es wuchs zum Wort *[d. h. gewann Sprache? oder: zu Gott, vgl. Io. 1, 1–2?]* heran und wurde ein Mann *[oder: Mensch]*. Erkennt das Wunder, das da geschehen ist: Ein Gott, der von Ewigkeit her war, wurde ein Mensch nach Art der Menschen. Was er an Wundern noch je vollbracht hat, hat er hiermit übertroffen. Das Haus dieses Wundertäters war wohl an die vierzig Wochen und nicht länger die

64–65 swa sis keret Des bistv frowe geret Nv.   70 des.   74 beslos.   85 wunders.

Wol vierzeg wochen vnd niht me,
ane alle sv́nde vnd ane we.

Nv bitten wir die mv̊ter
90   vnd ŏch der mv̊ter barn,
si reine vnd er vil gůter,
Das si vns tůn bewarn.
wan an si kan nieman
hie noch dort genesen.
95   Widerred das ieman,
der mv̊s ein tore wesen.

wie kunde des iemer werden rât,
der vmbe sine missetat
Niht herzelicher rúwe hat,
100   sit got enheine sv́nde lat,
die niht gerúwent zaller stvnt
hin abe vntz vf des herzen grunt?
Dem wisen ist das alles kvnt,
Das niemer sele wirt gesvnt,
105   Dú mit der sv́nden swert ist wunt,
sin habe von grunde heiles fvnt.

Nv ist vns rv̊we túre,
si sende vns got ze stúre
bi sinem minne fúre.
110   sin geist, der vil gehúre,

der kan wol herten herzen geben
ware rúwe vnd reines leben.
Swa er die rúwe gerne weis,
Dem machet er die rúwe heis.
115   Ein wildes herze er also zamt,
Das es sich aller sv́nden schamt.

Zelle einer reinen Jungfrau, ohne jede Sünde und ohne Schmerz.   89 Nun bitten wir die Mutter und auch das Kind der Mutter, sie, die Reine, und ihn, den Barmherzigen, daß sie uns behüten. Denn ohne sie kann niemand weder hier noch dort gerettet werden. Wer das leugnet, der muß ein Narr sein.   97 Wie kann dem jemals geholfen werden, der nicht von Herzen Reue über seine Sünden empfindet, da doch Gott keine Sünde vergibt, die nicht stets bis auf den Grund des Herzens bereut wird? Der Weise weiß dies genau, daß keine Seele gesundet, die vom Schwert der Sünde verwundet worden ist, wenn sie nicht von Grund auf geheilt wird.   107 Nun ist Reue bei uns selten, es sei denn, Gott sendet sie zu unserer Hilfe durch das Feuer seiner Liebe. Sein liebender Geist   111 kann harten Herzen wahre Reue und ein reines Leben schenken. Dem schenkt er heiße Reue, bei dem er die Reue willkommen weiß. Ein unbändiges Herz zähmt er so, daß es sich aller Sünden schämt.   117 Nun sende uns, Vater und

Nv sende vns, vater vnde svn, den rehten geist har aben,
Das wir mit diner sv̂ssen fv̂hte ein dv́rres herze erlaben!
Vnkristenlicher dinge ist al dv́ kristenheit so vol.
120 swa kristentv̂m ze siech hvs lit, da tv̂t man im niht wol.

Jn dv́rstet sere   nach der lere,
als er von rome was gewon.
Der im da schancte   vnd in da trancte
als ê, da wurde er varnde von.

125 Swas im da leides ie gewar,
das kam von symonie gar;
vnd ist er da so frv́nde bar,
das er engetar
niht sin schaden gerv̂gen.
130 kristentv̂m vnd kristenheit,
der disú zwei zesamne sneit,
gelich lanc, gelich breit,
lieb vnde leit
Der wolte ŏch, das wir trv̂gen:

135 in kriste kristenliches leben.
Sit er vns hat vf eine gegeben,
so svln wir vns niht scheiden.
Swelh kristen kristentv̂mes pfliget
an worten vnd an werken niht,
140 Der ist wol halb ein heiden.
Das ist vnser meiste not:
Das eine ist an das ander tot.
Nv stúre vns got an beiden

Sohn, den rechten Geist herab, damit wir mit deiner süßen Feuchtigkeit das verdorrte
Herz erquicken! Die ganze Christenheit ist so voll von unchristlichen Dingen. Wo das
Christentum im Spital liegt, behandelt man es nicht gut.   121 Es dürstet sehr nach
der Lehre, wie es sie von Rom gewohnt war. Gäbe es einen, der ihm dort einschenkte
und es dort tränkte wie zuvor, so würde es sich wieder erholen.   125 Was es je Leid-
volles dort erfahren hat, das entstand alles aus der Simonie; und es hat dort keine
Freunde, so daß es seinen Schaden nicht einmal einzuklagen wagt. Wer diese beiden,
Christentum und Christenheit, zusammenpaßte, gleich lang und gleich breit, der
wollte auch, daß wir Lieb und Leid [zusammen] trügen: 135 ein christliches Leben
in Christus. Da er uns zusammengegeben hat, sollen wir uns nicht trennen. Welcher
Christ das Christentum in Worten und nicht in Werken ausübt, der ist ein halber Heide.
Das ist unser größtes Gebrechen: das eine ist tot ohne das andere. Nun mag Gott uns

126 *Simonie, Kauf kirchlicher Ämter.*

vnd gebe vns rat,
145   sit er vns hat   sin hantgetat
geheissen offenbare.
Nv senfte vns, frowe, sinen zorn,
barmherzig můter vs erkorn,
Dv frier rôse svnder dorn,
150   dv svnne varwú clare.

Dich lobet der hohen engel schar,
Doch brahten si din lob nie dar,
das es volendet wurde gar,
das es ie wurde gesvngen
155   in stimmen oder vs zvngen
vs allen ordenvngen
ze himel vnd vf der erde.
ich mane dich, gotes werde,
wir bitten vmb vnser schvlde dich,
160   Das dv vns sist genedeklich,
So das din bette erklinge
vor der barmvnge vrspringe;
So han wir des gedinge,
Dv́ schulde werde ringe,
165   da mit wir sere sin beladen.
hilf vns, das wir si abe gebaden

Mit stetewernder rúwe vmbe vnser missetât,
Die nieman ane got vnd ane dich ze gebenne hat.   *Q 19*

---

mit beiden zu Hilfe kommen   144 und uns Beistand geben, da er uns als das Werk seiner
Hände genannt und offenbart hat. Besänftige um unseretwillen, Herrin, seinen Zorn,
auserwählte barmherzige Mutter, du edle Rose ohne Dorn, du sonnenhelle Reine.
151 Dich lobt die Schar der hohen Engel, doch haben sie cein Lob nie in der Weise
dargebracht, daß es seinen vollen Umfang erreicht hätte, daß es je [zu Ende] gesungen
worden wäre von den Stimmen oder Zungen aller Chöre im Himmel und auf der Erde.
Ich mahne dich, Herrliche des Herrn, wir bitten dich unserer Schuld wegen, daß du
uns gnädig seist, so daß deine Bitte vor dem Urquell der Barmherzigkeit ertöne; dann
haben wir die Hoffnung, daß die Schuld erleichtert werde, mit der wir schwer beladen
sind. Hilf uns, daß wir sie abwaschen   167 mit immerwährender Reue über unsere
Missetat, [eine Reue], die niemand ohne Gott und ohne dich aufbringen kann.

149 *Vgl. Eccli. 24, 18 und Cant. 2, 2 (,,Lilie" häufig als ,,Rose" verstanden).*   163 den.

„Fro welt, ir svlt dem wirte sagen,
das ich im gar vergolden habe.
min grôste gúlte ist abe geslagen,
das er mich von dem briefe schabe.
5 swer im iht sol, der mac wol sorgen.
e ich im lange schuldig were, ich wolt es zeinem ivden borgen.
er swiget vnz an einen tag;
so wil er danne ein wette han, so ienr niht vergelten mag."

„Walther, dv zúrnest ane not,
10 dv solt bi mir beliben hie.
gedenke, was ich dir eren bot,
was ich dir dines willen lie,
als dv mich dike sere bete.
mir was vil innekliche leit, das dvs so selten tete.
15 bedenke dich! din leben ist gv̂t.
so dv mir rehte widersagest, son wirst dv niemer wol gemv̂t."

„Fro welt, ich han ze vil gesogen,
ich wil entwonen, des ist zit.
din zart hat mih vil nach betrogen,
20 wand er vil sv̂sser frôiden git.
do ich dich gesach reht vnder ôgen,
do was din [...] schôwen wunderlich, al svnder lôgen.
doch was der schanden alse vil,
do ich din hinden wart gewar, das ich dich iemer schelten wil."

25 „Sit ich dich niht erwenden mag,
so tv̂ doch ein dîng, des ich ger:

FRO WELT: „Frau Welt, Sie sollen dem Wirt sagen, daß ich ihm alles bezahlt habe.
Meine übergroße Schuld ist getilgt, er soll meinen Namen von der Schuldurkunde
schaben. Wer ihm etwas schuldet, der muß sich wohl ängstigen. Ehe ich auf die
Dauer sein Schuldner wäre, würde ich lieber bei einem Juden borgen. Er verhält sich
still bis zu einem bestimmten Tag; dann aber will er, wenn man nicht zahlen kann, ein
Pfand haben." 9 „Walther, du zürnst ohne Grund, du sollst hier bei mir bleiben. Be-
denk doch, wieviel Ansehen ich dir verschafft habe, wie ich tat, was du wolltest,
so oft du mich inständig gebeten hast. Ich 'habe es wirklich bedauert, daß du es so
selten getan hast. Überlege doch! Du führst ein feines Leben. Wenn du dich wirklich
von mir lossagst, wirst du deines Lebens nicht mehr froh." 17 „Frau Welt, ich
habe zu lange [an deinen Brüsten] gesogen, ich will mich entwöhnen, es ist Zeit.
Deine Zärtlichkeit hat mich fast verblendet, denn sie schenkt viele süße Freuden. Als
ich dir gerade ins Gesicht sah, war dein [...] fremdartig und reizvoll anzuschauen,
ich wills nicht leugnen. Als ich dich jedoch von hinten erblickte, gab es [da] so viel
Widerwärtiges, daß ich dich immer schmähen werde." 25 „Da ich dich nicht um-
stimmen kann, so erfülle mir doch den einen Wunsch: Denke an die vielen herrlichen

FRO WELT 21–24 *s. Abb. S. 518.*

gedenke an mangen liehten tac
vnd sich doch vnderwilent her,
núwan so dich der zit betrage."
30 „das tet ich wunderlichen gerene, wan das ich fúrhte dine lage,
vor der sich nieman kan bewarn.
got gebe úch, frowe, gv̊te naht; ich wil ze herberge varn."   *Q 19*

Ich was dvrch wunder vs gevarn,
do vant ich wunderlichú ding.
ich vant die stv̊le leider lere stan,
da wisheit, adel vnd alter
5 gewaltig sassen e.
hilf, frowe maget, hilf, megde barn,
den drin noch wider in den ring!
la si niht lange ir sedeles irre gan!
ir kumber manigvalt, der
10 tv̊t mir von herzen we.
es hat der tumbe riche nv ir drier stv̊l, ir drier grv̊s.
owe, das man dem einen an ir drier stat nv nigen mv̊s!
des hinket reht, vnd truret zuht, vnd siechet schame.
Dis ist min klage, noch klagte ich gerne me.   *Q 19*

Tage und sieh doch [wenigstens] ab und zu einmal her, nur wenn du Langeweile
hast." „Das täte ich ungemein gern, nur fürchte ich deine Hinterlist, vor der sich nie-
mand hüten kann. Gott gebe Ihnen, Frau [Welt], eine gute Nacht; ich will [anderswo]
ein Unterkommen suchen."

ICH WAS: Ich war ausgezogen, um Seltsames zu erleben, seltsame Dinge habe ich
gefunden. Zu meinem Leidwesen fand ich die Stühle leer stehen, auf denen Weisheit,
Adel und Alter einst saßen und herrschten. Verhilf, Frau [und] Jungfrau, verhilf, Sohn
der Jungfrau, den dreien wieder zu ihrem Rang! Laß sie nicht so lange von ihrem
Sitz entfernt sein! Ihre vielfältigen Nöte schmerzen mich zutiefst. Nun beansprucht der
dummdreiste Reiche den Platz und die Verehrung, die den dreien gebührt. O weh,
daß man sich nun vor dem einen statt vor den dreien verneigen muß! Infolgedessen
hinkt das Recht, und die Zucht trauert, und die Scham siecht dahin. Das beklage ich,
ich klagte gern noch mehr.

ICH WAS *Die Str. bezieht sich vermutlich auf das Regiment des jungen Königs Heinrich, ge-
krönt 1222.*

Owe, houeliches singen,
das dich vngefûge dône
solten ie ze houe verdringen!
das die schiere got gehône!
5   owe, das din wirde also geliget!
des sint alle dine frúnde vnfro.
das mv̂s eht also sin, nv si also!
fro vnfûge, ir habt gesiget!

Der vns frôide wider brehte,
10   dú rehte vnd gefûge were,
hei, wie wol man des gedehte,
swa man von ime seite mere!
es were ein vil houelicher mv̂t,
des ich iemer gerne wúnschen sol.
15   frowen vnde herren zeme es wol.
owe, das es nieman tv̂t!

Die das rehte singen stôrent,
der ist vngeliche mere,
danne die es gerne hôrent.
20   doch volge ich der alten lere.
ich enwil niht werben zv̂ der mv́l,
da der stein so rúschent vmbe gat
vnd das rat so mange vnwise hat.
merkent, wer da harpfen sv́l!

25   Die so freuenlichen schallent,
der mv̂s ich vor zorne lachen,
das si in selben wol gevallent
mit also vngefûgen sachen.

Owe: O weh, höfisches Singen, daß grobe Klänge dich je vom Hof verdrängen
durften! Die möge Gott bald der Verachtung anheimgeben! O weh, daß dein Ansehen
so danieder liegt! Darüber sind alle deine Freunde bekümmert. Das muß nun wohl
so sein, sei es denn so! Frau Grobheit, Sie haben gesiegt! 9 Brächte uns einer die
Freude zurück, die anständig und gesittet wäre, hei, wie würde man den preisen, wo
immer man von ihm spräche! Es wäre dies eine Gesinnung, wie sie sich für den Hof
schickt, was ich immer innig wünschen werde. Damen und Herren stünde es wohl an.
O weh, daß es niemand tut! 17 Diejenigen, die das rechte Singen verderben, sind
viel zahlreicher als die, die es gern hören. Doch ich folge der alten Lehre. Ich will meine
Kunst nicht in der Mühle ausüben, wo der Stein sich so lärmend dreht und das Rad so
viele Mißtöne hervorbringt. Seht euch die an, die da musizieren wollen! 25 Über
die, die so frech tönen, muß ich vor Zorn lachen, weil sie sich mit ihrem so schlechten

*Owe Die Strophen werden häufig auf die Dörper-Poesie Neidharts (s. S. 141–158) bezogen. –
Ä. 4 nach Q 67, 39 nach Q 43. 4 dich.*

die tŭnt sam die frŏsche in eime se,
30   den ir schrien so wol behaget,
das dv́ nahtegal da von verzaget,
so si gerne svnge me.

Der vngefŭge swigen hiesse
(was man danne fŭge funde!)
35   vnd si von den bv́rgen stiesse,
das vnfŭge da verswunde!
wurden ir die edelen habe benomen,
das were alles nach dem willen min.
bi den gebvren liesse ich si wol sin,
40   dannen ist si her bekomen.   *Q 19*

Man seit mir ie von tegerse,
wie wol das hus mit eren ste;
dar vmbe kerte ich mer dan eine mile von der strasse.
ich bin ein wunderlicher man,
5   das ich mich selben niht entstan
vnd mich so vil an frŏmede lúte lasse.
ich schilte *si* niht wan: „got genade vns beiden!"
ich nam da – wasser,   also nasser
mv̆st ich von des mv́nches tische scheiden.   *Q 19*

Zeug großartig vorkommen. Sie fuhren sich auf wie die Frosche in einem See, denen ihr Quaken so gut gefallt, daß die Nachtigall deshalb resigniert, obgleich sie gern noch langer singen wurde.   33 Brachte doch einer diese Grobheit zum Schweigen (wieviel Gutes fande man dann!) und vertriebe sie aus den Burgen, so daß die Grobheit dort verschwande! Wenn ihr die Zufluchtsorte beim Adel fortgenommen wurden, so ware das ganz nach meinem Wunsch. Ich uberließe sie gern den Bauern, von dort ist sie [ja auch] hergekommen.

MAN SEIT: Man hat mir immer von Tegernsee berichtet, welch guten Ruf dieses Haus genieße; deshalb machte ich einen Umweg von mehr als einer Meile. Ich bin ein sonderbarer Mann, daß ich nicht auf mich selbst baue und mich so sehr auf fremde Leute verlasse. Ich spreche keinen anderen Tadel aus als: „Gott sei uns beiden gnadig!" Ich erhielt da – Wasser, und so befeuchtet mußte ich von des Monches Tisch gehen.

OWE   39 die.
MAN SEIT *A. nach Q 67.*   2 *Benediktinerkloster St. Quirin.*   7 sin.

Vns hat der winter geschadet vber al,
heide vnd walt sint beide nv val,
da manic stimme vil sv̂sse inne hal.
sehe ich die megde an der strasse den bal
5   werfen, so kême vns der vogele schal.

Mốhte ich verslâffen des winters zit!
wache ich die wile, so han ich sin nit,
das sin gewalt ist so breit vnd so wit.
weis got, er lat ốch de*m* meien den strit;
10   so lise ich blv̂men, da rife nv lit.   *Q* 19

VNder der linden   an der heide,
da vnser zweier bette was,
da mvgent ir vinden   schone beide
gebrochen blv̂men vnde gras.
5   vor dem walde in einem tal,
tandaradai,
schone sanc dú nahtegal.

Ich kan gegangen   zv̂ der ốwe,
do was min friedel komen e.
10   da wart ich enpfangen   – here frowe! –,
das ich bin selig iemer me.
er kvste mich? wol tvsent stvnt!
tandaradei,
seht, wie rot mir ist der mvnt!

15   Do hat er gemachet   also riche
von blv̂men ein bette stat.

Vns hat: Allenthalben hat uns der Winter geschadet, Heide und Wald, wo so viele
Stimmen lieblich erklangen, sind jetzt fahl. Sähe ich die Mädchen [wieder] beim
Ballspiel auf der Straße, dann käme der Gesang der Vögel zu uns zurück.   6 Könnte
ich doch den ganzen Winter verschlafen! Wenn ich in dieser Zeit wach bin, dann bin
ich darüber erbost, daß seine Herrschaft so weit verbreitet ist. Weiß Gott, er wird dem
Mai den Sieg lassen müssen; dann pflücke ich dort Blumen, wo jetzt Reif liegt.

Vnder: Unter der Linde auf der Heide, wo unser beider Lager war, da könnt ihr
Blumen und Gras liebevoll zusammengetragen finden. Am Waldrand im Tal,
tandaradei, sang süß die Nachtigall.   8 Ich kam zu der Wiese, da war mein Liebster
schon vor mir gekommen. Da wurde ich so empfangen – Madonna! –, daß ich immer
und immer überglücklich bin. Ob er mich küßte? Tausendmal! Tandaradei, seht, wie
rot mein Mund ist!   15 Da hatte er aus Blumen ein so prächtiges Bett gemacht.

Vns hat *Ă. nach Q 43.*   9 den.

des wirt noch gelachet   innekliche,
kvmt iemen an das selbe pfat.
bi den rosen er wol mac,
20   tandaradei,
merken, wa mirs höbet lac.

Das er bi mir lege,   wesses iemen
– nvn welle got –, so schamt ich mich.
wes er mit mir pflege,   niemer niemen
25   bevinde das, wan er vnd ich,
vnd ein kleines vogellin,
tandaradei,
das mac wol getrúwe sin.   *Q 19*

Mvget ir schöwen, was dem meigen
wunders ist beschert?
seht an pfaffen, seht an leigen,
wie das alles vert!
5   gros ist sin gewalt.
in weis, ob er zöber kvnne;
swar er vert in siner wunne,
dan ist nieman alt.

Vns wil schiere wol gelingen,
10   wir svln sin gemeit,
tanzen, lachen vnde singen –
ane dörperheit!
we, wer were vnfro,
sit dú vogellin also schone
15   singent in ir besten done.
tvn wir öch also!

Daruber lacht noch von Herzen, wer dort vorbeikommt. An den Rosen kann er noch
sehen, tandaradei, wo mein Kopf lag.   22 Wußte jemand, daß er bei mir lag – Gott
bewahre –, dann wurde ich mich schamen. Was er mit mir tat, das soll kein Mensch
wissen, nur er und ich, und ein kleines Vogelchen, tandaradei, das wird gewiß nichts
verraten.

    Mvget ir: Wollt ihr nicht schauen, wieviel an Herrlichkeiten dem Mai geschenkt
ist? Seht nun, wie allen, geistlich oder weltlich, zumute ist! Gewaltig ist seine Macht.
Ich weiß nicht, ob er nicht [sogar] zaubern kann; wo er mit seiner Pracht hinkommt,
da fuhlt sich niemand alt.   9 Uns wird es bald herrlich gehen, wir werden frohlich
sein, tanzen, lachen und singen – aber manierlich! Ach, wer wollte traurig sein, wo
doch die Vogelchen so lieblich ihre schonsten Melodien singen. Laßt es uns ebenso tun!

    Mvget ir *Str. 1–3 und 6 in Q 18 Leuthold von Seven (s. S. 192) zugewiesen. Zur Mel. s.
Q 54 Nr. 11. – Ä. 19 nach Q 33, 23 nach Q 18, 35 nach Q 12.*

Wol dir, meige, wie dv scheidest
alles âne has!
wie wol dv die *bovme* kleidest
20 vnd die heide bas!
dv́ hat varwe me.
„dv bist kvrzer, ich bin langer“,
alse stritent si vf de*m* anger,
blv̂men vnde kle.

25 Roter mvnt, wie dv dich swachest!
la din lachen sin!
scham dich, dast dv mich an lachest
nach dem schaden min!
ist das wol getan?
30 owe so verlorner stvnde,
sol von minneklichem mvnde
solhe vnminne ergan!

Das mich, frowe, an frôiden irret,
das ist úwer lip.
35 an iv *eyn*er es mir wirret,
vngenedic wib.
wa nemt ir den mv̂t?
ir sit doch genaden riche;
tv̂t ir mir vngenedekliche,
40 so sint ir niht gv̂t.

Scheident, frowe, mich von sorgen,
liebet mir die zit!
oder ich mv̂s an frôiden borgen.
das ir selic sit!

---

17 Lob verdient es, Mai, wie du alles in Frieden schlichtest! Wie schon du die
Baume herausputzt und noch schoner die Heide! Die ist noch farbiger. „Du bist klei-
ner, ich bin großer“, so streiten auf der Wiese Blumen und Klee.   25 Roter Mund,
warum tust du, was deiner nicht wurdig ist! Hor auf zu lachen! Scham dich, mich
anzulachen, wo es mir so ubel ergeht! Ist das recht gehandelt? Weh uber so vertane
Zeit, wenn durch einen so liebenswurdigen Mund etwas so gar nicht Liebes getan
wird! 33 Sie sind es, gnadige Frau, die mir alle Freude nimmt. Sie bringen mich
standig aus der Fassung, unerbittliche Frau. Warum sind Sie so? Sie haben doch so
viel zu verschenken; wenn Sie gegen mich hartherzig sind, dann sind Sie nicht gut.
41 Gnadige Frau, erlosen Sie mich von [meinen] Sorgen, machen Sie, daß ich den
Mai genießen kann! Sonst muß ich mir Gluck zusammenbetteln. Sie sollen glucklich
                                                                          sein!

19 blv̂men.   23 den.   35 iemer.

45   mvget ir vmbesehen?
sich frôit al dv́ welt gemeine.
môhte mir ein vil kleine
frôidelin geschehen!

                                  Q 19

Kan min frowe sv́sse svren?
wenet si, das ich gebe lieb vmbe leit?
sol ich si dar vmbe tvren,
das si es wider kere gar an min vnwerdekeit?
5   so kvnde ich vnrehte spehen.
we, was sprich ich orenloser ôgen ane? den dv́ minne blendet,
                         wie mac der gesehen?

Saget mir ieman, was ist minne?
weiz ich des ein teil, so west ich gerne ôch darvmbe me.
swer sich rehte nv versinne,
10 der berihte rehte mich, wie tût si we.
minne ist minne, tût si wol;
tût si we, sone heisset si niht minne, svs enweis ich, wie si danne
                        heissen sol.

Ob ich rehte raten kvnne,
was dv́ minne si, so sprechent „ia“:
15 minne ist zweier herzen wunne;
teilent si geliche, so ist dv́ minne da.
sol aber vngeteilet sin,
so enkan si ein herze aleine niht enthalden. owe, woldest dv mir
                        helfen, frowe min!

Wollen Sie nicht um sich schauen? Alle Welt freut sich. Konnte doch auch mir eine winzig kleine Freude zuteil werden!

KAN MIN: Kann meine Dame Süßes bitter machen? Glaubt sie, ich gebe Freude für Leiden hin? Soll ich sie deshalb erhöhen, damit sie daraus Argumente für meinen Unwert macht? Dann würde ich ein falsches Ziel ins Auge fassen. Ach, was rede ich, der ich nicht Ohren noch Augen habe? Wie kann der etwas ins Auge fassen, den die Liebe blendet? 7 Kann mir jemand sagen, was Liebe ist? Wenn ich auch ein wenig darüber weiß, ich wußte doch gern mehr davon. Wer genau darüber Bescheid weiß, der erkläre mir genau, warum sie weh tut. Liebe ist Liebe, wenn sie wohltut; tut sie weh, dann heißt sie nicht Liebe, und ich weiß nicht, wie sie dann heißen soll. 13 Wenn ich richtig herausfinden kann, was Liebe ist, dann sagt „ja“: Liebe ist das Glück zweier Herzen; haben sie gleichen Anteil, dann ist das Liebe. Hat aber einer keinen Teil daran, dann kann ein Herz alleine sie nicht festhalten. Ach, wurdest du, Gnädigste, mir doch helfen!

KAN MIN *Ä. nach Q 37.* 8 f.

Frowe, ich eine trage ein teil ze swere;
20 wellest dv mir helfen, so hilf an der zit!
si aber ich dir gar vnmere,
das sprich endeliche, so lâsse ich den strit
vnde wirde ein ledic man.
dv solt aber eines wissen, das dich rehte lútzel ieman bas danne ich
geloben kan. *Q 19*

Lange swigen, des hat ich gedaht,
nv wil ich singen aber als ê.
dar zv̊ hant mih gv̊te lúte braht,
die mvgen mir noch gebieten mê.
5 ich sol in singen vnde sagen,
vnde swes si gern, das sol ich tůn; so svln si minen kvmber klagen.

Hȏret wunder, wie mir si geschehen
von min selbes arebeit!
ein wib, dv́ wil mih niht an sehen,
10 die braht ich in ir werdekeit,
das ir der mv̊t so hohe stat.
ia en weis si niht, swenne ich min singen lâsse, das ir werdekeit
zergat.

Ia herre, was si nv flv̊che liden sol,
swenne ich nv lâsse minen sanc!
15 alle, die si nv lobent, das weis ich wol,
die scheltent danne ân minen danc.

---

19 Gnädigste, ich allein trage zu schwer daran; willst du mir helfen, dann hilf mir
bald! Wenn ich dir aber ganzlich gleichgultig bin, dann sag es ohne Umschweife, dann
gebe ich den Kampf auf und werde [wieder] ein freier Mann. Eines aber sollst du wis-
sen, daß dich kaum ein anderer besser als ich [im Lied] verherrlichen kann.

Lange: Ich habe lange schweigen wollen, nun will ich wieder singen wie zuvor.
Dazu haben mich gute Freunde gebracht, die konnen noch mehr von mir verlangen.
Ich werde fur sie komponieren und Texte machen und werde tun, was sie wollen; dafur
sollen sie meinen Kummer beklagen.   7 Hort, wie seltsam es mir durch meine eige-
nen Bemuhungen ergangen ist! Eine Frau will mich keines Blickes wurdigen, der ich
[erst] zu solchem Ansehen verholfen habe, daß sie jetzt so stolz ist. Offenbar bedenkt
sic nicht, daß ihr Ansehen vergeht, wenn ich zu singen aufhore.   13 Mein Gott,
wie wird man sie verwunschen, wenn ich nicht mehr singe! Alle, die sie jetzt preisen,
          das weiß ich genau, werden sie dann ohne meine Schuld beschimpfen.

Lange *Vgl. das Gedicht Reinmars S. 89 f. – Ä. nach Q 18.*

tvsent herze wurden fro
von ir genâden; des si lihte entgeltent, scheide ich mich von ir also.

Do mich des dvhte, das si were gv̂t,
20 wer was ir besser do danne ich?
dest ein ende. swas si mir getv̂t,
so mac si wol verwênen sich:
nimt si mich von dirre not,
ir leben hat mines lebens ere; sterbet si mich, so ist si tot.

25 Sol ich in ir dienste werden alt,
die wile ivnget si niht vil.
so ist min har vil lihte also gestalt,
das si einen ivngen danne wil.
so helfe *vch* got, her ivnger man,
30 so rechet mich vnd gêt ir alten hvt mit svmer laten an!   *Q 19*

Wer sleht den lewen, wer sleht den risen?
wer vberwindet ienen vnd disen?
das tv̂t iener, der sich selber twinget
vnd alle sine lit in hv̂te bringet
5 us der wilde in stêter zv́hte habe.
geligenv́ zuht vnd schame vor gesten
mvgen wol ein wile erglesten.
der schin nimt drate vf vnd abe.   *Q 19*

Tausend Herzen wurden froh, solange sie sich freundlich zeigte; die mussen
womoglich darunter leiden, wenn ich mich auf diese Weise von ihr lossage.   19 Als
ich noch glaubte, sie sei gut, wer tat da mehr fur sie als ich? Das hat ein Ende. Was sie
mir auch antut, sie muß mit folgendem rechnen: Erlost sie mich aus diesem Elend, ge-
winnt ihr Leben durch mein Leben Ansehen; totet sie mich, ist auch sie tot.   25 Wenn
ich in ihrem Dienst alt werde, wird sie unterdessen auch nicht junger. Dann sieht mein
Haar vielleicht so aus, daß sie dann einen jungen [Verehrer] haben will. Dann Gott
mit Ihnen, junger Mann, dann rachen Sie mich und gerben Sie ihr das alte Fell mit
frischen Reisern!

WER SLEHT: Wer bezwingt den Lowen, wer bezwingt den Riesen? Wer uberwin-
det jenen und diesen? Das tut der, der sich selbst bezwingt und all seine Glieder unter
Kontrolle bringt aus der Disziplinlosigkeit in den Gewahrsam bestandiger Zucht.
Geborgter Anstand und manierliches Benehmen, wenn Fremde zuschauen, konnen
vielleicht eine Zeitlang glanzen. Der Glanz leuchtet rasch auf und erlischt rasch.

LANGE   29 *f.*

Dú krone ist elter danne der kẃnig philippes si;
da mvgent ir alle schŏwen wol ein wunder bi,
wie si ime der smit so ebne habe gemachet.
sin keiserliches hŏbet zimt ir also wol,
5   das si ze rehte nieman gv̂ter scheiden sol;
ir dewebers da das ander niht enswachet.
si lachent beide ein ander an,
das edel gesteine wider den ivngen sv̂ssen man;
die ŏgenweide sehent die fúrsten gerne.
10   swer nv des riches irre gê,
der schŏwe, wem der weise ob sime nake stê!
der stein ist aller fúrsten leitesterne.

Q 19

Der hof ze wiene sprach ze mir:
„Walther, ich solte lieben dir;
nv leide ich dir, das mv̂sse got erbarmen!
min wirde, div was wilent gros,
5   do lebte niender min genos
wan kẃnic artuses hof. so we mir armen!
wa nv ritter vnde frowen,
die man bi mir solte schowen?
seht, wie iamerlich ich ste!
10   min dach ist ful, so risent mine wende;
mich enminnet nieman leider.
golt, silber, ros vnd darzv̂ kleider,
die gab ich vnd hat ŏch me.

Dú krone: Die Krone ist alter als der König Philippus; ihr alle konnt darin ein Wunder erblicken, wie passend für ihn der Schmied sie geschaffen hat. Sein kaiserliches Haupt paßt so gut zu ihr, daß kein Wohlmeinender von Rechts wegen sie mehr trennen soll; weder tut sie ihm noch er ihr Abbruch. Sie lachen beide einander an, der Edelstein und der herrliche junge Mann; diese Augenweide sehen die Fursten gern. Wer jetzt noch unsicher ist, wer das Reich verkorpert, der sehe den, auf dessen Haupt der Waise ruht! Dieser Stein ist der Leitstern für alle Fursten.

Der hof: Der Wiener Hof sagte zu mir: „Walther, du solltest mich schatzen; nun verachtest du mich, das musse Gott erbarmen! Fruher war mein Ansehen groß, damals gab es keinen, der mir vergleichbar gewesen ware außer dem Hof des Konigs Artus. Wehe uber mich Elenden! Wo sind nun die Ritter und Damen, die man bei mir sehen sollte? Seht, wie jammerlich ich dastehe! Mein Dach ist morsch, meine Wande verfallen; mich liebt leider niemand mehr. Gold, Silber, Pferde und Gewander verschenkte ich und besaß noch ubergenug.

Dú krone *Vgl. S. 110 ff.*   11 *s. S. 111 Anm. 48.*

Der hof *Zur Mel. s. Q 54 Nr. 15. Die Str. durfte im ersten Jahrzehnt der Regierungszeit Herzog Leopolds VI. von Osterreich (1198–1230) entstanden sein.   6 Der sagenhafte Artushof ist der Schauplatz der meisten sog. hofischen Romane.*

nvn hab ich weder schappel noch gebende
15   noch frowen zeinem tanze, owe!"   *Q 19*

Ich han min lehen, al die werlt, ich han min lehen!
nv enfúrhte ich niht den hornvng an die zehen
vnd wil alle bôse herren dester minre vlehen.
der edel kv́nic, der milte kúnic hat mich beraten,
5   das ich den svmer luft vnd in dem winter hitze han.
minen nahgeburen dvnke ich verre bas getan,
si sehent mich niht mer an in bvtzen wis, als si wilent taten.
ich bin ze lange arn gewesen ane minen danc,
ich was so volle scheltens, das min aten stanc.
10   das hat der kv́nic gemachet reine vnd dar zv̂ minen sanc. *Q 19*

Ahi, wie kristenliche nv der babest lachet,
swanne er sinen walhen seit: „ich hans also gemachet!"
(das er da seit, des solt er niemer han gedaht.)
er gihet: „ich han zwene allaman vnder eine krone braht,
5   das si das riche svln stôren vnde wasten;
ie dar vnder mv̂lin in ir kasten.
ich han si an minen stok gemennet, ir gv̂t ist alles min.
ir tútsches silber vert in minen *w*elschen schrin.
ir pfaffen, essent hv̂nr vnd trinkent win,
10   vnde lant die tútschen [. . .] vasten!"   *Q 19*

Nun habe ich weder Kranz noch Bänder noch Damen zum Tanz, wehe!"

ICH HAN: Ich habe mein Lehen, [ich rufe es] der ganzen Welt [zu], ich habe mein
Lehen! Nun furchte ich keinen Februar mehr fur meine Zehen und werde auch die
geizigen Herrn nicht mehr anbetteln. Der edle Konig, der gutige Konig hat mich
versorgt, so daß ich im Sommer luftige Kuhle und im Winter Warme habe. Meinen
Nachbarn komme ich jetzt sehr viel ansehnlicher vor, sie sehen mich nicht mehr an,
als ware ich ein Buhmann, wie sie es fruher taten. Ich bin zu lange ohne mein Verschul-
den arm gewesen, ich war so voll bitterer Worte, daß mein Atem stank. Das hat der
Konig wiedergutgemacht und mein Singen auch.

AHI: Hei, wie christlich sich jetzt der Papst [ins Faustchen] lacht, wenn er zu seinen
Italienern sagt: „Ich habe das Ding so gedreht!" (Was er da sagt, sollte er nicht einmal
gedacht haben.) Er sagt [namlich]: „Ich habe zwei Deutsche unter eine Krone ge-
bracht, damit sie das Reich verwirren und verwusten; wahrenddessen *mv̂lin* ihnen
ihre Truhen. Ich habe sie an meinen Opferstock getrieben, ihr ganzes Geld gehort
mir. Ihr deutsches Silber hupft in meine italienische Truhe. Ihr Geistlichen, eßt Huhner
und trinkt Wein, und laßt die Deutschen [. . .] fasten!"

ICH HAN *Vgl. die Bittstr. S. 113. Zur fragm. Mel. s. Q 54 Nr. 10.*
AHI *Diese und die folg. Str. beziehen sich auf den päpstl. Erl. v. April 1213 zur Aufstellung
des Opferstocks. – A. nach Q 67.*   *4 Vermutl. Otto IV. und Friedrich II.*   *8 velschen.*

Sagent an, her stoc, hat úch der babest har gesendet,
das *ir* in richet vnd vns tútschen ermet vnde swendet?
swenne im dv́ volle mâsse kvmt ze latran,
so tût er einen argen list, als er ê hat getan.

5   er seit vns danne, wie das riche stê verwarren,
vnz in erfúllent aber alle pfarren.
ich wenne, des silbers wening kvmet ze helfe in gottes lant:
grossen hort zerteilet selten pfaffen hant.
her stoc, ir sit vf schaden har gesant,

10 das ir vs tútschen lúten sv́chent tôrinnen vnd narren.   *Q 19*

Owe, war sint verswunden alle mine iar?
ist min leben mir getrômet, oder ist es war?
das ich ie wande, das iht were, was das iht?
darnach han ich geslaffen vnd enweis es niht.

5   nv bin ich erwachet vnd ist mir vnbekant,
das mir hievor was kv́ndic als min ander hant.
lúte vnde lant, da *i*nnan ich von kinde bin *erzogen*,
die sint mir frômde worden, reht als ob es si gel*o*gen.
die mine gespiln waren, die sint trege vnde alt.

10 bereitet ist das velt, verhôwen ist der walt;
wan das das wasser flúzet, als es wilent vlos,
fúrwar, ich wande, min vngelúke wurde gros.

SAGENT AN: Sagen Sie doch, Herr Opferstock, hat der Papst Sie hergeschickt, damit
Sie ihn bereichern und uns Deutsche arm machen und ausplundern? Wenn ihm die
reiche Beute in den Lateran gestromt ist, besinnt er sich auf einen ublen Trick, wie er
ihn schon fruher angewandt hat. Er sagt uns dann [so lange], in welcher Unordnung
das Reich dastehe, bis ihn *[den Opferstock]* alle Pfarreien erneut vollstopfen. Ich glaube,
wenig von dem Silber kommt dem Heiligen Land zu Hilfe: Eines Pfaffen Hand teilt
eine große Summe nicht in kleine. Herr Opferstock, Sie sind zu [unserem] Schaden
hergeschickt worden, damit Sie unter den Deutschen Narrinnen und Dummkopfe
ausfindig machen.

OWE: O weh, wohin sind all meine Jahre entschwunden? Habe ich mein Leben
getraumt, oder ist es Wirklichkeit? Was ich je fur wirklich gehalten habe, war das
[wirklich] etwas? Demnach habe ich geschlafen und weiß es nicht. Nun bin ich auf-
gewacht und mir ist unbekannt, was mir fruher so bekannt war wie eine meiner Hande.
Leute und Land, wo ich von Kind an erzogen worden bin, die sind mir so fremd ge-
worden, als ob es gar nicht wahr gewesen sei. Die meine Spielgefahrten waren, sind
trage und alt. Aus den Wiesen sind Äcker geworden, der Wald ist abgeholzt; flosse
nicht das Wasser noch so, wie es damals floß, wahrhaftig, ich glaube, mein Ungluck

SAGENT AN s. *Anm. zur vorigen Str.* – *Ä. nach Q 67.*   2 er.
OWE *Ä. 8 nach Q 37, die ubrigen nach Q 67.*   7 dannan. geborn.   8 gelegen.

mich grv̆zet maniger trage, der mich bekande ê wol.

dv̆ welt ist allenthalben vngnaden vol.

15 als ich gedenke an manigen wunneklichen tac,

die mir sint enphallen als in das mer ein ſlac,

iemer mere ŏwe!

Owe, wie iemerliche ivnge lúte tv̆nt,

den e vil wúnnekliche ir gemv̆te stv̆nt!

20 die kvnnen núwan sorgen. ŏwe, wie tv̆nt si so?

swar ich zer werlte kere, da ist nieman vro.

tanzen, singen zergat miſ sorgen gâr,

nie kristen man gesach so iemerliche iâr.

nv merkent, wie den frŏwen ir gebende stât!

25 die stolzen ritter tragent dŏrpelliche wât.

v́ns sint vnsenfte brieve her von rome komen,

v́ns ist erlŏbet trvren vnd frŏide gar benomen.

das mv̆t mich inneklichen sere (wir lebten ie vil wol),

das ich nv fúr min lachen weinen kiesen sol.

30 ·die wilden vogel betrv̆bet v́nser clage,

was wunders ist, ob ich da von verzage?

was spriche ich tvmber man dvrch minen bŏsen zorn?

swer dirre wunne volget, der hat iene dort verlorn.

iemer mer ŏwe!

35 Owe, wie v́ns mit sv̆ssen dingen ist vergeben!

ich sihe die bittern gallen mitten in dem honige sweben.

dv̆ welt ist vzzen schŏne, wîs, grv̆n vnde rot

vnd innan swarzer varwe, vinster sam der tot.

---

würde übermächtig. Mancher grüßt mich lässig, der mich früher recht gut gekannt hat. Die Welt ist allenthalben hart und trostlos. Wenn ich mich an die vielen herrlichen Tage erinnere, die mir zerronnen sind wie ein Schlag ins Meer, [dann] weh und immer weh! 18 O weh, wie kläglich führen sich die jungen Leute auf, die einst so heiteren Gemütes waren! Die können heute nichts anderes als sich grämen. O weh, warum führen sie sich so auf? Wohin ich mich auf dieser Welt wende, niemand ist heiter. Tanzen, Singen geht vor lauter Sorgen verloren, nie hat ein Christenmensch so kägliche Zeiten gesehen. Seht auch an, was die Frauen für einen Kopfputz tragen! Die edlen Ritter tragen Bauernkittel. Wir haben ungute Briefe aus Rom bekommen, wir haben die Erlaubnis zu trauern und das Verbot, uns zu freuen, erhalten. Es tut mir unsäglich leid (früher lebten wir so gut), daß ich jetzt mein Lachen gegen Weinen eintauschen muß. [Selbst] die wilden Vögel betrübt unsere Klage, ist es da ein Wunder, wenn ich darüber ganz verzweifelt bin? Was aber rede ich Tor da in meinem schlimmen Zorn? Wer der [irdischen] Freude anhängt, hat die im Jenseits verloren. Weh und immer weh! 35 O weh, wie sind wir mit Annehmlichkeiten vergiftet worden! Ich sehe die bittere Galle den Honig durchziehen. Die Welt ist von außen schön, weiß, grün und rot und von innen schwarz, finster wie der Tod. Der, den sie

16 flac. 19 nv. núwekliche. 22 mir. 26 *Wohl auf die Bannung Friedrichs II. durch Papst Gregor IX. 1227 zu beziehen.*

swen si nv verleitet habe, der schȯwe sinen trost:
40   er wirt mit swacher bȗze grozer sv́nde erlost.
daran gedenkent, ritter, es ist v́wer ding!
ir tragent die liehten helme vnd manigen herten ring,
dar zȗ die vesten schilte vnd die gewihten swert.
wolte got, wer ich der signv́nfte wert!
45   so wolte ich notig man verdienen richen solt.
ioch meine ich nit die hv̍ben noch der herren golt.
ich wolte selbe crone eweklichen tragen,
die mȯhte ein soldener mit sime sper beiagen.
mȯhte ich die lieben reise gevarn v́ber sê,
50   so wolte ich denne singen „wol" vnde niemer mer
                „ȯwê".   *Q 19*

In einem zwivellichen wan
was ich gesessen vnd gedahte,
ich wolte von ir dienste gan,
wan das ein trost mich wider brahte.
5   trost mag es nit geheizen, *owe des*!
es ist vil kvme ein trȯstelin,
so kleine, swenne ichs v́ch gesage, ir spottent min,
doch frowet sich lúzel ieman, er enwisse wes.

Mich hat ein haln gemachet vro,
10   er giht, ich sv́le gnade vinden.
ich mas das selbe kleine stro,
als ich hie vor gesach bi den kinden.

---

verführt hat, sehe zu, was ihn retten kann: Er wird durch geringe Buße von großer
Sünde erlöst. Denkt daran, ihr Ritter, euch geht es an! Ihr tragt die blitzenden Helme
und die harten Pánzer, auch die festen Schilde und die geweihten Schwerter. Wollte
Gott, ich wäre des Sieges würdig! Dann würde ich Armer reichen Lohn verdienen.
Ich meine jedoch weder die Ländereien noch das Gold der Herren. Ich würde selbst
auf ewig jene Krone tragen, die ein Söldner mit seinem Speer erkämpfen kann.
Könnte ich die segensreiche Reise über das Meer antreten, dann wollte ich „Heil"
singen und niemals mehr „Weh".

    IN EINEM: In verzagten Gedanken saß ich da und dachte darüber nach, ob ich nicht
aufhören sollte, ihr zu dienen, aber eine Hoffnung stimmte mich wieder um. Hoffnung
kann man nicht sagen, leider! Es ist kaum ein Hoffnungsfünkchen, so winzig, daß
ihr mich auslacht, wenn ich es euch sage, doch freut sich niemand ohne Grund.
9 Mich hat ein Halm aufgeheitert, er sagt, ich werde Erhörung finden. Ich habe den
kleinen Strohhalm *[Finger für Finger]* abgemessen, wie ich es früher bei Kindern gese-

IN EINEM *Ä.* *5 und 16 nach Q 7, die übrigen nach Q 67.*   *5 f.*

hôret vnd merket, ob sis denne tv̂:
„si tv̂t, sin tv̂t, si tv̂t, sin tv̂t . . .".

15   swie dike ich also mas, so was ie das ende gv̂t;
daz trostet mich. (da hôret ôch glôbe zû.)

Swie liep si mir von herzen si,
so mac ich doch wol erliden,
das ich ir si zem besten bi,
20   ich darf ir we*r*ben da nit *n*iden.
ich en mac, als ich erkenne, des gelôben niht,
das *si* ieman sanfte in zwivel bringen mv̂ge.
mir ist liep, das die getrogenen wissen, *waz si trüge,*
vnd alzelanc, das iemer rûmig man gesiht.   *Q 19*

owe, daz wisheit vnde jugint,
dez mannes schone noch sin tugint
nith erbin sol, so ie der lip irstirbit!
daz mac wol clagin ein wisir man,
5   der sich dez schadin virsinnin kan,
Reimar, was guetir kunst an dir virdirbit.
dv solt von schuldin iemir dez giniesin,
daz dich dez tagis nie wolti virdriessin,
dvn sprechis ie den vrowin wole [. . .];
10 dez sv̂n si iemir danken diner szungin.
vnd hettist andirs niht won eine rede gisungin:

---

hen habe. Hört zu und gebt acht, ob sie mich wirklich erhören wird: „Sie tuts, sie
tuts nicht, sie tuts, sie tuts nicht . . .". Wie oft ich auch auf diese Weise maß, es ging
immer gut aus; das macht mir Hoffnung. (Es gehört freilich Glauben dazu.)   17 Wie
herzlich lieb sie mir auch ist, so kann ich doch wohl dulden, daß ich als der beste
[unter anderen] um sie bin, ich brauche deren Werben nicht eifersüchtig zu betrachten.
Ich kann, wie ich die Dinge sehe, nicht daran glauben, daß jemand sie leicht schwan-
kend machen könnte. Es ist mir lieb, daß die Betrogenen wissen, wodurch sie betrogen
werden, aber [es dauert mir] schon allzu lang, daß sie stets Angeber um sich sieht.

OWE: Ach, daß sich weder Weisheit noch Jugend, Schönheit noch Charakter des
Menschen vererben, wenn einst der Leib stirbt! Reimar, wieviel vortreffliche Kunst
mit dir zugrunde geht, das wird ein verständiger Mann, der diesen Verlust ermessen
kann, wohl beklagen. Es wird dir zu Recht immer gelohnt werden, daß du es dich
niemals hast verdrießen lassen, Artiges [. . .] über die Frauen zu sagen; deshalb
werden sie deinem Mund immer danken. Und hättest du auch keine anderen Worte

IN EINEM 16 *f.*   20 weben. miden.   22 es.   23 getogenen. *f.*
OWE *Nachruf auf Reinmar († vor 1210) s. o. S. 89–100. – Ä. nach Q 19.*

„so wol dir, wib, wie reine din nam!", dv hettest an ir lob alse
daz ellu wib dir iemir ginadin soltin bittin.　　　　　　[gistritin,

des *w*ar, reimar, dv ruwes mich
15 michel harter den ich dich,
ob dv lebtes vnd ich were erstorben.
Jch wils bi minen truwen sagen:
dich selben wil ich luzel clagen,
Jch clage din edel kunst, daz si ist verdorben.
20 dv kundest alle der welte frode meren,
so dus zu gůten dingen woltust keren.
Mich ruwet dien wol redender mv̂nt vnd din vil sv̂zer sang,
daz der verdorben ist bi minen ziten.
daz dv niht eine wile mochtust biten!
25 So leiste ich dir geselleschaft, Min singen ist niht lang.
din sele mûze wol gevarn vnd habe din zunge danch!　　　*Q 18*

---

gesungen als diese: „Heil dir, Frau, wie herrlich [klingt] dieser Name!", hättest du
dich um ihren Ruhm doch so verdient gemacht, daß alle Frauen immer die Gnade
[Gottes] für dich erbitten müßten.　14 Es ist wahr, Reinmar, ich betrauere dich sehr
viel mehr als du mich, wenn du [noch] lebtest und ich gestorben wäre. Ich will ganz
aufrichtig sein: Um dich selbst will ich nicht so sehr klagen, ich beklage, daß deine
edle Kunst verloren ist. Du konntest alle Welt froher machen, wenn du dich auf die
rechten Gegenstände verlegtest. Ich traure um deine poetische Sprache und darum,
daß deine süßen Melodien zu meinen Lebzeiten verstummt sind. Hättest du nicht
noch eine Weile warten können! Dann hätte ich dir Gesellschaft geleistet, [auch]
mein Singen wird nicht mehr lange währen. Möge es deiner Seele wohl ergehen und
hab Dank für dein Dichten!

12 *Zitiert wird folgende Str. Reinmars (nach Q 18, Bl. 2ᵛ–3ʳ, Ä. 6 [ime fehlt] nach Q 43,
S. 68–69):*

So wol dir, wip, wie rein ein name!
wie senfte er doch zerkennen vnd ze nennen ist!
ez wart nie niht so lobesan,
swa dvz an rehte gv̂te kerist, so dv bist.
5 din lop mit rede nieman vollenden kan.
swez dv mit trivwen phligest, wol *ime*, der ist ein selic man
vnd mac vil gerne leben.
dv gist al der welte hohen mv̂t.
maht och mir ein wenic froide geben?

*Heil dir, Frau, was für ein herrlicher Name! Wie wohltuend ist er doch zu lernen und zu nennen!
Nie gab es etwas Preiswürdigeres als dich, wenn du wahre Güte walten läßt. Niemand vermag dein
Lob vollkommen in Worte zu fassen. Schenkst du einem deine Treue, heil ihm, er ist ein glück-
licher Mann und kann sich seines Lebens freuen. Aller Welt schenkst du gesteigerte Lebens-
freude. Kannst du auch mir ein wenig Freude geben?*　14 swar.　26 gewarn.

WOLFRAM VON ESCHENBACH

„*S*ine chlawen   durh di wolchen sint geslagen,
er stiget uf mit grozer chraft,
jch sih in grawen   tægelich, als er wil tagen,
5   den tach, der im gesell*esch*aft
erwenden wil, dem werden man,
den ih mit sorgen in bi naht virliez.
ih bringe in hinnen, ob ih kan.
sin vil manigiv tugent mih daz leisten hiez.‟

10   „Wahtær, du singest,   daz mir manige fravde nimt
vnd mert min klage.
mær dv bringest,   der mih leider niht gezimt,
jmmer morgens gegen dem tage.
div solt dv mir verswigen gar.
15   daz gebivt ih den triwen din,
des lon ih dir, als ih getar,
so belibet hie der geselle min.‟

„Er mûz et hinnen   balde vnd an sumen sich.
nu gib im urlaub, sv̂zzez wib!
20   lazze in minnen   hernach so verholn dih,
daz er behalte ere vndę den lip.
er gab sih miner triwen also,
daz ih in bræhte öch wider dan.
ez ist nu tach; naht was ez, do
25   mit truchen an dię bruste din kus mir in an gewan.‟

„Swaz dir givalle,   wahtær, sinch vnd la den hie,
der minne brach*t* vnd minne enphiench.

SINE CHLAWEN: „Seine Klauen sind durch die Wolken geschlagen, er steigt herauf
mit großer Macht, ich sehe ihn als den Tag, als der er erscheinen will, grauen, den
Tag, der ihn, den edlen Mann, den ich voll Furcht zur Nacht eingelassen habe, aus
seiner Zweisamkeit reißen will. Ich bringe ihn wieder fort, wenn ich kann. Dazu
verpflichtete mich der vortreffliche Mann.‟ 10 „Wächter, du singst, was mir viele
Freuden nimmt und mein Klagen vergrößert. Jeden Morgen, wenn der Tag her-
aufkommt, gibst du Nachricht, die mir sehr zuwider ist. Die sollst du mir gänzlich
verschweigen. Das verlange ich von deiner Ergebenheit, ich belohne dich dafür,
so sehr ich kann, dann bleibt mein Liebster bei mir.‟ 18 „Er muß aber sogleich
und ohne zu zögern fort. Nun laß ihn gehen, schönste Frau! Ein andermal laß ihn
dich wieder so heimlich lieben, daß ihm Ehre und Leben unbeschadet bleiben. Er
hat sich meiner Ergebenheit anvertraut, daß ich ihn auch wieder fortbrächte. Jetzt
ist es Tag; Nacht war es, als dein Kuß und deine Umarmung ihn mir entzogen.‟
26 „Sing, was du magst, Wächter, und laß den hier, der Liebe schenkte und Liebe

SINE CHLAWEN *A. nach Q 82.* 2 in. 5 gesellaft. 27 brach.

von dinem schalle   ist er vnd ih ershrocken *ie.*
so ninder der morgenstern uf giench
30   vf in, der her nach minne ist chomen,
noh ninder luht*e* tages lieht,
du hast in dicke mir benomen
von blanchen armen – vnd vz hertzen niht."

Von den blicken,   die der tach tet durh div glas,
35   vnd do wahtære warnen sanch,
si mů̄se erschri*ch*en   durh den, der da bi ir was.
ir brustlin an brust si dwanch.
der riter ellens niht vergaz
(des wold in wenden wahtærs don).
40   vrlaub, nah vnd naher baz,
mit kusse vnd anders gab in minne lon.   *Q 27*

Der helden minne ir klage,
dv svnge ie gegen dem tage,
das svre nach dem sv̄ssen.
swer minne vnd wiblich grůzen
5   also enpfienc,
das si sich mv̄ze*n* scheiden,
swas dv do riete in beiden,
do vf gie
der morgensterne, wahtere, swig,
10   da von niht *gerne sing.*

---

erhielt. Jedesmal sind er und ich durch deinen Lärm erschreckt worden. Wenn der Morgenstern noch gar nicht aufgegangen war über ihm, der Liebe zu genießen hergekommen war, und wenn das Tageslicht noch gar nicht leuchtete, hast du ihn mir oft aus den weißen Armen gerissen – freilich nicht aus dem Herzen." 34 Sie mußte jedoch wegen des Scheins, den der Tag durch die Scheiben warf, und wegen der Warnrufe des Wächters besorgt werden um den, der bei ihr lag. Ihre Brüstchen drückte sie an seine Brust. Der Ritter ließ sich von der Liebeskraft überwältigen (das hatte der Wächter verhindern wollen). Die Trennung brachte ihnen, innig und immer inniger vereint, im Kuß und in noch mehr die Erfüllung der Liebe.

DER HELDEN: Immer hast du bei Tagesanbruch gesungen, was die heimliche Liebe beklagt, die Bitternis, die auf die Süße folgt. Schweig, Wächter, sing nicht so bereitwillig von dem, was du beim Aufgehen des Morgensterns den beiden dann rietest, wenn einer Liebe und den Willkommensgruß der Geliebten [nur] so empfing, daß sie sich wieder trennen mußten.

SINE CHLAWEN   28 hie.   31 luhtet.   36 erschrischen.
DER HELDEN *Ä. nach Q 82.*   6 mv̄zent.   10 sing gerne (*s. Q 82 Anm.*).

Swer pfliget oder ie gepflag,
das er bi lieben wibe lag,
den merkern vnverborgen,
der darf niht dvrh den morgen
15   dannen streben.
er mag des tages erbeiten,
man darf in niht vs leiten
vf sin leben.
ein offenú sv̂zú wirtes wib
20   kan solhe minne geben.   *Q 19*

NEIDHART

Svmer, diner svzzen weter mvzzen wir vns anen,
dirre chalde winder trovren vnde senen git.
ich bin vngetrostet von der lieben wolgetanen.
5 wie sol ich vertriben dise lange swære zit,
div di heide velbet vnd mange blv̂men wolgetan?
also sint die vogel in dem walde des betwungen, daz si ir
                singen mvzzen lan.

Also hat div vrowe min daz hertze mir betwungen,
daz ich ane vrovde mvz verswenden mine tage.
10 ez vervæhet niht, swaz ich ir lange han gesvngen,
mir ist also mære, daz ih mere stille dage.
ich gelovb niht, daz si mannen immer werde holt.
wir verliesen, swaz wir dar gesingen vnde gerovnen, ich vnd
              iener hildebolt.

---

11 Wer es so hält oder je so gehalten hat, daß er bei einer geliebten Frau lag, [und] alle Spione durften das wissen, der braucht sich nicht, wenn der Morgen kommt, davonzumachen. Er kann geruhsam den Tag abwarten, man braucht ihn nicht unter Lebensgefahr aus dem Haus zu bringen. So liegen die Verhältnisse bei den öffentlich gebilligten Genüssen mit der eigenen Ehefrau.

SVMER: Sommer, deine milden Lüfte müssen wir entbehren, dieser kalte Winter bringt Trübsal und Sehnsüchte. Ohne Trost läßt mich die schöne Liebste. Wie soll ich diese lange traurige Zeit überstehen, die die Heide und viele schöne Blumen fahl macht? Auch den Vögeln im Wald ist dadurch Gewalt angetan, so daß sie ihr Singen lassen müssen.   8 Und ebenso hat die Frau, die ich verehre, meinem Herzen Gewalt angetan, so daß ich ohne Freude meine Tage dahinbringen muß. Was ich auch lange Zeit für sie gesungen habe, es nützt mir nichts, es ist genauso gut für mich, stille zu schweigen. Ich glaube nicht, daß sie je für Männer etwas übrig haben wird. Es ist umsonst, was wir für sie singen und ihr zuflüstern, ich und jener Hildebold.

SVMER *Die Str. 7–9 dürften zwischen 1230 (Regierungsantritt Herzog Friedrichs II. von Österreich) und 1237 (Ächtung Friedrichs) entstanden sein. In Q 18 Neune zugewiesen. Mel. in Q 40. – Ä. 11 und 28 nach Q 18, 47 nach Q 40.*   11 alsn.

Der ist nv̂ der tvmbist vnder geylen getelingen,
15 er vnd einer, nennet man den ivngen hildeger;
den enchvnd ich disen svmer nie von ir gedringen,
so der tantz gein abent an der strazze gie entwer.
mangen twerhen blich, den wurfen si mich mit den ovgen an,
daz ich svnder mines gv̂ten willen von in beiden ze swaime mvse
gan.

20 O we, daz mich so manger hat von lieber stat gedrvngen
beidiv von der gv̂ten vnd ovch weilent anderswa!
oedelichen wart von in v̂f minen tratz gesprvngen.
ir gewaltes bin ich vor in minem schophe gra.
jedoch so neig div gv̂te mir vil lvtzel vber schildes rant.
25 gerne mvgt ir horen, wie die tôrper sint gechleidet, vppichlich ist
ir gewant.

Enge rôche tragent si vnd enge schaperovne,
rote hv̂te, rinkelohte schvhe, swartze hosen.
engelmar getet mir nie so leid an vriderovⁿen,
sam die zwene tvnt. ich neid ir phelleraine phasn,
30 die si tragent, da lît inne ein wurtze, heizzet yngelber.
der gap hildebolt der gv̂ten æine bei dem tantze; di zvht ir hildeger.

Sagt ich nv div mære, wie siz mit einander schv̂fen,
des en weiz ich niht, ich schiet von danne sa zehant.
mannechlich begvnde sinen vrivnden vaste rv̂fen.
35 einer, der schrey lovt: „hilf, gevater wegerant!"

---

14 Der ist wirklich der allerdümmste unter den übermütigen Bauernlümmeln, er
und noch einer, den man den jungen Hildeger nennt; den konnte ich den ganzen Som-
mer über nicht von ihrer Seite verdrängen, wenn des abends der Tanz über die Straße
hin und her ging. Sie warfen mir viele scheele Blicke mit den Augen zu, so daß ich
mich entgegen meinen guten Absichten ihretwegen davonmachen mußte. 20 O weh,
daß mich so viele von dort verdrängt haben, wo ich gern bin, von der Liebsten und zu-
weilen auch von anderswo! Extra ausschweifend tanzten sie, nur um mich zu ärgern.
Von dem, was sie mir antun, habe ich vorzeitig graue Schläfen bekommen. Jedoch
nickte mir die Liebste im Vorübergehen ein klein wenig zu. Ihr könnt gern hören, wie
die Bauern angezogen sind, sie geben ganz schön an mit ihrer Kleidung. 26 Sie tragen
enge Röcke und hautenge Überzieher, rote Hüte, Schuhe mit Schnallen, schwarze Ho-
sen. Nie hat Engelmar mich mit Friederun so gekränkt, wie es diese beiden tun. Ich
hasse sie ihrer seidenen Taschen wegen, die sie umhängen haben, da liegt eine Wurzel
drin, die heißt Ingwer. Eine davon schenkte Hildebold der Liebsten beim Tanz; die
hat Hildeger ihr wieder weggenommen. 32 Soll ich nun erzählen, was sie miteinan-
der anstellen, so weiß ich es nicht, ich machte mich sogleich aus dem Staub. Jeder rief
laut nach seinen Freunden. Einer schrie laut: „Hilf, Gevatter Wegerant!"

28 vriderovren. *Vgl. das Gedicht S. 153 ff.*

er was liht in grozzen noten, do er so nah helfe schre.

hildeboldes swester hort ich eines lovte schreyen: „we mir mines
brv̂der, we!"

wa von sol man hine vur min geplætz erchennen?
hie enphor do chande man iz wol be 'riwental'.
40 da von solt man mich noch von allem rehte nennen.
Aigen vnde lehen sint mir da gemezzen smal.
chint, ir heizzet iv den singen, der sin nv gewaltich si!
ich bin sin verstozzen ane schvlde. mine vrivnt, nv lazzet mich des
namen vri!

Miner vinde wille ist niht ze wol an mir ergangen;
45 wold ez got, sin mæhte noch vil lihte werden rat.
in dem lande ze osteriche ward ich wol enphangen
von dem edeln vursten, der mich nv behovset hat.
hie ze medelich bin ich immer an ir aller danch.
mir ist leit, daz ich von eppen vnd von gvmpen ie ze Riwental so vil
gesanch.

50 Rædælohte sporn treit mir Fridepreht ze leide,
niwe vezzel; dar zv̂ hat er zwæier hande chleide.
rvchet er den aftereif hin wider v̂f di schaide,
wizzent daz, miniv vrivnt, daz ist mir ein hertzen leit.
zwene niwe hantschvch er vf den ellenbogen zoh.
55 mvgt ir horen, wi der sælbe Gæmzinch von der lieben hivwer ab
dem tanze vloh?   _Q 5_

Vermutlich ging es ihm dreckig, als er so um Hilfe schrie. Hildebolds Schwester
hörte ich laut dieses schreien: „Weh mir, [was geschieht] meinem Bruder, wehe!"
38 Woran soll man jetzt mein Gesinge erkennen? Früher erkannte man es gut am
[Kennwort] 'Reuental'. Danach sollte man mich [eigentlich] noch heute von Rechts
wegen nennen. [Jedoch] sind Eigentum und Lehen mir da karg bemessen. Ihr jungen
Leute, laßt den für euch singen, der es nun besitzt! Ich bin schuldlos von dort ver-
trieben worden. Freunde, nennt mich nicht mehr mit diesem Namen! 44 Allzu gut
haben meine Feinde ihre Absichten nicht erreicht, was mich angeht; wollte Gott, so
wird in dieser Sache noch alles ins Lot kommen. In Österreich wurde ich von dem
edlen Fürsten, der mir jetzt ein Haus gegeben hat, freundlich aufgenommen. Gegen
ihren Willen lebe ich fortan hier in Melk [oder Mödling?]. Es reut mich, daß ich in
Reuental je von Eppe und von Gumpe so viel gesungen habe. 50 Sporen mit
Schnallen trägt Friedebrecht zu meinem Ärger, neue Schwertgürtel; dazu ist er zwei-
farbig gekleidet. Ihr müßt wissen, meine Freunde, daß es mir einen Stich ins Herz
gibt, wenn er Schwertreif und Scheide zurechtrückt. Zwei neue Handschuhe zog er
sich bis auf den Ellenbogen. Wollt ihr hören, wie eben dieser Geißbock dieses Jahr
beim Tanz vor der Liebsten davonlief?

47 den.

Chomen ist ein wunnechlicher maye,
des chvmft en vrevt sich leider weder phaffe noch der laye;
vns vrevt noch baz des cheisers chomen.

chvmpt er, als ich han vernomen,
5   er stillet groz geschrey.

Læit mit iamer wont in œsterlande.
ia wurd er siner svnden vri, der disen chvmber wande;
der mohte nimmer baz getvn.

hie vrvmt niemen vrid noch svn.
10   da ist svnde bei der schande.

Liebiv chint, nv vrevt ivch des gedingen,
daz got mit siner gv̊te mange swære chan geringen!
vns chvmt ein schoniv svmerzit,

div nah trovren vrovde git.
15   ich hôr ein voglin singen

In dem walde svmerliche wîse.
div nahtigal, div singet vns die besten wol ze brise,
ze lob dem mayen alle die naht.

mange lay ist ir gebraht,
20   ie lavter danne leise.

CHOMEN: Ein herrlicher Mai ist gekommen, über dessen Ankunft sich leider weder Geistlicher noch Laie freut; mehr noch freut uns, daß der Kaiser kommen soll. Kommt er, wie ich gehört habe, so wird er viel Geschrei verstummen lassen *[oder: des Kaisers Kommen freut uns auch nicht mehr . . . er bringt großes Freudengeschrei zum Schweigen.]* 6 Leid und Jammer herrschen in Österreich. Wer diesen Jammer abwenden würde, der müßte Nachlaß seiner Sünden finden; etwas Besseres könnte er nie wieder tun. Hier schafft niemand Frieden und Versöhnung. Das ist sündhaft und schändlich zugleich. 11 Ihr lieben junge Leute, nun freut euch in der Hoffnung, daß Gott in seiner Güte manche Bürde leichter machen kann! Vor uns liegt eine schöne Sommerzeit, die dem Kummer Freude folgen läßt. Ich höre ein Vögelchen singen 16 Sommerlieder im Wald. Die allerschönsten singt uns in bewundernswerter Weise die Nachtigall, um den Mai die ganze Nacht hindurch zu loben. Abwechslungsreich ist ihre Melodie, eher schallend als verhalten.

CHOMEN *Entstanden vor 1236 (Aufenthalt Kaiser Friedrichs in Wien). – Zu mehreren Liedern Neidharts (so auch zu den Liedern S. 141 ff. und 146 ff.) sind Zusätze, sog. Spott-oder Trutzstrophen überliefert, von denen meist angenommen wird, daß sie nicht von Neidhart selbst stammen. Zu diesem Lied überliefert Q 3 die folgende:*

Herr Neithart, ewer kaiser ist zu lange.
den bringet jr vns alle jar mit ewrm newen gesange.
des wer auch den pawren nott.
die sind vil nahendt hungers todt,
vnd dünnent yne die wannge.

Herr Neidhart, Ihr Kaiser säumt zu lange. Alle Jahre wieder kündigen Sie den in Ihren neuen Liedern an. Für die Bauern wäre es wirklich dringend. Die sind schon fast vor Hunger gestorben, und die Backen sind ihnen hohl geworden. – Ä. nach Q 3. 3 sich.

Da bei lobent di mærlin vnd die zeisel.
v̂f, hiltrat, Levkart, Jevtel, Berhtel, Gvndrat, Geppe, Gysel!
die zement wol an der reyen schar.
vromvt sol mit samt in dar,
25 div ist ir aller weisel.

Do si den vil lieben trost vernamen,
da brahten si ir geleite. da si v̂f den anger qvam*en*,
do wart der maye enphangen wol.
hertz wurden vrevden vol,
30 die magden wol gezam*en*.

randolt, Gvnthart, Seybant, walfrid, vrene,
die sprvngen da den rayen vor, ir einer, dannoch zwene:
da ist dietholt, v̂lant; vnde ŷdvnch
sprauch da mangen geilen sprvnch,
35 an des hant spranch elene.

Vromv̂t ist vz osterrich entrvnnen,
wir mvgen vns ir vnd vrideravnen spiegel wol verchvnnen.
den spigel solte wir verchlagen,
vromvt v̂f den handen tragen
40 vnd dies vns wider gewunnen.   *Q ſ*

---

21 In das Lob stimmen Amseln und Zeisige ein. Auf, Hiltrat, Leukart, Jeutel,
Berchtel, Gundrat, Geppe, Geisel! Die dürfen in der Schar der Reigentänzer nicht
fehlen. Die Fröhlichkeit soll mit ihnen dorthin gehen, sie ist die Anführerin von allen.
26 Als sie die tröstliche Kunde hörten, stellten sie sich zum Ehrengeleit auf. Als
sie auf die Wiese kamen, wurde der Mai fröhlich eingeholt. Die Herzen wurden voll
Freuden, wie sie zu jungen Mädchen gehören. 31 Randolt, Gunthart, Seibant,
Walfried, Vrene führten den Reigen an, [immer] einer von ihnen, dann [gab es] noch
zwei andere: Diethold, Ulant; und Idung tat manchen ausgelassenen Hopser, mit
ihm tanzte Elene.   36 Die Fröhlichkeit hat Österreich verlassen, wir müssen wohl
alle Hoffnung auf sie und Friederuns Spiegel aufgeben. Den Spiegel sollten wir
verschmerzen, die Fröhlichkeit [aber] auf Händen tragen und die, die sie uns zurück-
brächten.

27 qvam.   30 gezam.   37 *Vgl. das Gedicht S. 153 ff.*

Ez grvnet wol div haide,
mit grvnem lovbe stat der walt,
der winder chalt
twanch si sere bæide.
5   div zit hat sich verwandelot.
min sendiv not
mant mich an div gv̊ten, von der ich vnsanfte schayde.

Gegen der wandelvnge
singent wol div vogelin
10   den vrivnden min,
den ich gerne svnge,
des si mir alle sagten danch.
vf minen sanch
ahtent hie die walhe nieht: so wol dir, divtschiv zvnge!

15   Wie gerne ich nv sande
der lieben einen boten dar,
nv nemt des war,
der daz dorf erchande,
da ich die seneden inne lie.
20   ia mein ich die,
von der ich den mv̊t mit stæte, liebe nie gewant.

Bot, nv var bereite
zv lieben vrivnden vber se!
mir tvt vil we
25   sendiv arbeite.
dv solt in allen von vns sagen,
in chvrtzen tagen
sehens vns mit vrovden dort, wan dvrch des wages praite.

Ez grvnet: Schön grünt die Heide, in grünem Laub steht der Wald, der kalte Winter hatte sie beide mit Macht unterdrückt. Die Zeit hat sich geändert. Meine Sehnsucht erinnert mich an die Liebste, von der ich mich so schwer trenne. 8 Bei diesem Wechsel der Jahreszeit singen süß die Vögelchen für meine Freunde, für die auch ich gerne singen würde, wofür sie mir allesamt dankbar wären. Hier machen sich die Welschen *[Italiener oder Franzosen]* nichts aus meinem Gesang: Deshalb ein Hoch dir, deutsches Volk! 15 Wie gerne würde ich einen Boten dorthin zu der Liebsten senden, wohlgemerkt, einen, der das Dorf kennengelernt hat, wo ich die zurückließ, die sich nach mir sehnt. Ja, ich spreche von der, der mein Sinn in Treue, in Liebe immer zugewandt war. 22 Bote, nun begib dich sogleich zu den lieben Freunden übers Meer! Die Sehnsucht quält mich sehr. Du sollst ihnen allen von uns ausrichten, in wenigen Tagen würden sie uns fröhlich dort ankommen sehen, läge nicht noch das Meer dazwischen.

Ez grvnet *Ob sich dieses Lied auf den Kreuzzug 1218/19 oder 1228/29 bezieht, ist ungewiß. – Ä. nach Q 19.*

Sag der meisterinne
30 den willechlichen dienst min!
si sol div sin,
die ich von hertzen minne
vur alle vrowen hinne phvr.
e ich si verkúr,
35 e wold ich verchiesen, der ich nimmer teil gewinne.

Vrevnden vnde magen
sag, daz ich mih wol gehab!
vil lieber chnab,
ob si dich des vragen,
40 wi ez vmb vns pilgerime ste,
so sag, wi we
vns die walhen haben getan! des mvz vns hie betragen.

Wirb ez endelichen,
mit triwen la dir wesen gach!
45 ich chvm dar nah
schire sicherliche,
so ich aller baldist immer mach.
den lieben tach
lazz vns got geleben, daz wir hin heim ze lande strichen!

50 Solt ich mit ir nv alten,
ich het noch etteslichen don
vf minnen lon
her mit mir behalten,
des tovsent hertz wurden geil.
55 gewinn ich heil
gegen der wolgetanen, min gewerft sol heiles walten.

---

29 Sag der Herrin des Hauses meine untertänigste Ergebenheit! Sie soll diejenige
sein, die ich weiterhin mehr als alle anderen Frauen herzlich lieben werde. Ehe ich
auf sie verzichtete, würde ich lieber auf die verzichten, die ich [sowieso?] niemals be-
kommen kann.   36 Sag Freunden und Verwandten, daß es mir gut geht! Wenn sie
dich danach fragen, lieber Junge, wie es uns Kreuzfahrern geht, dann berichte, wie
sehr uns die Welschen schikaniert haben! Damit müssen wir uns hier herumärgern.
43 Führe deinen Auftrag mit Eifer aus, beeile dich getreulich! Ich komme mit Sicher-
heit bald nach, so schnell ich immer kann. Gott lasse uns den ersehnten Tag erleben,
an dem wir ins Heimatland zurückkehren!   50 Dürfte ich mit ihr zusammen alt
werden, hätte ich noch so manches Lied auf Vorrat, den Lohn der Liebe zu erbitten,
worüber sich tausende Herzen freuen würden. Finde ich mein Glück bei der Schönen,
dann wird mein Talent segensreich wirken.

34 *f.*

Si reyen oder tanzen,
si tvn vil manigen weiten schrit,
ich allez mit.
60 e wir heim geswantzen,
ich sag iz bei den triwen min,
wir solden sin
ze osterich; vor dem snit so setzet man di phlantzen.

Er dvnchet mich ein narre,
65 swer disen ovgest hie bestat.
ez wær min rott,
liez er sich geharre
vnd vûr hin wider vber se.
daz tvt niht we.
70 nindert wær ein man baz dann da heim in siner pharre.

Ob sich der bot nv sovme,
so wil ich sælbe bot sin
ze den vrivnden min:
wir leben alle chavme,
75 daz her ist mer danne halbez mort.
hey, wær ich dort!
bei der wolgetanen læge ich gern an minem rovme.   Q 5

Chint, bereittet ivch der sliten vf daz eis!
ia ist der leid winder chalt.
der hat vns der wunnechlichen blvmen vil benomen.
manger grvnen linden stent ir tolden gris.
5 vnbesvngen ist der walt.
daz ist allez von des riffen vngenaden chomen.

---

57 Ob sie den Reigen oder [sonst etwas] tanzen, dabei viele große Sprünge machen,
ich wäre immer dabei. Bevor wir daheim herumstolzieren können, müßten wir, das
ist mein Ernst, erst einmal in Österreich sein; das Pflanzensetzen kommt vor dem
Schneiden.   64 Der ist, glaube ich, ein Esel, wer diesen August über hier bleibt. Mein
Rat wäre, daß er die elende Warterei ließe und übers Meer zurückführe. Das tut nicht
weh. Nirgends wäre ein Mann besser aufgehoben als daheim in seiner Pfarrei.
71 Wenn der Bote nun trödelt, will ich selbst Bote für meine Freunde sein: Wir sind
mehr tot als lebendig, über die Hälfte des Heeres ist tot. Ach, wär ich dort! Gern läge
ich auf meinem Platz bei der Schönen.

CHINT: Ihr jungen Leute, macht euch fertig zum Schlittenfahren auf dem Eis! Ja,
der böse Winter ist kalt. Der hat uns die vielen lieblichen Blumen weggenommen. Die
Wipfel vieler grüner Linden stehen reifgrau da. Keinen Vogelsang gibt es im Wald.
Das ist alles durch den Frost, der kein Erbarmen kennt, gekommen. Wollt ihr sehen,

CHINT *Mel. in Q 3. – Str. 4 nach der Doppelüberlieferung in Q 5 selbst korrigiert, Ä. 4
nach Q 83, die übrigen nach Q 19.*   1 vz.   4 stet.

mvgt ir schowen, wie er hat die haid erzogen?
div ist von sinen schvlden val.
dar zv sint die nahtigal
10   alle ir wech gevlogen.

Wol bedorft ich miner wisen vrivnde rat
vmb ein dinch, als ich iv sag,
wa div chint, daz si riten, ir vrevden solten phlegen.
Megenwart ein wit stvben hat;
15   ob ez iv allen wol behag,
dar svl wir den gvfenantz des veiertages legen.
ez ist siner tohter wille, chom wir dar.
ir svltz alle an ander sagen:
einen tanz alvmb den ſchragen,
20   den brvvet Engelmar.

Der nah chvnegvnde ge, des wert enein!
der was ie nah tanze we.
ez wirt vns verwizzen, ist daz man ir niht enseit.
Geysel, ginch nah ievten hin vnd sag in zwein,
25   Sprich, daz Ælle mit in ge!
ez ist zwischen mir vnd in ein starchiv sicherheit.
chint, vergiz dvrch niemen hædewigen da,
bit si balde mit in gan!
einen sit si schvlen lan:
30   daz binden vf die bra.

Ich rat allen gvten wiben vber al,
die der mazze wellent sin,
daz si hohgemvten mannen holdez herze tragen:

---

was er mit der Heide gemacht hat? Die ist durch ihn fahl geworden. Auch die Nachti-
gallen sind alle fortgeflogen.   11 Gut könnte ich den Rat meiner gescheiten Freunde
gebrauchen in einer Sache, die ich euch vortrage, daß sie [nämlich] ihren Rat gäben, wo
die jungen Leute ihr Vergnügen haben könnten. Megenwart hat eine große Stube;
wenn ihr alle einverstanden seid, wollen wir den sonntäglichen *gvfenantz [Bezeichnung
für einen Tanz]* dorthin verlegen. Seine Tochter möchte, daß wir dorthin kommen. Ihr
sollt es alle einander sagen: Engelmar will einen Tanz um den Tisch herum probie-
ren.   21 Einigt euch, wer zu Kunigunde gehen soll! Die ist schon lange scharf aufs
Tanzen. Wir kriegen Schimpfe, wenn man ihr nicht Bescheid sagt. Geisel, geh zu Jeute
und sag [es] den beiden, sag, daß auch Elle mit ihnen kommen soll! Es gibt eine ganz
feste Verabredung zwischen ihnen und mir. Mädchen, vergiß über den andern ja
nicht Hedwig, bitte sie, daß sie sogleich mit ihnen kommen soll! Eines sollen sie las-
sen: ihr Kopftuch bis auf die Augenbrauen herunterzuziehen.   31 Ich rate allen gu-
ten Frauen in aller Welt, die es so halten wollen, daß sie edlen Männern gewogen sind:

19 chragen.

<pre>
      rvch ez vorn hoher, hinden hin ze tal,
35   deche baz daz næchelin!
      warzv̂ sol ein tehtir an ein collir vmbe den chragen?
      div wip sint sicher vmbe daz havbet her gewesen,
      so daz in daz niemen brach
      (swaz in anderswa geschach,
40   des sint si ovch genesen).

      Eppe, der zvht Geppen gvmpen ab der hant,
      des half im sin drischelstap.
      doch geschied ez mit der revtel meister adelper.
      daz was allez vmb ein ay, daz rvpreht vant
45   (ia wæn, imz der tyevel gap);
      da mit drot er im ze werfen allez ienent her.
      einer, der was beidiv zornich vnde chal.
      vbelichen sprach er: „tratz!"
      Rvpreht warf imz an den glatz,
50   daz ez ran hin ze tal.

      Hie enphor do stvnt so schone mir min har,
      vmb vnd vmbe gie der span.
      des vergaz ich, sit man mich ein hovs besorgen hiez.
      saltz vnd chorn mvz ich chovfen dvrch daz iar.
55   we, waz het ich im getan,
      der mich tvmben ie von erst in disen chvmber stiez?
      mine schvlde waren chleine wider in.
      mine vlvech sint niht ze smal,
      swanne ich da ze Riwental
60   vmberaten bin.
</pre>

Zieh es *[das Kopftuch]* vorne höher, hinten weiter runter, deck besser das bißchen Nacken zu! Wozu ist eine Sturmhaube ohne Koller um den Hals gut? Was den Kopf angeht, bestand für die Frauen bisher keine Gefahr, daß ihnen den jemand lädierte (was ihnen anderswo zustieß, haben sie auch überlebt).   41 Eppe riß dem Gumpe die Geppe aus der Hand, dabei half ihm sein Dreschflegel. Doch Meister Adelber machte dem mit dem Prügel ein Ende. Das Ganze ging um ein Ei, das Ruprecht gefunden hatte (ich glaube, das hatte ihm der Teufel zugesteckt); damit drohte er ihn dauernd von der anderen Seite her zu bewerfen. Einer war wütend, und glatzköpfig war er auch. Aufgebracht sagte er: „Trau dich doch!" Ruprecht warf es ihm auf die Glatze, daß es runtertriefte.   51 Früher war mein Haar gepflegt, rundum lag es in schönen Locken. Darauf habe ich nicht mehr geachtet, seit man mir ein Haus zu versorgen aufgetragen hat. Das ganze Jahr über muß ich Salz und Korn kaufen. Ach, was habe ich dem getan, der mich Ahnungslosen in dieses Malheur hat stolpern lassen? Ich habe mir nichts gegen ihn zuschulden kommen lassen. Ich fluche nicht schlecht, wenn ich hier in Reuental auf dem Trockenen sitze.

38 *f.*   40 *f.*   46 iene.

Fridelip bei gôtelinde wolde gan,
des gedaht her engelmar.
wil ivch niht verdriezzen, ich sag iv daz ende gar:
Eberhart, der mayer, mvst ez vnder stan;
65 der wart zv der sŷne braht,
anders wær ir beider hende an ander in daz har.
zwein vil oeden ganzen gent si vil gelich
gein ein ander al den tach.
der des vorsingens phlach,
70 daz was friderich.   Q ʃ

Wie sol ich die blŷmen vberwinden,
die so vertorben sint?
die siht man nindert, so mans in dem mayen sah.
ir vergezzet niht der grvnen linden
5 – we, wa tanzent nv div chint? –,
div was vns den svmer vur di heizzen svnne ein dach,
div ist grvnes lovbes worden ane.
des bin ich dem winder gram,
sit er vns die rosen ab der heiden nam,
10 die da stvnden hiwer wolgetan.

Mine vrivnd, ratet, wie ich gebare
vmb ein wip, div wert sich min!
die begreif ich, da si flahs ir meisterinne swanch.
div wert sich des ersten vil vndare.
15 doch tet si ze ivngist schin,
daz si mir ze starche was vnd ich ir ze chranch.

---

61 Friedlieb wollte mit Gotelind tanzen, das hatte Engelmar [auch] vorgehabt. Wenn es euch nicht langweilt, erzähle ich euch gleich, wie das ausging: Der Meier Eberhart mußte es schlichten; der wurde als Schiedsrichter geholt, sonst wären sie mit den Händen einander in die Haare gefahren. Wie zwei saudumme Gänseriche gehen sie den ganzen Tag aufeinander los. Vorsänger war [übrigens] Friedrich.

Wie sol: Wie soll ich die Blumen verschmerzen, die so verwelkt sind? Die sieht man nirgends so, wie man sie im Mai sah. Ihr könnt die grüne Linde nicht vergessen – ach, wo sollen jetzt die jungen Leute tanzen? –, die bot uns den Sommer über Schutz vor der heißen Sonne, die hat kein grünes Laub mehr. Deshalb hasse ich den Winter, weil er uns die Rosen von der Heide fortgenommen hat, die dort dieses Jahr so herrlich standen.   11 Meine Freunde, gebt [mir] einen Rat, was ich einer Frau wegen tun soll, die mich hat abblitzen lassen! Die überraschte ich, als sie für ihre Bäuerin Flachs schwang. Die wehrte sich zuerst nur ein wenig. Doch gab sie mir bald zu erkennen, daß sie für mich zu kräftig und ich für sie zu schwach war. Meine Anstrengungen hal-

Wie sol Ä. nach Q 3.   6 endanch.

laider lvtzel half mich da min ringen;
doch versvht ich si*n* genv̂ch,
mangen vngevuegen pvch, den si mir slv̂ch.

20   si sprach: „livpper, sitzet, lat mich swingen!"

Ich begvnde mit der gv̂ten schimphen,
also mich daz hertze hiez.
leise greif ich dort hin, da div wip so stvndich sint.
diche zeigt si mir ir vngelimphen:

25   in dem tausche si mich stiez
mit der vevste gen den brvsten, daz ich ergint.
„ir lat mich wurchen, laider witsteche!
iwer leip ist vngeseit.
vraischet ez min mv̂me, ia chevt si mir lait,

30   daz ich immer iht mit iv gezeche."

Grozziv chraft, div was vns beiden tiwer
von dem ringen, daz *wir do*
mit enander taten vm*b* ein dinch, des ist nv sit.
 şehs pirn priet si in dem viwer.

35   der gap mir div vrowe zwo,
vier *az* si sælbe, da labt si daz hertz mit.
heten wir des obzes niht vunden,
ich wær in min ovge tot.
ovch, zwiv laid ich so grozziv not?

40   wes han ich mich tvmber vnderwunden?

Langiv mære lat iv chvrtzer machen:
swi ez vmb allen spot erge –
ich gesah nie wip so grimmechlich geslahen.

---

fen mir leider nichts; wenn ich mich auch redlich bemühte, sie versetzte mir manchen kräftigen *pvch [Stoß?]*. Sie sagte: „Setzen Sie sich hin, mein Lieber, lassen Sie mich schwingen!"   21 Da wurde ich bei der Schönen zärtlich, so wie mirs ums Herz war. Behutsam griff ich dorthin, wo die Frauen so *stvndich* sind. Da zeigte sie mir erst recht ihre schlechte Laune: Mitten im [schönsten] Fummeln *[?]* stieß sie mich mit der Faust vor die Brust, daß ich nach Luft schnappte. „Lassen Sie mich arbeiten, alter *witsteche [wohl 'Ficker' oder dgl.]!* Für so etwas wie Sie fehlen einem die Worte *[?]*. Wenn meine Tante das rauskriegt, daß ich mich überhaupt mit Ihnen abgebe, setzt es was."
31 Viel Kraft hatten wir beide nicht mehr nach dem Kampf, den wir miteinander um ein Ding ausfochten, wie es alle Welt tut. Sechs Birnen briet sie am Feuer. Davon gab die Dame mir zwei, vier aß sie selbst, damit brachte sie ihr Innenleben wieder in Ordnung. Hätten wir das Obst nicht gefunden, ich wäre sicher gestorben. Mann, warum strapazierte ich mich so? Was hatte ich Irrer da unternommen?   41 Um euch die lange Geschichte abzukürzen: Wie sehr mich auch der Spott treffen wird – nie habe

18 si.   32 *f.*   33 vnb.   36 vier si az.

ich mvz diche ir schimphes vil gelachen,
45 waz dar vmbe, was mir we?
daz versv̂nt si ovch sit v̂f einer derreplahen.
bei ir mv̂men hv̂s vnder einem hekke
kam ich zu ir; des was sie gail.
mines gvtes ward ir da daz beste teil,
50 da liez ich der vrowen sevften ekke.   *Q 5*

Der linden wellent ir tolden von niwem lovbe reichen.
da wider lazzent nahtigal dar teichen.
si singent wol ze brise
vrômde svzze wise,
5 dône vil.
si vrevnt sich gein dem mayen, sin chvnft, div ist ir hertzen spil.

Si sprechent, daz der winder hiwer si gelenget.
nv ist div wis mit blvmen wol gæmenget,
mit liehter ovgen weide.
10 rosen ovf der heide
dvrch ir glantz,
der sant ich vriderovnen einen [...] chrantz.

Di vogel in dem walde singent wunnechlichen.
stoltze maget, ir svlt ein niwez teichen!
15 vrevt ivch lieber mære!
maniges hertzen swære
wil zergan.
tv̂t, als ich ivch lere, strichet iwer chleider an!

---

ich ein solches Unwetter von Frau erlebt. Ich muß [noch] oft über ihre [rabiate] Zärtlichkeit lachen, was schadets, daß ich litt? Sie entschädigte mich dann ja auch auf einem Leintuch zum Flachsdörren. Bei dem Haus ihrer Tante unter einer Hecke kam ich zu ihr; sie hats genossen. Den besten Teil meines Eigentums gab ich ihr, ich überließ der Dame Seufzeneck.

DER LINDEN: Die Wipfel der Linden wollen wieder junges Laub in Fülle bekommen. Dazu lassen die Nachtigallen ihre Stimme erschallen. Rühmlich singen sie wundersame süße Weisen, viele Melodien. Sie freuen sich über den Mai, seine Ankunft ist ihrer Herzen Lust. 7 [Die Leute] sagen, der Winter habe sich dieses Jahr lange hingezogen. Jetzt [aber] ist die Wiese mit Blumen übersät, mit leuchtendem Augentrost. Um ihrer Schönheit willen sandte ich Friederun einen [...] Kranz von den Rosen auf der Heide.   13 Lieblich singen die Vögel im Wald. Ihr, meine Schönen, sollt [auch] ein neues Lied singen! Freut euch über die frohe Botschaft! Die Bedrücktheit vieler Herzen wird vergehen. Tut, was ich euch sage, zieht eure [hübschen] Kleider an!

WIE SOL 48 *f*.
DER LINDEN *Ä. außer ʃ7* wæher *(Q 83) nach Q 3.*   6 vrevt.   7 hiw.

Ir breiset ivch zen lanchen, strovfet ab di reisen!
20 wir schvln ez v̂f den anger wol wicheisen.
vriderovn als ein toche
spranch in ir reidem roche
bi der schar.
des nam anderthalben Engelmar vil tovgen war.

25 Do sich aller liebs gelich begvnde zweien,
do sold ich gesvngen habn den reyen,
wan daz ich der stvnde
niht bescheiden chvnde
gegen der zit,
30 so div svmer wunne manigem hertzen vrevde git.

Nv heizzen si mich singen. ich mvz ein hovs besorgen,
daz mich sanges wendet manigen morgen.
wi sol ich gebarn?
mir ist an engelmaren
35 vngemach,
daz er vriderovnen ir spigel von der siten brach.

Siner basen brvder hiet sis wol erlazzen.
er chan sich deheiner dinge mazzen,
er ist ein torscher beier.
40 *er* vnd der ivnge maier
tvnt ir leit.
noch hat si den vrivnt, der imz – di lenge – niht vertreit.

Dar vmbe wils aber ein engelmar vertriben.
er ist ein gæmzinch vnder ivngen wiben.

---

19 Schnürt euch um die Taillen, schlagt die Schleier zurück! Wir werden es auf dem Anger wohl *wicheisen*. In ihrem Faltenrock sprang Friederun wie eine Puppe zwischen den andern. Engelmar beobachtete das ganz heimlich auf der anderen Seite.   25 Als alles, was sich liebt, sich zu Paaren zusammengefunden hatte, da hätte ich den Reigen singen sollen, nur habe ich dem Zeitpunkt nicht gerecht werden können in diesen Tagen, in denen die Sommerwonne so viele Herzen erfreut.   31 Da sagen sie, ich soll singen. Ich muß mich um ein Haus kümmern, was mir alle Morgen die Lust am Singen verdirbt. Wie soll ich mich verhalten? Ich habe Ärger mit Engelmar, weil er Friederun den Spiegel von der Seite geraubt hat.   37 Der Bruder seiner Tante *[sein Vater]* hätte das sicher nicht mit ihr gemacht. Er *[Engelmar]* kann sich überhaupt nicht benehmen, er ist ein dämlicher Bayer. Er und der junge Meier machen ihr Kummer. Noch [aber] hat sie den Freund, der sich das von ihm nicht gefallen läßt – [jedenfalls] nicht auf die Dauer.   43 Das ist wiederum der Grund, warum sie [dieser besagte] Engelmar vergraulen will. Er führt sich bei den jungen Mädchen wie ein Geißbock auf.

40 f.

45 er ist ein ridewanzel,
   in dem gev veiertanzel.
   sin gewalt,
   der ist an dem reyen vnder den chinden manichval*t*.

   Der het ir genomen in schimphe ein tochenwiegel.
50 daz hiet wir verchlagt, nie wan den spiegil
   (der was von helfenbeine,
   wæh, ergraben chleine),
   den sin hant
   ir nam gewaltichliche; da von all min vrevde swant.

55 Ir svl*t* mirz wol gelovben, ich sag iz niht gerne:
   die spiegil snvr, div chon her von ybern.
   e*s* was ein *wæher port*.
   niden an dem *ort*
   stvnden tyer
60 geworhte von rotem golde. nie geschach so leide mir.   *Q 5*

      Nv ist vil gar zergangen   der winder chalt,
      mit lovb wol bevangen   der grvne walt.
      wunnechlich,   in svzzer stimme lobelich
      vro singent aber di vogel, lobent den mayen.
5   sam tv wir den reyen!

      All der wærld hoh   ir gemv̂t stat.
      blvmen in dem lohe   min ovge hat
      an gesehen.   ich mach leider niht geiehen,
      daz mir min l̦ange senediv sorge swinde;
10   div ist min ingesinde.

Er ist ein [toller] Ridewanztänzer, *veiertanzel* vom ganzen Bezirk. Beim Tanz schikaniert er die Mädchen auf alle erdenkliche Weise. 49 Er hatte ihr zum Spaß eine kleine Puppenwiege weggenommen. Das hätten wir verschmerzt, nicht aber den Spiegel (der war von kostbarem, fein graviertem Elfenbein), den er ihr roh entrissen hat; dadurch ist mir die ganze Freude verdorben. 55 Ihr könnt wahrhaftig glauben, daß ich nicht gern davon spreche: Die Spiegelschnur kam aus Irland. Es war ein kostbares Band. Unten an dem Ende waren Tiere von rotem Gold eingearbeitet. Nie bin ich so gekränkt worden.

Nv ist: Nun ist der kalte Winter wirklich vorbei, der grüne Wald schön mit Laub bedeckt. Wunderhübsch, mit rühmenswert süßer Stimme singen wieder fröhlich die Vögel, preisen den Mai. Ebenso laßt uns den Reigen tanzen! 6 Alle Welt ist in strahlender Laune. Mein Auge hat in dem Wäldchen Blumen erblickt. Leider kann ich nicht sagen, daß meine alte Sehnsuchtsqual vergeht; die bleibt meine Begleiterin.

DER LINDEN   48 manichval.   55 svl.   57 er. vrecher bette.   58 ekke.
Nv ist *Str. 2–5 in Q 18 dem Jungen Spervogel (s. S. 307 f., auch S. 46 f.), in Q 19 Waltram von Gresten zugewiesen; Str. 3 in Q 19 noch einmal Dem von Scharfenberg. – Ä. nach Q 3.*

Zwo gespil ir mær   begvnden sagen,
hertzensenediv swære   besvnder chlagen.
einiv sprach: „trovren, leit vnd vngemach
hat mir verderbet leip vnd all min sinne;
15   do ist niht vrevden inne.

Leid vnd vngemv̂te   ist mir bechant.
liebes vrivndes gvt   mich leider mant:
mir ist ein man   vremde, der hat mir getan,
da von mir langiv senediv sorge meret
20   vnt min hertze seret."

„Sag be dinen triwen,   waz wirret dir?
lebst in seneden riwen,   so volge mir
vnt hab gedvlt!   seiz von libes mannes schvld,
daz hil mit allen dinen sinnen tovgen!
25   wi gern ich vur dich lovgen!"

„Dv horst etteswenne   ze einem mal
einen ritter nennen   'von riwental'.
*d*er sin*e* sanch   min gemv̂te sere twanch.
nv phleg *s*in, der des himels immer walt,
30   daz er mirn behalt!"

Vnt han ich indert hæim,   wo schol daz sin?
ein swalwe clent von laim   ein hvselin,
da si inne ist   des svmers ein vil chvrziv vrist.
got vuege mir hovs mit obedache
35   bi dem lenge bache!   *Q 5*

---

11 Zwei Freundinnen erzählten einander ihre Geschichten, vor allem klagten sie sich den Kummer, der ihr Herz bedrückte. Die eine sagte: „Trauer, Leid und Schmerz haben mich um Gesundheit und Verstand gebracht; für Glück ist da kein Platz. 16 Leid und Schmerz habe ich erfahren. Das liebe Wesen eines guten Freundes macht mir zu meinem Kummer bewußt: Ein Mann will nichts von mir wissen, der ist der Grund dafür, daß meine alte Sehnsuchtsqual nur immer größer wird und meinem Herzen weh tut." 21 „Nun sag doch mal ehrlich, was dich quält? Hast du Liebeskummer, dann hör auf mich und habe Geduld! Hat ein geliebter Mann Schuld daran, so halte es mit aller Kraft geheim! Selbstverständlich werde ich für dich leugnen!" 26 „Du hörst hin und wieder einmal, daß ein Ritter 'von Reuental' genannt wird. Seine Lieder haben mein Herz mit Macht erobert. Nun füge der, der auf ewig im Himmel herrscht, daß er ihn mir erhält!" 31 Werde ich irgendwo ein Zuhause haben, wo wird das sein? Eine Schwalbe kleistert aus Lehm ein Häuschen, in dem sie den Sommer über kurze Zeit wohnt. Gott möge mir Haus und Unterkunft beim Lengbach bescheren!

28 oder sinen. 29 din. 35 *Wohl das heutige Altlengbach am Lengbach.*

Ein altú, dv́ begvnde springen
hoh alsam ein kitz enbor; si wolde 'blv̂men bringen'.
„tohter, reich mir min gewant!
ich mv̂s an des knappen hant,
5   der ist 'von rúwental' genant.
    Traranvrettvn, traranvrirunt vnd eie."

„Mv̂ter, ir hûtet úwer sinne!
er ist ein knappe so gemv̂t, er pfliget niht steter minne."
„Tohter, lat ir mich an not!
10   ich weis wol, was er mir enbot.
nach siner minne so bin ich tot.
    Traranvretvn, traranvrirunt vnd eie."

Do sprach es ein altú in ir geile:
„trut gespil, wol dan mit mir! ia ergat es vns ze heile.
15   wir svln beide 'nach blv̂men gan'.
war vmbe solt ich hie bestan,
sit ich so vil geverten han?
    Traranvrettvn, traranvrirunt vnd eie."   *Q 19*

IR frôit úch, ivnge vnd alte!
der meie mit gewalte
den winder hat verdrvngen,
die blv̂men sint entsprvngen.
5   wie schone dú nahtegal
vf dem rise   ir sv̂sse wise
singet, wunneklichen schal!

EIN ALTÚ: Ein altes Weib sprang in die Höhe wie ein Ziegenböckchen; sie wollte 'Blumen holen'. „Tochter, gib mir mein Festtagskleid! Ich muß mit dem Ritter tanzen, der 'von Reuental' genannt wird. Trara ..."   7 „Mutter, behalten Sie einen klaren Kopf! Er ist ein Ritter von der Sorte, die keine treue Liebe kennt." „Tochter, lassen Sie mich zufrieden! Ich weiß genau, was er mir versprochen hat. Ich sterbe [vor Verlangen] nach seiner Liebe. Trara ..."   13 Da sagte ein [anderes] altes Weib voll Übermut: „Liebste Freundin, gehen wir zusammen! Wir werden bestimmt unser Glück machen. Wir wollen beide 'Blumen suchen' gehen. Warum sollte ich hier bleiben, wo ich so viele Freunde habe? Trara ..."

IR FRÔIT: Seid froh, jung und alt! Der Mai hat mit Macht den Winter vertrieben, die Blumen sind aufgeblüht. Wie schön die Nachtigall vom Zweig herab ihr süßes

IR FRÔIT *Ä. 33 nach Q 3.*

Der walt schone lŏbet.
„min mv̊ter niht gelŏbet;
10   der *m*it einem seile",
sprach ein maget geile,
„bvnde mir einen fv̊s,
zv̊ der linden   mit den kinden
vf den anger ich da mv̊s."

15   Das gehort ir mv̊ter:
„ia swinge ich dir das fv̊ter
mit dem schippfen vber den rugge!
dv vil kleine grasemvgge,
wa wilt dv huppen hin
20   vs dem neste?   sitze vnd beste
mir den ermel wider in!"

„Mv̊ter, mit dem steken
sol man iv die runzen reken,
die alten, als ein svmber.
25   noch hv́re sit ir tvmber,
danne ir von sprvnge vart.
ir sit tot   vil kleiner not,
ist iv der ermel abegezart."

Vf spranc si vil snelle.
30   „dv tieuel vs der helle!
ich wil mich din gar verzihen.
dv wilt v́bel gedihen."
„mv̊ter, ich lebe *ye* doch,
swie iv trŏme;   bi dem sŏme
35   durh den ermel gat ein loch."   *Q 19*

Lied singt, wundersame Töne! 8 Der Wald belaubt sich prächtig. „Meine Mutter",
sagte ein temperamentvolles Mädchen, „erlaubt [es] nicht; [aber] ich muß mit den
anderen Mädchen zu der Linde auf die Wiese, bände mir auch einer den Fuß mit einem
Seil fest." 15 Das hörte ihre Mutter: „Mit der Schaufel werde ich dir deine Portion
auf den Rücken geben! Du klitzekleine Grasmücke, wo willst du aus dem Nest hinhüp-
fen? Setz dich und mach mir den Ärmel wieder fest!" 22 „Mutter, mit dem Stock
sollte man Ihnen die alten Runzeln glattstreichen, wie [man] eine Trommel [spannt].
Heutzutage sind Sie noch dümmer als in Ihrer Kinderzeit. Sie bringen sich um wegen
einer solchen Kleinigkeit, wenn Ihnen der Ärmel abgerissen ist." 29 Da sprang sie
rasch auf die Beine. „Du Teufel aus der Hölle! Ich will nichts mehr mit dir zu tun
haben. Mit dir wird es böse enden." „Mutter, ich lebe trotzdem weiter, wenn Sie auch
[*Schlimmes?*] träumen; am Saum durch den Ärmel geht ein Loch." [*Vielleicht eine Auf-
forderung, die Arbeit selbst zu machen.*]

10 der mich mit.   33 e.

UNBEKANNTER VERFASSER

[Melodie]

Nahtegel, sing einen don mit sinne
miner hohgemûten chuniginne!
5   chunde ir, daz min steter mût vnd min herçe brinne
nah irm sûzen lïbe vnd nah ir minne!   Q 33

UNBEKANNTER VERFASSER

Chume, chume, geselle min,
ih enbite harte din!
ih enbite harte din,
5   chum, chum, geselle min!

Sûzer roser varwer munt,
chum vnd mache mich gesunt!
chum vnd mache mich gesunt,
sûzer roservarwer munt!   Q 33

UNBEKANNTER VERFASSER

Ich wil truren varen lan,
vf die heide sul wir gan,
vil liebe gespilen min!
da seh wir der blumen schin.
5   Jch sage dir, ih sage dir,
min geselle, chum mit mir!

NAHTEGEL: Nachtigall, sing meiner stolzen Königin ein kunstvolles Lied! Ver-
künde ihr, daß Herz und Sinn unablässig nach ihrem süßen Leib und ihrer Liebe bren-
nend sich verzehren!

CHUME: Komm, komm, mein Liebster, ich warte so sehr auf dich! Ich warte so
sehr auf dich, komm, komm, mein Liebster!   6 Süßer rosenfarbener Mund, komm
und mache mich gesund! Komm und mache mich gesund, süßer rosenfarbener Mund!

ICH WIL: Ich will aufhören zu trauern, laßt uns auf die Heide gehen, meine lieben
Freundinnen! Dort sehen wir die Blumenpracht. Ich sage dir, ich sage dir, komm mit
mir, mein Liebster!

NAHTEGEL *Ä. nach Q 62.*   5 chunne.   6 sûze. liebe *von späterer Hand korr. zu*
leibe.

Sûziv minne, raine min,
mache mir ein chrenzelin!
10   daz sol tragen ein stolzer man,
der wol wiben dienen chan.
Jch sage dir, ih sage dir,
min geselle, chum mit mir!   *Q 33*

UNBEKANNTER VERFASSER

ICH was ein chint so wolgetan,
uirgo dum florebam.
do brist mich div werlt al,
5   omnibus placebam.
    Hoy et oe!   maledicantur thylie   iuxta uiam posite!

Ia wolde ih an die wisen gan,
flores adunare;
do wolde mich ein ungetan
10 ibi deflorare.
    Hoy et oe!   maledicantur thylie   iuxta uiam posite!

Er nam mich bi der wizen hant,
sed non indecenter,
er wist mich div wise lanch,
15 valde fraudulenter.
    Hoy et oe!   maledicantur thylie   iuxta uiam posite!

Er graif mir an daz wize gewant,
valde indecenter.
er fûrte mih bi der hant,
20 multum uiolenter.
    Hoy et oe!   maledicantur thylie   iuxta uiam posite!

---

8 Süße Liebe, liebe Liebe, winde mir ein Kränzchen! Das soll ein stolzer Mann
bekommen, der weiß, was Frauen gern mögen. Ich sage ...
ICH was: Ich war so ein hübsches Ding, als ich in meiner Mädchenblüte stand.
Damals sang alle Welt mein Lob, allen gefiel ich. Hei und ei! Verflucht seien die Lin-
den, die am Weg stehen! 7 Ich wollte auf die Wiese gehen, um Blumen zu pflücken;
da wollte doch so ein scheußlicher Kerl dort mein Blümchen pflücken. Hei und ei
...   12 Er faßte mich bei der weißen Hand, durchaus nicht zudringlich, er führte
mich mit viel List die Wiese hinab. Hei und ei ...   17 Er faßte mich an meinem
weißen Kleid, nun schon reichlich zudringlich. Er zog mich an der Hand fort, gera-

Er sprach: „vrowe, ge wir baz!
nemus est remotum."
dirre wech, der habe haz,
25 planxi et hoc totum.
    Hoy et oe!   maledicantur thylie   iuxta uiam posite!

„Iz stat ein linde wolgetan
non procul a uia,
da hab ich mine herphe lan,
30 timpanum cum lyra."
    Hoy et oe!   maledicantur thylie   iuxta uiam posite!

Do er zů der linden chom,
dixit: „sedeamus"
– div minne twanch sêre den man –,
35 „ludum faciamus!"
    Hoy et oe!   maledicantur thylie   iuxta uiam posite!

Er graif mir an den wizen lip,
non absque timore,
er sprah: „ich mache dich ein wip,
40 dulcis es cum ore!"
    Hoy et oe!   maledicantur thylie   iuxta uiam posite!

Er warf mir ůf daz hemdelin,
corpore detecta,
er rante mir in daz purgelin
45 cuspide erecta.
    Hoy et oe!   maledicantur thylie   iuxta uiam posite!

Er nam den chocher unde den bogen,
bene uenabatur!
der selbe hete mich betrogen:
50 „ludus compleatur."
    Hoy et oe!   maledicantur thylie   iuxta uiam posite!   *Q 33*

---

dezu mit Gewalt. Hei und ei ... 22 Er sagte: „Laß uns ein wenig schneller gehen, Mädchen! Der Wald ist weit." Verflucht sei dieser Weg, und ich habe überhaupt alles *[?]* bedauert. Hei und ei ... 27 „Es steht eine schöne Linde nicht weit ab vom Weg, da habe ich meine Harfe zurückgelassen, mein Tamburin und die Leier." Hei und ei ... 32 Als er bei der Linde angekommen war, sagte er: „Setzen wir uns doch" – die Liebe machte den Mann ganz wild –, „spielen wir ein schönes Spiel!" Hei und ei ... 37 Er umfaßte meinen weißen Leib, nicht ohne zu zittern, er sagte: „Ich mache dich zur Frau, hast du einen süßen Mund!" Hei und ei ... 42 Er zog mein Hemdchen in die Höhe, als ich nackt war, stürmte er mit aufgerichtetem Speer meine kleine Festung. Hei und ei ... 47 Er nahm Köcher und Bogen, war das ein fröhliches Jagen! Der hat mich richtig reingelegt: „Damit habe das Spiel ein Ende." Hei und ei ...

OTTO VON BOTENLAUBEN

Karbvnkel ist ain stain genant,
von dem saget man, wie lieht er schine.
der ist min – vnd ist das wol bewant:
ze *l*oche lit er in dem rine.
der kv́nig also den waisen hat,
das ime den nieman schinen lat.
mir schinet dierre als ime tv̂t der:
behalten ist min vrowe als er.   *Q 43*

Es ist ain wunder an mir,
das ich allv́ wip dvrch si mide
vnd doch vngetrôstet bin von ir.
solhen kvmber, vnd ich lide,
sit ich sin erste genaden bat,
den wendet si mir niht,
noch niemen ander mag, swas so mir geschiht.
sus bin ich an die blossen stat
zwischent zwain stv́ln gesessen;
an der selben stat hat si min vergessen.   *Q 43*

KARBVNKEL: Karfunkel nennt man einen Stein, dem man ein besonders helles Leuchten nachsagt. Ich besitze ihn – wenn auch auf ganz besondere Art: Er liegt bei Locheim im Rhein. Der König besitzt den Waisen auch so, daß niemand ihm den vor die Augen bringt. Für mich glänzt jener ebenso wie dieser für ihn: Meine Geliebte wird ebenso wie er unter Verschluß gehalten.

Es IST: Das ist das Verrückte an mir, daß ich um ihretwillen allen Frauen aus dem Weg gehe und doch von ihr nicht erhört werde. Sie will mich nicht von solchem Kummer, den ich erleide, seit ich zum erstenmal für ihn um Erbarmen gefleht habe, befreien, und ein anderer kann es nicht, was mir auch immer geschieht. So habe ich mich auf die blanke Erde zwischen zwei Stühle gesetzt; an eben dieser Stelle hat sie mich sitzenlassen.

KARBVNKEL *Ä. nach Q 65.* 5 zoche. 6–7 *Infolge der Thronwirren 1198–1218 waren die Reichskleinodien (s. S. 111 Anm. 48) häufig nicht im Besitz des rechtmäßigen Königs.*
Es IST *In Q 19 Walther von Metze (s. S. 289 ff.) zugewiesen.*

„Singent, vogel, singent miner frowen, der ich sanc!
ich sanc vmbe alle ir ere vnd vmbe ir werden frúndes lip.
den beiden dien ich gerne, ir so dient ich anɘ danc.
das trvwe ich wol erwenden, sit sich das wunder schone wip
5 eines riters vnd ir eren hat bewegen.
ich pflag ir her, nv mv̂sse ir got der riche pflegen
vnd helf ime wol von hinnen! er hat ze lange hie gelegen.

Jch zúge es vf der cleinen vogelline morgen sanc,
das ich dir han geleistet, riter, swas ich leisten sol
10 dime libe vnd miner frowen, her des mich min trúwe ie twanc,
dast húte vnd iemer mere bist bewacht vnd behútet wol,
wan das ir zorn gegen tage mir zwiuel git.
nv weke in, frowe! ich singe im rehte scheidens zit.
nv hûte din selbes, riter! grôs angest bi der liebe lit.‟

15 „Ich bin vnsanfte erweket, frowe, ob ich entslafen was,
von manigem vogel sange, die sich da frôwent gegen dem tage.
ich horte lute singen den wahter vf dem palas,
als er vns hat bescheiden; mit sange horte ich sine clage.
wie hastv, selic wib, mich das verdaget,
20 das dv niht spreche: ,riter, wache! ich wên, es taget‘?
nv mv̂s ich von dir scheiden, gros angest mich von liebe iaget.‟

Q 19

SINGENT: „Singt, ihr Vögel, singt für meine Herrin, für die ich gesungen habe! Ich habe gesungen, weil es um all ihre Ehre und um das Leben ihres edlen Geliebten geht. Beiden diene ich bereitwillig, ihr diente ich jedoch, ohne Dank [zu finden]. Damit kann ich jetzt guten Gewissens aufhören, da die wunderschöne Frau auf einen Ritter und ihre Ehre keine Rücksicht nimmt. Ich habe sie bisher beschützt, nun möge Gott der Allmächtige sie beschützen und ihm helfen, glücklich von hier fort zu kommen! Er hat zu lange hier geschlafen. 8 Das Morgenlied der kleinen Vögelchen ist mein Zeuge, daß ich für dich getan habe, Ritter, was ich für dich und meine Herrin habe tun sollen [und] wozu mich bisher mein Gefühl für Treue immer angehalten hat, damit du heute und immer gut bewacht und behütet bist, nur läßt mich ihr Zorn bei Tagesanbruch an meiner Aufgabe zweifeln. Nun wecke ihn, Herrin! Mein Lied kündigt ihm die rechte Zeit des Aufbruchs an. Nun gib selbst acht auf dich, Ritter! Die Liebe birgt große Gefahren.‟ 15 „War ich eingeschlafen, liebste Frau, so bin ich jählings vom Gesang vieler Vögel erwacht, die sich auf den Tag freuen. Ich hörte laut den Wächter auf der Burg singen, wie er uns gewarnt hat; ich hörte sein Klagelied. Warum hast du, Geliebte, mir das verschwiegen und nicht gesagt: ,Ritter, wach auf! Ich glaube, es wird Tag‘? Nun muß ich mich von dir trennen, große Gefahr treibt mich jäh von der Liebe fort.‟

Mir hat ein wib   herze vnde lib
betwungen vnde gar verhert.
dú ist so gv̂t,   swas si mir tv̂t.
wil si, so wirde ich sanfte ernert.
5   tv̂t si mir we,   doch wil ich ê
betwungen sin von ir gewalt,
danne ich verber   die werden ger
vnd ouch die sorge manicvalt,

die si mir machet   vnde git.
10 min frôide swachet   iemer sit.
sweme si nv lachet   zaller zit,
des selde wachet   svnder strit.

gelúkes rat   hat in den pfat
geleret so,   das er sol ho
15 dar vffe sweben,   mit frôiden leben.

Solde ich das sin,
so mv̂ste an aller sorgen schin
das herze min
erhôhet werden svnder pin.

20 ich frôide bar,   ich gedenke ie dar,   als ich getar.
wirt si gewar,   das ich so var   ir eigen gar,

si erzeiget ir   genade an mir.
si ist ein wib,   der ie min lib
all einer lebt   vnd iemer strebt

25 vf den gedinge   vnd selchen trost,
das mir gelinge   vnd werde erlost

MIR HAT: Eine Frau hat mir meinen inneren und äußeren Menschen gänzlich besiegt und in ihre Gewalt gebracht. Sie ist so [überaus] gut, wie immer sie mich auch behandelt. Will sie, so werde ich auf die zarteste Weise errettet. Wenn sie mir [auch] Schmerz zufügt, will ich doch lieber von ihrer Gewalt besiegt sein als das hohe Verlangen aufgeben und auch die vielerlei Leiden,   9 die sie mir bereitet und zufügt. Meine Lebensfreude siecht seitdem immerfort dahin. Unbestreitbar ist bei dem, dem sie nun allezeit ihr Lächeln schenkt, das Glück stets gegenwärtig.   13 Das Rad des Glücks führt ihn einen solchen Weg, daß er sich hoch oben auf ihm halten [und] in Freuden leben kann.   16 Könnte ich derjenige sein, so würde mein Herz ohne den Schatten jeglicher Sorge erhoben werden und keinen Schmerz mehr kennen.   20 Ich Freudloser lasse meine Gedanken immer, so oft ich es wagen kann, dorthin gehen. Merkt sie, daß ich mich so ganz als ihr Eigentum fühle,   22 wird sie sich gnädig gegen mich zeigen. Sie ist eine Frau, für die ich immer ausschließlich leben will, und [ich will] mich hingeben   25 solcher Erwartung und solcher Hoffnung, daß ich mein

MIR HAT *Ä. nach Q 65.*

der sorgen, dú   mich twanc noh ie,
sit ich verlie   den mv̂t an sie.

Min herze iach,
30   sit si min ȯge alrerst ersach,
sin vngemach,
das ime sit bi siner zit beschach,

das were da hin   vnd were ime sin   komen vnd gewin.
des wande ȯch ich.   nv tv̂t si mich   gar sorgen rich

35   vnde meret   mine clage.
das verkeret   vnde seret   mine tage.
min gemv̂te   ist worden kranc,
ich verwv̂te   nah ir gv̂te   ane allen danc.

Je doch dar vnder   ist ein wunder   niht besvnder,
40   das ich liden   vnde miden
mv̂s si reine,   die ich meine.   niht ze cleine
amme herzen   hab ich smerzen

vnde kumber,   ich vil tvmber,   manigen svmber.
war zv̂ wart ich ie geborn,
45   sol ich iemer sin verlorn?
ia hat ich si mir erkorn,

das die wunden   vngesvnden   mir verbunden
solten werden   von der werden.

nv ist min swere   ir gar vnmere,   der ich lere
50   wurde, ob mir dú frowe min
tete gv̂ten willen schin.
solde es mit ir hvlden sin,

Ziel erreiche und von dem Leid befreit werde, das mich ständig bedrückt, seit ich mein Herz an sie verloren habe.   29 Seit mein Auge sie zum erstenmal erblickt hat, sprach mein Herz, das Unglück, das es all die Zeit gequält habe,   33 wäre verflogen, und es wären Erfüllung und Reichtum bei ihm eingekehrt. Das glaubte ich auch. Nun aber macht sie mich überaus sorgenvoll   35 und vermehrt mein Leid. Das bringt Unordnung und Leid in mein Leben. Mein Inneres ist krank, ich verlange wie ein Wahnsinniger und besinnungslos nach ihrer Liebe.   39 Jedoch ist es bei alledem kein sonderliches Wunder, daß ich leiden und die Schöne meiden muß, die ich liebe. Übergroßen Schmerz   43 und Kummer habe ich, Tor der ich bin, viele Sommer lang im Herzen getragen. Warum wurde ich geboren, wenn ich für immer verloren sein soll? Hatte ich sie mir doch dazu ausersehen,   47 daß meine tödlichen Wunden von der Liebsten verbunden werden sollten.   49 Nun ist mein Schmerz ihr ganz gleichgültig, von dem ich befreit würde, wenn sich die Gebieterin mir geneigt zeigte. Fände

das ich sprechen   mv̊ste zir,
was si zechen   vnde rechen   wolde an mir.
55 sicherliche,   ob das geschiht,
imme riche   ist min geliche   danne niht.
herze, sinne,   minen mv̊t
hat dú minne   mit gewinne   also behv̊t.

Peir der mere   dulde swere
60 dvr afrîen   sin amîen   von navar.
Pḷei von lône   lie die krone
vnd die sinne   durch die minne   drîsseg iar.

er was sorgen rich,   das was kvmberlich,   doch vngelich
der swere min,   die mir tv̊t schin,   von der ich dulde disen
pin.

65 Es enstille   ir gv̊ter wille
in kvrzen ziten   ane biten,   ich bin tot.
Sol min trúwe   ane alle rúwe
sus ein sterben   an ir erwerben,   dest ein not,

die ich gerne dol   vnde liden sol;   so rehte wol
70 stet si mir an.   ich selic man,   so sv̊sse not ich nie gewan!

Je doh swie gerne   ich sterben lerne   dvr ir minneclichen lip,
owe, si reine selig wib,
so denke ich doch,   das si mir noch
gerúche geben   ein senfter leben.   des valde ich ir die
75 das ane ir zúrnen   mv̊sse sin,   [hende min,

---

es [doch] ihre Zustimmung, 53 daß ich fragen dürfte, was sie mit mir im Sinn
hat und an mir rächen will. Wenn das geschieht, dann gibt es sicherlich niemanden im
ganzen Land, der sich mit mir vergleichen kann. Herz, Verstand, mein ganzes Denken
hat die Liebe mit Erfolg in ihre Obhut genommen.   59 Der berühmte Peter litt
Qualen durch Afrie von Navarra, seine Geliebte. Plei von Lone verlor um der Liebe
willen dreißig Jahre lang Krone und Verstand.   63 Er war voller Ängste, das war
schmerzlich, doch ungleich meinem Schmerz, den mich die erfahren läßt, durch die
ich diese Qual erleide.   65 Wenn ihr guter Wille es nicht bald und ohne zu zögern
beendet, bin ich ein toter Mann. Wird meine Treue, die nie wankte, durch sie den Tod
finden, so ist das eine Not,   69 die ich gern erleide und erleiden werde; sie ist so
recht eigentlich gut für mich. Nie habe ich glücklicher Mann süßere Not empfunden!
71 Wie gern ich jedoch auch den Tod um ihres Liebreizes willen erleiden will, so
denke ich doch, daß sie, ach, diese herrliche beglückende Frau, mir noch ein schöneres
Leben schenken wird. Darum flehe ich sie mit gefalteten Händen an, daß sie nicht des-

59–61 Vermutlich Liebespaare aus verlorenen provenzalischen Erzählungen.

ob ich genende   vnd ich ir sende   disen sanc.
ir lob, ir ere   ich gerne mêre,
in frômdú lant   tv̂n ichs erkant
mit trúwen ane valschen wanc.
80 wirt mir da von ein „habedanc",
ich singe ir, das   ir lob noh bas   erhôhet, ob ichs ê vergas.

Mine frowen   svlt ir schowen   in so hoher werdekeit,
das ir sol iemer sin gereit
der eren krone,   sit vil schone   eht aller selden seldekeit
85 ir beide hende hat geleit

ir vf ir hôbet.   das gelöbet   alle mir:
ob ir si seht,   ir verieht
tvgende michels me von ir,

danne ich iv sage,   wand ich durch klage
90 mines willen vil verbir.
min frowe ist gv̂t,   ie doch si tût,
das wunneclichen frôiden gir

Mich vergat   vnde lat,
das mir kvmberlichen stat.
95 wand ich pflac   manigen dag,
das min frôide nie gelac.

owe der dinge!   ich wenne, ich ringe

vf einen wan,   den ich han,
dem ich iemer vndertan
100 wesen mv̂s,   des mir bûs
niemer wirdet, vntz ein grûs

---

wegen zürne,   76 daß ich es wage, ihr dieses Lied zu schicken. Ihren Ruhm, ihr An-
sehen vergrößere ich mit Freuden, in der Fremde verbreite ich beide getreulich und
ohne Wanken. Erhalte ich ein „Habdank" dafür, dann singe ich für sie, was ihren
Ruhm noch größer macht, was mir zuvor vielleicht entfallen war.   82 Meine Ge-
bieterin werdet ihr in so hoher Würde erblicken, daß ihr immer die Ehrenkrone
verliehen sein soll, da doch die allerhöchste Glückseligkeit ihre beiden Hände ihr
zärtlich [segnend]   86 auf ihr Haupt gelegt hat. Ihr alle sollt mir glauben: Wenn
ihr sie sehen würdet, würdet ihr noch viel mehr Vorzüge an ihr finden,   89 als ich
euch sage, weil ich aus lauter Kummer oft meine Absicht nicht verwirkliche. Meine
Gebieterin ist gut, jedoch durch ihr Tun geht der Genuß von Wonnen und Freuden
93 an mir vorüber und läßt mir zurück, was mir Kummer macht. Denn ich war
lange Zeit daran gewöhnt, daß mein Vergnügen kein Ende fand.   97 Schlimm
stehen die Dinge! Ich glaube, ich klammere mich   98 an eine Hoffnung, von der ich
besessen bin, der ich immer sklavisch anhängen muß und von der mich niemand be-

100 dest.

    mich enbindet;   sa verswindet   vnd erwindet
    alles klagen   in minen tagen.
    was sol ich von fröiden sagen,
105 sol ich heil an ir beiagen!

    swie das were,   es were zit!
    alle swere   ich gar verbere,   ob si den strit
    genedecliche   wolde irgeben.
    endeliche,   ê ich danne entwiche,   ich irgibe das leben.
110 bi dem eide   ich wil geloben,
    sin enscheide   mih von leide,   ich mv̊s ertoben.
    das erwende,   selig wib,
    vnde sende   mir das ende,   das min lib

    fröide vnde minne   vnde sinne
115 von dir, kúniginne,   gewinne!

    dar nach ich iemer ringe   vnd zallen ziten strebe.
    vf das hoh gedinge   ich vil dike schone lebe,
    das mir an dir gelinge   vnd enphahen mv̊sse sv̊sser minne gebe.
    wie sv̊sse ich danne singe   vnd [. . .] erclinge,
120 swenne ich fröliche ob allen fröiden swebe!   *Q 19*

    „Were cristes lon niht also sv̊sse,
    so enliesse ich niht der lieben frowen min,
    die ich in minem herzen dike grv̊sse.
    si mac vil wol min himelriche sin,

---

freit, bis ein Grußwort   102 mich erlöst; dann verschwindet und vergeht alles Klagen aus meinem Leben. Welche Worte werde ich für die Freude finden, wenn ich durch sie glücklich werde!   106 Wie das auch wäre, es sollte bald sein! Allen Kummer würde ich leicht verschmerzen, wenn sie den Krieg [zwischen uns] in Gnaden enden lassen würde. Ich gäbe sicherlich eher mein Leben hin, als dann von der Stelle zu weichen. Ich will einen Eid darauf schwören, daß ich wahnsinnig werde, wenn sie mich nicht vom Leid befreit. Das verhüte, liebste Frau, und tu mir das Ende [meiner Leiden] kund, so daß ich   114 Glück und Liebe und meinen Verstand durch dich, Königin, erhalte!   116 Darum kämpfe ich immerzu und strebe allezeit danach. Ein schönes Leben lebe ich in dieser hochgespannten Erwartung, daß ich bei dir mein Ziel erreiche und das Geschenk der süßen Liebe empfangen werde. Wie lieblich werde ich dann singen und [. . .] erklingen, wenn ich über alle Maßen glücklich sein werde!

WERE: „Wäre Christi Lohn nicht so süß, so verließe ich meine geliebte Dame nicht, mit der ich in meinem Herzen oft Zwiesprache halte. Sie kann wahrhaftig mein Him-

WERE *Es läßt sich nicht näher bestimmen, auf welchen der Kreuzzüge zwischen 1197 und 1228/29 sich das Lied bezieht.*

5 swa dú gûte wone al vmbe den rin.
herre got, so tŷ mir helfe schin,
das ich mir vnd ir erwerbe noch die hvlde din!"

„Sit er giht, ich si sin himelriche,
so habe ich in zŷ gotte mir erkorn,
10 das er niemer fûs von mir entwiche.
herre got, la dirs niht wesen zorn!
erst mir in den ougen niht ein dorn,
der mir hie ze frôiden ist geborn.
kvmt er mir niht her wider, min spilnde frôide ist gar verlorn."

Q 19

DER VON HOHENBURG

„Jch wache vmb eines riters lib
vnd vmbe din ere, schones wib.
weke in, frowe!
5 got gebe, das es im wol erge,
das er erwache vnd nieman me!
weke in frowe!
niht langer bît,   est an der zit!
ich bit ŏch niht wan dvr den willen sin.
10 wiltvn bewarn,   so lâsse in varn!
verslaft er sich, so ist dú schulde din.
weke in, frowe!"

„Din lip, der mŷsse vnselig sin,
wahter, vnd al das weken din!
15 (slaf, geselle!)

---

melreich sein, wo auch immer am Rhein die Edle sich aufhält. Herrgott, laß mich deine Hilfe erfahren, daß ich mir und ihr deine Gnade erwerbe!" 8 „Da er sagt, ich sei sein Himmelreich, habe ich ihn mir zum Gott [darin] erwählt, damit er sich keinen Fußbreit von mir entferne. Herrgott, zürne deswegen nicht! Der ist mir [schließlich] kein Dorn im Auge, der geboren ist zu meinem Glück auf Erden. Wenn er nicht zu mir zurückkehrt, ist mein strahlendes Glück dahin."

JCH WACHE: „Ich wache um eines Ritters und um deiner Ehre willen, schöne Frau. Wecke ihn, Herrin! Gott gebe, daß es gut für ihn abläuft, daß er [allein] und sonst niemand aufwacht! Wecke ihn, Herrin! Warte nicht länger, es ist Zeit! Ich bitte auch nur um seinetwillen. Wenn du ihn schützen willst, dann laß ihn gehen! Verschläft er sich, ist es deine Schuld. Wecke ihn, Herrin!" 13 „Verflucht sollst du sein, Wäch-

JCH WACHE *In Q 18 Neune zugewiesen.* – *Ä. nach Q 18.*   9 bit.

din wachen, das wer alles gv̂t,
din weken mir vnsanfte tv̂t.
(slaf, geselle!)
wahter, in han   dir niht getan
20   wan alles gv̂t, das mir wirt selten schin:
dv gerst des tages,   das dv veriages
vil sender frôiden von dem herzen min.
(slaf, geselle!)"

„Din zorn, der si dir gar vertragen,
25   der ritter sol niht hie betagen.
weke in, frowe!
er gab sich vf die trúwe min,
do beval ich in den eren din.
weke in, frowe!
30   vil selic wib,   sol er den lip
verliern, so sin wir mit im verlorn.
ich singe, ich sage: ‚est an dem tage!'
nv weke in, wan in weket doch min horn!
weke in, frowe!"   *Q 19*

Heinrich von Anhalt

Sta bi, la mich den wint an weien!
der kvmmt von mines herzen kúniginne.
wie môht ein luft so sv̂ze draien,
5   ern wer al vht vnd vht vil gar ein minne?
do min herze wart verdriben, das wart von ir enthalden;
doch wunschte ich des, got mv̂z ir eren walden.

---

ter, und all dein Wecken! (Schlaf, mein Liebling!) Deine Wachsamkeit wäre ja recht,
dein Wecken [aber] tut mir weh. (Schlaf, mein Liebling!) Wächter, ich habe dir nie
etwas anderes als nur Gutes erwiesen [und] habe nichts davon: Du verlangst nach
dem Tag, damit du viel heiß ersehntes Glück aus meinem Herzen vertreiben kannst.
(Schlaf, mein Liebling!)" 24 „Deinen Zorn will ich dir gar nicht nachtragen, [aber]
der Ritter soll nicht hier den Tag erleben. Wecke ihn, Herrin! Er hat sich meiner Zu-
verlässigkeit anvertraut, ich habe ihn dann deinem Gefühl für Schicklichkeit überant-
wortet. Wecke ihn, Herrin! Beste Frau, wenn er das Leben verliert, gehen wir mit
ihm zugrunde. Ich singe, ich sage: ‚Es ist Tag!' Nun wecke ihn, denn mein Horn wird
ihn ohnehin wecken! Wecke ihn, Herrin!"
STA BI: Tritt beiseite [?], laß den Wind über mich hinwehen! Er kommt von der
Königin meines Herzens. Wie könnte ein Lufthauch so süß duften, wenn er nicht
ganz und gar Liebe wäre? Als mein Herz verstoßen war, hat sie ihm Zuflucht gewährt;
und deshalb möchte ich wünschen, daß Gott ihre Ehre beschütze. Ihr Mündchen ist

ir mv́ndel, das ist rosen var,
sold ich si kússen zeinem male, so mv̂ze ich niht alden.

10 Ich sach die schonsten in den landen,
da man aller frowen mv̂z geswigen.
ir ôgen klar, ir wîssen handen,
swa si wonet, dar mv̂s ich iemer nigen.
mv̂st ich bi der wolgetanen liebú kint pronieren
15 vnd ein ganze naht bi ir dormieren,
ahy, ia wer des alze vil!
mich genv̂gte, solde ich in ir dienste den minen sang schantieren.

Q 19

WERNER VON TEUFEN

Lieben kint,   sint
frôlich vro engegen der lieben svmer zit!
nahtegal   schal
5   ist so sûsse, das er hogemv̂te git.
schôwent an,   stolzen man
vnde reine frôwen,
welh ein kleit   treit
heide vnd anger! da bi schonent svmer ôwen.

10   Nv sint fro!   so
wer ich gerne, troste mich dú frôwe min,
der ich wol   sol
sprechen, swie si mich doch lat in sorgen sin.
minneklîch,   tvgende rich
15   ist dv́ liebe, gv̂te.

---

rosenrot, könnte ich sie ein einziges Mal küssen, brauchte ich nie alt zu werden.
10 Ich sah die Schönste von allen Ländern, da muß man von allen [anderen] Frauen
schweigen. Vor ihren strahlenden Augen, ihren weißen Händen muß ich mich ver-
neigen, wo immer sie verweilt. Dürfte ich mit der Schönen liebe Kinder zeugen und
eine ganze Nacht bei ihr schlafen, ach, das wäre allzu viel! Mir wäre es genug, dürfte
ich in ihrem Dienst mein Lied singen.

LIEBEN: Ihr lieben jungen Leute, seid froh und vergnügt zu dieser lieblichen Som-
merzeit! Das Lied der Nachtigall ist so süß, daß es das Herz vor Glück überströmen
läßt. Seht, werte Herren und schöne Damen, welch ein Kleid Heide und Anger tra-
gen! Und auch die Sommerwiesen breiten ihre Schönheit aus.   10 Nun seid vergnügt!
Auch ich wäre es gern, wenn meine Gebieterin mich trösten würde, über die ich Gutes
sagen will, wenn sie mich gleichwohl bekümmert sein läßt. Die Liebe, die Gute ist
liebenswert, reich an guten Eigenschaften. Hier auf Erden war sie mir in meinem Her-

        si was ie   hie
        lieb vor allem liebe mir in minem mv̊te.

        Lieblich var   gar
        sint der lieben wengel, der min herze sank.
20   si ist so gv̊t;   tv̊t
        si genade an mir, so wirt min truren kranc.
        wandels vri   so ist si,
        dv́ vil sv̊sse reine.
        wúnschent, das   bas
        trôste mich dú liebe, die ich mit trúwen meine!   *Q 19*

ULRICH VON SINGENBERG

    „Daz vro min mv̊t von herzen si,
    des mv̊ze dv́ vil werde selicliche leben,
    dv́ mich von meneger sorge vri
5 gemachet hat vnd och vil li*eb*en trost gegeben,
    daz lieber trost niemanne von so reinem wibe kam,
    do si mir alle vnvreide mit so steter vreide nam. –
      ich sage vch, were ez, alse ich han gesaget,
       so mohte nv min endelosv́ clage wol sin verdaget.

10 Der werden wirde wirdet mich,
    vf die si sich mit allen gv̊ten dingen wiget.
    waz lobe ich? si lobet selbe sich
    mit dem, daz si so steteclich ir gv̊te phliget.

---

zen stets das Liebste von allem.   18 Von ganz reizender Farbe sind die Wänglein der Liebsten, für die mein Herz gesungen hat. Sie ist so gut; schenkt sie mir ihre Huld, schwindet mein Trauern dahin. Sie ist makellos, die so süße Reine. Wünscht auch ihr, daß mir die Liebste, die ich treulich liebe, mehr Trost schenkt [als bisher]!

DAZ VRO: „Deswegen, weil ich von Herzen froh bin, möge der liebsten Besten ein glückseliges Leben beschert sein, ihr, die mich von vielen Sorgen befreit und [mir] auch, als sie mir all mein Unglück mit so beständigem Glück vertrieb, so liebevollen Trost geschenkt hat, daß keinem Mann von so ausgezeichneter Frau je liebevollerer Trost zuteil geworden ist. – Ich sage euch, verhielte es sich so, wie ich gesagt habe, dann freilich könnte jetzt meine endlose Klage verstummen.   10 Das Ansehen der Angesehenen, auf das sie mit allem, was man Gutes tun kann, bedacht ist, verleiht [auch] mir Ansehen. Warum preise ich [sie]? Sie preist sich selbst dadurch, daß sie stets so gleichbleibend gütig ist. Ihre Aura von Glück und Heil wirft einen beglückenden Schein

DAZ VRO *Ä. 3 und 19 nach Q 19, 5 nach Q 56.*   3 din.   5 lihten.

ir selde seldet lip vnd ere, swem si wil;
15 dv́ selbe vrevt ein teil mich mere denne vil. –
ich sage vch, were ez, alse ich han gesaget,
so mohte nv min endelosv́ clage wol sin verdaget."

,,Ir sprachet ie den frowen wol;
hab ich des wol genozzen, daz vergelte vch got.
20 vil gerne och ich ez gedienen sol,
wan so daz ich dar vmbe niht ensi der welte spot.
ich gewan noch nie gen vch deheinen mv̆t,
mir ist anders innecliche liep, swer vch niht ze liebe tv̆t. –
ich sage vch, *were ez*, alse ich han gesaget,
25 so endarf noch vwer endelose clage niht sin verdaget."   *Q 18*

*W*ie hohes mv̆tes ist ein man,
der sich zv̆ herzeclicher liebe schoenem libe hat geleit!
zer vreude ich niht gelichen kan,
mir ist ellv́ vreude gar en niht gegen dirre, swaz mir ieman seit.
5 swer sich so wunneclicher wunne wol fv́r war gevreuwen mac,
der hat die naht niht angest, wan daz in vertriben sol der tac.

Geselliclicher vmbevanc
mit blanken armen svnder wan tv̆t senede herze hoh gemv̆t.
da wirt daz vngemv̆te kranc,
10 swa minneclicher minne kvs so lieplich liep an ander tv̆t.
swer sich so wunneclicher wunne wol fv́r war gevreuwen mac,
der hat die naht niht angest, wan daz in vertriben sol der tac.

---

auf Leben und Ehre eines jeden, dem sie sich zuwendet; eben diese macht mich mehr
als überglücklich. – Ich sage euch, verhielte es sich so, wie ich gesagt habe, dann frei-
lich könnte jetzt meine endlose Klage verstummen." 18 ,,Sie haben stets gut von den
Frauen gesprochen; habe ich davon profitiert, vergelte es Ihnen Gott. Ich würde mich
auch gern erkenntlich zeigen, wenn ich deshalb nicht zum Gespött der Leute würde.
Ich habe noch nie irgendwelche Zuneigung zu Ihnen verspürt, im übrigen mag ich
den von Herzen, der Ihnen nichts Liebes tut. – Ich sage Ihnen, verhielte es sich so,
wie ich gesagt habe, dann dürfte ihre endlose Klage noch nicht verstummen."

WIE HOHES: In welcher Hochstimmung ist nicht ein Mann, der mit der zur herz-
lichsten Liebe schön [geschaffenen] Geliebten zu Bett gegangen ist! Ich weiß kein
Glück, das diesem vergleichbar ist, für mich ist jedes andere Vergnügen ein Nichts
gegen dieses eine, da mag man sagen, was man will. Wer immer sich so wonnevoller
Wonne von Herzen hingeben kann, hat zur Nacht keine andere Sorge, als daß der
Tag ihn vertreibe.   7 Kein Zweifel, die liebevolle Umarmung mit bloßen Armen
macht das sehnsuchtsschwere Herz glücklich. Kein Kummer kann da bestehen, wo
[allein schon] der Kuß der heißen Liebe so innige Liebe schenkt. Wer immer ...

DAZ VRO   19 gezozzen.   24 f.
WIE HOHES *Ă. 1 und 25 nach Q 19.*   1 Swie.   2 herzeclichem.

Der tac mich leider hat betaget
so selten nach der eren sige, daz ich niht vrevde mac veriehen.
15 vil selic man, der des niht clagit
vnd ime sin herze mac sagen, waz ime ze leide ist geschehen!
swer sich so wunneclicher wunne wol fvr war gevreuwen mac,
der hat die naht niht angest, wan daz in vertriben sol der tac.

Der svze wehsel vnder zwein,
20 den werdv minne uvgen kan, wie rvchet der daz herze enbor!
dv beide ir mvtes sint al ein.
ich kan nach wunsch erdenken niht zer welte selde dirre vor.
swer sich so wunneclicher wunne wol fvr war gevreuwen mac,
der hat die naht niht angest, wan daz in vertriben sol der tac.

25 Der tac wil scheiden, ritter wert,
von liebe liep, ez mvz eth sin. wol vf, laz ir daz herze hie,
dv din ze frvnde hat gegert;
si wil och dir ir herze lan, dv trvwen dir gewankte nie.
die leist och ir, als ez din werder lip vil wol geleisten mac,
30 mit schiere komenne. ez mac niht langer hie gesin, ich sihe den
tac.   *Q 18*

Min gemvte hohet sich;
hohen mvz ir werder lip an selden sten,
dv so werdecliche mich
kan getrosten, daz min trvren mvz zergen.
5 swie si nach ir minneclichen gvte wil gebaren,
so wider ivnge ich, swaz ich gealtet bin in leiden iaren.

---

13 Leider hat mich der Tag selten nach einem so ehrenvollen Sieg *[d. h. nach recht-zeitigem Aufbruch, vgl. Gedicht S. 163]* beschienen, so daß ich nicht von Glück reden kann. Glücklich der Mann, der solche Klage nicht führen muß und dem sein Herz sagen kann, was ihm an Kummer *[der Trennung]* widerfahren ist! Wer immer ...
19 Wie läßt das süße Verschmelzen ineinander, das die wahre Liebe fügen kann, das Herz vor Glück überströmen! Diese beiden sind ganz eins. Ich kann mir in meinen Wunschträumen kein Glück dieser Welt ausdenken, das dieses Glück übertrifft. Wer immer ...   25 Edler Ritter, der Tag will Liebe von Liebe trennen, es muß nun ein-mal sein. Wohl auf, laß der dein Herz zurück, die dich zu ihrem Liebsten begehrte; auch sie wird ihr Herz bei dir lassen, sie, die dir immer die Treue gehalten hat. Die halte auch ihr, wie es deinem edlen Wesen entspricht, indem du bald zurückkommst. Des Bleibens ist nicht länger, ich sehe den Tag.

MIN GEMVTE: Mein Inneres erfährt immer größere Freude; selig soll sie sein, die Herrliche, die mich auf so wunderbare Weise trösten kann, daß meine Traurigkeit vergehen muß. Sobald sie sich verhält, wie es ihrem lieben Wesen entspricht, wird an mir wieder jung, was in schlimmen Jahren gealtert ist.   7 Für die schlim-

WIE HOHES   25 werlt.

Leider iare wirt mir bv́z,
so dv́ liebe rehte liep erkennen wil
vnd ir sv̂zen mvndes grv̂z
10 mich so grv̂zet, daz mir vreide meret vil.
nach dem grv̂ze wil ich also stritecliche werben,
wirt mir sin niht, daz man mich vf der verte siht verderben.

Q 18

„*F*vnde ich vreide volgi, ich vrevte gerne mich
(trost eth mich ein wenic baz dv́ gv̂te);
nvne wellent niht die ivngen vreuwen sich.
wer in, alse ez solde, wol ze mv̂te,
5 so mohte ich vz hohem mv̂te singen,
hvlfen si mir lachelichen, der vil werden lop ze werde bringen.

Wart ie iht so reine alsam ein reines wip,
dv́ nach selden keret ir gemv̂te?
da vur wil ich iemer sezzen minen lip,
10 daz sich niht gelichen mac ir gv̂te.
nieman kan si nach ir werde geren.
werdes wip, nv wird och mich! wan wirde ich iemer wert, daz mvst
dv leren.

Dv sv̂ze wip, do dich min ögე alrest gesach,
dọ gap ich mich dir alse eigenliche,
15 daz ich dir die eigenschaft nie sit zerbrach;
des soltv mich armen machen riche.

---

men Jahre werde ich entschädigt, wenn die Liebste wahre Liebe erkennen wird und der Gruß ihres süßen Mundes mich so begrüßt, daß es mir mein Glück sehr vergrößert. Um solchen Empfang will ich so entschlossen kämpfen, daß man, wenn ich ihn nicht erlange, mich bei diesem Ringen wird untergehen sehen.

Fvnde: „Fände ich solche, die sich mitfreuten, so würde ich gern fröhlich sein (die Gute müßte mich freilich ein wenig mehr trösten); aber heutzutage wollen sich die jungen Leute nicht mehr freuen. Fühlten sie so, wie es sein sollte, dann könnte ich hochgemut mein Lied singen, wenn sie mir [nämlich] lachenden Mundes helfen würden, das Lob meiner Hochverehrten richtig zur Geltung zu bringen. 7 Gab es je etwas so Edles wie eine edle Frau, die ihr Sinnen und Trachten auf ein wohlgefälliges und gesegnetes Dasein richtet? Dafür setze ich jeden Augenblick mein Leben zum Pfand, daß sich nichts mit ihrem Wert vergleichen läßt. Niemand kann sie preisen, wie sie es verdient. Edle Frau, nun adle auch mich! Denn wenn immer ich ein besserer Mensch werden soll, mußt du es mich lehren. 13 Du süße Frau, als mein Auge dich zum erstenmal erblickte, da gab ich mich dir so bedingungslos zu eigen, daß ich dir seither niemals aufgehört habe, dein Eigentum zu sein; darum sollst du mich Armen reich

Fvnde *Ã. 35 nach Q 56, die übrigen nach Q 19.* 1 Kvnde 13 ögen.

ez ist reht, daz man genade vinde;
swer sich vf gnade git, da vûget sich, daz ers ze gûte enphinde.

Noch enpfant ich nie ze gûte leider mir,
20 daz an ir niht schinet wan des besten.
doch envant ich wandels niender niht an ir
wan daz eine, daz ir strit so vesten
also striteclichen gen mir keret,
sit min herze an allen wanc die liebe an si so stetecliche meret.

25 Sol von rehter gûte wahsen ander gût,
sone geschiht mir niemer niht wan gûtes.
ich weiz si, die gûten, also hohgemût,
daz och mich gemachet hohes mûtes.
des wil ich vnzwivelliche dingen.
30 sist so selic, daz mir niemer kvnd an ir ze selden misselingen."

„Ich wil minem vatir gerne raten wol,
daz er hinnenvur sich sanges maze.
ez ist billich, daz ich in vurwesen sol
vnd er sich an minen dînest lazze.
35 ich wil vur in dienen siner frowen.
habe er, daz er heime habe, vnd laz vns ivngen aventvre
schowen."

„Rvdelin, dv bist ein ivnger blappen blap!
dv mûst dinen vater lazen singen.
er wil sine hovescheit vuren in sin grap,
40 des mûst dv dich mit virlornen dingen.

---

machen. Es ist Rechtens, daß man Gnade findet. Wenn sich einer im Vertrauen auf Gnade ausliefert, dann schickt es sich, daß es sich zu seinen Gunsten auswirkt.   19 Bisher hat es sich zu meinem Leidwesen nie zu meinen Gunsten ausgewirkt, daß sich an ihr von allem nur das Beste zeigt. Habe ich doch nie einen einzigen Fehler an ihr gefunden mit Ausnahme dieses einen, daß sie ihren hartnäckigen Widerstand gegen mich so kriegerisch aufrechterhält, wohingegen mein Herz unverbrüchlich die Liebe zu ihr immer noch größer und größer werden läßt.   25 Wenn durch etwas wahrhaft Gutes nur weiteres Gutes erwächst, dann wird mir nie anderes als Gutes widerfahren. Ich weiß, daß sie, die Edle, so hochgemut ist, daß sie auch mich hochgemut machen wird. Darauf will ich ohne zu zweifeln hoffen. Sie ist so gesegnet, daß sie auch mir nur Segen bringen kann."   31 „Ich möchte meinem Vater den guten Rat geben, daß er in Zukunft das Singen läßt. Es ist Rechtens, daß ich an seine Stelle trete und er mit einem Dienst aufhört, der mir zukommt. Ich will an seiner Stelle seiner Dame dienen. Halte er sich an das, was er zu Hause hat, und überlasse er die Liebesabenteuer uns Jungen."   37 „Rudilein, du bist ein unreifer Schwätzer [?]! Du mußt schon gestatten, daß dein Vater singt. Er will seine hofgerechte Lebensweise bis in sein Grab beibehalten, deshalb gibst du dir vergebene Mühe.

20 daz.   21 enwant.   24 mir.   29 vil zwivelliche.   35 f.

er wil selbe dienen siner frowen.
dv bist ein viereggot gebvr, des mv̊st dv hozze an eime reine
höwen."   *Q 18*

Der werlte voget, des himels kúnig, ich lob úch gerne,
das ir mich hant erlan, das ich niht lerne,
wie dirre vnd der an frômder stat ze minem sange scherne.
min meister claget so sere von der vogelweide,
5   in twinge das, in twinge iens, das *mich* noch *nie* betwang.
den lant sú bi so richer kvnst an habe ze krank,
das ich mich kvme vf ir genade von dem minem scheide.
svst heisse ich wirt vnd rite hein; da ist mir niht we.
da singe ich von der heide vnd von dem grünen kle.
10   das solt dv steten, milter got, das es mir iht zerge!   *Q 19*

Betrogene werlt, dv hast betrogen
mich vnd öch vor mir manigen man.
ich han dur dich mich dem erlogen,
der mich mit not zv̊ zim gewan.
5   owe, des briche ich leider an mir selben trúwe!
nv sende, erbarmeherzer got, mir des so stete rúwe,
das ich der werlte widersage
vnd ich mit diner sv̊zen mv̊ter noh den iemer werenden lon
beiage!

Er will selbst seiner Dame dienen. Du bist ein vierschrötiger Töffel, deshalb mußt
du am Ackerrain *bozze* schlagen."

DER WERLTE: Schirmherr der Welt, König des Himmels, ich preise dich aus vollem
Herzen, weil du es mir erspart hast zu erfahren, wie sich der eine oder andere irgendwo
über meinen Gesang lustig macht. Mein Lehrer und Vorbild, der von der Vogelweide,
beklagt so bitter, daß ihn dieses plage, daß ihn jenes plage, was mich noch nie geplagt
hat. Den lassen sie, obwohl er ein außerordentliches Kunsttalent ist, viel zu armselig
[leben], so daß ich mich schwerlich im Vertrauen auf ihre Gunst von meinem Besitz
trenne. So nämlich heiße ich Hausherr und reite heim; da geht es mir nicht schlecht.
Da singe ich von der Heide und dem grünen Klee. Das, liebreicher Gott, sollst du
mir sichern, auf daß es mir nicht verloren gehe!

BETROGENE: Trügerische Welt, du hast mich und vor mir auch manchen anderen
verblendet. Um deinetwillen habe ich mich von dem fortgelogen, der mich unter
Qualen für sich gewonnen hatte. O weh, dadurch breche ich leider mir selbst die
Treue! Nun schenke mir, barmherziger Gott, darüber so beständige Reue, daß ich
mich von der Welt lossage und ich mit der Hilfe deiner lieben Mutter noch den ewig

DER WERLTE *In Q 43 Walther von der Vogelweide (s. S. 108–138) zugewiesen, metrisch
identisch mit dessen Gedicht S. 113, das hier mehrfach zitiert wird. – Ä. nach Q 43.*
5 in noch betwang.
BETROGENE *Ä. nach Q 56.*

Wol im, der denket, was er was
10 vnd ist vnd aber schiere *wirt*!
der siht in ein betrogen glas,
swer solhen vúrdank verbirt,
das er sich zer eweklichen vrôide bereitet,
sit nieman rehte wissen mag, wie lange im wirt gebeitet.
15 hie mit ich mich allerest man;
vergisse ich des, so ist doch ane zwiuel gv̂t, gedenkent ander
lúte dar an.

Swer weis vnd doch niht wissen wil,
der sleht sich mit sin selbes hant.
des wisheit aht ich zeime spil,
20 das man dú wihtel hat genant;
er lat vns schowen wunders vil, der ir da waldet.
swer sich niht in der vrist verstet, wie schiere das veraldet,
das es im zeime trôme wirt,
der si gewis, liegent vnser meister niht, der ist beide hie vnd
dort verirt.

25 Ich en weis niht gv̂tes wan ein gv̂t,
dem gv̂te were ich gerne zv̂.
des gv̂tes gv̂te sanfte tv̂t
beide den abent vnde vrû,
vnder zwischen zallen stunden steteklîche.
30 nv mache mich, der vns geschv̂f, des selben gv̂tes rîche!
est varnde gv̂t, mit dem wir varn.
nv fûge, herre, mir des steten gv̂tes iht, alder ich mv̂s iemer
wesen arn.

---

währenden Lohn gewinne! 9 Wohl dem, der bedenkt, was er war und ist und bald
wieder werden wird! Der schaut in einen trügerischen Spiegel, wer solche Vorsorge,
sich auf die ewige Seligkeit vorzubereiten, unterläßt, da doch niemand genau wissen
kann, wieviel Zeit ihm noch gewährt wird. Hiermit ermahne ich zu allererst mich
selbst; wenn ich es vergesse, ist es doch zweifellos gut, wenn andere daran denken.
17 Wer Einsichten hat und doch nicht einsichtig sein will, schlägt sich mit eigener
Hand. Dessen Klugheit halte ich für ein Spiel, das man die Kobolde genannt hat
[eine Art beweglicher Figuren]; der, der sie in Bewegung setzt, läßt uns allerlei Merk-
würdiges sehen. Wer nicht rechtzeitig zu der Einsicht kommt, wie bald das vergeht,
so daß es ihm wie ein Traumgebilde erscheint, der soll sicher sein, daß er, wenn unsere
Meister nicht lügen, sowohl hier wie dort verloren ist.   25 Ich kenne kein anderes
Gut als das eine Gut, bei diesem Gut wäre ich gern. Die Güte dieses Gutes erquickt
am Abend, am Morgen und immerfort zu allen dazwischen liegenden Stunden. Nun
laß du mich, der uns geschaffen hat, in den Besitz dieses Gutes gelangen! Das Gut, mit
dem wir [durchs Leben] gehen, ist vergänglich. Nun teile mir, Herr, von dem unver-
gänglichen Gut etwas zu, oder ich muß für alle Zeit im Elend sein.

10 *f.*

Swenne aller herren herre kvmet
mit zorne vnd er vns eischet gelt,
35   so wirt das reht vil kurz gedrvmet.
dar an gedenke, brôdú welt,
vnd wissest, das er da sinen anden richet!
swer selig si, der denke hin zem winkel, da er sprichet:
„ir rehten, gênt ze der zeswen min,
40   vnd mv̂ssen, die mir dienst do verseiten, in das vinster vúr
verflûchet sin."

IN weis so gv̂ter gabe niht,
als vns der herre hat gegeben,
den vnser brôde als vbersiht,
das wir im niht ze willen leben.
45   er git vns lib, er git vns gv̂t, er git vns ere,
er git vns hôren vnde sehen, er git vns sin; was mere?
er git vns wilt, er git vns zam,
er tv̂t vns vliegendes vnd vliessenz vndertan; swer dem niht git,
der habe ime die scham!

.50   Dú frôide frôit vnlange zit,
die disú werlt zer besten hat.
swem got ein leben nach wunsche git,
nv seht, wie gehes das zergat!
der hûte in swebenden frôiden swebet an allen sachen,
55   der mag sines herzeliebes lihte morgens nier erlachen.
dis ist ein not vor aller not,
das wir dar an niht denken: ia ist das mere *ie* doch ze ivngest
niht wan: „er ist tot."   *Q 19*

---

33 Wenn der Herr über alle Herren im Zorn wiederkommt und Zahlung fordert,
dann wird das Recht in Stücke geschlagen. Denk daran, armselige Welt, und wisse, daß
er dann Rache nimmt für das ihm angetane Leid! Wer selig sein will, der strebe die
Seite an, von der er sagt: „Ihr Gerechten, stellt euch zu meiner Rechten auf, und die,
die mir ihren Dienst versagt haben, sollen in das Feuer der Finsternis verdammt sein."
[s. Mt. 25, 33–41]   41 Ich kenne keine so gute Gabe wie die, die uns der Herr ge-
schenkt hat, den wir in unserer Armseligkeit so verschmähen, daß wir nicht nach
seinem Willen leben. Er schenkt uns das Leben, er schenkt uns Besitz, er schenkt uns
Ansehen, er schenkt [die Fähigkeit] zu hören und zu sehen, er schenkt uns den Ver-
stand; was wollen wir mehr? Er schenkt uns das wilde, das zahme [Getier], er macht
uns untertan, was fliegt und schwimmt; wer dem nicht [auch] schenkt, der soll sich
schämen!   50 Die Freude, die diese Welt als die beste ansieht, erfreut nur kurze
Zeit. Wenn Gott einem ein Leben schenkt, wie man es sich nur wünschen kann, seht,
wie rasch das vergeht! Wer heute von der Woge des Erfolgs in allen Dingen empor-
getragen wird, der kann sich morgen vielleicht nicht mehr an dem Liebsten, das er
hat, erfreuen. Dies ist von allen Nöten die größte, daß wir daran nicht denken: Letz-
ten Endes heißt es ja doch nie anders als: „Er ist tot."
57 ê.

CHRISTAN VON HAMLE

Ich wolte, das der anger sprechen solte
als der sytich in dem glas
vnd er mir danne rehte sagen wolte,
wie gar sanfte im húre was,
do min frowe blv̂men las
ab im vnd ir minnenclichen fůsse
růrten vf sin grůnes gras.

Her anger, was ir úch frôiden mv̂stent nieten,
do min frowe kom gegan
vnd ir wissen hende begonde bieten
nach úwern blv̂men wolgetan.
erlôbet mir, her grůner plan,
das ich mine fůsse setzen mv̂sse,
da min frowe hat gegan.

Her anger, bittent, das mir swere svle bv̂ssen
ein wib, nach der min herze ste,
so wunsche ich, das si mit blôssen fůssen
noch húre mv̂sse vf úch ge;
so geschadet iv niemer sne.
wirt mir von ir ein lieblich grůssen,
so grůnet min herze als úwer kle.

Q 19

ICH WOLTE: Ich wünschte, daß der Anger sprechen würde wie der Papagei im Glas-käfig und er mir dann genau beschriebe, wie so wohl ihm dieses Jahr zumute war, als meine Dame auf ihm Blumen suchte und ihre lieblichen Füße sein grünes Gras berührten.   9 Herr Anger, welche Freude müssen Sie gehabt haben, als meine Dame daherspaziert kam und ihre weißen Hände nach Ihren hübschen Blumen aus-streckte. Erlauben Sie mir, grüner Herr Rasen, daß ich meine Füße dorthin setzen darf, wo meine Dame gegangen ist.   16 Herr Anger, bitten Sie, daß diese Frau, nach der mein Herz sich sehnt, meine Leiden wiedergutmacht, dann wünsche ich, daß sie noch in diesem Jahr mit bloßen Füßen über Sie hinschreite; dann bringt Ihnen kein Schnee mehr Schaden. Empfange ich von ihr einen liebevollen Willkommensgruß, dann blüht mein Herz auf wie Ihr Klee.

WILHELM VON HEINZENBURG

Si sol mir des getrv́wen wol,
solt ich den kvmber lange liden
vnd die swẹre, die ich dol,
5   so mv̂se ich vrôde miden.
ich sv̂che nv lange trost
vnd vinde nv́wan lait vnd herzesere.
sprich, edelv́ vrowe here,
wenne wirde ich erlost?   *Q 43*

Sv́ sagent, das niht herter si
vnder allen dingen danne ain adamant.
so sprich aber ich da bi:
wẹr in miner vrowen mv̂t bekant,
5   dem iẹhen sv́ der herte fv́r in.
swas ich ie getete,
min dienest vnd min bette,
so was si herte nach ir sitte.
nv ratent, obe ich si lange bitte,
10   minv́ iar sint dahine.   *Q 43*

SI SOL: Sie muß mir wirklich glauben, daß ich dann, wenn ich den Kummer und das Leid, das ich erdulde, lange ertragen soll, aller Fröhlichkeit aus dem Weg gehen muß. Ich bemühe mich nun [schon so] lange um Trost und finde nichts als Schmerz und Herzeleid. Sag an, edle hohe Frau, wann werde ich erhört?

SV́ SAGENT: Man sagt, von allen Dingen sei nichts härter als der Diamant. Ich aber sage dagegen: Kennten sie das Herz meiner Geliebten, sie sprächen ihm statt seiner die größte Härte zu. Was ich auch immer versucht habe, Dienen und Bitten, sie blieb hart wie gewohnt. Nun gebt euren Rat, ob ich sie [noch] lange bitten soll, ich bin [schließlich] nicht mehr der Jüngste.

BRUDER WERNER

Gregorie, babest, geislich vatter, wache vnd brich abe dinen slaf!
dv wende, das in frômder weide irre lôfent dinú schaf!
es wahset ivnger wolue vil in trugelicher wat.
5 lamparten glṽt in ketzerheit, warvmbe leschest dv das niht,
das man so vil der diner schafe in ketzer vṽre weiden siht?
si schenkent dir von golde ein trank, das dich in svnden lât.
dem keiser hilf sin reht behaben!
das hôhet dich vnd alle geislich orden.
10 gedenke wol, das got die marter vmb vns leit vnd wart begraben!
la zwischen dir vnd im niht hasses horden!
so wirt der vride vnd der gelöbe stark vnd nimt niht abe,
so svln wir prûuen eine vart vúr svnde hin ze gotes grabe.   *Q 19*

Swer kostekliche ein schône hvs mit holze rehte entworfen hat –
die súle gros, die wende stark, vf dremel wol gedilet stat,
gespenget wol vnd das die tṽrn mit slossen sin bewart,
der virst in rehter masse erhaben mit starken hengelbômen sleht,
5 dar vf mit latten wol gestrôit, an hôhe vnd an der wite reht –,
ob es nv gar bereitet si, mich dvnket an der vart:

GREGORIE: Gregorius, Papst, geistlicher Vater, sei wachsam und hör auf zu schlafen! Verhindere, daß deine Schafe auf unbekannter Weide in die Irre gehen! Es wachsen viele junge Wölfe in trügerischem Kleid heran. Die Lombardei glüht in Ketzerei, warum löschst du das nicht, so daß man so viele deiner Schafe wie die Ketzer ihre Weide suchen sieht? Sie füllen dir den Becher mit einem Trank von Gold, der dich in Sünden verharren läßt. Hilf dem Kaiser, sein Recht zu behaupten! Das gereicht dir und der gesamten Geistlichkeit zur Ehre. Denke stets daran, daß Gott für uns die Marter erlitt und begraben wurde! Laß keine Feindschaft zwischen dir und ihm sich ausbreiten! Dann werden Friede und Glaube stark und nicht geschwächt, dann werden wir zur Tilgung unserer Sünden eine Fahrt zum Grab Gottes ausrichten.

SWER: Wer mit großem Kostenaufwand ein schönes Haus aus Holz kunstgerecht gebaut hat – die Pfeiler mächtig, die Wände solide, auf den Deckbalken sind vortrefflich die Dielen verlegt, fest verklammert und [so gebaut], daß die Türen mit Schlössern verwahrt sind, der Dachfirst im richtigen Ausmaß hochgezogen mit einem Gehänge aus starken, geraden Balken, die Sparren gut verteilt, Höhe und Breite in den richtigen Dimensionen –, wenn das nun alles fertiggestellt ist, denke ich mir bei

GREGORIE *Die Str. bezieht sich auf Gregor IX. und Kaiser Friedrich II. Wahrscheinlichste Datierung 1227, erwogen werden auch 1232/33, 1236 und 1237/38. Mel. in Q 20. – Ä. nach Q 72.* 6 weide.

SWER *Die Str. bezieht sich vermutlich auf den Zusammenbruch der Herrschaft Friedrichs des Streitbaren von Österreich, 1236. Mel. in Q 20. – Ä. nach Q 20.*

lat ers beliben ane dach,
die tremel, sv́le vnd ŏch die starken wende,
das wurde ein niht. ich wene, ich ir eines wilent ze wiene sach,
10 das nam da von vil lasterlich ein ende:
als es dú nesse vnd ŏch der sne mit winde *sunder* tache ergreif,
si schv́fen, das in kvrzer vrist an eren es vil gar zersleif.   *Q 19*

Man giht, das nieman edel si,
wan der edellichen tût.
vnd ist das war, des mvgen sich wol genv̆ge herren schamen,
die niht vor schanden sint behv̆t,
5 ia wont in valsch vnd erge bi;
dú zwei verderbent milte vnd ere vnd ŏch den edelen namen.
ŏwe, das er ie gv̆t gewan,
der sich die schande vnd erge lat von mangen eren dringen!
der solte sehen die armen wol gemv̆ten an,
10 wie die nach ganzen wirden kvnnen ringen.
ein armer, der ist wol geborn, der rehte vv̆re in tvgenden hat;
so ist er vngeslahte gar, swie riche er si, der schanden bi gestat.
                                                       Q 19

---

diesem Unternehmen: Gibt er dem Ganzen kein Dach, dann würden die Deckbalken,
Pfeiler und auch die soliden Wände zerfallen. Ich glaube, so eines sah ich seinerzeit
in Wien, das deshalb ein schmähliches Ende nahm: Als die Nässe und auch der Schnee
und der Wind das Dachlose ergriffen, bewirkten sie, daß sein Ansehen in kurzer Zeit
ganz und gar ruiniert war.

MAN GIHT: Man sagt, niemand sei adlig, der nicht [auch] adlig handelt. Wenn
das zutrifft, dann müssen sich wohl viele Edelleute schämen, die nicht frei von Schande
sind, ja sogar Betrug und Bosheit sind unter ihnen zu finden; die beiden verderben
Freigebigkeit und Ehre und auch den adligen Namen. Ach, daß der je zu Reichtum
gekommen ist, der sich durch Schande und Bosheit um seinen guten Ruf bringen läßt!
Der sollte sich die edelgesonnenen Armen zum Vorbild nehmen, wie die nach untade-
ligem Ansehen streben. Ein Armer, der einen tugendhaften Lebenswandel führt, hat
als Edelgeborener zu gelten; und entsprechend ist der, der sich schändlich aufführt,
von niederer Art, ganz gleich wie angesehen er ist.

SWER   11 vnd ŏch mit.
MAN GIHT *Mel. in Q 20.*

Ich han so vil gesvngen, das manger nv geswûre wol,
ich hete gar gesvngen vs; ich han noh ganze winkel vol
der kvnst, dú reht an singen zimt, als ich si bringe vúr.
ich wolde ê gar swigen, e ich niemer me gesvnge niht,
5 e das ich schande also verswige, der leider alzevil geschiht,
vnd das ich minen sv̂ssen sprvch an valscher milte flvr.
dvrh vorhte maniger swigen mv̂s,
der ŏch dvr losen lop den argen singet:
dem selben wirt ze lône kvme ein danken vnd ein valscher grûs,
10 swer toren frŏit vnd ir gemv̂te ringet.
ich bin vil dike alsam gefrŏit, darnach ze truren mir geschach,
do mir niht bas gelonet wart vnd ich doch lob mit trúwen sprach.

Q 19

Ich bin des edeln werden kúniges milte fro,
dar inne er lebt vnd da bi pfligt so tvgentlicher gv̂te,
da von sin lob von schulden stiget vnde hohe stat.
des edeln keisers kint, d*as* sol man prisen so:
5 vnd stv̂nde ein gantzer walt von tvgenden vnd in milter blv̂te,
der konde niemer volletragen die tugende, die er begat.
er ist als ein rein bernd*er* bŏn,
der obs mit willen reret.

ICH HAN: Ich habe so viele Lieder gemacht, daß mancher wohl einen Eid darauf
leisten würde, daß ich am Ende wäre mit meiner Kunst; ich habe [aber] noch ganze
Winkel voller Kunstwerke, die, so wie ich sie vortrage, gut und schicklich sind. Lieber
wollte ich gänzlich verstummen, lieber wollte ich überhaupt nicht mehr singen, als
daß ich das schändliche Handeln verschwiege, das leider allzu oft geschieht, und als
daß ich meine schönen Strophen an eine Freigebigkeit verschwendete, die aus der fal-
schen Ecke kommt. Mancher muß aus Furcht verstummen, der aus [purer] Schmei-
chelei auch den Bösen Loblieder singt: Wer Toren erfreut und erheitern will, der
erhält kaum ein Dankeschön und einen unaufrichtigen Gruß zum Lohn. Auch ich bin
oft auf diese Weise erfreut worden, danach aber war ich traurig, weil ich nicht reich-
licher entlohnt wurde und ich doch ein ehrlich gemeintes Lob gesungen hatte.

ICH BIN: Ich freue mich über die Freigebigkeit des edlen Königs, die er ebenso wal-
ten läßt, wie seine tugendreiche Güte, weshalb sich zu Recht sein Ansehen vermehrt
und überaus hoch ist. Den Sohn des edlen Kaisers soll man auf diese Weise preisen:
Gäbe es einen ganzen Wald von Tugenden und [stände er] in üppiger Blüte, er könnte
nicht alle die Tugenden tragen, in denen jener sich übt. Er ist wie ein edler fruchttra-
gender Baum, der in voller Absicht seine Früchte verstreut. Aller [Herren] Freigebigkeit

ICH HAN *Mel. in Q 20.*

ICH BIN *Mel. in Q 20. – Ä. 7 nach Q 20.* 1 *Es könnten Konrad IV. (1237–1254) oder*
Heinrich VII. (1222–1235) gemeint sein. 4 die. 7 bernde.

ir aller milte ist gegen der sinen gar ein trŏn;
10 sîn hant vil manigem sin gúlte meret.
des iamert mich, wan ich der eine nie gegen im genôs;
es irret ŏch sin milte niht, wan min vnselde, dú ist alze gros.

Q 19

[*Melodie*]

Vvir lan die phaffen syn vŭrtan,
Wer lernet vns kristelichez leben?
Wer git vns wib tzŭ rechter ê? wer toufet vns die kynt?
5 Vver sol vŭr svnde vns bŭze geben?
Wer sol vns vz dem banne lan?
Wer wiset vns, ob wir mit senden ougen werden blynt?
Vver helt nv stete ritterscaft,
Sit man nicht swert durch schyrmen segent witwen vnde weysen?
10 Vwer git vns vnses herren trost? wer hat div kraft,
Daz er vns schyrme vŭr engestlichen vreysen?
Vvir weren doch vŭrirret gar, hete wir der phaffen nicht.
Die valschen lant ir orden phlegen, vnde habe wir myt dem rechte
lebenden phlicht! *Q 20*

---

ist nur ein Traum verglichen mit der seinen; seine Hand hat vielen ihre Einkommens-
quellen vermehrt. Das betrübt mich, weil niemals eine einzige von ihnen mir vom ihm
eröffnet worden ist; das ändert nichts an der Tatsache, daß er freigebig ist, nur habe
ich eben so schreckliches Pech.

Vvir lan: Nehmen wir einmal an, alle Geistlichen seien verflucht, wer lehrt
uns [dann], christlich zu leben? Wer verbindet uns mit einer Frau in rechtmäßiger
Ehe? Wer tauft uns die Kinder? Wer soll uns Buße auferlegen für unsere Sünden?
Wer soll uns aus dem Bann lösen? Wer unterweist uns, wenn wir sehenden Auges er-
blinden? Wer bestätigt nun die Treueverpflichtung der Ritterschaft, wenn man kein
Schwert mehr segnet, um Witwen und Waisen zu beschützen? Wer gibt uns den Trost
unseres Herren [*die letzte Wegzehrung*]? Wer hat die Gewalt, uns vor dem furchtbaren
Verderben [der Hölle] zu beschützen? Wir wären doch gänzlich verloren, wenn wir
die Geistlichen nicht hätten. Darum laßt die Unwürdigen mit ihresgleichen ihr Un-
wesen treiben, und halten wir uns an den, der als wahrer [Priester] lebt!

Vvir lan *Ä. nach Q 72.* 13 rechten lebende.

[Melodie]

„Nv ratent alle, die nv leben vnde ouch by gůten witzen synt,
Jn welhem lande vrouwe ere habe ein reyne, gebende kynt,
Daz nicht wen milter werke phlege, baz dan ie milter man

gephlac?"

5   Als ich daz wort hie vůr gesprach, Do wart ein vil gemeyne rof,
Do riefen iene vnde dise: „Got mylter herren nye geschof
Den graben wilhalm von hvnesburc, Der ist der gerenden ostertac!
Dar ne horet nvwen bieten tzů
Die hende, swer sin gůt vntfahen welle."

10 Nv saget, wer so groze milte in al der werlde tů?
Swaz man der gebenden ieman vůr getzelle,
Des milten salatines hant gesete vm ere nye so witen scaz
Noch nye man, der ie wart geborn. des sy *nů* al der werlde traz.

Q 20

[Melodie]

Owe dir, gůtes richer man, an truwen vnde an eren kranc!
Gedenkestu ymmer an den tot, Der ě die bosen des betwanc,
Daz sie tzůr helle mvzen varen Durch iren girichlichen mvt?
5   Vnde hetestu hie tusent lant, der volget dir tzůr erden nicht
mere den ein lynnen tůch; Nv merke, wel ein tzůvorsicht!
hie mite so ist div arme sele grozer pyne vmbehůt.

Nv. ratent: „Nun ratet alle, die jetzt leben und bei gutem Verstand sind, in wel-
chem Land Frau Ehre einen edlen, hilfreichen Sohn besitzt, der nur Werke der Barm-
herzigkeit vollbringt, mehr als je ein freigebiger Mensch getan hat?" Als ich seinerzeit
dieses Wort gesprochen hatte, erhob sich ein allgemeines Geschrei, alle riefen: „Nie
hat Gott einen freigebigeren Herren geschaffen als Graf Wilhelm von Heunburg,
der ist das Auferstehungsfest für alle Bedürftigen! Wer seine Gabe empfangen
möchte, braucht nur die Hände auszustrecken." Nun sagt, wer [sonst] in der Welt so
viel Barmherzigkeit walten läßt? Wieviel Mäzene man auch aufzählt, so hat nicht ein-
mal die Hand des schenkfreudigen Saladin um der Ehre willen so große Reichtümer
ausgestreut noch sonst einer, der je geboren wurde. Aller Welt zum Trotz sei es gesagt.

Owe dir: O weh dir, der du reich bist an Hab und Gut, [aber] keine Treue und
Ehre hast! Denkst du jemals an den Tod, der seit eh und je die Bösen dazu zwang,
daß sie wegen ihrer Habgier zur Hölle fahren mußten? Und hättest du hier tausend
Ländereien, nicht mehr davon als ein Leintuch folgt dir in die Erde; nun erkenne
doch, welch eine Zukunftsaussicht! Alsbald ist die arme Seele furchtbaren Qualen

Nv ratent *Ä. nach Q 72.*   7 *Vermutlich Wilhelm IV., Graf von Heunburg († ca.
1249).*   13 in.
Owe dir *Ä. 2 nach Q 63, 11 nach Q 72.*   2 Swe.

Sin wib nymt eynen anderen man,
hie mit so wirt der sele gar vûrgezzen.
10 Ir bosen richen vnde ir argen, da gedenket an!
(Jch meyne, wen die scande hat besezzen.)
Teilet uwer gût den armen mite vnde mynnet got, daz ist myn rat!
Tût ir des nicht, so wizzet, daz die helle kegen v̂ offen stat.

Q 20

[Melodie]

Ich weiz eyn wib vnde eynen man; solte ich die tzwe gesen,
Daz ich ir tzv̂ manne vnde sin tzv̂ wibe mv̂sse ien.
Des were genv̂ch vromeden vnde ir beiden kinden not.
5 Ez lac hie vur, ich wene, ein man, ich ne weiz wie lange, tot,
Den hiez got selber of stan, vnde machete vz steynen brot.
La, herre got, der wunder eynez an disen tzwen geschen,
Daz vz dem manne werde ein wib
Vnde vz dem wibe eyn man
10 Vnde sich vûrwandele vnde vûrkere also ir beider lib!
Sin *hertze manlich ellen* nye gewan.
Eyn wibin wib, ein mennyn man, die tzemen wol eyn ander by,
Ein mennyn wib, eyn wibin man, die solten sin wol eyn ander vry.

Q 20

---

ausgesetzt. Seine Frau nimmt einen anderen Mann, schon wird an die Seele nicht
mehr gedacht. Ihr schlimmen Reichen und ihr Bösewichter, denkt daran! (Ich spreche
von dem, der mit Schande bedeckt ist.) Mein Rat ist, laßt die Armen Anteil haben an
eurem Besitz und liebt Gott! Tut ihr das nicht, dann sollt ihr wissen, daß die Hölle
euch erwartet.

ICH WEIZ: Ich kenne eine Frau und einen Mann; wenn ich mir die beiden genau
betrachte, muß ich sagen, daß eigentlich sie der Mann und er die Frau ist. Das wäre
für Außenstehende zuviel und schlimm für die Kinder der beiden. Es lag einmal,
glaube ich, ein Mann, ich weiß nicht wie lange, tot, dem befahl Gott selbst aufzuer-
stehen *[Io. 11, 1–45]*, und aus Steinen machte [er] Brot *[vgl. Mt. 4, 3]*. Laß, Herr, eines
dieser Wunder an diesen beiden geschehen, so daß aus dem Mann eine Frau und aus
der Frau ein Mann werde und sie sich beide umkehren und verwandeln! Sein Herz
hat noch nie mannhafte Stärke gezeigt. Eine frauliche Frau, ein männlicher Mann
sollten zu Recht beieinander sein, eine männliche Frau, ein weibischer Mann sollten
nicht zusammen sein.

OWE DIR   11 wer.
ICH WEIZ *Ä. nach Q 72.*   11 ellen manlich hertze.

[Melodie]

Ich mv̊z vil dicke an maniger stat des gv̊tes armer sin,
So tvnt ouch mir die milten herren dicke ir helfe schin;
Den spreche ich dar nach, als ich sol, vnz an mynes endes tzil.
5 Da bi duld ich von bosen livten spottes altzv̊ vil.
Jch kome tzv̊ manigem herren, derz myr wol irbieten wil;
So stent die oren drivsel hinder myr vnde spotten myn.
Swie gerne ich svnge gv̊ten sanc,
    der dvnket sie eyn wicht.
10 Sus wenen sie lieben sich vnde machent myr div gabe kranc;
Swer myr sus gebe, der git myr danne nicht.
So syn ouch myne gedanken so: vnde hete der herre mylten mv̊t,
Er lieze es durch die scalke nicht, her ne gebe myr durch sine
                                tugende gv̊t. *Q 20*

[Melodie]

So we myr armen, we, daz ich so rechte weiz,
wan ich quam vnde wer ich byn vnde waz ich werden mv̊ze!
Dar an sold ich gedenken wol, daz wer der sele heil.
5 Nv ist des lanc, daz ich mich des von kynde vleiz
Nach al der werlde lone. die hat mich in ir sv̊ze
Dar an gewiset, daz ich han myt manigen svnden teil.
Ich han leider gar vil vv̊rborn
Des gv̊ten, daz ist myn vorchte,

Ich mv̊z: Ich muß mich sehr oft an vielen Orten aufhalten, ohne etwas zu be-
kommen, ebenso oft greifen mir die freigebigen Herren auch unter die Arme; die
rühme ich entsprechend, wie es sich gehört, bis an mein Lebensende. Daneben erfahre
ich [aber auch] allzu argen Spott von übelwollenden Leuten. Ich komme [nämlich]
zu manchem Herrn, der mir durchaus zu geben bereit ist; dann stehen aber die Ohren-
bläser hinter mir und machen mich lächerlich. Wie gern ich auch einen guten Vortrag
bieten wollte, sie halten nichts davon. Auf diese Weise glauben sie, sich verdient zu
machen, und schmälern mir den Lohn; wer mir sonst gegeben hätte, gibt mir dann
nichts mehr. Darüber denke ich nun so: Wäre der Herr wirklich freigebig, dann ließe
er sich durch diese Widerlinge nicht davon abbringen, sondern belohnte mich, weil
er wahrhaft edelmütig ist.
So we: Ach über mich Armen, ach, daß ich so genau weiß, woher ich kam und wer
ich bin und was ich werden muß! Daran sollte ich stets denken, das wäre die Ret-
tung für die Seele. Jetzt ist schon lange Zeit damit vergangen, daß ich von Kindheit
an nach dem Lohn der Welt gestrebt habe. Die hat mich mit ihrer Süße dazu gebracht,
daß ich viele Sünden beging. Leider habe ich viel Gutes unterlassen, das ist meine

So we   3 wen.

10 Vnde weiz ouch wol, ich han vůrschuldet synen tzorn,
   Der mich vnde al div werlt vz nichte worchte.
   Mir ne kome helfe, ich bin vůrlorn in lange werende leit.
   Rose ane dorn, nv troste mich! des ist myr not vnde al der
                          kristenheit.   *Q 20*

DER TUGENDHAFTE SCHREIBER

   Minne was so túre, das man si mit gůte
   niht kvnde vergelden;
   nv lat si sich vinden vil dike in dem můte,
5   der wol stat ze schelden:
   si ist worden so geile,   swer sich ir wil nieten,
   dem ist si veile,   kan er hohe mieten.
   bi selhem meile   wils aber nv gebieten.

   Minne was ir frúnden ze herte, ze here,
10   ze strenge aller dinge.
   die da wilent waren ein hǒbt aller ir ere,
   die wigt si so ringe:
   stete vnde trúwe,   die smehet si sere;
   des kvmt si in rúwe,   was ist des nv mere?
15   ir sitte nůwe   benement ir alle ir ere.

   Minne ist ir gewaldes hin hinder gedrungen,
   geneiget ir eren;
   die si da wolde twingen, die sint vnbetwungen.
   die hohen, die heren,

Sorge, und ich weiß genau, daß ich den Zorn dessen verschuldet habe, der mich und die ganze Welt aus dem Nichts erschaffen hat. Finde ich keine Hilfe, gehe ich in ewig währender Pein verloren. Komm mir zu Hilfe, du Rose ohne Dorn! Das brauche ich und die ganze Christenheit.

MINNE WAS: Die Liebe war [früher] so kostbar, daß man sie mit Geld nicht kaufen konnte; nun läßt sie sehr häufig eine Gesinnung erkennen, die man zu Recht schelten muß: Sie ist so ordinär geworden, daß sie für jeden wohlfeil ist, der sich mit ihr abgeben will, wenn er nur tüchtig zahlen kann. In solcher Schande will sie sich jetzt wiederum als Herrin aufspielen.   9 Die Liebe war gegen ihre Anhänger zu hart, zu unnahbar, zu anspruchsvoll in allen Dingen. Die früher den Gipfel all ihrer Ehre darstellten, die mißachtet sie: Beharrlichkeit und Treue, die schmäht sie heftig; das wird sie reuen, was ist mehr dazu [zu sagen]? Ihre neuen Sitten bringen sie um all ihr Ansehen.   16 Die Liebe ist aus ihrem Machtbereich verdrängt worden, ihr Ansehen gesunken; die sie besiegen wollte, die sind unbesiegt. Vornehme und Edle,

SO WE   13 *Bezeichnung der Gottesmutter, vgl. Eccli. 24,18 und Cant. 2,2 („Lilie" häufig als „Rose" verstanden).*
MINNE WAS *Ä. nach Q 65.*

20   die hat si gebvnden;   nv hant si *sich* dien banden
                vaste vs entwunden   mit herzen, mit handen.
                wil si einen wunden,   der kan das wol anden.

                Do si ir spil gesellen *verkeren begvnde,*
                do wart si bekrenket.
25   an den alle ir ere stv̑nt zaller stvnde,
                wie si den nv wenket!
                ir strike, die bvnden   verre vnde witen,
                das ir niht kvnden   die starken gestriten;
                nv ist si vberwunden   geleit an die siten.

30   We, was spriche ich tvmber, das minne sich lasse
                verleiten mit gv̑te?
                nein, es ist vnminne, dú vert in vnmaze
                mit wankendem mv̑te;
                der sten ich ze vare   vnd prise si kleine.
35   minne, dú klare,   dú sv̑ze vnd dú reine,
                dú ist zware   vri vor allem meine.   *Q 19*

                Minne, ich wil dich iemer eren
                durh die tvgende, der du pfligest.
                Maht dv mine frowen leren
                minen mv̑t, da mit gesigest.
5   mache vns eine frȯidenriche
                mit ein ander! wie geliche
                dv mich danne wigest!

---

hatte sie unter ihrem Joch; nun haben sie sich mit Herz und Hand gewaltsam aus den Fesseln befreit. Wenn sie einen verwunden will, so weiß der sich wohl zur Wehr zu setzen.   23 Als sie ihre Freunde zu wechseln begann, da ging es mit ihr bergab. Wie weit hat sie sich jetzt von denen entfernt, auf denen zu allen Zeiten ihr Ansehen beruhte! Ihre Fesseln banden weit und breit, so daß ihr [auch] die Starken nicht widerstehen konnten; nun ist sie besiegt beiseite geschoben worden.   30 Ach, wieso sage ich Dummkopf, daß [wahre] Liebe sich durch Geld sollte verführen lassen? Nein, es ist die falsche Liebe, die sich so unziemlich und charakterlos aufführt; die greife ich an und sage nichts Gutes von ihr. Die Liebe, die strahlende, die süße und die reine, die ist wahrlich frei von jeglichem Trug.

    MINNE: Liebe, ich werde dich stets preisen um der Vorzüglichkeit willen, über die du verfügst. Kannst du meine Dame empfinden lehren wie mich, so trägst du den Sieg davon. Mach uns vereint miteinander glücklich! Wie gleiches Maß legst du dann

MINNE WAS   20 *f.*   23 begvnde verkeren.

Minne, la dich niht betragen
einer frage, der ich dich
10   mv̂s dvr ander lúte fragen!
die hant so gevraget mich,
wer dv sist vnd was dv kvnnest.
ob dv mir iht selden gvnnest,
das sage vnde sprich!

15   Minne, ich wil dir iemer singen,
ich wil diner helfe leben.
maht dv mir ze frúnde twingen
die, der dv mich hast gegeben,
so gelŏbe ich, das dv, minne,
20   bist gewaltig kv́niginne.
mache es alles eben!

Minne, in kan din niht vergessen,
mit dir ringe ich ellú zit.
nieman lebt also vermessen,
25   der an dir behabe den strit,
den dv stritest, wan min frowe.
die groze vngenade schowe,
was si sorge vns git!

Minne hiesse ich, swa man funde
30   einen fvnt; sich, was das si:
mannes munt an wibes mvnde,
sint sú gar vor valsche vrî.
swa sich zwei also vereinen
mit ir húbscheit vnd das meinen,
35   wol, da bist dv bi.   *Q 19*

---

an mich! 8 Liebe, nimm keinen Anstoß an einer Frage, die ich im Auftrag anderer Leute an dich richten muß! Die haben mich danach gefragt, wer du seist und was du vermöchtest. Sag und laß erkennen, ob du mir ein wenig Glück gönnen willst!
15 Liebe, immer will ich für dich singen, mit deiner Hilfe werde ich leben. Kannst du erzwingen, daß die, der du mich übereignet hast, meine Geliebte wird, dann glaube ich, daß du, Liebe, eine allmächtige Königin bist. Bring alles ins rechte Lot!
22 Liebe, ich kann nicht von dir lassen, allzeit liege ich mit dir im Streit. Es lebt niemand, der so vermessen ist, an einen Sieg über dich zu glauben in dem Kampf, den du kämpfst, nur meine Dame ist die Ausnahme. Sieh, wieviel Kummer diese große Herzlosigkeit uns macht! 29 Liebe würde ich nennen, wenn ein bestimmtes Ereignis einträte; sieh, welches gemeint ist: ein Mann und eine Frau, Mund an Mund und das ohne allen Falsch. Wo sich zwei so zusammentun voll sittlichen Ernstes und das voll bejahen, wahrlich, da bist du zugegen.

Leuthold von Seven

Ich hore manegen vragen,
wa von die sanger also selten singen.
daz wil ich wol bescheiden den:
man vant ê vnder zwelfen wilent eteswen,
der einen dar vf behielt,
*tor*st er ez mit schelten wagen.
des en ist nv niht. swaz si alle mv̊gen twingen,
daz bv̊zet an in niht ein broth.
swer och vergebene lopte, daz were *âne* not,
sit man ez so cleine *wielt*.
och irret, singet ieman iht,
daz lernet niemen; von den valschen sachen
si habent ze vroiden harte cleine zv̊versiht.
wer solt dvr so verlornez tihten wachen?
diz ist dez sangez slac.
ŏch schadet der richen erge, diech niht genvzen mac. *Q 18*

Rubin

Got hat vns aber san gemant,
ez si noch alles in der not
sin reine grap, da er inne lac,
*o*we, vnd och sin selic lant,
da leit er dvr vns den tôt.
daz vns daz ie so ringe wac!

Ich hore: Ich höre so manchen fragen, wie es kommt, daß die Sänger so selten singen. Das will ich denen gern erklären: Früher fand man unter zwölfen zuweilen den einen oder anderen, der einen daraufhin bewirtete, wenn man es wagte, Kritik zu üben. Das gibt es jetzt nicht mehr. Was immer sie alle *[die Sänger]* auch aufs Korn nehmen, dafür entschädigt man sie nicht einmal mit einem Butterbrot. Selbst wenn einer unentgeltlich ein Loblied sänge, wäre es vergeblich, da man sich nicht im geringsten darum kümmern würde. Auch macht es mutlos, wenn man etwas singt, das niemand lernen will; durch diese Mißstände steht ihnen der Sinn nicht nach fröhlicher Unterhaltung. Wer soll sich für derart vergebliche Kunst bereit halten? Das versetzt dem Gesang den Todesstoß. Darüber hinaus ist der Geiz der Reichen verderblich, aus dem ich keinen Vorteil ziehen kann.

Got hat: Gott hat uns *san [= sant? alle miteinander, vgl. Vers 8f.]* wiederum ermahnt, daß sein heiliges Grab, in dem er lag, und auch, o weh, sein heiliges Land, wo er um unseretwillen den Tod erlitten hat, noch immer in großer Bedrängnis seien.

Ich hore *Ä. nach Q 65.* 7 trost. 10 ein. 11 *f.*

Got hat *Das Lied bezieht sich vermutlich auf den Kreuzzug Friedrichs II. von 1228/29. – Ä. nach Q 19.* 5 dwe.

er loste vns iedoch alle
(wir endienen ime aber alle niht)
10 von der helle valle,
daz niemir mer geschiht.
nv seht, wie der gevar, des herze vnd ovge in vbersiht!

Swer nv daz crv́ce niht enn*im*et,
der libes vnde gv̂tes hat
15 in vollen, dast misseta*n*,
so wol alse ez der welte zimet,
vnd och der sele wirdet rat;
niht anders ich gelŏben han.
da mitte wir hie da ringen,
20 daz ist der sele ein arbeit,
niwan daz wir si bringen
vz grozer liebe in leit.
die liebe la dir, herre got, an vns vil arnen sin geclagit!

Ez brahte ir missebieten mich
25 so dicke in senelichen mv̂t,
daz ich der welte wart gehaz.
do si der swer*e* *v*reite sich,
dv́ we nach herze liebe tv̂t,
vnd min dv́ [. . .] also vergaz,
30 do daht ich nach deme lone
der sv̂zen ewe stetekeit,
obe iemer himelcrone
des libes erbeit
verdienen kvnde vmbe in, der crone ob allen cronen treit.   *Q 18*

Daß uns das stets so gleichgültig ließ! Er hat uns doch alle (wir hingegen dienen [ihm durchaus] nicht alle) vom Sturz in die Hölle erlöst, was nie wieder geschehen wird. Nun seht, wie es dem ergehen wird, dessen Herz und Auge ihn nicht achtet!   13 Nimmt nun einer, der Leben und Eigentum in Fülle besitzt, das Kreuz nicht, so ist es schändlich gehandelt, wo es doch für die Menschheit gut ist und auch der Seele zum Heil gereicht; dies jedenfalls ist mein Glaube. Womit wir uns hier abmühen, das ist eine Last für die Seele [und bewirkt] nur, daß wir sie aus einem glücklichen Zustand ins Unglück stürzen. Um diesen Glückszustand, Herrgott, laß uns Arme bei dir Klage führen.   24 Die schändliche Behandlung, die sie *[vermutlich die Geliebte]* mir zuteil werden ließ, hat mich schon oft in Betrübnis gestürzt, so daß ich die Welt haßte. Als sie sich über den Kummer, den die Sehnsucht nach herzlicher Liebe verursacht, freute und mich die [. . .] so vergessen hatte, da begann ich, an den Lohn für die Beständigkeit im wahren Glauben zu denken, ob nicht die Mühsal des Lebens eine himmlische Krone um dessentwillen verdienen könne, der die herrlichste aller Kronen trägt.

13 enninmet.   15 missetat.   27 swere wart gewar vreite.

Nieman an vroiden sol verzagen,
obe ime sin dinc niht ebene gat;
er sol sin leit mit zvhten tragen.
mir selbem gibe ich disen rat.
5 dv́ selde ist wilder danne ein rech;
ist si wider mich gevech,
ich volge ir allez vf ir spor
vnd bin ir dicke nahe komen. nv get si mir mit listen vor. *Q 18*

Werder grv̂z von frowen mvnde,
der frevt vf vnd vf von grv́nde,
baz danne a*l der* vogele singen.
kan aber ieman vro beliben
5 anders iht wan bi den wiben,
fvrder, swer des habe gedingen!
waz gelichet sich darzv̂?
swer nv wunne   prv̂wen kvnne,
der sage, waz ime sanfter tv̂.

10 Wilen fragt ich der mere,
waz fvr trvren sanfter were;
daz wolte ich vil gerne schowen.
do hort ich die wisen rete,
daz och niht so sanfte tete
15 so dv́ vroide von den frowen.
von den ist ez mir geschehen
svnder lŏgen,   swaz dv́ ŏgen
ganzer froide habent gesehen.

NIEMAN: Niemand soll an seinem Glück verzagen, wenn nicht alles śo geradlinig verläuft, wie er wünscht; er soll seinen Kummer mit Gefaßtheit ertragen. Diesen Rat gebe ich [recht eigentlich] mir selbst. Das Glück ist scheuer als ein Reh; zeigt es sich mir auch abgeneigt, bleibe ich doch stets auf seiner Spur und habe es oft schon fast erreicht. Nun versucht es, mir mit Tricks zu entkommen.

WERDER: Ein liebes Wort aus dem Mund einer Dame macht so recht von Grund auf froh, und zwar mehr als der Gesang aller Vögel. Wenn man aber nirgend anders als in Gesellschaft der Frauen wirklich froh sein kann, vorwärts, wer darauf hoffen darf! Was kommt dem gleich? Wer genau weiß, was wahre Freude ist, der sage, ob er etwas Angenehmeres kennt.   10 Früher habe ich mich danach erkundigt, was noch angenehmer gegen Traurigkeit wäre; ich wollte es gern erfahren. Da bekam ich die weisen Antworten, daß in der Tat nichts so angenehm wäre wie das Glück, das Frauen geben können. Und was die Augen an vollendetem Glück gesehen haben, das ist mir, ungelogen, von Frauen geschenkt worden.

WERDER *In Q 18 und Q 48 Walther von der Vogelweide (s. S. 108–138) zugewiesen. Zuweisung (in Übereinstimmung mit der Forschung) und Ä. nach Q 19.* 3 alle.

Sist vil gv̂t, daz ich wol swûre,
20 der div riche gar dvr vûre
von dem orte vnz an daz ende,
der envunde ir niender eine,
dv̂ mich also rehte reine
dvhte ane alle missewende.
25 „obe siz doch dv̂ beste si?"
nein si, herre,   dest ir verre,
si getv̂ mich sorgen vri.

Q 18

Ob allem liebe liebú frowe, lere:
wie sol ich der núwen welt gebaren?
zuht vnd frôide hies man wilent ere,
do die wolgemv̂ten lúte waren.
5 gemeineklich man do von der minne sprach,
mit ganzen trúwen man die vrowen gerne sach.
der dinge pflag man bi den alten.
das wil ich noh, frowe, ob dvs gebútest, halten.

JN weis niht, ob dú liebe das erkenne,
10 das ich ir lob mit trúwen lange singe.
in ir ore breht ichs eteswenne,
in weis, wie ichs in ir herze bringe.
si hat so vil der reinen, gv̂ten wibes sitte,
wan eht an einer bette, der ich si lange bitte.
15 der ist si herte vnd vmbekeret.
owe, das ir gv̂te niht genade leret.

Q 19

---

19 Sie ist so vollkommen, daß ich schwören möchte, daß niemand eine fände, die
mir ebenso makellos und ohne Fehler vorkäme, und wenn er alle Länder von oben
bis unten absuchte. „Dann ist sie also die allerbeste?" Nein, mein Herr, weit gefehlt,
es sei denn, sie erlöst mich von meinem Kummer.

OB ALLEM: Lehre mich, über alles verehrte gnädige Frau: Wie soll ich mich in dieser
veränderten Welt verhalten? Anstand und gesellige Heiterkeit galten früher unter
feinsinnigen Leuten als Ehre. Eines Sinnes sprach man da über die Liebe, in allen
Ehren schaute man die Frauen gerne an. So hielt man es in früherer Zeit. So will ich
es noch heute halten, wenn du, verehrte Frau, es befiehlst.   9 Ich weiß nicht, ob die
Geliebte das zur Kenntnis nimmt, daß ich seit langem getreulich ihr Lob verkünde. In
ihr Ohr könnte ich es hin und wieder bringen, ich weiß [jedoch] nicht, wie ich es in ihr
Herz bringe. Sie zeigt so viele Züge einer reinen, edlen Frau, nur nicht einer Bitte ge-
genüber, die ich schon lange äußere. Der gegenüber ist sie hart und unzugänglich.
O weh, daß ihre Güte sie nicht lehrt, barmherzig zu sein.

WERDER   22 envumde.

BURCHARD VON HOHENFELS

Wir svn den winder,   die stuben enpfahen!
Wol vf, ir kinder,   ze tanze svn wir gahen!
volgent ir mir,
5 so svn wir smieren   vnd zwinggen vnd zwieren   nach
                                               lieplicher gir,

Schone vmbe slîffen   vnd doch mit gedrange
(breste vns der pfifen,   so vahen ze sange),
respen den swanz;
so svn wir ruken   vnd zoken vnd zvken,   das eret den tanz.

10 Nieman verliese   siner frôiden gewinne,
ie der man kiese   sin trut, das er minne!
sanfte das tût!
swie si da wenke,   so trefes ans gelenke!   das kúzelt den
                                                 mv̊t.

Nieman sol stôren   die minne vs dem mv̊te!
15 er wil si tôren,   si wehset von hv̊te.
liep ane wanc,
swie si doch smvket,   si lûdert, si luket   ir frúndes gedanc.

Frôide vns behv̊te   vor sorklichen dingen!
lant slichen gemv̊te   das gevider zer swingen!
20 nieman sol toben!
wenket si dike   die smierenden blike,   das reizet den kloben.
                                                 Q 19

WIR SVN: Laßt uns den Winter, die Stube willkommen heißen! Auf auf, ihr jungen Leute, wir wollen zum Tanz eilen! Wenn ihr auf mich hört, dann werden wir flirten und zwinkern und blinzeln, wie es zum Verliebtsein gehört,   6 werden uns munter im Kreis drehen, doch hübsch eng aneinander (haben wir keine Pfeifen, [werden] wir eben singen), werden den Rock schürzen; so werden wir tanzen auf und ab, auseinander und zueinander, das macht den Tanz erst rund und richtig.   10 Niemand soll um den Genuß seiner Freuden kommen, jeder suche die Kleine, die er liebt! Das macht Spaß! Wenn sie stolpert, dann faß sie um die Taille! Das kitzelt die Sinne. 14 Niemand soll die Liebe aus seinem Gemüt verbannen! Er will sie überlisten, sie [aber] wird nur größer, wenn man sie bewacht. Treue Liebe, wie zurückhaltend sie sich auch gibt, reizt und lockt die Gedanken ihres Geliebten.   18 Die Freude soll uns vor allem Kummer beschützen! Laßt die Hühnchen beherzt sich der Futterkrippe nahen! [?] Niemand soll sich zu grob aufführen! Läßt sie die schelmischen Blicke oft hin und her gehen, reizt das das Spältchen [?].

WIR SVN   19 slichen zegemv̊te.

Nach des arn sitte ir ere
hohe sweimet vnd ir mv̊t.
schande wenket von ir sere,
sam vor valken lerche tv̊t.
5   swer   ir grůs nimt, derst vor schanden
    banden   vri, sist selden wer.

Der wilde visch in dem bere
nie genam so manigen wank
als min herze in iamers lere
10   nach ir; dest min frôide krank,
    wan   min vriheit sich vúr eigen
    neigen   der vil lieben kan.

Swie der affe si gar wilde,
doch so vahet in sin schin,
15   sor in dem spiegel siht sin bilde.
    svs nimt mir dú frowe min
    sin,   lip, herze, mv̊t vnd ȯgen
    tȯgen,   dest min vngewin.

Einen fúrsten hant *die* bien;
20   swar der vert, si volgent nach.
    minen gedenken, den vrien,
    ist sus nach der lieben gach.
    ir   vil vrôiden frúhtig lachen
    machen   kan wol frôide mir.

25   Der einhúrn in megede schôse
git dvr kúsche sinen lib.

NACH DES: Ihre Ehre und ihr Sinn streben in die Höhe wie der Adler. Die Schande flieht weit von ihr fort wie die Lerche vor dem Falken. Der, der ihren Gruß empfängt, ist von den Fesseln der Schande befreit, sie ist die Gewähr des reinen Glücks. 7 Der ungebärdige Fisch im Netz bewegt sich nicht so unablässig, wie mein Herz unter der Zuchtrute des Kummers zu ihr [strebt]; darüber bin ich unglücklich, denn ich vermag mich freiwillig der Geliebten zu eigen zu geben. 13 Obgleich der Affe ganz unbändig ist, nimmt ihn doch sein Anblick gefangen, wenn er im Spiegel sein Abbild sieht. Ebenso raubt mir meine Gebieterin unmerklich Verstand, Körper, Herz, Gemüt und Augen, [und] das ist mein Schade. 19 Die Bienen haben eine Königin; wohin sie fliegt, folgen sie ihr nach. Ebenso folgen meine Gedanken, die [doch] frei sind, meiner Liebsten eilig nach. Ihr freudebringendes Lachen kann mich beglücken. 25 Um der Keuschheit willen gibt das Einhorn im Schoß einer Jungfrau sein Leben hin.

NACH DES *Ä. nach Q 65.* 19 *f.* 23 flúhtig.

dem wild ich mich wol genôse,
sit ein reine, selig wib
mich   verderbet; an den trúwen
30   rúwen   mag si der gerich.   *Q 19*

„Ich wil reigen",   sprach ein wunneklichú magt.
„disen meigen   wart mir frôide gar versagt.
nv hat min iar ein ende: des bin ich vro!
nieman mich frôiden wende.   min mv̂t stet ho.
5   Mir ist von strowe ein schapel vnd min vrier mv̂t
lieber danne ein rosen kranz, so ich bin behv̂t."

„*L*âs erbarmen   dich", sprach ir gespil zehant,
„das mich armen   niht geschv̂f dú gottes hant,
wan si geschv̂f mih richen.   hi, wer ich arn,
10   so wolt ich mit dir strichen,   ze frôiden varn!
    Mir ist von strowe ein schapel vnd min vrier mv̂t
lieber danne ein rosen kranz, so ich bin behv̂t.

Es ist verdrôssen   hie, sit das min mv̂mel hat
vor beslossen   mir die mine liehten wat.
15   trure ich, si giht, ich *gwinne*   von liebe not;
frôwe ich mich, das tv̂t minn*e*.   *w*an wer si tot!
    Mir ist von strowe ein schapel vnd min vrier mv̂t
lieber danne ein rosen kranz, so ich bin behv̂t."

Diesem Tier bin ich wohl zu vergleichen, da [auch] mir eine reine, edle Frau Verderben bringt; diese Strafe, die sie für treue Liebe erteilt, wird sie reuen *[oder: mich verderbet an den trúwen; d. h.* da eine ... Frau mich an der Treue zuschanden werden läßt; diese Strafe wird sie reuen. *Beide Übersetzungen fraglich].*

Ich wil: „Ich will tanzen", sprach ein wunderschönes Mädchen. „Dieses Frühjahr war mir [noch] jedes Vergnügen verboten. Jetzt ist das Dienstjahr zu Ende: bin ich froh darüber! Niemand soll mich davon abhalten, mich zu amüsieren. Ich bin in bester Laune. Mir ist mein Strohkranz und meine Unabhängigkeit lieber als ein Kranz von Rosen, wenn man [dabei] auf mich aufpaßt."   7 „Hab Mitleid", sagte darauf ihre Freundin, „daß mich Gottes Hand nicht arm erschaffen hat, denn sie hat mich reich auf die Welt kommen lassen. Hei, wäre ich arm, so würde ich mit dir losziehen [und] mich amüsieren! Mir ist ...   13 Es ist hier zum Totärgern, da mein Tantchen mir meine schönen Kleider eingeschlossen hat. Wenn ich traurig bin, sagt sie, ich müsse Liebeskummer haben; bin ich vergnügt, kommt das auch von einer Liebschaft. Ach, wäre sie doch tot! Mir ist ..."   19 „Wozu bist du so schön, wenn du dich

Ich wil *Ä. nach Q 65.*   7 Dâs.   15 habe.   16 tv̂nt. minne we wan.

„Wilt dv sorgen,   was sol dir din schoner lib?
20   dv solt morgen   sant mir, truren von dir trib!
ich wil dich leren sniden,   wis vrôiden vol!
tût das we, wir sons miden,   vns wirt sus wol.
    Mir ist von strowe ein schapel vnd min vrier mv̂t
    lieber danne ein rosen kranz, so ich bin behv̂t."

25   „Ich han schiere   mir gedaht einen gerich:
wan ich zwiere,   swa man zwinget wider mich.
si enlat mich niender lachen   gegen werdekeit;
so nim ich einen swachen,   das ist ir leit.
    Mir ist von strôwe ein schapel vnd min vrier mv̂t
30   lieber danne ein rosen kranz, so ich bin behv̂t."   *Q 19*

Min herze hat minen sin
wilt ze iagen vs gesant;
der vert nah mit minem mv̂te.
vil gedanke vert vor in.
5   den ist das vil wol bekant,
das das wilt stet in der hûte
bi der, der ich dienstes bin bereit.
ir sin, ir mv̂t, ir gedenken
kan vor in mit kvnste wenken.
10   wol bedorft ich fvhses kv́ndekeit.

Wie wirt mir das stolze wilt?
das ist snel, wise vnde stark.
snel gedenken vert vor winde,

[nur] grämen willst? Du sollst morgen mit mir kommen, verscheuch die trüben Ge-
danken! Ich will dich schneidern lehren, freu dich doch! Ist das zu mühsam, dann
lassen wir es eben, Spaß gibt es auf jeden Fall. Mir ist ..."   25 „Ich habe mir auch
schon eine Rache ausgedacht: Ich plinkere zurück, wenn mir einer zuzwinkert. Sie
duldet es nie, daß ich mit einem Vornehmen flirte; deshalb nehme ich [mir jetzt] einen
Habenichts, das wird sie ärgern. Mir ist ..."

Min herze: Mein Herz hat meinen Verstand ausgeschickt, um ein Wild zu jagen;
der setzt sich auf die Fährte und mit ihm mein Wille. Viele Gedanken laufen vor ihnen
her. Die wissen sehr wohl, daß das Wild von der bewacht wird, der ich gerne dienen
möchte. Ihr Verstand, ihr Wille, ihre Gedanken können ihnen *[den Verfolgern]* mit
Geschick ausweichen. Ich könnte wahrlich die List des Fuchses gebrauchen.   11 Wie
erringe ich das edle Wild? Es ist behende, klug und kraftvoll. Der behende Gedanke

wiser sin bi menschen spilt,
15 sterke in lĕwen sich ie barg.
der gelich ir mv̊t ich vinde:
ir snelheit mir wenket hohe enbor,
ir wisheit mich vberwindet,
mit ir sterke si mich bindet.
20 sus ir schȏne torte mich hie vor.

Truren mit gewalt hat
gankert in mines herzen grunt;
da von hoher mv̊t mir wildet.
frȏiden segel von mir gat,
25 werder trost ist mir niht kvnt.
sist mir in dem mv̊t gebildet,
wol versigelt vnd beslossen da,
sam der schin ist in der svnnen.
dv́ bant hant die kraft gewunnen,
30 das sú breche niht des grifen kla.

IR vil liehten ȏgen blig
wirfet hoher frȏiden vil,
ir grůs, der git selde vnd ere.
ir schȏne, dú leit den strik,
35 der gedanke vahen wil;
des git ir gedanke lere
mit zuht, das irs nieman wissen sol.
swes gedenken gegen ir swinget,
minne den so gar betwinget,
40 das er git gevangen frȏiden zol.

---

ist schneller als der Wind, kluger Verstand tritt beim Menschen in Erscheinung, die Stärke wohnt seit eh und je im Löwen. Ich erkenne, daß sie diesen *[dreien]* gleicht: Ihre Behendigkeit entweicht vor mir in luftige Ferne, ihre Klugheit läßt mich unterliegen, mit ihrer Kraft schlägt sie mich in Fesseln. Ebenso hat ihre Schönheit mich zuvor [schon] betört.   21 Traurigkeit hat mit Macht den Anker tief in mein Herz geworfen; deshalb ist mir alle Lebensfreude fremd geworden. Das Segel des Glücks treibt von mir fort, erwünschten Trost kann ich nicht finden. Sie ist so in mein Gemüt eingeprägt, so fest dort versiegelt und eingeschlossen wie das Licht in der Sonne. Diese Fesseln sind so stark geworden, daß selbst die Klaue des Greifen sie nicht zerreißen kann.   31 Der Blick ihrer strahlenden Augen verströmt eine Fülle herzerhebender Seligkeit, ihr Gruß ist ein Glück und eine Auszeichnung. Ihre Schönheit legt den Fallstrick aus, der die Gedanken einfangen will; dazu gibt der Gedanke an sie *[?]* die zuchtvolle Lehre, daß sie deshalb niemand tadeln soll. Denjenigen, der seine Gedanken auf sie richtet, bezwingt die Liebe so vollständig, daß er als ein Gefangener mit seinem Glück den Zoll bezahlt.

Minne vert vil wilden strich
vnde sv̊chet trúwen spor;
zv̊ der wirte wil si pflihten.
wunderlich si liebet sich:
45 si spilt im mit frôiden vor,
wunsches wils in gar berihten,
mit gedanken si im entwerfen kan
wunneklich. in sime sinne
herzelieb. von dem gewinne
50 scheiden mv̊s, swer trúwe nie gewan.   *Q 19*

Si gelichet sich der svnnen,
dú den sternen nimt ir schin,
die da vor so liehte brvnnen;
alsvs nimt dú frowe min
5 allen wiben gar ir glast,
si sint doh dest vnschôner niht.
ere ist ir, si ist niht ir gast.
alle tvgent si gar zúndet;
das der werlte vrôide kv́ndet,
10 da von man ir prises giht.

Do min wilder mv̊t vil tŏgen
streich nach frôide in ellú lant,
do lvchten ir liehten ŏgen.
er vůr dar; da von si in bant
15 mit ir steten wibes zuht.
ich viel mit *im* in den strik.

---

41 Die Liebe geht ungebahnte Wege und sucht die Spur der Treue; wer die be-
herbergt, zu dem will sie sich gesellen. Auf wunderbare Weise macht sie sich beliebt:
Sie führt ihm ein Glück vor Augen, sie will ihn mit allem, was er wünscht, versehen,
in seinem Innern kann sie ihm in Gedanken beglückend Herzensfreude ausmalen.
Von diesem Lohn ist ausgeschlossen, wer nie hat treu sein können.

SI GELICHET: Sie gleicht der Sonne, die den Sternen, die zuvor so hell leuchteten,
ihren Glanz nimmt; ebenso nimmt meine Gebieterin allen Frauen ganz und gar ihren
Glanz, [und] sie sind doch gewiß nicht weniger schön als sonst. Ehre ist ihr [fester
Besitz], nicht nur ein gelegentlicher Gast. Alle edlen Eigenschaften entfacht sie zu
hellem Leuchten; was Freude in die Welt bringt, dessen rühmt man sie.   11 Als mein
unbändiger Sinn insgeheim in allen Ländern nach Glück suchte, da leuchteten ihre
strahlenden Augen. Er eilte dorthin; dadurch fesselte sie ihn mit dem Adel echter
Weiblichkeit. Ich geriet mit ihm in diesen Fallstrick. Es gibt kein Entrinnen vor ihr;

SI GELICHET *Ä. nach Q 65.*   16 ir.

wir han von ir keine fluht;
wir han aber den gedingen,
das ir spilnden ŏgen swingen
20   vnd vns werfen einen blick.

Do min mv̂t sit wolde vliegen
als ein valke in frŏiden gir,
so moht er si niht betriegen;
er mv̂se aber wider zir,
25   von der er verstoln flŏg.
er forhte, si nême es war,
ob er si mit wandel trŏg
vnd er anders wolde denken.
do duhte in, si solde wenken,
30   also swang er wider dar.   *Q 19*

Do der luft mit svnnen vúre
wart getempert vnd gemischet,
dar gab wasser sine stúre,
da wart erde ir lip erfrischet.
5   dur ein tŏgenliches smiegen
wart si vrevden fruhte swanger.
das tet luft, in wil niht triegen;
schowent selbe vs vf den anger!
    frŏide vnde vriheit
10   ist der werlte fúr geleit.

Vns treib vs der stuben hitze,
regen iagte vns in ze tache.
ein altiv riet vns mit witze
in die schúre nach gemache.

---

aber wir haben die Hoffnung, daß ihre glänzenden Augen herüberschauen und uns
einen Blick zuwerfen werden.   21 Wenn mein Sinn seitdem [wieder einmal], nach
Vergnügen begierig, wie ein Falke auffliegen wollte, konnte er sie nicht überlisten;
er mußte wieder zu der zurück, von der er sich heimlich fortgestohlen hatte. Er
fürchtete, sie würde es merken, wenn er sie mit Seitensprüngen betrügen und sich
ein anderes Ziel wählen würde. Dann kam es ihm vor, als würde sie sich abwenden,
und so kehrte er dorthin zurück.

Do der luft: Als die Luft mit dem Feuer der Sonne vermengt und vermischt
wurde, das Wasser das Seine hinzutat, wurde die Erde neubelebt. In geheimnisvoller
Liebkosung wurde sie schwanger mit der Frucht der Freude. Das vollbrachte die
[Maien]luft, ich lüge nicht; seht selbst auf die Wiese hinaus! Freude und Freiheit
liegen der Welt zu Füßen.   11 Die Hitze trieb uns aus der Stube, der Regen jagte
uns wieder nach drinnen. Eine Alte, die sich auskannte, gab uns den Rat, es uns in

15 sorgen wart da vergessen,
    truren mv̂se furder strichen;
    frôide hat leit besessen,
    do der tanz begvnde slicheṛ.
        frôide vnde vriheit
20   ist der werlte fúr geleit.

    Dv́ vil sv̂ze stadelwise
    kvnde starken kvmber krenken.
    eben tratens vnde lise,
    mengelich begvnde denken,
25 was im aller liebest were.
    (swer im selben das geheisset,
    dem wirt ringe sendú swere;
    gv̂t gedenken frôide reisset.)
        frôide vnde vriheit
30   ist der werlte fúr geleit.

    Heinlich bliken, sendes kôsen
    wart da von den megden klaren.
    zúhteklich si kvnden lôsen,
    minneklich was ir gebaren.
35 hoher mv̂t was da mit schalle
    nah bescheidenheite lere.
    wunderschône warens alle
    [. . .].
        frôide vnde vriheit
40   ist der werlte fúr geleit.

    Svsa, wie dv́ werde glestet!
    sist ein wunneberndes bilde,
    so si sich mit blv̂men gestet;
    swer si siht, dem ist truren wilde,

---

der Scheune bequem zu machen. Aller Ärger war vergessen, der Mißmut mußte sich davonmachen; die Freude triumphierte über den Kummer, als der Tanz sachte anfing. Freude . . . 21 Die liebliche Musik, die in der Scheune erklang, konnte großen Kummer zunichte machen. Sie tanzten fein ordentlich und bedächtig, [und] so mancher dachte an das, was ihm das Liebste wäre. (Wer sich das selbst ausmalt, der erträgt die Sehnsucht leicht; sich etwas Hübsches denken, weckt die Freude.) Freude . . .
31 Verstohlen blickten, verliebt plauderten die hübschen Mädchen. Sittsam hörten sie zu [und] gaben sich höchst liebenswürdig. Die Hochstimmung äußerte sich nicht lauter, als es kluge Mäßigung bestimmte. Alle waren wunderschön [. . .]. Freude . . .
41 Hei, wie herrlich die Liebste aussieht! Sie ist ein wonniger Anblick, wenn sie sich so mit Blumen schmückt; wer sie anschaut, kennt keine Traurigkeit mehr, das sagen

45   des giht manges herze vnd ŏgen.
     ein ding mich ze frŏiden lvket:
     si ist mir in min herze tŏgen
     stahelherteklich gedrvket.
      frŏide vnde vriheit
50   ist der werlte fúr geleit.   *Q 19*

     ICh wil die vil gv̂ten vlehen
     vmb ein ding, das ich doch han
     in gewalt vnd in gewer,
     das si lihe mir ze lehen.
5   were das willeklich getan,
     so enmŏhte ein ganzes her
     mir an frŏiden niht gezern.
     alles truren wer mir wilde,
     fluge ich niht, das wer vnbilde.
10   wer solt ir die minneklichen milte irwern?

     Sine mag mirs niht verzihen,
     wirt min rede von ir vernomen,
     wan es ist ir ane schaden.
     wil si mirs ze zinse lihen,
15   so sol ir min herze komen
     mit liebe vúr zins geladen.
     sprich, vrowe: „es ist der wille min,
     kanstu mich mit worten gesten."
     vúr die schŏnsten vnd die besten
20   lob ich dich, das ist min reht; dú ere ist din.

Herz und Augen von allen. Es gibt eines, was mich glücklich macht: Sie ist – was niemand weiß – wie mit stählernem Griffel in mein Herz eingeprägt. Freude ...

ICH WIL: Ich will die Beste der Frauen bestürmen, mir etwas als Lehen zu geben, das doch gänzlich in meiner Verfügungsgewalt ist. Geschähe das freiwillig, könnte mir ein ganzes Heer auch nicht das Geringste von meinem Glück entreißen. Aller Kummer wäre mir fremd, es wäre [fast] ein Wunder, wenn mir nicht Flügel wüchsen. Wer könnte ihr die liebevolle Freigebigkeit verbieten?   11 Sie kann es mir nicht abschlagen, wenn sie mein Anliegen gehört hat, denn es entsteht ihr kein Schaden daraus. Wenn sie es mir auf Zins borgt, dann wird als Zins mein Herz mit seiner Liebe hochbeladen zu ihr kommen. Sprich, Gebieterin: „Wenn du mich mit deinen Gedichten schmücken kannst, gebe ich dazu meine Zustimmung." Ich preise dich als die Schönste und Beste, das ist meine Pflicht; dein ist die Ehre.   21 Doch brauchst

ICH WIL *Ä. nach Q 65.*

Doch ensoltv mirs niht senden,
ich wil selbe zv̊ dir dar,
da wirt es vns beiden sleht.
ratent, wie sol ichs volenden,
das ich in ir hvlden var.
wil si, ich tv̊n ir mannes reht:
mine hende valde ich ir;
rv̊chet sis, so sol ich gahen
vnd sol es mit kvsse enpfahen,
mit ir geren so/ sis selbe lihen mir.

Si en wil an mir niht erwinden:
si nimt mir in minen tagen
dike miner vrȯiden spil.
mag ich niht genade vinden,
so wil ichs ir gv̊te klagen,
dú hat hoher trúwe vil,
der vrteil ich gerne kvr.
si nimt mir herze vnde sinne.
der mirs riete, ich nême ir minne,
e ich ane wer lib vnde gv̊t verlur.

Swer nv wolte tegedingen,
dem wolt ich des sagen dank.
vúr reht ich genaden ger.
wer mȯht vber ein vns bringen,
frowe minne, es tv̊ din swank?
nv solt dv des sin min wer,

25
30
35
40
45

---

du sie *[die Zustimmung V. 17f.]* mir nicht zu übersenden, ich selbst will zu dir kommen, das ist das Einfachste für uns beide. Sagt mir, wie ich es zuwege bringe, daß ich mit ihrer Zustimmung komme. Wenn sie will, tue ich, was ein Lehnsmann tun muß: Ich lege meine gefalteten Hände in die ihren; wenn sie es gestattet, werde ich eilen und es mit dem Kuß empfangen, sie soll es mir selbst verleihen, indem sie mich ihren Rocksaum ergreifen läßt. 31 Sie wird mir keine Ruhe geben: Regt sich meine Freude, wird sie sie mir noch oft in meinem Leben dämpfen. Kann ich keine Gnade finden, werde ich vor ihrer Güte Klage führen, die ist so voll edler Treue, daß ich mich ihrem Urteilsspruch gerne unterwerfe. Sie raubt mir Herz und Verstand. Würde mir jemand helfen, raubte ich ihre Liebe, bevor ich ohne Gegenwehr Leben und Besitz verlöre. 41 Wer immer mich vor Gericht vertreten würde, dem wäre ich dankbar. Ich bitte darum, daß Gnade vor Recht ergeht. Wer könnte uns aussöhnen, wenn nicht dein Gewaltstreich, Frau Liebe? Du sollst nun mein Verteidiger sein,

26–30 *Das Darreichen der gefalteten Hände, Kuß und Ergreifen des Rocksaumes sind Zeremonien bei der Lehensvergabe.* 30 sols.

das ich dir bin vndertan.
maht dv disen strit gestellen
vnd zeinander vns gesellen,
50   alles liebes wil ich ir niemer abe gan.   *Q 19*

HILTBOLT VON SCHWANGAU

Ich wil der lieben aber singen,
der ich ie mit trúwen sang,
vf genade vnd vf gedingen,
5   das mir truren werde krank.
bi der ich also schone
an eime tanze gie,
ir zeme wol dú krone.
so schone wib wart nie.
10   Elle vnd else tanzent wol,
des man in beiden danken sol.

INe gesach so tugentriche
fröwen nie, des mv̊s ich iehen,
noh so rehte minnekliche,
15   swas ich frowen han gesehen;
des ist si vor in allen
gewaltig iemer min.
si mv̊s mir wol gevallen,
si sv̊zer selden schrin.
20   Elle vnd else tanzent wol,
des man in beiden danken sol.

Selig si dú sv̊ze reine,
selig si ir roter mvnt,

---

weil ich dein Untertan bin. Wenn du diesen Streit beenden und uns zueinander bringen kannst, dann werde ich niemals aufhören, sie zu lieben.

ICH WIL: Ich will wieder einmal für die Geliebte singen, für die ich immer in Treue gesungen habe, um [ihrer] Huld und um der Hoffnung willen, daß mir der Kummer vergehe. Die, mit der ich so vorzüglich getanzt habe, wäre würdig, eine Krone [zu tragen]. Nie [zuvor] gab es eine so schöne Frau. Elle und Else tanzen so nett, man soll beiden applaudieren.   12 Ich muß sagen, daß ich, soviel Frauen ich auch gesehen habe, niemals eine so vortreffliche und so liebenswürdige Frau sah; darum ist sie und keine andere für immer meine Gebieterin. Sie muß mir gefallen, sie, ein Schatzkästlein der Glückseligkeit. Elle ...   22 Gepriesen sei die süße Schöne, gepriesen sei ihr roter Mund,

selig si, die ich da meine,
25 selig si so sv̂zer funt,
selig si dv́ sv̂ze stunde,
selig si, das ich si ersach,
selig si, do si mich bvnde!
dú bant si noh nie zerbrach.
30 Elle vnd else tanzent wol,
des man in beiden danken sol.　　　　　*Q 19*

Do ich beide gesach vnd gehorte,
das man si hate so verre vergv̂t,
von dem lobe ich mich tvmplihe enborte,
das ir dú werlt also gv̂tlichen tv̂t.
5 ich solt mich vor der not han behv̂t,
wan das ir schône mich also vertorte,
das ich si bat, das si niemer getv̂t.
ir gros versagen mir die frôide zerstorte.　　　　*Q 19*

IN den svmerlichen tagen hohe stat
manig herze – niht das min.
das klage ich der schônen, dú mir selten lat
keine frôide komen dar in.
5 sol das iemer also sin,
so mag ich wol klagen, das an ir niht zergat
ir vil minneklicher schin.

S J gelichet wol dem sternen tremvndan,
der nie hin noch her gegie.

gepriesen sei die, die ich liebe, gepriesen sei der süße Schatz, gepriesen sei die süße Stunde, gepriesen sei, daß ich sie gefunden habe, gepriesen sei der Augenblick, als sie mich in ihren Bann schlug! Diese Fesseln hat sie noch nie gelöst. Elle . . .

Do ICH: Als ich sah und hörte, daß man sie so überschwenglich lobte, da wurde ich Tor durch dieses Lob, das ihr die Welt so bereitwillig zollt, größenwahnsinnig. Vor diesem Verhängnis hätte ich mich bewahren sollen, aber ihre Schönheit hat mich so betört, daß ich von ihr erflehte, was sie mir nie gewähren wird. Ihr rigoroses Nein hat mir das Glück zerstört.

IN DEN: In den Sommertagen sind viele Herzen fröhlich – meines nicht. Das klage ich der Schönen, die mir niemals eine Freude darin aufkommen läßt. Soll das immer so bleiben, so muß ich wahrlich beklagen, daß ihr liebreizender Anblick nicht vergeht.
8 Sie gleicht dem Stern Tremundan *[Polarstern]*, der unverrückbar feststeht. Ebenso

IN DEN　8 tremvndan, *aus italienisch „tramontana".*

10   als hat si lange wider mich getan,
        das si ir mv̂t verkeret nie.
        sit ich mich an si verlie,
        so enkvnde ich an ir vinden noh entstan
        wan versagen; das vant ich ie.

15   Si sol wissen, swas ich leides von ir klage,
        das ich doch nie wib gesach,
        die ich so minnekliche in mime herzen trage.
        nie niht anders ich veriach.
        dvlde ich da von vngemach,
20   was dar vmbe? ich môhte noh geleben die tage,
        das nie lieber mir geschach.   *Q 19*

ULRICH VON LICHTENSTEIN

Ein langiv wise vnd ist div dritte

Vrowe, libiv frowe min,
  ʼ An dinem dienst ich niht verzag.
5   Swie du wil, so wil ich sin;
        Da bi so merke, waz ich sag!
        frowe, ich weiz wol, ob mir dinen frivndes grûz
        niht verdienent mine iunge besten tage,
        Daz ich in sorgen alten mûz.

10   Min herze gibt mir wisen rat,
        swi tump ez von den iaren si,

---

hat sie sich lange gegen mich verhalten, indem sie ihren Sinn nie gewandelt hat. Seit ich ihr verfallen bin, konnte ich bei ihr nichts finden und entdecken außer Zurückweisung; die fand ich immer.   15 Sie soll wissen, daß ich, wieviel Schmerz um sie ich auch beklage, doch nie eine Frau kennenlernte, die ich so liebevoll im Herzen [getragen hätte, wie ich sie im Herzen] trage. Nie habe ich etwas anderes behauptet. Erdulde ich dadurch Qualen, was macht das? Ich möchte noch die Zeit erleben, in der mir so Liebes widerfährt, wie mir Lieberes noch nie widerfahren ist.

EIN LANGIV: Eine langsame *[?]* Weise, und zwar ist es die dritte. Gnädige Frau, meine geliebte gnädige Frau, ich lasse nicht von deinem Dienst. Wie du mich haben willst, so will ich sein; und gib nun acht, was ich sage! Gnädige Frau, ich weiß genau, daß, wenn die besten Tage meiner Jugend nicht deinen Freundesgruß verdienen, ich in Sorgen alt werden muß.   10 Mein Herz, so unerfahren es auch, gemessen an seinen Jahren, ist, gibt mir den weisen Ratschlag, daß ich ihr, die so edel ist, meinen be-

EIN LANGIV *Ulrichs Gedichte sind lyrische Einlagen in dem in autobiographischer Form geschriebenen Roman ʻFrauendienstʼ, vollendet 1255.*

Daz ich ir, div tugende hat,
sei mit stætem dienste bi.
Sit ez mir so stæten rat mit triwen git,
15   des doch mir der lip, der mŭt noch nie wart vri,
des volg ich im gar ane strit.

Do ich erste sin gewan,
do riet mir daz herze min,
Ob ich immer wurd ein man,
20   so solte ich ir ze dienste sin.
Nu ist mir komen div zit, daz ich ir dienen sol.
Nu helf mir got, daz ich ir tu den dienest schin,
da von ich leides mich erhol.

Si ist v̂ber minen lip
25   frowe vnd al des herzen min,
Si vil wundern werdes wip,
nu wes sold ich gerner sin?
wolde si den dienest min vnd minen sanc –
wa wŭrd immer mir so groz genaden schin?
30   wa fŭnd ich so rehte hohen danc?

Wa môhte mir so hohe chomen
min dienst vnd al min arebeit?
wan die ich mir han genomen,
div hat schône vnd werdecheit.
35   hoher mŭt, du twingest mir den lip ze hoh,
vnd ist dir daz herze min dar zu bereit,
wan ez ie die nidern minne floh.

Nideriv minne, an frŭden tot
ist er, dem si angesigt.

---

ständigen Dienst widmen soll. Da es mir so getreulich zur Beständigkeit rät, wovon Leib und Seele noch niemals gelassen haben, folge ich ihm [auch] ohne Widerstreben. 17 Als ich zum ersten Mal meinen Verstand gebrauchen konnte, da gab mir mein Herz den Rat, daß, wenn ich je das Mannesalter erreichen würde, ich ihr dann dienen sollte. Jetzt ist die Zeit gekommen, wo ich ihr dienen kann. Nun steh mir Gott bei, daß ich ihr in der Weise diene, daß ich von meinen Leiden erlöst werde. 24 Sie ist die Gebieterin über meinen Leib und mein ganzes Herz, sie, die unbeschreiblich edle Frau, wem also sollte ich lieber angehören wollen? Wenn sie meinen Dienst und mein Lied annehmen würde – wo gäbe es jemals ein größeres Gnadengeschenk für mich? Wo fände ich so wertvollen Lohn? 31 Wo könnten mir mein Dienst und meine Mühen besser zustatten kommen? Denn die, die ich mir erwählt habe, besitzt Schönheit und hohes Ansehen. Begeisterung, du reißt mich fort auf zu hohe Bahnen, wenn dir auch das Herz zu folgen bereit ist, weil es vulgäre Liebesabenteuer stets gemieden hat. 38 Wen vulgäre Liebesabenteuer erst in ihren Bann gezogen haben, der ist für das wahre Glück verloren. Wenn auch die Liebe zu der hochgestellten Frau

40
> Gibt div hohe senede not –
> doch wol im, der der selben pfligt!
> Si git sorge vnd ist div sorge freudenrich.
> frowe, daz dich div sorge min so ringe wigt,
> da von so sorge ich so stætecliche.   *Q 28*

Ein tanz wise vnd ist div vierde wise

> IN dem walde sûze dône
> singent cleiniv vogelin.
> An der heide blûmen schône
5
> blûnt gegen des maien schin.
> Also blût min hoher mût
> mit gedanchen gegen ir gûte,
> div mir richet min gemûte,
> sam der trûm den armen tût.

10
> Ez ist ein vil hoch gedinge,
> den ich gegen ir tugenden trage:
> daz mir noch an ir gelinge,
> daz ich sælde an ir beiage.
> des gedingen bin ich vro.
15
> got gebe, daz ich ez wol verende,
> daz si mir den wan iht wende,
> der mich frût so rehte ho.

> Si vil sûze, valschez ane,
> vri vor allem wandel gar,
20
> Laze mich in liebem wane,
> di wile ez niht baz envar,
> daz div vreude lange wer,
> Daz ich weinens iht erwache,

Sehnsuchtsqualen bringt – dennoch glücklich der, der ihr anhängt! Sie bringt Kummer, doch dieser Kummer ist beseligend. Gnädige Frau, daß dir mein Kummer so wenig bedeutet, das bekümmert mich immerzu.

EIN TANZ WISE: Ein Tanzlied, und zwar ist es das vierte. Im Wald singen kleine Vögelchen süße Lieder. Auf der Heide blühen schöne Blumen dem Frühling entgegen. Ebenso blüht mein hochstrebender Sinn in Gedanken ihrer Güte entgegen, die mein Inneres ebenso bereichert wie der Traum den Armen.   10 Es ist eine hochgespannte Erwartung, die ich auf ihre Vortrefflichkeit setze: Es möge mir noch bei ihr gelingen, durch sie glücklich zu werden. Diese Hoffnung macht mich froh. Gebe Gott, daß es mir gelingt, daß sie mir den Traum nicht zerstört, der mich in solche Hochstimmung versetzt.   18 Die Liebliche, Makellose, von allen Fehlern Freie, soll mich, solange es nicht besser sein kann, in meinem geliebten Traum belassen, damit die Freude lange dauert, damit ich nicht vom Weinen erwache, damit ich dem tröst-

daz ich gegen dem troste lache,
25   des ich von ir hulden ger.

Wŭnschen vnde wol gedenken,
daz ist div meiste vreude min.
des sol mir ir trost niht wenken,
si laze mich ir sin
30   mit den beiden nahen bi,
so daz si mit willen gunne
mir von ir so werde wŭnne.
daz si sælic immer si!

Sælic maie, du aleine
35   trôstest al di wælde gar.
Du vnd al di werlt gemein
vreut mich minner danne vmb ein har.
wie môhtet ir mir vreude geben
40   ane die vil lieben gŭten?
Von der sol ich trostes mŭten,
wan ir trostes muz ich leben.   *Q 28*

Daz ist ein vz reise

Vvil iemen nach eren die zit wol vertriben,
ze sælden sich keren, bi freuden beliben,
der diene ze flize mit triwen vil schone
5   nach der minne lone;   der ist sŭze, reine,
vil gŭt vnd aleine   den gŭten gemeine.

---

lichen Versprechen entgegenlachen kann, das ich mir von ihrer Gnade wünsche.
26 Wünschen und lieben Gedanken nachhängen, das ist meine größte Freude. Ihr
Trost soll sein, daran nichts zu ändern, sie soll mich mit den beiden um sie sein lassen,
so daß sie mir mit vollem Einverständnis so edle Freude durch sich zuteil werden
läßt. Möge ihr Glück und Segen ohne Ende geschenkt werden! 34 Gesegneter Mai,
du allein tröstest die ganze Welt. Du und die ganze Welt freuen mich nicht ein biß-
chen. Wie könntet ihr mich ohne die Liebste erfreuen? Von ihr [allein] will ich Trost
begehren, denn nur durch ihren Trost lebe ich.

DAZ IST: Das ist ein Marsch. Will jemand seine Tage ehrenvoll und mit Anstand
zubringen, sich dem Glück zuwenden, sich die Freude erhalten, so möge er sich inten-
siv, beständig und geziemend um den Lohn der Liebe bemühen; er ist süß, rein,
überaus gut und nur den edlen Menschen [wird er] zuteil. 7 Wer dem Schild Ge-

DAZ IST *Ä. nach Q 19.*

Swer volget dem schilde, der sol ez enblanden
dem libe, dem gůte, dem hertzen, den handen.
des lonet vil hohe mit hohem gewinne
10   div vil werde minne: div git freude vnd ere.
Wol ir suzen lere!   si chan trôsten sere.

Der schilt wil mit zůhten vil baltlichez ellen,
er hazzet, er scheuhet schande vnd ir gesellen.
got niht enwelle, daz man bi im vinde
15   so swachlich gesinde.   er wil, daz die sinen
vf ere sich pinen,   in tugenden erschinen.

Erge vnd vnfuge *vnd vnfůre* div wilde
gezimt niht dem helme vnde tůgt niht dem schilde.
Der schilt ist ein dach, daz niht schande chan dechen.
20   sin blic læt enblechen   an eren die weichen,
von vorhten erbleichen;   div varwe ist ir zeichen.

Hochgemute frowen, ir sůlt wol gedenchen:
getriwen gesellen vil stæte ane wenchen,
den minnet, den meinet mit hertzen, mit můte,
25   daz in iwer hůte   behalte, behůt
mit libe, mit gůte   vnd vor vngemůte.

Si ist ane schulde mir hazlich erbolgen,
der ich ze dienste dem schilde wil volgen.
nu han ich für ir zůrnen noch für hertzen sere
30   niht anders schiltes mere   wan den trost al eine,
daz ich si baz meine   danne ie wip deheine.

---

folgschaft leistet, der soll Leib und Gut, Herz und Hände für ihn anstrengen. Dafür gibt die reinste Liebe einen edlen, hohen Preis: Sie schenkt Freude und Ehre. Heil ihrer edlen Zucht! Sie kann wahrlich helfen.   12 Der Schild verlangt neben der Zucht nach kühner Kraft, er haßt, er scheut die Schande und ihre Gesellen. Gott verhüte, daß man so niederes Gesindel in seiner Gesellschaft finde. Er will, daß die, die zu ihm gehören, sich für die Ehre abmühen, tugendhaft sind.   17 Schlechtigkeit und Unanständigkeit und sittenloses Leben passen nicht zum Helm und fügen sich nicht zum Schild. Der Schild ist kein Schutz, der die Schande verdecken kann. Sein Aufleuchten läßt die Ehrlosen offenbar werden, läßt sie bleich werden vor Furcht; diese Farbe ist ihr Erkennungszeichen.   22 Edle Frauen, ihr sollt euer Augenmerk auf das Richtige richten: Einen treuen Freund, der beständig ist ohne Flatterhaftigkeit, den sollt ihr mit Herz und Sinn schätzen und lieben, damit euer Schutz ihn an Leib und Gut bewahre und vor Bösem behüte.   27 Sie, in deren Dienst ich dem Schild folgen will, ist ohne mein Verschulden zornig und böse auf mich. Nun habe ich keinen anderen Schild mehr gegen ihr Zürnen und gegen mein Herzeleid als nur den einen Trost, daß ich sie mehr liebe als je irgendeine andere Frau.   32 Gegen ihren hinhaltenden

17 f.

Gegen ir langen chriege setz ich min gedulde,
so ste gegen ir hazze ze wer min vnschulde.
min wer gegen den valschen, daz sol sin min triwe.
35 vil sûze ane riwe;   min chamflich gewæte
für ir nide tæte,   daz sol sin *min* stæte.   *Q 28*

Ein tanz wise, div sibenzehende

Alle, die in hohem mûte wellen sin,
den wil ich daz raten bi den triwen min,
daz si minnen gutiv wip
5 sunder valsch mit triwen als ir selber lip.

Gutiv wip sint gût für aller hande leit;
Von ir gûte hat man manige werdicheit.
in der werlde niemen mac
ane ir helfe fro beliben einen tach.

10 Zuht vnd ere, triwe, milde, hoher mût
chumt von werden wiben, dar zu maniger hande gût.
ir lip engelz schône hat;
al der werlt heil an ir genaden stat.

Ich wil immer hohen mût von wiben han,
15 swie ein wip vnwiplich habe an mir getan.
swaz ich da von leides dol,
des mac mich ein gût wip noch ergetzen wol.

Widerstand setze ich meine Geduld, gegen ihren Zorn mag meine Unschuld zur Gegenwehr antreten. Mein Schutz gegen den Verleumder sei meine wahre unbeirrbare Treue; meine Rüstung gegen ihre Feindseligkeit sei meine Beständigkeit.

EIN TANZ WISE: Ein Tanzlied, das siebzehnte. Allen, die hochgemut sein wollen, will ich bei meiner Ehre den Rat geben, daß sie edle Frauen in ganzer Treue und ohne Falsch lieben sollen so wie sich selbst.   6 Edle Frauen sind gut gegen jeglichen Kummer; durch ihre Güte erreicht man viel Erstrebenswertes. Kein Mensch auf der Welt kann ohne ihr Dazutun auch nur einen Tag glücklich sein.   10 Zucht und Ehre, Treue, Großherzigkeit, hochfliegende Gesinnung entstehen durch die edlen Frauen, auch manch anderes Gute. Ihre Gestalt hat die Schönheit der Engel; das Heil der ganzen Welt ist von ihrer Huld abhängig.   14 Ich will mich stets von Frauen begeistern lassen, obgleich eine Frau ganz unfraulich an mir gehandelt hat. Eine gute Frau kann mich für das Leid, das ich deswegen erdulde, noch entschädigen.   18 Finde ich die,

DAZ IST   36 ir.

Vinde ich die, div dienest chan fůr dienest nemen,
ich tun ir den dienest, der ir mûz gezemen
20 Vnd der mich gemachet wert.
sôlhes wibes han ich ie ze frowen gegert.

Si mûz tugende, gůte bi der schône han,
der min lip mit dienst mer wirt vndertan,
dar zu wiplich sin gemůt,
25 eren rich, vor allem wandel gar behůt.

Ich wil gern sin ein vrowen vrier man,
Al die wile ich eine gůt niht vinden chan.
e daz ich den dienest min
me verlûr, ich wolde e ane frowen sin.   *Q 28*

Ein tanz wise, div zwo vnd zweinzigeste

Hoher mût, nu wis enpfangen
Jn min hertze tusent stunt.
La dich bi mir niht belangen!
5 du bist mir ein hoher funt.
Al min vreude was zergangen.
die het truren mir benomen,
div ist mir her wider chomen.

Hoher mût, da ich dich funden
10 han, dar neige ich immer me.
Mit dir han ich vberwunden
truren, daz mir tet ie we;

---

die meinen Dienst wirklich als Dienst würdigen kann, so leiste ich ihr den Dienst, der sich für sie schickt und mich adelt. Eine solche Frau habe ich mir immer als Gebieterin gewünscht.   22 Sie, der ich mich fortan mit meinem Dienst übereignen will, muß neben der Schönheit auch Tugend und Güte besitzen, außerdem ein weibliches Wesen haben, ehrbar sein, keine Untreue kennen.   26 Gern will ich ein Mann sein, der keine Gebieterin hat, solange ich keine wirklich Gute finden kann. Ehe ich [weiterhin] meinen Dienst vergeblich leistete, möchte ich lieber gar keine Gebieterin haben.

HOHER MŮT: Ein Tanzlied, das zweiundzwanzigste. Begeisterung, sei mir im Herzen tausendmal willkommen. Laß es dir bei mir nicht langweilig werden! Für mich bedeutest du das Höchste. Mein ganzer Frohsinn war vergangen. Trübsal hatte ihn mir vertrieben, jetzt ist er zu mir zurückgekommen.   9 Begeisterung, dorthin, wo ich dich gefunden habe, schicke ich immer meinen Dank. Mit dir habe ich die Traurigkeit überwunden, die mich zuvor immer gequält hat; sie ist mir durch dich gänzlich

HOHER MŮT *A. nach Q 19.*

daz ist mir gar von dir verswunden.
Wol mich, wol mich, daz dich ie
15   min minnegernde hertz enpfie!

Hoher můt, dich hat gesendet
mir ein wip, div ere hat.
an die han ich gar gewendet
Mich, daz ist der minne rat.
20   Vnder schilden sper verswendet
wirt durch si von miner hant,
div dich zu mir her hat gesant.

Hoher můt, du vnd div minne
Sult mir helfen dienen ir
25   Sunder valsch mit slehtem sinne,
So mach wol gelingen mir.
Wirt si miner triwen inne,
So tut mir vil freuden chunt
Jr chleinvelhitzeroter munt.

30   Hoher můt, nach diner lere
Wil ich werben vmbe ir lip.
Si hat schőne, si hat ere,
si ist ein reine, sůsse wib,
hoch geborn, gar senfte vnd here,
35   gůt, in rehter maze balt,
Jr lip wiplichen ist gestalt.

Hoher můt, du solt niht eine
Vogt in minem hertzen sin.
Mit dir hat da stat gemeine
40   div vil liebe vrowe min.

---

vergangen. Wie gut, wie gut, daß mein liebebedürftiges Herz dich jemals gefunden hat! 16 Begeisterung, dich hat mir eine Frau geschickt, die hohes Ansehen genießt. Der habe ich mich ganz zugewendet, so riet es die Liebe. Um ihretwillen, die dich zu mir geschickt hat, wird von meiner Hand, gedeckt vom Schild, [so mancher] Speer zerbrochen. 23 Begeisterung, du und die Liebe sollen mir ihr dienen helfen ohne Arg und geraden Sinnes, dann werde ich Erfolg haben. Bemerkt sie meine Treue, dann wird ihr zarthäutigheißroter Mund mir viel Glück schenken. 30 Begeisterung, so, wie du mich lehrst, will ich um sie werben. Sie hat Schönheit, sie hat Ansehen, sie ist eine edle, herrliche Frau, adlig geboren, gütig und vornehm, gut, von angenehmem Temperament, von vollendet weiblicher Figur. 37 Begeisterung, du darfst nicht allein Herr in meinem Herzen sein. Gemeinsam mit dir hat da meine heißgeliebte Dame ihren Platz. Die Gute, Süße, Reine hat die Liebe mit-

20 scheiden.   28 Si.   33 *f.*

Si vil gûte, sûze, reine
hat die minne mit ir braht,
Si habent ze huse da gedaht.

Hoher mût, min hertze grôzet
45 Vnd ist warden wider iunch,
An die brust ez sere stôzet,
hohe ez springet manigen sprunch.
Werdiv liebe drinne bozet,
Div mich selten ruwen lat,
50 Swie hoch min gemûte stat.   *Q 28*

Ein tanz wise, div dri vnd zweinzigeste wise

„Vvizzet, frowe wol getan,
daz ich uf genade han
hertze vnd lip an ivch verlan.
5 Daz riet mir ein lieber wan;
Durch des rat han ichz getan
Vnd wil ez niht abe gestan.
Daz lat mir ze gût ergan!"

„Sit ir dienstes mir bereit,
10 Tût ir daz vf lones reht,
So lat mich erchennen daz,
Wie der dienest si gestalt,
Den ich mich sol nemen an,
Wie der lon geheizen si,
15 der iv von mir sol geschehen."

---

gebracht, sie wollen sich da niederlassen.   44 Begeisterung, mein Herz wird weit
und ist wieder jung geworden, es klopft heftig gegen die Brust [und] tut manchen
hohen Sprung. Die liebe Liebe klopft darin, die mich nie zur Ruhe kommen läßt, wie
begeistert ich auch bin.

Vvizzet: Ein Tanzlied, das dreiundzwanzigste. „Sie sollen wissen, schöne Dame,
daß ich mich Ihnen ganz anheimgegeben habe in der Hoffnung auf ihre Gnade.
Das hat mir ein lieber Traum geraten; auf seinen Rat hin habe ich es getan und werde
es nicht mehr lassen. Das sollen Sie nicht für ungut nehmen!"   9 „Da Sie Dienst
leisten wollen [und] Sie das mit dem Recht auf Lohn tun, so lassen Sie mich wissen, wie
dieser Dienst aussehen wird, den ich annehmen soll, [und] wie der Lohn heißt, den Sie
von mir erhalten wollen."   16 „Gnädige Frau, ich will, so lange ich lebe, Ihrer Zu-

Vvizzet Ä. nach Q 19.

„Vrowe, ich wil in minen tagen
So nach iwern hůlden iagen
Daz ez iv můz wol behagen,
Den můt durch ivch hohe tragen
20   Vnd an freuden niht verzagen,
Jwer lop der werlde sagen,
Vnd des lones noch gedagen."

„Sit ir vro, dar zu gemeit
Mir ze dienest, als ir ieht,
25   Ez gefrumt ivch selben baz
danne mich wol tusent valt.
Tut daz schame lop hin dan;
Mir ist der spiegel swære bi,
dar inne ich min leit sol sehen."

30   „Iwer lop die wirde hat,
daz ez wol ze hove gat,
baz danne aller chůnege wat
ane scham al da bestat."
„Lieber herre, sælic man,
35   ir sit spotes alze vri.
daz ist vnpris, tar ichz geihen."   *Q 28*

Ein tanz wise, div fůnf vnd zweinzigest

Vvarnet ivch gar, iunge vnd alde,
gegen dem winder, des ist zit!
Niemen blozer vor im halde;
5   er sleht tieffe wunden wit.

---

neigung in einer Weise nachjagen, daß es Ihnen gefallen muß, will um Ihretwillen hochgestimmt sein und an das Glück glauben, Ihren Ruhm der Welt verkünden und vom Lohn vorerst noch schweigen."   23 „Wenn Sie heiter sind und fröhlich in meinem Dienst, wie Sie sagen, nützt es Ihnen tausendmal mehr als mir. Lassen Sie also das beschämende Rühmen; mir ist der Spiegel bedrohlich nahe, in dem ich meinen [künftigen] Kummer sehen werde."   30 „Ihr Ruhm ist so bedeutend, daß er gut bei Hof klingt [und] besser als jeder Königsornat dort besteht, ohne sich zu schämen." „Lieber Herr, bester Mann, Sie haben eine zu lose Zunge. Das ist das Gegenteil von einem Preislied, wenn ich so sagen darf."

VVARNET: Ein Tanzlied, das fünfundzwanzigste. Jung und alt, trefft Vorsorge gegen den Winter, es ist höchste Zeit! Niemand soll sich ihm ungeschützt entgegenstellen; er schlägt tiefe, schwere Wunden. Laßt die Schilde ruhen, verseht euch

VVIZZET   34 Liebe.
VVARNET *Á. nach Q 19.*

> lat die schilde   stille ligen,
> sit ivch selben chleider milde,
> so mŭgt ir im an gesigen.
>
> Ich wil ivch des besten wisen:
> Welt ir vor im sin behŭt,
> so sult ir div hûser spisen,
> gegen im ist iv niht so gŭt.
> swer mit witzen   nu niht vert,
> sit er wil diu hûs besitzen,
> der ist von im vnernert.
>
> Fûr sin stŭrmen, fûr sin slichen,
> fûr sin vngefŭge dro
> sŭl wir in die stuben wichen,
> da mit wiben wesen vro.
> Wibes gŭte,   daz ist ein dach,
> daz man nie fûr vngemûte
> Also gutes niht gesach.
>
> Aller gŭten wibe gŭte
> muzen miner frowen pflegen.
> Vor ir zŭrnen mich behŭte
> got, daz ist min morgen segen.
> gŭtes wibes   werdicheit
> ist fûr war gar mines libes
> hohester trost fûr senendiv leit.
>
> Mines hertzen frŭden lere
> ist ein sûzer wibes lip.
> div ist min trost fûr hertzen sere.
> si ist fûr *war* ein wiplich wip

10

15

20

25

30

---

reichlich mit Kleidern, dann könnt ihr über ihn triumphieren.   9 Ich will euch aufs beste unterweisen: Wollt ihr vor ihm geschützt sein, so sollt ihr die Häuser mit Proviant versehen, nichts hilft euch so gut gegen ihn. Wer jetzt nicht klug ist, wo er doch von den Häusern Besitz ergreifen will, der wird sich vor ihm nicht retten können. 16 Um seinem Ansturm, seinem geheimen Eindringen, seinem heftigen Dräuen zu entgehen, sollen wir uns in die Stuben zurückziehen, uns dort mit den Frauen die Zeit vertreiben. Die Frauengüte ist ein solcher Schutz gegen schlechte Laune, wie man keinen besseren finden kann.   23 Die Gutheit aller guten Frauen soll meine Dame in ihre Obhut nehmen. Gott behüte mich davor, daß sie mir böse ist, das ist mein Morgengebet. Die Vortrefflichkeit einer guten Frau ist wahrlich mein bester Schutz gegen Sehnsuchtsqualen.   30 Eine liebenswürdige Frau ist es, wodurch mein Herz Glück findet. Sie ist mein Trost gegen Herzeleid. Sie ist wahrhaftig eine wahre Frau und

33 f.

Vnd ein frowe   maniger tugende.
35   swanne ich in ir ougen schŏwe
mich, so blŭt mir freuden iugende.   *Q 28*

Ein schoniv maget
sprach: „vil liebiv frowe min,
Wol uf, ez taget!
schŏwet gegen dem vensterlin,
5   Wie   der tach uf gat! Der wahter von der zinnen
ist gegangen. iwer urivnt sol von hinnen;
ich fŭrht, er si ze lange hie.“

Div frowe gŭt
sŭft vnd chust ir lieben man.
10   der hochgemŭte
sprach: „gŭt vrowe wol getan,
der   tach ist hoh uf, ich chan niht chomen hinnen.
maht du mich verbergen iender hinne?
daz ist min rat vnd ouch min ger.“

15   „Vnd mŏht ich dich
verbergen in den ougen min,
friunt, daz tæt ich.
des chan leider niht gesin.
Wil   du hie in dirre chemenaten beliben,
20   disen tach mit freuden wol vertriben,
dar inne ich dich wol verhil.“

„Nv birge mich,
swie du wil, schŏne wip,
doch *so*, daz ich
25   sunder *wer* iht verliese den lip.

───────────────────────────────

eine Dame mit so vielen Vorzügen. Wenn ich mich in ihren Augen spiegeln kann,
erblüht mir des Glückes Maienlust.

EIN SCHONIV: Eine schöne Dienerin sprach: „Meine liebste Herrin, auf, es wird
Tag! Seht zum Fensterchen, wie der Tag heraufkommt! Der Wächter hat schon die
Zinne verlassen. Ihr Freund muß fort; ich fürchte, er ist [schon] zu lange geblieben.“
8 Die edle Frau seufzte und küßte ihren Geliebten. Der edle Mann sprach: „Liebe,
schöne Frau, es ist heller Tag, ich kann nicht mehr fort. Kannst du mich irgendwo
hier drinnen verbergen? Das würde ich raten und wünschen.“ 15 „Und könnte
ich dich in meinen Augen verstecken, Geliebter, das würde ich tun. Das geht leider
nicht. Willst du hier in diesem Zimmer bleiben [und] diesen Tag in Liebesfreuden ver-
bringen, so verstecke ich dich hier mit Sorgfalt.“ 22 „Nun versteck mich, wie du
willst, schöne Frau, aber so, daß ich nicht wehrlos umkomme.

EIN SCHONIV *Ä. nach Q 19.* 24 *f.* 25 *f.*

Wirt   min iemen inne, So soltu mich warnen.
chům ich ze wer, ez můz sin lip erarnen,
der mich mit strit niht verbirt."

Sus wart verspart
30 der vil manlich hochgemůte
Vnd wol bewart
von der reinen, sůzen gůte.
Wi   pflach si sin den tach, div sůze minnecliche!
so, daz er wart hohes můtes riche.
35 so kurzen tac gewan er nie.

Div naht quam *do.*
sa hůp sich der minne spil.
sus vnde so
wart von in getrůtet vil.
40 ich   wene, ie wip wůrde baz mit liebem manne,
danne ir was. ôwe, do můst er dannen.
da von hůp grozzer iamer sich.

Vrlůp genomen
wart mit chůssen ander stunt.
45 schier wider chomen
bat in ir sůzer roter munt.
er   sprach: „ich tun. du bist miner freuden wunne,
mines hertzen spilndiv meyen sunne,
min freuden geb, min sælden wer."   *Q 28*

Wenn jemand mich entdeckt, sollst du mich warnen *[oder: bewaffnen]*. Muß ich mich
zur Wehr setzen, dann muß der, der dem Kampf mit mir nicht ausweicht, es mit dem
Leben bezahlen."   29 So wurde der männlich kühne Mann von der reinen, süßen
Schönen versteckt und gut verborgen. Wie hat sie, die süße Liebreizende, mit ihm
den Tag verbracht! In der Weise, daß er überschwängliches Glück erlebte. Nie war
ein Tag für ihn so kurz.   36 Dann kam die Nacht. Sogleich begann [erst recht] das
Liebesspiel. Auf alle erdenkliche Weise liebten sie einander. Ich glaube, keine Frau
hat es je mit ihrem Geliebten besser getroffen als sie. O weh, dann mußte er fort.
Deshalb begann ein großes Klagen.   43 Mit Küssen wurde wiederum Abschied ge-
nommen. Ihr süßer roter Mund bat ihn, bald zurückzukommen. Er sagte: „Das tue
ich. Du bist meine höchste Wonne, die leuchtende Maiensonne meines Herzens, mein
Glücksgeschenk, Bürge meiner Seligkeit."

36–37 quam sa do.

FRIEDRICH DER KNECHT

Div vil minnecliche, die ich da meine,
manegen eit   han ich da verlorn.
nv enswere ich doch niht eime steine.
5   diz leit   were baz verborn,
daz si mir gelovbet niewan eines, obe ich hienge,
daz ich vf der erde *gerne* ledeclichen gienge.
vmbe waz   lide ich selchen haz?

Ich weiz wol, ez hat dv́ schone svnde,
10   daz ir spot   machet mich vnvro.
ir gnaden hat ich gerne kvnde.
semmir got,   nach ir ist mir so
rehte we, daz ich geslafe niemir niht, so ich wache.
darzv́ wirde ich selten vro, wan so ich von herzen lache.
15   mine tage   swindent so mit clage.   *Q 18*

Wil mir ein wip gnedic sin,   so wirt min rat,
dv́ mir al daz herze min   betwinget hat.
si kan wol seneden machen
mit ir wol sv́zem lachen.
5   waz si des hat,   daz ir wol stat,
vil gar ane alle missetat!
hei, grawer otto,   hei, grawer otto,
grawer otto, nv pflege din got!
wis stolz, grawer otto!

DIV VIL: Bei der ach so Lieblichen, die ich liebe, habe ich so manchen Eid umsonst
geleistet. Nun ist es doch kein Stein, dem ich schwöre. Es wäre besser, wenn dieses
Leid nicht ertragen werden müßte, daß sie mir nur dies eine glaubt, daß ich, statt hän-
gen zu müssen, gern frei auf der Erde herumliefe. Warum trifft mich solcher Hohn?
9 Ich weiß wohl, die Schöne versündigt sich, weil ihr Spott mich so betrübt. Ich
wüßte gern, wie es ist, wenn sie gnädig ist. Mich verlangt, weiß Gott, so sehr nach
ihr, daß ich keinen Schlaf finde, wenn ich wache. Außerdem werde ich nur dann froh,
wenn ich von Herzen lache. Meine Tage gehen so unter Klagen dahin.
WIL: Wenn mir [diese] eine Frau, die mir mein Herz gänzlich bezwungen hat, ihre
Gunst schenkt, dann ist mir geholfen. Sie kann mit ihrem so süßen Lachen heftiges
Verlangen erwecken. Wieviel hat sie nicht davon [zu verschenken], was sie so reizvoll
macht, ohne je ein ungutes Spiel damit zu treiben! Hei, grauer Otto, hei, grauer Otto,
grauer Otto, möge Gott sich deiner annehmen! Sei tapfer, grauer Otto!   10 Ich

DIV VIL *In Q 18 Leuthold von Seven (s. S. 192) zugewiesen, Zuweisung hier in Übereinstim-*
mung mit der Forschung nach Q 19. – Ä. 4 nach Q 65, 7 nach Q 19.   4 niht vz eime.   7 f.
WIL *Zuweisungen wie beim vorhergehenden Lied.*   7 *Anspielung nicht aufzulösen.*

10   Ich han gedingen, wirt si mir,   div vrowe min,
        dvr der willen wil ich   hohes mv̂tes sin,
        so vroit sich min gemv̂te
        von ir vil lieben gv̂te.
        ia, vrowe min,   ich bin doch din,
15   wie lange wiltv vngenedic sin?
        erwint, frowe here!   vil liebe, erwint,
        troste minen seneden mv̂t!
        ia trv̂re ich ze sere.   *Q 18*

KOL VON NEUNZEN

Nv iarlanc stet vil hohe min mv̂t. ich horte den sv̂zen sanc
von einer swalwen, da si vlovch, ir stimme, dv̂ waz gv̂t.
„vro maget, het ich vch in eime holz,
5   daz neme ich vur den cranz,
     den ir zesemene hant gelesen
     von meneger hande blv̂t.“
     „knappe, lat vwer wunschen stan,
     dv̂ rede ist gar verlorn.
10   solde ich mit vch ze holze gan,
     mich steche lihte ein dorn.
     so slv̂ge mich dv̂ mv̂ter min, daz were mir lihte zorn.“

Er nam si bi der wizen hant, er vurte si in den walt
– da svngen cleinv̂ vogellin ir stimme manicvalt –

---

habe die Hoffnung, daß, wenn die Dame, um derentwillen ich hochgemut sein will,
die meine wird, mein Herz über ihre liebevolle Zuneigung selig sein wird. Ja, gnädige
Frau, ich bin doch dein eigen, wie lange willst du abweisend bleiben? Besinne dich
eines Besseren, edle Frau! Vielgeliebte, besinne dich, stille mein sehnsüchtiges Ver-
langen! Bin ich doch allzu traurig.

Nv IARLANC: Jetzt in dieser Jahreszeit bin ich recht fröhlich. Ich hörte das liebliche
Gezwitscher einer Schwalbe, als sie vorbeiflog, ihre Stimme war süß. „Edles Fräulein,
wäre ich mit Ihnen im Wald, das wäre mir lieber als der Kranz, den Sie aus vielerlei
Blüten zusammengebunden haben.“ „Junger Mann, versagen Sie sich solche Wünsche,
Sie reden umsonst. Würde ich mit Ihnen in den Wald gehen, stäche mich vielleicht ein
Dorn. Dann würde mich meine Mutter schlagen, vermutlich brächte mir das nur
Ärger.“ 13 Er ergriff ihre weiße Hand, er führte sie in den Wald – dort sangen
kleine Vögelchen ihre vielfältigen Weisen – einen schmalen Weg unter eine breite

Nv IARLANC *In Q 18 und Q 19[1] Neune zugewiesen, Zuweisung hier in Übereinstimmung
mit der Forschung nach der 2. Überlieferung in Q 19. – Ä. nach Q 19[2].*

15 vnder eine grûne linden breit
    einen smalen stic.
    da wart dú maget vil gemeit
    ein also schone wip.
    er leite si an daz schone graz,
20 die maget wol geborn.
    ine weiz, waz brieves er ir las.
    daz waz ir ein wenic zorn,
    daz wart harte schiere versûnet, daz tet der liebe dorn.   *Q 18*

Das si mir dike striteklíche hat verseit,
dest ein lehen, kvme als ein hant so breit.
môhte ich das selbe lehen ir verdienen an,
so geswûr ich wol, das niemer man
5 mit willen geherberget vf das selbe gût:
swenne alles velt mit snewe lit, so ist doch der selbe aker gût.

                                                                    Q 19

Ich sas bi miner frôwen, bis mir begvnde stân
min – herze hohe. das kvmet von *mîm* lieplichen wân.
mir kvnde von keinem wibe niemer so sere gestân
min – gemûte.
5 Das kvmt von dem troste, den ich han
zir wiplichen – gûte.   *Q 19*

---

grüne Linde entlang. Da wurde aus dem munteren Mädchen eine ebenso schöne Frau.
Er legte das feine Fräulein in das schöne Gras. Ich weiß nicht, in welchem Text es
weiterging. Gab es auch ein wenig Entrüstung, so wurde das bald besänftigt, das
machte der liebe Dorn.

DAS SI: Was sie mir oft heftig verwehrt hat, ist ein Lehen, kaum so breit wie eine
Hand. Könnte ich eben dieses Lehen von ihr erlangen, dann leistete ich den feierlichen
Eid, daß kein anderer Mann mit [meiner] Zustimmung auf diesem Gütchen einkehrt:
Wenn alle Felder unter Schnee begraben liegen, dieses Äckerchen kann immer be-
stellt werden.

ICH SAS: Ich saß bei meinem Mädchen, bis sich mir aufrichtete mein – Herz hoch
empor. Das kommt von meinen zärtlichen Träumen. Noch um keiner Frau willen
richtete sich so sehr auf mein – Gemüt. Das kommt von dem, was ich mir verspreche
von ihrer weiblichen – Güte.

NV IARLANC   15 vñ.
ICH SAS Ä. *nach Q 65.*   2 ir.

REINMAR VON ZWETER

Got, aller gv̂ten dinge vrsprinc,
got, aller wite vnt aller lenge ein vmmegender rinc,
got, aller hohe ein dach, got, aller tiefe ein endeloser grvnt!
5 sich, herre, vz diner gotheit
her abe in dinen tivren kouf, der cristenheit leit
Durch dinen eingeborn svn, der an dem crvce wart verwunt!
Mit sinem blv̂te mehelte er vns zv brv̂ten;
din hantgetat solt dv noch, herre, trv̂ten
10 dvrch den, der vns da hat gevriet
von helle vnt von des tiuels cloben.
den svlen wir, herre, mit samt dir loben
vur einen got, des namen sint gedriet.   *Q 17*

Got herre, swes dv an vns gerst,
des mugen wir dich nit wol gewern, e daz dv vns gewerst.
wilt dv uon vns reine gedenke, reinen mv̂t vnt reinez leben,
Wa svlen wir, herregot, daz nemen?
5 din reinicheit, di welle vns reinen, so daz wir *dir* zemen!
wilt dv, daz wir nach dinem willen leben, den willen mv̂s dv vns
Wer kan iht gv̂tes ane dich beginnen?   [geben.
wes herze mac dich svnder dich geminnen?
wie kunnen wir, herre, dir geleisten
10 iht gv̂tes ane din volleist,
di vns ze gebene hat din geist?
den selben geist la, herregot, vns geisten!   *Q 17*

GOT: Gott, Ursprung alles Guten, Gott, umfassender Kreis jenseits aller Weite und aller Länge, Gott, Überhöhung aller Höhe, Gott, endloser Abgrund jenseits aller Tiefe! Sieh, Herr, aus deiner Gottheit auf das, was du so teuer erkauft hast, [sieh an] das Leid der Christenheit um deines eingeborenen Sohnes willen, der am Kreuz getötet worden ist! Mit seinem Blut vermählte er sich mit uns, seinen Bräuten; deiner Schöpfung sollst du, Herr, auch weiterhin liebevoll eingedenk sein um dessentwillen, der uns von der Hölle und dem Fallstrick des Teufels befreit hat. Ihn sollen wir, Herr, ebenso wie dich loben als den einen Gott, dessen Name dreifaltig ist.

GOT HERRE: Herrgott, was du von uns verlangst, können wir dir gar nicht geben, wenn du es uns nicht zuvor geschenkt hast. Willst du von uns reine Gedanken, ein reines Herz und reines Leben, woher sollen wir das, Herrgott, nehmen? Deine Reinheit möge uns reinigen, so daß wir dir angemessen sind! Willst du, daß wir nach deinem Willen leben, mußt du uns den Willen dazu verleihen. Wer kann ohne dich etwas Gutes tun? Wessen Herz kann dich ohne dein Zutun lieben? Wie können wir, Herr, Gutes für dich vollbringen ohne deinen göttlichen Beistand, den uns dein Geist verleihen muß? Laß diesen Geist, Herrgott, uns mit Geist erfüllen!

GOT *Die Mel. zu den Str. Reinmars in Q 29 unter der Bezeichnung* fraw eren don.
GOT HERRE *Ä. nach Q 19.*   5 *f.*

Groz wunder, daz uns ist geschehen
von einer magt, des mir alle christen mv̂zen iehen.
den himels wite nie vmbeuie, di doch nie ende gewan,
noch mit der hohe in vmbeuie
5 noch mit der witen tiefen grundeloser helle nie,
den vmmeuinc ir cleiner lip; da merkent wunder an!
si leite in minniclichen zv ir schozen,
waz wunders mac dem wunder sich genozen?
kintlichen leite er sich zir brusten,
10 mv̂terlichen souget si in,
si wante ir ougen dicke da hin;
wir habenz da vur, si helst in vnde custen.   *Q 17*

Swer gerne minniclichen lige
vnt in den selben vrovden doch den sunden an gesige,
den wise ich an ein bette, da er uil maniger vrouden nietet sich.
Lege sich vf sine baren knie
5 vnt rv̂fe tougenlichen zv der magt, di svnde nie begie,
spreche anders niht wan: „vrowe, durch dine groze gv̂te erhore
Wi kunde er baz geligen vnt geminnen?   [mich!"
mac er di vrowun erwerben vnt gewinnen,
div kan wol wernde vroude machen;
10 ir gv̂te vrowet ie baz vnt baz,
ir gv̂te wirt sin matraz,
so wirt ob im ir gv̂te sin decklachen.   *Q 17*

GROZ WUNDER: Alle Christen müssen mir zustimmen, daß uns ein großes Wunder
durch eine Jungfrau widerfahren ist. Den die Weite des Himmels, die nie ein Ende
genommen hat, nicht umfaßte noch ihn mit ihrer Höhe erreichte noch jemals mit der
weiten Tiefe der grundlosen Hölle, den umfing ihr zarter Leib; gebt zu, daß das ein
Wunder ist! Sie legte ihn liebevoll auf ihren Schoß, welches Wunder kann sich diesem
Wunder vergleichen? Kindlich schmiegte er sich an ihre Brust, mütterlich säugte sie
ihn, oft ließ sie ihre Augen auf ihm ruhen; wir wissen es, sie umarmte und küßte ihn.

SWER: Wer gern in Liebesfreuden schwelgt und in diesen Freuden doch den Sün-
den widerstehen will, den verweise ich auf ein Bett, in dem er viele Freuden genießen
kann. Er lasse sich auf seine bloßen Knie nieder und rufe im stillen die Jungfrau an,
die niemals gesündigt hat, [und] sage nur das eine: „Herrin, erhöre mich um deiner
großen Güte willen!" Wie könnte er besser liegen und lieben? Kann er diese Herrin
für sich erwerben und gewinnen, [so] kann sie wahrlich Freude ohne Ende gewähren;
ihre Güte erfreut je länger je mehr, ihre Güte wird seine Matratze, und zugleich wird
ihre Güte die Decke, die über ihn gebreitet ist.

Tristram, der leit vil groze not,
von eines wibes minne lac er vil iemerlichen tot;
daz quam von sinen triwen, di selbe minne vz eime glase er tranc.
Daz selbe ouch ich getrvnken han
5 vz miner frowen ougen, da uon ich in grozem kumber stan,
des mac mir nit gehelfen des meien schin noch cleiner vogelline
Si hat mich verwundet also sere   [sanc.
durch min herze mit ir minne gere,
ez ensi, daz mich noch ir trost heile,
10 ich were anders schire tot,
wand ir vil sv̂zer munt so rot,
der werde noch mir senedem man zu teile.   *Q 17*

Alle schv̂le sint gar ein wint
wan div schv̂le aleine, da di minnere sint;
di ist so kunstwise, daz man ir mv̂z der meisterschefte iehen.
Jr besem zamt so wilden man,
5 daz er nie gehorte noch gesach, daz er daz kan.
ich wene, nieman so hoher schv̂le habe gehort oder gesehen.
Di minne leret, di vrowen schone grv̂zen,
di minne leret manigen spruch vil sv̂zen,
di minne leret groze milte,
10 di minne leret groze tvgende,
di minne leret, daz di iugende
kan ritterlich gebaren vnder schilte.   *Q 17*

TRISTRAM: Tristan erduldete große Qualen, durch die Liebe zu einer Frau fand er ein jämmerliches Ende; das geschah durch seine Treue, diese Liebe trank er *[im Zaubertrank]* aus einem Glas. Dieses [Schicksal] habe auch ich aus den Augen meiner Liebsten getrunken, dadurch trage ich tiefes Leid, von dem mich weder die Pracht des Frühlings noch der Gesang der kleinen Vögelchen erlösen kann. Sie hat mich so tief im Herzen mit ihrem Liebesspeer verwundet, daß ich, wenn mich ihr Trost nicht heilt, bald sterbe, es sei denn, ihr so süßer roter Mund berührt mich sehnsuchtskranken Mann.

ALLE: Alle Schulen taugen nichts im Vergleich zu der, in der die Liebenden sind; die ist so unterrichtet in der Kunst, daß man ihr die Meisterschaft zusprechen muß. Ihre Rute zähmt den ungebärdigen Menschen so sehr, daß er das vermag, was er vorher nie gehört oder gesehen hat. Ich glaube, niemand hat je von so vortrefflicher Schule gehört oder [sie] gesehen. Die Liebe lehrt, sich vor den Frauen zierlich zu verneigen, die Liebe lehrt viele zärtliche Worte, die Liebe lehrt große Freigebigkeit, die Liebe lehrt große Fähigkeiten, die Liebe lehrt, daß der junge Mann, der den Schild trägt, sich auch als wahrer Ritter erweist.

TRISTRAM 1 *Vgl. S. 63 Anm.*

Ein wip, di gar geuriet hat
ir leben vnt ouch irn lip vor aller missezemender tat,
di hat ir herze gevurstet, ob si nit lúte noch der lande habe.
Sint ir gedenke vnkúsche vri,
5 *vn*kuscher worte ir munt, so iehen wir, daz si beide si:
ein engel vnt ein wip; des lobes gestet ir nimmer gût man abe.
Swer si dan wip, vrowe vnt engel nennet,
der bekennet ir, des ir got selbe bekennet:
von liebe ein wip, von tugenden ein vrowe,
10 ein engel von der reinikeit,
da mite der geist ie widerstreit
vleislicher girde alsam di sunne dem touwe.   *Q 17*

Waz cleider vrowen wol an ste,
des wil ich vch bescheiden: ein hemede wiz alsam ein sne,
daz ist, daz si got minne vnt habe in liep, dest wol ein richez cleit.
Dar ob sol sin ein roc gesniten,
5 so daz si liep vnt leit sol tragen mit uil kuschen siten;
ir gurtel si diu minne, ir vurspan, daz si tugenden si bereit;
div ere ir mantel, daz der an ir decke,
ob icht des si, daz wandels an ir blecke;
Jr rise, daz sol sin ir triwe,
10 dar ob ein schappel von der art,
daz si uor ualsche si bewart.
si selic wip, der lop ist immer nïwe!   *Q 17*

EIN WIP: Eine Frau, die ihr Leben und ihre ganze Person von allen Taten freigehal-
ten hat, die sich nicht für sie schicken, die hat das Wesen einer Edelfrau erworben,
auch wenn sie nicht Leute und Land besitzt. Wenn ihre Gedanken frei von Unkeusch-
heit sind, ihr Mund [frei von] unkeuschen Worten, dann sagen wir, sie sei beides: ein
Engel und eine Frau; kein redlicher Mann versagt ihr dieses Lob. Wer sie Frau, Her-
rin und Engel nennt, der billigt ihr zu, was Gott selbst ihr [als Titel] zubilligt: um der
Liebe willen eine Frau, um der Tugenden willen eine Herrin, ein Engel um der Keusch-
heit willen, mit der der Geist stets gegen die fleischliche Begierde ankämpft wie die
Sonne gegen den Tau.

WAZ CLEIDER: Ich will euch erklären, welche Kleider den Frauen gut stehen: Ein
Unterkleid weiß wie der Schnee, das bedeutet, daß sie Gott lieben und ihm zugetan
sein soll, das ist ein prächtiges Kleid. Darüber soll als ein Rock geschneidert sein,
daß sie Gutes und Böses in keuscher Sittsamkeit ertragen soll; ihr Gürtel sei die Liebe,
ihre Schnalle Bereitschaft zur Tugend; ihr Mantel die Ehre, damit er an ihr bedecke,
wenn etwas Unzuverlässiges an ihr zum Vorschein käme; ihr Schleier soll die Treue
sein, darüber ein Häubchen von solcher Art, daß sie vor allem Makel beschützt ist.
Preiswürdig ist diese Frau, ihr Ruhm kann nicht verblassen!

EIN WIP *Ä. nach Q 19.*   5 kuscher.

Ein man, der niht erwinden wil,
er minne ein liep zv sinem wibe nach sines herzen spil,
dem wil ich eine wisen, di im der babest nit uerbieten mac:
Minne ere alsam sin selbes wip,
5 er hels si vnt kusse, er drucke si schone an sinen lip;
vnt lige er in der mitte, so weiz ich wol: nie keiser baz gelac.
Swelch man div zwei hat bi siner siten,
der mac der hohsten sunnen wol erbiten.
ein reines wip vnt darzv ere,
10 di minnet von rehte ein werder man;
diu driv nie man gescheiden kan,
ez entv̂ der tot oder tumbes herzen lere.   *Q 17*

Ein herre von gebv́rte vri,
ob der ritter vnt kneht, dienstman vnt eigen si,
wie daz geschehen mvge, des sol nit wunder nemen man noch wip.
Ein vri geburt nit irren kan,
5 sin si wol vri vnt doch der eren dienstman,
ein ritter siner tate, der milte ein kneht, der zuhte ein eigen lip.
Swelch herre alsus vndersniten were,
der dv́hte mich ein hubscher wunderere:
hie vri, dort dienestman, hie eigen,
10 vf ienez ein ritter, vf diz ein kneht.
were er zv disen vnunen reht,
ein kuniginne solte im ir houbet neigen.   *Q 17*

EIN MAN: Ein Mann, der es nicht lassen kann, neben seiner Frau noch eine Ge-
liebte nach Herzenslust zu lieben, dem will ich eine zeigen, die ihm nicht [einmal] der
Papst verbieten kann: Er liebe die Ehre wie seine eigene Frau, er umarme und
küsse sie, er ziehe sie liebevoll an sich; und liegt er mitten zwischen den beiden, so
weiß ich genau: Kein Kaiser ruhte je besser. Der Mann, der diese beiden an seiner
Seite hat, der braucht den höchsten Stand der Sonne nicht zu scheuen. Mit Recht
und Grund liebt ein edler Mann eine keusche Frau und daneben die Ehre; diese drei
kann niemand trennen, es sei denn der Tod oder der Rat des törichten Herzens.

EIN HERRE: Wie das geschehen kann, daß ein frei geborener Edelmann [zugleich]
Ritter und Knappe, Verpflichteter und Leibeigener ist, soll niemand erstaunlich fin-
den. Eine freie Geburt kann nichts daran ändern, daß, sie mag frei sein, [er] doch [zu-
gleich] ein der Ehre Verpflichteter, ein Ritter in seinen Taten, ein Knappe der Näch-
stenliebe, ein Leibeigener der Zucht ist. Der Edelmann, der so zusammengefügt
ist, dünkt mich ein wahres Wunder an hofgerechtem Verhalten zu sein: hier frei,
dort verpflichtet, hier leibeigen, im einen Fall ein Ritter, im andern Fall ein Knappe.
Wäre er jedes dieser fünf in vollem Umfang, eine Königin müßte sich vor ihm ver-
neigen.

Vz sinwellem mv̊te ein man,
zv swem der walget, von dem so walget er. wider dan.
nu walge hin, nu walge her, eins vngevierten mannes mv̊t!
Du bleses kalt vnt huches warm
5 vz eines mannes munde; steter trvwen bis dv arm.
ich meine aller lute niht, ich meine aleine den selben, der ez tv̊t:
Her phenninc, daz nv nieman lebt so riche,
er tv̊ durch vwern willen lasterliche!
daz mv̊ze dich, sv̊zer got, erbarmen!
10 her phenninc, daz ir werent liep
vnt niht so gar der eren diep!
(daz zeme baz dem richen dan dem armen.)   *Q 17*

Ez wart nie wip noch man belogen
so sere als ere, vnt ist si dabi doch uil wol gezogen;
man git ir manigen vriedel, vnt were ez war, des si sich mohte
Der werlt vnbilde hohet hie   [schamen.
5 vnt nidert dort; von welchen schulden oder wie
solt ere ieslichen minnen durch sinen phingestlichen kvniges
So wurde si uerwitwet alze schiere.   [namen?
ich nante ir wol in einem atemen viere,
di mit entlehenter wirde vv̊ren
10 vernt vf vnt hivr wider ab;
daz der islicher ere hab,
nu enwelle got! sin lat sich nit behuren.   *Q 17*

Vz sinwellem: Ein Jemand, dessen Charakter wie eine Scheibe geartet ist, rollt von jedem, zu dem er hingerollt ist, auch wieder weg. Nun, wenn du ein Charakter bist, der gleichsam keine Fläche hat, auf der er ruhen kann, dann rolle hin und her! Aus einem Mund bläst und hauchst du kalt und warm zugleich; beständige Treue ist dir unbekannt. Ich meine nicht die Menschheit allgemein, ich meine allein diesen einen, der das tut: Herr Pfennig, daß es nun keinen noch so Mächtigen gibt, der nicht um Ihretwillen Schändliches tut! Das muß, lieber Gott, dein Mitleid erregen! Herr Pfennig, wären Sie doch gut und nicht ein so schlimmer Räuber der Ehre! (Das wäre für den Reichen wichtiger als für den Armen.)

Ez wart: Keine Frau und kein Mann wurden je so sehr hintergangen wie die Ehre, und dabei ist sie doch von hohem Adel; man gibt manchen für ihren Geliebten aus, dessen sie sich schämen müßte, wenn er es wirklich wäre. Die Schlechtigkeit der Welt erhöht hier und erniedrigt dort; aus welchem Grund oder warum sollte die Ehre jeden lieben um eines Königstitels willen, den er nur für die Pfingstzeit trägt? Sie würde dann allzu bald verwitwet sein. Ich könnte in einem Atemzug wohl viere nennen, die mit geborgten Würden letztes Jahr auf- und dieses Jahr wieder abgestiegen sind; sollte jeder von denen die Ehre besitzen, da sei Gott vor! Sie läßt sich doch nicht zur Hure machen.

Ez wart   9 entlehenter *von späterer Hand korr. zu* etzlicher.   11 daz *von späterer Hand korr. zu* ob.

Swaz di vil reine trinitat
gotlicher dinge ze himele vnt hie begangen hat,
da was di ere mit, di sunderte sich uon gotes hulden nie.
Di ere ist aller selden stam,
5 si wildet ie vnbilde vnt was den rehten vŭgen zam,
gelenke gŭten dingen vnde missewende widerbruhtic ie.
Jr craft di heren gotes tougen cronet,
ir wirde di engele tivrt vnde schonet;
da uon rat ich, daz ir si eret.
10 wol im, der *ir* ze rehte phligt!
der hat uor gote vnt hie gesigt.
si gotes zart lip vnde sel beheret.   *Q 17*

Zwei adel sint an den luten ouch:
von sinem kúnne ist einer edel vnt ist doch selbe ein gouch,
der ander ist von sinen tvgenden edel vnt nit von hohem namen.
Swa dise zwene solten leben
5 zv bette vmbe ere, wem daz lop di wisen solten geben,
so neme ich den ze kemphen, der sich uor vntugenden kúnde
Swer edel ist von magen vnt nit von mŭte,   [schamen.
der brichet siner edeln vordern hŭte.
Nu sprechent, ir nachspehende lúte,
10 sit daz der edeln uâtere kint
von hohem adel gevndelt sint,
war ere muge, da man si mŭde trute.   *Q 17*

Swaz: Bei allem, was die heilige Dreifaltigkeit im Himmel und hier unten an göttlichen Taten vollbracht hat, war die Ehre zugegen, sie hat sich nie von Gottes Gnade getrennt. Die Ehre ist der Ursprung allen wahren Glücks, stets entfremdete sie sich der Schlechtigkeit und war den guten Sitten vertraut, immer gefügig dem Guten und widersätzlich dem Unrecht. Ihre Macht krönt die Verborgenheit des erhabenen Gottes, ihre Würde verleiht den Engeln höheres Ansehen und Schönheit; deshalb rate ich, daß ihr sie ehrt. Wohl dem, der ihr in rechter Weise obliegt! Der hat vor Gott und den Menschen den Sieg davongetragen. Die Vertraute Gottes adelt Leib und Seele.
Zwei: Es gibt zwei verschiedene Arten von Adel unter den Menschen: Einer ist adlig seiner Geburt wegen und ist doch für sich betrachtet ein Narr, ein zweiter ist adlig durch seine Vortrefflichkeit und nicht durch einen adligen Namen. Wo diese beiden um die Ehre wetteifern müßten, wem die Weisen den Preis verleihen sollten, da nähme ich den zum Kampfgenossen, der sich lasterhafter Dinge schämen würde. Wer der Sippe wegen und nicht der Gesinnung nach adlig ist, der bricht mit der Tradition seiner edlen Vorfahren. Da die Nachkommen der edlen Väter aus ihrem hohen Adel zu Unadel gekommen sind, nun sagt, ihr Leute mit dem scharfen Blick, wohin die Ehre sich wenden soll, wo man die Erschöpfte liebevoll aufnimmt.

Swaz *Ä. nach Q 71.*   10 *f.*

Ez ist ein wâc, der lat sich waten
daz lamp vnt mv̂z der helfant dabi swimmen mit vnstaten.
der wâc, der ist dem helfande gar ze tief, dem lambe vúrtic wol.
Der wac, daz ist der cristentv̂m,
5 den man einualtic waten sol ane vppiclichen rv̂m.
der helfant ist der tumbe man, der mêr wil wizzen, dan er sol.
Swer mit dem lambe einualticlichen wûte,
der wurde nimmer swimmend in der vlûte
der grundelosen gotes tiefe.
10 der helfant ist der tumbe man,
der mêre wil wizzen, dan er kan,
vnt swimmen wil, da er wol trucken liefe.   *Q 17*

Geluckes rat ist sinewel.
im loufet maniger nach, doch ist ez uor im gar ze snel
vnt lat sich doch erloufen williclich, den ez betriegen wil.
Swer stiget uf geluckes rat,
5 der darf wol gûter sinne, wi er behalte geluckes stat,
daz ez vnder im iht wenke, wand ir daz rat hin ab im zucket vil.
Di mûzen dan sigen mit vnwerde,
wand si mit schanden ligent uf der erde.
gelucke wenket vnbesorget,
10 ez git uil manigem e der zit
vnt nimt hin wider, swaz ez git.
ez tôret den, dem ez ze uil geborget.   *Q 17*

Ez ist: Es gibt einen Fluß, der sich vom Lamm durchwaten läßt, aber der Elefant muß unter Mühen schwimmen. Der Fluß ist für den Elefanten viel zu tief, dem Lamm bietet er bequeme Furt. Der Fluß bedeutet das Christentum, das man in frommer Einfalt ohne übermütige Überheblichkeit durchwaten soll. Der Elefant ist der törichte Mensch, der mehr wissen will, als für ihn gut ist. Wer mit dem Lamm in frommer Einfalt einherwaten würde, der brauchte nie in der Flut der grundlosen Tiefe Gottes [hilflos] zu treiben. Der Elefant ist der törichte Mensch, der mehr wissen will, als er zu fassen vermag, und dort schwimmen will, wo er trockenen Fußes gehen könnte.

Geluckes: Das Rad des Glücks ist rund. Mancher läuft ihm nach, doch rollt es viel zu schnell vor ihm davon und läßt sich doch willig von den einholen, den es betrügen will. Wer auf das Rad des Glücks aufsteigt, der braucht klugen Verstand, um den Zustand, im Glück zu sein, zu behaupten, so daß es nicht unter ihm davonrollt, weil das Rad sich viele von ihnen abstreift. Die müssen dann schmachvoll untergehen, weil sie mit Schande auf der Erde liegen. Das Glück dreht sich unbekümmert [weiter], es gibt vielen zur Unzeit und, was es gibt, nimmt es auch wieder fort. Es narrt den, dem es zu viel geborgt hat.

    Daz boste vleisch, daz ie getrûc
    hunt oder wolf in sinem munde, daz ist bose gnûc,
    so ist des *bôsen* menschen zunge noch boser *vil*, so we in, di dich
    Mit worten uelschent si den luft   [tragen!
5   vnt senkent, di si tragent, nider in der helle *gr*uft.
    knierunen, spotten, smeichen, losen, liegen, swern, vlûch beiagen,
    Daz kan di bose zunge vnt dannoch mere,
    si enzundet schande vnt leschet houes ere,
    Si snabelsnellet uf di besten
10 daz boste, daz *si* uinden kan.
    di werlt nie boser vleisch gewan.
    des mûzen sich di maden an ir mesten!   *Q 17*

    Sage an, munt uol, wilt du dich
    hant uol gelichen? daz ist doch vil vngeliche;
    wil danne hantuol schozuol ubermenigen, des enmac nit sin.
    So hilfet schozuol nit sin karc
5   noch sin kundikeit, im si ein malter doch ze starc.
    so tût ein mútte *ein* uûder, ein malter kume ein halbez vûderlin.
    Sage, muntuol, hantuol, schozuol, malter, mútte,
    ist ein gezelt iht witer dan ein hútte?
    „ia“ sprich vnt la dich selben vngeaffet.
10 er ist ein tore, der getar
    uaste uber houbet grazzen dar,
    da sin getar im selben schaden schaffet.   *Q 17*

Daz boste: Das schlechteste [Stück] Fleisch, das je Hund oder Wolf in ihrem Maul getragen haben, ist doch wirklich schlecht genug, damit verglichen ist die Zunge eines schlechten Menschen noch viel schlechter, weh denen, die dich haben! Mit ihren Worten verpesten sie *[die Zungen]* die Luft und bringen diejenigen, die sie [im Mund] tragen, in den Abgrund der Hölle hinab. *knierunen*, spotten, schmeicheln, heucheln, lügen, schwören, Flüche ausstoßen, das kann die böse Zunge und noch mehr, sie läßt Schande auflodern und erstickt die Ehre des Hofes, über die Besten schwätzt sie geläufig das Schlechteste, was sie erfinden kann. Nie gab es ein schlechteres [Stück] Fleisch auf der Welt. Deshalb sollen die Würmer sich an ihr satt fressen!

Sage: Sag an, [du Maß] 'ein Mundvoll', willst du dich mit [dem Maß] 'eine Handvoll' vergleichen? Das sind doch zwei ganz verschiedene Dinge; und will [das Maß] 'eine Handvoll' mehr sein an Menge als [das Maß] 'ein Schoßvoll', das kann nicht zutreffen. Ebenso helfen [dem Maß] 'ein Schoßvoll' weder seine üblen Tricks noch seine Kniffe dagegen, daß ein Malter dennoch mehr ist. Ebenso übertrifft ein Fuder einen Scheffel, knapp ein halbes Fuderchen einen Malter. Nun sagt, Mundvoll, Handvoll, Schoßvoll, Malter, Scheffel, ist ein Zelt nicht geräumiger als eine Hütte? Sag „ja“ und laß dich nicht aufs Glatteis führen. Der ist ein Narr, der sich weit über sein Vermögen hinaus zu wagen getraut, wo seine Kühnheit ihm selbst schadet.

Daz boste Ä. nach Q 19.   3 f. daz weiz ich wol.   5 luft.   10 f.
Sage Ä. nach Q 19.   6 dem.

Vnde solt ich malen einen man,
seht, den wolt ich machen harte wunderlich getan,
daz er doch hieze ein man; ich malti sin niht, als man nu
Er mûste struzes ougen haben   [manigen siht. ·
5 vnt einen craniches hals, dar inne eine zunge wol geschaben,
vnt zwei swines oren, Lewen herze, des vergeze ich niht.
Di eine hant wolt ich nach dem aren malen.
an der andern wolt ich niht entwalen,
ich wolte si bilden nach dem grifen,
10 dar zv di vûze als einem bern.
so wolt ich ganzes mannes wern.
swer des nit hat, von dem mac manheit slifen.

Struzes ougen solt ein man
durch lieplich angesihte gegen den sinen gerne han
15 vnd eines craniches hals durch vurgedenke, waz er sprechen
Sin zunge sol im sin geschaben   [mûge.
durch wort gar ane vlecken; der sol er gern vnt sol ouch haben
durch horen swines oren, wa im ze sten oder aber ze vliehen
Lewen herze durch wer, eine hant nach dem arn,   [tûge.
20 di sol er uor der milte niht ensparn,
di nach dem grifen durch behalten,
bernvûze vur den zorn.
also han ich den man erkorn;
swelch man daz hat, der mac wol manheit walten.   *Q 17*

VNDE: Und sollte ich einen Mann malen, seht, den würde ich sehr seltsam ausstatten,
und dennoch müßte er ein Mann heißen; ich würde ihn nicht so malen, wie man nun
manchen sieht. Er müßte die Augen des Straußes haben und den Hals eines Kranichs,
darin eine glattpolierte Zunge, und zwei Schweinsohren, nicht zu vergessen das Herz
eines Löwen. Für die eine Hand würde ich den Adler zum Vorbild nehmen. Bei der
andern würde ich nicht lange zögern, ich würde sie dem Greifen nachgestalten, die
Füße wie die eines Bären. Auf diese Weise wollte ich einen ganzen Mann machen.
Wer dieses nicht hat, mit dem hat Mannheit nichts zu schaffen.   13 Die Straußenaugen
sollte ein Mann wegen der freundlichen Blicke haben, die er den Seinen schenkt, und
einen Kranichhals, um vorher zu bedenken, was er sagen will. Seine Zunge soll glatt-
poliert sein um der tadellosen Worte willen; um die soll er sich bemühen und auch
die Schweinsohren haben, damit er höre, wo es sinnvoll ist, Widerstand zu leisten
oder zu fliehen. Das Herz des Löwen wegen der Wehrhaftigkeit, die eine Hand, die
dem Adler nachgebildet ist, soll er der Mildtätigkeit nicht verschließen, die andere,
die dem Greifen nachgebildet ist, [hat er], um auch etwas festhalten zu können,
die Bärenfüße des Zornes wegen. So habe ich mir den Mann ausgedacht; der Mann,
der dieses besitzt, kann wahrlich Mannheit für sich in Anspruch nehmen.

VNDE *Ä. nach Q 19.*   14 dem.

> Ein adam, der ein euen hat,
> di im gebieten mac, daz er daz tût vnt niht enlat,
> der adam ist der euen noch mer, dan di eue adamen si.
> Ein adam habe sin euen liep
> 5 vnt doch so liep, daz eua iht werde siner eren diep;
> ez mac sich liht gevûgen, daz man zv vron euen manne sprichet:
> Wi tût ir so, her adam, mit dem barte?   [„phfi!
> ir uolget vwer vron euen al ze harte!
> ir mannent, lant vron euen wiben!
> 10 habt mannes lere uf reht*e* tât!
> mit ramwerke vnt mit weher nât,
> hie mit lant si da heime ir zit uertriben!"   *Q 17*

> Swa gût man hat ein ubel wip
> vnt dabi vnuerwizzen gar, vervlûchet sie der lip!
> da ist lutzel eren bi, swa si der meisterschefte pfligt.
> Noch bezzer were ein senfter tot
> 5 dem gûten man ze liden dan ein immer werendiv not.
> ich wil dich, gût man, leren, wie din meisterschaft ir angesigt.
> Du solt dir dine gûte lan entslifen
> vnt solt nach einem grozen knutel grifen;
> den solt du ir ze dem ruggen mezen
> 10 ie baz vnt baz nach diner kraft,
> daz si dir iehe der meisterschaft.
> heiz si dir swern, si welle ir ubele uergezzen!   *Q 17*

Ein adam: Ein Adam, der eine Eva hat, die ihm befehlen kann, was er dann ausführt und nicht unterläßt, ein solcher Adam gehört mehr der Eva als die Eva dem Adam. Ein Adam soll seine Eva lieben, aber doch in der Weise, daß Eva seine Ehre nicht untergräbt; es kann leicht so kommen, daß man zum Mann einer solchen Frau Eva sagt: „Pfui! Wie können Sie sich so benehmen, Herr Adam, der Sie doch mit dem Bart ausgestattet sind? Sie gehorchen Ihrer Frau Eva viel zu sehr! Seien Sie der Mann, lassen Sie Frau Eva sich als Frau benehmen! Halten Sie sich an das, was den Mann zu handeln lehrt! Lassen Sie sie daheim mit Stricken und feiner Handarbeit sich ihre Zeit vertreiben!"

Swa: Wenn ein guter Mann eine böse Frau hat, die zudem noch strohdumm ist, die soll zum Teufel fahren! Da gibt es keine Ehre, wo sie die Oberhand hat. Viel besser wäre es für den guten Mann, einen angenehmen Tod zu erleiden als die Schrecken ohne Ende. Ich will dich, guter Mann, belehren, wie du über sie die Oberhand gewinnst. Du sollst deine Nachgiebigkeit vergessen und nach einem großen Knüppel greifen; mit dem sollst du an ihrem Rücken Maß nehmen, und zwar so kräftig, wie du kannst, so daß sie dir die Oberhand zuspricht. Laß sie dir schwören, daß sie ihre Bosheit ablegen will!

Ein adam *Ä. nach Q 71.*   10 rehter.

Tvrnieren was e ritterlich,
nu ist ez rinderlich, toblich, totreis, mundes rich.
mortmezzer vnt mortkolben, gesliffen ackes gar uf des mannes tot –
Sus ist der turnei nu gestalt.
5 des werdent schoner vrowen ir ougen rot, ir herze kalt,
swan si ir lieben werden man da weiz in mortlicher not.
Do man turnierens phflac durch ritters lere,
durch hohen mût, durch hubscheit vnt durch ere,
do hette man vmb eine decke
10 vngern erwurget gûten man;
swer daz nv tv̂t vnt daz wol kan,
der dunket sich ze uelde gar ein recke.   *Q 17*

Daz schoniv wip betwingent man,
vnt ist da svnde bi, so enist da doch niht wunders an,
daz schatzes herre betwinget ouch schatz, daz er im dienen mûz.
So twinget gûtes herre ouch gût,
5 daz er im dienen mûz vnt lidet mit im, swaz ez tût.
so twinget wines craft ouch sinen kneht, daz im wirt sinne bûz.
Dannoch weiz ich ein wunderlicher twingen,
daz wunderlicher ist an allen dingen,
daz ein gar totez wurfelbein
10 eime lebenden man herze vnde mût
so ganzlich vndertenic tv̂t,
daz ez im benimt sinne vnt witze aleine.   *Q 17*

TVRNIEREN: Früher ging es auf Turnieren rittermäßig zu, jetzt ist es viehisch, wüst, todbringend *[?]*, von Maulhelden bevölkert *[?]*. Schlachtmesser und Mordkeulen, für den Tod des Gegners geschliffene Axt – so sieht es jetzt auf einem Turnier aus. Darüber bekommen schöne Frauen rotgeweinte Augen, ihr Herz erstarrt, wenn sie ihren geliebten edlen Mann dort in Todesgefahr weiß. Als man Turniere veranstaltete, um Ritter auszubilden, um edler Gesinnung, um höfischen Verhaltens und um der Ehre willen, da hätte man einer Pferdedecke wegen niemals einen guten Mann umgebracht; wer das jetzt tut und wem das leicht fällt, der kommt sich auf dem Kampfplatz wie ein Held vor.

DAZ SCHONIV: Und mag das Sünde sein, wenn schöne Frauen die Männer in ihre Gewalt bringen, so ist doch dabei nichts Verwunderliches, [ebenso nicht], daß ein Schatz seinen Besitzer so beherrscht, daß er ihm dienen muß. Ebenso beherrscht der Reichtum den Herrn des Reichtums, so daß dieser ihm dienen und mit ihm erleiden muß, was er anrichtet. Ebenso beherrscht die Kraft des Weines auch ihren Mann, so daß er der Sinne nicht mehr mächtig ist. Ich kenne jedoch eine noch seltsamere Herrschaft, die in dieser Hinsicht seltsamer ist, daß [nämlich] ein totes Knochenstück, ein Würfel, einem lebendigen Menschen Herz und Sinn so vollständig versklavt, daß es ganz allein ihm Verstand und Klugheit raubt.

TVRNIEREN *Ä. 2 nach Q 19, 5 nach Q 71.*   2 *totreismundes.*   5 *schonre.*
DAZ SCHONIV *Ä. 5 (die 2.) nach Q 13.*   5 *ez. er.*

Swer bannen wil vnt bannen sol,
der hv̊te, daz sin ban iht si vleischliches zornes vol;
swa uleischlic zorn in banne stecket, daz enist niht rehter gotes ban.
Swes ban mit gote ist vnt in gote,
5 der wirbet wol nach gote als ein gesanter gotes bote;
swer des ban niht envurhtet, der ist niht ein *wiser man.*
Swer vnder stole vlv̊chet, schiltet, bænnet
vnt vnder helme roubet vnde brennet,
der wil mit beiden swerten striten;
10 mac daz geschehen in gotes namen,
so mac sich sente peter schamen,
daz er des niht pflac bi sinen ziten.   *Q 17*

Ir seht der kirchen in den munt,
her babest, vnt nemt war, ob alle ir orden sin gesvnt;
tv̊t war, ob vnder bærten iht stecken grete in der kirchen keln!
Ein orden, der sich streichen lat
5 von symonien hant vnt doch der kirchen zeichen hat
an mantel vnt an kappen, der wil daz inner mit dem vzern heln.
Di kirche solte niht mit der symonie
gemeine haben noch mit der heresie.

SWER: Wer bannen will und bannen darf, der gebe acht, daß sein Bann nicht von
weltlichem Haß erfüllt ist; wenn weltlicher Haß unter dem Bann versteckt ist, so ist
das nicht der wahre Bann Gottes. Wer den Bann mit Gott und gleichsam als Gottes
Wort ausspricht, der handelt nach Gottes Willen als ein von Gott geschickter Bote;
wer dessen Bann nicht fürchtet, der ist nicht klug. Wer, angetan mit der Stola *[des
Priesters]*, flucht, schmäht, bannt und unter dem Helm *[des Kriegers]* auf Raub auszieht
und brandschatzt, der will mit beiden Schwertern streiten; wenn das im Namen Gottes
geschehen kann, so muß sich Sankt Peter schämen, daß er es zu seiner Zeit ver-
säumt hat.

IR SEHT: Sie schauen der Kirche in den Mund, Herr Papst, und untersuchen, ob
alle ihre Orden gesund sind; geben Sie acht, ob unter den Bärten nicht Gräten im
Hals der Kirche stecken! Ein Orden, der sich von der Hand der Simonie streicheln
läßt und doch das Zeichen der Kirche auf dem Mantel und an der Kutte trägt, der
will sein Inneres unter dem äußeren Schein verbergen. Die Kirche sollte weder mit der

SWER *Das Gedicht kann sich ebenso auf die Streitigkeiten zwischen Papst Gregor IX. mit
Friedrich II. bei dessen Kreuzzug (1228/29) wie auf die Kriege nach Friedrichs Bannung und
Absetzung durch Papst Innozenz IV. (ab 1245) beziehen. – Ä. nach Q 19.* 6 *rehter gotes*
bote. 9 *Die Lehre vom geistlichen und weltlichen Schwert (Zwei-Schwerter-Theorie; im
Anschluß an Lc. 22,35–38 von Papst Gelasius I. [492–96] zuerst formuliert und als „klas-
sisches" Bild der Gewaltenteilung im MA allgemein verbreitet) existiert hauptsächlich in zwei
Versionen, einer kurialen, nach der die Vormacht der geistlichen über die weltliche Gewalt, und
einer imperialen, nach der die Unabhängigkeit der beiden Gewalten behauptet wird.*

IR SEHT *Die Str. ist vielleicht auf die Verbindungen Gregors IX. zum Lombardenbund (um
1229) zu beziehen, vgl. das Gedicht S. 182.* 5 *Simonie, Kauf kirchlicher Ämter.*

daz gût, daz ist niht wol gewunen,
10 daz man dort nimt vnt disehalp hilt;
wer ist ein diep, wan der da stilt?
nu heln vnt steln! doch breit ichz an di svnne.　　　　*Q 17*

Hâr vnt bart nach clostersiten
vnt closterlich gewant nach closterlichen siten gesniten,
der weiz ich uil, ich weiz ir lutzel, di ez aber ze rehte tragen.
Halp visch, halp man ist uisch noch man;
5 gar uisch ist visch, gar man ist man, als ichz erkennen kan.
von closterrittern vnt von houemunchen kan ich iv nit gesagen.
closterrittern vnt houemvnchen, beiden
kund ich ir leben ze rehte wol bescheiden,
ob si sich wolden da gesinden,
10 da si ze rehte weren genesen:
di múnch in closter solten wesen,
so solten rittere sich houes vnderwinden.　　　　*Q 17*

Des uaters swert vnt ouch des svns,
di enhelnt niht geliche, daz bekrenket si vnt vns;
des uater swert agreifet vf hugelin vnt vf des riches haz.
Swa sin daz riche hin bedarf,
5 man enwetzez mit dem golde, anders wirt ez nimmer scharf;
daz selbe swert trúc wilent der grawe herre sente peter baz.

Simonie noch mit der Ketzerei Gemeinschaft haben. Das Geld, das man dort nimmt
und hier versteckt, ist nicht redlich erworben; wer ist ein Dieb, wenn nicht der, der
stiehlt? Nur weiter mit dem Hehlen und Stehlen! Ich bringe es doch an den Tag.

HÂR: Haare und Bart nach der Vorschrift des Klosters und nach den klösterlichen
Sitten geschnittene Klostertracht kenne ich genügend, ich kenne aber wenige, die sie
zu Recht tragen. Halb Fisch, halb Mensch ist weder Fisch noch Mensch; ein ganzer
Fisch ist ein Fisch, ein ganzer Mensch ein Mensch, so weiß ich es. Von Klosterrittern
und von Hofmönchen weiß ich nichts zu sagen. Wenn sich Klosterritter und Hof-
mönche dort die Gesellschaft suchen wollten, wo sie richtig aufgehoben wären,
könnte ich sie über ihr Leben richtig unterrichten: Die Mönche sollten im Kloster
sein, entsprechend sollten die Ritter sich um den Hof kümmern.

DES UATERS: Das Schwert des Vaters *[des Papstes]* und das des Sohnes *[des Kaisers]*
stimmen nicht überein, das schadet ihnen und uns; das Schwert des Vaters greift fehl,
da es mit dem Hügelchen den Haß auf das Reich gewählt hat. Wo das Reich seiner
bedarf, da muß man es mit Gold wetzen, sonst wird es nicht mehr scharf; dieses
Schwert trug seinerzeit der greise heilige Herr Petrus besser. Nun trägt es Hügel, eine

DES UATERS *Scheltstr. auf Papst Gregor IX., den vormaligen Kardinal Ugo(lino) von Segni,
die vorgeschlagenen Datierungen liegen zwischen 1226 und 1240. – Ä. nach Q 19.* 1 *Zur
Zwei-Schwert-Theorie vgl. S. 236 Anm. 9.* 3 hugelin *spottende Eindeutschung von Ugolino.*

Nu treit ez peter húgel mit dem schine.
do man gregorium worhte vz peterline,
do solt er mit dem selben swerte
10 sich hugelines haben erwert,
der noch mit vns nach schatze uert
an peters stat, der niht wan sele*n* gert.   *Q 17*

Der trîwu*n* triskamerhort,
ein ankerhaft der stete, ein vurgedanc ob islich wort,
ein wahter kristentûmes, romischer ere gruntfeste vnt grunt,
Ein bilder houbethafter zuht,
5 ein volle gruft der sinne, ein same seldenbernd*er* vruht,
ein zunge reht vrteile, ein hant des frides, gewisser worte ein
Ein houbet, dem nie smit deheine crone   [munt,
kunde gemachen siner tugende ze lone,
deme houbet svln wir algeliche
10 wunschen langer werender tage.
wes lip, wes herze daz lop trage?
des sol ich iehen dem keiser frideriche.   *Q 17*

Daz riche, daz ist des keisers niht,
er ist sin phleger vnt sin uogt. ir vúrsten, seht ir iht
an im so schuldehaftes, da uon er sule des riches abe gesten,

---

besondere Art Petrus *[?]*. Als man aus diesem Peterchen den Gregor machte, da hätte er sich mit eben diesem Schwert des Hugolinus erwehren sollen, der noch [immer] mit unserer Hilfe Schätze zusammenrafft als Nachfolger des *[heiligen]* Petrus, der nur nach Seelen verlangt.

DER TRÎWUN: Schatz in der Schatzkammer der Treue, Ankergrund der Beständigkeit, Besonnenheit bei jedem Wort, ein Wächter der Christenheit, Grundfeste und Grundlage *[päpstlich]* römischer Ehre, ein prägendes Vorbild vorzüglicher Haltung, ein Gewölbe, reich gefüllt mit Verstand, ein Same glückbringender Frucht, eine Zunge gerechter Urteile, eine Hand des Friedens, ein Mund zuverlässiger Worte, ein Haupt, für das kein Schmied eine Krone machen könnte, die ein angemessener Lohn seiner Tugenden wäre, diesem Haupt sollen wir alle miteinander lange währende Tage wünschen. Auf wen, auf wessen Herz trifft dieses Lob zu? Ich spreche es Kaiser Friedrich zu.

DAZ RICHE: Das Reich ist nicht das Eigentum des Kaisers, er ist sein Beschützer und sein Schirmherr. Ihr Fürsten, findet ihr an ihm etwas so Schuldhaftes, dessent-

DES UATERS   12 sele.
DER TRÎWUN *Vermutlich zur Zeit des Aufenthaltes Kaiser Friedrichs II. in Deutschland 1235/37 entstanden. – Ä. 1 nach Q 71, 5 nach Q 19.*   1 trîwum.   5 seldenberndiv.
DAZ RICHE *Die Str. war vermutlich gegen Friedrich II. gerichtet, Datierungen von 1239 bis 1245, vgl. S. 244 f. – Ä. nach Q 19.*

So nemt iv einen, der iv zeme
5 vnt ouch dem riche baz dan er, vnt wartent alle deme!
sit ir dem keiser gram, di rache lat niht uber daz riche gen!
Jr sult des riches wol uon rehte schonen.
swenne ir dem keiser nu genemt di cronen,
swelch vwer si dan uf gesetze*t*,
10 der sol daz riche wol entladen
beidiv von vnrehte vnt von schaden.
so werden wir des keisers wol ergetzet.   *Q 17*

Swa meister Ernst wirt uertriben
vnt˜ der gemâlten zuhte barat meister ist beliben,
da uindent mine sprúche vil selten stillen rum noch bernden grunt.
Swaz ich da sê, daz wirt uersêt;
5 ez enwehset niht, swenne ez uon schorpen, hanen wirt bekret,
von vuen vnt uon oruen, da zu súret ez barats munt.
Swaz parate uberwirt, daz kúwent wilzen,
sus nimt min same zv̂ mit vulen vilzen.
si tugendelosen geizegebele!
10 ir dornic rât, ir distelic mût
ist gûten lúten also gût
alsam der wolf bi schafen in dem nebele.   *Q 17*

---

wegen er vom Reich ablassen soll, dann wählt euch einen, der für euch und auch für das Reich besser taugt als jener, und dient ihm alle! Zürnt ihr dem Kaiser, [so] laßt eure Strafe nicht über das Reich kommen! Ihr sollt das Reich von Rechts wegen verschonen. Wenn ihr dem Kaiser nun die Krone entzieht, so soll der von euch, der sie dann aufsetzt, das Reich von Unrecht und Schande befreien. Auf diese Weise werden wir für diesen Kaiser bestens entschädigt.

Swa meister: Wo Meister Redlich vertrieben wird und der Intrigenmeister des geschminkten 'feinen' Benehmens hat bleiben dürfen, da finden meine Gedichte nie einen ruhigen Ort noch eine Stätte, wo sie fruchtbar wirken können. Was ich dort säe, ist vergeblich ausgesät; es wächst nicht, wenn es von *schorpen, hanen,* von *vuen* und von *oruen [entweder verballhornte Eigennamen oder Anspielung auf Wappentiere, dann:* von Skorpionen, Hähnen, Nachteulen, Fischen*]* bekräht wird, zudem macht der Mund des Intriganten es sauer. Was die Intrige übersteht, das kauen *[?]* die Wilzen, und so wächst mein Same mit stinkendem Zeug *[?]* zusammen auf. Diese ehrlosen Ziegenschädel! Ihre Ratschläge, die wie Dornen stechen, ihre Ansichten, die so stachlig wie Disteln sind, sind für redliche Leute so gut wie der Wolf im Nebel bei den Schafen.

Daz riche   9 gesetze. 12 *f.*
Swa meister   7 *Für* wilzen *wird,, Spitzname der Tschechen am Böhmischen Hof" oder auch ,,Unholde" allgemein erwogen.*

Jch quam geriten in ein lant
uf einer gense, da ich affentoren uant:
ein cra mit einem habche, di vingen vil der swine in einr bach,
Ein hase zwene winde zoch,
5 [...], der iagte einen ualken, den vinc er in den lúften hoch,
schachzauel spilten muggen, zwo meisen ich einen turn muren
da saz ein hirz vnt span vil cleine siden,   [sach,
da hûte ein wolf der lember in den widen,
ein crebze vlouc mit einr tuben
10 zv wette, ein pfunt er ir angewan,
drie groze risen erbeiz ein han.
ist daz wâr, so nêt ein esel huben.   *Q 17*

Gesoten lúge, gebraten luge,
lúge uz der galrei, luge uon parat vnt uon truge,
gebalsamt lúge, gebisemt luge, luge mit safran uberzogen,
Luge, swi mans erdenken wil,
5 der wirt gesant an brieuen in des riches stete so uil,
daz mich des immer wunder nimt, daz si mit luge nit sint betrogen.
Daz si der luge niht sint worden *reze*!
es wurden nie so starke lugeureze
als in des riches stete di lúte;
10 swaz man in luge mac zv̂ getragen,
di slindents alle mit ir cragen.
ich enweiz, ob ez ein púllesch zouber tv̂te.   *Q 17*

Jᴄʜ ǫᴜᴀᴍ: Ich ritt auf einer Gans in ein Land, wo ich merkwürdige Zustände vorfand: Eine Krähe und ein Habicht fingen in einem Bach viele Schweine, ein Hase zog zwei Windhunde auf, [...], der jagte einen Falken, den fing er hoch oben in der Luft, Mücken spielten Schach, zwei Meisen sah ich einen Turm bauen, ein Hirsch saß da und spann ganz feine Seide, ein Wolf hütete die Lämmer in den Weidenbäumen, ein Krebs flog mit einer Taube um die Wette, er gewann ihr ein Pfund ab, ein Hahn biß drei gewaltige Riesen tot. Wenn das wahr ist, näht ein Esel Mützen.

Gᴇsᴏᴛᴇɴ: Gesottene Lüge, gebratene Lüge, Lüge in Aspik, Lüge aus Finten und Verstellung, balsamierte Lüge, parfümierte Lüge, safrangefärbte Lüge, alle nur erdenkliche Lüge wird in Briefen in die Reichsstädte geschickt, so daß es mich mehr und mehr wundert, daß sie von der Lüge nicht *[ganz und gar?]* verblendet sind. Daß sie die Lüge nicht in Rage bringt! Nie wuchsen so gewaltige Lügenschlucker heran wie die Leute in den Reichsstädten; was man ihnen auch an Lügen vorsetzt, verschlingen sie mit [gierigen] Hälsen. Ich frage mich, ob das auf einen Zauber aus Apulien schließen läßt.

Gᴇsᴏᴛᴇɴ *Die Str. wird auf die Rechtfertigungsschreiben Friedrichs II. bezogen, mit denen dieser sich gegen die päpstliche Propaganda (apulischer Zauber V. 12) zur Wehr setzte, und auf 1241 oder 1245 datiert. – Ä. nach Q 19.* 7 ᵛreze.

Div werlt gelichet sich dem mer,
daz immer tobt vnt vndet vber maze vnt ane wer;
also tobt vnt vndet der werlte leben mit gelicher geselleschaft.
Der vngetouften si geswigen,
5 ich clage, daz di getouften in den kumber sint gedigen,
des si wol mugen uerderben, ez enwende di starke gotes craft.
Belibent si di lenge in dirre ureise,
so werden wir kielbrústic uf der reise;
wir sweben in der svnden vnden.
10 primaten mit ir crumben steben,
di vischent niht wan nach den geben
vnt lânt da bi di sel in grozen súnden.   *Q* 17

jn miner abentzit ich bin
vnt trage doch ivngen lúten ivnclichen morgenschin,
ich lege mich vf minen arm vnt spanne doch nach eren wol.
Min abentsunnen schin ist bleich.
5 ist aber der ivngen morgen rôt, da bi ir ellen weich,
so wirt ir lip gemaches rich, da bi an eren selten vol.
Junc man, nv wis fro vnt doch mit zuhten!
vlfheit ist ein suhte ob allen súhten
an allen ivngen eregernden luten;
10 vlfheit erzivhet ivngen lip,
so daz got noch reinv wip
in niht enmugen geminnen noch getrúten.   *Q* 17

Div werlt: Die Welt gleicht dem Meer, das immer tost und brandet im Übermaß,
ohne daß man ihm wehren kann; ebenso tost und brandet die Welt in gleicher
Art und Weise [?]. Ich will nicht von den Ungetauften reden, ich beklage, daß die
Getauften ins Elend geraten sind, weshalb sie sicher zugrunde gehen werden, wenn
es die mächtige Hilfe Gottes nicht abwendet. Bleiben sie auf die Dauer diesen Stürmen
ausgesetzt, dann werden wir während der Reise schiffbrüchig; wir treiben in den
Fluten der Sünde umher. Die Kirchenfürsten mit ihren krummen Stäben fischen nur
nach Gaben und überlassen die Seele ihren großen Sünden.

Jn miner: Ich stehe in meinem Lebensabend und biete doch den jungen Leuten [den
Anblick] jugendlichen Morgenschimmers, ich ruhe mich auf meinem Arm aus und
rege ihn doch kräftig bei der Jagd nach Ehre. Der Schein meiner Abendsonne ist
bleich. Ist der Morgen der Jungen hingegen rot, ihre Kraft jedoch schwach, dann
wird ihr Leben reich an Bequemlichkeit, aber gewiß nicht reich an Ehre. Junger
Mann, nun sei voll froher Tatkraft, aber zuchtvoll! Vertrotteltheit [?] ist für alle
jungen Menschen, die nach Ehre streben, die schlimmste aller Krankheiten; Ver-
trotteltheit richtet einen jungen Menschen so zu, daß weder Gott noch edle Frauen
ihn schätzen oder lieben können.

Div werlt *Ä. nach Q 19.* 10 *Langer Stab mit oben schneckenförmiger Krümmung, Teil
des bischöflichen Ornats.* 11 dem.
Jn miner *Ä. nach Q 71.* 5 morgenrôt.

ein sneller, wol geuierter wagen,
der get uf zwelf schiben vnt hat lange her getragen
zwo vnt vúnfzic frowen, di sint dar uf gesetzet nach ir zal.
Der wagen nimmer stille stat,
5 sin orden zallen ziten snelle loufet vnde gat,
vz holze niht gehowen, ern ist ze kurz, ze lanc, ze breit, ze smal.
Den wagen ziehent súben ros, sint wiz,
vnt ander súben swarz mit stetem vliz.
wer ist, der mir den wagen betúte?
10 dem gebe got 'iar' ane leit!
der wagen – ist iv vor geseit –,
der loufet, vnz im sin meister daz uerbutet.   Q 17

Ich kan geritten vf ein velt
vúr einen grúnen walt; da vant ich ein vil schón gezelt,
dar vnder sas dú trúwe. si wand ir hende, si *clagte* gote ir leit.
si schre vil lute vnd sprach ze got:
5 „herre, la dich erbarmen, ich bin in der werlt der richen spot;
das rihte dv mir, herre! din gewalt ist michel vnde breit.
die vngetrúwen wellent mich verkeren,
herre got, hilf mine fróide meren!
min schar ist worden alse cleine,
10 der vngetrúwen ist so vil,
vntrúwe ist in der werlte ein spil.
nv hilf im, crist, swer dich mit trúwen meine!"   Q 19

EIN SNELLER: Ein schneller, viereckig gefügter Wagen *[das Jahr mit den vier Jahres-zeiten]* fährt auf zwölf Rädern *[den zwölf Monaten]* und hat seit undenklicher Zeit schon zweiundfünfzig Frauen *[die Wochen]* hergebracht, die der Reihe nach daraufgesetzt sind. Der Wagen steht niemals still, ein Ding seiner Art läuft und bewegt sich allezeit rasch fort, er ist nicht aus Holz gezimmert, er ist nicht zu kurz, nicht zu lang, zu breit oder zu schmal. Sieben weiße Pferde *[die Tage]* und weitere sieben schwarze Pferde *[die Nächte]* ziehen den Wagen beständig fort. Wer deutet mir diesen Wagen? Dem beschere Gott ein ‚Jahr' ohne Kummer! Der Wagen – [er] ist euch soeben verraten worden – fährt, bis es ihm sein Meister verbietet.

ICH KAN: Ich war in eine Gegend vor einem grünen Wald geritten; dort fand ich ein sehr schönes Zeltdach aufgespannt, unter dem saß die Treue. Sie rang die Hände, sie klagte Gott ihr Leid. Sie jammerte laut und sprach zu Gott: „Herr, erbarme dich, ich bin der Spott der Mächtigen dieser Welt; das rück du mir zurecht, Herr! Deine Macht ist groß und weitreichend. Die Treulosen wollen mich ins Unrecht setzen, Herrgott, hilf, daß ich mehr Freude habe! Meine Anhängerschar ist so klein geworden, die Treulosen sind so zahlreich, Treulosigkeit gilt in der Welt jetzt als Sport. Nun hilf dem, Christus, der dich in Treue liebt!"

ICH KAN Ä. *nach Q 71.* 3 f.

Der parat, valscher serion,
her liegat, triegat, trumpfator – der *vûnf*e meister don
hat alle die werlt so lieb, das in dú meiste menge tanzet nach.
   da tanzet slurchart vnde slich,
5 fridelos, diebolt, manolt, rŏbolt, die vil manigen stich
den vogtelosen machent, da hilfet vngewis, arg vnde schach.
   vntrúwe vnd schande singent da vor ze prise,
rŏb, mort, brant, nidunk in sibchen wise,
   losheit, iaherre vnd hovegalle,
10 spot, vnkust, oren drus vnd vâr;
   vntrúwe singet vber iar,
werlt, dinen tanz. pfi dich vnd ŏch die alle!   *Q 19*

Spotter, dv solt hŏren mich!
ich wil dir sagen, wes got von himelriche zihet dich.
   er giht, das schvlde, meineide, vntrúwe, svnde, has vnd nides vol
si din herze vnd ŏch din lip,
5 dv fridebreche, dv schuldig mort an man vnd ŏch an wib,
die din gelupte zvnge mit valscher svsse kan geschiessen wol.
   got sine*n* vride gab al der werlte gemeine,
den brichest dv mit dinem spotte vnreine;
   das dv in erge hast gesprochen
10 dvrh dinen spottigen, valschen munt,
   das wirt dor*t* an der helle grvnt
– gehabe dich wol! – vil svre an dir gerochen.   *Q 19*

DER PARAT: Der Intrigant, der betrügerische *serion*, der Herr Lügner, der Betrüger,
der Täuscher – die meisterhafte Weise dieser Fünf hat alle Welt so gern, daß die
meisten hinter ihnen hertanzen. Da tanzen Vielfraß und Freßsack, Vogelfreier, Dieb,
manolt [= meinolt, Meineidiger?], Räuber, die den Schutzlosen manchen Stich versetzen,
dabei hilft Unzuverlässigkeit, Bosheit und Räuberei. Treulosigkeit und Schande
machen da trefflich den Vorsänger, [ebenso] Raub, Mord, Brandstiftung, Neid von
der Art des Sibich, Leichtfertigkeit, Gesinnungslumperei und Höfeverderberei, Spott,
Falschheit, Ohrenbläserei und Intrige; die Treulosigkeit ist tagaus, tagein der Vor-
sänger bei deinem Tanz, Welt. Pfui über dich und über sie alle!

SPOTTER: Spötter, du sollst mich anhören! Ich will dir sagen, wessen dich Gott im
Himmel beschuldigt. Er sagt, daß du durch und durch voller Schuld, falscher Schwüre,
Treulosigkeit, Sünde, Haß und Neid bist, du Friedensbrecher, schuldig des Mordes
an Männern und auch an Frauen, die deine vergiftete Zunge mit trügerischer Süße
erlegen kann. Gott gab der ganzen Welt insgesamt seinen Frieden, den zerstörst du
mit deinem unheiligen Spott; was du in böser Absicht mit deinem spottlustigen,
betrügerischen Mund gesprochen hast, das wird da in der Tiefe der Hölle – wohl
bekomms! – bitter an dir gerächt.

DER PARAT *Ä. nach Q 71.*   2 rûfe.   8 *Treuloser Ratgeber aus dem Sagenkreis um
Dietrich von Bern.*
SPOTTER *Ä. nach Q 71.*   7 sine.   11 dor.

  Der nv́we sliffen vride ist scharf
  vnd also scharf, das vngerihte nieman fúrhten darf:
  swer eine masse goldes trúge vber velt, dú wer vnlange sin.
  des mag dú kúniginne wol iehen
5 von vngerlant, dú hat das wol gehóret vnd gesehen,
  der núwe gesworn vride ist an ir rosse vnd an ir wol schin.
  man was den vrowen wilent so gevére:
  wer sie da her gevarn so minnebere,
  ein kússen von ir roten mvnde
10 het man ir gerner abe verstoln
  denne alle ir vngerische voln;
  das was do, do dú minne twingen kvnde.   *Q 19*

  Rome zwo tohtern gab ze man,
  Megenze vnd kólne, da ist ir niht gelvngen an;
  nv sint der tohtern man ein teil ze tvmb vnd da bi al ze geil.
  die sint dem riche niht gút wirt
5 gewesen hie bi rine; ob den keiser das wol verswirt,
  so mv́s er doch die scharten tragen, dú niht gahens wirdet heil.
  dú bistv̂n waren ê in des riches hûte.
  megenze vnd kólne, nv lit úwer rúte
  dem riche vf sime blôssen rugge.

DER NV́WE: Der frisch geschmiedete Friede ist scharf, und zwar dermaßen scharf, daß niemand das Verbrechen zu fürchten braucht: Trüge jemand einen Klumpen Goldes über Land, der würde ihn nicht lange beschweren. Das kann die Königin von Ungarn wohl bezeugen, die hat es hören und sehen müssen, der neu geschworene Friede ist an ihrem Pferd und an ihr voll sichtbar geworden. Früher stellte man den Frauen auf diese Weise nach: Wäre sie so lieblich des Weges gekommen, hätte man ihr lieber von ihrem roten Mund einen Kuß gestohlen als alle ihre ungarischen Pferde; das war zu der Zeit, als die Liebe noch die Macht innehatte.

ROME: Rom verheiratete zwei Töchter, Mainz und Köln, dabei hat es keine glückliche Hand bewiesen; nun sind die Schwiegersöhne erheblich zu uneinsichtig und auch zu übermütig. Sie sind hier am Rhein dem Reich gegenüber keine guten Gastgeber gewesen; wenn das den Kaiser auch nicht lange schmerzt, muß er doch die Scharte tragen, die so schnell nicht heil wird. Früher waren die Bistümer in der Obhut des Reiches. Mainz und Köln, nun liegt eure Zuchtrute auf dem bloßen Rücken des

DER NV́WE *Vermutlich auf einen der Landfrieden 1235 (Friedrich II.) oder 1241 (Konrad IV.) zu beziehen.* 4–6 *Von einem derartigen Überfall ist nichts bekannt.*

ROME *Wahrscheinlich 1246/48 entstanden, als die Erzbischöfe von Mainz und Köln Siegfried III. von Eppstein und Konrad von Hochstaden nach Friedrichs II. (der ar ? V.12) Bannung die Reichsgüter der Wetterau angriffen und 1246 den Gegenkönig Heinrich Raspe (die mvgge ? V. 12) wählten.*

10 welt ir mit úwern krvmben steben
des riches schaden geleite geben,
so mag doch niht den arn vertriben ein mvgge.   *Q* 19

Aller orden pris ich niht
so sere als die e alleine, swas dar vmbe mir geschiht.
barfússen, bredigere, krúzer orden sint da engegen blint;
gra, wis, swarzer mÝnche ist vil,
5 hornbrÝder vnd martere, als ich úch bescheiden wil,
schotten brúder vnd die mit den swerten sint da engegen alle gar
tÝmherren, nvnnen vnd leigen pfaffen   [ein wint.
vnd alle die orden, die got hat geschaffen,
die lebent, des dú ê hat erzúget.
10 swer der ê ze rehte pfliget,
der hat hie vnd dort gesiget;
swers wider redet, des volget niht! er lúget.   *Q* 19

2. Drittel 13. Jahrhundert

UNBEKANNTER VERFASSER

MÝohte zerspringen min herce mir gar
von leiden sachen, ich wer nu lange tot.
daz dv vil reine innimet keine war
5 vnd ich vnmer ir, das ist aine not.

Reiches. Wollt ihr auch dem Schaden des Reiches mit euren krummen Stäben das
Geleit geben, so kann doch eine Mücke niemals den Adler vertreiben.
ALLER: Keinen Stand preise ich so sehr wie allein die Ehe, was man mir deshalb
auch antun wird. Barfüßermönche, Predigermönche, Kreuzordensbrüder sind damit
verglichen wertlos; es gibt viele graue, weiße, schwarze Mönche, [sie und die] Laza-
riten *[?]* und Märtyrer, ich will es euch genau darlegen, die Schottenbrüder und solche,
die Schwerter tragen, sind alle nichts dagegen *[gegen die Ehe]*. Domherren, Nonnen und
Weltgeistliche und alle die Orden, die Gott eingesetzt hat, existieren durch das, was
die Ehe hervorgebracht hat. Wer die Ehe rechtmäßig ausübt, hat hier und dort den
Sieg errungen; hört nicht auf den, der etwas dagegen sagt! Er lügt.
MÝOHTE: Könnte mir mein Herz vor Leid zerspringen, wäre ich schon lange tot.
Daß die Liebste gar nicht aufmerksam wird und ich ihr so gleichgültig [bin], das ist

ROME   10 *Vgl. S. 241 Anm. 10.*
MÝOHTE *Bisher ungedeutete Zeichen über dem Text möglicherweise Neumen (Hinweis G. Korn-
rumpf). – Ä. außer 12 nach Q 65.*   5 *raine.*

      das ich an ir armen niemer sol erwarmen!
      sol ich an ir armen niemer rv̊wen nicht,
      Owe, rv̊wen nicht, Owe, rûwen nicht,
      Owe, rv̊wen nicht, owe, rv̊wen nicht,
10   Ach, sendes herce, der leiden geschicht!

      Tattalus geselle bin ich nu gesin,
      dem turst nu sere vnd tv̊n hvnger we,
      doch so flusset tŏfte vor dem munde sin
      granat mengerlegge vnd ein tieffer se.
15   Also sen ich dike liplich ŏgen blike,
      da von ich erschricke. ach, das tv̊t mir we,
      ach, das tvt mir we, ach, das tv̊t mir we̦,
      ach, dat tv̊t mir we, ach, das tv̊t mir we̦!
      Rat, edele minne, das sorge zerge!   *Q 23*

Wachsmut von Künzich

      Sol mir iemer sin ein wib vor allen wiben
      vnd ich ir doch niht vor einem man?
      wer sol danne sende swere mir vertriben,
5   ob ich des erwerben niene kan
      vnd ich doch von ir, der gûten, niht enscheide
      weder herze noch den sin?
      liebet si mir da von, das ich ir so leide,
      so weis ich, das ich ir tore bin.

---

ein Jammer. Daß mir niemals in ihren Armen wohl werden soll! Soll ich nie in ihren Armen ruhen, o weh, nie ruhen, o weh, nie ruhen, o weh, nie ruhen, o weh, nie ruhen, ach, sehnsuchtsvolles Herz, was für ein Leid! 11 Des Tantalus Gefährte bin ich nun schon lange, den quälen Durst und Hunger sehr, obgleich doch vor seinem Mund vielerlei Granatäpfel und ein tiefes Wasser *tŏfte* fließen. Ebenso sehe ich oft den lieben Blick [ihrer] Augen, wodurch ich erbebe. Ach, das schmerzt mich, ach, das schmerzt mich, ach, das schmerzt mich, ach, das schmerzt mich, ach, das schmerzt mich! Hilf, edle Liebe, daß die Not ein Ende nimmt!

Sol mir: Wird mir immer eine Frau lieber sein als alle anderen Frauen und ich ihr doch nicht lieber als irgendein Mann? Wer soll mir dann die Sehnsuchtsqualen nehmen, wenn ich das nie erleben darf und ich dennoch weder Herz noch Verstand von ihr, der Guten, abwenden kann? Ist sie mir deshalb so lieb, weil ich ihr so verhaßt bin,

Mv̊ohte 7–9 rv̊we. 10 leide. 11 *Tantalus: sagenhafter griechischer König, der für sein (in verschiedenen Versionen überliefertes) Vergehen gegen die Götter bestraft wurde.* 12 den. vn. 14 tieff.

10   Ich mv̂s dur die v́blen, valsche merekere
      miner besten ögenweide enbern.
      herre got, dv vûge in laster vnde swere!
      durh din ere solt dv mich gewern,
      das si min vergessen mit ir selber leide
15   vnd der lieben frowen min.
      das si got von selden vnd von eren scheide,
      die vnrehter hv̂te vlizig sin!

      Herre got, durh diner lieben mv̂ter ere
      leide si mir alder liebe ir mich!
20   in gelas so herzeliebes nie niht mere,
      da von bin ich maniger sorgen rich.
      were si mir in der maze, als ich ir were,
      so môht es wol werden rat.
      es enhat nieman so herzekliche swere
25   so der herzeleit bi liebe hat.   *Q 19*

GOTTFRIED VON NEIFEN

      Wer gesach ie wunneklicher me den sv̂ssen meigen?
      wer gesach ie bas bekleit den walt vnd ouch die wunnenklichen
      wer gehort ie bas dv́ kleinen vogellin gesingen   [heide?
5   gegen der wunneklichen wunne in maniger sv̂sser, wunneklicher
      da gegen frôit sich manig herze, wan das mine alleine.   [wise?
      das mv̂s iemer trurig sin, es wende ir wiplich gv̂te,
      dú mich senden mit gewalde lange her betwungen hat.

---

dann weiß ich, daß ich ihr Narr bin. 10 Ich muß wegen der bösen, hinterhältigen Aufpasser auf den liebsten Anblick verzichten, den meine Augen kennen. Herrgott, schlage du sie mit Schmach und Schande! Um deiner Ehre willen sollst du mich erhören, damit sie mich und meine geliebte Dame über ihren eigenen Leiden vergessen. Möge Gott ihnen Glück und Ansehen nehmen, die indiskretes Spionieren zu ihrem Geschäft machen! 18 Herrgott, um der Ehre deiner lieben Mutter willen mach, daß sie mir gleichgültig wird oder ich ihr lieb werde! Nie erwählte ich eine, die man herzlicher lieben konnte, deshalb bin ich mit vielen Sorgen beladen. Empfände sie in gleicher Weise für mich wie ich für sie, dann würde noch alles gut. Niemand hat so tiefes Herzensweh wie der, der Liebe und Herzeleid zugleich empfindet.

    WER GESACH: Wer hat den süßen Frühling je wonniger gesehen? Wer hat den Wald und auch die wonnige Heide je schöner geschmückt gesehen? Wer hat jemals die kleinen Vögelchen in vielen süßen, wonnigen Melodien der wonnigen Wonne schöner entgegen singen gehört? Darüber freuen sich viele Herzen, nur allein das meine nicht. Das muß immer traurig sein, wenn ihre Frauengüte das nicht ändert, die mich Sehnsüchtigen seit langer Zeit mit Macht in ihre Gewalt gebracht hat.

    WER GESACH *Ä. nach Q 65.*

O we, trútelehter lip, sol ich alsvs verderben?
10 owe, spilnder ŏgen schin! hei, mvnt gevar nach wunneklichen
herzen trut, ir wûstet an mir úwer vriges eigen.   [rosen!
wie zimt wibes gv̂te das, ob ich in senden sorgen svs verdirbe?
liebú frowe, ich habe iv lange her gedienet von kinde,
des lat mich geniessen! seht, so wirde ich frŏideriche.
15 ob des niht geschiht, so mv̂s min spilende frŏide ein ende han.

IR vil wunnenklichen wip, ir wolgemv̂ten leigen,
wúnschent, das mis herzen trut mich von den senelichen sorgen
so bitte ich die gv̂ten, das si lâsse mir gelingen.   [scheide!
sv̂sse minne, ob das geschiht, dar vmbe ich dine werden tvgende
20 minne, dv weist wol, es ist dú liebe, die ich da meine.   [prise.
hilf, das mir dú here trôste min gemv̂te!
ob des niht geschiht, so wirt mir sender sorgen niemer rat.

O we, minne, sol ich niht den roten kvs erwerben
vnd den sv̂ssen vmbevank, dar ʒú ir minneklichen lip, den losen?
25 sûssv́ minne, maht dv herzeliep an mir erzeigen?
nv was treit dich fúr, ob ich nah der vil herzelieben in liebe stirbe?
minne, ich mv̂s verderben, ob ich niht die frŏide vinde.
ach, dur got, vil selig wib, noch helfent helfecliche!
sv̂ssú minne, frage si dur got, was ich ir habe getan!   *Q 19*

---

9 O weh, du Liebliche, soll ich so zugrunde gehen? O weh, du Glanz der funkelnden
Augen! Hei, du Mund in der Farbe wonniger Rosen! Herzallerliebste, Sie zerstören
in mir Ihren ureigensten Besitz. Wie paßt das zur Frauengüte, wenn ich in verzehren-
dem Verlangen so zugrunde gehe? Geliebte gnädige Frau, ich habe Ihnen von Jugend
an bis heute gedient, lassen Sie mich dafür Dank ernten! Sehen Sie, dann werde ich
überglücklich sein. Geschieht das nicht, dann muß der Höhenflug meines Glücks ein
Ende haben.   16 Ihr wonnigen Frauen, ihr frohgemuten Leute, verlangt, daß die Ge-
liebte meines Herzens mich von den verzehrenden Qualen erlöse! Dann bitte ich die
Gute, daß sie geschehen läßt, was ich mir wünsche. Süße Liebe, wenn das geschieht,
dann werde ich das Lob deiner Vortrefflichkeit verkünden. Liebe, du weißt wohl, es
geht um die Geliebte, die ich im Herzen trage. Hilf, daß sie, die so hoch über mir steht,
mich tröstet! Geschieht das nicht, werde ich niemals von meinen verzehrenden Qualen
erlöst.   23 O weh, Liebe, soll ich den roten Kuß nicht bekommen und die süße Um-
armung und ihren lieblichen, anmutigen Leib? Süße Liebe, kannst du Herzensgüte
an mir erweisen? Was nützt es dir denn, wenn ich in Liebe vor Verlangen nach der
Herzallerliebsten sterbe? Liebe, ich muß zugrunde gehen, wenn ich das Glück nicht
finde. Ach, herrliche Frauen, kommt um Gottes willen hilfreich zu Hilfe! Süße Liebe,
frage sie um Gottes willen, was ich ihr getan habe!

24 û.

Seht an die heide, seht an den grůnen walt!
liehter ŏgenweide, der hant si gewalt.
blv̊men, lŏp, dv̊ beide mit manigem húbschęn kleide
so sint si bekleit.
5 dien tet vil leide der lange winter kalt.
balde hinnen scheide sin twingen manigvalt!
valwe lŏke reide tragent ivnge stolze meide,
des sint si gemeit.
var hin, verwâssen, vil gar verteilter sne.!
10 dv mv̊st vns aber lâssen die blv̊men vnd den kle
vf des meigen strâssen (dien tete dv vil we),
da die vogel sâssen, ir sang gegen sange mâssen.
die frŏwent sich als e.

Mich wil betwingen, das mich dvr lieb ie twang,
15 das ich nv mv̊s ringen, Dar nach min herze ie rank.
ich wil aber singen der lieben vf gedingen;
min trost an ir lit.
la mir gelingen, sit das mir nie gelang,
minne, an lieben dingen, so wirt min truren krank.
20 si kan swere ringen, die sorge vs herzen dringen.
mir were lones zit.
kvs von ir mvnde, ich wene, er sanfte tv̊t.
der ist zaller stvnde noch roter danne ein blv̊t.
eya, minne wunde, dv machest yngemv̊t!
25 ob din trost mir gvnde, das mir ein kvs die bvnde,
so dúhte si mich gv̊t.

SEHT: Schaut die Heide an, schaut den grünen Wald an! Sie bieten dem Auge einen glanzvollen Anblick. Blumen und Laub sind mit vielen schönen Kleidern geschmückt. Viel Leid hatte ihnen der lange, kalte Winter zugefügt. Nun sollen seine vielen Härten alsbald ein Ende haben! Blonde Lockenköpfe haben die jungen hübschen Mädchen, das macht sie so nett. Verschwinde, verfluchter, verwünschter Schnee! Du mußt uns die Blumen und den Klee (denen hast du viel Leid angetan) auf allen Straßen des Frühlings wieder überlassen, wo [früher] die Vögel saßen [und] um die Wette sangen. Die freuen sich jetzt wie damals. 14 Mich will überwältigen, was mich aus Liebe [schon] immer überwältigt hat, so daß ich danach [weiterhin] streben muß, wonach mein Herz stets gestrebt hat. Ich will wieder für meine Geliebte singen um der Hoffnung willen; sie kann mir helfen. Liebe, laß mich, da mir bisher nie Erfolg beschieden war, jetzt endlich in Liebesdingen Erfolg haben, dann schwindet meine Trauer. Sie kann Kummer erleichtern, die Sorge aus dem Herzen verdrängen. Es wäre an der Zeit, mich zu belohnen. Ein Kuß von ihrem Mund, glaube ich, ist heilsam. Der ist stets noch röter als Blut. Ach, Liebeswunde, du machst krank! Sie *[die Wunde]* käme mir wunderbar vor, wenn deine Hilfe mir gönnen wollte, daß mir ein Kuß sie verbände.

SEHT *Ä. nach Q 65.*

Mich hat gebvnden   der svssen minne bant.
minnekliches wunden,   nach dir min herze ie swant.
si hat niht erwunden,   sich habe min vnderwunden
30   ir mvnt rosen rot.
minne vnd ir chvnden,   die sint mir wol erkant.
hette ich helfe fvnden,   so wer min dienst bewant.
nv hat si mich *w*vnden   in trvren zallen stvnden.
da von lide ich not.

35   mich hat verseret   ir liehter ǒgen schin.
wer hat geleret   die lieben frowen min,
das ir gv̂te meret   mir langewernden pin?
minne, swer dich eret,   des mv̂t wirt gar verkeret.
nv bin ich doch din.

40   O we der swere,   die ich von minnen han!
der ich sanfte enbere,   wand ein vil lieber wan,
der ist frǒidebere.   da bi ist mir gevere
dv́ minne vnd ir has.
si ist mir ze swere,   da von ich trvrig gan.
45   ob ich sinnig were,   des solt ich mich erlan.
minneclichv́ mere   mir bernde frǒide bere.
nv trǒste mih bas,
lieblichv́ minne   (min sendes herze ist wunt),
sit das ich brinne   nach liebe zaller stvnt!
50   sorgen trǒsterinne,   dir ist min iamer kvnt.
trǒste mine sinne,   das ich den kvs gewinne,
sprich „ia", roter mvnt!

                                                                 Q 19

---

27 Mich hat die Fessel der süßen Liebe gefesselt. Du Verwundetwerden durch die Liebe, nach dir hat mein Herz sich immer verzehrt. Sie hat nicht geruht, bis daß ihr rosenroter Mund mich überwältigt hat. Die Liebe und ihre Helfershelfer [?] sind auch mir wohlbekannt. Hätte ich Hilfe erfahren, wäre mein Dienst an sein Ziel gelangt. Nun aber hält sie mich Liebeswunden in Traurigkeit fest. Deshalb bin ich in Nöten. Der Glanz ihrer leuchtenden Augen hat mich verwundet. Wer hat meine geliebte Dame gelehrt, mit ihrer Güte meine lang dauernde Qual zu vergrößern? Liebe, wer dich verehrt, dem verkehrst du die Sinne. Und doch bin ich ganz dein.   40 Ach, welche Leiden erwachsen mir durch die Liebe! Von denen ich leicht erlöst werden könnte, denn eine zärtliche Hoffnung ist schon beglückend. Das verwehrt mir die Liebe und ihre Grausamkeit. Sie ist zu gewaltig für mich, deshalb bin ich so traurig. Wäre ich klug, sollte ich mich davon befreien. Liebesbotschaft brächte mir dauernde Freude. Nun gib mir besseren Trost, liebe Liebe (mein sehnsuchtsvolles Herz ist verwundet), da mich immerzu nach Liebe verzehre! Trösterin im Leid, du kennst mein Elend. Hilf mir, daß ich den Kuß erringe, sprich „ja", roter Mund!

33 fvnden.

NV siht man aber die heide val,
nv siht man valwen grv̂nen walt,
nv hôrt man niht der kleinen voglin singen.
die sint geswigen vber al,
5   ir stimme, div was manigvalt.
die nahtegal, die wil der winter twingen.
der not klage ich vnd da bi mine swere,
die mir dv́ herzeliebe tv̂t.
da von so bin ich vngemv̂t.
10   nv ist si doch gv̂t,   dú liebe vnwandelbere.

Wa wart ie herzen me so wol,
dan da zwei sendv́ herzen sint
einmv̂tig nach der sv̂ssen minne willen?
si sint so tŏgen frŏiden vol,
15   doch machet si dú minne blint.
si kan in beiden herzeleit wol stillen.
si frŏwent sich besamen vnd niht besvnder.
swa herzeliep bi liebe lit
– das wunnebernde frŏide git,
20   dast ane strit –,   da tv̂ div minne ein wunder.

Sit das dv́ minne wunder kan,
war vmbe tv̂t si wunder niht
an mir vnd an der minneklichen sv̂ssen?
nv bin ich doch ir dienest man,
25   swie man mich in dien sorgen siht.
das mag dv́ minnekliche mir wol bûssen.

NV SIHT: Nun sieht man die Heide wieder fahl, nun sieht man den grünen Wald
welk werden, nun hört man keinen Gesang der kleinen Vögelchen. Die sind ganz und
gar verstummt, [und] ihre Melodien waren [so] vielfältig. Der Winter will die Nachti-
gall in Bedrängnis bringen. Deren Leid beklage ich und auch meinen Kummer, den
mir die Herzallerliebste zufügt. Deswegen bin ich traurig. Und doch ist sie gut, die
Geliebte, an der kein Makel ist.   11 Wo ging es Herzen je so gut wie dort, wo zwei
sehnsuchtsvolle Herzen eines Sinnes sind, wie es die süße Liebe will? Sie sind so voll
verborgenen Glücks, wenn auch die Liebe sie blind macht. Sie kann ihnen beiden
ihren Herzenskummer nehmen. Sie sind glücklich, wenn sie beieinander und nicht
getrennt sind. Wo herzliche Liebe und Liebe beieinander liegen – zweifellos schenkt
das ein Glück, das immer neue Wonnen hervorbringt –, da soll die Liebe ihr Wunder
wirken.   21 Wenn die Liebe Wunder [wirken] kann, warum vollbringt sie kein
Wunder an mir und an der lieblichen Süßen? Nun habe ich mich doch verpflichtet,
ihr zu dienen, in wie großem Kummer man mich auch findet. Dafür kann die Liebliche

NV SIHT *Ä. nach Q 65.*

        vil herú minne, twing die frôidenriche,
        das si niht gar in wunnen swebe,
        e das si mir ir hvlde gebe!
30   die wile ich lebe,   ich diene ir eigenliche.

        Wa wart ie mv́ndelin so rot?
        wâ wart ie bas gestalter lip?
        wa wurden ie so frôlich stendú ôgen,
        dú mich hant braht in grôsse not?
35   genade, minnekliches wib,
        ach, hete ich úwer sv́sse minne tôgen!
        nv wissent, das ich gerne bi úch were.
        genade, rosevarwer mvnt,
        wan machest dv mich niht gesvnt?
40   sprich zeiner stvnt: „ich wil dir bv́ssen swere"!

        Nv lache, das ich fro beste,
        nv lache, das mir werde wol,
        vil roter mvnt, nv lache lacheliche,
        nv lache, das min leit zerge,
45   so wirde ich sender frôiden vol!
        nv lache, das mir vngemv́te entwiche,
        nv lache, das min sendú sorge swinde,
        nv lache mich ein wenig an,
        sit ich dir niht entwenchen kan,
50   ich sender man,   sit ich dich lieblich vinde.

        Einmv́tig, dast ein lieplich wort.
        einmv́tig, das*t* der minne gir.
        einmv́tig sendú herzen frôide leret.

---

mich leicht entschädigen. Erhabene Liebe, erreiche bei der Glücklichen, daß sie nicht vollkommen glücklich sein kann, bevor sie mir nicht ihre Zuneigung schenkt! Solange ich lebe, diene ich ihr wie ein Leibeigener. 31 Wo gab es je ein so rotes Mündchen? Wo gab es je eine herrlichere Figur? Wo gab es je so fröhlich blickende Augen, die mich in schwere Bedrängnis gebracht haben? Erbarmen, liebliche Frau, ach, gehörte mir [doch] insgeheim Ihre süße Liebe! Sie sollen wissen, daß ich gern bei Ihnen wäre. Erbarmen, rosenfarbener Mund, warum machst du mich nicht gesund? Sprich [doch] einmal: „Ich will dich für deinen Kummer entschädigen"! 41 Nun lache, damit ich froh sein kann, nun lache, damit es mir gut geht, tiefroter Mund, nun lache dein liebliches Lachen, nun lache, damit mein Kummer vergeht, dann werde ich Sehnsuchtsvoller glücklich sein! Nun lache, damit meine Traurigkeit weicht, nun lache, damit mein verzehrendes Verlangen schwindet, nun lache mich ein wenig an, weil ich, ich sehnsuchtsvoller Mann, nicht von dir lassen kann, da du so liebenswert bist. 51 Eines Sinnes sein, das ist ein schönes Wort. Eines Sinnes sein, das wünscht sich die Liebe. Eines Sinnes sein lehrt sehnsuchtsvolle Herzen das Glück. Eines Sinnes

32 f.   52 das.

einmv̂tig, das*t* der liebi ein hort
55 (swie doch dú minnekliche mir
mit wibes gv̂te selten frôide meret).
einmv̂tig mange sv̂sse frûde machet.
einmv̂tig frôit ze maniger stvnt.
einmv̂tig, dast ein lieplich fvnt,
60 swa roter mvnt   gegen liebe lieplich lachet.   *Q 19*

Svmer, nv wil din   gewalt
walt,   den anger vnd die heide
beide   kleiden, dast dien kleinen vogelin not.
man siht blv̂men manigvalt,
5 valt   an maniger stolzen meide;
reide   lôke tragentz vnde mv̂ndel rot.
seht, der frôide was vil nach zergangen!
ach, mis herzen! ia mv̂s mich belangen
nach dem trútelehten libe! owe, wan wer er min!

10 Wil si, das mich leit   verber,
ber   mir frôide von ir mvnde.
wunde   von der minne wirt vil schiere heil.
das ir gv̂te mich gewer,

wer   ist, der mir des verbvnde?
15 kvnde   ich flv̂chen, dem wunschte ich, das im vnheil
were bi vil lange vnntz an sin ende.
sv̂ssú minne, sv̂sse helfe sende!
des ist not, sit ich von dinen schvlden sorge ie leit.

---

sein, das ist eine Schatzkammer der Liebe (wenngleich mir die Liebliche nie mit ihrer Frauengüte meine Freude vergrößert). Eines Sinnes sein schenkt viele süße Freuden. Eines Sinnes sein erfreut zu jeder Zeit. Eines Sinnes sein, das ist ein Liebesgeschenk, wenn [nämlich] ein roter Mund der Liebe in Liebe entgegenlacht.

Svmer: Mai, jetzt will deine Macht den Wald, die Wiese und die Heide schmücken, das haben die kleinen Vögelchen dringend nötig. Man sieht vielerlei Blumen [und] ein schwingendes Röckchen bei manchem schönen Mädchen; Lockenköpfe haben sie und rote Mündchen. Schaut, die hatten ja fast gar kein Vergnügen mehr! Ach, mein Herz! Wie muß ich mich doch nach dem reizendsten Leib sehnen! O weh, wäre er doch mein! 10 Wenn sie will, daß mich das Leid verschont, so bringe sie mir Glück durch ihren Mund. Die Liebeswunde wird sogleich geheilt. Wer ist es, der mir es mißgönnte, daß ihre Güte mich belohnt? Dürfte ich einen Fluch aussprechen, so würde ich so einem Unheil bis ans Ende seiner Tage wünschen. Süße Liebe, spende süße Hilfe! Es muß sein, da ich deinetwegen stets Kummer gelitten habe. 19 Ach, wie ist ihr

NV siht 54 das.
Svmer *Ä. außer 25 nach Q 65.*

    Ach, wie ist so gar   liep, gv̊t
20   (gv̊t   nême ich niht fúr die ich meine;
    si eine   trôste mich, das ist der minne has)
    ir mvnt, roter danne ein blv̊t.
    blv̊t   des meigen frôit mich kleine.
    reine,   selig wib, nv trôstent bas!
25   beschiht *des* niht, so mv̊s ich gar verderben.
    sol ich niht den roten kvs erwerben
    vnd den trútelehten lip, so wirde ich frôiden bar.

    Ratent, wie ich das   ervar
    (var   ich vmbe in allem lande?
30   rande   ich tvsent mile, es wer bewendet wol),
    wie ich des genême war,
    war   ich kerte vs minne bande.
    brande   si mich niht, so hete ich senften dol;
    svs hat mich dv́ minnekliche entzv́ndet.
35   ich enweis, wes si sich an mir sv́ndet.
    laschte si mich mit ir minne, mir wurde deste bas.

    Minne, ich diene di*r*,   dv solt
    solt   mir geben minneklichen.
    richen   maht dv mich an frôiden, d*es* ist zit.
40   ob mir das din helfe erholt,
    holt   bin ich dir inneklichen.
    wichen   mv̊s von mir leit, das mir nahe lit.
    minneklichv́ minne, ich was gebvnden
    dir von kinde ie. wiltv mich nv wunden,
45   was tôgt danne stetú trúwe? minne, das verbir!   *Q 19*

Mund, röter als Blut, ganz lieb [und] gut (kein Gut zöge ich der vor, die ich liebe;
einzig und allein sie kann mich trösten, das ist die Grausamkeit der Liebe). Die Maien-
blüte freut mich wenig. Reine, edle Frau, trösten Sie mich besser! Geschieht das nicht,
muß ich ganz und gar zugrunde gehen. Werde ich den roten Kuß nicht erhalten und
den reizendsten Leib, so gibt es für mich kein Glück mehr.   28 Gebt Rat, wie ich
das erkunden kann (soll ich im ganzen Land herumlaufen? Ritte ich auch tausend Mei-
len, es wäre nicht zuviel), wie ich erfahren kann, wohin ich den Fesseln der Liebe ent-
kommen könnte. Wenn sie mich nicht verbrennen würde, wäre mein Schmerz keine
Plage; nun aber hat die Geliebte mich in Flammen gesetzt. Ich weiß nicht, warum sie
sich an mir versündigt. Löschte sie mich mit ihrer Liebe, wäre ich um so glücklicher.
37 Liebe, ich bin dein Diener, du sollst mir lieben Lohn geben. Du kannst reich ma-
chen an Freuden, es ist höchste Zeit. Wenn deine Hilfe das für mich bewirkt, bin ich
dir von Herzen zugetan. Schwinden muß das Leid, das mich umfangen hat. Liebe
Liebe, von Jugend an war ich stets in deinem Bann. Wenn du mich jetzt verwunden
willst, was ist dann beständige Treue wert? Liebe, so etwas kannst du nicht zulassen!

25 *f.*   37 di.   39 das.

Es fŷr ein búttenere
vil verre in frômdú lant.
der was so minnebere,
swa er die fröwen vant,
5   das er da gerne bant.

Do sprach der wirt mêre
zŷ zim, was er kvnde.
„ich bin ein bŷttennere;
swer mir des gvnde,
10   sin vas ich im bvnde.“

Do trŷg er sine reife
vnd sinen tribelslagen.
mit sinem vmbesweife
kvnde er sich wol beiagen,
15   ein gŷt geschirre tragen.

Sinen tribel wegge,
den nam si in die hant
mit siner slehten egge.
si sprach: „heilant,
20   got hat úch har gesant!“

Do si do gebvnden
dem wirte sin vas
nebent vnd öch vnden,
si sprach: „ir sint niht las.
25   mir wart nie gebvnden bas.“   *Q 19*

Es fŷr: Es reiste ein Faßbinder weit fort in fremde Länder. Der war für die Liebe
so geschaffen, daß er dort gern band, wo er Frauen fand.   6 Da fragte ihn ein ge-
wisser Hausvater, was er könne. „Ich bin ein Faßbinder; wem es genehm ist, dem
binde ich sein Faß.“   11 Da trug er seine Reifen und seinen Treibelhammer herbei.
Durch sein [vieles] Herumziehen *[oder: wegen seines (des Hammers) Umfangs]*
konnte er wohl seinen Mann stehen [und] ein prächtiges Handwerksgerät vorweisen.
16 Sie nahm seinen Treibelhammer in die Hand, und zwar an seinem geraden Ende.
Sie sprach: „Mein Erlöser, Gott hat Sie hergeschickt!“   21 Als sie dem Wirt das
Faß von allen Seiten gebunden hatten, sagte sie: „Sie sind sehr wacker. Nie hat mir
einer besser das Faß gebunden.“

Es fŷr *Dieses und die beiden folgenden Gedichte meist nicht als Werke Gottfrieds angesehen.*

Uns ivngen mannen mag
an frowen sanfte misselingen.
es kan vmb einen mitten tag,
do horte ich eine swingen:
5   wan si dahs,   wan si dahs,
      si dahs, si dahs.

Gv̂ten morgen bot ich ir,
ich sprach: „got mv̂sse úch eren!"
zehant do neig div schone mir;
10 dar in so mv̂st ich keren:
      Wan si dahs,   wan si dahs,
      si dahs, si dahs.

Si sprach: „hie en ist der wibe
niht, ir sint vnrehte gegangen.
15 ê úwer wille an minem libe
ergienge, ich sehe úch lieber hangen."
      wan si dahs,   wan si dahs,
      si dahs, si dahs.   *Q 19*

Sol ich disen svmer lang
bekv́mbert sin mit kinden,
so wer ich lieber tot.
des ist mir min frôide krank.
5 sol ich niht ze den linden
reigen, owe dirre not!
    wigen, wagen, gvgen, gagen,
    wenne wil es tagen?
    minne, minne, trvte minne! – swig, ich wil dich wagen!

UNS IVNGEN: Wir jungen Männer können uns bei den Frauen so angenehm ruinie-
ren. Es passierte an einem Mittag, da hörte ich eine [Flachs] schwingen: Denn sie
schwang, denn sie schwang, sie schwang, sie schwang.   7 Ich bot ihr einen guten
Morgen, ich sagte: „Gott möge Sie segnen!" Sogleich dankte die Schöne mir, ich
durfte hereinkommen: Denn sie schwang . . .   13 Sie sagte: „Hier gibt es keine
solchen Frauen, Sie sind an der falschen Adresse. Ehe ich täte, was Sie wollen, sähe
ich Sie lieber hängen." Denn sie schwang . . .

SOL ICH: Wenn ich diesen ganzen Sommer über meine Last mit Kindern haben soll,
wäre ich lieber tot. Darüber bin ich todunglücklich. Wenn ich nicht unter den Linden
tanzen darf, o weh, was für ein Jammer! Wiegen, wackeln, rucken, rackeln, wann wird
es [endlich] Tag? Liebe, Liebe, liebste Liebe! – Schweig still, ich wiege dich ja!

UNS IVNGEN *Zwischen der 2. und 3. Str. vielleicht eine Lücke anzusetzen.*

10 Amme, nim das kindelin,
das es niht en weine,
als lieb als ich dir si!
ringe mir die swere min!
dv maht mich alleine
15 miner sorgen machen fri.
    wigen, wagen, gvgen, gagen,
    wenne wil es tagen?
    minne, minne, trvte minne! – swig, ich wil dich wagen!   *Q 19*

TANNHÄUSER

Der winter ist zergangen,
das prv̂fe ich vf der heide;
Al dar kan ich gegangen,
5   gût wart min ȫgenweide.

Uon den blûmen wol getan
wer sach ie so schonen plan?
Der brach ich zeinem kranze,
den trûg ich mit zhoie zŭ den frowen an dem tanze.
10 Welle ieman werden hohgemv̂t, der hebe sich vf die schanze!
Da stat viol vnde kle,
svmerlatten, camandre,
die werden zitelosen;
oster cloien vant ich da, die lilien vnd die rosen.
15 Do wunschte ich, das ich sant miner frowen solte kosen.

Si gab mir an ir den pris,
das ich were ir dulz amis
mit dienste disen meien;
dur si sọ wil ich reigen.

---

10 Amme, wenn du mir ein bißchen gut bist, dann nimm das Kindchen, damit es nicht weint! Erleichtere mir mein schweres Los! Du allein kannst mir meine Sorgen abnehmen. Wiegen . . .
DER WINTER: Der Winter ist vorbei, das merke ich an der Heide; dorthin bin ich gegangen, was ich sah, gefiel meinen Augen.   6 Wer sah je einen so schönen Teppich von herrlichen Blumen? Einige davon pflückte ich zu einem Kranz, den trug ich mit Vergnügen zu den Frauen dorthin, wo der Tanz stattfand. Wenn jemand fröhlich werden will, der versuche sein Glück! Da stehen Veilchen und Klee, junges Grün, Gamander, die schönen Krokusse; Osterglocken fand ich dort, die Lilien und die Rosen. Da wünschte ich mir, daß ich [hier] mit meiner Dame zusammen plaudern könnte.   16 Sie ließ mir die Ehre zuteil werden, diesen Sommer ihr Diener und zärtlicher Liebhaber zu sein; für sie will ich diesen Reigen singen.   20 Ein Wald
DER WINTER *Ä. nach Q 74.*

20 Ein fores stûnt da nahen,
    al dar begvnde ich gahen.
    da horte ich mich enpfahen
    die vogel also sv̂sse.
    so wol dem selben grv̂sse!
25 Jch horte da wol zhantieren,
    die nahtegal tŏbieren.
    al da mv̂ste ich parlieren
    ze rehte, wie mir were:
    ich was ane alle swere.

30 Ein rifiere ich da gesach,
    dvrh den fores gieng ein bach
    ze tal vber ein planúre.
    ich sleich ir nach, vnz ich si vant, die schonen creatúre.
    bi dem fontane sas dú clare, dv̇ sûse von fai*t*úre.

35 Jr ŏgen lieht vnd wol gestalt,
    si was an sprúchen niht ze balt,
    wan mehte si wol liden.
    Jr mvnt ist rot, ir kele ist blank,
    ir har reit val, ze mâsse lank,
40 gevar alsam die siden.
    Solde ich vor ir ligen tot, in mehte ir niht vermiden.

    Blank alsam ein hermelin
    waren ir dú ermelin.
    ir persone, dv̇ was smal,
45 wol geschaffen vber al:

    ein lúzel grande was si da,
    wol geschaffen anderswa.
    an ir ist niht vergessen:

---

war in der Nähe, ich eilte dorthin. Da hörte ich, wie mich die Vögel lieblich willkom-
men hießen. Gesegnet sei ein solcher Willkommensgruß! Ich hörte dort lieblich sin-
gen, die Nachtigall flöten. Da mußte ich wahrlich sagen, wie mir zumute war: Ich
fühlte mich ganz beschwingt. 30 Ich erblickte ein Flüßchen, durch den Wald floß ein
Bach eine Lichtung hinunter. Ich schlich ihr nach, bis ich sie, die Schöne, fand. An
der Quelle saß die Liebliche, das süße Figürchen. 35 Ihre Augen [sind] blank
und schön geschnitten, ihre Sprache war nicht burschikos, man mußte sich in sie
verlieben. Ihr Mund ist rot, ihr Hälschen ist weiß, ihr Haar blondgelockt, in der
richtigen Länge, wie Seide schimmernd. Müßte ich tot vor ihr liegen, ich könnte sie
nicht lassen. 42 Weiß wie ein Hermelin waren ihre zarten Arme. Ihre Figur war
schlank, überall gut gebaut: 46 Hier war sie ein wenig üppig, anderswo wohl pro-
portioniert. An ihr ist nichts übersehen worden: weiche Schenkel, schlanke Beine,

34 fanúre.

lindú diehel, slehtú bein, ir fůsse wol gemessen;
50 Schoner forme ich nie gesach, dú min cor hat besessen.
An ir ist ellú volle.
do ich die werden erest sach, do hůb sich min parolle.

Jch wart fro   vnd sprach do:
„frowe min,   ich bin din,   dv bist min,
55 der strit, der mv̌sse iemer sin!
Dv bist mir vor in allen.
iemer an dem herzen min mv̌st dv mir wol gevallen.
Swa man frowen prv̌uen sol, da mv̌s ich vúr dich schallen,
An húbsch vnd ǒch an gůte:
60 dv gist aller contrate mit zhoie ein hohgemv̌te.“

Jch sprach der minneklichen zů:
„got vnd anders nieman tů,
der dich behůten mv̌sse!“
ir parol, der was sv̌sse.

65 Sa neic ich der schonen do.
ich wart an minem libe vro
da von ir saluieren.
si bat mich ir zhantieren
von der linden esten
70 vnd von des meigen glesten.

da dú 'tauelrvnde' was,
da wir do schone waren,
das was lǒp, dar vnder gras.
si kvnde wol gebaren

---

hübsch geformte Füße; eine herrlichere Figur [als diese], die mein Herz ganz hingeris-
sen hat, habe ich nie gesehen. Alles an ihr ist vollkommen. Kaum hatte ich die Schöne
zum ersten Mal gesehen, strömten mir die Worte zu.   53 Beglückt sprach ich: „Meine
Angebetete, ich bin dein, du bist mein, dieser Wettstreit soll ewig dauern! Du bedeu-
test mir mehr als alle andern. Immer sollst du meines Herzens Wohlgefallen sein. Wo
man Frauen miteinander an Schönheit und Güte vergleicht, da muß ich meine Stimme
für dich erheben; du versetzt jedes Land in freudige Begeisterung.“   61 Ich sagte der
Lieblichen weiter: „Gott und niemand sonst soll es sein, der dich behüten möge!“
Ihre Antwort war süß.   65 Sogleich fiel ich vor der Schönen aufs Knie. Ihr Gruß
machte mich glücklich. Sie bat, ich soll ihr ein Lied von den Zweigen der Linde und
von der Frühlingsherrlichkeit singen.   71 Bei unserer 'Tafelrunde', wo wir uns so
wohl befanden, gab es Laub, darunter Gras; sie gab sich so liebenswürdig

67 von ich ir.

75   – Da was niht massenie me
wan wir zwei dort in einem kle –,
si leiste, das si da solde,
vnd tet, das ich da wolde.

Jch tet ir vil sanfte we,
80   Jch wúnsche, das es noch erge.
Jr zimt wol das lachen.
do begvnden wir beide do ein gemellichens machen;
das geschach von liebe vnd ŏch von wunderlichen sachen.

Von amv́re seit ich ir,
85   das vergalt si dulze mir.
si iach, si litte es gerne,
das ich ir tete, als man den frowen tũt dort in palerne.

das da geschach, da denke ich an:
si wart min trut vnd ich ir man.
90   wol mich der aventúre!
erst iemer selig, der si siht,
sit das man ir des besten giht,
sist also gehúre.
ellú granze da geschach von vns vf der planúre.

95   Jst iemen, dem gelinge bas,
das lâsse ich ane has.
Si was so hohes mv̂tes,
das ich vergas der sinne
(got lone ir alles gv̂tes!),
100   so twinget mich ir minne.

was ist, das si mir tũt?
alles gũt,   hohen mv̂t

---

75 – es gab keine anderen Leute dort im Kleefeld als nur uns beide –, sie gab, was sie
sollte, und tat, was ich wollte.   79 Ich tat ihr auf die angenehmste Weise weh, ich
wünschte, es könne noch einmal geschehen. Wie gut steht ihr das Lachen. Wir begannen
ein vergnügliches Spiel zu treiben; das geschah aus lauter Liebe und aus Wunder was
sonst noch.   84 Ich sprach zu ihr von Liebe, das vergalt sie mir auf die süßeste Weise.
Sie sagte, sie würde es gern leiden, wenn ich mit ihr machte, was man mit den Frauen
in Palermo macht.   88 Was dann geschehen ist, ist mir unvergeßlich: Sie wurde meine
Geliebte und ich ihr Mann. Was für ein herrliches Erlebnis! Der ist stets beseligt, der
sie anschauen darf, da man von ihr nur das Beste sagt, sie ist so lieblich. Vollkommene
Übereinstimmung gab es zwischen uns auf der Lichtung.   95 Wenn es jemandem
noch besser geht, das gönne ich ihm gern. Sie war so aufregend, daß ich alle Vernunft
vergaß (Gott belohne sie für alles Gute!), so sehr bringt mich ihre Liebe aus der Fas-
sung.   101 Was macht sie mit mir? Nur Gutes, höchste Lebensfreude habe ich

habe ich von ir iemer,
in vergisse ir niemer.

105 Wol vf, adelheit!
dv solt sant mir sin gemeit.
wol vf, wol vf, irmengart!
dv mv̂st aber an die vart.

dú da niht enspringet, dú treit ein kint.
110 sich frôiwent algemeine, die dir sint.

Dort hôre ich die flôiten wegen,
hie hôre ich den svmber regen.
Der vns helfe singen,
disen reigen springen,
115 dem mv̂sse wol gelingen
zallen sinen dingen.

Wa sint nv die ivngen kint,
das si bi vns niht ensint?

ſo ſelig si min kúnigvnt!
120 solt ich si kússen tusent stunt
an ir vil rosevarwen mvnt,
so were ich iemer me gesvnt,
dú mir das herze hat verwunt
vaste vnz vf der minne grunt.

125 Der ist enzwei,   heia nv hei,
des fidelleres seite, der ist enzwei!   *Q 19*

---

immer durch sie, nie werde ich sie vergessen.   105 Auf, Adelheid! Du sollst mit mir
fröhlich sein. Auf, auf, Irmgard! Du mußt auch wieder mit.   109 Die nicht tanzt,
die ist schwanger. Alle, die hier sind, freuen sich miteinander.   111 Dort höre ich,
wie man zu flöten anfängt, hier höre ich das Tamburin schlagen. Wer uns diesen Rei-
gen singen und tanzen hilft, dem soll alles gelingen, was er sich wünscht.   117 Wo
stecken jetzt die jungen Leute, weil sie nicht hier bei uns sind?   119 Der Himmel
segne meine Kunigunde! Dürfte ich sie, die mir bis zum tiefsten Grund der Liebe das
Herz durchbohrt hat, viel tausendmal auf ihren rosenfarbenen Mund küssen, so wäre
ich ewig glücklich.   125 Sie ist gerissen, heia hei, die Saite des Fiedelmanns ist ge-
rissen!

118–119 ensint Sor ie so.

Steter dienest, der ist gv̊t,
den man schonen frowen tv̊t,
als ich miner han getan:
der mv̊s ich den salamander bringen.
5 eines hat si mir gebotten,
das ich schike ir abe den rotten
hin *von* provenz in das lant
ze nv̊renberg, so mag mir wol gelingen,
vnd die tv̊nȯwe vber rin;
10 fv̊ge ich das, so tv̊t si, swes ich mv̊te.
dank so habe dv́ frowe min,
sist geheissen gv̊te.
spriche ich „ia", si sprichet „nein",
svs so hellen wir en ein.
15 heia hei!
sist ze lange gewesen vs miner hv̊te.
   Ja húte vnd iemer mere ia,
   heilalle vnd aber ia,
   ziehent herze! wafena!
20 wie tv̊t mir dú liebe so,
   dv́ reine vnd dv́ vil gv̊te?
   das si mich niht machet fro,
   des ist mir we ze mv̊te.

Mich frȯit noch bas ein lieber wan,
25 den ich von der schonen han:
so der mv́seberg zerge
sam der sne, so lonet mir dú reine.

STETER: Gut ist beständiger Dienst, den man schönen Damen leistet, so wie ich ihn meiner geleistet habe: Der muß ich den Salamander bringen. Sie hat mir eines befohlen, daß ich ihr den Rotten *[Name für die obere Rhone]* aus der Provence ins Nürnberger Land umleite, dann hätte ich [bei ihr] Erfolg, und die Donau [sollte ich] über den Rhein [führen]; wenn ich das zuwege bringe, tut sie, was ich will. Ich danke meiner Dame, nennt man sie doch die Gute. Sage ich „ja", sagt sie „nein", so harmonisch geht es zwischen uns zu. Heia hei! Ich habe sie zu lange von der Leine gelassen. Ach, heute und immer ach, zu Hilfe und wieder ach, Hilfe! Hilfe! Warum behandelt die Geliebte mich so, die reine und die gütigste? Weil sie mich nicht glücklich macht, ist mir das Herz schwer.   24 Mehr beglückt mich eine tröstliche Hoffnung, die meine Schöne mir gemacht hat: Wenn der Mäuseberg wie Schnee dahinschmilzt, dann will mich die Reine erhören. Alles, was mein Herz begehrt, bekomme ich von

STETER *Unvollst. Mel. in Q* 29 *unter der Bezeichnung* Des Danhusers Lv̊de Leich *(Bedeutung ungeklärt).* – Ä. 7 *nach Q* 74, 11–14 *nach Q* 4.   4 *Der Salamander galt als giftiges Untier, das nicht einmal durch Feuer getötet werden konnte.*   7 f.   11–14 *Versfolge* 13, 14, 11, 12.

alles, des min herze gert,
des bin ich an ir gewert,
30   minen willen tût si gar,
buwe ich ir ein hus von helfenbeine,
swa si wil, vf einen se,
so habe ich ir frúntschaft vnd ir hulde.

bringe ich ir von galylee
35   her ân alle schulde
einen berk, gefûge ich das,
da her adan vffe sas,
Heia hei,
das were aller dienste ein vbergulde.

40   Ja húte vnd iemer ia,
heilalle vnd aber ia,
ziehent herze! wafena!
wie tût mir dú liebe so,
dý reine vnd dý vil gŵte!
45   das si mich niht machet fro,
des ist mir we ze mŵte.

Ein bŏn stan in yndian
gros, den wil si von mir han.
minen willen tût si gar,
50   seht, ob ich irs alles her gewinne.
ich mŵs gewinnen ir den gral,
des da pflag her parcyfal,
vnd den apfel, den paris
gab dvr minne venvs, der gúttine,
55   vnd den mantel, der beslos
gar die frowen, dú ist vnwandelbere.

---

ihr, sie tut alles, was ich will, wenn ich ihr ein Haus aus Elfenbein dorthin baue, wo sie es will, [nämlich] auf einen See, dann habe ich ihre Zuneigung und ihre Liebe. Bringe ich aus Galiläa, ohne mir dabei etwas zuschulden kommen zu lassen, den Berg, auf dem Adam gesessen hat, bringe ich das zustande, heia hei, das wäre der Dienst aller Dienste. Ach ... 47 Einen mächtigen Baumstamm aus Indien will sie von mir haben. Seht, wenn ich ihr das alles herbeischaffe, tut sie alles, was ich will. Ich muß ihr den Gral herbeischaffen, den Parzifal hütete, und den Apfel, den Paris um der Liebe willen der Göttin Venus gab, und den Mantel, der die Frau, die makellos ist, gänzlich umhüllte.

51–52 *Vgl. S. 452 Anm. 15.* 53–54 *In der griechischen Sage erkannte Paris, der Sohn des Trojanerkönigs Anchises, durch Überreichen eines Apfels Aphrodite als die schönste Göttin an, die ihm dafür ihre Hilfe beim Raub der schönsten irdischen Frau, Helena, der Gattin des Griechenkönigs Menelaos, versprach. Um diesen Raub entbrannte der Trojanische Krieg.*
55–56 *Der glückbringende Zaubermantel, der nur der Frau paßt, die wirklich treu ist, aus der höfischen Erzählung 'Lancelet' Ulrichs von Zazikhofen (1196 oder später).*

dannoch wil si wunder gros,
das ist mir worden swere:
ir ist nach der arke we,
60 dú beslossen hat noe.
heia hei!
brehte ich die, wie lieb ich danne were!
  Ja húte vnd iemer ia,
heilalle vnd aber ia,
65 ziehent herze! wafena!
wie tũt mir dú liebe so,
dṽ reine vnd dṽ vil gṽte!
das si mich niht machet fro,
des ist mir we ze mṽte.   *Q 19*

Gegen disen winnahten
solden wir ein gemelliches trahten,
wir swigen alzelange.
nv volgent mir, ich kan vns frôide machen.
5 ich singe iv wol ze tanze
vnd nim ir war, der schonen mit dem kranze.
ir rosevarwen w*a*ng*e*,
ersehe ich dú darzṽ, so kônde ich lachen.
so sich dú gûte
10 schreket vor, so ist mir wol ze mṽte,
vnd ir gúrtel senken
machet, das ich vnder wilent liebe mṽs gedenken.

Dv liebes, dv gûtes,
tṽ hin, la stan, dv wunder wol gemṽtes!
15 wol stent dine lôkel,
din múndel rot, din ôgel, als ich wolde.

Dann will sie noch etwas ganz Absonderliches, darüber ist mir der Mut gesunken:
Sie verlangt nach der Arche, die den Noah eingeschlossen hat *[s. Gen. 7]*. Heia hei!
Brächte ich die an, wie würde ich dann geliebt! Ach . . .
   GEGEN: Zu dieser Weihnachtszeit sollten wir etwas Vergnügliches planen, wir
sind schon allzulange still. Nun hört auf mich, ich weiß uns Freude zu machen. Ich
singe euch vor, wonach ihr tanzen könnt, und spähe nach der Schönen mit dem Kranz
aus. Erblickte ich dann noch ihre rosenfarbene Wange, dann würde ich lachen. Wenn
die Liebe vorwärts hüpft, so wird mir warm ums Herz, und wenn sie ihren Gürtel
zurechtrückt, muß ich mitunter an ganz liebe Dinge denken.   13 Du Liebes, du Gutes,
halt ein, laß ab, du Wunderfeine! Adrett fallen deine Locken, dein rotes Mündchen,

GEGEN *Å. nach Q 74.*   7 wengel.

rosevar din wengel,
din kelli blank, da vor stet wol din spengel.
dv rehtes svmer tôkel!
20 reit val din har, rehte als ichs wúnschen solde.
gedrat dine brúste.
nv tanze eht hin, min liebes, min gelúste!
la sitvli bleken
ein weninc dvr den willen min, da gegen mŷs ich schreken.

25 Nv lachet aber min flehen.
ich schrike, so dir blôzent dine zehen,
die sint wol gestellet.
vil schonú forme vnd herzeliebú minne,
nv tanze eht hin, min sŷssel!
30 so hol, so smal so wurden nie kein fûssel.
swem das niht gevellet,
das wisset, der hat niht gŷter sinne.
wis sint ir beinel,
lind dú diehel, reit brvn ist ir meinel,
35 ir sizzel gedrolle.
swas man an frowen winschen sol, des hat si gar die volle.

Iv si der tanz erlôbet,
so das ir mine frowen niht bestôbet.
seht an si niht dike!
40 ich fúrhte, das ir verliesent úwer sinne.
ir zimt so wol das lachen,
das tvsent herzen mŷsten von ir krachen.
ir loslichen blike
twingent mich. owe, das tût ir minne.

---

deine Äuglein [sind so], wie ich es mag. Rosenfarben [sind] deine Bäckchen, weiß [ist]
dein Hälschen, akkurat davor sitzt das Anstecknädelchen. Du [bist] ein richtiges klei-
nes Sommerpüppchen! Blondlockig [ist] dein Haar, grad so wie ich es mir wünschen
würde. Die Brüste [sind] hübsch rund. Nun dreh dich, mein Liebes, meine Wonne!
Laß mir zu Gefallen ein bißchen deine kleine Kehrseite rausgucken, dann überläuft
es mich heiß und kalt.   25 Meine Bitte löst Gelächter aus [?]. Mich überläuft es
doch schon, wenn ich deine nackten Zehen sehe, die sind so nett gewachsen. Du schö-
nes Persönchen und liebe Herzallerliebste, nun dreh dich, meine kleine Süße! So ge-
wölbte, so zierliche Füßchen gab es noch nie. Wem das nicht gefällt, wißt ihr, der ist
nicht ganz klar im Kopf. Weiß sind ihre Beinchen, weich die Schenkel, krausbraun
ist ihr Schößchen, ihr Hinterteilchen hübsch rundlich. Was man sich an einer Frau
wünscht, das hat sie in Vollkommenheit.   37 Ihr dürft nur so tanzen, daß meine
Liebste nicht staubig wird. Schaut sie nicht oft an! Ich fürchte, ihr verliert sonst den
Verstand. Sie lacht so reizend, daß tausend Herzen dadurch brechen könnten. Ihre
schelmischen Blicke machen mich schwach. O weh, das tut die Liebe zu ihr.

26 schreke.   34 lindú.

45   stet hoher! lat slichen!
der schonen, der sol man ze rehte entwichen.
was kan ir gelichen?
des wene ich niht, das ieman tv̂ in allen [. . .] richen.

Ach, si ist so schône,
50   das ich ir lob mit minem sange krône,
ir wol stenden hende,
ir vinger lang als einer kv́niginne.
so ist si wol geschaffen;
da bi so kan si gemenliche klaffen.
55   gar ane missewende
neme ich si vúr eine keiserinne.
des setze ich ze pfande
min herze, das ich niender in dem lande
so gv̂tes niht erkande.
60   sist so minneklich gestalt vnd lebt gar ane schande.   *Q 19*

Wol im, der nv beissen sol
ze púlle vf dem gevilde!
der birzet, dem ist da mit wol,
der siht so vil von wilde.
5   svmeliche gant zen brvnnen,
die andern ritent schowen
– der frôide ist mir zervnnen –
das banne*k*en bi den frowen.
des darf man mich niht zihen, ich b*irs*e ôch niht mit winden,
10   in beize· ôch niht mit valken, in mag niht fúhse gelagen,

---

Tretet zurück! Macht Platz! Der Schönen soll man den Weg freigeben, wie es sich gehört. Was kann sich mit ihr vergleichen? Ich glaube nicht, daß es in allen [. . .] Ländern irgend jemanden gibt.   49 Ach, sie ist so schön, daß ich ihrem Preis mit meinem Lied die Krone verleihe, ihren wohlgeformten Händen, ihren Fingern so schlank wie die einer Königin. Sie ist, wie gesagt, ein herrliches Geschöpf; und außerdem kann sie so heiter schwatzen. Es wäre kein Unglück, wenn ich sie einer Kaiserin vorzöge. Ich verpfände mein Herz darauf, daß ich landauf, landab nirgendwo etwas so Gutes gefunden habe. Sie ist so lieblich und lebt ohne jeden Tadel.

WOL IM: Glücklich der, der jetzt in den Ländern Apuliens mit Falken jagen darf! Auch wer mit Hunden jagt, hat sein Vergnügen dabei, er sieht so viel Wild. Manche erholen sich bei den Quellen, andere reiten, um zuzusehen – wie fern ist mir ein solches Vergnügen –, wie man sich bei den Damen umtut. Das kann man mir nicht nachsagen, ich jage auch nicht mit den Windhunden, ich jage auch nicht mit den Falken, ich kann

WOL IM *Vermutlich auf der Fahrt zum Heiligen Land 1228/29 entstanden. – Ä. 8 nach Q 75, die übrigen nach Q 74.*   8 bannet man.   9 beisse.

man siht ŏch mich niht volgen nach hirzen vnd nach hinden,
mich darf ouch nieman zihen von rosen schappel tragen,
man darf ŏch min niht warten,
da stet der grûne kle,

15 noch sv̆chen in dien garten
bi wolgetanen kinden – ich swebe vf dem se.

Ich bin ein erbeit selig man,
der niene kan beliben
wan hûte hie, morne anderswan.

20 sol ich das iemer triben,
des mv̆s ich dike sorgen,
swie frŏlich ich da singe,
den abent vnd den morgen,
war mich das wetter bringe,

25 das ich mich so gevriste vf wasser vnd vf lande,
das ich den lib gefûre vnz vf die selben stvnt.
ob ich den lûten leide in snŏdem gewande,
so wirt mir dú reise mit freise wol kvnt.
(dar an solde ich gedenken,

30 die wile ich mich vermag;
in mag im niht entwenken:
ich mv̆s dem wirte gelten vil gar vf einen tag.)

Wa leit ie man so grosse not
als ich von bŏsem troste?

35 ich was ze kride vil nah tot,
wan das mich got erloste.
mich slûgen sturnwinde
vil nach zeinem steine

---

nicht Füchsen auflauern, man sieht mich auch nicht auf der Spur von Hirschen und
Hinden, niemand kann von mir behaupten, ich trüge einen Kranz von Rosen, man
braucht auch [dort] nicht nach mir auszuschauen, wo der grüne Klee steht, noch mich
in den Gärten bei den hübschen Mädchen suchen – ich segle auf dem Meer.   17 Ich
bin ein mit Mühsal beladener Mann, der nirgends bleiben kann als heute hier und
morgen dort. Wenn das so mit mir weitergehen soll, muß ich mir, wie fröhlich ich
auch singe, am Abend wie am Morgen häufig darüber Sorgen machen, wohin mich
das Wetter verschlägt [und] wie ich mich zu Wasser wie zu Land so durchschlage,
daß ich von Stunde zu Stunde [?] mein Leben erhalte. Wenn ich dann noch in mei-
nem ärmlichen Aufzug den Leuten unwillkommen bin, dann erfahre ich so recht, wie
schrecklich eine solche Reise ist. (Daran sollte ich denken, solange ich dazu noch im-
stande bin; es steht unausweichlich fest: Ich muß dem Wirt alles an einem einzigen
Tag bezahlen.)   33 Wo hat jemand so große Not durch düstere Aussichten erlitten
wie ich? Bei Kreta kam ich fast ums Leben, hätte mich nicht Gott gerettet. Sturm-
winde schleuderten mich in einer Nacht in rasender Fahrt fast an einen Felsen, das

12 man.

in einer naht geswinde,
40 min frôide, dú was kleine.
dú rûder mir zerbrachen, nv merkent, wie mir were!
die segel sich zerzarten, si flugen vf den se.
die marner alle iahen, das si so grôsse swere
nie halbe naht gewunnen; mir tet ir schrien we.
45 das werte sicherlichen
vnz an den sehsten tag.
in mahte in niht entwichen,
ich mv̂s es alles liden, als der niht anders mag.

Die winde, die so sere wênt
50 gegen mir von barbarie,
das si so rehte vnsv̂sse blênt!
die andern von túrggie,
die welle vnd ŏch die v́nde
gent mir grôs vngemv̂te.
55 das si fúr mine sv́nde!
der reine got min hûte!
min wasser, das ist trûbe, min pisco*t*, der ist herte,
min fleisch ist mir versalzen, mir schimelget min win.
der smak, der von der svtten gat, der ist niht gv̂t geuerte,
60 da vúr neme ich der rosen ak, vnd mehte es wol gesin.
zisern vnde bonen
gent mir niht hohen mv̂t.
wil mir der hohste lonen,
so wirt das trinken sv̂sse vnd ŏch dú spise gût.

65 Ahi, wie selig ist ein man,
der fúr sich mag geriten!
wie kvme mir der gelŏben kan,

___

war kein Zuckerlecken. Mir zerbrachen die Ruder, denkt euch, wie mir zumute war!
Die Segel zerrissen, sie flogen ins Meer. Alle Seeleute sagten, daß sie ein so fürchter-
liches Unwetter noch keine halbe Nacht mitgemacht hätten; ihr Geschrei machte
mich ganz verzagt. Das dauerte sicher bis zum sechsten Tag. Ich konnte ihnen nicht
entrinnen, ich mußte alles erdulden, wie einer, der eben nicht anders kann.   49 Daß
die Winde, die mir so ausdauernd vom Berberland entgegenwehen, so heftige Böen
haben! Die anderen aus der Türkei, die Wellen und auch die Fluten machen mir das
Leben sauer. Möge es [als Strafe] für meine Sünden gelten! Behüte mich der heilige
Gott! Mein Trinkwasser ist faulig, mein Zwieback ist hart, mein Fleisch ist versalzen,
mein Wein schimmelt. Der Gestank, der aus dem Schiffsbauch aufsteigt, ist ein
schlimmer Reisebegleiter, ich tauschte ihn, wenn es sein könnte, gegen Rosenduft
ein. Erbsen und Bohnen heitern mich auch nicht auf. Will mir der Höchste gnädig sein,
dann wird mein Trinkwasser süß und mein Essen gut.   65 Ach, wie glücklich ist
ein Mensch, der sich reitend fortbewegen kann! Wie schwer wird es dem, mir zu

57 piscop.

     das ich mv̑s winde biten!
     der schrok von oriende
70   vnd der von tremvndane
     vnd der von occidende,
     arsúle von dem plane,
     der meister ab den alben, der krieg vs romanie,
     der levandan vnd oster, die mir genennet sint;
75   ein wint von barbarie wêt, der ander von túrggie,
     der norten *und* der mezzo*t*, seht, das ist der zwelfte wint.
     wer ich vf dem sande,
     der namen wisse ich niht;
     dvrch got ich fůr von lande
80   vnd niht dvr dise vrâge, swie we hal*t* mir geschiht.   *Q 19*

    Das ich ze herren niht en wart, das mv̑sse got erbarmen!
    des git *man* mir des goldes niht, das man da fůrt von walhen.
    die herren teilenz vnder sich, so kapfen wir, die armen;
    wir sehen iemerliche dar, so fúllet man in die malhen.
 5 so kvmt vns anderthalb von dúringen vil von gůte.
    das lâsse ich vf die trúwe min, das ich des niender mv̑te.
    swie tvmb ich si, ich vunde da den, der mich gehielte schone.
    ich were e iemer ane gv̑t, e ich schiede von der krone.
    dem kúnige s*p*rich ich wol – in weis, wenne er mir lone.

---

glauben, daß ich auf [günstige] Winde warten muß! Der *schrok [Südostwind, aus ital. scirocco]* aus dem Osten und der von *tremvndane [Nordwind, aus ital. tramontana]* und der von Westen, *arsúle [?]* aus der Wüste, der *meister [Nordwestwind, aus ital. maestro provenza]* von den Alpen, der *krieg [Nordostwind, aus ital. greco]* aus *romanie,* der *levandan [Ostwind, aus ital. levante]* und der *oster [Südwind, aus ital. austre]* sind mir genannt worden; ein Wind weht vom Berberland her, ein zweiter von der Türkei, der *norten [Nordwind, aus ital. norte]* und der *mezzot [Südwind, aus ital. mezzodi],* seht, das ist der zwölfte Wind. Wär ich auf dem Festland geblieben, würde ich ihre Namen nicht kennen; freilich verließ ich das Land um Gottes willen und nicht, um diese Frage zu klären, wie schlimm es mir auch ergeht.

    DAS ICH: Daß ich nicht als Herr geboren wurde, das möge Gott erbarmen! Deshalb gibt man mir nichts von dem Gold, das man aus Italien herangeführt hat. Die Herren teilen es unter sich auf, wir, die Armen, haben das Nachsehen; wir sehen kläglich drein, während man ihnen die Mantelsäcke füllt. Anderseits kommt von Thüringen viel Geld auf uns zu. Und das will ich, bei meiner Ehre, gar nicht haben. Ich könnte noch so dämlich sein, ich fände da doch den, der bestens für meinen Unterhalt sorgte. Ich verzichtete [dennoch] lieber auf alles, ehe ich mich von der Krone lossagte. Ich erhebe meine Stimme für den König – wann er mich dafür belohnt, weiß ich nicht.

    WOL IM   69 schok.   76 von norten kvmt. mezzol.   80 halp.
    DAS ICH *Um 1246/47 entstanden. – Ä. nach Q 74.*   2 *f.*   2–5 *das päpstliche Geld, das zur Unterstützung des Gegenkönigs Heinrich Raspe von Thüringen (1246–47) bestimmt war.* 8–9 *König Konrad IV., gewählt 1237.*   9 sich.

10 ICh solde wol ze hove sin, da horte man min singen.
nv irret mich, das nieman weis: in kan niht gûter dône.
der mir die gebe, so svnge ich von hovelichen dingen,
ich svnge verrer vnde bas von allen frowen schône.
ich svnge von der heide, von lôbe vnd von dem meien,
15 ich svnge von der svmerzit, von tanze vnd ôch von reigen,
ich svnge von dem kalden sne, von regen vnd von winde,
ich svnge von dem vatter vnd der mûter, von dem kinde.
wer lôset mir dú pfant? wie wening ich der vinde!

Dv́ schonen wib, der gv̂te win, dú mvrsel an dem morgen
20 vnd zwirent in der wochen baden, das scheidet mich von gûte.
die wile ich das verpfenden mag, so lebe ich ane sorgen;
swenne es an ein gelten gat, so wirt mir we ze mv̂te,
vnd ich dú pfant sol lôsen, so kvmt das lieb ze leide.
so sint dú wib gar missevar, swenne ich mich von in scheide.
25 der gv̂te win, der svret mir, swenne ich sin niht mag verpfenden.
wenne sol min tvmber mv̂t an truren sich vol enden?
ia weis ich der herren niht, die minen kvmber wenden.

Ia herre, wie habe ich verlorn den helt vs ôsterriche,
der mich so wol behvset hat nach grôsen sinen eren!
30 von sinen schulden was ich wirt; nv lebe ich trurekliche,
nv bin ich aber worden gast. war sol ich armer keren?
der mich sin noch ergetze, wer tût nach im das beste?
wer haltet toren, als er tet – so wol die stolzen geste!

10 Ich gehöre wahrlich an den Hof, dort würde man mein Singen hören. Daran hindert mich jetzt, was [bisher noch] [?] niemand weiß: ich kann keine gute Musik [mehr?] machen. Gäbe mir die einer zurück, dann sänge ich auch von Dingen, die zum Hof passen, ich sänge weiterhin wie bisher und noch besser von allen schönen Frauen. Ich sänge von der Heide, vom Laub und vom Frühling, ich sänge von der Sommerzeit, vom Tanz und vom Reigen, ich sänge von dem kalten Schnee, vom Regen und vom Wind, ich sänge vom Vater und der Mutter, von dem Kind. Wer löst mir ein, was ich verpfänden mußte? Keiner ist dazu bereit! 19 Die schönen Frauen, der gute Wein, die Delikatessen am Morgen und zweimal die Woche ein Bad, das bringt mich um Hab und Gut. Solange ich das verpfänden kann, lebe ich sorglos dahin; geht es aber ans Zurückzahlen, wird mir angst und bange, und wenn ich die Pfänder auslösen soll, wird aus der Freude Leid. Dann sehen die Frauen häßlich aus, wenn ich sie verlassen muß. Der gute Wein wird mir sauer, wenn ich nichts von ihm [dem Gut] zum Pfand setzen kann. Wann werde ich Tor aufhören können zu trauern? Kenne ich doch keinen Herrn, der meinem Kummer abhilft. 28 O Gott, warum habe ich den Helden aus Österreich verloren, der mich seinem Ansehen entsprechend mit einem so vorzüglichen Haus beschenkt hat! Durch ihn war ich mein eigner Herr; nun führe ich ein jämmerliches Leben, nun bin ich wieder einer geworden, der um Unterkunft bitten muß. Wohin soll ich Elender mich wenden? Wer tut das Beste so wie er und ersetzt ihn mir? Wer [schon] Narren bewirtet, wie er es tat – glücklich dort

28 *Herzog Friedrich II. von Österreich*, † *1246.*

des var ich irre, nvn weis, wa ich die wolgemv̂ten vinde.
35 vnd lebte er noh, so wolde ich selten riten gegen dem winde,
der wirt sprichet: „weher gast, wie frúzet úch so swinde?"

Ze wiene hat ich einen hof, der lag so rehte schone.
lúpolzdorf was darzv̂ min, das lit bi lvchse nahen.
ze hinperg hat ich schône gv̂t. got im der wirde lone!
40 wenne sol ich iemer mere die gúlte darabe enpfahen?
es sol mir nieman wîssen, ob in klage mit trúwen.
min frôide ist ellú mit im tot, da von mv̂s er mich rúwen.
wa wilt dv dich behalten iemer mere, tanhvsere?
weist aber iemen, der dir helfe bûssen dine swere?
45 o we, wie das lenget sich! sin tot ist klagebere.

Min sômer treit ze ringe gar, min pferit gat ze sware,
die knehte min sint vngeritten, min malhe ist worden lere.
min hvs, das stat gar ane dach, swie ich dar zv̂ gebare,
min stube stet gar ane túr, das ist mir worden swere.
50 min kelr ist in gevallen, min kv́che ist mir verbrvnnen,
min stadel stat gar ane bant, des hôis ist mir zerrvnnen.
mir ist gemaln noch gebachen, gebrvwen ist mir selten.
mir ist dú wat ze túnne gar, des mag ich wol engelten.
mich darf dvrh gerête nieman niden noch beschelten.   *Q 19*

---

die edlen Gäste! So irre ich herum, weiß nun nicht, wo ich Gönner finde. Und lebte er noch, so brauchte ich niemals gegen den Wind anzureiten, wobei der Wirt höhnt: „Erlauchter Gast, warum frieren Sie denn so schnell?" 37 In Wien besaß ich einen Hof, der war so richtig prächtig gelegen. Außerdem gehörte mir Loibersdorf, das liegt in der Nähe von Lassee. Bei Himberg besaß ich schöne Güter. Gott belohne ihn dafür, daß er mich so ansehnlich gemacht hat! Wann werde ich jemals wieder die Einkünfte davon bekommen? Niemand soll mich schelten, daß ich ihn so ausdauernd beklage. All meine Freude ist mit ihm gestorben, deshalb kann ich ihn nicht verschmerzen. Wie soll es mit dir weitergehen, Tannhäuser? Weißt du wieder jemanden, der dich für deine Leiden entschädigt? O weh, wie das auf sich warten läßt! Sein Tod ist ein beklagenswertes Unglück.   46 Mein Saumpferd trägt viel zu wenig, mein Packpferd lahmt [?], meine Knechte sind unberitten, mein Mantelsack ist leer geworden. Mein Haus steht ganz ohne Dach da, egal, was ich tue, mein Zimmer hat keine Tür mehr, das ist ein unhaltbarer Zustand. Mein Keller ist eingestürzt, meine Küche ist mir ausgebrannt, meine Scheune ist ohne Riegel, das Heu ist alle geworden. Für mich wird weder gemahlen noch gebacken, nie wird für mich gebraut. Meine Kleidung ist verschlissen, damit tue ich reichlich Buße. Mich braucht niemand um meiner Vorräte willen zu beneiden oder zu beschimpfen.

MARNER

Es hat dú starke gotes kraft
mit wunderlicher meisterschaft
gecirgget wol der sternen kreis, den svnnen vnd die manen.
5   dv bist gebildet, mensche, nach im.
dv sitze, dv stant, dv wat, dv swim,
dv solt dich siner helfe niemer vreuenliche entanen.
sin hôhe, dú ist dir ze hoh,
sin wite ze breit, sin grunt ze tief, sin lenge sich dir lenget.
10 der erste mensche sin lere floch,
da von wart er vs paradyses frôiden her gepfrenget
in dirre werlte vnfrôiden kamer;
da von vns twinget noch des flûches zange vnd sleht der hamer:
wir mŵssen vnser spise in sweize von der erden ianen.   Q 19

Ich wil die minne strafen,
si swachet   ir eren ein teil.
swa si wol solde slafen,
da wachet   si vf ir vnheil.
5   ich tŵn ir mit rede gewalt, das ist ir widerwinne.
si vert vsserthalb der mâsse vnd ist genant vnminne.
minne ist vnstete vri.
swa sich dú rose erzeiget,
da reiget   der dorn an das zwi.   Q 19

Es HAT: Die gewaltige Macht Gottes hat in wunderbarer Meisterschaft dem Ster-
nenrund, der Sonne und dem Mond ihre Bahnen aufs Genaueste zugemessen. Du,
Mensch, bist nach seinem Vorbild gestaltet *[Gen. 1, 26]*. Ob du nun sitzt, stehst, wa-
test, schwimmst, seiner Hilfe sollst du dich niemals mutwillig entschlagen. Seine Höhe
ist zu hoch für dich, seine Weite zu weit, seine Tiefe zu tief, seine Länge zu ausge-
dehnt. Der erste Mensch entzog sich seinem Gebot, deshalb wurde er aus den Freuden
des Paradieses hinaus in das jammervolle Gehäuse dieser Welt verstoßen *[Gen. 2,
16–3, 24]*; von daher hält uns noch heute die Zange des Fluches in ihrem Griff und
schlägt uns sein Hammer: Im Schweiß müssen wir unsere Nahrung der Erde abge-
winnen.

ICH WIL: Ich will die Liebe schelten, sie bringt sich um die Ehre. Zu ihrem eigenen
Schaden wacht sie, wo sie ruhen sollte. Ich schmähe sie mit Worten, das ist ihr
zuwider. Sie ist maßlos und muß das Gegenteil von Liebe heißen. [Wahre] Liebe
kennt keine Unbeständigkeit. [Aber] auf dem Zweig, auf dem sich die Rose zeigt,
macht sich auch der Dorn breit.

Es HAT Mel. *unter der Bezeichnung „goldener Ton" in Q 29.*

We dir, von zweter Regimar!
du núwest mangen alten vunt,
du speltest als ein milwe ein har,
dir wirt vs einem orte ein pfvnt,
5   ob din liessen dich niht trúget.
dir wirt vs einem tage ein iar,
ein wilder wolf wirt dir ein hvnt,
ein gans ein gŏch, ein trappe ein star,
dir spinnet hirz dur dinen mvnt,
10   wa mit hast dv das erzúget?
ein lug dur dine lespe sam ein slehtú warheit vert,
dv hast dien vischen hṽsten, krebsen sat erwert.
bi dir so sint drú wundertier:
das ist der git,   has vnde nit.
15   dv dŏne dieb!
dv prṽuest ane malz ein bier.
supf vs! dir ist ein leker lieb,
der den herren vil gelúget.

                                                            Q 19

Maria, mṽter vnde meit, der sṽnder trŏsterin,
aller heiligen frowe vnd in himel kúnigin,
din schŏne git dem throne glast,
also das in din schŏne vber schŏnet.
5   da ist frŏide ân ende vnd ân ort, dú niemer me zergat,
da got vnd sin mṽter sitzent in ir maiestat.
ich wolte gerne sin ein gast,
da iegelich engel lob ze lobe dŏnet.

WE DIR: Pfui über dich, Reinmar von Zweter! Du wärmst manchen früheren Einfall wieder auf, du spaltest Haare wie die Milbe, aus einem Heller wird bei dir ein Pfund, wenn deine Zauberei dich nicht [selbst] betrügt. Aus einem Tag wird bei dir ein Jahr, ein wilder Wolf wird bei dir ein Hund, eine Gans ein Kuckuck, eine Trappe ein Star, durch deinen Mund kann ein Hirsch spinnen, womit hast du dafür den Beweis erbracht? Über deine Lippen geht eine Lüge wie eine glatte Wahrheit, du hast den Fischen das Husten, den Krebsen das Säen zugestanden. Dich begleiten drei seltsame Tiere: das ist der Geiz, der Haß und der Neid. Du Tönedieb! Du braust Bier ohne [eigenes] Malz. Sauf es selbst! Du hältst es mit dem Schmarotzer, der den Herren viel vorlügt.

MARIA: Maria, Mutter und Jungfrau, Trösterin der Sünder, Herrin über alle Heiligen und Königin im Himmelreich, deine Schönheit verleiht dem Himmelsthron solchen Glanz, daß deine Schönheit die seine überhöht. Da, wo Gott und seine Mutter in ihrer Majestät thronen, ist Freude ohne Ende und Maß, die niemals vergeht. Ich

WE DIR   1 *Reinmar von Zweter s. S. 224–245. Gegenstr. (?) hierzu s. S. 307.*
MARIA   *Das metrische Schema dieser und der folgenden Str. ist identisch mit einem Ton Stolles (s. S. 392–397).*

sant michahel, der singet vôr
10 christes lob, das es in dem throne erhillet,
sam tv̑nt engel in ir kôr,
das alles himelsches her in den frôiden schillet,
da tvsent iar noch kvrzer sint danne hie ein stúndelin.
die genade hant si von gotte vnd dar zv̑ von der lieben mv̑ter sin.

Q 19

Got helfe mir, das minú kinder niemer werden alt,
sit das es in der werlte ist so iemerlich gestalt!
wie stet es vber drisseg iar,
sit man die pfaffen siht so sere striten?
5 sagt mir, der bâbst von rome, was sol ú der krvmbe stab,
den got dem gv̑ten sant peter vns zenbinden gab?
stol vnd infel gab er dar,
das er vns erloste von sv́nden zallen ziten.
nv sînt die stole worden swert,
10 die vehtent niht nach selen, nv́wan nach golde.
wer hat úch bischof das geleret,
das ir vnder helme ritent, da dú infel sv́nen solde?
úwer krumber stab, der ist gewahsen zeinem langen sper;
die werlt habt ir betwungen gar, úwer mv̑t stet anders niht wan:

„gib eht her!" *Q 19*

---

möchte dort gerne einkehren, wo jeder Engel Preis über Preis ertönen läßt. Sankt Michael ist der Vorsänger bei dem Preis Christi, daß es laut in dem Thron erschallt, und die Engel in ihren Chören singen es nach, so daß die ganze himmlische Heerschar in Freuden aufjauchzt, dort, wo tausend Jahre noch kürzer sind als hier ein Stündchen *[vgl. 2 Petr. 3, 8]*. Dieses Gnadengeschenk haben sie von Gott und auch von seiner lieben Mutter.

GOT HELFE: Gott helfe mir, daß meine Kinder nicht alt werden, da es in der Welt so schlimm bestellt ist! Wie wird es in dreißig Jahren aussehen, da man die Geistlichen so heftige Fehden austragen sieht? Sagen Sie mir, Papst in Rom, was machen Sie mit dem krummen Stab, den Gott dem guten Sankt Peter verlieh, um uns [von unsern Sünden] zu entbinden? Stola und Inful *[Teile des geistl. Ornats]* verlieh er an diese Stelle, damit er uns immer wieder von den Sünden erlöse. Nun sind die Stolen zu Schwertern geworden, die aber nicht um Seelen kämpfen, sondern nur um Gold. Wer hat euch Bischöfe dazu angeleitet, daß ihr da unter dem Helm *[des Kriegers]* reitet, wo die Inful ihr Sühnewerk tun sollte? Euer krummer Stab ist zu einem langen Speer herangewachsen; der ganzen Welt habt ihr Gewalt angetan, euer Sinn steht nach nichts anderem als nach: „Her damit!"

GOT HELFE 5 *Vgl. S. 241 Anm. 10.*

Wir haben nv einen meister,
dem ist wol wunder kvnt,
der bindet úblú geister;
er fúr vras, stahel kúwender mvnt,
5   er berges slunt,   swenne er beginnet wŭten.
er hat die liste erkvnnen,
e er geborn wart,
des mânen vnd des svnnen
eclipsis vnd sin wandel art,
10   ir vmbevart.   sich mvgen vor im hv̂ten
der donre schvr strale heis,
sit er der sternen zal, ir namen, ir art, ir breite weis,
der himel wite, der erde, wages vmbekreis.
ane schaden das mer er eines in sich trunke.
15   er vehet den wint, luft, wolken, rŏch,
den schatten er grifet. ia, er vbersinnig tvmber gŏch
lasse vns ein lútzel got geben sinnes ŏch!
er kvnste git im nah sinem dvnke.   *Q 19*

Ob allen frowen frowe,
reinv́ mv̂ter vnde maget,
hoh erborne gotes tohter vnd sin brvt,
wer kan diner tvgende richheit volleklich erzeln?

WIR HABEN: Wir haben jetzt einen Meister [unter uns], der kennt sich wahrlich mit
Wundern aus, er bannt böse Geister; er ist ein Feuerfresser, ein Mund, der Stahl zer-
beißen kann, ein Bergeverschlinger, wenn er zu wüten beginnt. Bevor er geboren
wurde, wußte er schon, wie alles zugeht, Laufzeit, Art des Gehens der Sonne und
des Mondes und ihre Umlaufbahn. Es mögen sich die feurigen Pfeile des Unwetters
vor ihm hüten, da er die Anzahl der Sterne, ihre Namen, ihre Beschaffenheit [und]
ihre Ausmaße kennt [so wie] die Ausdehnung des Himmels, der Erde und den Um-
fang des Meeres. Ohne Schaden zu nehmen, tränke er ganz allein das Meer in sich
hinein. Er fängt den Wind, Luft, Wolken, Rauch ein, er hält den Schatten fest. Ach,
soll doch dieser überkandidelte dämliche Kerl zulassen, daß Gott auch uns ein wenig
Verstand gibt! Der nämlich verleiht ihm Wissen nach seinem Gutdünken.

OB ALLEN: Höchste aller Frauen, reine Mutter und Jungfrau, hochgeborene Toch-
ter Gottes und seine Braut, wer kann die Fülle deiner Tugenden gänzlich aufzählen?

WIR HABEN *In Q 20 Kelin (s. S. 385–389) zugewiesen, dort auch die Mel. – Ä. nach
Q 20.* 1 *Als angeredeten „Meister" hat man sowohl Reinmar von Zweter (s. o. S. 224–245)
als auch den Meißner (s. u. S. 399–412) oder Rumelant von Sachsen (s. u. S. 371–382) ver-
mutet.* 11 *stale.*

OB ALLEN *Mel. dieser wie der folgenden 4 Str. unter der Bezeichnung „kurzer" oder „Hofton"
in Q 29.*

5 rose in himel tŏwe,
   svnder sv́nde dorn bedagt,
   dv bist vor den creatúren gotes trut.
   er gerúchte, dich vs al der werlte im selbe erweln.
   din lob ist allen zvngen vberkrepfig vnd ze stark;
10 wer kŏnde selke kraft erspannen?
   got sich menschlich in dir barg;
   svnder mannes helfe din lib den gebar,
   dem alle kúnige mv̂ssen mannen.
   ŏch dient im der engel schar.
15 dv bist aller frowen schilt vúr itewis,
   den in eva brahte vmb einen kleinen apfels bis.   *Q 19*

Die frŏsche wilent nâmen
ein geschre – das rŏ si sider –
zv̂ zir gote, der solde in einen kúnig geben;
also schriwen si tag vnd naht vs einem witen sê.
5 do lies er einen tramen
vf si von der hŏhe nider,
den ervorhten si, bis er begvnde sweben.
vf in hvbten si zehant vnd schriwen nach kv́nige als e.
do sant er einen storch al dar, der slant si svnder zal.
10 wir sin die frŏsche, die da schrient;
das riche ist des tramen val.
vf sint gesessen arge frŏsche nv,
die sint des riches eren vient.
storche, wenne kvmest dv?

Rose im Tau des Himmels, ohne den Dorn der Sünde hervorgebracht, du bist Gottes Geliebte vor allen Kreaturen. Ihm hat es gefallen, dich aus der ganzen Welt sich selbst zu erwählen. Dein Lob ist für alle Zungen übermächtig und zu gewaltig; wer könnte solche Macht ausmessen? Gott verschloß sich in dir auf Menschenart; ohne Mitwirkung des Mannes gebar dein Schoß den, dem alle Könige als Lehnsmannen huldigen müssen. Auch dient ihm die Schar der Engel. Du bist für alle Frauen ein Schild gegen jene Schmach, die ihnen Eva durch den kleinen Apfelbiß bereitet hat *[Gen. 3, 6]*.

DIE FRŎSCHE: Einst erhoben die Frösche ein Geschrei – das reute sie später – zu ihrem Gott, er sollte ihnen einen König geben; das schrien sie Tag und Nacht aus einem großen See heraus. Da ließ er aus der Höhe einen Balken auf sie herunterfallen, den fürchteten sie, bis er zu schwimmen begann. Da hüpften sie sogleich auf ihn und schrien wie zuvor nach einem König. Da schickte er einen Storch dorthin, der verschlang unzählige von ihnen. Wir sind die Frösche, die da schreien; das Reich ist der heruntergefallene Balken. Darauf haben sich jetzt böse Frösche gesetzt, sie sind Feinde der Reichsehre. Storch, wann kommst du?

15   die des rihes erbe slindent, der ist vil.
      trib si wider in eigen hol, der du niht slinden wil!   *Q 19*

Ein wunderliches kunder,
gargon es geheisen was
wîlent, swer das hôbet sach, der wart ein stein.
bi der zit ein ritter lebte, der hies antheus,
5   den nam des michel wunder,
das nieman vor im genas.
er wart in sinem mûte des enein,
das er macht ein kristallin schilt vnd trûg den svs
vor sinen ögen, er sach es dur den schilt vnd streit
10   mit im; er slûg es so manlichen,
das man es noch von im seit.
ir werden fûrsten, merkent disen list!
dem ritter svlt ich úch gelichen!
swa ein valsches hôbet ist,
15   secht es dvrh eren klaren schilt,
vnd slahet es, wan es keiner arger dinge niht bevilt!   *Q 19*

Des vndern vnd des mittern
vnd des hohen ist so vil,
das es menschen sin niht vol reken kan:
swas misselich ist vnd alles, das sich noch gemischen mag,

Es sind so viele, die die Hinterlassenschaft des Reiches verschlingen. Treib die, die du nicht vernichten willst, wieder in ihre eigenen Löcher zurück!

EIN WUNDERLICHES: Einst hieß ein seltsames Monstrum Gorgo, wer dessen Haupt ansah, der wurde zu Stein. Zur gleichen Zeit lebte ein Ritter, der hieß Antheus, den wunderte das sehr, daß niemand sich vor ihm retten konnte. Er ersann folgenden Plan, daß er einen Schild aus Kristall machte und den so vor seine Augen hielt, daß er es mit Hilfe des Schildes erblickte und mit ihm kämpfte; er erschlug es so mannhaft, daß man es noch [heute] von ihm erzählt. Ihr edlen Fürsten, beachtet dieses kluge Vorgehen! Diesen Ritter sollte ich euch zum Vorbild geben! Wo ein unehrliches Haupt ist, da betrachtet es mit Hilfe des kristallklaren Schildes eurer Ehre, und schlagt es ab, weil es an nichts Bösem Anstoß nimmt.

DES VNDERN: An Tiefem und an Mittlerem und an Hohem [in der Schöpfung] gibt es so viel, daß des Menschen Sinn es nicht vollständig erklären kann: [Nicht,] was verschiedenartig ist und alles, was sich noch vermischen kann,

EIN WUNDERLICHES *1–11 Die Gorgo Medusa der griechischen Mythologie wurde von Perseus (!) erschlagen. 8 Sowohl Lupen wie Spiegel wurden aus Kristall hergestellt. Die Ausdeutung V. 12–16 spricht für die Funktion als Lupe, bei der man sich zugleich eine Schutzfunktion zu denken hätte, da der Anblick das Auge nicht direkt trifft.*
DES VNDERN *Ä. nach Q 77.* 2 *der.*

```
  5        des sv̄ssen vnd des bittern
           (swer den smak erkennen wil,
           den betrúget liht ein mislich dar oder dan),
           was vier elemente geschefte si die naht vnd ŏch den tag,
           swas fluzet, flúget, swimmet, krúchet, stet, get oder krist,
 10        wie sich die sternen in lŏfe rûrent,
           wie der himel geechset ist,
           siben planeten kraft, der heissen snv̄re mes,
           swa si donre vnd wint hin fûren,
           swa der abgrunt hat sinen sez,
 15        regens tropfe erzeln, mers gries, gras vnde lŏb,
           swa sich der regenboge nimt in kleiner svnnen stŏp.      Q 19
```

```
           Lebt von der vogelweide
           noh min meister, her walther,
           der venis, der von rugge, zwene reimar,
           heinrich der veldeggere, wahsmv̄t, rubin, nithart!
  5        die svngen von der heide,
           von dem minne werden her,
           von den vogeln, wie die blv̄men sint gevar.
           sanges meister lebent noh, si sint in todes vart.
           die toten mit den toten, die lebenden mit den lebenden sin!
 10        ich vorderte ze gezúge
           von heinberg den herren min
```

---

an Süßem und an Bitterem (wer einen Geschmack erkennen will, den betrügt leicht ein vielfältiges Hin und Her), was nachts und auch am Tag die Aufgabe der vier Elemente ist, was fließt, fliegt, schwimmt, schleicht, steht, geht oder kriecht, wie sich die Sterne auf ihrer Bahn bewegen, auf welche Weise der Himmel mit einer Achse versehen ist, die Wirkkraft der sieben Planeten, das Maß ihrer feurigen Bahnen *[?]*, wohin sie Donner und Wind bringen, wo der Abgrund *[die Hölle?]* seinen Ort hat, [er kann nicht] die Regentropfen, den Meeressand, Gras und Laub zählen, [nicht erklären], wo der Regenbogen in feinem Sonnenstaub entsteht.

LEBT: Lebte doch noch mein Meister, Herr Walther von der Vogelweide, der von Fenis, der von Rugge, die beiden Reinmar, Heinrich von Veldeke, Wachsmut, Rubin, Neidhart! Die haben von der Heide gesungen, von der Schar edler Liebender, von den Vögeln, wie bunt die Blumen sind *[oder: Lebt ... nithart, die svngen, d. h. Lebten noch ..., dann sängen sie ...].* Es leben noch heute Meister des Gesanges, jene hat der Tod hinweggerafft. Die Toten sollen es mit den Toten, die Lebenden mit den Lebenden halten *[vgl. Lc. 9, 60]*! Ich rief als Zeugen meinen Herrn, den von Hein-

DES VNDERN   12 *Vgl. Band 2 dieser Anthologie S. 203ff.*

LEBT   1–2 *Walther s. S. 108–138.*   3 *Rudolf von Fenis-Neuenburg s. S. 73, Heinrich von Rugge s. S. 73ff., Reinmar der Alte s. S. 89–100, Reinmar von Zweter s. S. 224–245.*   4 *Heinrich von Veldeke s. S. 63–66, Wachsmut von Künzich oder von Mühlhausen s. S. 246 f. und S. 315, Rubin s. S. 192–195, Neidhart s. S. 141–158.*   11 *Vielleicht Albrecht von Haigerloch s. S. 344f.*

– dem sint rede, wort, rime in sprúchen kvnt –,
das ich mit sange nieman trúge.
lihte vinde ich einen vunt,

15 den si vunden hant, die vor mir sint gewesen;
ich mv̑s vs ir garten vnd ir sprúchen blv̑men lesen.   *Q 19*

Jch hôre von dien alten sagen,
das ere bi dien bar
frôide in ir wunneklichen tagen.
nv stet vil maniger eren bar,

5 bi des vatter erberndú frôide gernder geste pflag.
das mv̑s ich vnd maniger klagen,
swar ich der lande var,
das arges mv̑tes riche zagen
mit schanden sitzent offenbar:

10 schatz ir minne, schatz ir frôide, schatz in liebet vúr den tag.
sol das heissen gv̑t, das nieman hie ze gv̑te ̓kvmt?
begraben hort, verborgen sin der werlte frumt
alsam der úweln flug,
des gires smak, des raben slunt, *des aren grif, des wolves zug,*

15 der mvggen marg, des bremen smalz vnd des lôbfrôsches schre.
welt, we dir, we!   schatzer, lebendig re,
rise dir golt alsam der sne,
dv woltest dvr din gitekeit, stv̑nde es an diner wal, noh me.
gilt gote vnd gib dien armen wider! der hort dir dort gehelfen mag.
          Q 19

---

berg, an – der kennt sich bei Sprüchen in Inhalt, Wortwahl [und] Verstechnik aus –,
daß ich mit meinen Liedern niemanden täusche. Es mag sein, daß ich einen Einfall
habe, der denen schon eingefallen ist, die vor mir waren; aus ihrem Garten und ihren
Sprüchen muß ich die Blumen *[meiner Dichtkunst]* pflücken.

Jch hôre: Ich höre von den Vorfahren berichten, daß bei denen in jenen herrlichen
Tagen Ehre Freude eintrug. Nun steht so mancher ehrlos da, bei dessen Vater noch
die ehrenträchtige Freude sich den danach strebenden Gästen zuwandte. Das muß ich
und manch anderer beklagen, daß, durch welche Lande ich auch ziehe, schlechte Men-
schen mit durch und durch übler Gesinnung ihre Schande offen zeigen: Geld heißt
ihre Liebe, Geld ihre Freude, Geld bedeutet ihnen mehr als das Tageslicht *[?]*. Darf
das ein Gut heißen, das niemandem hier zugute kommt? Ein vergrabener Schatz,
verborgene Weisheit nützt der Welt ebensoviel wie der Flug der Eule, der Gestank
des Geiers, der Schlund des Raben, die Klaue des Adlers, das Reißen des Wolfs, das
Mark der Mücke, das Fett der Bremse und das Quaken des Laubfrosches. Welt, wehe
dir, wehe! Du, der du das Geld zusammenraffst, lebendiger Leichnam, fiele das Geld
auf dich wie Schnee herunter, so wolltest du, wenn du die Wahl hättest, aus Habsucht
noch mehr haben. Trage deine Schuld vor Gott ab und gib den Armen! Ein solcher
Schatz kann dir dort *[im Jenseits]* nützen.

Jch hôre *Mel. dieser und der folgenden 8 Str. unter der Bezeichnung „langer Ton" in Q 29. –*
Ä. nach Q 77.   14 des wolves zug des aren grif.

DV hohgelobter megde kint,
got, herre, vatter, krist,
vil gros gegen dir min schulde sint.
dur dine gv̊te gib mir vrist,
5 vnz ich gebv̊sse wider dich die minen grossen missetat.
min herze was gegen dir ie blint
vnd noch vil leider ist.
die súnde waren mir ein wint.
gedenke, herre, das dv bist,
10 der vmb vnsich súndig armen grôsse not erlitten hat.
dinen angestlichen tot la niht an vns verlorn sin!
gib, herre, mir den sin rehte in das herze min,
das ich gelebe also
in dinem dienste hie, das min der tieuel dorḟ iht werde vro,
15 so wir zesamen komen vf den ivngestlichen tag,
da nieman mag   erwenden dinen slag.
da riche niht, herre, ob ich verlag
din hoh gebot, das ich noch ie in minem herzen ringe wag.
dvrh dinen tot hilf mir, das der armen sele werde rat.   Q 19

Ein esel gab vúr eigen sich
dem fuhse, das was gv̊t.
da lert er in sprechen wihteklich;
si waren beide hohgemv̊t.
5 seht, do vv̊rt her reinhart sinen knappen in den grůnen kle.
er sprach: „min esel, hv̊te dich!
der wolf dir schaden tv̊t,

DV HOHGELOBTER: Du Sohn der hochgepriesenen Jungfrau, Gott, Herr, Vater, Christus, meine Schuld dir gegenüber ist sehr groß. In deiner Güte gib mir Aufschub, bis ich meine schwere Missetat vor dir gesühnt habe. Mein Herz war immer blind gegen dich und ist es, leider, auch jetzt noch. Die Sünden achtete ich für ein Nichts. Denk daran, Herr, daß du der bist, der um uns arme Sünder große Pein erlitten hat. Laß deinen schrecklichen Tod für uns nicht vergebens gewesen sein! Gib mir, Herr, eine solche Gesinnung fest in mein Herz, daß ich in deinem Dienst hier so lebe, daß sich der Teufel dort über mich nicht freuen kann, wenn wir am Jüngsten Tag, wo niemand dein Strafgericht abwenden kann, zusammenkommen. Da räche nicht, Herr, wenn ich dein erhabenes Gebot, das ich bisher immer in meinem Herzen geringschätzte, mißachtet habe. Um deines Todes willen hilf mir, daß die arme Seele gerettet werde.

EIN ESEL: Ein Esel machte sich den Fuchs zum Herrn, das war gut so. Da lehrte dieser ihn, über alles Mögliche [?] zu reden; beiden stand der Sinn nach Höherem. Seht, da führte Herr Reinhart seinen Knappen in den grünen Klee. Er sprach: „Mein Esel, gib acht!

DV HOHGELOBTER *Ä. nach Q 29.*   12 der.
EIN ESEL *Ä. nach Q 77.*

erhôret er dich; des warte vf mich!"
der esel in dem grase wv̂t.
10 do schv̂f im sin mâg vnfrôide, das er sang ein húgeliet als ê.
zv̂ dem gedône kan gegangen isengrin.
swas reinhart seit, der wolf sprach, *der* esel wer sin,
des wolt *er* ietsvnt swern.
da vv̂rte in reinhart zeiner dru. er sprach: „ich mag michs niht
15 da mv̂z er die 'kafsen' rûren; des was er bereit. [erwern."
das wart im leit: dú dru den wolf versneit.   [erwern."
er wart bestúnbelt, so man seit.
ach got, wer ieglich kafs ein drv, swenne es gat an den valschen eit!
das were wol. ir ist gar ze vil. nv swera, lieger, we dir, we!   *Q 19*

Der kúnig Nabuchodonosor
in einem trôme sach
ein bilde hohe stan *enbor*,
das hôbt was gvldin, als er iach,
5 silberin arme vnde brvst, ein teil êr*în* vnd isenin,
die fûsse waren schirbin hor,
die sit das isen brach.
der trôn gieng sinen sinnen vor.
betúteklich ein wissage sprach:
10 „kúnig, der trôn ist nv bi dir vnd wirt nach dir der werlte schin.
kúnig, dv der wernden *bist des* bildes hôbet golt,
nach dir ein riche bringet silberinen solt,

Hört dich der Wolf, so spielt er dir übel mit; deshalb gehorche mir!" Der Esel streifte
durch das Gras. Da brachte sein Magen ihm Mißhelligkeiten, [insofern] er wie früher
ein Freudenlied sang. Diese Töne lockten Isegrim an. Was Reinhart auch ins Feld
führte, der Wolf behauptete, der Esel gehöre ihm, darauf wolle er jederzeit einen Eid
leisten. Da führte ihn Reinhart zu einer Falle. Er sprach: „Ich kann nicht dagegen an-
kommen." Er sollte [jedoch] den 'Reliquienschrein' *[zur Eidesleistung]* berühren;
dazu war er bereit. Das reute ihn: Die Falle verletzte den Wolf schwer. Er wurde ver-
stümmelt, wie es heißt. Ach Gott, wäre doch jeder Reliquienschrein eine Falle, wenn
ein Meineid geschworen werden soll. Das wäre gut. Sie nehmen überhand. Dann
schwöre, Lügner, und wehe dir, wehe!

DER KÚNIG: Der König Nebukadnezar *[Dan. 2]* sah in einem Traum ein Standbild
hoch aufragen, das Haupt war aus Gold, so erzählte er, silbern Arme und Brust, ein
[weiterer] Teil war aus Erz und [einer] aus Eisen, die Füße waren aus Ton, die dann
das Eisen zermalmte. Der Traum überstieg sein Begreifen. Ausdeutend sprach ein
Prophet: „König, den Traum kennst jetzt nur du, und nach dir wird [er] der ganzen
Welt kund. König, du bist unter den jetzt Lebenden das Goldhaupt des Standbildes,
nach dir bringt ein Reich silberne Zeiten,

EIN ESEL   12 *f.*   13 *f.*
DER KÚNIG *Ä. nach Q 77.*   3 *f.*   5 êr.   11 *f.*

ein eri*n*s dar nach kvmt,
dar nach das *erin isen* bringt vnd schirbin fv̂s ze stvken drvmt."
15 hie bi so mvgt ir merken, wie es nv der werlde ste:
das golt was ê,   silber dar nach me,
nv haben wir ein isenin we,
das witwen vnde weisen machet mangen iemerlichen schrê;
des svln sich die fúrsten schamen, svnt si schirbin fv̂sse sin.   *Q 19*

Swel fvchs sich sines mvsens schamt,
der mv̂s verderben doch.
dv́ mvs hat ein vil swaches amt,
si vert in eines frômdes loch.
5 siecher arzat, armer wissage, leider gast, die sint vnwert.
swer wilden marder in schôzen zamt
vnd leit dem lewen ein ioch,
ob im sin hant da niht erlamt,
so mag er doch wol sprechen „och".
10 ohsen krone zimt niht wol noch in des zagen hant ein gv̂t swert.
mv́nches tanzen, nvnnen húbescheit vnd des affen zagel,
des meien rife vnd in dem ôgesten ein starker hagel
mir selten wol behaget,
vs richen mannes mvnde lvge vnd swa den bern ein eichorn iagt.
15 mich wundert ermv́ hohvart vnd ist alter man vnwis.
der werlte pris   smilzet sam ein is.
liebem kinde ist gv̂t ein ris.

---

danach folgt ein ehernes, danach bringt das eherne [Reich] Eisen hervor und bricht die tönernen Füße in Stücke." Daran könnt ihr erkennen, wie es nun um die Welt steht: Das Gold war lange zuvor, danach kam für längere Zeit das Silber, nun leben wir in der eisernen Leidenszeit, die Witwen und Waisen viele jammervolle Wehrufe abpreßt; deshalb sollen sich die Fürsten schämen, wenn sie die tönernen Füße sein müssen.

SWEL: Der Fuchs, der sich dessen schämt, daß er Mäuse fängt, muß zugrunde gehen. Die Maus betreibt ein armseliges Geschäft, sie schlüpft in das Loch eines anderen. Ein kranker Arzt, ein unfähiger Prophet, ein unbeliebter Gast genießen keine Achtung. Wer den wilden Marder im Schoß hätschelt und dem Löwen das Joch auflegt, der dürfte doch zumindest „ach und weh" schreien, wenn ihm schon die Hand nicht dabei lahm wird. Zum Ochsen gehört keine Krone und in die Hand des Feiglings kein gutes Schwert. Das Tanzen des Mönchs, Hofdamenmanieren bei einer Nonne und der Affenschwanz, der Reif im Mai und der heftige Hagel im August machen mir keine Freude, [auch nicht] Lüge im Mund des Mächtigen und wenn ein Eichhorn einen Bären jagt. Ich wundere mich über die Hoffart des Machtlosen und darüber, daß ein alter Mensch töricht ist. Das Lob, das die Welt zollt, schmilzt wie das Eis. Soll das Kind gutartig sein, ist die Rute angebracht *[vgl. Eccli. 30, 1]*. Wer ohne Furcht auf-

DER KÚNIG   13 eris.   14 isen erin.

swer ane vorhte wahset, der mŷs svnder ere werden gris.
bi disen meren stât es húre michels bôser danne vert.   *Q 19*

Singe ich dien lúten minú liet,
so wil der erste das,
wie dietrich von berne schiet,
der ander, wa kúnig rûther sas,
5   der dritte wil der rússen stvrn, so wil der vierde eggehartes not,
der fúnfte, wen kriemhilt verriet,
dem sehsten tete bas,
war komen si der wilzzen diet.
der sibende wolde eteswas
10 heimen ald heren witchen sturn, sigfrides ald hern eggen tot.
so wil der ahtode da bi niht wan húbschen minne sang.
dem nvnden ist dv́ wile bi den allen lang.
der zehende enweis, wie,
nv sust, nv so, nv dan, nv dar, nv hin, nv her, nv dort, nv hie.
15 da bi hete manger gerne der *nybe*lvnge hort.
der wigt min wort   ringer danne ein ort,
des mv̂t ist in schaze verschort.
svs get min sang in manges orn, als der mit blîge in marmel bort –
svs singe ich vnd sage ú, des iv niht bi mir der kv́nig embôt.

Q 19

---

wächst, muß ohne Ehre grau werden. Um all diese Dinge steht es heutzutage schlimmer als früher.

Singe: Wenn ich den Leuten meine Lieder vortragen will, dann verlangt der erste [zu hören], wie Dietrich von Bern fortzog, der zweite, wo König Rother beheimatet war, der dritte will den Reussenkampf, der vierte Eckehards leidvolle Geschichte, der fünfte [will hören], wen Kriemhild verriet, der sechste möchte lieber [hören], was aus dem Volk der Wilzen geworden ist. Der siebte möchte etwas von Heime oder von Wittichs Kampf, von Siegfrieds oder von Eckes Tod [hören]. Der achte dagegen will nur höfische Liebeslieder [hören]. Der neunte findet das alles langweilig, der zehnte weiß überhaupt nicht, was er will, mal so, mal so, mal hierhin, mal dahin, mal hin, mal her, mal da, mal hier. Und außerdem hätten viele lieber den Schatz der Nibelungen. Der, dessen Sinn nur nach Geld steht, schätzt, was ich zu sagen habe, geringer ein als einen Heller. Auf diese Weise geht mein Lied in vieler Leute Ohren, als wolle einer Marmor mit Blei durchbohren – auf eben diese Weise aber singe ich und sage euch, was euch der König nicht durch mich hat sagen lassen.

Singe Ä. nach Q 29.   3–15 *Die Themenwünsche beziehen sich alle auf Personen, Völker und Episoden aus den Sagenkreisen um Dietrich von Bern, den Hunnenkönig Attila und die Nibelungen.*   15 ymlvnge.

> Als des lewen welf geborn
> werdent, so sint si tot;
> vil grimmeklich so ist sin zorn,
> vil iemerlich so ist sin not,
> 5 vil lute er in ir ore schrît, des werdent wider lebendig sie.
> der helfant wasser hat erkorn,
> dis wunder got gebot,
> sin fruht were anders gar verlorn.
> der strus mit sinen ŏgen rot
> 10 drîe tage an sinú eiger siht, des werdent us gebrûtet die.
> der adlar lat sin kinder in die svnnen sehen;
> dú des niht tûnt – da mvgt ir michel wunder spehen –,
> dú lat er vallen nider.
> der fenix, der verbrennet sich vnd wirt lebende nach dem vúre
> 15 von liebe erkrimmet ŏch der pellicanus sinú kint.   [wider.
> swenne er si vint   tot – dast niht ein wint –,
> so tût er rehte, als er si blint,
> er nimt sins herzen blût vnd machet, das si wider lebendig sint.
> mit der bezeichenvnge sin wir von der helle erlôset hie.   Q 19

> Wer kan den lúten lúge erwern?
> lug ist ein alter hort,
> mit lvge mŭs sich vil maniger nern,
> lvg hat gestiftet mangen mort.
> 5 lvg hat einen argen vatter, lug hat tvmber kinde vil.

ALS: Wenn die Jungen des Löwen geboren werden, sind sie tot; sein Zorn darüber ist sehr gewaltig, sein Schmerz sehr jammervoll, er brüllt ganz laut in ihre Ohren, davon werden sie wieder lebendig. Der Elefant hat sich das Wasser *[für die Geburt]* ausgesucht, diese Merkwürdigkeit hat Gott angeordnet, sein Junges würde sonst gänzlich umkommen. Der Strauß sieht mit seinen roten Augen drei Tage seine Eier an, dadurch werden sie ausgebrütet. Der Adler läßt seine Jungen in die Sonne blicken; die das nicht tun – und nun könnt ihr etwas wirklich Merkwürdiges erfahren –, die läßt er herunterfallen. Der Phönix verbrennt sich selbst und wird nach dem Feuerbrand wieder lebendig. Auch der Pelikan zerkratzt seine Jungen vor Liebe. Wenn er sie tot findet – das ist nichts leicht Dahergesagtes –, dann tut er ganz so, als sei er blind, er nimmt sein Herzblut und macht [damit], daß sie wieder lebendig sind. Durch das, was hier symbolisiert wird, sind wir von der Hölle erlöst worden.

WER KAN: Wer kann die Leute daran hindern zu lügen? Die Lüge ist ein Erbübel, mit der Lüge bringt sich mancher durch das Leben, die Lüge hat so manchen Totschlag verursacht. Die Lüge hat einen bösen Vater *[den Teufel]*, die Lüge hat viele

ALS *Eine Erwiderung des Meißners s. S. 408 ff. – Ä. nach Q 77.*   1–18 *Quelle ist der Physiologus, eine aus der Spätantike stammende Sammlung naturkundlicher Kruditäten und deren allegorisch-moralischer Ausdeutung, die im MA sehr beliebt war.*   9–10 *Erst seit dem späten 12. Jh. verbreitete Ansicht unbekannter Herkunft.*   16 das.

lvg lat sich als ein weich wahs bern,
lug hat vil sv̂sse wort,
mit lvge kan maniger eide swern.
lug hat vil manig spitzig ort.
10 lvg ist ein vil snelles úbel, lug ist der bôsen geiste spil.
lug ist in dem wasser, lvg ist komen vber mer,
lug hat gegen der warheit ein vil breites her.
lvg kvmt an babestes tv̂r,
lug wont ŏch schonen frowen bi, man treit ŏch lúge den fúrsten
15 lug ist in dŏrfern vnd in bv̂rgen, lvg ist in der stat.   [vúr.
lug hat den pfat,   den der tievel trat,
do er adamen essen bat
den apfel; lug git mangem schach, lug spilt vf maniges toren mat.
lvg hat samen vnd ein krut, des wurze niht erdorren wil.   *Q 19*

DA minne menshin mŭt besaz,
ir wunder wolte dobin
An mannin unde an wibin, daz
uil manigir kan unwislich lobin.
5 minne sol sin undir zwein mit stedir liebe wɔl behŭt.
Entwirfit sie sich fŭrbaz,
ir wierde wirt zŭrclobin
und deilit sich in erin haz.
ein lob kan nieman v̂bir obin:
10 daz ist wibis stedekeid, gein stetin frundin wiblich mŭt.

---

törichte Kinder. Die Lüge läßt sich kneten wie weiches Wachs, die Lüge verfügt über viele betörende Worte, mit der Lüge weiß manch einer Eide zu leisten. Die Lüge hat viele stechende Spitzen. Die Lüge ist ein rasches Übel, die Lüge ist der Zeitvertreib der bösen Geister. Die Lüge ist im Wasser, die Lüge ist übers Meer gekommen, die Lüge führt gegen die Wahrheit ein gewaltiges Heer ins Feld, die Lüge klopft an die Tür des Papstes, die Lüge wohnt auch bei schönen Frauen, auch den Fürsten trägt man Lügen vor. Die Lüge haust in Dörfern und in Burgen, die Lüge haust in der Stadt. Die Lüge nimmt den Weg, den der Teufel ebnete, als er Adam aufforderte, den Apfel zu essen [s. Gen. 3, 1–6]; die Lüge bietet manchem Schach, die Lüge legt es auf das Matt vieler Toren an. Die Lüge hat Samen und eine Pflanze, deren Wurzel nicht verdorren wird.

DA MINNE: Als die Liebe über den Sinn der Menschen Gewalt gewonnen hatte, wollte sie ihre Zauberkraft im Übermaß an Männern und an Frauen auslassen, was mancher törichterweise gutheißt. Liebe soll zwischen zweien mit beständiger Zuneigung wohl behütet sein. Zielt sie auf irgend etwas Weiteres, wird ihre Würde zerstört und zerteilt sich in etwas, was der Ehre verhaßt ist. Ein Lob kann niemand überbieten: das ist Frauentreue [und] frauliche Zuneigung zu getreuen Freunden. Jede

ein ieglich wûrz ferwet nach ir saffe ir blûmin blût,
Alsam die werde minne ir frundis bilde dût.
der minnin uarwe ist glanz;
wa man die findit ane meil, da ist die werde minne ganz.
15 Minne leidit undir wilin lieb vnde liebit leit,
die minne dreit   mit gedûldekeid
liebe in sendir arbeit
unde senit sich nach deme, daz sie hat in frundis herzin grunt geleit.
minne ist ein er unde ein sie, zwei lieb ane ûbil, ein zwiualtig gût.

Q 17

HARDEGGER

ICh wil genaden an die botten vnsers herren gern,
der sol iohannes vnde paulus mich zem ersten wern
vnd dar nach peter, der so wol
5 gerihtes pflag ze rome nach den rechten.
Jacobes vnde andres, der beider helfe wil ich han,
Bartholome, thomas, die beide svn mir bi gestan,
so wirde ich richer selden vol.
ich dinge öch helfe hin ze den gotes knehten
10 philippes vnd dem brûder sin,
den sú den minren iacob hant geheissen.
Symon vnd ivdas, herren min,
ir svnt dur úwer gûte mich vf rehte rúwe reîssen.
Mathias sol mir hie den lib vor svnden also bewarn,
15 das mir matheus helfe dort, das mir dú sele mûze ane angest varn.

Q 19

Wurzel färbt die Blüte ihrer Blume je nach ihrem Saft, so macht es auch die edle Liebe
mit dem Bild ihres Geliebten. Die Farbe der Liebe ist glänzend; wo sie sich ohne Ma-
kel zeigt, da ist die kostbare Liebe wahrhaft sie selbst. Liebe macht zuweilen die
Freude unerträglich und das Leid angenehm, die Liebe erträgt in Geduld die Liebes-
qual der Liebe und sehnt sich nach dem, was sie selbst tief in das Herz des Geliebten
gesenkt hat. Liebe, das heißt: ein Er und eine Sie, zwei Liebende ohne Falsch, ein
zwiefacher Schatz.

ICH WIL: Ich will die Apostel unseres Herrn um Beistand bitten, zuerst sollen ihn
mir Johannes und Paulus gewähren und danach Petrus, der in Rom so gut Gericht
hielt nach Recht und Gesetz. Jakobus und Andreas will ich um Hilfe angehen, Bartho-
lomäus, Thomas sollen mir beistehen, dann erhalte ich Heilsgüter in Fülle. Ich er-
hoffe mir auch den Beistand der Gottesdiener Philippus und seines Bruders, den sie
Jakobus den Jüngeren nannten. Simon und Judas, meine Gebieter, ihr sollt mich mit
eurer Güte zu wahrer Reue bewegen. Matthias soll mich hier unten so vor Sünden be-
wahren, daß mir Matthäus dort oben helfen kann, daß meine Seele ohne Furcht den
Leib verlassen kann.

ICH WIL *Das metrische Schema aller fünf Hardegger-Strophen ist identisch mit einem Ton
Stolles (s. S. 392–397).*

„Dis gv̂t ist min vnd wils ŏch eigenliche han",
das ist ein wort gemeine vnd trúget doch vil manigen man.
es hat so dike mich betrogen;
ich solte im niemer mer also gesprechen.

5 son ist es niht ein stete lehen, was sols danne sin?
es ist ein blik nach wane als in dem trŏme ein sv̂sser schin
vnd ist vil schiere en weg geflogen
ze maniger zit dem senften als dem vrechen,
das ich niht kan betrahten wol,

10 wie es ein man die lenge mvge behalten.
het er nv túrne goldes vol,
da mv̂s er von, ald es von im, er mag sin niht gewalten.
we dem herzen, das des gv̂tes giteklichen gert
vnd es dar nach niht werben wil, das iemer, eweklich, an ende wert.

Q 19

Hv́te ist der selde riche tag, das ihesus wart geborn
von einer maget, die er vs al der werlte hat erkorn
ze mv̂ter durh ir tvgent so grôs,
das si mit lobe nieman kan volle messen.

5 si ist kúsche, reine, selig, dar zv̂ luterlichen gv̂t,
diemv̂tig vnd erbarmig, vor missewende gar behv̂t,
wandels vri vnd mâsen blos,
des besten wart nie niht an ir vergessen,
das si vil dike erzeiget hat

10 an manigem armen, den ir helfe lôste
vnd ŏch ir mv̂terlichen rat,
den sende ŏch vns dis grosen tages ze helfe vnd ŏch ze troste,

DIS Gv̂T: „Dieses Besitztum gehört mir, und [ich] will es auch wirklich als Eigentum
haben" ist eine allgemein gebrauchte Redewendung und täuscht doch so viele. Sie hat
mich so oft betrogen; ich sollte sie nie mehr in dieser Weise brauchen. Wenn es also
nicht ein dauerndes Lehen ist, was ist es dann? Es ist ein Blick auf ein Trugbild wie
eine beglückende Erscheinung im Traum und ist oft dem Bequemen wie dem Geschäf-
tigen rasch entflogen, so daß ich mir nicht ausdenken kann, wie jemand es für lange
Zeit behalten könnte. Hätte er auch Türme voller Gold, er muß sich davon trennen,
oder es wird sich von ihm trennen, er hat keine Gewalt darüber. Wehe dem Herzen,
das gierig nach Besitz strebt und das nicht nach dem trachten will, das immer, ewig,
ohne Ende dauert.

Hv́TE: Heute ist der freudenreiche Tag, an dem Jesus von einer Jungfrau geboren
wurde, die er aus [den Frauen] der ganzen Welt um ihrer Tugend willen, die so groß
ist, daß niemand sie erschöpfend preisen könnte, zur Mutter erwählt hat. Sie ist
keusch, rein, gesegnet, dazu von reinster Güte, demütig und voll Erbarmen, vor jedem
Tadel bewahrt, frei von Fehlern und fleckenlos, immer nur mit dem Besten ausgestat-
tet, was sie sehr oft an manchem Elenden bewiesen hat, den ihre Hilfe und auch ihr
mütterlicher Beistand erlöste, den sie auch uns zu Hilfe und Trost senden möge an

an dem ir selig lib so wert ein heilig kint gebar,
das siner mv̂ter helfen sol, das ir gewalt vns neme von sorgen gar.

Q 19

Ich mv̂s vragen, solt ich darvmbe ein iar vor kilchen stan,
vnd wil die vrage niemer tag mit willen abegelân
(swer mir die vrage in gv̂te verneme,
dem mv̂sse got sîn ding ze dem besten keren):
5 war vmbe sprach got selbe vs sinem mvnde ein sv̂sses wort,
do er bevalch sant peter sinen reinen himel hort:
„peter, dv gib min riche deme,
der es verdiene, das wil ich dich leren."
do sprach sant peter: „das sol sin,
10 herre vnd meister, doch solt dv mir zeigen
ein wening bas den willen din:
wa mitte mag der sv̂nder din vil heilig riche erreigen?
mv̂s er iht bihten vnde sagen, das er gesv̂ndet hat?"
do sprach got selbe: „peter, ia, vnd gelten gar, swas vnvergolten
stat."   Q 19

Ich zv́rne mit dem tode niht, das er vns karlen nam;
ich zvrnde gerne (vnd wisse ich, wem), das sit nie karle kam
nach im, der rehte rihte als er
vnd ellú ding so gar ze dem besten kerte.

---

diesem erhabenen Tag, an dem ihr so kostbarer, begnadeter Leib ein heiliges Kind
geboren hat, das seiner Mutter dabei helfen soll, daß ihre Macht uns aus unseren Nöten
gänzlich befreie.

Ich mv̂s: Ich muß fragen, und wenn ich deshalb ein· Jahr vor der Kirche stehen
müßte, und will in voller Absicht diese Frage keinen Tag unterlassen (wer diese Frage
willig anhört, dessen Geschick möge Gott zum Besten lenken): Warum hat Gott
selbst mit eignem Mund diese heilige Botschaft ausgesprochen, als er Sankt Peter seinen
erhabenen Himmelsschatz anvertraute: „Petrus, gib du mein Reich dem, der es ver-
dient, das will ich dich lehren." [vgl. Mt. 16, 19] Da sagte Sankt Peter: „Das soll ge-
schehen, Herr und Meister, doch sollst du mich deine Absicht etwas klarer erkennen
lassen: Wodurch kann der Sünder dein hochheiliges Reich erreichen? Muß er nicht
beichten und bekennen, daß er gesündigt hat?" Da sprach Gott selbst: „Ja, Petrus,
und er muß gänzlich wiedergutmachen, was ungesühnt geblieben ist."

Ich zv́rne: Ich hadere nicht mit dem Tod, daß er uns Karl genommen hat; ich
würde gern darüber hadern (wüßte ich nur, mit wem), daß seither nach ihm kein
Karl gekommen ist, der so gerecht geurteilt und alles so gänzlich zum Besten ge-

Ich mv̂s *In Q 20 (fälschlich) Stolle (s. S. 392–397) zugewiesen. Die Gegenstr. Stolles
s. S. 392.* 1 *Zur öffentlichen Buße für schwere Vergehen konnte der Ausschluß von der Ver-
sammlung der Gläubigen gehören.*

Ich zv́rne *Ă. nach Q 60.* 1 *Karl der Große (768–814) galt im ganzen MA als vor-
bildlich gerechter Herrscher.*

5 er sprach zem clagenden selten: „frúnt, was wiltu gerne geben,
 das man dir rehte tů vnd dich mit fride lasse leben?"
 ŏch was *ez niht* des armen ger,
 das er dur gv̂t den schuldehaften lerte,
 das er vnschuldig stv̂nde da
10 vnd das der arme klagende schuldig were.
 des pflegent die herren anderswa;
 ich en zihe es hie die herren niht, also vernemt dú mere:
 die rihtent nach dem rehte vnd als in karlen bůch gebot.
 si das nv war, so helfe in got mit frŏiden hie vnd dort von wernder
                not! *Q 19*

Walther von Metze

 Mirst min altv́ clage noch nv́wer danne vert:
 daz die blv̂men meneger treit, des*t* mir leit,
 der niht lovbes were wert.
5 alsvs clage ich die blv̂men vnd der cleinen vogelline sanc,
 der ich beider nin*e g*an manege*m* man,
 der des mv̂tes ist ze cranc.

 Sold ich wunschen, so wold ich den vogeler wunschen d*as*,
 daz si hettin einin sin vnder in
10 vnd die lv́te schieden baz.
 swer den lv́ten danne svnge, als ir herze stat,
 so bekande ir iegelich selbe sich
 rehte, waz er tvgende hat.

---

wendet hätte wie dieser. Er sprach zum Kläger nie: „Freund, was gibst du freiwillig, da-
mit man dir Gerechtigkeit widerfahren und dich in Frieden leben läßt?" Auch war es nie
der Wunsch des Armen, daß er *[der Richter]* um Geldes willen den Schuldigen be-
lehrte, daß er unschuldig dastehe und der arme Kläger der Schuldige sei. Anderswo
halten es die Herren so; die Herren hier beschuldige ich dessen nicht, hört, was ich
sage: Sie richten nach dem Recht und wie es ihnen Karls Gesetzbuch geboten hat.
Wenn das wahr ist, dann möge sie Gott gern hier und dort vor langewährendem Leid
bewahren.   ⁚
 Mirst: Meine alte Klage ist jetzt noch aktueller als im vorigen Jahr: Es ärgert mich,
daß so mancher sich mit Blüten schmückt, der noch nicht einmal die Blätter wert ist.
Ebenso beklage ich die Blumen und den Gesang der kleinen Vögelchen, die ich kei-
nem gönne, der ein elender Wicht ist. 8 Könnte ich etwas wünschen, dann wollte
ich den Vögeln wünschen, daß sie sich untereinander einig wären, ihr Publikum
besser einzuteilen. Wenn einer dann so für die Leute sänge, wie ihre Gesinnung ist,
dann könnte jeder von denen selbst genau erkennen, was er für ein Mensch ist.

Ich zürne 7 *f.*
Mirst *Ä. nach Q 19.* 3 des. 6 nine sanc gan. manegen. 8 des.

Swes die nahtegal mit ir sange neme war,
15 der mohte iemir wesen vro.   seht, also
wurde ein vinger zeigen dar,
swem der gvggvg svnge vnd och ein destelvinkelin;
den bekande man da bi   tvgende vri.
we, wie vil der mv̂se sin!

Q 18

Sich hv̂b ein vngefv̂ger zorn
von gv̂ten vrúnden vmb ein wib;
nv hant sich beidenthalb versworn
das herze wider minen lib.
5 das herze wil den ȯgen helfen minnen,
da wider strebt der lib mit allen sinnen.
dar zv̂ begvnden si mich laden.
ich en weis, wes ich mich vnderwant, das ich si sv̂nde vf minen
schaden.

Zehant do si versv̂nden sich
10 durh minen willen, als ich bat,
do tatens úbel wider mich,
das si mich von der selben stat
liezen wider wichen noh wenden,
ich enlobt in ê, ich enhvlf in ir not vol enden.
15 das han ich vmb ein ding getan:
gewinnen wir, das wir da gern, so wellen si mich teilen lan.

---

14 Wen die Nachtigall mit ihrem Lied bedenken würde, der könnte sich unein-
geschränkt freuen. Seht, ebenso könnte man auf den mit dem Finger zeigen, für den
der Kuckuck sänge und auch ein kleiner Distelfink; den würde man dadurch als einen
erkennen, der kein guter Mensch ist. Wehe, wie viele würde es da geben!

SICH HV̂B: Unter wohlvertrauten Freunden war ein heftiger Streit um eine Frau
entstanden; nun haben sie sich beiderseits verschworen, das Herz gegen meinen Kör-
per. Das Herz will den Augen lieben helfen, dem widerstrebt der Körper mit all
seinen Kräften. Sie haben mich eingeladen zu schlichten. Ich weiß nicht, auf was ich
mich da eigentlich eingelassen habe, daß ich sie zu meinem eigenen Nachteil ausge-
söhnt habe.   9 Als sie sich nämlich meinen Bitten entsprechend und um meinetwillen
ausgesöhnt hatten, da spielten sie mir sofort den üblen Streich, daß sie mich nie
wieder von eben dieser Stelle wanken noch weichen ließen, wenn ich nicht zuvor
gelobte, helfen zu wollen, ihrer Not ein Ende zu setzen. Das habe ich aus einem Grund
getan: Wenn wir das erringen, was wir erstreben, so werden sie mir das Teilen über-
lassen.

SICH HV̂B *In Q 7 und Q 37 Walther von der Vogelweide (s. S. 108–138), in Q 18 dem
Truchseß von St. Gallen (= Ulrich von Singenberg, s. S. 172–179) zugewiesen, die beiden letzten
Strophen in Q 12 unter dem Titel* Heren Walters zanch. – Ä. 9 nach Q 18, 35 nach Q 7.
9 verstv̂nden.

Nv han wir iemer wunnen vil,
erwerben wir das beste wib.
nv seht, wie ich danne teilen wil:
20 dem herzen herze, dem libe lib,
ir sinne erteile ich minen sinnen,
ir öge minen ögen al ze minnen;
si selben wil ich haben mir
ze minneklicher stetekeit vnd wil mich selben geben ir.

25 Wan das ich minneklichen tobe,
sone bin ich niht wol sinnig man,
das ich mir selbem das gelobe,
des si mir lihte nien engan.
doh wúnsch ich, als ich gerne sehe;
30 mir were vil lieb, das mir wol geschehe.
sine sol niht zúrnen vmbe das,
es tût mir wol vnd schadet ir niht, mir ist die wile deste bas.

Es en wissen alle lúte niht,
das wúnshen alse sanfte tût.
35 was da liebes von geschiht!
das herze wirdet wol gemût.
ein selig man mag gerne wol gedenken,
er enkan den sorgen niemer bas entwenken.
das hat mich dike dar zû braht,
40 das ich min selbes herre was, so ich so liebe han gedaht.   *Q 19*

---

17 Gewinnen wir die beste der Frauen, dann werden wir allzeit glücklich und in Freuden leben. Nun seht, wie ich dann teilen werde: Dem Herzen teile ich das Herz, dem Körper den Körper, ihre Sinne meinen Sinnen, ihr Auge meinen Augen zu treuer Liebe zu; ihr eigenstes Selbst will ich für mich haben zur Glückseligkeit ohne Ende und will ihr mich selbst schenken.   25 Abgesehen davon, daß ich liebestoll bin, so bin ich nicht recht bei Trost, daß ich mir selbst das verspreche, was sie mir vielleicht gar nicht geben mag. Dennoch erträume ich mir, wie ich es gern haben möchte; es würde mich herzlich freuen, wenn ich erfolgreich wäre. Sie soll sich nicht darüber ärgern, mir macht es Freude, und ihr schadet es nicht, die Zeit vergeht mir um so schneller.   33 Nicht alle Leute wissen, daß es wohltuend sein kann, sich etwas in Gedanken auszumalen. Wieviel Glück das bringt! Das Herz wird fröhlich dadurch. Es ist ein glücklicher Mensch, der sich in schöne Träume versenken kann, er kann seinem Kummer gar nicht besser entfliehen. Das hat mir oft dazu verholfen, daß ich Herr meiner selbst blieb, wenn ich mir Liebes ausgedacht habe.

35 das.

REINMAR VON BRENNENBERG

IR mvnt, der lúhtet, als der liehte rubin tv̂t,
wan er hat sich geivnget als der fenix in dem fúre.
er ist noch heisser danne ein sinder von der glût
5 vnd eitet als eins traken kel, sin lachen ist gehúre,
er geneistet als ein fúr stein snel.
wan solt min mvnt sin zvnder sin, bis er die minne enpfienge
– er brinnet als ein vakel hel
vnd get vf als ein rôselin –, wie wol es mir ergienge!
10 da drehet vs ein balsem, der des hat gewalt,
der widerivnget vnde wirt ŏch niemer alt.
swem si wont mit rehten trúwen steteklichen bi,
dem wahset niemer grawes har vnd wirt ŏch aller sorgen fri.

Q 19

Die ich vs al der welte ze frowen habe erkorn
ze hohen frŏiden mir, ze trost, ze wunne vnd ŏch ze heile,
dú hat an mich gewant ir has vnd ŏch ir zorn.
ich mv̂s verderben, wirt mir niht ir werder grûs ze teile.
5 si reine, besser danne gût,
si svnder trut, si mannes zart, si krone ob allen frowen,
swas si mir eine leides tût
vnd nieman mêr! den svnder wandel mac man an ir schowen.
ia, si reine, sv̂sse, senfte morderin,
10 min herze ist doch bi ir, swar ich der lande bin.

IR mvnt: Ihr Mund leuchtet wie der strahlende Rubin, denn er hat sich verjüngt
wie der Phönix im Feuer. Er ist noch heißer als eine durchglühte Metallschlacke
und glost wie ein Drachenschlund, sein Lachen ist lieblich, er sprüht Funken wie
ein kräftiger Feuerstein. Dürfte mein Mund doch sein Zunder sein, bis die Liebe
ihn entzündete – er lodert hell wie eine Fackel und öffnet sich wie ein Röschen –,
wie wohl wäre mir dann! Es strömt ein Balsamduft heraus, wer den genießen darf,
der wird wieder jung und wird auch niemals alt. Der, bei dem sie in wahrer Treue
immer und immer bleibt, dem wächst kein graues Haar, und [er] wird auch frei von
Sorgen.

DIE ICH: Die, die ich aus [den Frauen] der ganzen Welt mir zu meinem höch-
sten Glück, zum Trost, zur Wonne und auch zum Segen als Gebieterin erwählt habe,
die bringt mir Haß und auch Verachtung entgegen. Ich muß zugrunde gehen, wenn
ich ihren kostbaren Gruß nicht erlangen kann. Was die mehr als gute Reine, die ein-
malige Liebe, der Inbegriff der Zärtlichkeit für den Mann, die Krone aller Frauen,
was sie allein und niemand sonst mir an Leiden zufügt! Diesen einzigen Fehler muß
man ihr zuerkennen. Ja, die reine, süße, sanfte Mörderin, mein Herz ist doch bei ihr,
wo im Land ich mich auch aufhalte.

IR mvnt *Mel. dieser und der folgenden Str. in Q 29.* 3 *Vgl. die Marnerstr. S. 284.*

ir zuht, ir ere, ir lob ich ie zem besten mas.
swie selten si gedenke an mich – in trúwen ich ir nie vergas.

ULRICH VON WINTERSTETTEN

Nement war,   wie gar   was der meige vollen braht,
Des wat   zergat,   die der svmer hat erdaht.
Der sneit   sin kleit   beide vf berge vnd in dem tal,
5 Da sanc   erklanc   der vil lieben nahtegal.

Aller sorgen fri   vf grûnem zwi
ir mv̂t   was gût,   ze sange snel.
Da bi wunnen spil   si donde vil,
ir stimme, dú was hel
10 Vnd was frôiden vol.   si sank so wol,
ir schal   ergal   al in den walt.
kleiner vogelin dos,   der was so gros,
si waren frôiden balt.

Jr singen   kvnde bringen   der welte hohen mv̂t.
15 Dú ôwe   mit tôwe   stat leider vnbehv̂t,
Der anger   niht langer   mag blv̂men liehte getragen.
Dú heide   stet leide,   des mv̂s ich lerchen klagen.
Dien kinden   bi linden   der schatte ist nv benomen,
Dien kvnnen   der wunnen   nv leider niht bekomen,
20 Jr krenzel,   ir swenzel,   die waren so gemeit;
Der winder   hin hinder   si twinget, dast mir leit.

Ihren Anstand, ihre Würde, ihren Ruhm habe ich stets für die besten erachtet. Wie
selten sie auch an mich denkt – ich habe stets getreulich an sie gedacht.
NEMENT: Schaut, wie ganz und gar vollkommen der Mai gewesen ist, dessen
Schmuck vergeht, den sich der Sommer ausgedacht hatte. Der hatte ihm das Kleid
angepaßt auf dem Berg wie im Tal, wo das Lied der lieben Nachtigall erklang.
6 Frei von allen Sorgen war sie auf [ihrem] grünen Ast, in bester sangesfreudiger
Laune. Da ließ sie viel liebliche Melodien erklingen, ihre Stimme war laut und voller
Jubel. Sie sang so herrlich, ihr Gesang ertönte durch den ganzen Wald. Das Zwit-
schern kleiner Vögelchen war so laut, sie waren [ganz] ausgelassen vor Freude.
14 Ihr Singen vermochte alle Welt in Hochstimmung zu versetzen. [Jetzt] liegt die
Wiese mit ihrem Tau leider ungeschützt, der Anger kann nicht länger leuchtende
Blumen tragen. Die Heide ist übel zugerichtet, darum muß ich die Lerchen beklagen.
Den jungen Leuten ist nun der Schatten unter den Linden weggenommen worden,
die können sich nun leider kein Vergnügen mehr machen, ihre Kränzchen, ihre
schwingenden Röckchen waren so ein lustiger Anblick; der Winter verdrängt sie,

NEMENT *Ä. nach Q 65.*   17 das.

Jch tvmber   den kvmber   liese ich wol also sin,
Gebe húre   mir stúre   min sv̂sse trôsterin;
Dú wendet   vnd endet   wol mines herzen not.
25 Nein, sv̂sse,   das bůsse   mit dinem mvnde rot!

Din smieren   kan zieren   schone dich, vil selig wib.
din lachen   machen   kan wol senden siechen man.
Din ǒgen   vil tǒgen   kvnnen wol dvr ganzen lip
Jn herzen   smerzen   fůgen, frowe, sich daran!
30 Din ivgende   mit tvgende   hat so minneklichen schin.
Jch krône,   schône,   dich fúr al des meien blv̂t.
Ach, reine,   nv meine   mich, vil liebe frowe min!
von leide   scheide,   trôste minen senden mv̂t!

Vnde tůst dv das,   deswar, so wirt mir bas,
35 vnde swindet min leit,
Sit ich nie vergas,   swa man wibes gv̂te mas,
diner werdekeit.
Jch bin dir vndertan   vnd da bi svnder wan
dir ze dienste erborn.
40 Dv solt geniessen lan   mich, frowe, das ich han
dich mir vs erkorn.

Vor in allen   gevallen   mv̂s mir din wiblich sin.
Nv ahte   vnd trahte,   wie ich din eigen bin,
Vnd lâsse   die strasse   mir noch ze wunne zemen!
45 Din ere   von sere   sol mich ze frôiden nemen.

Dú minne   mir sinne   enzvket mit vngewinne.
Est wunder   besvnder,   behabe ich den lip dar vnder.

---

das macht mich traurig. Ich Tor würde mit dieser Klage sofort aufhören, wenn meine
süße Trôsterin mir dieses Jahr beistehen würde; die verwandelt und beendet mit
Leichtigkeit die Not meines Herzens. Ach, Süße, das mach mit deinem roten Mund
wieder gut!   26 Dein Lächeln kann dich wunderbar verschönen, herrliche Frau.
Dein Lachen kann einen Mann richtig krank vor Sehnsucht machen. Deine Augen
können insgeheim durch den unversehrten Leib hindurch im Herzen Schmerz berei-
ten, Gebieterin, berücksichtige das! Deine Jugend und Wohlerzogenheit ist so lie-
benswürdig. Eher als jeder Maienblüte gebe ich dir, Schöne, die Krone. Ach, Reine,
nun hab mich lieb, du meine geliebte Gebieterin! Befreie mein sehnsuchtsvolles Ge-
müt von seinem Leid und tröste es!   34 Und wenn du das tust, so geht es mir wahr-
lich besser, und mein Leid schwindet, da ich doch dort, wo man Frauengüte verglich,
niemals deinen Wert vergessen habe. Ich bin dir untertan und [fühle mich] unbeirrt
zu deinem Dienst geboren. Du, Gebieterin, sollst mich dafür belohnen, daß ich dich
mir erwählt habe.   42 Mehr als alle anderen muß mir dein weibliches Wesen gefal-
len. Nun gib acht darauf und denke daran, wie sehr ich dein Eigentum bin, und laß
meinen Weg noch ins Glück führen! Dein Ansehen soll mich noch aus Leid in Freude
bringen.   46 Die Liebe raubt mir zu meinem Schaden den Verstand. Es ist ein be-

Vil sv̂sse,   das bv̂sse,   e das ich verderben mv̂sse!
Jch stirbe,   verdirbe,   ist, das ich niht heil erwirbe.

50 Sus mv̂s ich in sorgen   vil dike worgen   den abent, den
                                   morgen   vnd ellú zit.
Dú liebe, dú reine,   die ich da meine,   mir fv̂get den
                                   klagelichen strit.
Ach, frȏwe, gedenke,   die swere verkrenke,   sit ich *niht
                              wenke   mit dienste* von dir!
Dvr wiplich ere   mir leit verkere   mir fv̂ge nah hovelicher gir.

Ach, frowe,   din schowe   gelichet der. rosen in tȏwe,
55 Din gv̂te   der blv̂te   des meigen, vnd din gemv̂te.

Nement war   gar   dar,   wie mich dv̂ schone twinget,
                              swar ich var!
Min mv̂t   gv̂t   frv̂t   wirt an mir, ob si lobeliche tv̂t.

Jch singe, ich ringe   mit   manigem dinge   nach lones stat;
Dur trúwe   gip núwe   mir frȏide, der ich dich ie bat!

60 Nv lone   mir schone   dvr rehte, wibes krȏne,
Vnd wise   mich lise   ze frȏiden, sit ich dich prise!

Mit willen   solt dv mir stillen   die senden not vnd mine
                                   klage,
So wurde   mir iamers burde   geringet, die ich da trage.
Mirst ande,   das dir ze pfande   min herze stet so lange her,
65 Das lâsse   nach minnen mâsse   mir ledig, dast min ger!

---

sonderes Wunder, wenn ich dabei am Leben bleibe. Süßeste, mach das wieder gut,
bevor ich zugrunde gehen muß! Ich sterbe [und] gehe zugrunde, wenn ich nicht ge-
rettet werde. 50 So muß ich mich häufig in Sorgen abquälen, abends, morgens und
zu aller Zeit. In diesen jammervollen Unfrieden stürzt mich die Liebe, die Reine, die
ich so liebe. Ach, Gebieterin, hab ein Einsehen, nimm das Leiden fort von mir, da
ich doch nie aufhöre, dir zu dienen! Um deiner Frauenehre willen wende meinen
Kummer auf gebührende Weise, wie es höfische Sitte verlangt. 54 Ach, Gebieterin,
dein Anblick gleicht den Rosen im Tau, deine Güte und dein Wesen der Maienblüte.
56 Schaut euch genau an, wie mich die Schöne in ihrem Bann hält, wohin ich mich
auch wende! Mein Wesen wird gut und edel, wenn sie tut, was löblich ist. 58 Ich
singe [und] strebe auf vielerlei Weise nach Lohn; um dieser Treue willen schenk mir
ein neues Glück, um das ich dich immer angefleht habe! 60 Nun gib mir, Krone der
Frauen, um der Gerechtigkeit willen den schönen Lohn, und zeige mir behutsam den
Weg ins Glück, da ich dein Lob verkünde! 62 Freiwillig sollst du die Sehnsuchts-
qual und meine Klage besänftigen, dann würde mir die Last des Kummers, die ich
trage, erleichtert. Es quält mich, daß dir mein Herz seit so langer Zeit schon als Pfand
gehört, das laß mir nach Maßgabe der Liebe frei, das ist mein Begehren!

52 mit dienste niht wenke.   55 den.   59 mr.

Nv blike   mir dike   (das lôset die minnen strike)
Mit ôgen   vil tôgen   vnd trôste mich svnder lôgen!

Dú sint so clare,   das sprich ich zeware   vil offenbare
                                                 vnd ist wol schin.

Din lieht antlútze   fúr truren nvtze,   das ist an dem gelôben
                                                 min.

70 Din mvnt nach rosen   gevar kan kosen   wol svnder losen
                                                 der tvgende wort.

Nv grûsse mich sûsse   mit svssem grûsse,   so vinde ich
                                                 miner frôiden hort.

Swer wunne   kvnne   rehte spehen
an wibe   libe   vnd ôch ir mvt,
Jr zuhte   túhte   mvs ir iehen;
75 vor schanden   banden   si ist wol behvt.
Mit klvgen   fûgen   si ist erzogen
nach eren   leren   tvgende rich,
Jr wirde   girde   ist vmbetrogen,
ir minne   sinne   zúhteklich.

80 Lop kan si verschulden wo*l*,
*s*i ist tvgenden vol,
dú reine fruht.
Ach, si ist so rehte gvt,
doch besweret si mir deñ mvt,
85 dú frôide hat von mir fluht.
Minne, sûsse trôsterin,
tû mir diner helfe schin,
alder ich bin tot!

---

66 Nun schau mich oft (das löst die Fesseln der Liebe) insgeheim mit deinen Augen an und tröste mich ohne falsche Versprechungen! 68 Sie [*die Augen*] sind so wunderschön, das sage ich wahrlich in aller Öffentlichkeit, und es kann ja auch jeder sehen. Dein klares Antlitz [ist] ein Heilmittel gegen die Traurigkeit, das glaube ich fest. Dein rosenfarbener Mund kann ohne zu heucheln gute Worte sagen. Nun heiße mich lieblich, mit süßem Gruß willkommen, dann finde ich den Schatz meines Glücks. 72 Wer den richtigen Blick für die Schönheit der Frauengestalt und ihr Wesen hat, muß ihr ein Höchstmaß an Wohlerzogenheit zusprechen; vor den Fesseln der Schande ist sie wohlbehütet. Mit weisem Geschick ist sie tugendreich erzogen, so wie es die Ehre lehrt, ihr Verlangen nach Würde ist ganz ehrlich, ihre Liebe zuchtvoll. 80 Lob verdient sie in hohem Maß, das schöne Geschöpf hat nur gute Eigenschaften. Ach, sie ist so wahrhaft gut, dennoch macht sie mir das Herz schwer, das Glück ist weit von mir entfernt. Liebe, süße Trösterin, laß mich deine Hilfe erfahren, oder ich bin

79 sinne hat si zúhteklich.   80–81 wol da von man ir sprechen sol si.

Twinc die lieben alse mich,
90 oder es wirt vngemenlich!
ich lebe in sender not.

Mich krenket,   versenket,   swie minne min niht gedenket.
E liebe   zerkliebe,   min herze gar zerstiebe.

Jch bin verseret,   dú sorge mir meret,   *gedinge si keret   der*
frôiden hin dan.
95 Wil minne verleiten   mit arebeiten   mich also frôidelosen man?
Jch han nv lange ʼ   mit minem gesange   der frôiden gedrange
gevolget nach.
Des ist dv́ minne   min meisterinne   vnd ist ir von mir gach.

Nv singen,   nv singen,   dan noh harte erspringen
Den reigen,   den reigen,   pfaffen vnde leigen!
100 Nv lâssen,   nv lâssen   reigen an der strassen!
Die rifen,   die rifen,   die went vns hie begrifen.

Hoppen   vnd zoppen   ze der stvben, da wir vinden die!
Gesvngen, .   gesprungen   wirt da bas danne hie.
Schowen   die frowen,   die helfent vns den reigen tretten,
105 wunder   bisvnder   kvmt ir dar vngebetten:

Gv̊te,   gv̊te   mit vil hohem mv̊te,
gese,   gese,   dar zv̊ angenese.

Gisel,   ein risel   hat si gemachet alse glanz,
Jútel   ein bútel,   den bringet si an den tanz.
110 Hille   vil stille,   dv́ kvmt geslichen zv̊ zvns dar,
Anne   kvmt danne,   so gros so wirt dv́ schar.

ein toter Mann! Bezwinge die Geliebte so wie mich, oder es wird schrecklich! Ich
lebe in Sehnsuchtsqualen.   92 Es zermürbt, vernichtet mich, wenn die Liebe nicht
an mich denkt. Bevor jedoch meine Liebe zerrisse, würde mein Herz ganz und gar
zersplittern.   94 Ich bin verwundet, meine Sorge wird stets größer, sie verkehrt
mir die Hoffnung auf Glück. Will die Liebe mich so freudlosen Mann durch Qualen
irremachen? Ich bin nun lange mit meinem Lied der Fröhlichkeit dicht hinterherge-
laufen. Durch all das ist die Liebe meine Meisterin, und [doch] hat sie es eilig, von
mir wegzukommen.   98 Nun laßt uns singen, nun singen, danach richtig den Reigen
tanzen, den Reigen tanzen, Pfaffen und Laien! Nun laßt uns, nun laßt uns mit dem
Tanz auf der Straße aufhören! Die Kälte, die Kälte will hier nach uns greifen.
102 Laßt uns dorthin hüpfen und springen, wo wir eine Stube finden! Es singt sich
[und] tanzt sich dort besser als hier. Laßt uns nach den Frauen Ausschau halten, die mit
uns tanzen wollen, es ist ein besonderes Vergnügen, wenn von denen dorthin unge-
beten kommt: 106 Gute, Gute, die immer lustige, Gese, Gese und dazu die Agnes.
108 Geisel hat ein entzückendes Schleierhütchen gemacht, Jütel eine Handtasche,
die bringt sie mit zum Tanz. Die besonnene Hille kommt mit leichten Schritten zu
uns, dann kommt Anne, so groß wird die Runde.   112 Frohe Leute, nun tut dies:

94 der frôiden gedinge si keret.   100 lâsse. lâsse vns reigen. strasse.

Stolzen leigen, also tv̂t:　　singent dis gedône!
Claren megde, ir lant niht abe,　　ir trettent an den ring.
Je der man neme in den mv̂t　　sine frowen schône,
115　Je der dirnen wirt ein knabe,　　alsust ein ivngeling.
Lant den seiten　　vor bereiten,　　wie man da palliere.
Swer niht langen　　mv́ge gedrangen,　　der ge fúr die túr.
Nach der gigen　　sol er sigen,　　swer es kvndewieren.
Lâssa wichen!　　er sol slichen　　schone in lobes kúr.

120　Erwinden,　　erwinden!　　es wirt den kinden
ze lenge,　　ze lenge　　vnd ŏch ze strenge.
verirret,　　verirret　　ist, das der seite erkirret.
Nv hôren,　　nv hôren!　　er wil vns ertôren.

Gesvngen　　den ivngen　　het ich wol me, was hulfe das?
125　Swer gerne　　in lerne,　　dem gelinge deste bas.
Min herzen　　von smerzen　　wil mit dem seiten rehte enzwei;
Des wûfet　　vnd rûfet　　es lute: „heia hey!"　　　　　_Q 19_

NV ist dv́ liehte heide val,
rife wil si twingen.
singen　　mv̂s ich aber von des winters krefte.
sv̂ssen sanc der nahtegal
5　wil er gar verdringen.
bringen　　kan er leit mit siner meisterschefte.
nement war,　　wie winter gegen vns ziehe!
leider kreftig ist sin schar,

---

singt diese Melodie! Schöne Mädchen, ihr tut es ja nicht anders, ihr tretet zum Tanz zusammen. Ein jeder möge seine Schöne ins Auge fassen, jedes Mädchen bekommt seinen Burschen und ebenso umgekehrt der Bursche. Laßt zuvor die Saite stimmen [?] [entsprechend dem], was man da tanzen will. Wer nicht lange im Gedränge sein mag, der soll vor die Tür gehen. Im Takt der Geige soll der sich bewegen, der das Ganze festlich anführt. Man soll Platz schaffen! [?] Er soll so schön tanzen, daß man ihm Beifall spenden muß. 120 Aufhören, aufhören! Es wird zu viel, zu viel und auch zu anstrengend für die jungen Leute. Es ist nicht gut, nicht gut, daß die Saite kreischt. Nun hört, nun hört! Sie will uns verrückt machen. 124 Ich hätte den jungen Leuten gern noch mehr vorgesungen, was würde es nützen? Wer das Saiten[spiel] eifrig lernt, möge mehr Erfolg haben. Mein Herz will vor Schmerz wie die Saite zerspringen; deshalb schreit und ruft es laut: „Heia hei!"

NV IST: Nun ist die leuchtende Heide fahl, der Reif will ihr Gewalt antun. Wieder muß ich von der Macht des Winters singen. Den süßen Gesang der Nachtigall will er vollständig verdrängen. Mit seiner Übermacht kann er Leiden bringen. Seht, wie der Winter gegen uns zu Feld zieht! Leider ist sein Heer gewaltig, und der Sommer

NEMENT　118 kvnde wieren.

so ist der svmer schiehe.
10   fliehe!   winter hat das messer bi dem hefte.

Was klage ich der vogel sanc
vnde die liehten heide
beide,   sit min leit ist worden klagebere?
nach der ie min herze ranc,
15   Dú tût mir so leide.
scheide,   frowe, mine lange wernden swere!
swanne ich sihe   ir liehten ougen blike
von mir swenken, ich vergihe,
das ich danne erschrike.
20   dike   tût ir fremden gros mich frôiden lere.   *Q 19*

Svmer ôget sine wunne,
das ist an der zit.
.prûue er wol, swer tihten kvnne,
was materie lit
5   an dem walde vnd vf der heide breit.
wan mag schowen,   wie die ôwen   stant bekleit,
was der anger liehter blv̂men treit.
Est ein alt gesprochen wort:
swa din herze wont, da lit din hort.

10   ICh habe endelichen fvnden
einen schônen hort,
den kos ich mir zeinen stvnden,
nvst min herze dort

---

ist verzagt. Flieh! Der Winter hält das Messer [stoßbereit] beim Griff.   11 Wieso beklage ich den Gesang der Vögel und die leuchtende Heide, wo ich doch mein eigenes Leid zu beklagen habe? Die, um die mein Herz stets geworben hat, fügt mir so großen Schmerz zu. Beende, Gebieterin, meine Leiden, die schon so lange dauern! Ich gestehe, daß ich zusammenzucke, wenn ich sehe, wie sie die Blicke ihrer leuchtenden Augen über mich hinweggleiten läßt. Oftmals macht mich zutiefst betrübt, daß sie mich wie einen Fremden behandelt.

SvMER: Der Sommer zeigt seine Herrlichkeit, es ist [auch] höchste Zeit. Wer dichten kann, der erkenne, was für einen Stoff der Wald und die weite Heide bieten. Man kann sehen, wie geschmückt die Wiesen liegen, wieviel leuchtende Blumen auf dem Anger stehen. Es ist ein altes Sprichwort: Wo dein Herz wohnt, da liegt auch dein Schatz *[Mt. 6, 21]*.   10 Ich habe ein für allemal einen schönen Schatz gefunden, den habe ich mir einst erwählt, [und] nun ist mein Herz dort bei jenem Schatz, der mir

SvMER Ä. *nach Q 70*.

bi dem horde, der mir fůget pin.
15 dú vil reine,   wandels eine   mv̂s mir sin
hort in dem vil senden herzen min.
    Est ein alt gesprochen wort:
    swa din herze wont, da lit din hort.

Min hort kan wol tvgende horden
20 vnde hohen mv̂t.
dú mir ist ze horde worden,
dest min frowe gv̂t
in der gůte, lôse, wolgestalt.
ir gebaren   an den iaren   mich tv̂t alt,
25 swie ir tvgende doch si manigvalt.
    Est ein alt gesprochen wort:
    swa din herze wont, da lit din hort.

Maniger, der hat hort verborgen,
des er trôstet sich.
30 min hort git mir niht wan sorgen
vnde smehet mich.
min vil lieber hort ist mir also
gar vnnútze.   minne schútze   cupido
traf min herze, sit bin ich vnfro.
35   Est ein alt gesprochen wort:
    swa din herze wont, da lit din hort.

Minne, dv́ ist gewalteklichen
allen dingen obe;
ir kan niht vf erde entwichen,
40 . es gevahe ir klobe.
wisheit, hort, dv́ beide nigent ir.
minne sv̂sse,   kvmber bv̂sse   nach der gir,
twinge minen hort geliche mir!

Schmerz zufügt. Die Liebliche, Makellose muß für mich der Schatz in meinem sehnsuchtsvollen Herzen sein. Es ist ...   19 Mein Schatz versteht es, gute Eigenschaften und begeisterte Gedanken in Fülle zu wecken. Die mein Schatz geworden ist, ist meine überaus gütige [?], anmutige, schöne Gebieterin. Ihr Handeln macht mich um Jahre älter, obgleich sie doch so viele gute Eigenschaften besitzt. Es ist ...   28 Manch einer hat einen verborgenen Schatz, an dem er seine Freude hat. Mein Schatz gibt mir nichts als Sorgen und straft mich mit Verachtung. Mein heißgeliebter Schatz bringt mir so gar nichts ein. Der Liebesschütze Cupido traf mich ins Herz, seitdem bin ich unglücklich. Es ist ...   37 Die Liebe herrscht machtvoll über alles; nichts auf der Welt kann ihr entrinnen, ihre Schlinge fängt es ein. Weisheit und Schätze sind ihr untertan. Süße Liebe, heile [meinen] Schmerz, wie ich mir es wünsche, besiege meinen Schatz wie mich! Es ist ...

23 lôse.   33 *Cupido, röm. Liebesgott.*

Est ein alt gesprochen wort:
45 swa din herze wont, da lit din hort. *Q 19*

Wjnter leide   grûne heide
hat verderbet vnd den walt;
wan mag schôwen   an den ôwen,
da lit nv der rife kalt.
5 ich wirde alt   von   selken dingen.
noch klage ich ein ander not,
das dú liebe mich wil twingen,
der ich mich ze dienste ie bot.
ich wil singen,   zôren bringen,
10 das ich nach ir iamers won.

IAmers schrike   lide ich dike,
das tût minem herzen we.
ich vil tvmber   disen kvmber
liden mv̂s aber als ê.
15 swies erge,   ich   mv̂s doch sorgen
beide naht vnd ôch den tag,
das ich abent noch den morgen
si niht sol noch sehen mag.
vnverborgen   mv̂s ich worgen
20 in ir banden, dvnket mich. *Q 19*

Ich wil allen lúten   betúten   mis herzen klage,
vnd wie grossen kvmber   ich tvmber   nv trage,
wie mich sorge twinget   vnd singet   doch mir der lip;
seht, das mv̂s ich liden   dvrh miden   ein wib.

Wjnter: Der arge Winter hat die grüne Heide und den Wald zugrunde gerichtet;
man kann [es] an den Wiesen sehen, da liegt jetzt der kalte Reif. Von so etwas werde
ich alt. Aber ich beklage noch einen anderen Kummer, [nämlich] daß die Liebste mich
zerbrechen will, der zu dienen ich mich von jeher angeboten habe. Ich will singen
[und] zu Ohren bringen, daß ich nichts anderes kenne als das schmerzliche Verlangen
nach ihr.   11 Immerzu überfällt mich jäh die Sehnsucht, das tut meinem Herzen
weh. Ich Erznarr muß dieses Leid wieder wie eh und je erdulden. Was auch geschieht,
ich muß dennoch Nacht und Tag befürchten, daß ich sie abends wie morgens weder
sehen darf noch kann. Vor aller Augen muß ich mich, wie mir scheint, in ihren Fes-
seln abquälen.
    Ich wil: Ich will aller Welt die Klage meines Herzens mitteilen und [auch], wie
großes Leid ich Tor nun erdulde, wie mich Not bedrängt und ich dennoch singe;
seht, das muß ich ertragen, weil ich einer Frau fernbleiben muß. Deshalb muß ich dem

5 des mŷs ich den iamer schriken   leider vndertenig sin.
    ich lige in ir minnen strike,   das ist an mir worden schin.
     si kan senden smerzen   vs herzen   vertriben   wol.
    'rose ob allen wiben'   man si nennen sol.

    Wa ist nv dú schône?   ich dône   vnd nige ir gar.
10 ich wil aber grûzen   die sûzen,   nement war,
    schone mit gesange.   swie lange   ich ir frômde si,
    doch so hat ir ivgende   vil tvgende,   da bi
    hat si gŷte ein michel wunder   in dem herzen zaller stvnde,
    vnd si doch vor vs besvnder   mir das herze hat verwunt.
15 Si kan senden smerzen   vs herzen   vertriben   woł:
    'rose ob allen wiben'   man si nennen sol.

    Wenne svn ir ôgen   mir tôgen   ze blike varn
    vnd dú sŷze ivnge   mir swunge   den arn
    vnd mich vnbevienge,   so gienge   mir sorge hin.
20 seht, so wolt ich scheiden   von leiden   den sin.
    wafena der lieben stvnde!   wenne sol ich die geleben,
    das ich von ir rotem mvnde   solte ein lieblich kússen nemen?
    Si kan senden smerzen   vs herzen   vertriben   wol.
    'rose ob allen wiben'   man si nennen sol.   *Q 19*

      „Uerholnú minne sanfte tŭt",
      ſo sang ein wahter an der zinne,
      „doch sol sich lieb von liebe scheiden.

---

jähen Zugriff der Sehnsucht leider ausgeliefert sein. Ich liege in den Fesseln der Liebe, das kann jeder mir ansehen. Sie kann den Sehnsuchtsschmerz leicht aus dem Herzen vertreiben. Man soll sie 'Rose aller Frauen' nennen. 9 Wo weilt die Schöne jetzt? Ich singe nur für sie und liege ihr zu Füßen. Gebt acht, ich will die Süße auch jetzt wieder mit meinem Lied geziemend grüßen. Wenn ich auch seit langem für sie ein Fremder bin, ist die Jugendschöne dennoch vortrefflich und im Herzen stets von wundersam großer Güte, und dennoch hat sie und keine sonst mir das Herz verwundet. Sie kann ... 17 Wenn ihre Augen sich heimlich in meine Blicke senken würden und die Jugendsüße mir den Arm entgegenstreckte und mich umfinge, dann verflögen meine Sorgen. Seht, dann würde ich alles Leid abstreifen. Ach, wäre das ein wunderbarer Augenblick! Wann werde ich den erleben, in dem ich mir von ihrem roten Mund einen süßen Kuß holen darf? Sie kann ...

UERHOLNÚ: „Liebe, von der keiner weiß, erfreut das Herz", so sang ein Wächter auf der Zinne, „dennoch muß sich der Geliebte von der Geliebten trennen. Wenn

UERHOLNÚ *Ä. nach Q 65.*   2 do.

dar nach so wende er sinen mv̊t,
5   ist ieman tŏgenlich hinne;
deswar, so tůt er wol in beiden.
er sol sorgen,   wie er von hinnen kere.
est an dem morgen.   volge er miner lere,
sit das ich in warnen sol;
10   so tůt er wol   vnd sint sin ere."

Der frowen dienerinne klůg
erhorte da des wahters singen.
dar inne erschrak dv́ vil getrúwe.
dú mêr si hin ze der frowen trůg.
15   si sprach: „wol vf, vnd lânt ú lingen!
der tag ist komen." da hv̊b sich rúwe.
„est âne súnde",   sprach dú tvgentriche,
„der in so fúnde   ligen minnekliche.
erst entslafen, nv sich hie!
20   in weis niht, wie   ich entwiche."

Die rede erhorte der werde gast,
da er lag bi der minneklichen
bi liebes brust an blanken armen;
da von in slafes do gebrast.
25   er sprach: „sol ich von hinnan strichen,
owe, das mv̊s got erbarmen!"
beider sinne   wurden da verseret
(das schůf fro minne),   frôide gar verkeret.
da schied leid der wunnen spil.
30   der trehene vil   wart da gereret.   *Q 19*

---

jemand insgeheim hier ist, dann denke er daran; wahrhaftig, dann tut er für beide
das Rechte. Er soll darauf bedacht sein, wie er hier fortkomme. Es ist Tag. Er soll auf
meine Mahnung hören, da ich ihn zu warnen bestellt bin; so tut er recht, und es ge-
reicht ihm zur Ehre."   11 Die kluge Zofe der Herrin hörte den Ruf des Wächters.
Drinnen erschrak die treue Seele. Die Botschaft brachte sie ihrer Herrin. Sie sprach:
„Auf, und möge es glücklich für Sie enden! Der Tag ist da." Da gab es Kum-
mer. „Es ist keine Sünde", sprach die edle Frau, „wenn ihn einer so lieb hier liegen
fände. Er ist eingeschlafen, sieh doch mal! Ich weiß nicht, wie ich [der Gefahr] ent-
gehen soll."   21 Das Gespräch hörte der edle Gast, während er an der reizenden
Brust in den weißen Armen der Geliebten lag; deshalb gab es für sie [beide] keinen
Schlaf mehr. Er sprach: „Muß ich fort, o weh, das möge Gott erbarmen!" Ihre beiden
Gemüter wurden da schmerzerfüllt (das fügte Frau Liebe), [ihr] Glück ganz verkehrt.
Der Schmerz beendete das Liebesspiel. Viele Tränen wurden da vergossen.

„Swie gerne ich were   gar frôidebere,
so en lat mich swere",   klagt ein magt.
„Die man sint schúllen;   wer kans erfüllen,
die fvlen gúllen   gar verzagt?
5   wurbe ein ivng man vmb ein wib,
swa si das horten,   an allen orten
mit bôsen worten   sis zerstorten.
got, der schende ir lip!"

Si sprach: „mich wundert,   das vnder hvndert
10   niht vs besvndert   ist ein man,
der wibes ere   nah zúhten lere
mit willen mere.   nv sehet an,
si sint endelich allesamt
bi den wiben swere;   die lůderere
15   sint růmesere   vnd vns gevere
vnd gar verschamt.

Hie vor gab minne   frôide gewinne
de*m* mannes sinne   dur das iar.
swer si nv svˆchet   ald ir gerůchet,
20   der ist verflůchet,   dest leider war.
‚est ein arges minnerli*n*‘,
sprechent nv die ivngen.   die hie vor svngen,
nach eren rvngen,   die sint verdrvngen,
dest worden schin."
                                        Q 19

Swie gerne: „Wie gern wäre ich so richtig fröhlich, aber die ärgerlichen Umstände lassen es nicht zu", klagte ein Mädchen. „Die Männer sind Grobiane; wer kann sie ausfüllen, diese stinkenden Tümpel ganz ohne Saft und Kraft? Wenn sie hörten, daß ein junger Mann sich um eine Frau bemühte, würden sie das allemal mit [ihren] schmutzigen Reden hintertreiben. Gott soll sie strafen!"   9 Sie sagte: „Mich wundert es, daß unter hundert Männern nicht einer herausragt, der in voller Absicht zur größeren Ehre der Frau beiträgt, wie es der Anstand befiehlt. Seht sie euch an, sie sind letztlich alle miteinander bei den Frauen widerlich; diese Taugenichtse sind Angeber und [deshalb] gefährlich für uns und durch und durch unverschämt.   17 Früher machte die Liebe dem Mann das ganze Jahr über Spaß. Wer sich jetzt damit abgibt oder sich darum kümmert, den trifft Spott, das ist leider so. ‚Das ist ein verliebter Hanswurst‘, sagen nun die jungen Männer. Die früher gesungen [und] nach Ehre gestrebt haben, die sind verdrängt worden, das liegt offen zutage."

Swie gerne *Ä. nach Q 65.*   18 den.   21 minnerli.

HUG VON WERBENWAG

„Wol mich húte vnd iemer mere
svmers vnde ſiner schonen zit!
zů der wunne han wir ere,
5   sit sin kvnft der welte frôide gît.
swem ie herzeliebe wart bekant,
der wirt in der wunne maniger frôide ermant,
wan ich einer bin, der noch nie trost an herzeliebe vant.

Frôite mich ein liebes mere,
10   so wêr ich den svmer âne leit,
das öch dú vil seldebere
mich gewerte, des si mir verseit;
so frôite ich mich aller blv̋men schin
vnd des sv̋ssen meien. sang der vogellin,
15   der ist mir trûbe, sol ich von der lieben vngetrôstet sin.

Rosen rôt gar minneklich
sost der lieben wengel vnd ir mvnt.
si ist so gar der eren rich,
das ist mir ein seldericher vunt.
20   do bat si mich lâssen mînen sanc,
das ich dar an erwunde. sost min frôide kranc,
sol min dienst vnd min singen gegen ir sin gar âne danc.

E das ich alsus erwinde,
so sol ein min frúnt der lieben sagen:
25   sit ich gůt gerihte vinde,
so wil ich dem kv́nige von ir klagen,

WOL MICH: „Ich bin heute und immerzu glücklich über den Sommer und seine schöne Zeit! Außer der Wonne haben wir Ehre *[?]*, da seine Ankunft der Welt Freude schenkt. Wer je die herzliche Liebe kennengelernt hat, den erinnert diese Wonne an manche glückliche Stunde, nur ich bin einer, der in der herzlichen Liebe noch nie Trost gefunden hat.   9 Erfreute mich eine zärtliche Kunde, hätte ich diesen Sommer keinen Kummer, daß [nämlich] auch die, die überreiches Glück schenken kann, mir gewährt, was sie mir [bisher] verweigert; dann würde ich mich am Anblick all der Blumen freuen und an der lieblichen Maienzeit. Der Gesang der Vögel klingt für mich traurig, wenn mich die Liebste nicht tröstet.   16 Von allerliebstem Rosenrot sind die Wänglein und der Mund der Geliebten. Sie genießt so großes Ansehen, ich schätze mich glücklich, sie gefunden zu haben. Nun hat sie mich aufgefordert, mein Singen zu lassen und Abstand davon zu nehmen. Meine Freude ist vernichtet, wenn mein Dienst und meine Lieder, die ich ihr widme, ganz unbelohnt bleiben sollen.   23 Bevor ich so einfach aufgebe, soll einer meiner Freunde der Geliebten ausrichten: Da es eine ordnungsgemäße Gerichtsbarkeit gibt, will ich beim König über

WOL MICH *Das Gedicht muß 1246/47 entstanden sein, vgl. V. 42. – Ä. nach Q 65.*
3 diner.   26–29 *und* 37–39 *König Konrad IV., der 2. Sohn Kaiser Friedrichs II.*

das si minen dienst nam vergůt
vnd si mir dar vnder trost noch helfe tůt.
lât der kúnig das vngerihtet, so habe ich zem keiser můt.

30 So fúrhte ich, wir můssen beide
kempfen, swie wir fúr gerihte komen,
wan si lŏgent bi dem eide,
das si minen dienst habe genomen.
můs ich danne vehten, dast ein nôt:
35 kvme ich slůge ir wengel vnd ir mvnt so rot,
so ist ŏch laster, sleht ein wib mich ane wer in kampfe tot.

Wiget der kúnig kůnrat das ringe,
swenne ich kúnde minú klagendú leit,
schier ichs vúr den keiser bringe,
40 da wirt doch niht wol von ir geseit.
swie mir der niht rihtet da zehant,
so wil ich ze dem ivngen kúnige vs dúringen lant
alder an den babest, da man ie genade an rehte vant."

„Lieber frúnt, du zúrnest sere,
45 das dv keiser vnd kúnigen klagest
vnd dem babste vf min ere.
dir ist besser, das dv reht verdagest.
nim die minne, dú gefůge si,
wis mir langer noch mit dinem dienste bi!
50 dir ist minne besser danne reht; ich bin des můtes fri." *Q 19*

---

sie Klage führen, daß sie meinen Dienst angenommen hat und sie mir dabei [ihrer-
seits] weder Trost noch Hilfe zuteil werden läßt. Will der König das nicht verurteilen,
bin ich gewillt, es vor den Kaiser zu bringen. 30 Ich fürchte jedoch, wir müssen
es durch einen Kampf austragen, vor welches Gericht wir auch kommen, denn sie
leugnet unter Eid ab, meine Dienste angenommen zu haben. Wenn ich aber kämpfen
muß, wird das eine schreckliche Situation sein: Schwerliche schlüge ich ihre Wäng-
lein und ihren so roten Mund, anderseits ist es eine Schande, wenn mich eine Frau
im Kampf ohne Gegenwehr erschlüge. 37 Hält König Konrad es für geringfügig,
wenn ich mein jämmerliches Leiden kundtue, bringe ich es sogleich vor den Kaiser,
da wird dann nicht gut über sie gesprochen. Wenn der die Sache nicht sogleich ent-
scheidet, will ich zu dem jungen König von Thüringen oder zum Papst, wo man
immer Unterstützung in Rechtsfragen gefunden hat." 44 „Lieber Freund, du
zürnst sehr, wenn du vor dem Kaiser und vor Königen und vor dem Papst gegen
meine Ehre [?] klagen willst. Es ist besser für dich, daß du von einem Rechtsan-
spruch schweigst. Nimm den Vergleich an, der im Guten gegeben wird, widme mir
deinen Dienst noch weiterhin! Ein gütlicher Ausgleich ist für dich besser als ein
Gerichtsverfahren; ich jedenfalls halte nichts davon."

42 *Der Gegenkönig Heinrich Raspe von Thüringen (1246–47).* 43 *Papst Innozenz IV.
(1243–54).*

Der svmer svmerbernde kvmt
mit wunne wunnekliche.
des lôbes lôbet manig walt, die blûmen blûment velt,
dú zit enzit an frôiden frumt
5 mit blŷnder blûte riche,
die sûssen dône dônent vogel, ir singen sanges gelt.
mit schoner grûne grûnet tal, vs rôte rot da glestet,
in bruner brvne purper var der meije sich nv gestet,
hie gelwer gel, dert blawer bla,
10 da wîsse wîsser lilien schin.
got verwet varwe vil der werlte die welt – bas anderswa.   *Q 19*

DER JUNGE SPERVOGEL

Entwerfen ist ein speher list,
da hôret spotten zŷ,
al nach der ôgen spehen.
5 ich wene, reht der maler ist,
obe einer misse tŷ,
daz ez die anderen sehen
vnd spotten ez niht dvr ſinen haz,
er schepphe sinŷ bilde baz.
10 swer malces phligt, die wile ez ligt dvr derren vf dem slate,
der lobe min bier, vnz er besehe, wie ime sin wuriz gerate.

Q 18

DER SVMER: Sommerträchtig kommt der Sommer voll wonniger Wonne. Mit
Laub belaubt sich jeder Wald, die Blumen beblümen das Feld, beizeiten bringt diese
Zeit ihre Freuden mit überreich blühender Blütenpracht, die Vögel zwitschern das
süße Gezwitscher, singen ihr das Entgelt ihres Gesanges. In schönem Grün grünt
das Tal, rot glänzt es aus der Röte, in braunroter Braunröte schmückt sich der Mai
jetzt purpurfarben, hier ein gelberes Gelb, dort ein blaueres Blau, dort der Glanz des
Weiß weißer Lilien: Gott färbt die Welt vielfach in den bunten Farben der Welt *[?]* –
schöner *[färbt er?]* anderswo.

ENTWERFEN: Ein Bild vorzeichnen ist eine hohe Kunst, es wird gefördert durch
Kritisieren, scharfes Hinsehen. Ich meine, es ist Pflicht der Maler, daß, wenn einer
seine Sache schlecht macht, es die andern sehen und kritisieren, nicht, weil sie seine
Person treffen wollen, [sondern] damit er seine Bilder besser mache. Wer [allerdings]
noch mit dem Malz beschäftigt ist, während es zum Dörren auf dem Kamin liegt,
soll mein Bier loben, bis er sieht, wie sein Kraut gerät.

ENTWERFEN *Vielleicht Gegenstr. zu einer Str. Marners S. 273. In Q 19 Spervogel
(s. S. 82ff.), in Q 29 dem Jungen Stolle (vgl. S. 392–397) zugewiesen, dort auch die Mel. –
Ä. nach Q 65.* 8 minen.

Der alten rat   versmahet nv den kinden.
vnbetwungen   sint die ivngen,   ane reht wir leben.
vntrúwe hat   gemachet, das wir vinden
in dem lande   mange schande.   *u*ns ist vúr frôide gegeben
5   vngenade, blôze hŷbe, wŭste lant.
da man e wirt in vollen steten vrôiden vant,
dane kret dú henne noh der hane, ein pfawe ist niender da,
die weide enessent geisse noh rinder, ros noh schaf.
dane brechent ŏch die gloggen nieman sinen slaf,
10   dú kirche ist ôde, ir sult den pfaffen sŷchen anderswa.   *Q 19*

UNBEKANNTER VERFASSER

Vrone wahter, nv wecke
der werlte minner uber al,
e daz si der tac erschrecke,
5   der durch di uenster in den sal
mit gemeinem tode siht
islichem vnder ougen!
der werlte minner, ensumt *v*ch niht,
nemt vrlop von ir tŏgen!

10   Lat iv ir minne *sîn* vnmere,
si ist ein eitergebendiv brut;
ir sŷze wirt iv ze swere.
si enwart nie mannes trût,

DER ALTEN: Der Rat der Alten scheint den jungen Leuten heutzutage verächtlich. Zügellos ist diese Jugend, wir leben in gesetzlosen Zeiten. Die Treulosigkeit hat bewirkt, daß wir allenthalben viel Schändliches finden. Statt der heiteren Freude gibt es für uns Unglück, entvölkerte Gebiete, verwüstete Länder. Wo man früher den Hausherrn in vollem dauerhaftem Glück fand, da kräht weder Henne noch der Hahn, kein Pfau ist da, auf den Weiden grasen weder Ziegen noch Rinder, weder Pferde noch Schafe. Dort wecken auch die Glocken niemanden mehr aus dem Schlaf auf, die Kirche ist verödet, den Geistlichen müßt ihr anderswo suchen.

VRONE: Himmlischer Wächter, nun wecke überall jene auf, die die Welt lieben, bevor sie der Tag aufschreckt, der als der Todestag, der alle ereilt, durch die Fenster zum *[Lebens]*saal hinein einem jeden ins Gesicht blickt! Ihr, die ihr die Welt liebt, zögert nicht, macht euch verstohlen von ihr fort!   10 Verschmäht ihre Liebe, sie ist eine Braut, die Gift schenkt; ihre Süße wird euch zur Last. Sie wurde keines Menschen Geliebte, außer wenn sie ihm schaden wollte. Sie ist keine gute Gefährtin; den

DER ALTEN *In Q 19 Spervogel (s. S. 82ff.) zugewiesen, Zuweisung hier nach Q 18. – Ã. nach Q 65.* 4 wuns.

VRONE *Ã. nach Q 65.* 10 f.

si entetez vf sinen schaden.
15 si enist niht gût geselle;
dem libe lonet si mit maden,
der sel mit der helle.

Vf dirre wilden werlte wart
han ich gesezzen manigen tac.
20 wi sich ir gesinde schart,
des nam ich war vnt wes si pflac.
den luten git si leides gnûc
vil witen in den landen.
sus ment ir gart ietweders pflûc
25 der súnden vnt der schanden.

Nach disen zwein súnden pflûgen
sæt sinen samen lucifer.
daz tût er durch svnden gevûgen.
er uert mit ufgerihtem sper.
30 er envúrhtet di âhte noch den ban,
den babest noch den keiser
(der dewerre dem anderm gûtes gan,
des uert ir lop uil heiser).

Q 17

UNBEKANNTER VERFASSER

Jr alder vrowen iunc dinere,
ir muget vrogen, wer der were,
der vor czwenczig iaren von eyner vrowen gelonet sy.
5 is czymt nicht czu samne schone,
das wir prime czyt zu none
sullen warten; wy czymt yrm aldir euwer iunger dinst by?

Leib belohnt sie mit Würmern, die Seele mit der Hölle.   18 Ich habe viele Tage damit verbracht, diese seltsame Welt zu beobachten. Ich habe gesehen, wie sich ihre Anhänger um sie scharten und was sie [dann] tat. Allenthalben gibt sie ihrem Gesinde Leid über Leid. So treibt ihr Stachel beide Pflüge, den der Sünde und den der Schande, vorwärts.   26 Nach dem Pflügen dieser beiden Sünden sät Lucifer seinen Samen aus. Er tut es, um viele Sünden hervorzubringen. Er kommt mit [drohend] erhobenem Speer. Er fürchtet weder Acht noch Bann, weder Papst noch Kaiser (keiner von den beiden gönnt dem andern etwas Gutes, deshalb ist ihr Lob so kärglich).

JR ALDER: Ihr jungen Verehrer einer alten Dame, fragt euch doch einmal, wer vor zwanzig Jahren den Lohn von eben dieser [?] Dame empfangen hat. Es paßt nicht gut zusammen, wenn wir Prim und Non zugleich erledigen; wie [also] paßt euer

JR ALDER   6 *Prim und Non sind die dritte und sechste der acht Gebetszeiten, aus denen das Stundengebet der Kirche besteht.*

E, wen ir begundet leben,
do hat syn minne vns lon gegeben.
10 wolt ir noch abunt zolde
euwern lyp do pynen,
zo lot andir sper irschynen
e zu werẹ von golde,
ob euch dy tochtir vor dy mutir lonen wolde.   *Q 50*

UNBEKANNTER VERFASSER

Lebenes gedinge ist al der werlde trost,
Da bi ist todes vorhte ein engestlicher wan;
Da von mohte dvrren ein man sam der rost.
5 Er siht manige vrovde mit leide zegan.
Nieman kvnde erdenken grozer not,
Daz vns ist niht gewiszer danne der tot.
Des nimt wunder mich, daz ieman wirdet wolgemvt,
sit daz des libes svze so we der sele tvt.   *Q 16*

UNBEKANNTER VERFASSER

wer blinden winket, der ist ein kint,
Mit stvmmen rvnet, deist verlorn.
der svhte gnvge lvte sint;
5 Swer in daz seit, ez were in zorn.
Swer den toren vlehen mvz
Ze allen ziten vmb grvz,
dem wirt selten sorgen bvz.   *Q 16*

---

jugendliches Dienen zu ihrem Alter? Früher, als ihr auf die Welt kamt, hat seine
[des Dienstes] Liebe uns Lohn gebracht. Wollt ihr euch [schon] für späten Lohn *[den
Lohn alter Damen]* abrackern, legt lieber andere Lanzen für den goldenen Ritter-
schmuck *[?]* ein, damit euch die Tochter statt der Mutter belohne.

LEBENES: Die Hoffnung auf ein [langes] Leben ist die Zuversicht der ganzen Welt,
zugleich ist die Todesfurcht eine grauenvolle Vorstellung; davon könnte ein Mensch
so ausgedörrt werden wie durch Feuersglut *[?]*. Er sieht so viele Freuden sich in
Leid verkehren. Niemand könnte sich ein größeres Unglück vorstellen als dies, daß
uns nichts sicherer ist als der Tod. Deshalb wundert es mich, daß jemand fröhlich ist,
wo doch, was das Leben versüßt, der Seele so schädlich ist.

WER BLINDEN: Wer Blinden zuwinkt, ist ein Kindskopf, wer mit Stummen Zwie-
sprache hält, das ist vergebene Mühe. Mit dieser Krankheit sind viele Leute geschla-
gen; wenn ihnen das [aber] einer sagen würde, wären sie zornig. Wer allezeit den
Unverständigen um freundlichen Empfang bitten muß, der kommt nie aus den Sor-
gen heraus.

UNBEKANNTER VERFASSER

was ich an mir selber weiz,
dez wene ich lihte an einen man,
der sich der dinge nie gevleiz,
5   Als ich an minem herzen han.
Swa ich erkenne den wolves zan
jn mines vrivndes mvnde,
da wil ich hvten miner hant,
daz er mich iht verwunde;
10   Sin bizen swirt von grvnde.   *Q 16*

UNBEKANNTER VERFASSER

Ich missevalle manigen man,
des herze vnd ovch sin mvt
Mir ie der minneste was.
5   Swer edele steine nie gewan,
den dvhte lihte gv̂t,
*v*un*d* e*r* ein criechesch g*l*as.
Mir kvmt nieman so tvmber zv,
ern wene, daz er das beste tv.
10   Der bose sol des vromen lebn Gar niemer rehte ervinden,
Mir darf ovch nieman rvhen dorn Ahten ze schoner linde.
       Q 16

WAS ICH: Was ich an mir selbst kenne, projiziere ich leicht auch auf einen anderen, der sich nie um solche Dinge gekümmert hat, wie ich sie im Herzen trage. [Nur] wenn ich im Mund meines Freundes den Wolfszahn erkenne, werde ich auf meine Hand achtgeben, damit er mich nicht verwundet; sein Biß ist eine schlimme Verletzung.

ICH MISSEVALLE: Mich schätzt so mancher nicht, dessen Herz und auch dessen Gesinnung ich immer für das Niedrigste gehalten habe. Wer nie Edelsteine besessen hat, dem kommt es leicht als etwas Besonderes vor, wenn er eine Perle aus griechischem Glas findet. Ich kenne keinen noch so Törichten, der nicht von sich glaubt, das Allerbeste zu tun. Ein schlechter Mensch soll die Lebensweise des Guten gar nicht für richtig halten, was mich angeht, so braucht ebenso niemand einen struppigen Dornstrauch für eine schöne Linde zu halten.

ICH MISSEVALLE *Das metrische Schema dieser und der folgenden Str. ist identisch mit einem Ton des Jungen Spervogel (s. S. 307 f.). – Ä. nach Q 65.* 4 Mit. 7 ẘnder. gas. *Edelsteinimitationen aus Glas-Pasten wurden bis ins späte MA nach Deutschland importiert.*

UNBEKANNTER VERFASSER

Da mit die werlt al vmb gat,
des sint nivwan driv wort:
ez was, ist oder wirt.
5 swen des genvget, des er hat,
derst riche ane schatzes hort.
wol im, der niht verbirt!
dem armen ist niht me gegebn
wan gvt gedinge vnd vbel lebn.
10 er ist tvmp, swer vmb ein vromede leit des libes wirdet ane, ·
Mich sol vil selten selewen dvrch die kvnegin der mane.   *Q 16*

HUGO VON MÜHLDORF

We, waz hilfet al min singen?
ione wil nieman wesin vro.
niewan al mit vbelen dingen
5 twinget sich dv́ welt also:
vroide, zvht, trúwe, ere
sint verwiset gar.
seht, des iamert mich vil sere,
nach den wolde ich, wess ich, war.

10 Swer den vrowen an ir ere
gerne sprichet ane not,
seht, der svndet sich vil sere,
vnd ist ȯch der sele tot,

DA MIT: Die Welt dreht sich nur um drei Worte: es war, ist oder wird sein. Wer sich mit dem begnügen kann, was er besitzt, der ist reich, auch wenn er keine Schätze hat. Glücklich der, der keinen Mangel leidet! Der Arme besitzt nicht mehr als die Hoffnung auf Besserung und ein klägliches Dasein. Der ist ein Tor, der fremder Not wegen sein Leben verliert, mich wird niemals um der Königin willen der Mond bleich erscheinen lassen [?].

WE WAZ: Weh, was nützen alle meine Lieder? Es will doch niemand fröhlich sein. Nur durch Schlechtigkeit bringt sich die Welt in diese Zwangslage: Freude, Anstand, Treue, Ehre sind ganz und gar verstoßen. Seht, das schmerzt mich tief, ich wollte ihnen nachfolgen, wüßte ich, wohin.   10 Wer sich ohne Grund gern abfällig über die Frauen äußert, seht, der versündigt sich sehr, und es ist auch für die Seele verderb-

---

WE WAZ *In Q 19 einmal als Ganzes einem Kunz von Rosenheim, die noch einmal überl. 2. Str. dort Heinrich von Veldeke (s. S. 63–66) zugewiesen. – Ä. nach Q 19¹.*   12 svnder. 13 doch.

         wan wir sin alle
15   von den vrowen komen.
         swie wir sezen si ze schalle –
         maneger wirt von in ze vromen.   *Q 18*

DER VON SACHSENDORF

         IN disem núwen done
         so wolde ich gerne núwe liedel singen
         – wan das mir dú wise   an der kvnst ist ze snel –
5   nach eines wibes lone.
         die sach ich an einem reigen springen,
         der stet wol ir rise   vnd ir snewizú kel,
         si want sich alsam ein widegerte.
         des nahtes were ich gerne ir schiltgeuerte,
10   ia ist ir da ze prise   der lib sinewel.

         Swie vil ich nv gesinge
         von reiner wibe minneklicher gŭte,
         des mich doh ir einú   geniessen niht enlat,
         vnd ich darnach ringe,
15   daz ich mit jr hulde hohte min gemŭte,
         das mich doh vil kleine   veruangen noch hat.
         we, wie hanz ir [. . .] also verkeret,
         das si den niht minnent, der si eret
         vnd in aller eren mit trúwen gestat!

20   Habe ich niht gesvngen
         bi miner zit der frowen lob mit trúwen,
         so si mir verteilet ir hulde vnd ir grŭs.

-----

lich, denn wir alle sind von den Frauen hergekommen. Wie sehr wir sie auch ins
Gerede bringen – mancher wird durch sie erst eine Persönlichkeit.

   IN DISEM: Auf diese neue Melodie würde ich gern neue Liedchen singen – nur ist
mir die Melodie zu rasch im Rhythmus *[?]* – um den Lohn, den mir eine Frau geben
soll. Die sah ich beim Reigen tanzen, ihr Schleier steht ihr so gut und ihr schneewei-
ßer Hals, sie bewegte sich wie eine Weidenrute. Ich wäre gern in der Nacht ihr Kampf-
gefährte, anbetungswürdig ist ihre wohlgerundete Gestalt.   11 Wieviel ich auch
von der liebenswerten Güte reiner Frauen singe, will mich doch die eine dafür nicht
entschädigen, und wie sehr ich danach strebe, mit ihrer Zuneigung einen neuen Auf-
schwung meiner Lebensgeister zu erreichen, hat mir das doch noch nicht das Geringste
genützt. Weh, wie haben sie ihr [. . .] geändert, daß sie den nicht [mehr] lieben, der
ihnen Ansehen verleiht und ihnen getreulich alles Ansehen zugesteht!   20 Wenn
ich nicht allzeit das Lob meiner Dame getreulich im Lied verkündet habe, dann sollen
mir ihre Zuneigung und ihr Gruß versagt sein. Wenn ich [bisher] keinen Erfolg

   IN DISEM *Ä. nach Q 65.*   15 da.   18 minnet.

ist mir niht gelvngen,
doch so wil mich frowen dienest niht rúwen;
25   was ob lihte ir einú mir sorgen tût bûs,
dú mir einem ist ze tragenne swere.
was dar vmbe, bin ich ir vnmere,
in der dienst mir ab brah min bein vnd min vûs?   *Q 19*

Reinmar der Fiedler

Got welle sone welle, doch so singet der von seven
noch baz danne ieman in der welte; fraget nifteln vnde neven,
geswien, swiger, sweher, swager, ez en si war.
5 tageliet, clageliet, hvgeliet, zvgeliet, tanzeliet, leich er kan;
er singet crvceliet, tvuingliet, schimphliet, lobeliet, rüegeliet als
der mit werder kvnst den lvten kvrzet langes iar.   [ein man,
wir mvgen wol alle stille swigen, da her lvtolt sprechen wil.
ez darf mit sange nieman gûden wider in.
10 er singet also ho ob allen meistern hin;
ern werde noch, die nv da leben, den brichet er daz cil.   *Q 18*

Daz erste wip de*m* ersten man den ersten schaden *r*iet,
da von got vil menege sele von deme paradyse schiet.
dier*r* itewiz, der wirret gûten, reinen wiben niht.

---

hatte, wird es mich dennoch nicht reuen, den Frauen zu dienen; vielleicht nimmt mir
doch einmal eine von ihnen den Kummer fort, der mir allein zu tragen zu schwer ist.
Was macht es dann, wenn ich der gleichgültig bin, in deren Dienst ich mir Bein und
Fuß gebrochen habe?

    Got welle: Ob Gott will oder nicht, der von Seven singt doch, [und zwar] noch
besser als irgend jemand auf der Welt; fragt Nichten und Neffen, Schwägerinnen,
Schwiegermutter, Schwiegervater, Schwager, ob das nicht stimmt. Er kann Tagelie-
der, Klagelieder, Freudenlieder, elegische Lieder [?], Tanzlieder, Leiche; er singt
Kreuzlieder, Bettellieder, Scherzlieder, Loblieder, Schmählieder recht wie einer, der
mit hoher Kunst den Leuten die lange Zeit verkürzt. Wir müssen wohl alle still sein,
wenn Herr Leuthold seinen Vortrag halten will. Niemand darf neben ihm mit sei-
nem Gesang prahlen. Er singt so viele Klassen besser als alle Meister; wenn nicht
noch ein [neuer] kommt, ist er allen, die jetzt leben, überlegen.

    Daz erste: Die erste Frau riet dem ersten Mann zum ersten schädlichen Tun, wes-
wegen Gott so mancher Seele das Paradies verschloß [s. Gen. 3]. Solcher Tadel kränkt

    Got welle *Ä. nach Q 65.*   2 *Zu Leuthold von Seven s. S. 192.*   6 regeliet.
    Daz erste *Ä. nach Q 65.*   1 den. eriet.   3 diert.

wip vnde wip: gelicher name – *v*il vngelichez leben.
5 der welde heil vns eniv nam, daz habt vns einiv widergeben.
ein engel vnd ein reine wip sint beide wol in einer phliht.
vil reiniv mv̂ter vnde maget, div vns von even stricke nam,
din werdicheit behv̂t vns noch div reinen wip.
so gewinnent wegescheiden hie der zweir lip;
10 die gv̂ten dort, die vbelen hie, die sint den beiden gram.   *Q 18*

WACHSMUT VON MÜHLHAUSEN

Sj treit krus har, crisp vnde gel,
si treit ein vnuertwelten lip,
si treit eine sne wisse kel,
5 al dú werlt hat niht schoner wip.
mir were ê lieb, bi ir ze sinde danne bi gote in paradise.
got herre, machent mich ir minne wis!

Dú svnne schinet nie so clar,
min lieb dannoch schoner bas.
10 ir ŏgen stent vil offenbar,
got an ir nie niht vergas.
in neme niht die krone von rome ze tragenne fúr miner frowen lip,
so rehte wol behaget mir das wib.   *Q 19*

die edlen, reinen Frauen nicht. Frau und Frau: gleicher Name – sehr ungleiche Lebensart. Die eine raubte uns das Heil der Welt, die andere hat es uns zurückgegeben. Ein Engel und eine reine Frau sind von der gleichen Art. Dein Ansehen, reine Mutter und Jungfrau, die [du] uns aus Evas Banden befreit hast, möge uns immer die reinen Frauen bewahren. Dann trennen sich deutlich die Lebenswege der beiden; dort die Guten, hier die Bösen, die vom Haß gegen beide *[Maria und die guten Frauen]* erfüllt sind.

Sj TREIT: Sie hat krauses Haar, lockig und blond, sie hat einen ranken Wuchs, sie hat einen schneeweißen Hals, auf der ganzen Welt gibt es keine schönere Frau. Mir wäre lieber, bei ihr zu sein als bei Gott im Paradies. Herrgott, mach mich verständig in der Liebe zu ihr!   8 So hell scheint die Sonne nie, daß meine Geliebte nicht noch schöner leuchtete. Ihre Augen blicken frei, Gott hat an ihr nichts vergessen. Die Krone von Rom zu tragen tauschte ich nicht gegen meine Geliebte, so gut gefällt mir die Frau.

DAZ ERSTE 4 wil.
SJ TREIT *Ä. nach Q 65.* 6 ie.

GELTAR

Het ich einen kneht, der svnge lihte von siner frowen,
der mv̂ste die bescheidenliche nennen mir,
das des ieman wande, es wer min wib.
5 Alram, Rv̂preht, vriderich, wer sol iv des getruwen,
von mergerstorf, das so die herren effet ir?
wer gerihte, es gienge ú an den lip.
ir sit ze veizt bi klagelicher not.
wer ieman ernst, der sich also nach minnen senit, der lêg in der
iares vriste tot.   Q 19

Wan singet minnewise da ze hove vnd inme schalle;
so ist mir so not nach alter wat, das ich niht von vrowen singe.
mir weren vier kappen lieber danne ein krenzelin.
mir geb ein herre lihter sinen meidem vzem stalle,
5 danne ob ich als ein weher fleming vúr die frowen dringe.
ich wil bi dem wirte vnd bi dem ingesinde sin.
ich verlúse des wirtes hulde niht,   bit ich in siner kleider;
so wer ime vmb ein vbriges húbschen michel leider.
git mir ein herre sin gewant, dú ere ist vnser beider.
10 slahen vf die minnesenger, die man rvnen siht.   Q 19

HET ICH: Hätte ich einen Knappen, der vielleicht von seiner Herrin sänge, der
müßte mir die genauestens nennen, damit niemand auf den Gedanken käme, es handle
sich um meine Frau. Alram, Ruprecht, Friedrich, wer hätte das von euch gedacht,
daß ihr die Herren von Mergersdorf so zu Narren macht [oder: Alram, Ruprecht,
Friedrich, ihr von Mergersdorf, ..., daß ihr die Herren so zu Narren macht]? Wäre
Gerichtstag, es ginge euch ans Leben. [Außerdem] seid ihr zu wohlgenährt für euer
beklagenswertes Elend. Würde sich jemand im Ernst so nach Liebe verzehren, der
wäre binnen Jahresfrist tot.

WAN SINGET: Man singt am Hof Liebeslieder, und [zwar] lauthals; ich aber
brauche so dringend abgelegte Kleider, daß ich nicht von den Damen singe. Ich
hätte lieber vier Mäntel als ein Kränzchen. Eher würde mir ein Herr seinen Hengst
aus dem Stall geben, als daß ich mich wie ein flämischer Galan an die Damen heran-
mache. Ich will mich beim Hausherrn und bei der Dienerschaft aufhalten. Die Ge-
wogenheit des Hausherrn verliere ich nicht, wenn ich ihn um seine [abgelegte] Klei-
dung bitte; übertriebenes Scharwenzeln dagegen möchte ihn viel mehr verdrießen.
Gibt mir ein Herr seine [abgelegten] Kleidungsstücke, ist es für uns beide eine Ehre.
Verprügeln wir doch [endlich] die Schnulzensänger, die man ihr Gesäusel produzieren
sieht.

HET ICH *In Q 18 alle Gedichte Geltars unter dem Namen (einer Verfasserin?) Gedrut
überliefert.   6 Ein Geschlecht derer von Mergersdorf ist in Niederösterreich nachweisbar.*

WAN SINGET *Auf diese Str. bezieht sich vermutlich die Str. Des von Buwenberg S. 452 f. –
Ä. nach Q 65.   5 drvnge.*

Der walt vnd dú heide breit
die stent lobelich gekleit,
ellú herzen erstŏret sint,
des frŏint sich megde vnd stolze kint.
5   ende hat der kalte wint.

„Ich wil min truren lan",
sprach eine maget, „dvr einen man,
der mir kom in minen sin.
nv weis er, das ich im wege bin;
10   ich wil mit im vil tŏgen hin."

Dú mv̂ter vor zorne sprach:
„we, das ich dich ie gesach!
war hast dv dich angeleit,
din har mit rosen wol bekleit?
15   dv wirdest niemer eltiv meit."

‚„So werde aber altes wib.
mv̂ter, ich mv̂s sinen lib
minnen schiere, oder ich bin tot.
[. . .]
20   ich wil mit im ‘nach rosen rot'."

„Tohter, wer mag es sin?"
„ein waleis, liebú mv̂ter min."
„liebes kint, das ist ein man,
der senide sorge wenden kan.
25   Lon ime, das ist wol getan!"   *Q* 19

DER WALT: Der Wald und die weite Heide sind herrlich geschmückt, alle Herzen
sind aufgeregt, daran haben die Mädchen und das ausgelassene junge Volk ihre Freude.
Es ist vorbei mit dem eisigen Wind. 6 „Ich will nicht länger traurig sein", sagte
ein Mädchen, „daran ist ein Mann schuld, in den ich mich verliebt habe. Der weiß
schon, daß ich ihm zugetan bin; ich will mich heimlich mit ihm treffen." 11 Die
Mutter sagte zornig: „Weh, daß du mir je unter die Augen gekommen bist! Wozu
hast du dich so herausgeputzt, dein Haar mit Rosen besteckt? So wirst du als Mädchen
nicht alt." 16 „Dann werde ich eben als Frau alt. Mutter, ich muß ihn bald lieben,
oder ich sterbe. [. . .] Ich will mit ihm ‘rote Rosen pflücken'." 21 „Tochter, wer
ist es denn?" „Ein Franzose, liebe Mutter." „Liebes Kind, das ist [freilich] ein Mann,
der Liebesleid vertreiben kann. Den erhöre, da tust du gut daran!"

Heinrich Teschler

Lieb, du hast mich gar gewert;
swas liebe ich han ze dir gegert,
des hast du dich dur mich uerwegen.
5   des si min lib vnd al min leben
ze wider gelte dir ergeben,
der solt du gar vúr eigen pflegen.
hier under sist gemant an trúwe, an stête.
der pflig gegen mir, als du vil gerne ie tete,
10   so wil ich dú beide dir
vs herzeklicher liebe gir
mit voller wâge wider wegen.

Lieb, dir sol nit wesen leit,
ob ich dich trúwe vnd stetekeit
15   gegen mir ze leisten habe gemant.
das kumet von missetrúwen nicht;
das weis, der in die herzen sicht.
mir ist din mût, din herze erkant
so rechte gantz, so uest vnd so uermessen,
20   das du nicht trúwe vnd stete macht vergessen.
das ich das weis so sicherlich,
das ist ein ding, das iemer mich
hin zû dir bindet vnd ie bant.

Lieb, ich weis dins lobes me
25   – vil lange wernd es dir beste –,
das hat din lib vnd ôch din mût:
din lib hat schône vnd gûte iugent,
din mût wisheit vnd ganze tugent,
sus bistu beidenthalb behût.

LIEB: Liebste, du hast mir alles geschenkt; was ich mir Liebes von dir gewünscht habe, das hast du um meinetwillen hingegeben. Deshalb sollen mein Leib und mein ganzes Leben dir als Gegengabe gewidmet sein, die sollst du ganz und gar als dein eigen ansehen. Hierbei erinnere ich dich an Treue, an Beständigkeit. Die halte mir, wie du bisher bereitwillig immer getan hast, dann will auch ich aus herzlichstem Liebesverlangen dir diese beiden in vollem Umfang aufwiegen.   13 Liebste, du sollst es nicht übelnehmen, wenn ich dich gebeten habe, mir gegenüber Treue und Beständigkeit zu bewahren. Es geschieht nicht aus Mißtrauen; der in die Herzen sieht, der weiß das. Ich weiß genau, daß dein Sinn, dein Herz so fest, so unerschütterlich und so ausgerichtet sind, daß du Treue und Beständigkeit gar nicht vergessen kannst. Daß ich das so sicher weiß, das ist etwas, das mich immer an dich bindet und gebunden hat.   24 Liebste, ich weiß noch mehr zu deinem Lob zu sagen – lange soll es dir erhalten bleiben –, was deine Gestalt und deinen Sinn betrifft: Deine Gestalt hat Schönheit und Jugendfrische, dein Sinn Klugheit und vollkommene Tugend, so bist

30   was hulfe ein ubermessig lob gesungen?
       dis lob, swie kurtze es si mit rede getwungen,
       es ist doch vollen wit vnd breit
       vnd hat da bi mâsse vnd warheit.
       das solt du han von mir vúr gût.   *Q* 19

UNBEKANNTER VERFASSER

Äußere Vorderwand, Rahmen:

       IHC WIL VHC SAGIN, WISCI CRIST,
       SWO LIEPb bI LIEbI IST,
5   DIV FRVMINT DICKI
       FROVDE MIT ANbLICHE.

Deckel, innen:

       HE STAT GISCRIBIN ANMI LIETTI,
       DAZ IHC MINIR FROWIN bITTI
10   SELDI, ERI VNDI LANGIS LEbIN.
       GOT HAT IR TVGINDI VIL GIGEbIN.
       WORT, SINNI HAbI IHC NIET,
       SWENNI SIE MIN OGI SIET
       VNDI IHC IR SOLTI MINI SENINDE CLAGI
15   CVNDIN, DIE IHC VON IRN SCVLDIN TRAGI.
       NV MACHI ES, FROWI, EIN ENDE,
       DINEN DROST DV MIR SENDI!

Innere Rückwand:

       NV WIL IHC DIR MIT VRLOBI IEHEN,
20   DAZ IHC ETSWI VIL SCONRE FROWIN HAN GISEHIN,

du in jeder Hinsicht wohlversehen. Was nützte ein übertriebenes Loblied? Dieses
Lob, in wie kurze Worte es auch eingefangen ist, ist doch umfänglich genug und ist
zugleich angemessen und wahr. Das laß dir von mir gefallen.

IHC WIL: Ich will euch sagen, daß, weiß Gott, dort, wo Liebende beieinander sind,
ihr [gegenseitiges] Anschauen ihnen viel Glück schenkt.   8 Hier auf dem Deckel
steht geschrieben, daß ich meiner Dame Glück, Ehre und langes Leben wünsche.
Gott hat sie vortrefflich ausgestattet. Worte und Gedanken fehlen mir jedesmal,
wenn mein Auge sie erblickt und ich ihr meine Sehnsuchtsklage verkünden soll, die
ich um ihretwillen erdulde. Nun bereite dem, Liebste, ein Ende, laß mich deinen Trost
erfahren!   19 Nun will ich mit Verlaub bekennen, daß ich sehr viele schönere
                                                Frauen gesehen habe,

IHC WIL *Die Texte befinden sich auf einem Lindenholzkästchen, das wegen seiner reichen
Schnitzereien mit erotischen Motiven 'Minnekästchen' genannt wird. Das Kästchen enthält kei-
nen Hinweis darauf, in welcher Reihenfolge die Innenbeschriftungen gelesen werden sollen.*

> IDOHC INDVHTDI MINEN MVT
> NIE DICHENI FROWE SO GVT,

Innere Rückwand, Rahmen:

> DV bIST ALLIR FROWIN VORSPAN,
> 25 GISACH IN GOT, DEN DV, SELIGIR LIPB, LIEP WILT
> HAN.

Boden, innen:

> IHC WIL VHC SCRIbEN AN DISIME bODEME,
> DAZ IR WIRDIC SINT ZV LObENE.
> IR SINT EIN ROSE bLVGINDE IVGINT
> 30 VNDE INWART OHC NIE SO GANZIR TVGINDE
> AN FROWIN NIE, ALSO AN VHC IST.
> DVRHC DAZ MVZ LEIDIR MIHC DER FRIST
> VON SCVLDEN DVNKIN ALSO LANC;
> WAS IHC IE NAHC FROWIN GIRANC,
> 35 DAS IST MIR DAMITE GAR bINVMIN,
> DAS IHC ZV VHC MIT VOGIN NIVT MAC KVMIN.

Innere Vorderwand:

> AHC, GVNDIS DV MIR ARMIN,
> EINV NAHT ZV LIGINI AN DINIMI ARMI,
> 40 ALSO IHC DIKCHI GIDAHT HAN,
> DAR VMbI WOLTI IHC DIR EGINLIHCCHI SIN
> VNDIRTdAN.

Innere Vorderwand, Rahmen:

> DV SOLT DIHC HER AN VORSTAN,
> DAS IHC DIR DIS GISANT HAN
> 45 VMbI DEN LVCILIN WAN,
> SO IHC ZVO DIMI LIbE HAN.

---

aber keine Frau fand ich je so vortrefflich, 24 du bist die Zierde aller Frauen, Gott hat den gesegnet, den du, Glücksbringerin, liebhaben wirst. 27 Auf diesem Boden will ich Ihnen schreiben, daß Sie würdig sind, gepriesen zu werden. Sie sind jugendschön wie die blühende Rose, und keine andere Frau ist jemals mit so viel Vortrefflichkeit ausgestattet worden. Deshalb muß mir mit Grund die Zeit [ohne Sie] schmerzlich lang vorkommen; mein Interesse an anderen Frauen ist mir dadurch ganz verlorengegangen, daß ich mit Ihnen nicht schicklicherweise zusammenkommen kann.
38 Ach, erlaubtest du mir Elendem, eine Nacht in deinem Arm zu liegen, wie ich es mir oft gewünscht habe, ich würde dir dafür ergeben sein wie ein Sklave.
43 Hier *[an dieser Stelle des Kästchens]* sollst du erkennen, daß ich dir dieses um der kleinen Hoffnung willen geschickt habe, die ich auf dich setze.

Linke innere Schmalwand:

IHC WIL DIHC bITEN AN DISIME ORTE,
DAS DV MIHC NIT ZV WORTE
50   DAR VMbE bRINGEST VON [. . .].
IHC DIHC VOR ALLE FROWI MINE.

Rechte innere Schmalwand:

IHC WIL WNSCHIN AN DISIME ENDE,
SWER VNSIR ZWEGIR FRIVNTSCAFT
55   VOR WERRI ODER WENDI,
DAS DEN DER TIEVIL SCHENDI.   *Q 53*

FRIEDRICH VON SUNNENBURG

Schult ih gotes hohiv wunder werch, an div er hat geleit
uz aller siner almahticheit ere vnde manege werdecheit,
so schult ih got ie sa zehant
5 an der geschepde sin.
schult ih im sine vlize, siniv werch vnd siniv wort,
schult ih, dar uz er hat genomen aller siner hohsten vreuden hort,
so wurde ih sunder sin bechant
in der vnwizze min.
10 von der, uz der, in der, mit der geziret und gechlait
er sine hohe gotheit hat mit siner menscheit,
daz ist diu werlt. die scheltent si, an der ist wandelberes niht,
wan swa diu menschen chinder habent mit argen sunden phliht.

---

48 Auf dieser Schmalseite will ich dich bitten, daß du mich nicht deswegen ins
Gerede bringst [. . .]. Ich liebe dich mehr als alle anderen Frauen.   53 Auf dieser
Schmalseite will ich wünschen, daß den der Teufel hole, der unsere Freundschaft
hindert oder zerstört.

SCHULT IH: Würde ich Gottes hohe Wunderwerke, denen er in seiner ganzen All-
macht Ehre und viele Auszeichnungen verliehen hat, schmähen, dann würde ich mit
seinem Geschöpf zugleich auch Gott selber schmähen. Würde ich seine Arbeit, seine
Werke und seine Worte schmähen, würde ich das schmähen, woraus er den Schatz sei-
ner höchsten Glückseligkeit genommen hat, so würde ich Sünder mich in meiner gan-
zen Torheit zu erkennen geben. Es ist die Welt, von der, aus der, in der, mit der er
mit seiner Menschheit seine erhabene Gottheit geschmückt und bekleidet hat. Man
schmäht sie, an ihr ist [aber] kein Makel, nur dort, wo die Menschenkinder sich den

SCHULT IH *Ein Gegengedicht hierzu s. S. 418–421. Mel. in Q 20.*

O wol, dv gotes wunder tal, ih main dih, tivre welt!
15 got nimt und hat vz dir genomen al siner hohsten vreuden gelt:
die sinen hohen menscheit,
die edelen muter sin,
gar alle gotes hailigen hat got uz dir genomen.
werest dv niht, wer wer vns got? wer were ze gotes riche chomen?
20 waz were liep, waz were leit,
div vinster, liehter schin?
dv zarter gotes garte, in dem got wunder wunders hat
gewundert vnd erbuwen manege tiwer wunder sat;
die himelischen ierusalem er noh vz dir vol ziret wol,
25 vz dir alle sine chôre werdent sines lobes uol.

Jr lobt gar elliv gotes werch, so lert der Chunech dauid.
da von swer˙dih beschiltet, werlt, der schiltet got, daist ane strit;
got ins vergebe, des ist in not,
si sint vnwis erchant.
30 der werlt ob aller gotes beschaft hohiv werdecheit beschiht,
daz man ir wucher alle tage ob aller himel hôhe siht:
so sih got birget in sin brot
in siner brister hant,
al da zehant div erde hat die himel vberstigen.
35 al solher gabe sint die hohen engel gar verzigen,
si mugent niht den gotes sun dem vater geopferen als wir.
vrov werlt, die ere habe wir von got vnd ouh von dir.

---

schlimmen Sünden hingeben.   14 Heil dir, Tal der göttlichen Wunder, ich verehre
dich, edle Welt! Gott nimmt und hat aus dir den Zins seiner höchsten Freuden genom-
men: Seine eigene erhabene Menschheit, seine edle Mutter, alle Heiligen Gottes hat
Gott aus dir genommen. Wärest du nicht, wer wäre Gott für uns? Wer wäre in das
Reich Gottes gelangt? Was wäre Liebe, was wäre Leid, die Finsternis, heller Tag?
Du kostbarer Garten Gottes, in dem Gott Wunder über Wunder vollbracht und die
Saat für viele erhabene Wunder ausgesät hat; das himmlische Jerusalem wird er aus
dir herrlich erbauen [s. Apoc. 21, 9–27], aus dir werden alle seine Chöre zu seinem
Lob aufgefüllt werden.   26 Ihr sollt alle Werke Gottes preisen, so lehrt der König
David [vgl. Ps. 103, 22]. Deshalb ist unbestritten, daß, wer dich, Welt, schmäht, zu-
gleich Gott schmäht; Gott möge es ihnen verzeihen, das haben sie nötig, man weiß,
daß sie Toren sind. Mehr als allen Schöpfungen Gottes wird der Welt hohe Auszeich-
nung zuteil, indem man, was sie hervorbringt, alle Tage über die Höhe aller Himmel
[erhoben] sieht: Dann nämlich, wenn Gott sich in der Hand seiner Priester in sein Brot
einschließt [s. Mt. 26, 26], dann hat damit die Erde die Himmel übertroffen. Solche
Gabe wurde den erhabenen Engeln vorenthalten, sie können den Sohn Gottes nicht,
wie wir, dem Vater zum Opfer darbringen. Frau Welt, diese Ehre haben wir von Gott

25 *Vgl. S. 383 Anm. 13.*

Jh hore diche sprechen so: „die habent sih ab getan
der werlt", daz doh nie geschach noh nimmer mensch erzivgen
40 dechaine stunde, naht noh tach,   [chan
noh nimmer cheine czit.
man tvt sih vreies lebenes wol vnd ouh der svnden ab,
ane got vnd ane der werlde chv̌le, ir wirm vnd ouh ir lab
niemen niht geleben mach.
45 ioh swenne tot geleit
der mensch, er muz der werlde hie vleisch vnd gebaine lan
vnd dar nah ewichliche der lip mit samt der sel erstan,
das immer mer an ende lebent in ewichlicher ewicheit.
vrow werlt, al solhe stete hat got selbe an ivh geleit.

50 O wol dir, werlt, o wol dir hivte vnd immer mere wol!
o wol dir des, daz ih daz himelrich noh besizzen sol!
daz ist von got vnd ouh von dir,
dar zu geber dv mih.
ane dih nie menschen chinde nie chein gut geschach,
55 ane dih nie menschen ouge gyt noh nie dehain liep gesah.
einvaltich mensch, hore mir:
got selbe leret dich,
er leret dih, dv solt eren vater vnd muter din.
tust dv daz, von dir div werlt muz vnbescholten sin.
60 vrow werlt, von got vnd ouh von dir wir solhe wirde vnd ere han,
daz alle creature sint dem menschen vndertan.   Q 11

---

und auch von dir.   38 Oft höre ich so sagen: „Sie haben der Welt entsagt", was
doch niemals geschah noch jemals ein Mensch auch nur eine Stunde, eine Nacht oder
einen Tag, überhaupt irgendeine Zeitlang fertigbringen kann. Man kann sich von
seinem freien Leben oder auch von seinen Sünden lossagen, aber ohne Gott und ohne
die Kühle, die Wärme und die Erquickung der Welt kann niemand leben. Selbst wenn
der Mensch tot ist, muß er dieser Welt noch Fleisch und Knochen überlassen, und
später dann muß der Leib mitsamt der Seele für alle Ewigkeit auferstehen, wo sie
immer und ohne Ende in ewig währender Ewigkeit leben werden. Frau Welt, solchen
Bestand hat Ihnen Gott selbst gegeben.   50 Gesegnet seist du, Welt, heute und
immer seist du gesegnet! Gesegnet deshalb, weil ich das Himmelreich erreichen kann!
Das kommt von Gott und auch von dir, dazu hast du·mich geboren. Ohne dich ist
nie einem Menschenkind etwas Gutes widerfahren, ohne dich hat kein Menschenauge
je etwas Gutes oder Liebes gesehen. Einfältiger Mensch, hör mich an: Gott selbst
lehrt dich, er lehrt dich, du sollst Vater und Mutter ehren *[Ex. 20, 12]*. Wenn du das
tust, dann darf auch die Welt von dir nicht geschmäht werden. Frau Welt, von Gott
und auch von dir haben wir solche Auszeichnung und Ehre, daß alle Geschöpfe dem
Menschen untertan sind *[Gen. 1, 28]*.

Mir stolzet vnde heret sin, lib, herze vnd al der mv̊t,
swenne ich gedenke an den getrúwen, reinen, milten fúrsten gv̊t,
der dankes niemer missetv̊t:
heinrich in peierlant.

5 ia ist er gote vnd al der werlte an tugenden gar gereht,
ane valsch vnd ane wank alsam ein liniere sleht.
ein spiegel clar der tvgende, seht,
der fúrste werde erkant.
er hat den gv̊ten namen, von dem her salomon da sprach,

10 in weis, ob miltern fúrsten ie kein mensche me gesach.
sin lob vor maniges fúrsten lobe schallichen lute erglestet gar,
als der morgen sterne vor den kleinen sternen var.　　　　Q 19

Sich, gotes tohter, wiltu mich
niht mieten, kúniginne,
so sage ich, was ein hoher man
mit dir begangen hat.

5 er nam sich dir ze dienen an
in minneklicher minne,
er warb es tȯgen wider dich;
do tet dv, swes er bat.
dir gieng sin bet vnd sinú wort

10 durh oren vnd dvrh ȯgen.
al dar kam siner frȯiden hort
ze dir geslichen tȯgen,

MIR STOLZET: Mein Verstand, Leib, Herz und Gemüt empfinden Stolz und Hoch-
achtung, wenn ich an den treuen, edlen, mildtätigen, guten Fürsten denke, der sich
niemals absichtlich eine Verfehlung zuschulden kommen läßt: Heinrich von Bayern.
Ja, er entspricht für Gott und für alle Welt dem, was man unter Tugénd versteht,
ohne Trug und ohne Abweichung wie ein gerades Lineal. Man soll erkennen, seht, daß
dieser Fürst ein leuchtender Spiegel der Tugend ist. Er hat den guten Namen, von
dem Herr Salomon gesprochen hat *[s. Prov. 22, 1 und Eccl. 7, 2]*, ich weiß nicht, ob
je ein Mensch einen freigebigeren Fürsten gesehen hat. Sein Ruhm überstrahlt mit
weithintönendem lautem Schall das Lob manch anderer Fürsten, so wie der Morgen-
stern die kleinen Sterne zurückdrängt.

SICH: Sieh, Tochter Gottes, wenn du mich *[für mein Schweigen]* nicht bezahlst, Köni-
gin, dann verrate ich, was ein [gewisser] hochgeborener Mann mit dir getrieben hat.
Er wollte sich dir in inniger Liebe zuwenden, insgeheim ließ er es dich wissen; da
tatest du, um was er gebeten hatte. Seine Bitte und seine Worte drangen dir durch die
Ohren und durch die Augen. Da schlich der Inbegriff seiner Seligkeit heimlich zu dir,

MIR STOLZET *Preisstr. auf Heinrich I. von Niederbayern, Herzog von 1255–1290. Mel. in
Q 20.*

SICH *Mel. in Q 20.* 10 *Nach mal. Anschauung vollzog sich die Empfängnis der unbe-
fleckten Jungfrau durch das Ohr.*

er was dir minneklichen bi
mit warheit svnder spot.
15   doh weis ich diner hulde dri,
der dv verholne pflege, vnd was des Gabriel din bot.   *Q 19*

Swer giht, die gv̂t den varenden geben,
die mo̊htens alse mere
dem tieuel stozen in den mvnt,
der lúget, *ny*des vas.
5   *die wisen gernden, dast mir kvnt,*
si hassent offenbere
vntrúwe, vnfúre, vnrehtes leben,
an got so zúge ich das.
si *ne*ment dur got, des man in git,
10   vnd wúnschent ane lo̊gen
dien gebenden heiles zaller zit.
si habent got vor o̊gen,
si ênphahent gottes lichamen
vnd habent ze kriste pfliht.
15   o̊ch kvnnen si sich svnden schamen
vnd bittent vmb die cristenheit; des tũt kein túuel niht.

Swer giht, der gv̂t dvr ere neme,
das sich der sere svnde –
nein! al die dir lebendig sint,
20   die nement durch ere gv̂t.
wie sint si lugener so blint!
des si got min vrkúnde,
ob es iemen missezeme
ze nemenne; es entũt

---

wahrhaftig und ohne Scherz wohnte er dir in Liebe bei. Doch weiß ich, daß du ins-
geheim deine Gunst an drei verschenktest, und Gabriel war es, der dir das verkündet
hat *[s. Lc. 1, 26–38]*.

   Swer giht: Wer sagt, diejenigen, die den Fahrenden etwas geben, könnten es eben-
sogut dem Teufel in den Rachen schieben, der lügt, dieser Neidhammel. Die klugen
Bittsteller, das weiß ich genau, hassen ganz offensichtlich Untreue, Ausschweifung,
schlechten Lebenswandel, dafür rufe ich Gott als Zeugen an. Sie nehmen um Gottes
willen, was man ihnen gibt, und wünschen den Gebern allezeit aufrichtig Heil und
Segen. Sie haben Gott vor Augen, sie empfangen die Eucharistie und sind Diener
Christi. Auch schämen sie sich ihrer Sünden und beten für die Christenheit; so etwas
tut kein Teufel.   17 Wer sagt, derjenige versündige sich schwer, der Gut gegen die
Ehre [für den Spender] eintauscht – falsch! Alle, die da leben, tauschen Gut gegen Ehre.
Wie sind diese Lügner so blind! Gott sei mein Zeuge, ob es für irgendeinen unschick-

   Swer giht Ä. *mit Ausnahme von 1 und 9 nach Q 20, dort auch die Mel.*   1 verenden.
4 iudes.   5–7 *Versfolge 7, 6, 5.*   9 gebent.

25 (wan der sin ze vil genimt,
das ist svnde vnd schande)
ze rehte, als es der diet gezimt,
ze himel, vf wâge, vf lande.
swer nimt ze vil, nv wissent das,
30 das ist der sele ein slag.
es tv̂t ŏch niht wan gîtes vas,
die nieman vf der erde hie mit gv̂te erfúllen mag.

Swer giht, der gv̂t dvr ere gebe,
das sich der svnde sere,
35 der lúget, alder es svndet der,
der allermeist da git.
den kristen, iuden so git er,
den heiden, merkent mêre,
dem ketzer ŏch, swie schade er lebe,
40 gv̂t vnd gv̂tú zit.
fúnf sinne, selde, sele vnd lib
git er vns, frŏide an kinden,
rihtv̂m, wisheit vnd liebú wib;
svs gebende lat er sich vinden.
45 swas lebendic ist, das hat vúr war
von siner gabe das leben.
er git das himelriche gar
der rehten diet dvrh ere sin; svs kan er rilich geben.   *Q 19*

Verschamter mvnt, dv lugevas,
dv hellenstrik, dv triegel,
dv velle sal, dv eren schvr, dis merke, lugenere:

---

lich ist zu nehmen; es ist es durchaus nicht (nur zuviel zu nehmen, das ist Sünde und Schande) [und zwar] Rechtens, wie es allen Lebewesen zukommt, im Himmel, auf dem Meer, auf dem Land. Zuviel zu nehmen, müßt ihr wissen, ist schädlich für die Seele. Das tun auch nur die Geizhälse, die niemand hier auf Erden mit Reichtümern sättigen kann. 33 Wer sagt, derjenige versündige sich schwer, der etwas um der Ehre willen hergibt, der lügt, oder derjenige versündigt sich, der am allermeisten gibt. Er gibt nämlich Besitz und gute Tage den Christen, den Juden, den Heiden, gebt gut acht, sogar dem Ketzer, wie verderbenbringend der auch lebt. Fünf Sinne, Glück, Seele und Leib gibt er uns, Freude an [unseren] Kindern, Reichtum, Verstand und liebevolle Frauen; ein solcher Spender ist er. Alles, was lebt, hat wahrlich das Leben durch sein Geschenk. Er gibt sogar seinem wahren Volk um seiner Ehre willen das Himmelreich; so reichlich kann er geben.

VERSCHAMTER: Schamloser Mund, du Faß voller Lügen, du Teufelsbraten, du Betrüger, du Verderben, du Hagelschlag für die Ehre, sieh ein, Lügner:

VERSCHAMTER *Mel. in Q 20.*

dv dienest vngenôtet has.
5   verschamter schanden spiegel,
dich machent schamelose luge gotte vnd der werlte vnmere.
lvge alles valsches ein anevang,
dv wurzel alles meiles.
din kurz vnselde dir wirt ze lang.
10   dir we des vnheiles!
dv alles arges ein vrsûch,
pfech dich, dv reht verkere!
dv flúhest den frúnt, dv dienest dem flûch,
dv veigest sele vnd ere.   *Q 19*

Ich svnge gerne húbeschen sang
vnd seit ôch gv̂te mere
und hette ôch húbscher fûge pfliht,
swa ich bi lúten bin.
5   min mvnt ú allen des vergiht,
das ich wol húbscher were,
vnd hete ich húbeschen habedank.
ich hete ôch wîsen sin.
ich sunge ôch wol von minnen liet
10   vnd von des meien tôwen.
wie kvme ich lieb von liebe schied,
ein frúnt von siner frowen!
dis svnge ich alles vnd ôch me;
nv lasse ichs vmbe das:
15   zvht tût den edelen ivngen we
vnd húbescher sang vnd tv̂t in schelten wib bi wine bas.   *Q 19*

---

ohne Not ziehst du dir Verachtung zu. Schamloser Spiegel der Schande, unver-
schämte Lügen machen dich Gott und der Welt verhaßt. Die Lüge ist der Anfang
allen Übels, die Wurzel aller Sünde. Dein kurzes Unglück [hier] wird dir zu lang
werden *[setzt sich im Jenseits fort]*. Weh über das Unheil, das dich treffen wird! Du
Ursache allen Übels, pfui über dich, du Rechtsverdreher! Du meidest den Freund,
du dienst dem Fluch, du tötest Seele und Ehre.

Iᴄʜ sᴠɴɢᴇ: Ich sänge gern hofgerechte Lieder und erzählte auch gern passende
Geschichten und führte mich überhaupt hofgemäß auf, wo ich unter Leuten bin. Ich
bekenne euch allen freimütig, daß ich sicherlich hofgemäßer wäre, wenn ich hof-
gemäßen Dank fände. Ich wäre auch gewiß einsichtig. Ich sänge auch schöne Lieder
von der Liebe und vom Maientau. Wie mühsam trennte ich *[in meinem Lied]* den Ge-
liebten von seiner Liebsten, einen Liebhaber von seiner Dame! All das sänge ich und
noch mehr dazu; jetzt aber lasse ich es sein, und zwar aus folgendem Grund: Anstand
ist der adligen Jugend lästig und hofgemäßer Gesang [auch], und [es] gefällt ihnen
besser, beim Wein über die Frauen herzuziehen.

Iᴄʜ sᴠɴɢᴇ *Mel. in Q 20.*

[Melodie]

In al der werlde habent rechte vursten kvnst vûr gût.
Die kvnst kan die vursten eren vnde vreuwet wol der herren mv̂t,
Die kvnst den edelen sanfte tût.
5 Kvnst hat got selben wert.
Die kvnst ist heilich, da von mv̂z sie gote syn vndertan.
Die kvnst, die nympt durch got vm ere gût von manigen werden
Got vndiete kvnste nicht ne gan,   [man.
Vndiet nicht kvnste gert.
10 Die rechte kvnst ist gotes bote vnde ist dar tzv̂ sin knecht.
Jr vursten, herren, gebet durch got, durch kvnst, so tût ir recht.
Die kvnst ist werdich rycher gabe, die kvnst ist gotes barmicheit.
Jr rechten edelen, gebet durch kvnst, ez en wirt v̂ nymmer leyt!

                                                  Q 20

[Melodie]

Ich horte des babes briebe lesen, sus was die boteschaft:
„Der aller liebeste vnser svn gegrv̂zet sy myt voller kraft,
Mit ganzer liebe vntzwibelhaft
5 An alle vnderlaz.
Kvninc von rome, rodolb, kvnftich keyser offenbar,
Daz *wir* d*ich* kvnync e nante*n* nicht, daz quam von hohen rate dar,
Dir beide tzv̂ nv̂tze vnde ane var.
Vûr war, so wizze daz,

In al: In der ganzen Welt schätzen die wahren Fürsten die Kunst. Die Kunst kann die Fürsten ehren und erfreut die Gemüter der Herren, die Kunst hat angenehme Auswirkungen auf den Adel. Die Kunst gibt Gott selbst die Ehre. Die Kunst ist heilig, deshalb mûß sie ein dauernder Gottesdienst sein. Die Kunst nimmt um Gottes willen von manchem Edelmann Gaben gegen Ehre. Gott gönnt dem ungebildeten Volk keine Kunst, ungebildetes Volk hat auch nach Kunst kein Verlangen. Die wahre Kunst ist Gottes Bote und ist auch sein Diener. Ihr Fürsten, Herren, schenkt um Gottes [und] um der Kunst willen, so tut ihr recht. Die Kunst ist reicher Geschenke würdig, die Kunst ist eine Gnade Gottes. Ihr wahrhaft Adligen, schenkt um der Kunst willen, es wird euch niemals reuen!

Ich horte: Ich hörte, wie die Briefe des Papstes verlesen wurden, die Botschaft lautete so: „Unserem allergeliebtesten Sohn unseren Segensgruß in Fülle, in tiefer unbezweifelbarer Liebe und ohne Unterlaß. König von Rom, Rudolf, erklärter zukünftiger Kaiser, daß wir dich bislang nicht König nannten, das geschah auf allerhöchsten Ratschluß, dir zum Vorteil und ohne feindliche Absicht. Wahrlich, du sollst

---

Ich horte *Vielleicht kein 3-strophiges Lied, sondern 3 Einzelstr. Die 1. bezieht sich auf das Schreiben Gregors X. vom 26. 9. 1274, in dem er Rudolf I. als König anerkennt, die 2. auf das Sendschreiben Gregors zum gleichen Datum, die 3. auf das Kreuzwunder bei Rudolfs Krönung in Aachen 24. 10. 1273. – Ä. nach Q 84.* 7 were dv. nante.

10 Vvir laden dich tzûr wye, willichlich sy wir bereit.
Wie, krone vnde alle keyserliche wirdicheit,
Die vntfa von vns, vil lieber svn, so du erste macht, in kûrtzen
tagen.
Din houbet krone of erden sol ob allen kvnyngen tragen."

Der babes allen kristenen vursten briebe hat gesant,
15 Divtschen, walen, wynden, pfaffen, leyen, swie sie synt genant,
Den richen kvningen in ir lant,
Nahen, verre vnde wit.
Of alle hus, in alle dorf vnde ouch in alle stete,
Allen meysteren scribet her syn houch gebot vnde syn gebete.
20 Nie babes kvninc so lieb ne hete
Sit kvninc karles tzit.
Her scribet yn, daz sie sulen tzv̂ herren ymmer han
Den kvninc von rome, rodolfe, vnde ym myt truwen by gestan.
Her sy eyn kivnftich keyser; swer yn irret oder wider stat,
25 Daz yn der babes nicht vûr eynen rechten kristen hat.

Sie vragent, wie der kvninc von rome, rodolb, myr behage.
her behaget myr, als er sol, sit daz er gote behaget an dem tage,
Do her yn tzv̂ vogete, als ich v̂ sage,
Gab aller kristenheit.
30 Vnde also her gote behagete, also der brvnecker vns iach,
Daz her vnde manich tusent man ansichtichliche wol an sach;
Tzv̂ ache vber den mvnstere daz gescach:
ho, lanc, wit vnde breit
Eyn schone krutze swebete ob ym der wile, daz er saz

---

nun wissen, wir laden dich zur Krönungsweihe ein, wir sind willig und bereit dazu.
Weihe, Krone und alle kaiserlichen Insignien empfange in Kürze von uns, geliebter
Sohn, so bald du kannst. Auf Erden soll dein Haupt die Krone über alle Könige tra-
gen." 14 Der Papst hat allen christlichen Fürsten Briefe geschickt, Deutschen,
Italienern, Slaven, den geistlichen wie den weltlichen Fürsten, wie immer sie heißen,
den mächtigen Königen in ihre Länder, nah und fern. In alle Häuser, in alle Dörfer
und auch in alle Städte, an alle Magister schreibt er sein hohes Gebot und seine Bitte.
Nie hatte ein Papst einen König so lieb seit der Zeit des Königs Karl. Er schreibt
ihnen, daß sie den König von Rom, Rudolf, als ihren Herrn immer anerkennen und
in Treue zu ihm stehen sollen. Er sei der zukünftige Kaiser; daß der Papst den,
der ihm Hindernisse in den Weg lege oder ihm Widerstand leiste, nicht für einen wah-
ren Christen halte. 26 Man fragt nun, wie der König von Rom, Rudolf, mir gefalle.
Er gefällt mir, wie er muß, da er Gott gefiel an dem Tag, als er ihn, wie ich euch be-
richten will, der ganzen Christenheit zum Schirmherrn bestellte. Und er gefiel Gott
so, wie der Brunecker uns berichtet hat, daß er und viele tausend Menschen es mit
eigenen Augen gesehen haben; es ereignete sich zu Aachen über dem Münster: So-
lange er *[der König]* gekrönt dasaß und die Weihe empfing, schwebte ein herrliches
Kreuz in alle vier Richtungen ausgreifend über ihm.

35 Gekronet vnde die wye vntfienc. hie bi so weiz ich daz,
    Daz in got durch der vursten mvnt vns tzv̂ eynem vogete hat
    Nv sy er dir, almechtich got, in dynen vride getzelt!   [irwelt.

                                                   Q 20

[Melodie]

    Der edele, wol geborne man nach eren gerne stat,
    So mynnet ouch von art eyn bûr div schande vnde dar tzv̂ schanden
    Dem gebure ist wol mit missetat,   [rat.
5 Daz ist in an geborn.
    Der edele man, der vlizet sich an tzucht, an wirdicheit;
    Swen der gebur schelchliche tût, so ist her vro vnde vil gemeyt.
    Der edele man nach eren steit,
    Div ere hat ym gesworn.
10 Des edelen mannes truwe vnde milte gote sanfte tût,
    Der gebur vûrkivset got vnde gewynnet svndichlichez gût.
    Der edele man, der tar syn gût durch got der rechten kvnste geben;
    Secht, so wil von art eyn bûr nach schalkes lobe ymmer streben.
                                             Q 20

[Melodie]

    Sie iehent, daz die erge nye en wunne milten mv̂t,
    So hore ich sagen die wisen, daz die schame sy da wider gût.
    Die irge, swaz sye schanden tût,
5 Des ist schame sv̂neryn.

Daran erkenne ich, daß ihn Gott durch den Mund der Fürsten zu unserem Schirm-
herrn erwählt hat. Nun sei er, allmächtiger Gott, deinem Schutz unterstellt!
  Der edele: Den edlen Menschen von vornehmer Herkunft verlangt es nach Ehre,
entsprechend sucht einer, der seinem Wesen nach ein grober Klotz ist, die Schande
und was Schande einbringt. Dem groben Klotz behagt die Missetat, das ist ihnen an-
geboren. Der edle Mensch achtet mit Fleiß auf Anstand und Würde; wenn der grobe
Klotz bösartig handelt, dann ist er fröhlich und guter Dinge. Den edlen Menschen
verlangt es nach Ehre, die Ehre hat ihm den Lehnseid geschworen. Die Redlichkeit
und Freigebigkeit des edlen Menschen erfreut Gott, der grobe Klotz läßt Gott Gott
sein und gewinnt sein Hab und Gut durch Sünde. Der edle Mensch hat den Mut,
seine Habe um Gottes willen der wahren Kunst zukommen zu lassen; seht, entspre-
chend wird sich der, der seinem Wesen nach ein grober Klotz ist, immer darum be-
mühen, daß ihn die Schlechten loben.
  Sie iehent: Man sagt, die Lieblosigkeit kenne keine Freigebigkeit, ebenso höre ich
die Weisen sagen, dagegen helfe die Scham. Was die Lieblosigkeit an Schändlichem

Die irge bruwet vngevûcheit, secht, daz ist ir spil,
So ist die werde schame trûrich, wa man schalcheit triben wil.
Die irge, die hat bosheit vil,
Nach schanden stet ir syn.
10 Die irge, die kan blecken, sie ne wan nye vber sich dach,
So kan die schame decken wol, swaz lasters ie gescach.
Die irge en wan an tzuchtelichen dyngen noch nye keynen teil,
Sam geret der hertze scham nicht, die hie synt svnder ere gheil.

Q 20

[*Melodie*]

Vz eynem worte wûs eyn got,   der ie gewesen was,
her wart ouch mensche (svnder spot),   do syn div reyne maget
Da von der hymel erluchtet wart,   [genas,
5 Div werlt *v*ol tzieret gar.
In sorgen w*â*re wir betaget,   Jn svnden her geborn,
Eyn eva, die het vns vûriaget,   wir solten alle sin vûrlorn.
Daz hat maria synt vûrkart.
Der quam eyn engel dar,
10 Her sprach: „ave, genaden vûlle,   got, der ist myt dir."
Wir gedenken yedeones *w*ûlle,   Des geloube wir,
Der sie hie vûr vûr maniger tzit   Mit hymeltouwe gar begoz.
Jr tugende ob allen vrouwen lit,   Nie maget wart ir genoz.

Q 20

---

begeht, das sühnt die Scham. Die Lieblosigkeit verursacht schlimme Sitten, seht,
das ist ihr Vergnügen, die edle Scham dagegen ist traurig, wenn man Übles tun will.
Die Lieblosigkeit steckt voller Bosheit, sie strebt nach Schande. Die Lieblosigkeit
liegt offen zutage, sie hat sich noch nie verstecken können, die Scham dagegen kann
zudecken, was je Schlimmes geschehen ist. Die Lieblosigkeit hat noch nie teilgehabt
an anständigen Handlungen, entsprechend sucht die Scham nicht das Herz derer, die
sich hier ohne Ehre wohl fühlen.

Vz eynem: Aus einem Wort erwuchs der Gott, der von Ewigkeit her existierte
[Io. 1, 1], er wurde auch Mensch (hier geht es um ernste Dinge), als [nämlich] die
reine Jungfrau von ihm entbunden wurde, wodurch der Himmel erleuchtet, die Welt
gänzlich verschönt wurde. In Ängsten verbrachten wir unsere Tage, in Sünden
waren wir auf die Welt gekommen, eine Eva hatte uns vertrieben *[aus dem Paradies,*
s. Gen. 3], wir hätten alle verloren sein sollen. Das hat dann Maria gewendet. Zu der
kam ein Engel, er sprach: „Gegrüßet seist du, Gnadenvolle, Gott ist mit dir."
[Lc. 1, 26–28] Dabei erinnern wir uns, daß er, so glauben wir, das wollige Fell
Gideons lange Zeit zuvor mit Himmelstau durchtränkt hat *[Iud. 6, 36–40]*. Ihre
Tugend ist größer als die aller Frauen, keine Jungfrau war ihr ebenbürtig.

Vz eynem *Ä. nach Q 84.* 5 wol. 6 were. 11 vûlle.

[Melodie]

Tzvnde of dyn licht vnd gienc in dich,
Gesender blynde, sůchen!
Nym dich myt dir! dv vindes valsch, den hat dyn wille vůrborgen.
5 Dar nach gesender spe, besich:
Dyn schvlt vůrdienet dir vluchen.
Dyn abent nachtet an dem lobe, dyn scelten wil sich morgen.
Nv tugende dyne synne baz,
So wirt dyn licht vntzvndet.
10 Die dyne selde, die synt zo laz,
Myn syn dich hat durchgrvndet.
Bynt dynen wil in soles bant:
Wes gůter site gewaltich!
Tustu des nicht, du werst gescant;
15 Du bist tzv̊ manichvaltich.

Q 20

DER VON WENGEN

IN welhen rehten wen die pfaffen vnd die leigen leben,
wen sie den babest, den vns got ze vater hat gegeben,
niht eren vnde sin gebot
5 volenden vnde volgen, des er leret?
man sol in lan geniessen, das er wol die kristenheit
mag binden vnd enbinden. sin gewalt, der ist so breit,
swas er gebútet, das wil got.

TZVNDE: Zünde dein Licht an und geh in dich, sehend Blinder, um zu suchen!
Nimm dein Ich mit dir! Du findest Unehrlichkeit, die dein Wille versteckt hat. Danach
sehend geworden betrachte [und] sieh: Deine Schuld zieht dir Fluch zu. Aus dem
abendlichen Rest deines Lobs wird Nacht, dein Tadel zieht herauf wie der junge Mor-
gen. Nun gewöhne deine Sinne an größere Tugend, dann wird dein Licht zu leuchten
beginnen. Deine guten Eigenschaften sind zu träge, ich habe dich durchschaut. Lege
deinem Willen einen solchen Zügel an: Zwing dich zu gutem Verhalten! Tust du das
nicht, kommt Schande über dich; du bist zu unbeständig.

IN WELHEN: Unter welcher Rechtsordnung wollen die Geistlichen und die Laien
leben, wenn sie dem Papst, den uns Gott zum Vater eingesetzt hat, keine Achtung
erweisen und sein Gebot nicht erfüllen und nicht befolgen, was er lehrt? Man soll
ihm als sein Verdienst anerkennen, daß er die Christenheit binden und lösen kann
[*s. Mt. 16, 19*]. Seine Macht hat solche Fülle, was er gebietet, ist der Wille Gottes.

TZVNDE *Ä. nach Q 19.* 5 gesenden.
IN WELHEN *Das metrische Schema dieser und der folgenden Str. ist identisch mit einem
Ton Stolles (s. S. 392–397). – Ä. nach Q 56.* 2 leige.

er wil den minnen dort, swer in hie eret.
10 er sol vns kúnden sinú wort,
er wil mit im gewinnen vnd verliesen.
es ist vergessen hie vnd dort,
swas ieman wider gote tůt, swa er das wil verkiesen.
sit das der babest den gewalt von sinem schepfer hat,
15 so ist dú kristenheit verlorn, diu in von sinem rehte vertriben lat.

Q 19

Got hat vf erde an zwene man die kristenheit gelan:
der babest, der sol vnser sele in siner hůte han,
so sol den lib vnd vnser gůt
ein vogt von rome schirmen mit gerihte.
5 nv hat vns einer so gerihtet, das diu kristenheit
an allen orten hie vnd dort hat kvmber vnde leit.
das er niht gotes willen tůt,
des scheidet er in dan von siner pfliht.
vil werder kúnig, nv seht der zů,
10 er hat an úch gelassen rômsches riche.
ir schafet, das man rehte tů!
vnreht gewalteklîche wert, das wendent endeliche!
so lat vch vnser herre got bi im gekrônet stan;
es ist ein hohe selekeit, ob ir svlt hie vnd dort gekrônet gan.

Q 19

Er *[Gott]* will den dort lieben, der ihn *[den Papst]* hier verehrt. Er soll uns sein Wort
verkünden, er teilt mit ihm Gewinn und Verlust. Wenn er es vergeben will, ist hier
wie dort vergessen, was jemand gegen Gott tut. Da der Papst die Macht von seinem
Schöpfer [erhalten] hat, ist die Christenheit verloren, die ihn aus seinen Rechten ver-
treiben läßt.

Got: Gott hat die Christenheit auf dieser Erde zwei Männern anvertraut: Der
Papst soll unsere Seele behüten, der Schirmherr Roms soll mit seinem Gericht unser
Leben und unseren Besitz beschützen. Nun hat uns aber einer so Recht gesprochen,
daß die Christenheit an allen Orten hier und dort Kummer und Leid tragen muß.
Weil er Gottes Willen nicht erfüllt, deshalb entläßt Gott ihn aus seinem Amt. Hoch-
geehrter König, nehmen Sie sich der Sache an, er *[Gott]* hat Ihnen das Römische Reich
überantwortet. Veranlassen Sie, daß man recht handelt! Unrecht und Gewalttaten
dauern an, ändern Sie dies rasch! Dann läßt Gott, unser Herr, Sie gekrönten Hauptes
bei sich wohnen; es ist Seligkeit in Fülle, wenn Sie hier und dort eine Krone tragen
dürfen.

IN WELHEN 15 der.
GOT *Ä. nach Q 56.* 1–4 *Vgl. S. 236 Anm. 9.* 5 der. 11 er.

DER WILDE ALEXANDER

[Melodie]

Her ne kan nicht wol rosen phlegen,
Swer so hůtet, daz ein regen
5   Jr tzwy nicht mac begiezen.
Of den rosen, da solte sin
Ein tov, dar nach ein svnnen schyn,
So mvchten sie vntsliezen.
Nv stet ein rose, daz ist myn klage,
10   Vůrborgen in so dickeme hage,
Daz ir selten vreude birt;
Des můz sie truren durch die not.
Jr bleychet ouch ir varwe rot,
Ôf ir nicht baz vntrvmet wirt.   *Q 20*

[Melodie]

Do durch der werlde vmmůzicheit
her abe von kvninges kvnne schreit
Daz tichten' vnde daz singen
5   – Von svndehaften sculden ez quam,
Daz daz seiten spil vrlôb nam
Vnde der ivncvrouwen spryngen –,
Do viel ez an die ergeren hant.
Ein arme diet sich es vnder want,
10   Of daz der kvnste nicht gienge abe.
Do trůgen die herren durch die kvnst
Den selben helfebere gvnst
Vnde nerten sie mit varender habe.

HER NE: Der versteht sich nicht gut auf die Pflege der Rosen, der sie so beschützt,
daß kein Regen ihren Zweig benetzen kann. Auf die Rosen sollte ein Tau niederfallen,
danach ein Sonnenschein, dann könnten sie sich öffnen. Nun steht eine Rose, das be-
klage ich, in einem so dichten Gebüsch verborgen, daß es ihr wenig Freude macht;
wegen dieser bedrängten Lage muß sie traurig sein. Ihre rote Farbe wird bleich, wenn
ihr nicht mehr Freiraum gegeben wird.

DO DURCH: Als infolge der Betriebsamkeit der Welt das Dichten und das Singen
vom Geschlecht der Könige herabgestiegen war – es beruhte auf sündhaftem Ver-
schulden, daß das Saitenspiel und der Tanz der Mädchen verschwanden –, da fiel es
in die Hand geringer Geborener. Niederes Volk nahm sich seiner an, damit die Kunst
nicht verschwände. Da wandten die Herren diesem um der Kunst willen ihr hilfreiches
Gönnertum zu und unterstützten es mit Geld und Gut.   14 Derjenige, der ihnen das

Swer in daz recht vůrstůrtzen wil,
15 Der sol vben seyten spil
Vnde nuwe lieder singen
Vnde scricken tzv̂ der hochetzit
Also vůr der arken kvninc dauit.
Die brut sol selben springen,
20 Also kvninc herodes tochter spranc;
So nympt die kvnst eynen wider wanc
hen of, sam sie her abe ist komen.
Dvnct aber v̂ daz ein scemelich leben
Vnde kvnt ir es nicht, so svlt ir geben
25 Den, die sich kvnst haben an genomen.   *Q 20*

[Melodie]

Eyn vox mit eyme daxe streit
Vmme ir tzwier einvalticheit.
Ob ich des die volge vinde,
5 Swelich ir dem andern da vůrtrůc,
Daz het ouch arger list genv̂c.
Ouch streit mit eyme rinde
Eyn esel, wolte hubescher sin;
Do streyt mit eyme hvnde ein swin,
10 Ez wolte verre kivscher wesen.
Nv set, ir kriech was so vůrgeben;
Jr truwe, ir tzvcht, ir kivschez leben
Koufte ich nicht vmme eyne vesen.

Recht darauf nehmen will, der soll sich [selbst] im Saitenspiel üben und neue Lieder singen und auf dem Fest tanzen wie König David vor der Bundeslade *[1 Par. 13, 7f.]*. Die Braut selbst soll tanzen, wie die Tochter des Königs Herodes tanzte *[Mt. 14, 6]*; dann tritt die Kunst den Rückweg nach oben an, so wie sie herabgekommen ist. Scheint euch das aber ein ehrenrühriges Verhalten zu sein und könnt ihr es [zudem] gar nicht, dann sollt ihr die unterstützen, die die Kunst in ihre Obhut genommen haben.

EYN VOX: Ein Fuchs wetteiferte mit einem Dachs, wer von ihnen beiden der Arglosere wäre. Selbst wenn man mir zustimmte bei der Entscheidung, welcher sich dem andern nachordnet, so hätte der *[der Gewinner]* immer noch genügend Arglist. Auch wetteiferte ein Esel, der der Vornehmere sein wollte, mit einem Rind; dann wetteiferte noch ein Schwein mit einem Hund, es wollte das weitaus reinere sein. Nun seht, ihr Wetteifern war so vergebens; für ihre Zuverlässigkeit, ihre Vornehmheit, ihre Sittsamkeit gäbe ich nicht einmal die Spreu vom Weizen.

EYN VOX *Ä. nach Q 65.*   10 vare.

Eyn vnreyne diet mit bosen siten
15 hat vm vnschuldic lob gestriten,
Der tugent ein vnkvnde.
Ob eyner kan eyn kvnstelyn,
Der wil tzv̊ hant ein hobeman syn,
Vnde ist eyn tzwevalt svnde.
20 Sol man den scalken gv̊t wort geben
Vnde wollen sie da bi schelchliche leben,
Vntugent vben vnde arge list?
Eey, vox, dax, Swyn, hvnt, rynt vnde esel,
Du bist eyn snodiz hobegevisel,
25 Man sol dich eren, also du bist!   *Q 20*

[Melodie]

Set, wie des richen kvninges kynt,
Tzwo schone ivncvrouwen, worden synt
Mv̊twillichlich vnstete!
5 Er gab in allez, daz schone was,
Nv gent sie vv̊r ym vber gras
in wilder wibe wete.
Sie smant den kvninclichen sal
Vnde slichent hin vber in daz tal.
10 Sie sint an die wege scheiden komen.
Sie warten beyde of eynen man,
Der kebes vnde triegen kan,
Jr veiler lib hat solt genomen.

---

14 Schmutziges Volk mit schlimmen Sitten, von wirklichem Können gänzlich
unberührt, hat um Ruhm gestritten, der nichts dafür kann, daß er in Anspruch ge-
nommen wird. Wenn einer eine Spur von Kunstfertigkeit hat, will er sogleich bei
Hof ein angesehener Mann sein, dabei ist es eine zweifache Sünde. Soll man zu den
Bösewichtern freundlich sein und dürfen sie dabei ihr schlimmes Leben weiterfüh-
ren, Sünde und Betrug begehen? Hei, [du] Fuchs, Dachs, Schwein, Hund, Rind und
Esel, du bist bei Hof ein widerliches Ungeziefer, man soll dich so ehren, wie du es
verdienst!

SET: Seht, wie die Töchter des mächtigen Königs, die beiden schönen Mädchen,
freiwillig ausschweifend geworden sind! Er hatte ihnen alles gegeben, was gut war,
nun ziehen sie in Hurenkleidern vor seinen Augen über Land. Sie verschmähen den
königlichen Saal und schleichen sich davon, ins Tal hinab. Sie haben sich an die Weg-
kreuzung gestellt. Beide warten sie auf einen, der huren und betrügen kann, sie wur-
den käuflich und nahmen Geld.   14 Jetzt haben diese beiden Geschwister soviel

SET *Ä. nach Q 65.*

Nv sint ouch die geswester tzwo
15 valscher vrivntscaft also vro,
Daz sie durch den gesellen
Mit synen knechten irre gant
Vnde truwe vnde erbe vnde ere lant
Vnde leben also tzwo ellen.
20 Sie mynnen den kebeslichen slich.
Sie mv̌chten lieber vreuwen sich
Jr wunnichlichen hochtzit.
iz was in alliz vůr bereit,
Gewirtscaft vnde purper kleit,
25 lichte tzelt, riche vnde wit.

Der wilden rede neme ich den kern
her von der sca*ln* vnde wil vch wern
Der warheit vnvůrhouwen:
Der kvninge kvninc hat vns gegeben
30 Ein geistlich vnde ein wer*lt*lich leben.
Daz sint die tzwo ivncvrouwen,
Daz himelriche ein schoner sal,
So ist div werlt ein svndich tal
(Sie ist ein leben, sie ist ein tot),
35 Die straze gent sie beide vůre.
Nv set, daz vch der willekure
hie nach icht mache scame rot!

Der man, der in da kvnftich ist,
Daz ist der trůgehafte antekrist,
40 Dem alle svnde lieben.

Geschmack an dem schlimmen Umgang gefunden, daß sie um dieses Liebhabers wil-
len mit seinen Knechten herumziehen und Treue und ihr Erbteil und die Ehre ver-
gessen und wie zwei Huren leben. Sie finden am Hurenwesen Vergnügen. Sie hätten
sich lieber auf das prächtige Fest freuen sollen. Es war alles für sie vorbereitet, Fest-
mahl und Purpurkleider, glänzende, prächtige, geräumige Zelte.   26 Aus der selt-
samen Rede-Schale nehme ich den Kern heraus und will euch die unverhüllte
Wahrheit sagen: Der König der Könige hat uns einen geistlichen und einen weltlichen
Stand gegeben. Das sind die beiden Mädchen, das Himmelreich ist der schöne Saal,
die Welt dementsprechend das sündige Tal (sie kann Leben, sie kann Tod bedeuten),
diese Straße schlagen beide ein. Nun seht zu, daß euch nicht eine Entscheidung wie
die der Mädchen schließlich einmal schamrot macht!   38 Der Mann, den sie da
    erwarten, ist der trügerische Antichrist, den jede Art von Sünde erfreut.

27 scult.   30 werlich.

Her wirt in lieb, her wirt in wert.
Owe dir, stole, owe dir, swert!
Wie wilt ir sůs vůrdieben?
Ich wil mich des vůrsehen wol,
45 Der trieger, der da komen sol,
Were er vůr tzehen iaren komen,
Im hete kvme widerseit
Daz vierde teil der kristenheit.
Sie, waz ir syt hat tzv̊ genomen!

50 Vil maniger, der vůrmizzet sich:
„E dan er vberqueme mich,
Ez worde ym doch vil herte.
Ich stůrbe, er ich vůrkvre myn recht."
Der selbe ist vůrebaz dan syn knecht,
55 Er wirt sin sciltgeverte.
Er ist syn ritter al die tzit,
wile er in houbet svnden lit.
Sie, wer sich nv habe so bericht,
Daz er der sculde vnsculdich sy,
60 Die wile man vunde by dritzigen dry,
der antekrist en queme nicht.   *Q 20*

[Melodie]

Syon, trure: Din bůrch mvre   hat von schure
Vnd von winde manigen stoz.
Dar nach weyne: Dem ortsteyne,   Der alleyne
5 Dyne wende tzv̊samne sloz, ·

Sie lieben und verehren ihn. O wehe dir, Stola, wehe dir, Schwert! Wie könnt ihr solches Diebsgesindel werden? Ich bin fest überzeugt, wäre der Betrüger, der da kommen soll, vor zehn Jahren gekommen, hätte ein Viertel der Christenheit ihm schwerlich widerstanden. Schau, um wieviel ihre Zahl seither zugenommen hat!   50 So mancher maßt sich die Meinung an: „Bevor er mich besiegte, hätte er ein hartes Stück Arbeit zu leisten. Ich stürbe lieber, als daß ich mein Recht preisgäbe." Eben derselbe ist dann alsbald sein Knappe, er wird sein Mitstreiter. Er ist allezeit sein Ritter, solange er im Stand der Todsünde verharrt. Sieh, der Antichrist käme nicht, wenn man unter dreißig drei fände, von denen jeder so gerüstet wäre, daß er frei wäre von dieser Schuld.

SYON TRURE: Zion, traure: deine Burgmauer ist heftigen Anstürmen des Windes und der Unwetter ausgesetzt. Beweine auch das: mit Zangen reißt man den Eckstein, durch

---

SET   42 *Stola, Bestandteil des geistl. Ornats.*

SYON TRURE *Deutung umstritten; die bibl. Reminiszenzen (Is. 28, 16; 62, 6; Ps. 117, 22; Mt. 21, 42; 26, 40ff.; Mc. 14, 37f.; Act. 4, 11; Eph. 2, 20; 1 Petr. 2, 4–8; Apoc. 20, 11ff.) ergeben keinen eindeutigen Zusammenhang. – A. nach Q 61.*   1 *Mel. unvollständig.*

Dem wint man abe mit tzangen
Synen kloben.   Nv la toben
Daz volc, la die wachter slafen!
Der kvninc ist of gegangen
10   Vnde syn her   An die wer.
Owe wafen, ymmer wafen!
Vwaz sol echt nv hie geschen?
Der kvninc wil sen,
wie sin stat behůtet sy.
15   Son ist ez nicht wan der tot
    – Owe der not! –,
her ist ym mit tzorne bi.
Noch wachent alle   vůr dem walle,
wachent wol,   Da man wachen sol!   *Q* 20

[Melodie]

Hie bevorn, do wir kynder waren
Vnd die tzit was in den iaren,
Daz wir liefen of die wesen,
5   Von ienen her wider tzů desen –
Da wir vnder stvnden   fiol vunden,
Da sicht man nv rynder besen.

Ich gedenke wol, daz wir sazen
Jn den blůmen vnde mazen,
10   Vvellich die schoneste mˇchte syn.
Da scheyn vnser kintlich schyn
Mit den nuwen krantze   Tzů dem tantze –
Alsus get die tzit von hyn.

---

den allein deine Wände zusammengehalten wurden, aus seiner Verankerung heraus. Laß das Volk sich seinen Ausschweifungen hingeben, laß die Wächter schlafen! Der König ist mit seinem Heer auf den Wall gezogen. Wehe, immer wehe! Was wird nun hier geschehen? Der König will sehen, wie seine Stadt bewahrt wird. Er erblickt nichts als Tod und Verderben *[?]* – o weh über diese Not! –, das weckt seinen Zorn *[?]*. Wacht alle, die ihr vor dem Wall seid, haltet gut die Wacht, wo wachen not tut!

Hie bevorn: Früher, als wir Kinder waren und in jenen Jahren die Zeit gekommen war, daß wir auf den Wiesen umherliefen, von diesen auf jene – dort, wo wir zuweilen Veilchen fanden, sieht man jetzt Rinder umherrennen.   8 Ich erinnere mich noch gut daran, wie wir in den Blumen saßen und überlegten, welche die Schönste sei. Damals strahlten beim Tanz unsere jungen Gesichter unter dem neuen Kranz – so geht die Zeit dahin.   14 Schaut, da liefen wir, um Erdbeeren zu suchen, von der

Syon trure   6 Den.

Set, do liefe wir, ertberen sůchen,
15 Von der tannen tzv̊ der bůchen
Vber stoc vnde vber steyn,
Der wile daz die svnne scheyn.
Do rief ein walt wiser   Durch die riser:
„Wol dan, kinder, vnde get heyn!"

20 Vvir vntfiengen alle masen
Gestern, do wir ertberen lasen;
Daz was vns ein kintlich spil.
Do erhorte wir so vil
Vnsen hirten růfen   Vnde wůfen:
25 „kynder, hie get slangen vil!"

Ez gienc ein kynt in dem krute,
Daz erscrach vnde rief vil lute:
„Kynder, hie lief eyn slang in!"
Der beiz vnser pherierlin;
30 Daz ne heilet nymmer,   Ez mv̊z ymmer
Suren vnde vnsalich syn.

Vvol dan, get hyn vz dem walde!
Vnde en ylet ir nicht balde,
V gescicht, als ich v̊ sage:
35 Erwerbet ir nicht by deme tage,
Daz ir den walt rvmen,   ir vůrsvmen
Vch vnd wirt uwer vreuden klage.

Vvizzent ir, daz vivnf ivncvrouwen
Sich vůrsvmten in den ouwen,
40 Vnz der kvninc den sal besloz?
Jr klage vnde ir schade was groz;
Vvante die stocwarten   Von in tzarten,
Daz sie stvnden kleider bloz.   *Q 20*

Tanne zur Buche über Stock und über Stein, solange die Sonne schien. Damals rief ein Waldhüter durch das Gebüsch: „Auf, Kinder, geht nach Hause!" 20 Voller Flecken waren wir alle noch gestern, als wir Erdbeeren sammelten; es war für uns ein Kindervergnügen. Damals hörten wir so oft unseren Hirten rufen und warnen: „Kinder, hier gibt es viele Schlangen!" 26 Einmal ging ein Kind durch das Gras, das erschrak und rief ganz laut: „Kinder, hier ist eine Schlange hineingelaufen!" Die hat unser *pherierlin* gebissen; das wird nie mehr gesund, es wird immer krank und unglücklich sein. 32 Nun denn, geht fort aus dem Wald! Wenn ihr euch nicht bald aufmacht, passiert euch, was ich euch voraussage: Gelingt es euch nicht, bei Tageslicht aus dem Wald herauszukommen, wird es für euch zu spät und eure Freude zur Klage. 38 Wißt ihr nicht, daß fünf Jungfrauen draußen die Zeit vergaßen, bis der König den Saal zugeschlossen hatte *[vgl. Mt. 25, 1–13]*? Ihre Klage und ihre Schande waren groß, denn die Büttel rissen ihnen die Kleider vom Leib, so daß sie nackt dastanden.

SIGEHER

Got, din zorn,   der ist verschuldet.
schŏwet, wie der *t*ŏf nimt abe!
die heiden vaste dringen.
5   wacha, herre, wacha vnd wera, wer!
kristen her   kvmber duldet
vnde strebet nah dime grabe,
so das ir swert erklingen
mv̊ssen dem geliche als vber mer.
10   vngeborn
were vns bas, danne ob wir den sig verliesen.
got, dv solt dvr diner marter ere verkiesen
vnd vf den, der das hŏbet ist.
wisse crist,
15   gesiht otacker iht, wir sin verlorn.   *Q 19*

Des keisers wal   stv̊nt gar schone,
do sin kúnige pflagen ê.
nv pflegen siṇ welhisse pfafen,
die vervendern segen vnd den tŏf.
5   dem von stŏfen   wirt dv́ krone,
wie es vmbe den von hollant gê,
wil er ze rome schaffen
ierusalem, sin erbe; das ist der kŏf.

GOT: Gott, deinen Zorn haben wir verdient. Seht, wie die Schar der Rechtgläubigen kleiner wird! Die Heiden drängen mit Macht. Wach auf, Herr, wach auf und gebiete, gebiete Einhalt! Das Heer der Christen leidet Not und kämpft wie um dein Grab, so daß ihre Schwerter erklingen müssen wie jenseits des Meeres. Besser wären wir nicht geboren worden, als daß wir den Sieg verlieren. Gott, du sollst um der Ehre deiner Marter willen Verzeihung üben, und [zwar] an dem, der der Anführer ist. Weiß Gott, wenn Ottokar nicht siegt, sind wir verloren.

DES KEISERS: Um die Wahl des Kaisers stand es gut, solange es in früheren Zeiten das Geschäft der Könige war. Nun kümmert sich die italienische Geistlichkeit darum, sie verschachern Segnungen und die Taufe. Der Staufer wird die Krone bekommen, ganz gleich, was mit dem von Holland geschieht, wenn er in Rom sein Erbe, Jerusalem, übergeben wird; das ist der Kaufpreis. In jedem Fall [oder: auf das Verderben (des

GOT *Die Str. bezieht sich auf einen der Züge des böhmischen Königs Ottokar II. nach Preußen (1254/55 oder 1267/68). – Ä. nach Q 59.*   3 löf.
DES KEISERS *Wohl zwischen 1251 und 1254 entstanden, als der Staufer (V. 5) Konrad IV. in Rom über den Gegenkönig Wilhelm von Holland (V. 6) und Jerusalem verhandelte. – Ä. nach Q 59.*

vf den val
10   let der babest sich nach landen dúrsten.
als der tocken spilt der walh mit tútschen fúrste*n*.
er setzet si vf, er setzet si abe;
nah der habe
wirfet er si hin vnd her als einen bal.   *Q 19*

Got ere den wirt, die geste gar,
got ere die massenie! vnd wer nem eren war,
die ere got vil lobelichen schone!
got ere die biderben vber al,
5   der lip, der gv̂t vmb ere wirbet ane zal,
den gebe got frôide vnd claren pris ze lone!
swie gar aber ich nv hie ze hove verswigen si,
ich kan noch frúnde bûssen:
den argen scharf, den milten bin ich senfte bi
10   mit linden sprúchen sv̂zen,
schone, als es ein turteltube habe erlesen.
dar vmbe solten mir die biderben gvnstig wesen
vnd mir min armv̂t mit ir gv̂te bv̂zen.   *Q 19*

Sibillen sprvch mv̂s werden war,
den si von kúnigen sprach, das ist ane wende.

Betroffenen) hin] dürstet den Papst nach mehr Land. Wie mit Puppen spielt der Römer mit den deutschen Fürsten. Er setzt sie ein, er setzt sie ab; je nach dem, was sie anbieten, jongliert er mit ihnen wie mit einem Ball.

GOT ERE: Gott segne den Hausherrn, alle seine Gäste, Gott segne die Hofgesellschaft! Und alle, die nach Ehre streben, die segne Gott, wie es ihrem Ansehen entspricht! Gott segne die Ehrenwerten allenthalben, deren Leben [und] deren Besitz sich unzählige Male in den Dienst der Ehre stellten, sie belohne Gott mit Glück und hohem Ansehen! Wie gänzlich ich aber jetzt auch hier am Hof mit Stillschweigen übergangen worden bin, kann ich Freunden durchaus noch dienlich sein: Für die Geizigen finde ich harte, für die Freigebigen milde Worte in süßen, wohltuenden Sprüchen, sanft, als habe eine Turteltaube sie ausgesucht. Aus diesem Grund sollten die Ehrenwerten mir freundlich begegnen und mich wohlwollend für meine Armut entschädigen.

SIBILLEN: Die Prophezeiung der Sybille, die sie über Könige gemacht hat, muß

DES KEISERS 11 fúrste. *11–14 Auf die Absetzung Friedrichs II. (1245), die Nichtanerkennung Konrads IV. und die Wahl der Gegenkönige Heinrich Raspe (1246) und Wilhelm von Holland (1247) zu beziehen.*

SIBILLEN *Vermutlich während des Interregnums (1254–1273) entstanden.* 1 *Der aus orientalisch-antiker Tradition stammenden Prophetinnengestalt wurden häufig auch die mal. Prophetien in den Mund gelegt.*

si iach, dú riche wurden fúrsten bar.
owe der iar!   sehet, so nahet es dem ende.
5 die wisen prûventz an der zit:
die kircken sprenzen hoh vf ir gebende,
si hant das riche in honschaft vil gevriet.
solher strit   machet mangen noch vil ellende.
er ist geborn,   bi dem in lambes mvnde wahsent wolfes zende.
10 sinen zorn   mv̂ssen kv́nige fúrhten; vngerochen sint die brende.
dú bv̂ch vns sagent, bi im werden ellú reht verlorn.
sprechet, horn!   bi dem roche kvme stet ein vende.   *Q 19*

Ein auentúre wart gesant
ze babylone, die da wunder stalte:
da schreib von golde schrift ein kvnstig hant
an die want,   dú des kv́niges leben verzalte.
5 die hohgezit wart vnbehagen.
doch was ein meister, der die urteil malte.
er wolte vnrehter hohvart niht vertragen.
ze tode erslagen   wart der wirt, das schv̂f der alte,
der got ie hies   vnd jemer eweklichen rihtet mit gewalte.
10 er versties   baldazar – er kan noch letzen reht, als er in valte.
er was niht wis, der sin gelúke niht an in lies;
des geniez   geliche ich dem, der nach verluste snalte.   *Q 19*

---

sich erfüllen, das ist nicht mehr abzuwenden. Sie sprach, die Reiche würden ohne
Herrscher sein. O weh über diese Zeiten! Seht, dann ist das Ende nahe. Die Einge-
weihten erkennen es aus den Zeitläuften: Die Kirchen gefallen sich in prunkvollem
Aufputz, unter Hohn und Spott haben sie das Reich kräftig beraubt. Solche Zwietracht
stürzt viele ins Unglück. Der ist geboren worden, dessen Lammesmund Wolfszähne
trägt. Seine Wut müssen die Könige fürchten; die Brandschatzungen bleiben unge-
sühnt. Die Bibel sagt uns, daß zu seiner Zeit alle Rechte außer Kraft gesetzt sind.
Ertönt, ihr Hörner *[des Gerichts? Vgl. Apoc. 11, 15–19]*! Wo der Turm herrscht, kann
kein Bauer bestehen *[oder: Bei dem Turm steht kaum noch ein Bauer]*.
    EIN AUENTÚRE: Ein merkwürdiger Vorfall sollte sich in Babylon ereignen *[s. Dan. 5]*,
der dort ein Wunder vollbrachte: Dort schrieb eine kundige Hand eine Inschrift aus
Gold an die Wand, die des Königs Lebenstage als gezählt angab. Die festliche Stim-
mung wandelte sich in kalte Furcht. Es war jedoch ein Meister, der den Richterspruch
geschrieben hatte. Er wollte keine unbotmäßige Hoffart dulden. Der Gastgeber wurde
erschlagen, das bewirkte der Alte, der Gott hieß von Ewigkeit her und in Ewigkeit mit
Macht sein Richteramt ausübt. Er verstieß Belsazar – er kann noch [heute] ebenso
zerschmettern, wie er jenen zu Fall brachte. Derjenige, der sein Glück nicht auf ihn
baute, handelte nicht klug; ich vergleiche seinen Gewinn mit dem Gewinn dessen, der
sich nur Verlust eingehandelt hat.

Ein alexander fûrt ein her,
da sin ein persone getorste wol erbiten,
in hoher wirde mit kostlicher zer,
mit der wer,   als man kv́nige sol an riten.
5 nv fûrt eins alexanders mv̂t
eins alexanders her gesament witen,
eins alexanders lip vnd ôch sin gv̂t,
wol behv̂t   ze ganzen eren zallen ziten:
ein beheim wert,   otacker, der des riches erbe noh sol witen.
10 ob ers gert,   sin wirt eben berge vnd tal vnd alle liten.
svs sol ein stôfer húre hoher stigen danne vert,
vnd sin swert   sol vmb ere als e alexander striten.   *Q 19*

ALBRECHT VON HAIGERLOCH

Verbotten wasser besser sint
den oft win, des hôr ich iehen,
den lv́ten, die mit sênd sint bevangen.
5 ôch hant das mich bewiset kint,
ich han das selb ein teil gesehen:
der welt fv̂r ist nicht wan ein gelangen;
das kvm gewunnen dunket gv̂t.
swas man gar an vorchte hat, das leidet sich vil dicke.

EIN ALEXANDER: Einst führte ein Alexander ein vortreffliches Heer mit reichen Vorräten und so wehrhaft, wie man sein muß, wenn man Könige angreifen will, dorthin, wo ihn ein Perser zu erwarten wagte. Nun führt [wiederum] der Wille eines Alexanders ein von überall her zusammengebrachtes Alexander-Heer, ein Alexander an Leib und Gut, mit stets wohlbehüteter Ehre: ein edler Böhme, Ottokar, der das Erbe des Reiches noch vergrößern wird. Wenn er will, werden Berg und Tal und alle Abhänge vor ihm eben *[vgl. Is. 40, 4]*. Ebenso wird ein Staufer dieses Jahr noch höher emporsteigen als im vorigen Jahr, und sein Schwert wird wie früher Alexander um Ehre kämpfen.

VERBOTTEN: Verbotene Wasser schmecken den Leuten, die mit Liebessehnsucht geschlagen sind, so höre ich sagen, oft besser als Wein. Dafür sind mir auch die Kinder ein Beweis, ich habe das selbst oft erlebt: Der Lauf der Welt ist nichts als ein Streben nach etwas; das mühsam Erreichte erscheint als das Gute. Was man ungefährdet besitzt, das wird sehr oft zuwider.

EIN ALEXANDER *Vermutlich 1267 entstanden, s. V. 11.*   1 *Alexander der Große (König von Makedonien 356–323 v.Chr.) galt im MA wegen seiner siegreichen Feldzüge im vorderen und hinteren Orient als Idealbild des Feldherrn.*   9 *Ottokar II. von Böhmen (1253—1278).*   11 *Vermutlich Konradin, der 1267 nach Italien zog.*

10   so tŏgen minne hôhet mv̂t.
       swa lieb in minnen stricke
       mit armen lit allumb beslossen tŏgen,
       do ist nieman bas, dv̂ rêd ist ane lŏgen.   *Q 19*

TALER

Die blv̂men entspringent,   dú vogelú singent   aber als e.
Dú *heide*   hat vil kleide,   blv̂men vnde kle.
zit schône!   sûsser dône   ist aber vol der walt.
5   Dú zit   vil frŏiden git,   si ist wunneklich gestalt.
Wir mv̂ssen   grûssen   aber die wunneklichen zit.
Die heiden   kleiden   wen sich schone wider strit.
Dú blût   tût   in den ŏgen vnd in herzen wol.
Der walt   gestalt   ze frŏiden ist, der dône vol.
10 Jch schowe,   frŏwe,   dich vúr al der blv̂men schîn.
din minne   sinne   rŏbet mir, das herze min.
Jch meine,   reine   frowe, dinen roten mvnt.
Din ŏgen   tŏgen   lúhtent in mis herzen grunt.
Von leide   scheiden   mv̂s mich noh dú frowe min.
15 ich krône   ir schône   vúr des liehten meien schin.

Jn mag niht lan   den lieben wan,
den mv̂s ich an min ende han.
Din mvnt   verwunt   wol tusent stvnt
hat mich, des bin ich vngesvnt.

Deshalb entzückt auch die heimliche Liebe so sehr. Wo in Liebesbanden ein Lie-
bender insgeheim fest in die Arme geschlossen wird, ist niemand glücklicher als er,
das ist wahr.
   DIE BLV̂MEN: Die Blumen blühen auf, die Vögel singen wieder wie früher. Die
Heide hat ein reiches Kleid, Blumen und Klee. Herrliche Jahreszeit! Wieder ist der
Wald voll süßer Gesänge. Die Zeit bringt viele Freuden, sie ist herrlich gemacht.
Wir können die herrliche Jahreszeit wieder willkommen heißen. Die Wiesen wollen
sich wieder um die Wette schmücken. Die Blütenpracht tut dem Auge und dem Her-
zen wohl. Der Wald ist [uns] zur Freude ausgestattet, voller Gesang. Ich betrachte
dich, Gebieterin, lieber als alle Blütenpracht. Die Liebe zu dir raubt mir Verstand
und Herz. Ich liebe, schöne Dame, deinen roten Mund. Deine Augen senden ihren
Schein insgeheim bis auf den Grund meines Herzens. Vom Leid muß mich meine
Dame noch befreien. Ich gebe ihrer Schönheit die Krone eher als der Pracht des
herrlichen Frühlings.   16 Ich kann die zärtliche Hoffnung nicht aufgeben, die ich
bis an mein Ende hegen werde. Wohl tausend Wunden hat dein Mund mir zugefügt,
davon bin ich krank.

DIE BLV̂MEN *Ä. nach Q 56.*   3 *f.*   7 heide.

20 Jch wil   vil   gerne dienen vf genade dir,
    Des lone   schone,   frowe, dur din tvgende mir!
    Ein lachen machen   kan din liehter mvnt so rot.
    Nv bv̊sse, sv̊sse   frowe, mine sende not!
    Genende   wende   sere mir vil sendem man!
25 Jch wil   vil   gerne singen, swas ich gv̊tes kan

    Dur dich.   sich   har an minú leit
    Tv̊nt michel, gros, lang vnde breit.
    Din liehter schin   mv̊s iemer sin
    min meie vnd minú blv̊mlin.

30 Vúr truren mvren   mv̊s ich mit der tvgende din.
    Nv sich,   oder ich   mv̊s iemer trurig sin.
    Jch v̊be   trv̊be   sorge vnd da bi arebeit,
    din wille   stille   danne minú sendú leit.

    Dú zit   git   vrȯide vnd da bi hohen mv̊t.
35 wa?   da,   schowent, in des meien blv̊t!

    Wol gestalt   stet der walt   vnd ȯch der plan.
    von ir gv̊te   ring gemv̊te   ich dike han.

    Jr ist der mvnt   tvsent stvnt
    roter danne ein rȯselin.

40 Ach vnd ach!   do ich sach   vnd si sprach:
    „dv solt willekomen sin",
    Jch sach dar   offenbar,   als ein star
    ich sprach: „genade, frowe min!"   *Q 19*

---

20 Ich will dir gerne in der Hoffnung auf deine Gnade hin dienen, dafür
belohne mich entsprechend, Gebieterin, um deiner Tugend willen! Dein blühen-
der roter Mund kann lachen machen. Nun entschädige mich, liebreizende Dame,
für meine Sehnsuchtsqualen! Wende entschlossen mir sehnsuchtskrankem Mann
sein Leid! Ich will bereitwillig singen, was ich Gutes kann   26 um deinetwillen.
Schau her auf meine Leiden, [sie] dehnen sich ins Unermeßliche. Deine strahlende
Schönheit soll stets mein Mai und meine Blümchen sein.   30 Eine Mauer gegen die
Trauer will ich mit deiner Tugend errichten. Nun schau her, oder ich muß ewig traurig
sein. Ich verharre in trüben Gedanken und in Sorgen, wenn nicht dein Wille meine
Sehnsuchtsqualen stillt.   34 Die Jahreszeit schenkt Freude und neuen Lebensmut.
Wo? Dort, seht, durch die Blütenpracht des Frühlings!   36 Schön geschmückt liegen
Wald und Wiese da. Von ihrer Güte wird mir das Herz oft leicht.   38 Ihr Mund ist
tausendmal röter als ein Röschen. Ach und ạch! Als ich sie erblickte und sie „Will-
kommen" sagte, starrte ich sie in aller Öffentlichkeit an, wie ein Star stammelte ich
[die eingelernte Phrase?]: „Gnade, Gebieterin!"

WALTHER VON BREISACH

*D*iv trúwe ist liecht ein spiegel, rechter wunne ein ŏgen weide,
der eren barn, der tugende mŭter gar an vnderscheide.
doch si verachte*t* ist geuarn,
5 ein frŏmde gast, veriagt us den landen.
du trúwe leret, gottes fründes eren iemer hŭte*n*,
dur frŏmde*ʒ*, valsches g*u*ot mit herte*m* sturme niemer woten.
div trúwe kan vor schanden warn.
trúwe vnd maze meinent sich ze handen.
10 si machet uzzer swen en ein,
die man vil dicke vindet vngemeine:
das ist das hertze vnd nicht dem hertzen iehen*d*er munt.
dú trúwe kan nit wankel spil,
dar vmbe, die ir volgent, der ist nicht vil.
15 div trúwe lieber wilunt was danne goldes funt,
do si die herren vnd ir hof bekanden.   *Q 19*

jch sich vnd nime war,
das ich so var,
das gar   mir leben vnde sin verwirret
vnstete gumppel spil.
5 ich wil, ich enwil –
so vil   ist des, das mir gegen stete wirret.
in eime tage manger stunde
wirt m*i*r mins hertzen wandel kunt.
selch fŭre mich vnd dich vnd den verirret.   *Q 19*

DIV TRÚWE: Die Treue ist ein klarer Spiegel, ein wonniges Labsal für die Augen,
das Kind der Ehre, die Mutter für alle Tugenden ohne jede Ausnahme. Doch [jetzt] ist
sie verachtet fortgezogen, ein unbekannter Fremdling, aus dem Land gejagt. Die
Treue lehrt, die Ehre des Freundes Gottes stets zu bewahren, niemals um fremden,
falschen Gutes willen gewaltsam zu handeln. Die Treue kann vor Schaden bewahren.
Treue und Mäßigung gehen Hand in Hand. Sie macht aus zweien, die man oft uneins
findet, einen einzigen: Das ist das Herz und der Mund, der nicht spricht, wie das Herz
will. Die Treue kann kein falsches Spiel spielen, deshalb gibt es nicht viele, die ihr
nachfolgen. Einst war die Treue mehr begehrt als das Gold, als die Herren und deren
Hof noch ihre Vertrauten waren.

JCH SICH: Ich schau mich an und sehe, daß ich so daherlebe, daß das Possenspiel
der Unbeständigkeit mir Leben und Verstand durcheinanderbringt. Ich will, ich will
nicht – es gibt so viel, was meine Beständigkeit untergräbt. An einem einzigen Tag
erkenne ich viele Male, wie wankelmütig mein Herz ist. Diese Lebensweise stürzt
mich und dich und jeden sonst in Verwirrung.

DIV TRÚWE *Ä. nach Q 65.*   2 *Initiale f.*   4 verachter.   7 got. herte.
JCH SICH *Ä. nach Q 65.*   8 mur.

RUDOLF VON ROTENBURG

Das erste leit das erste wib
dem ersten man   geschaffen hat,   der erste ie wart geschaffen.
Jr tvmben sinne, ir wibes kip
5   verwist in an   des tieuels rat.   die leien vnd die pfaffen,
wissagen, kúnige vnd ellú diet
hant leider sid   engolten vil   der svnden vnd der schulde,
Dú si von paradyse schied
vnd in ir zit,   ir frôiden spil   verlos vnd gotes hvlde.
10 Eva, din nam git vnderbint,
das owe nie   ê wart vor dir   noch herze ser noch swere.
das hant die alten vnd ir kint
her gerbet ie   vnd dar zv̂ wir.   ach got, der leiden mere!

Des waren sid her, das ist war,   dú frôwe vnd ir geselle
15   vnd al dú welt fúnf tvsent iar   mit iamer in der helle.
si teten wol, si teten ark   (das merke, swer der welle),
ie doch so was ir kvmber stark   vnd ander vngevelle.

Sit wv̂chs ein rv̂te von yesse
vnd vs der rûte ein blv̂me klar,
20   vf dem ein geist   der siben valten gabe rûwen wolde;
Das was ein magt, dú sit noch ê
wart berûret vmb ein har
von des volleist,   der si geschv̂f vnd den si tragen solde.

DAS ERSTE: Das erste Leid hat die erste Frau dem ersten Mann, der zuallererst
erschaffen wurde, zugefügt. Ihre Torheit, ihr weibisches Gezeter ließ ihn den falschen
Ratschlag des Teufels befolgen *[s. Gen. 3, 6]*. Laien und Geistliche, Propheten, Könige
und das ganze Volk haben leider seither viel für diese Sünden und Schuld gebüßt,
die jene aus dem Paradies ausgestoßen hat und ihnen ihr Leben [dort] *[?]*, ihr Glück
und Gottes Huld verscherzte. Eva, dein Name markiert einen Einschnitt, weil es vor
dir nie Wehgeschrei noch Herzeleid noch Kummer gegeben hat. Das haben die
Urväter und ihre Nachkommen und auch wir seither geerbt. Ach Gott, was für
ein schlimmes Geschehen! 14 Deshalb waren seither, das ist wahr, jene Frau und
ihr Gefährte und die ganze Welt fünftausend Jahre lang jammervoll in der Hölle. Ob
sie Böses oder Gutes taten (wer will, soll darüber nachdenken), ihr Kummer und ihre
vielen anderen Leiden waren doch übermächtig. 18 Seitdem erwuchs ein Zweig
aus Jesse und aus dem Zweig eine wunderbare Blüte *[Is. 11, 1. 10]*, auf der ein Geist
[als Spender] siebenfacher Gaben ruhen wollte; das war eine Jungfrau, die durch die
Kraft dessen, der sie erschaffen hat und den sie gebären sollte, zu keiner Zeit *[vom
Mann]* auch nur im geringsten berührt wurde.

DAS ERSTE *Ä. nach Q 65.* 15 *Gemeint ist der limbus patrum, die Vorhölle, in der nach
dem Glauben der Kirche die Gerechten der vorchristlichen Zeit auf ihre Erlösung warteten. Die
Zeitangabe beruht auf der Berechnung des Hieronymus, nach der Christus im Jahr der Welt 5199
geboren wurde.*

Ein stvde es noch bezeichent bas,
25 die moyses, der gv̂te man,
in fúre sach,   das doch niht bran dú stude noh ir tolde.
Jn gelicher wis ir lip besas
der wise got, der wunder kan,
das nie zerbrach   ir kúsche, dú sich varwet nach dem golde,
30 Das iemer stete ane ende wert
vnd das man von arabe har
dem keiser git   ze hoher gabe in presente vnd in solde.
Svs hat dv́ reine magt gegert
der himel keiser, das ist war.
35 svs giht dauid,   des sprúche vnd des getihte dich hat holde.

Es wart ŏch an dem velle erkant   dem fúrsten gedeone,
das er eines tages betŏwet vant   nach sinem willen schone.
Das wunder hat vns sit ermant,   wie got von sinem trone
zv̂ dinem libe wart gesant,   maget, aller megde ein krone.

40 Tron salomones,   rv̂te aarones,   frowe, sŭsse maget,
dv bist ze selden vns betaget,   Dv gimme v̇ber alle schŏne,
osanne wilder dŏne!
Dv margarite,   dv widerstrite   vîendes rate, bŏser ger,
Dir ist von ende der welte her   behalden svnder swere,
45 das dv den kv́nig gebere,
Der lŏsen wolte,   als er da solte,   adamen vnd sin kúnne gar;
*w*and e was nieman vntz dar,   der dir gelichen mohte
vnd dem ze mv̂ter dohte,

Ein Busch symbolisiert es noch besser, den Moses, der vortreffliche Mann, im Feuer stehen sah, doch ohne daß der Busch oder seine Blüte verbrannte *[Ex. 3, 2]*. In gleicher Weise wohnte der weise Gott, der Wundertäter, ihr bei, ohne daß ihre Keuschheit verletzt wurde, die wie jenes Gold erglänzt, das endlos die Zeiten überdauert und das man im Geschenk und im Tribut dem Kaiser als hohe Gabe aus Arabien heranführt. Ebenso hat der himmlische Kaiser die reine Jungfrau begehrt, das ist wahr. So berichtet David, dessen Sprüche und Psalmen dir huldigen. 36 Es wurde auch dem Fürsten Gideon durch das Fell sichtbar, das er eines Tages, so wie er es gewollt hatte, mit Tau begossen fand *[Iud. 6, 36–40]*. Dieses Wunder hat uns seither daran erinnert, wie Gott aus seinem himmlischen Thron in deinen Schoß, Jungfrau, Krone aller Jungfrauen, gesendet wurde. 40 Thron Salomos *[vgl. 1 Reg. 10, 18–20]*, Gerte Aarons *[Num. 17, 7f.]*, Frau, heilige Jungfrau, du bist zu unserem Heil auf die Welt gekommen, du Edelstein, schöner als alle, das Hosanna jenseitiger *[?]* Klänge! Du Perle, du Widersacher feindlicher Anschläge, bösen Begehrens, dir ist von Anbeginn der Welt her vorbehalten worden, ohne Schmerz den König zu gebären, der Adam und sein ganzes Geschlecht nach ewigem Ratschluß erlösen wollte; denn vorher bis zu diesem Zeitpunkt gab es niemanden, der dir gleichkam und eine passende Mutter für den gewesen wäre, der mit Macht Himmel, Erde und die ganze

47 vnd.

Der mit gewalte   svs bestalte   himel, erde vnd die geschaft,
50 die wisheit nie noch meisterschaft   beslihte noh berihte
Wan sin, der es da tihte.

Tohter schone   von syone,   keiserinne, kúniges hort,
der engel stimme vnd alle ir wort   enkvnden niht vol prisen
dich, maget, in alle ir wisen.

55 Ezechiel sach dvrh ein tor   den hohsten keiser von dir gan;
das selbe tor   wart e da vor   entslossen nie noh vf getan

wan ime dvrh sich;   svs hat er dich   behalten zeiner porte,
dú niemer me   noch sit noh ê   ze nieman traf noh horte.
Dv bist ein sal,   der berg vnd tal   bewachet vnd beslússet.
60 dv bist ein gelt,   das al die welt   begenadet vnd begússet.
Des lobent dich enwider strît   der svnne vnd öch der mane.
din lob, din ere sint beidú wit,   dich lobt der tremvndane.

zimbal, êr vnd swas erclinget,   das ist dir bereit.
swas leben wil vnd swas gedinget,   das git vnderscheit,
65 das es von dinen gnaden singet,   sprichet vnde seit,
wan vns von allen sorgen dringet   din erbarmekeit.

Din lob die siren   vnd die liren,   harpfen, rotten kvnden niht
vol bringen, des dú warheit giht.   es môhte niht beschrien
sanbut noch symphonien,

Schöpfung so, wie sie sind, einrichtete, die keine andere Weisheit noch Meisterschaft einrichtete und gestaltete als die dessen, der es sich ausgedacht hat. Schöne Tochter von Sion *[Ps. 8, 7]*, Kaiserin, Königsschatz, die Stimme der Engel und alle ihre Worte könnten in all ihren Gesängen dich, Jungfrau, nicht ausreichend preisen.   55 Ezechiel sah den höchsten Kaiser durch ein Tor von dir fortgehen *[Ez. 44, 2]*; dieses Tor wurde vorher nie aufgeschlossen oder geöffnet   57 als nur für ihn von ihm selbst; so her er sich dich zur Pforte vorbehalten, die niemals vorher noch hinterher ein anderer berührte noch ihm gehörte. Du bist ein Raum, der Berg und Tal hütet und in sich schließt. Du bist ein Zuber, der der ganzen Welt hilft und sich über sie ergießt. Darum preisen dich Sonne und auch der Mond um die Wette. Dein Preis, deine Anerkennung sind weitverbreitet, dich lobt [noch] der Polarstern.   63 Schelle, Erz und alles, was klingt, stehen dir zu Diensten. Was leben will und Hoffnung schöpft, bekundet, daß es durch deine Gnade singt, sagt und berichtet, denn dein Erbarmen erlöst uns von allen Sorgen.   67 Nicht die *siren* und nicht die Leiern, weder Harfen noch Rotten könnten dein Lob ausreichend zustande bringen, das ist die Wahrheit.

Weder Sambuca noch Symphonia könnten es erklingen lassen,

---

62 *Vgl. S. 207 Anm. 8.*   67 sire, *vielleicht eine Erzcister, Syron (Name allerdings erst später belegt). Rotte, leierartiges Saiteninstrument.* 69 *Sambuca, Psalterium, drei- oder viereckiges Instrument mit meist 10 Saiten, eine Art Laute. Symphonia, gebräuchlicher Name des Organistrums, Drehleier.*

70 Alle organisten   mit ir listen   kvnden niht an dinem lobe
     erzeigen, in were dannoch obe   Jr melodîe, ir wise
     des wunsches von paradyse.

     Swer nv spil   haben wil
     von der maget,   dú veriaget
75 hat die not   vnd den tot,
     der bis har   lange swar,
     der si fro,   spreche also:
     „lob si dir   hin von mir,
     kv́nigin,   selden schrin,
80 sit din trost   hat erlost
     alle die,   die noch ie
     ir lebin   vf gebin
     mit gedingen zv̂ dir hant
     vnd sich an dich verlânt;
85 den tv̂ so,   das si vro
     dort beliben svnder dro!"

     Der geist, der alle sinne   enzúnden vnd erlúhten mag,
     der helfe vns, kúniginne,   rehter sinne vf selden tag
     also, swer an dich dinge   ald dich von herzen minnen kan,
90 das den din helfe bringe   fúr den, der ende nie gewan.

Q 19

---

alle Meister des Organums mit all ihrer Kunst könnten sich nicht so an deinem Lob versuchen, daß Melodie und Weise, wie sie sich das Paradies wünscht, es nicht noch überträfen *[?]*. 73 Wer jetzt Freude erlangen will durch die Jungfrau, die die Not und den Tod, der bisher lange schmerzte, vertrieben hat, der sei froh [und] rufe aus: „Lob sei dir, Königin, Schrein der Seligkeit, von mir gesagt, da deine Hilfe alle jene erlöst hat, die je ihr Leben in der Hoffnung auf dich aufgegeben haben und sich auf dich verlassen; an denen handle so, daß sie dort [oben] unbedroht fröhlich sind!" 87 Der Geist, der alle Verstandeskräfte entzünden und erleuchten kann, der verhelfe uns, Königin, in der Weise zu rechtem Trachten nach jenem Tag der Seligkeit, damit den, der auf dich hofft oder dich von Herzen liebt, deine Hilfe vor den bringt, der von Ewigkeit her existiert.

     70 *Musikalischer Gattungsbegriff für eine improvisierend ausgeführte, auf Zusammenklängen beruhende Aufführungsweise liturgischer Gesänge.*   82 gewin.

Mir seit ein ellender bilgerin
vnngevraget von der fröwen min,
wie si schône were
vnd da bi wol gemv̂t.

5   das ist mir ein mere,
das mir an dem herzen sanfte tv̂t.

„Got, der gebe der lieben gv̂ten tag,
der ich anders niht gegrůssen mag",
also spriche ich iemer

10   wider den morgen frů
vnd vergisse ir niemer
wider den abent gv̂ter naht darzv̂.

Miner sinne ich halber da vergas,
do ich vrlob nam vnd si so sas.

15   si bran vf schone
sam der abent rot.
wirt mir iht ze lone,
dast vnder snitten gar mit sender not.

Si bat mich, do ich ivngest von ir schiet,

20   das ich ir sande minv́ senden liet.
die wolte ich ir senden,
nv enweis ich, bi weme,
ders ir wîssen henden
schone bringe vnd mir ze boten zeme.

25   Was, ob mich ein botte versv̂met gar? –
ich wil me danne tvsent senden dar.
so si ir alle bringent
den vil sv̂ssen sang

MIR SEIT: Ein fremder Pilger berichtet mir ungefragt von meiner Dame, wie schön
sie sei und dabei so heiteren Gemüts. Das ist eine Kunde, die meinem Herzen wohl-
tut.   7 „Gott schenke der Lieben einen guten Tag, die ich auf andere Weise [leider]
nicht begrüßen kann", so sage ich immer am frühen Morgen und vergesse es nie,
ihr auch am Abend gute Nacht zu wünschen.   13 Ich war halb von Sinnen, als ich
mich verabschiedete und sie so dasaß. Sie erglühte schön wie die Abendröte. Wird
mir etwas als Lohn zuteil, ist es mit wehem Leid versetzt.   19 Als ich neulich von
ihr Abschied nahm, bat sie mich, ich sollte ir die Lieder meiner Sehnsucht zusenden.
Die wollte ich ir auch schicken, nur kenne ich keinen, der sie mit Anstand in ihre
weißen Hände legen würde und ein angemessener Bote wäre.   25 Wenn nun ein
solcher Bote mich im Stich ließe? – Ich will mehr als tausend dorthin senden. Wenn

---

MIR SEIT *Str. 2, 4, 5 und 1 in Q 18, Str. 1, 2, 4, 5 und 3 in Q 8 und Q 37 Walther
von der Vogelweide (s. S. 108–138), Str. 2, 4 und 1 in Q 3 Neidhart (s. S. 141–158) zuge-
wiesen.*

                    vnd mir schone singent,
30   so wirt mir vil lihte ein habedanc.   *Q 19*

HEINRICH VON STRETELINGEN

        Nahtegal, gv̂t vogellin,
        miner frôwen solt dv singen in ir ore dar,
        sit si hat das herze min
5   vnd ich ane frôide vnd ane hohgemv̂te var.
        si das niht wunder,
        son weis ich frômder dinge niht,
        das man dar vnder   hie bisvnder   dike *vrô* mich siht.
           Deilidvrei   faledirannvrei,
10   Lidvndei   faladaritturei!

        Frowe, blv̂men vnde kle
        vnde heide, dú so wunnekliche grûne lit,
        die wen mv̂ten vnde me,
        das dv́ vogellin wol singen sûsse wider strit.
15   des frôit sich sere
        min gemv̂te, das si sint frôiderich,
        al dvr ir ere   singe ich mere,   sit si ist minneklich.
           Deilidvrei   faledirannvrei,
           Lidvndei   faladaritturei!

20   Sv̂sse minne, hilf enzit,
        das dú selderiche erkenne mine not.
        sit das min trost an dir lit,
        so fûge, das ir sv̂sser mvnt durlúhtig rot

---

sie alle ihr den süßen Gesang bringen und schön für mich singen, bekomme ich viel-
leicht ein Dankeschön.
    NAHTEGAL: Nachtigall, liebes Vögelchen, du sollst meiner Dame in ihr Ohr singen,
weil sie mein Herz besitzt und ich ohne Glück und Freude dahinlebe. Wenn das nicht
merkwürdig ist, so weiß ich nicht, was seltsam ist, daß man mich dabei, getrennt [von
ihr], so oft fröhlich sieht. Deilidurei faledirannurei, lidundei faladaritturei!   11 Frau
[Liebe], Blumen und Klee und die Heide, die so herrlich grün daliegt, die wollen
mehr als nur verlangen [?], daß die Vögelchen süß um die Wette singen. Darüber,
daß sie so voll Freude sind, freut sich mein Herz zwar sehr, noch mehr aber singe ich
um ihrer *[der Geliebten]* Ehre willen, weil sie so liebenswürdig ist. Deilidurei . . .
20 Süße Liebe, hilf beizeiten, daß die Liebreiche meine schlimme Lage erkennt.
Da meine Hoffnung auf dir ruht, bring du es dahin, daß ihr süßer, leuchtend roter
                                                                          Mund bald

NAHTEGAL *Ä. nach Q 56.*   8 man.

der senden quale
25 in kurzen ziten werde gewar.
schús din strale   zeinem male!   du weist wol selbe, war.
Deilidvrei   faledirannvrei,
Lidvndei   faladaritturei!   *Q 19*

DER VON KOLMAS

Disiv lied sank ein herre, hiez von kolmas

Mir ist von den kinden   da her min tage
enflogen mit den winden,   daz ich von herzen clage.
5 kunde es gehelfen – nu hilfet es niet –,
swaz ich dar vmbe tâte,   so wâr ez geschehen.
diz leben ist vnstâte,   als ir hant wol gesehen,
wan ez erleschet der tôt als ain lieht.
owe, daz wir gedenken so claine dar an
10 vnd ez – mit rehte – nieman erwende*n* kan.
nu enrv̂che*t* vnz, swie livzzel wir dar vmbe gesorgen:
vnz ist div bitter galle in dem hônege verborgen.

Wol in, der nu wirbet   mit flize vmbe leben,
da nieman stirbet.   da wirt im gegeben
15 nach sinem willen, daz niemer zergat.
[...] vrode [...] wunne ane haz,
[...] ieman kan [...] denken daz,
wie gar ez allez nach wunsche da stat.

---

meiner Qual inne wird. Schieß doch einmal deinen Pfeil ab! Wohin, weißt du ja
selbst genau. Deilidurei ...

Disiv lied: Diese Strophen sang ein Herr, er hieß Der von Kolmas. Mir sind
meine Tage von Kind an mit den Winden verflogen, das beklage ich von Herzen.
Hätte es etwas geholfen – es hilft freilich nichts –, dann wäre alles geschehen, was ich
dagegen hätte tun können. Dieses Leben hat keinen Bestand, wie ihr wohl erfahren
habt, denn der Tod löscht es aus wie ein Licht. O weh, daß wir so wenig daran denken
und es – zu Recht freilich – niemand ändern kann. Nun kümmert es uns nicht, wie
wenig wir uns darüber Gedanken machen: Die bittere Galle ist für uns im Honig
verborgen.   13 Glücklich der, der sich nun eifrig um ein Leben bemüht, wo nie-
mand stirbt. Da wird ihm, was er will, geschenkt, was niemals vergeht. [...] Freude
[...] Wonne ohne Arg, [...] irgendwer kann [...] sich ausdenken, wie sehr alles
dort so ist, wie man es sich wünscht. Da herrscht die wahre Freude und alle

Disiv lied Ä. *11 und 28 nach* Q *80, die übrigen nach* Q *55.* 10 erwende. 11 enrv̂-
chen. 16–18 *Nachtrag auf dem Rand, beschnitten und stark verwischt.* Q *80 las noch:*
... ist ganziv vrode ... wunne ane haz/ ... waene ieman kan ... bedenken daz.

da ist rehtiv vrôde und volles gemach,

20 da enirret riechend hûs noch triefende dach,

da kan von iaren nieman eralten.

da sun wir hin, wil ez got, der ez als sol *w*alten.

Dez bitten vnser vrowen ze hilfe an der ger,

daz wirs beschowen, daz vns dez gewer

25 der uil milte got, den ir lip umme vie,

der hat bevangen die welt vmme gar.

sin kraft mac langen noch verrer denne dar.

nu schowent daz wu*n*der, daz er an der rainen begie,

vnde merkent, alliv wunder dez gen dem wunder ain wint:

30 si ist Cristes mv̊ter von himelriche vnd ist doch sin kint

vnd ist maget here, daz die rainen volle schonet.

got hat den himel vnd die welt mit ir tvgenden bekrônet.

Wir sin bilgerine vnd zogen vaste hin.

in der sunden lîme stecket min sin,

35 daz ich sin drûs nit gebrechen mac.

wir varen aine straze, die nieman verbiert.

wir sun durch nith enlazen, wir beraiten den wirt,

de*r* uns hat geborget da her mangen tac,

gelte*n* im bi dem tage. diz leben smilzet alse ain zin.

40 ez gat an den abend dez libez, der morgen ist da hin.

wir sun uns gezite dez besten beraten.

begrifet uns du nath mit der schulde, so wirt ez ze spate. *Q* ʃ2

Annehmlichkeit, da stört weder ein stinkendes Haus noch ein durchlässiges Dach, niemand altert dort mit dem Dahinschwinden der Jahre. Dorthin wollen wir, so Gott will, dem alles dies anheimgestellt ist. 23 Darum laßt uns Unsere Frau anflehen, daß sie uns bitten hilft, daß wir es sehen werden, daß es uns der barmherzige Gott gewährt, den ihr Leib umfing und der selbst die ganze Welt umfangen hat. Seine Macht kann noch weiter als bis dorthin reichen. Nun betrachtet das Wunder, das er an der Reinen bewirkt hat, und lernt, alle Wunder sind gegenüber diesem Wunder ein Nichts: Sie ist Mutter des himmlischen Christus und ist doch sein Kind und ist erhabene Jungfrau, was die Reine erst vollkommen schön macht. Gott hat Himmel und Erde mit ihrer Tugend gekrönt. 33 Wir sind Pilger und ziehen eilends dahin. Mein Gemüt klebt so im Lehm der Sünde, daß ich nichts von ihm herausbrechen kann. Wir ziehen eine Straße, die niemand vermeiden kann. Wir dürfen es ja nicht unterlassen, den Wirt zu bezahlen, der uns bis heute lange Zeit geborgt hat, ihn auszuzahlen, solange es noch Tag ist. Dieses Leben schmilzt wie Zinn. Es geht auf den Lebensabend zu, der Morgen ist schon vorbei. Wir sollen uns beizeiten mit dem Besten versehen. Überfällt uns die Nacht inmitten unserer Schuld, dann wird es zu spät sein.

22 valten. 28 wurder. 38 dez. 39 gelt.

KONRAD VON WÜRZBURG

VEnvs, dú feine, dú ist entslafen,
dú wilent hoher minne wielt.
des schriet manig frowe wafen,
5   dú von ir helfe sich enthielt,
das man ir sv̂sse minne schúhet
Vnd ir vil minneklichen lip
Vnd aller frôide sich enzúhet
dur der vil argen herten kib,

10   Die lange sint   an minnen blint
vnd in dien reisen wol gesehen.
„schúrf vnde schint   schaf vnde rint!",
das sint die minne, die si spehent.

Her mars, der rihset in dem lande,
15   der hat den werden got amvr
verhert mit rôbe vnd ôch mit brande.
des sint die minne worden svr,
die man hie vor vil sv̂sse erkande,
do riualis vnd flantschiflur
20   vil kvmbers litten von ir bande.
nv wil der herre vnd der gebur

Rôb vnde brant vil gerner v̂ben,
dan er die sv̂ssen minne tuo.
Das mv̂s dú reinen wib betrûben,
25   dú wol gebildet sint dar zv̂,

VEnvs: Venus, die Fee, die sich vorzeiten um edle Liebe gekümmert hat, ist ein-
geschlafen. Darüber bricht so manche Frau, die sich durch ihre Hilfe behauptete, in
den Wehruf aus, daß man ihre süße Liebe und ihren liebenswerten Leib verschmäht
und sich alle Freuden durch die Widerborstigkeit der bösen, groben Menschen ver-
leiden läßt,   10 die für die Liebe schon lange mit Blindheit geschlagen sind, aber bei
ihren Händeln sehr wohl sehen können.„Verwurste und häute Schafe und Rinder!",
das sind die Liebhabereien, auf die sie versessen sind.   14 Herr Mars regiert im
Land, der hat den edlen Gott Amor mit Raubzügen und Brandschatzungen besiegt.
Deshalb ist das Lieben bitter geworden, das man früher, als Riwalin und Blanschiflur
in seinen Banden großes Leid erduldeten, als besonders süß geschätzt hat. Heutzutage
will der Adelige wie der Bauer   22 viel lieber auf Raub und Brandschatzung ausge-
hen als sich im süßen Liebesdienst üben. Das muß die reinen Frauen kränken, die so
recht dazu geschaffen sind,

VEnvs Ä. nach Q 73.   2 Röm. Göttin der Liebe.   14 Röm. Gott des Krieges.   15 Röm.
Gott der Liebe.   19 Die Eltern Tristans, vgl. S. 63 Anm.

das man vil gerner solte minnen
ir zuht, ir ere, ir werdekeit,
dan ein vil krankes gût gewinnen.
sin vberkraft ist worden breit.

30 Den ich hie vor   genennet han,
das ist der leide strites got.
Der frôiden tor   ist zû getan
dur sin gewalteklich gebot.
Der frowen tanz   ist hin geleit,
35 die schopen, die sint worden wert,
fúr einen kranz   man gerne treit
ein beggelhuben oder ein swert.

Jn dirre witen werlde kreissen
hat irresamen vns gesat
40 ein frowe, ist wendelmût geheissen,
der fruht birt mangen valschen rat.
si kan den man dar vf wol reissen,
das er vnbildes vil begat
an armen kÿien vnd an geissen
45 vnd an dien lúten, die man vat.

Gewalt ist vf der strâsse michel,
gerihtes hat man sich verschamt,
Dú reht stent krvmber dan ein sichel,
fride vnd genade sint erlamt.
50 des mûs der werlde minne túren,
vnd aller frôide sint verzigen,
sit man den sûssen got amûren
an werdekeit hat vberstigen.

---

daß man sich lieber mit der Verehrung ihrer Zucht, ihrer Ehre, ihrer Vortrefflich-
keit beschäftigen sollte, als damit, elendes Zeug zu erwerben. Dessen übermächtiger
Einfluß hat sich allgemein verbreitet. 30 Den ich hier oben genannt habe,
das ist der schlimme Gott des Krieges. Auf seinen machtvollen Befehl hin ist
das Tor der Freuden verschlossen worden. Dem Tanz mit den Frauen wurde
ein Ende gemacht, die groben Jacken sind jetzt zu Ehren gekommen, statt eines Kran-
zes trägt man jetzt gern eine Pickelhaube oder ein Schwert. 38 In [alle] Bezirke
dieser weiten Welt hat uns eine Frau, die Zwietracht heißt, bösen Samen gesät,
dessen Frucht manch ungetreuen Rat enthält. Sie versteht es gut, einen Mann dazu
aufzustacheln, daß er an wehrlosen Kühen und Ziegen und an Leuten, die man ge-
fangen hat, viel Unrecht begeht. 46 Viel Gewalttätigkeit herrscht auf der Straße, das
Gerichtswesen ist in Verruf geraten, die Rechte stehen gebeugter als eine Sichel,
Friede und Barmherzigkeit regen sich nicht mehr. Deshalb ist die Liebe in der
Welt rar geworden, und die Freuden sind allen vergangen, seit man den süßen Gott

Des strites got   vnde sin gebot
55   vil sere missehellen kan;   vil mangen man
ir valscher rat   bis vf den tot verleitet *hât*.
Das schein dar an,   do troie bran
vnd der vil werde kúnic paris   in krieges wis
verlor den lip;   das schv̂f discordia, das wib.

60   Nv wera dich, vil werder fúrste amvr,
ê das man gar verdrvke dich!
Dv mache ir eteslichen iamers svr,
der von der minne zúhet sich!
sit das dú werlt so gar verzwiuelt ist,
65   das si dekeiner frôide nimit war,
La schowen, herre, ob dv gewaltic bist!
dv mache, das si strites werden bar

Vnde lip vf minne sezen,
dú vil hoh gemv̂te birt!
70   La dú wib ir leides ergetzen,
die an minnen sint verirt!
schús den pfil vnd ôch die strale,
dú vil mangen hat verwunt!
verdrvke ir vil mit sender kale,
75   so wirt in div minne kvnt!

Swenne si ir striten lânt
(vnd die kriege abe gant)
vnd den frowen bi gestant,
die vil sv̂sser minne hant,

80   Jr riten,   ir striten
·   wirt in gar vnmere;

Amor an Wert überboten hat.   54 Der Gott des Krieges und sein Befehl haben einen bösen Klang; so manchen Mann hat ihr arger Rat so irregeführt, daß er den Tod dadurch fand. Das wurde sichtbar, als Troja brannte und der edle König Paris kämpfend sein Leben verlor; das verursachte Frau Zwietracht.   60 Nun setze dich zur Wehr, edler Fürst Amor, bevor man dich völlig überwältigt! Laß du viele von denen, die sich die Liebe abgewöhnt haben, bitteren Jammer erfahren! Da die Welt so verzweifelt ist darüber, daß sie keine Freude mehr erfährt, laß sehen, Herr, ob du mächtig bist! Du bring es dahin, daß sie aufhören, Krieg zu führen,   68 und sich der Liebe zuwenden, die zu edler Begeisterung hinreißt! Entschädige die Frauen, die die Liebe entbehren müssen, für ihr Leid! Schieß deinen Pfeil und den Bolzen ab, der schon so manchen verwundet hat! Überwältige sie durch Sehnsuchtsqualen, so lernen sie die Liebe kennen!   76 Wenn sie ihr Streiten sein lassen (und die Kriege aufhören) und den Frauen zu Hilfe kommen, die die süßeste Liebe besitzen,   80 dann wird

56 f.   57–58 *Vgl. S. 263 Anm. 53–54.*

div minne ir sinne
berŏbet vil der swere.
ir liben an wiben
85 mit frŏiden mv̂s gelingen.
si kvnnen vil wunnen
mit hohgemv̂te bringen.

Venus, vil werdú kúnigin,
wache, ein frowe, est an der zit!
90 din svn amvr, der beitet din,
ir varent sament in den strit.

Wirf din fúr vnd ŏch din zvnder
in ir herze mit gewalt!
die mit kriege stiftent wunder,
95 mache ir lip an minnen balt!
mit dien senden minne striken
mach*e* ir kvmber kvmberlich!
lasse ir herze in fúre erstiken,
bis das si versinnen sich,

100 Das dú sûsse minne git
hohgemûte zaller zit
Vnd des frŏide machet wit,
der bi herze liebe lit.

So singent vnd springent
105 mit frŏiden ivnge vnd alte.
ir herzen von smerzen
si scheidet mit gewalte.
die krenze, die swenze
werdent vil genême,

---

ihnen ihr Ausreiten, ihr Kämpfen ganz gleichgültig; die Liebe wird ihre Sinne von ihrer Stumpfheit befreien. Sie werden ihr Glück bei den Frauen finden. Die können höchste Wonnen und Begeisterung schenken. 88 Venus, edle Königin, wach auf, Herrin, es ist höchste Zeit! Dein Sohn Amor wartet auf dich, zusammen werdet ihr in den Kampf ziehen. 92 Wirf dein Feuer und deinen Zunder machtvoll in ihre Herzen! Begeistere die für die Liebe, die jetzt noch durch Kriege Tollkühnes vollbringen! Mit den Sehnsuchtsfesseln deiner Liebe verschaffe ihnen echten Kummer! Laß ihre Herzen so im Feuer vergehen, bis sie sich darauf besinnen, 100 daß die süße Liebe allezeit Begeisterung schenkt und dem ein vollkommenes Glück verleiht, der bei der Herzallerliebsten liegt. 104 Dann singen und tanzen Junge und Alte voll Fröhlichkeit. Kraftvoll macht sie ihre Herzen frei von allen Sorgen. Die Kränze,

97 machen.

110   Die îopen,   die schopen
         dien lúten widerzeme.

         Beide rŏp vnde brant
         wirt gestillet sa zehant,
         So dú minne wirt bekant,
115   dú gewaltes ist gepfant.

         Werden wib, nv sint getrôstet!
         úwer sorge wirt wol rat.
         Dú minne noch vil manigen rôstet,
         der mit kriegen vmbe gat.
120   Disen tanz hat iv gesvngen
         Kv̂nze da von wúrzebvrc.
         ir̓ wúnschent, das von siner zvngen
         niemer rime gefliege lvrc!   *Q 19*

         Tô mit vollen   aber trúfet
         vf die rosen   ane tuft.
         vsser bollen   schone slúfet
         manger losen   blûte kluft.
5   dar in senkent   sich dú vogellin,
         dú gedône   lut erklenkent,
         das vil schone   kan gesin.

         Bi der wúnne   wol mit eren
         sol sich kleiden   mannes lip,
10   das im kvnne   frôide meren
         ein bescheiden,   selig wib.
         swer verschulden   wibes minne sol,
         der mv̂s ringen   nach ir hulden
         mit vil dingen   tugende vol.

---

die Schleppkleider kommen wieder zu Ehren, die groben Jacken, die Joppen werden den Leuten zuwider.   112 Rauben und Brandschatzen werden sogleich beendet, wo die Liebe zu Ansehen gelangt, die ihrer Gewalt [jetzt] beraubt ist.   116 Ihr edlen Frauen, nun schöpft Trost! Eurem Leid wird abgeholfen. Die Liebe wird noch so manchen in Glut versetzen, der [jetzt noch] das Kriegshandwerk ausübt. Dieses Tanzlied hat euch Konrad von Würzburg gesungen. Wünscht, daß seiner Zunge niemals ein fader Reim entströmt!

Tô mit: Tau in Fülle fällt wieder auf die vom Reif befreiten Rosen. Lieblich drängt sich der Kelch manch anmutiger Blüte aus den Knospen. Mitten darunter lassen sich die Vögelchen nieder, die ihren Gesang, der wunderschön ist, laut erklingen lassen.   8 In dieser frohen Zeit soll sich der Mann mit Ehre schmücken, so daß eine kluge, liebenswerte Frau sein Glück vergrößern kann. Wer die Liebe einer Frau verdienen will, der muß sich ihre Zuneigung auf viele Weisen, die von seiner Vortreff-

15   Swer mit sinne   valsch kan v̌ben
als ein dieplich   nachgebur,
der wil minne   so betrǔben,
das ir lieplich   lon wirt svr.
wan sol zwischen   minne mit genv̌ht
20   trúwe in glanzer   stete mischen,
das birt ganzer   frôiden fruht.   *Q 19*

Iarlanc von dem kalten sne
valwent blv̌men vnde kle,
me   siht man grǔnes lôbes in dem walde niht.
schowent, wie der anger ste
5   iemerlichen aber als ê,
we   manigem kleinen vogellin da von geschiht.
manicvalter sorgen schar
twinget das gevilde.
wilde   rosen lieht gevar
10   sint verswunden alzegar.
bar   wunneklicher blv̌te man die bôme siht.

Swer bi liebe svnder nit
dise lange winter zit
lit,   der vergisset wol der svmerlichen tage,
15   wan im ane wider strit
minne hohgemv̌te wit
git   vnd machet ringe sines herzen klage.
wibes minne meret bas
frôide sendem manne
20   danne   kle von tôwe nas.

---

lichkeit zeugen, erkämpfen. **15** Wer listig betrügen will wie ein diebischer Nachbar, der wird die Liebe so traurig machen, daß ihre süßen Früchte bitter werden. Treue in leuchtender Beständigkeit soll man in Fülle mit der Liebe vermischen, daraus erwächst die Frucht vollkommenen Glücks.
IARLANC: Zu dieser Jahreszeit werden durch den kalten Schnee Blumen und Klee welk, im Wald sieht man kein grünes Laub mehr. Seht nur, wie traurig der Anger wieder wie voriges Jahr um diese Zeit daliegt, viele kleine Vögelchen leiden deshalb Not. Eine Schar verschiedener Übel plagt die Natur. Die leuchtenden Heckenrosen sind ganz und gar verschwunden. Die Bäume sieht man ihrer herrlichen Blüten beraubt. **12** Wer in dieser langen Winterszeit ungestört bei der Liebsten liegt, der verliert die Sommertage leicht aus den Gedanken, denn ihn macht die Liebe unangefochten grenzenlos glücklich und läßt seines Herzens Klage verstummen. Die Liebe einer Frau macht das Glück des sehnsuchtsvollen Mannes vollkommener als der

Wissent, svnder allen has,
das   wibes minne kvmber vnde leit veriage.

Wib sint gût fúr vngemach;
wibes trost ie sorge brach,
25   swach   vnde kleine machet truren wibes lib.
wib sint lieber dinge ein tach,
das man liebers nie gesach.
ach   got, wie selig sint dú minneklichen wib!
wiplich gŵte sanfte tŵt,
30   man sol gûte frowen
schowen   fúr des meien blŵt.
wib sint gŵtes vbergût,
mŵt   reiner wibe mag wol heissen leit vertrib.   *Q 19*

Hvs ere ist ein genade   rich, dv́ frŵmden gast
vs vil sorgen wiset
vnd die wirte priset   bas danne alle ir tvgent.
sam das golt cyclade   breitet sinen glast,
5   also kan si meren
pris ob allen eren   hoh geborner ivgent;
da bi trŵstet si das alter, dem si frŵide entslússet.
von hvseren wirde flússet   lobesam.
ir gŵt wol erschússet,
10   wan ir gúlte nússet   wilt beide vnde zam.   *Q 19*

---

betaute Klee. Lernt, ohne euch dagegen zu sperren, daß die Liebe einer Frau Kummer und Leid vertreibt.   23 Frauen sind gut gegen Widerwärtigkeiten; der Trost, den eine Frau gibt, war stets ein Sorgenbrecher, eine Frau macht die Traurigkeit gering und unbedeutend. Frauen sind der Gipfel [aller] lieben Dinge, so daß man nie Lieberes gesehen hat. Ach Gott, wie beseligend sind die liebenswerten Frauen! Frauengüte tut wohl, man soll edle Frauen lieber anschauen als die Maienblüte. Frauen sind vom Guten das Beste, reine Frauen heißen zu Recht Leidvertreib.

Hvs ere: Der gute Ruf eines Hauses ist ein reicher Segen, der den fremden Gast aus großer Sorge befreit und die Hausherren mehr auszeichnet als alle ihre [sonstigen] guten Eigenschaften. Wie das Gold den Glanz der Seide erhöht, so kann er edelgeborenen jungen Leuten den Ruhm über alle Ehrungen hinaus vergrößern; auch hilft er alten Leuten, denen er Freude erschließt. Aus dem guten Ruf des Hauses erwächst preiswürdiges Ansehen. Seine Vortrefflichkeit trägt Frucht, Fremdling wie Freund kommen in den Genuß seines Zinses.

Hvs ere *Ä. nach Q 73.*   4 *Aus lat. cyclas, Rundrock aus weißer Seide.*   9 gŵ*t.*

Swa   tac   er-   schinen   sol   zwein   lúten,
die   ver-   borgen   inne   liebe   stvnde
                              mv̈ssen   tragen,
da   mag   ver-   swi*n*en   wol   ein   trv́ten.
nie   der   morgen   minne   diebe   kvnde
                              bûssen   klagen.
5 *er*   *lêret*   ŏgen   weinen   tribe*n*;
*s*innen   wil   er   wunne   selten   borgen.
swer   meret   tŏgen   reinen   wiben
minnen   spil,   der   kvnne   schelten   morgen.

Q 19

Got, herre, was dv wunders an dir selben hast geschiket!
wie gar din vron almehtekeit mit kreften ist verzwiket,
dú sich hat verstriket
sere in der ewekeite din:
5 driualt in ein gedrvngen vnd einlich in drú gefiohten
bist dv. der strik hat allen sin werlichen vbervohten;
nie gedanke mohten
gebrechen in die búnde sin.
svnder ende vnd ane vrsprvnc was ie din lebende maiestat,
10 dú sich vndermischet hat
mit drin personen vaste
vnd ein got ist an vnderscheit bi drier bilde laste.
sich vlaht an ir ein driualt ris ie zeime ganzen aste,
der mit sime glaste
15 git endeloser wunne schin.   *Q 19*

SWA TAC: Wo der Tag für zwei Menschen heraufziehen will, die die Stunde der
Liebe im verborgenen verbringen müssen, da muß das Liebkosen ein Ende haben.
Nie konnte der Morgen einen heimlich Liebenden für seine Klage entschädigen. Er
lehrt die Augen, Tränen hervorzutreiben; nie verleiht er den Sinnen Freude. Wer ins-
geheim den schönen Frauen Liebeswünsche erfüllt, der mag wohl den Morgen schelten.

GOT: Gott, Herr, welche Wunder hast du an dir selbst vollbracht! Wie gänzlich
mit Kräften durchsetzt ist deine heilige Allmacht, die sich in deiner Ewigkeit unauflös-
lich so verwoben hat: Dreifältig in eines gefaßt und als Einheit in drei aufgefaltet bist
du. Dieser Verbund hat wahrhaft alle Verstandeskraft überwältigt; nie konnten Ge-
danken in die Arten seiner Verbindung eindringen. Ohne Ende [ist] und ohne Anfang
war ewig deine lebendige Majestät, die sich gänzlich unterteilt hat in drei Personen
und [doch] ohne Unterscheidbarkeit ein Gott in der Fülle dreier Personen ist. In ihr
verband sich ein dreifacher Zweig zu einem ungeteilten Ast, der mit seinem Glanz
das Licht nie endender Wonne verbreitet.

SWA TAC *Ä. nach Q 73.*   3 verswinden.   5 ert.   5–6 triben sinen sinnen.
GOT *Mel. dieser und aller folgenden Strophen Konrads in Q 20, Mel. auch in Q 29 unter
der Bezeichnung „Hofton“.*

Got wil ze ivngest sinen tot verwîssen vns vil armen,
dvr das wir in der helle mv̂ssen eweklich erwarmen.
das la dich erbarmen,
erwelte mv̂ter vs erkorn!
5 sin rotes blût er vns ze schaden vor gerihte enblôsset.
des la von dinre brúste werden blanke milch geflôsset!
hei, wie das verstôsset
von vns da sinen grimmen zorn!
wie mac vngenade vns iemer von dime edelen svn geschehen,
10 so dv in last din brústel sehen
vnd er dich sine wunden?
er wart verseret vnd dv swanger durh der menschen sv́nden.
der liebe vrkv́nde sol vns dort von leide tv̂n enbvnden,
so das zallen stvnden
15 iht werde an vns sin tot verlorn.   Q 19

Vf erde nie kein man gesach so tŏgenliche klosen
so wibes – herze, in dem dú minne lûsset ane kosen;
si kan mit ir losen
geberde ir frúnt beschachen wol.
5 ahy, wie seleklichen der mit frŏiden wirt gerichet,
der si vil reinen winkel dúpen vahet vnd erslichet,
dú der strasse entwichet
dur lage in gar ein enges hol!
vf den si den rŏp mv̂s lan, den si verborgenlichen hilt;
10 swas si ir frúnden abe gestilt,

Got wil: Gott wird uns Elenden am Ende der Tage seinen Tod vorwerfen, deswegen müssen wir auf ewig in der Hölle brennen. Das laß dich erbarmen, erwählte, auserkorene Mutter! Zu unserem Nachteil weist er vor dem Gericht sein rotes Blut vor. Deshalb laß aus deiner Brust weiße Milch herabfließen! Hei, wie das seinen grimmigen Zorn von uns abwehrt! Wie kann uns jemals Nachteiliges durch deinen erhabenen Sohn widerfahren, wenn du ihn deine Brüstchen sehen läßt und er dich seine Wunden? Um der Sünden der Menschen willen wurde er auf den Tod verwundet und wurdest du schwanger. Dies Zeugnis der Liebe soll uns dort vom Leiden befreien, so daß sein Tod keinen Augenblick für uns umsonst war.

Vf erde: Nirgends auf Erden fand ein Mann ein so geheimes Kämmerchen wie – das Herz einer Frau, in dem die Liebe stumm auf der Lauer liegt; weil sie so aufreizend ist, gelingt es ihr vorzüglich, den Freund herauszufordern. Ach, was für ein Übermaß an Glück erfährt der, der die feine Winkeldiebin, die von der Straße in eine winzig kleine Höhle flieht, um dort zu lauern, fängt und überwältigt! Dem, den sie im verborgenen versteckt, muß sie den Raub überlassen; was sie [nämlich] ihren
Freunden herauslockt

das si ze loche tvket,
das wirt her wider vs von in gehelset vnd gedruket.
si giltet kvs mit kvsse, dem si tŏgen hat gezuket,
swa sich lieb gesmvket
15 zv̊ liebe, als es von rehte sol.   *Q 19*

Genúhtig man an sippeschefte, prŭue in dem sinne,
wie din getrúwer dienest vnd din luterliche minne
frúnde genv̊g gewinne,
die zv̊ dir in der nŏte traben.
5 ein trut geselle ist besser danne vil vnholder mâge;
da von dv flîsseklichen des mit dinem dienste lage,
der sich bi dir wage,
so dich die sorge alvmbe graben.
ob er si gereinet dir, so luter im ŏch dinen sin,
10 so das dv dich wider in
vor allem meine schvmest.
den frúnt dv lange sv̊chest, e dv zim den wec gerumest,
er wirt vnsanfte fvnden vnd behalten aller kvrnest.
helfe dv versvmest,
15 wilt dv niht gv̊ten frúnt behaben.   *Q 19*

Wie sol ich richen edelen schalk mit valschem mv̊t erweschen?
von kvpfer scheidet man das golt mit eines vnkes âschen –
hei, das miner taschen
vil nah ein puluer nie gelag,

---

und in ihr Versteck trickst, das wird von denen wieder herausgestreichelt und
-gekost. Wo sich die Geliebte mit dem Liebsten vereint, vergilt sie dem, den sie im
geheimen bestohlen hat, Kuß mit Kuß, wie es sich gehört.
   GENÚHTIG: Du Mensch, der viele Verwandte hat, richte deine Gedanken darauf,
wie deine beständige Gefälligkeit und deine selbstlose Freundlichkeit dir genügend
Freunde erwerben, die in der Not zu deiner Hilfe herbeieilen. Ein treuer Freund ist
besser als viele feindlich gesinnte Verwandte; deshalb trachte mit Fleiß, den für dich
einzufangen, der sich für dich einsetzt, wenn dir die Sorgen über den Kopf wachsen.
Meint er es ehrlich mit dir, so hege auch du gegen ihn eine lautere Gesinnung, so daß
du ihm gegenüber alle Falschheit von dir abstreifst. Du mußt lange suchen, bis du
dir zu einem Freund den Weg gebahnt hast, er wird nur mühsam gefunden und ganz
selten einmal festgehalten. Du bringst dich um die Chance, Hilfe zu finden, wenn du
einen guten Freund nicht festhalten kannst.
   WIE SOL: Wie soll ich einen reichen Bösewicht von Adel, der unehrlich ist, rein-
waschen? Mit der Asche der Natter trennt man Gold von Kupfer – ach, daß sich nie

WIE SOL *Ä. nach Q 73.*

5   da mit ich gvldin adel schiede vs kupferinem willen!
   we, das ein ider slange mag dvr herten cokodrillen
   vnd das niht gebillen
   min zvnge in arge sinne mag!
   swas ich singe alder ich gesage der valschen, richen, edelen schar,
10   des nimet si ze kleine war;
   ir mv̂t also vereinet
   an trúwen vnd an eren ist, daʒ si niht tvgende meinet.
   in korne wart ein kv́ndig wahtel nie so sanfte erbeinet,
   als ir herze ersteinet
15   in schanden ist naht vnde tag.   *Q 19*

   Des argen ore mv̂sse sin verwâssen vnd verdûmet,
   das niht wil hôren, da man tvgende riche lúte rûmet!
   swa dú reb sich blûmet,
   da flúhet das gewúrme dan.
5   des wines blv̂te mag es niht gedrehen noch geliden.
   also mv̂s eren blôsser schalk der vromen lob vermiden,
   wan der bôs*e* niden
   wil iemer tvgenderichen man.
   bernder miltekeite blûte kargen herren gar bevilt.
10   tvgende spúrt er sam das wilt
   ein nasewiser *b*rake;
   doch mestet sich mit ir vngerne sines herzen bagge.

---

in meiner Tasche ein Pulver gefunden hat, mit dem ich goldenen Adel von kupferner
Gesinnung hätte trennen können! Weh, daß eine Hydra den harten Krokodilspanzer,
meine Zunge aber nicht eine schlechte Gesinnung durchbohren kann! Was ich dem
ehrlosen, reichen, adligen Haufen in Lied und Wort vorhalte, das hört er einfach nicht;
seine Gesinnung ist so sehr von Treue und Ehre verlassen, daß er Tugend nicht
schätzt. Nie ist im Kornfeld eine kluge Wachtel so geduldig mit der beinernen Lock-
pfeife ins Garn gelockt worden, wie ihr Herz Nacht und Tag [allmählich] von der
Schande versteinert worden ist.

DES ARGEN: Das Ohr des Hartherzigen möge verflucht und verdammt sein, das
nicht hinhören will, wenn man Leute mit vielen Tugenden preist! Wo die Rebe Blüten
treibt, ergreifen die Schlangen die Flucht. Sie können die Blüte des Weinstocks weder
riechen noch ertragen. Ebenso muß der ehrlose Bösewicht dem Lob des aufrechten
Mannes ausweichen, denn der Schurke wird den tugendreichen Mann stets hassen.
Den geizigen Herrn ärgert die Blüte überquellender Freigebigkeit. Er wittert die
Tugend wie der Jagdhund mit der guten Spürnase das Wild; doch ist er abgeneigt,
                                   seines Herzens Kinnlade damit anzustopfen.

WIE SOL 12 da.
DES ARGEN *Ä. nach Q 73.*   7 bösen.   11 drake.

des flúhet *er* des milten lob als ein pantier der trake,
der vor sinem smake
15 sin leben niht gevristen kan.   *Q 19*

Vúr alle fúge ist edel sang getúret vnd geheret,
dar vmbe das er sich von nihte breitet vnde meret:
ellú kvnst geleret
mac werden schone mit vernvnst,
5 wan das nieman gelernen kan rede vnd gedône singen.
dú beide mv̊ssent von in selben wahsen vnd entspringen.
vs dem herzen klingen
mv̊s ir begin von gottes gvnst.
ander fúge durfen alle rates vnd gezúges wol.
10 swer si triben rehte sol,
der mv̊s han das gerúste,
da mit er si vol ende nach der lúte mût gelúste;
son darf der sang niht helfe wan der zvngen vnd der brúste.
svnder valsche akúste
15 get er da von vúr alle kvnst.   *Q 19*

[*Melodie*]

Mich wundert, daz ich mazzes ymmer willichlichen vntbize
Vnde daz ich in der tzv̊vúrsicht die myne iar vûrslize,
Sint des todes wize
5 Tzv̊ ivngest mich vûrsterben wil.

Deshalb flieht er bei dem Preis des Freigebigen wie der Drache vor dem Panther,
vor dessen Geruch jener sein Leben nicht retten kann.

VÚR ALLE: Mehr als jede andere Kunstfertigkeit ist die edle Sangeskunst erhaben
und ehrwürdig, weil sie sich in keiner [der üblichen] Weisen ausbreitet und vermehrt:
Jede Kunst kann mit Verstand erfolgreich gelehrt werden, aber niemand kann das
Dichten und das Finden von Melodien lernen. Diese beiden müssen von selbst er-
wachsen und entspringen. Als ein Gnadengeschenk Gottes müssen sie aus dem Herzen
zu klingen beginnen. Alle anderen Kunstfertigkeiten brauchen Gerät und Handwerks-
zeug. Wer sie richtig ausüben will, braucht dazu die Ausrüstung, mit der er sie so
ausführt, wie es die Leute verlangen; die Sangeskunst aber braucht keine andere
Hilfe als Zunge und Brust. Ohne falsche Vorspiegelungen übertrifft sie deshalb alle
[anderen] Künste.

MICH WUNDERT: Ich frage mich, wieso ich immer so gern mein Essen verzehre und
wieso ich meine Jahre so zuversichtlich hinbringe, wo doch die Strafe des Todes mich
                                                            am Ende töten wird.

DES ARGEN 13 dir.   13–15 *Nach der Lehre des Physiologus (vgl. S. 284 Anm.) war
der Panther, von dessen Stimme ein lieblicher Duft ausging, zu allen Tieren freundlich mit
Ausnahme der Schlange (= Drachen).*

Eyn wildez tier en ezes nicht vûr engestlichen sorgen,
Ob ez erkante synen tot, der vûr ym lit vûrborgen;
Abent vnde morgen
So hette syn hertze sorgen vil.
10 Hvngers ez vûr leyde irstûrbe, wer ym nycht der wan gegeben,
Daz ez ymmer solde leben.
Sus spûr ich vnde irkenne,
Daz ich e naher vnde naher kegen dem tode renne.
Sint ich daz weiz, war vmme vreuwe ich mich so dicke denne?
15 Truren etteswenne
Solt ich kegen mynes endes tzil.   *Q* 20

DER JUNGE KÖNIG KONRAD

Ich frôwe mich maniger blůmen rot,
die vns der meie bringen wil;
die stv̂nden ê in grosser not.
5 der winter tet in leides vil.
der meie wils vns ergetzen wol
mit manigem wunneklichen tage; des ist dv́ welt gar frôiden vol.

Was hilfet mich dv́ svmerzit
vnde die vil liehten, langen tage?
10 min trost an einer frowen lit,
von des ich grossen kvmber trage.
wil si mir geben hohen mv̂t,
da tv̂t si tvgentlichen an, vnd das min frôide wirdet gv̂t.

Ein wildes Tier würde deshalb vor peinigenden Ängsten zu fressen aufhören,
wenn es seinen Tod voraussähe, der vor ihm verborgen ist; abends wie morgens
würde es sich schrecklich ängstigen. Es stürbe den Hungertod vor Gram, wäre
ihm nicht die Vorstellung verliehen, es werde ewig leben. Ich jedoch fühle und erken-
ne, daß ich immer näher und näher dem Tod zueile. Da ich das weiß, wieso bin ich
dann so oft fröhlich? Endlich sollte ich einmal dem Zeitpunkt meines Endes entgegen-
trauern.

ICH FRŎWE: Ich freue mich an den vielen roten Blumen, die uns der Mai bringen
wird; um die stand es bislang sehr schlecht. Der Winter quälte sie sehr. Der Mai wird
uns dafür mit vielen herrlichen Tagen entschädigen; darüber freut sich alle Welt.
8 Was nützen mir die Sommerzeit und die hellen, langen Tage? Das, was mich trösten
könnte, ist eine Frau, dadurch habe ich großen Kummer. Führt sie mein Gemüt in
ungeahnte Höhen, dann tut sie, was die Tugend gebietet, und [tut es], damit mein
Glück vollkommen wird.

Swanne ich mich von der lieben scheide,
15 so mv̂s min frôide ein ende han.
    owe, so stirbe ich lihte von leide,
    das ich es ie mit ir began.
    ich enweis niht, frowe, was minne sint.
    mich lat dv́ liebe sere engelten, das ich der iare bin ein kint.

                                                    Q 19

KONRAD VON ALTSTETTEN

    Der svmer hat den meien
    frôlich vúr gesant,
    der sol frôide heien,
5   vnd das er si erkant,
    wan er vertriben was.
    ir kint, ir sint niht las,
    ir brûfent in, er bringet úch blûmen vnde gras.
    zwo brunen brâ,   die hant mich da
10 verwundet sere vnd anderswa.

    Swel frowe trurig were,
    dú sol wesen frô.
    ich sage ir gûtú mere:
    es meiet húre also,
15 das aller frowen heil
    vf gat ein michel teil.
    ir kint, ir svnt mit frôiden iar lang wesen geil!
    ein kel wîs   hat wol den pris,
    si machet mich an iugenden gris.

---

14 Wenn ich mich von der Geliebten trennen muß, dann ist auch mein Glück zu Ende. O weh, so sterbe ich vielleicht vor Kummer darüber, daß ich je eine Beziehung zu ihr geknüpft habe [oder: daß zwischen uns nie etwas gewesen ist?]. Ich weiß nicht, Gebieterin, was Liebesfreuden sind. Die Liebe straft mich hart dafür, daß ich an Jahren noch ein Knabe bin.

DER SVMER: Frohgelaunt hat der Sommer den Mai vorgeschickt, er soll für Freude sorgen und dafür, daß man ihn wiedererkennt, denn er war vertrieben worden. Kinder, ihr zögert nicht, ihr seht ihn euch an, er bringt euch Blumen und Gras. Zwei braune Brauen haben mich hier und anderswo krank gemacht.   11 Die Frau, die traurig war, soll fröhlich sein. Ich sage ihr gute Nachricht: Es gibt einen solchen Mai dieses Jahr, daß die Wünsche aller Frauen rundum sich erfüllen werden. Kinder, ihr sollt zu dieser Jahreszeit fröhlich und vergnügt sein! Es gibt ein anbetungswürdiges weißes Hälschen, das macht einen Greis aus mir jungem Mann.   20 Nun sollt ihr

20 Nv wúnschent algemeine,
das min leit zergê!
die ich mit trúwen meine,
dú tŭt mir dike we.
das ich ir werde erkant,
25 ir kvs, der were ein pfant,
den ich vúr tusent marke nême so zehant.
ein vmbevanc   mit armen blanc,
des wúnschent dem, der den reigen sang!   *Q 19*

KONRAD VON KILCHBERG

Walt vnd ŏwe, das gevilde
hat bedeket rife vnd anehank,
das erleidet in der wilde
5 kleine*n* vogelin ir gesank.
da fúr so wolde ich der schonen singen,
ob ich hete den gedingen,
das mir iemer wurde ir habe dank.

Das ein wiblich wib erkande
10 stetes vnd vnstetes mannes mŭt
vnd dú gŭte sich niht enblande,
da von wurde ir ere wol behŭt.
nv siht man si vil nach wane minnen,
die niht bessers sich versinnen
15 kvnnen, das ir frŏiden schaden tŭt.

---

alle wünschen, daß mein Kummer ein Ende finde! Die, die ich so treulich liebe, bereitet mir so oft Schmerzen. [Dafür,] daß ich ihr vertraut würde, wäre ihr Kuß ein Unterpfand, den ich auf der Stelle lieber annähme als tausend Mark. Daß sie ihn mit [ihren] weißen Armen umfängt, wünscht dem, der diesen Reigen gesungen hat!

WALT: Den Wald und die Wiese, die Felder hat der Rauhreif bedeckt, das verdirbt den kleinen Vögelchen draußen die Freude am Singen. An ihrer Stelle würde ich gern für die Schöne singen, wenn ich die Hoffnung hegen dürfte, daß sie mir jemals dafür Dank wüßte.   9 Wenn eine wahre Frau die Gesinnung treuer und untreuer Männer unterscheiden könnte und die Gute nicht verblendet wäre, dann wäre damit ihre Ehre gut beschützt. Heutzutage sieht man die, denen nichts Besseres einfallen kann, um ihr Glück zu zerstören, gutgläubig ihre Liebe verschenken.

WALT *Ä. nach Q 65.*   5 kleiner.

Wol dir, wib, schône vnde reine,
geret si din wunnebernder nam!
wan din gv̂te, tvgende alleine,
minne, dv *ist* an frôiden schiere lam.

20   swer nach eren strebt, der sol dich eren,
der kan sine wirde meren,
wan dv bist der minne ein blv̂nder stam.   *Q 19*

RUMELANT

Got, der aller wunder   wunder wundert,
der hat svnderlich besvnder   wunder vs gesvndert,
das vor allen wunder   michel wunder ist.

5   svnder svnden schimel,   wunderere,
got ob allen himeln himel,   dv bist wunderbere
mitten, oben vnd vnder   vmbe vnd durh dinen list.
mit listen aller liste list verlist,
do sich got reine in menschen fleis fleiset,

10   do er mit listen sich vierzeg wochen friste.
so grosser wunder liste ich nie gefreiset,
das ein meit gebere   svnden fri
ein kint, das ir vater were.   sv̂zú meit marie,
gottes flamme*n* zvnder   dv mit wunder bist.   *Q 19*

---

16 Heil dir, schöne und reine Frau, gepriesen sei dein glückverheißender Name!
Die Liebe wäre bald ein schales Vergnügen, verhinderte es nicht einzig und allein
deine Güte und Tugend. Wer nach Ehre strebt, soll dich ehren, er kann seinen Wert
vergrößern, denn du bist ein blühender Baum der Liebe.

GOT: Gott, der auf wunderbare Weise das Wunder schafft, das alle Wunder über-
steigt, der hat in ganz besonderer Weise ein besonderes Wunder gewirkt, das ein
Wunder, größer als alle Wunder, ist. Wundertäter, unberührt vom Schimmel der
Sünden, Gott über dem Himmel aller Himmel, du bist auf Erden, im Himmel und
unter der Erde durch deine und wegen deiner Weisheit wundertätig. Mit Weisheit hat
die Weisheit aller Weisheiten [sich selbst] übertroffen, als sich der reine Gott in einem
Menschenleib verleiblichte, wo er in seiner Weisheit vierzig Wochen blieb. So gewal-
tige Wunderweisheit habe ich nie erfahren, wie daß eine sündenlose Jungfrau einen
Sohn zur Welt brachte, der ihr Vater war. Heilige Jungfrau Maria, du bist, von Wun-
dern begleitet, der Zunder für Gottes Flamme.

WALT 19 bist.
GOT *Ä. nach Q 20, dort auch die Mel.*   14 flammes.

Der lieben, sv̂zen, milten herren angesiht mih frôwet,
das ich von herzelicher liebe mv̂s erschriken;
min herze hupfet mangen sprvng, mir ist vil vngedrewet.
swenne ich sihe getrúwer herren ôgenbliken,
5   so dvnket mich, das firmamente, planeten vnd sterne
mir nahen sin,
das ich getrúwer herren ôgenblike sihe so gerne.
der svnnen schin
mich frôwet niht so wol in svmelicher stvnde
10   als ein grv̂s von eines sv̂zen herren mvnde.   *Q 19*

Do man sach   meien dach,
blůte manger hande
– das hat wandelvnge siner liehten varwe genomen –,
rifen gra   sach ich da
5   bestrout vf dem sande.
da gedahte ich: winter kalt, nv wilt dv aber komen.
dv hast botten vúr gesant,
die han ich vil wol erkant: mich frúset.
wol im, der den svmer ein vil reines wib erkúset,
10   dem mag si den winter lang an allen frôiden frumen.

Reines wib,   sv̂zer lib,
got dich hat geheret,
dv bist aller creatúre schonest angesiht.
an die fruht   frowen zuht
15   gottes gv̂te meret.
schoner bilde, lieber schepfenvnge en weis ich niht.

DER LIEBEN: Der Anblick der freundlichen, liebenswürdigen, freigebigen Herren
macht mich so glücklich, daß ich vor herzlichster Zuneigung [fast] erschrecken muß;
mein Herz tut manchen Sprung, ich fühle mich vollkommen geborgen. Wenn ich in
die Augen wohlmeinender Herren schaue, dann ist mir, als ob mir das Firmament, die
Planeten und die Sterne nahe seien, weil ich so gern in die Augen wohlmeinender
Herren schaue. Der Sonnenschein beglückt mich oft nicht so sehr wie ein Willkom-
mensgruß aus dem Mund eines liebenswürdigen Herrn.

DO MAN: Wo man die vielerlei Blüten sah, mit denen der Sommer [die Erde] be-
deckt hatte – diese [Bedeckung] hat jetzt ihre leuchtende Farbe verloren –, dort sah ich
grauen Reif auf dem Feld verstreut. Da dachte ich: Kalter Winter, nun wirst du
zurückkommen. Du hast Boten vor dir hergeschickt, die habe ich sofort erkannt: mich
friert. Glücklich der, der während des Sommers eine treffliche Frau gewonnen hat,
sie wird ihm den ganzen Winter über alle erdenklichen Freuden schenken.   11 Reine
Frau, süßes Geschöpf, Gott hat dich erhöht, du bist der schönste Anblick unter allen
Geschöpfen. Die besondere Eigenart [?] der Frau vergrößert Gottes Güte durch das
Kind. Ich kenne keine schönere Gestalt, keine zärtlichere Schöpfung.

DER LIEBEN *Mel. in Q 20.*

ane gotes himel her,
vf der erde vnd in dem mer,   in lúften
so en kan sich nieman besser ŏgenweide gegúften.
20   reinú, clarú, sv̂zú, luter wib, des man dir giht.

Wol in, wol!   vreuden vol
hat si got gegossen
dem vil werden, geben man, das reine, sv̂ze wib.
vf hoher bas,   schanden has!
25   si hant sich beslossen
mit ir blanken armen, das ir wol gestalter lib
ist vor schanden gar behv̂t.
winter kalt sie lútzel gv̂t   verirret.
von ir ivgende kraft ir deke wilunt wart verirret,
30   si enlaz durh das kalt niht ir zit vertrip.   *Q 19*

[Melodie]

Nv mv̂z ich dicke liegen durch des libes not,
Sit daz vnrechticheit der rechticheit gebot,
Daz sie nicht alle recht mit rechte en sprichet.
5   Vnrechticheit gewaltes hat so manige wal,
Daz rechticheit nicht kan ir rechten wider tzal
Gebruchen, da von rechtes vil tzv̂brichet.
Daz prv̂b ich an den richen wol, Daz ir gewalt ir vnrecht recht kan
Man mac eyn dinc wol heizen, swie man ez heizen wil;   [heyzen.
10   Daz orteil gotes ist daz rechte hoheste tzil,
Vv̂r deme sol vnrecht sich noch selben reyzen.   *Q 20*

Ausgenommen die himmlischen Heerscharen Gottes, kann sich auf der Erde und im Meer, in den Lüften niemand eines schöneren Anblicks rühmen. Deswegen preist man dich, edle, schöne, süße, reine Frau.   21 Glücklich, glücklich sie beide! Für den edlen, lieben Mann hat Gott sie, die reine, süße Frau, genußvoll gebildet. Zurück, feindliche Schande! Sie haben sich so in die weißen Arme geschlossen, daß ihre schöne Gestalt vor Schande gänzlich bewahrt ist. Der kalte Winter kann sie in ihrem Glück nicht beirren. Durch ihr jugendliches Ungestüm war ihr zuweilen die Decke verrutscht, sie soll sich durch die Kälte nicht in ihren Spielen stören lassen.
·   Nv mv̂z: Nun muß ich oft, um das Nötigste zum Leben zu haben, lügen, da die Ungerechtigkeit der Gerechtigkeit befohlen hat, daß sie nicht jede Rechtssache rechtens entscheiden soll. Die Ungerechtigkeit hat schon auf so vielen Stätten gesiegt, daß die Gerechtigkeit nicht ihren gerechten Einspruch erheben kann, wodurch so manches Recht zerbricht. Das sehe ich genau an den Mächtigen, daß ihre Macht ihr Unrecht Recht nennen kann. Man kann eine Sache nennen, wie man sie nennen will; wie Gott sie beurteilt, darauf kommt es mit Recht letztlich an, vor ihm wird sich das Unrecht noch selbst hervorlocken [entlarven?].

[Melodie]

Důrch swartze nacht of drynget liecht der morgen gra,
Der klaren, wolkenlosen luft ir hymel bla
Getzieret ist myt liechter svnnen glaste.
5 Sam ist geschonet vnde getzieret beyger lant
Mit eynen vursten, der da loset vnse phant,
Den gerenden vnde maniger hande gaste.
Her ist vůr allen valsche klar alsam die luft an alle trube irkennet.
Des romeschen riches erste kieser an dem kv̌r,
10 an leyen vursten hat er sluzzel vnde tůr:
Lodewich, hertzoge vnde pallenzgrabe genennet.   *Q 20*

[Melodie]

DE gar gelerten leyeberen pfaffen,
Die syngent, des mich wunder hat.
ob sie daz wollen grvnden,
5 Vvie al der helle wynke*l* sint gescaffen
Vnde wie daz hymelrich al stat?

Jch wene, sie ez nye durchvunden,
Vvie sy gestalt der hymele kreiz,
Daz edele firmament myt den planeten.
10 Sie wollen wizzen, die sich selber affen,
Daz ane got keyn mensche weiz.
Des synt sie wan propheten.   *Q 20*

Důrch swartze: Durch die schwarze Nacht dringt hell der graue Morgen, der
blaue Himmel des reinen, wolkenlosen Äthers ist mit dem Glanz der strahlenden Sonne
geschmückt. Ebenso ist das Bayernland mit einem Fürsten geziert und geschmückt,
der unsere Pfänder einlöst, die der Gabensuchenden und manch anderer, die ihn auf-
suchen. Man weiß, daß er von allem Betrug rein ist wie der ungetrübte Äther. Als der
erste Wähler bei der Wahl des römischen Kaisers hat er unter den weltlichen Kur-
fürsten Schlüssel und Tür in seiner Obhut: Ludwig, der die Titel Herzog und Pfalz-
graf führt.

DE gar: Die supergelehrten weltlichen Theologen singen, was mich verwundert.
Wollen sie ergründen, wie sämtliche Ecken der Hölle beschaffen sind und wie das
gesamte Himmelreich aufgebaut ist? Ich glaube, sie finden es nie heraus, wie das
Himmelsrund, das erhabene Firmament mitsamt den Planeten gestaltet ist. Sie, die
sich selbst zum Narren halten, wollen erkennen, was außer Gott niemand weiß. Des-
halb sind sie Scheinpropheten.

Důrch swartze *Preisstr. auf Pfalzgraf Ludwig von Bayern (1253–1294).* 9 *1273
einigten sich die Kurfürsten, Rudolf I. in einer sog. electio per unum, d. h. „mit einer Stimme",
nämlich der Ludwigs als ihres alleinigen Sprechers, zu wählen.*
DE gar *Ä. nach Q 60.* 5 *wynken.*

[Melodie]

„Des wazzers mv̂chte lichte, daz eyn rat wol brechte kerren",
Daz vant eyn alter mvlnere vns in hone wise.
Hat her vil starker vlût gewalt, waz mac vns daz gewerren?
5 Syn breite wach, der stet ouch nicht in ganzen prise.
Sin vbervlûte ist also groz, daz sie den tich gebrichet
myt vngevûch.
Swer daz myt vûge irwerbet, daz man ym daz beste sprichêt,
Des ist genv̂ch.
10 Sprich, mvlnere, nv dyn wach dry starche rat wol tribet,
Wes schult ist, daz dyn mvle so dicke lere blibet?

Vvellich ist dyn wach? daz ist der syn, der dir vz hertzen vlivzet.
Dry rat her vmme tribet; weistus nicht, so vrages!
Daz eyne rat melet dyr latyn, Des vil din kvnst genyvzet,
15 Dar vmme en danke ich dir nicht sere grozes wages.
Daz ander rat dir swebesch melet, Din divtisch ist vns tzv̂ drete.
daz dritte rat,
Daz ist dyn alter. nv ist dyn kvnst vûrkvnstet. ob ich hette
den selben phat
20 Gegen tzv̂ latyn vnde tzv̂ divtischen also lange
So dv, myn wazzer were ouch starcher myt gesange.

Vil lieber marner, vrivnt, bistu der beste divtische singer,
Den man nv lebendich weiz, des hat dyn name groze ere.

DES WAZZERS: „Vielleicht brächte ein wenig Wasser es zustande, daß ein Rad zu
klappern beginnt", das hat ein alter Müller gesungen, um uns zu verhöhnen. Wenn er
über mächtige Fluten verfügt, warum sollen wir uns darüber ärgern? Sein breiter Bach
ist auch nicht in jeder Hinsicht lobenswert. Sein wildes Strömen ist so stark, daß es
aus Übermaß den Deich zerbricht. Hat einer durch Mäßigung erreicht, daß man von
ihm das Beste sagt, ist das genug. Sag, Müller, wessen Schuld ist es, daß deine Mühle
so häufig leer steht, wo doch dein Bach drei gewaltige Räder so gut antreibt? 12 Was
ist das für ein Bach? Es ist der Kunstverstand, der aus deinem Herzen strömt. Drei
Räder treibt er an; weißt du nicht, welche, dann mußt du sie erfragen! Das eine Rad
mahlt dir Lateinisches, wovon deine Kunst großen Nutzen hat, deshalb bin ich nicht
gerade voll Anerkennung für den großen Bach. Das zweite Rad mahlt dir Schwäbi-
sches, [dieses] dein Deutsch ist uns zu exaltiert. Das dritte Rad ist dein Alter. Nun
ist deine Kunst zur Künstlichkeit übersteigert. Wäre ich schon so lange wie du den-
selben Weg im Lateinischen wie im Deutschen gegangen, dann wäre das Wasser meines
Gesangs auch stärker. 22 Hochgeschätzter Marner, Freund, wenn du der beste
deutsche Sänger bist, der jetzt lebt, so ist es eine große Ehre für dich.

DES WAZZERS *Das Lied richtet sich an den Marner (s. S. 272–236). – Ä. nach Q 60.*
8 boste.

Dv has die mvseken an der hant, die sillaban an dem vynger
25 Gemezzen, des vûrsma die leyen nicht tzv̂ sere!
Dv weist nicht al, daz got vûrmac, wie er al syne gabe
geteilet hat.
Ia git her eyme saxsen also vil also eyme swabe
helfe vnde rat,
30 Daz svnte pawel in der pisteln hat gesprochen:
„got git nach synen willen." la daz vngerochen!   *Q 20*

[*Melodie*]

IR knechte, set vch alle vûr! des sult ir myr gelouben:
Der vursten vnd der herren vrede ist vz gegangen.
Swer nv kan tac vnde nacht hus vnde strazen rouben,
5 Der wirt in der herberge wol vntfangen.
Swenne her maniger hande ware in syme sacke brynget,
So wirt ym gelt,
Da vm syn gere vnde ouch syn bivtel dicke erklynget.
her klûcher helt,
10 Ist her dan eyn kvne rouber grymmes mv̂tes,
Jm gebrichet ê des libes dan des gûtes.

Got, der nye svnden werc begienc, der machez yn tzv̂ svre,
Des schult ez sy, daz man vrlouge nicht en svnet.
Sie hetten leydes al tzv̂ vil, die armen lant gebure.
15 Nv se ich, daz by irme gûte maniger kv̂net.

Du hast regelrecht zu komponieren gelernt *[s. Anm.]*, deshalb verschmähe die
Ungebildeten nicht zu sehr! Du kennst nicht alles, was Gott vermag, wie er seine viel-
fältigen Gaben verteilt hat. Er gibt wohl einem Sachsen ebensoviel Hilfe und Unter-
stützung wie einem Schwaben, das hat [auch] Sankt Paulus in seinem Brief gesagt:
„Gott gibt, wem er es will." *[1 Cor. 12, 11]* Das sollst du unangetastet lassen!

IR knechte: Ihr jungen Leute, seid vorausschauend! Das könnt ihr mir glauben:
der Frieden der Fürsten und Herren ist zu Ende gegangen. Wer jetzt bei Tag und bei
Nacht in den Häusern und auf den Straßen rauben kann, der wird in der Herberge
freundlich aufgenommen. Wenn er vielerlei Waren in seinem Sack mitbringt, be-
kommt er Geld dafür, wovon ihm oft Rockschoß und Geldbeutel klingen. Wenn er,
der schlaue Held, ein kühner, erbarmungsloser Räuber ist, ist er eher ohne Kopf
als ohne Mittel.   12 Gott, der nie eine Sünde begangen hat, möge es denen zu
schwer werden lassen, deren Schuld es ist, daß man den Raubzügen kein Ende macht.
Sie haben schon zu viele Leiden erduldet, die armen Bauern. Jetzt sehe ich, daß durch

---

DES WAZZERS   24-25 *Gemeint ist wohl die nach Guido von Arrezzo († 1050) benannte*
Guidonische Hand, das musikpädagogische Verfahren, die Tonstufen und ihre Abfolge da-
durch zu veranschaulichen, daß man die Tonbuchstaben auf der geöffneten linken Handfläche
entsprechend anordnete.
IR KNECHTE Ä. nach Q 60.

Die kranke diet von swacher art die kristenheit nv neysen.
Gebures kynt,
Die ne lazen nichtes nicht den armen witewen vnde weysen,
Die rouber synt.
20 Sie loufen svmeliche von ir meister phlûge,
Den armen livten neman tût so groze vnvûge.

ICh wolte, daz die hoen vursten vnde die herren alle
Gedechten an die not der gotes kristenheite,
Daz man sie vunde in milten mûte, in richer vreuden scalle,
25 Daz in yren landen were vride, gût geleite,
So mûchten sie myt rechticheit vûr gotes angesichte
tzû rechte stan.
Mit kûrtzen worten sprichet got, sin gruwelich gerichte
sol vollen gan
30 Of den, der vnrecht, vrlouge vnde vnvride mynnet,
Daz er in helle glûten svnder vride brynnet.

Q 20

[Melodie]

Die ivden, ketzer vnde heyden in daz swartze abgrvnde
Got ihesus krist gevlochet hat, daz ist ir erbe.
Ghetoufte wocherere, du scalc, begest vil groze svnde;
5 Got wil, daz al dyn werdicheit mit dir vûrterbe.
Eyn volc ist in der kristenheit, dem got noch svinder vlûchet:
ypocrite,
Der bûzen schone pharysei nymmer got gerûchet.
So we yn, we!

---

ihren Besitz mancher aufgereizt wird. Das elende Gesindel niedriger Herkunft plagt
jetzt die Christenheit. Junge Bauern sind die Räuber, die den Witwen und Waisen
alles wegnehmen. Manche laufen vom Pflug ihrer Dienstherren weg, niemand fügt
den Armen so großes Unrecht zu.   22 Ich wünschte, daß alle edlen Fürsten und
Herren die Not der Christenheit bedächten, so daß man sie barmherzig und im Ruhm
großer Wohltaten fände, daß es in ihrem Land Friede und sicheres Geleit gäbe, dann
könnten sie zu Recht vor Gottes Angesicht als Gerechte stehen. Kurz und bündig
spricht Gott, sein furchtbares Strafgericht werde den voll treffen, der Unrecht, Hän-
del und Unfrieden sucht, so daß er ohne Erlösung in der Höllenglut brennen muß.

DIE IVDEN: Die Juden, Ketzer und Heiden hat Gott Jesus Christus in den finsteren
Abgrund verdammt, das ist ihr Erbteil. Du christlich getaufter Wucherer, du Schuft,
begehst sehr schwere Sünde; Gott will, daß all deine Herrlichkeit mit dir zugrunde
geht. Eine Sorte Mensch aber ist in der Christenheit, die Gott noch heftiger verflucht:
Der Heuchler, der äußerlich tadellose Pharisäer denkt niemals an Gott. So wehe, wehe
ihnen!

IR KNECHTE   16 neyset.

10 Sie tragen alle in irme hertzen bitter gallen
Vnde in ir mvnde honich seym, owe den allen!   Q 20

[Melodie]

Myr tzagel weifet svmelich hvnt vrivntlichen ane maze,
Der mich doch vnvûrschuldes wilen gerne bizze.
Den mv̂z ich streychen, daz er syner bosheit mich irlaze.
5 Her wenet, daz ich syner scalcheit nicht en wizze.
Ia, boser wicht, welt ich ez tv̂n, ich brechte vch dicke gelsen,
Jr valscher hvnt!
Vvan daz ir mich in ivdas truwen beten uwer helsen,
Daz ist myr kvnt.
10 Ich weiz wol, daz ir vch tzv̂ myme schaden vreuwen,
Doch wil ich uwer valschen list myt vv̂ge steuwen.   Q 20

[Melodie]

Die swalewe vet die mvcken vûr den valken, des sie baget.
Den ert vlûge vnde den swipper sweif kan sie baz vben.
Ir arme quitel, tzwitter, schorfen, snartz ouch sange laget,
5 Sie wil mit listen aller vogele dhone prûben.
Die lereche vnd ouch die nachtegal, die mv̂zen von der swalewen
vûrdulden spot.
Daz ist myr leit, ich klagez me, dan ob die louber valewen.
Ach, herre got,

Sie tragen alle bittere Galle in ihrem Herzen und Honig in ihrem Mund, weh
ihnen allen!

MYR TZAGEL WEIFET: So mancher Hund wedelt maßlos freundlich vor mir mit dem
Schwanz, der mich doch zuweilen, ohne daß ich es verdient hätte, gern beißen würde.
Den muß ich streicheln, damit er mich mit seiner Bösartigkeit verschont. Er glaubt,
ich durchschaute seine Tücke nicht. Ja, Bösewicht, wenn ich wollte, ich brächte Sie
oft zum Heulen, Sie falscher Hund! Mir ist wohl bekannt, daß Sie mich mit der Treue
eines Judas in die Arme schließen. Ich weiß genau, daß Sie sich über Nachteile für
mich freuen, doch werde ich Ihrer Arglist in angemessener Weise einen Riegel vor-
schieben.

DIE SWALEWE: Die Schwalbe fängt besser Mücken als der Falke, damit prahlt sie.
Den Flug dicht über der Erde und das Fliegen in jähen Kurven [wörtlich vielleicht: Peit-
schenschwung] kann sie besser ausführen. Ihr klägliches Geschrei, Gezwitscher,
schorfen, Schnarren versucht, den Gesang einzufangen, sie will trickreich die Stimmen
aller Vögel imitieren. Lerche und Nachtigall müssen den Spott der Schwalbe hin-
nehmen. Das schmerzt mich, ich beklage es mehr, als daß das Laub welk wird. Ach,
Herrgott,

10 Vvie sol ein tore werden wis, der sich vûrgizzet,
Der tzirket vremede kvnst, ě danne her syne mizzet?   Q 20

[Melodie]

Ich wil den herren syngen vnde sagen vnde lachen,
Daz sie gedenken myner kvnst – ich denke ir milde.
Ich kan sie machen vro – sie vreuwen mich in manigen sachen.
5 Solt ich irweynen gût, daz were ein groz vmbilde;
Daz ist eyn arme kvnst, da man der herren gût irweynet.
die vreude ist kranc.
De herren, die sich myt den weyner hant also vûreynet,
Da vlie myn sanc!
10 Io irken ich manigen herren; lichte vund ich eynen,
der mich durch syngen lieber gebe wen durch weynen.   Q 20

[Melodie]

Aller gûte   vûller vlûte   vloz in gnaden stramen
kvmpt gevlozzen her vz gotes hertzen griez orsprvnge;
Da von trinkent al, die syner helfe durstic syn.
5 Syn geist vlivzet,   Des genyvzet,   Swer des kan geramen,
Daz er svnden ruwich sy; der schrye an gotes barmvnge,
So mac ers gelazen nicht, her tv̂ ym helfe schyn.
Her stet tzv̂ vange mit den armen,
Jm tzvr axlen ist syn houbet geneyget,

---

wie soll ein Dummkopf klug werden, der in diesen Fehler verfällt, der mit dem Zirkelmaß an die Kunst anderer herangeht, bevor er über seine eigene im klaren ist?

ICH WIL: Ich will für die Herren singen und dichten und lachen, damit ihnen meine Kunst im Gedächtnis haften bleibt – in meinem haftet ihre Freigebigkeit. Ich kann sie erheitern – sie erfreuen mich in mancher Hinsicht. Sollte ich meinen Unterhalt durch Weinen bekommen, das wäre eine schlimme Geschichte; eine erbärmliche Kunst ist das, wenn man die Gaben der Herren erweint. Da ist der Frohsinn dahin. Von den Herren, die sich auf diese Weise mit Heulsusen umgeben haben, soll mein Gesang sich fernhalten! Ich kenne doch so viele Herren; vielleicht finde ich einen, der mich lieber für mein Singen als für mein Heulen belohnt.

ALLER GÛTE: In Gnadenströmen kommt der Fluß voll der Flut aller Güte aus dem Quellsand des Herzens Gottes hergeflossen; aus ihm trinken alle, die nach seiner Hilfe dürsten. Sein Geist [ist es, der da] fließt, dadurch ist gerettet, wer erreichen kann, daß er zerknirscht über seine Sünden ist; er rufe Gottes Barmherzigkeit an, der kann es dann nicht unterlassen, ihm zu helfen. Er steht [schon] mit [ausgebreiteten] Armen da, [ihn] aufzufangen, sein Haupt ist auf die Schulter geneigt, als ob er sich über uns

10 Als her sich wil vber vns irbarmen;
   Vmbevanc vnd kvs her vns irtzeyget.
   Svnder, wiltu gnade sůchen, du bist vngeveyget:
   Dynes hertzen ougen vlůt myt ruwe trost of reyget,
   Da myt wirt gesweyget
15 Al die lange sorge dyn.   *Q 20*

[Melodie]

Klar, geluttert, liecht, in schyne glanz eyn lieblich sterne
Liez mich synen werden glast by svnnen schyne an blicken.
Do dachte ich: „ist diz merkvrius, ich sol werden rich."
5 Do quam trůbe eyn wolken swartz, ich sach ez vil vngerne,
Daz begvnde syne dynster vůr den sterne scicken;
Also wart syn blic vntwendet myr vůrlustelich.
So kreftich starch also ich in průbe,
So truwe ich, daz er daz wolken breche.
10 Her schynet wol durch syne trůbe.
Swen er wil, daz er sich selben reche,
Of daz man ym wol tzů syner liechten glenze spreche,
So rat ich, daz er vůrtelge valsche wolken vreche.
ich an myner tzeche
15 Sach den stern tzů brvneswich.   *Q 20*

---

erbarmen wolle *[es ist an ein Kreuzigungsbild zu denken]*; Umarmung und Kuß bietet er
uns an. Sünder, willst du Gnade finden, so ist dir Mut gemacht: Reue und die Tränen-
flut deines Herzens erwirken [dir] Hilfe, dadurch wird [dir] die Angst, die lange auf
dir lastete, genommen.

KLAR: Ein klarer, reiner, heller, lieblicher Stern in glänzendem Licht ließ mich,
während die Sonne schien, seinen köstlichen Glanz erblicken. Da dachte ich: „Wenn
dies Merkur ist, dann werde ich reich werden." Da kam eine dunkle, schwarze Wolke,
die sah ich höchst ungern, die schob ihre Dunkelheit vor den Stern; so wurde mir
sein Anblick entzogen, und [ich] verlor ihn ganz. Da ich weiß, wie kräftig und stark
er ist, vertraue ich darauf, daß er die Wolke durchbrechen kann. Er scheint durch ihre
Finsternis hindurch. Wenn er sich selbst rächen will, damit man seinen strahlenden
Glanz preise, dann rate ich, daß er die dreisten, trügerischen Wolken vertilge. Ich
meinerseits sah den Stern zu Braunschweig.

KLAR *Die Str. ist vermutlich an Herzog Albrecht I. von Braunschweig († 1279) gerichtet.*
4 Dem Stern werden hier die Eigenschaften Merkurs, des gewinnversprechenden röm. Gottes des
Handels, zugesprochen.

[Melodie]

Alle kvnst ist gût, da man ir gûte tzv̂ bedirbet;
Swa man vbele tût myt kvnst, des ist die kvnst vnschuldich.
Kvnst ist gût in sich, tzv̂ gûte hat sie got gedacht.
5 Swer nicht gûter kvnst ne kan, der laze sie vnvûrtirbet.
Kvnstere, wis by grozer kvnst demv̂tich vnde geduldich,
So wirt gotes wille an dir myt kvnsten vûllenbracht.
Den got myt kvnsten hat gerichet,
Tût her wol myt kvnst, der edele riche,
10 So hat ez also gelichet,
Daz er sich eyme edelen manne geliche.
Kvnster, hûte, daz by kvnst din laster nicht en bliche!
So hute eyn edel man, daz in die scande nicht besliche;
Nicht vz adele wiche,
15 Der in adele ist wol geslacht.   *Q 20*

[Melodie]

Slan die frantzoyse   Vil tornoyse
Groz von silbere, ob ich rûgen torste,
Der weiz ich svmelichen valsch;
5 ich han daz kopfer meil an ym gesen.
Ob er gût were   Nach der swere,
die er hat, so hiez her wol eyn 'vurste',
Durch syne mvntze valsch,
ob man die richeit sol by 'herren' spen.

ALLE KVNST: Alle Kunst ist gut, wo man sich ihres Gutseins bedient; wo man mit der Kunst Böses tut, ist die Kunst daran nicht schuld. Kunst ist ein Gut in sich, zum Guten hat Gott sie bestimmt. Wer Kunst nicht gut ausüben kann, der verderbe sie nicht durch Stümperei. Künstler, sei auch bei großer Künstlerschaft demütig und geduldig, dann wird der Wille Gottes an dir in [deiner] Kunst vollzogen. Übt der, den Gott mit Künstlerschaft begnadet hat, seine Kunst im Guten aus, der edle [auf diese Weise] Ausgestattete, dann steht es so, daß er sich einem adligen Menschen wohl gleichstellen kann. Künstler, gib acht, daß neben der Kunst kein Laster zum Vorschein komme! Ebenso soll ein Edelmann acht geben, daß sich die Schande nicht an ihn heranmache; seinen Adel soll nicht preisgeben, wer von gutem Adel ist.

SLAN: Die Franzosen prägen viele große Tournoise aus Silber, [und] wenn ich etwas tadeln dürfte, [dann dies, daß] ich weiß, daß darunter so mancher falsch ist; ich habe den Kupferfleck an ihm festgestellt. Wenn man den Geldeswert unter den 'Herren' [der Münzen] beurteilen soll, so hieße er, wenn sein Gewicht, das er hat, seiner Qualität entspräche, seiner Prägung wegen, [die jedoch,] *[da das Gewicht durch Kupfer und nicht durch reines Silber erreicht wird,]* falsch [ist], ein 'Fürst'.

SLAN   2 *tournois = Silbermünze, die in Tours geprägt wurde.*

  10 Ich en rûch, daz berner kopfer syn
      Vnde ouch die heller in so lichter mvntze.
      Die ne bergent nicht ir kopfer schyn.
      Tzv̂ koufe en gelten sie nicht vil; ich wene, ir wûgen drizich kvme
      Die kleyne mvntze ist arm, als ich bescheiden wil,   [eyn vntze.
  15 Der valscheit hat vil kleyne macht, der grozen 'herren' valsch
                             vûrmac tzv̂ vil. *Q 20*

[Melodie]

        Nv gnade ym got, her was eyn helt,
        Ein vurste manlich, vzirwelt!
        Tot ist syn lib, noch lebet syn lob,
  5   syn name gestirbet nymmer.
        Syn tugent myt eren daz irwarb,
        E dan syn edele vleisch irstarb,
        Daz man yn wunschet jn den hob
        Des lebendes libes ymmer.
  10   Vva tût eyn vurste ym nv gelich
        By magen vnde bi vrivnden,
        Hertzoge Albrecht von brvneswich,
        Den tusent tzvngen nicht vûl klagen kvnnen?
        Nv han ich ofte hort gesaget,
  15   Swen man nach tode hie beklaget,
        Der si von gnaden vnvûriaget.
        Nv gnade ym, gnaden riche maget,
        du gotes mv̂ter, vry von allen svnden!   *Q 20*

Es ist mir gleichgültig, daß die Berner *[Münzen]* aus Kupfer und auch die Heller von so geringem Geldeswert sind. Sie verstecken ihre kupferne Beschaffenheit nicht. Beim Kauf sind sie nicht viel wert; ich glaube, dreißig von ihnen machen noch keine Unze aus. Was ich hiermit sagen will, ist dies: Die geringe Münze ist schwach, ihre Falschheit hat nur geringen Einfluß, die Falschheit der großen 'Herren' richtet allzu viel aus.

Nv gnade: Nun sei ihm Gott gnädig, er war ein Held, ein tapferer, auserwählter Fürst! Sein Leib ist tot, sein Ruhm lebt weiter, sein Name vergeht niemals. Seine Tugend und seine Ehre erreichten, daß man ihm, schon bevor sein edler Leib dahinstarb, [die Aufnahme in] den Hof des ewigen Lebens wünschte. Wo findet sich nun ein Fürst unter den Verwandten und Freunden wie er, Herzog Albrecht von Braunschweig, den tausend Zungen nicht genügend beklagen können? Nun habe ich oft sagen hören, daß der, den man nach seinem Tod hier unten beklagt, von der Gnade nicht fern sei. So sei ihm gnädig, gnadenreiche Jungfrau, du Mutter Gottes, frei von allen Sünden!

Nv gnade *Totenklage für Herzog Albrecht I. von Braunschweig, † 1279.*

3. Drittel 13. Jahrhundert

HAWART

Crist enbútet liebú mere
siner lieben cristenheit.
swas an ir si wandelbere,
das si sînre erbermde leit.
5
in erbarmet, das dú trifft ist also grôs
vf der witen helle straze.
die sin lant, crúce vnde grab svln machen blôs,
nv dan von dem vbeln wâsse!
10
got hat gelobet, er schaffes eine mâsse.

Nv tv̊, sv́nder, vf din ore,
hôre sv̊sse botschaft!
dir git in dem zehenden chore
dine stat dú gotes kraft.
15
die versties her abe vntrúwe vnd vbermv̊t,
die sint leider hie gesinde.
da von ist das zeichen mit dem krúze gv̊t,
das der tieuel iht verslinde
so grôzen teil an maniger mv̊ter kinde.

20
Dvlden mv̊s in dinen hulden,
got, din himelrich gewalt,
das wir scheiden von den schulden
vnser sv́nde manigvalt.

CRIST: Christus schickt seiner geliebten Christenheit liebreiche Botschaft. Was an ihr fehlerhaft sei, schmerze seine Barmherzigkeit. Ihn erbarmt, daß der Andrang auf der breiten Höllenstraße so gewaltig ist. Die sein Land, Kreuz und Grab befreien sollen, fort [mit denen] aus dem üblen Gestank! Gott hat versprochen, er werde dem ein Ziel setzen.   11 Nun tu dein Ohr auf, Sünder, hör süße Botschaft! Gottes Macht gibt dir deinen Platz im zehnten Chor [der Engel]. Leider sind die hier unter uns, die durch Treulosigkeit und Überheblichkeit zu Fall gebracht worden sind. Deshalb ist es gut, sich mit dem Kreuz zu bezeichnen, damit der Teufel nicht so viele Kinder so vieler Mütter verschlinge.   20 Gott, mit deiner Zustimmung muß dein Himmelreich [die Folgen jener] Gewalttat erleiden, damit wir uns von den Schulden unserer vielen

CRIST *Auf welchen Kreuzzug sich das Gedicht bezieht, ist unbekannt.* 13 *und* 26 *Die in Einzelheiten differierende Lehre von ehemals* 10 *Engelchören, deren einer wegen der Auflehnung gegen Gott in die Hölle gestürzt wurde und dessen Platz der Mensch einnehmen soll, stammt aus der Patristik und war im MA weit verbreitet.*

hoh vnd enge ist diner magencrafte pfat.
25   ie doh mv̊ssen wirs erstigen.
dir zimt niht in dinem riche lerú stat.
la der helle grunt besigen,
hilf, herre, dien, die diner mv̊ter nîgen!

Nv búte vúr vns dine hende,
30   reiniv mv̊ter vnde maget,
dime svn, des lob an ende
mv̊s beliben vnverdaget,
vnd gedenke, was din kristenheit nv dol
von den ivden vnd von den heiden!
35   des gelȯben itwis tv̊t in wol.
svln wir in das selbe erleiden,
so mv̊s vns helfe komen von ú beiden.

Vs den bv̊chen sagent die pfaffen,
ân dich, heiliger geist,
40   mvge nieman niht geschaffen.
sit dvs alles, herre, weist,
wie ein ieglich menschlich herze meine dich,
so verlihe ȯch mir die sinne,
die mich niht verteilen, vnd erhȯre mich,
45   got, vater vnser, dvrh die minne,
mit der din lieber svn vȗr her vnd hinne!   *Q 19*

Sünden befreien können. Steil und schmal ist der Pfad zu deiner Majestät. Dennoch
müssen wir ihn ersteigen. Es geht nicht an, daß die Plätze in deinem Reich leer bleiben.
Laß den Höllenabgrund versinken [?], Herr, hilf denen, die deine Mutter verehren!
29 Nun hebe du für uns, reine Mutter und Jungfrau, bittend die Hände zu deinem
Sohn auf, dessen Lob in Ewigkeit nicht verstummen darf, und sei dessen eingedenk,
was deine Christenheit von Juden und Heiden jetzt zu erdulden hat! Es gefällt ihnen,
den Glauben zu schmähen. Wenn wir ihnen das verleiden sollen, dann muß uns von
euch beiden Hilfe zuteil werden.   38 Nach der Lehre der Heiligen Schrift verkünden
die Geistlichen, niemand könne ohne dich, Heiliger Geist, etwas ausrichten. Da du,
Herr, genauestens weißt, wie das Herz eines jeden Menschen dich liebt, so verleihe
auch mir eine Gesinnung, die mich nicht dem Gericht verfallen läßt, und erhöre mich,
Gott, unser Vater, um der Liebe willen, durch die dein lieber Sohn [zu uns] hernieder
kam und wieder aufgefahren ist!

KELIN

[Melodie]

Eyn kvninc in syme trovme sach
Eyne werlt, die was so schone
5   Von golde, daz er dicke iach,
Sie het nicht schanden meyl.
Div ander luter silber was,
Vil gar al ane hone,
Gelutert also ein spiegel glas,
10   Vnde hete ouch selde eyn teil.
Div dritte was sich ysenin,
Div irscract yn vz deme trovme.
So mac sie nv wol kopfer syn.
Des nement da by govme:
15   Manic edele ivgent git liechten schyn
Vnde tzamet an scanden tzovme.   *Q 20*

[Melodie]

Vil maniger sprichet: „ich kan, ich kan",
Des kvnst doch ist gar kleyne.
Der rechter kvnst nie teil gewan,
5   Waz kan der? saget mir daz!
Eyn affe, ein snvdel, Ein gouch, ein rint
Bistu, den ich da meyne,
Da by an allen synnen blint.
Des trage ich of dich haz.
10   Ich nente dich wol, welt ich ez tv̂n,
Du sanges lugenere.

EYN KVNINC: Ein König sah in seinem Traum *[vgl. Dan. 2]* eine Welt, die war aus Gold [und] so vollkommen, daß er oft sagte, sie habe keinen Makel gehabt. Die zweite war pures Silber, ganz und gar fleckenlos, lauter wie Spiegelglas, und es ließ sich auch noch recht glücklich darin leben. Die dritte war aus Eisen, die schreckte ihn aus seinem Traum auf. Jetzt dürfte sie wohl aus Kupfer sein. Erkennt das an folgendem: Mancher junge Mann von Adel zeigt ein edles Äußeres und geht zahm im Zaum der Schande.

VIL MANIGER: So mancher sagt: „Ich bin ein Könner, ich bin ein Könner", dessen Können doch sehr mäßig ist. Wer nie an wahrer Kunst teilhatte, was kann der? Sagt mir das! Du, an den ich da denke, bist ein Affe, eine Rotznase, ein Depp, ein Ochse, dazu ganz und gar stumpfsinnig. Deshalb bist du mir zuwider. Wenn ich wollte, könnte ich deinen Namen leicht publik machen, du, der du dich fälschlicherweise

VIL MANIGER *Ä. nach Q 2.*

*D*in kvnst ist kranker wen eyn hvn.
Du solt mich vorchten sere.
Vven du me kvnste kan eyn krv̂n.
15 Wiltu ez, ich schende dich mere.   *Q* 20

[Melodie]

Vil maniger sprichet: „ich neme gv̂t vm ere."
hat er der vil, er hat tzv̂ gebende verre mere.
Eren koufere ist nicht vil, vv̂rkoufere ist genv̂ch.
5 Ich bin der eyn, der alsus gv̂t vntfahet,
Vnde mich der eren gerenden gabe nicht vv̂rsmahet.
Swer sie anders nymt wen ich, daz ist ein vngevv̂ch.
Ich neme der edelen gv̂t durch got, daz er es yn selbe lone,
Vnde dankes yn hie vv̂r leyen vnd vv̂r phaffen.
10 (Got hat mich anders erbes leider nicht gescaffen.)
Jch danke yn hie – got danke yn dort myt einer richen krone!
                                                    Q 20

[Melodie]

Ez ist vil maniger herre
von hoer art geborn
Vnde volget scalkes lere;
5 Daz ist mir hertzichlichen tzorn.
Sie haben irkorn   Eyn wunder, daz se vellet.

---

einen Sänger nennst. Dein Können ist erbärmlicher als das eines Huhns. Du sollst mich mächtig fürchten. Ein Kranich ist ein größerer Könner als du. Wenn du willst, singe ich noch mehr von deiner Schande.

VIL MANIGER: So mancher sagt: „Ich würde [gern] Gut gegen Ehre eintauschen." Hat er viel von der letzteren, dann hat er [freilich] weit mehr zu geben [als zu nehmen]. Solche, die Ehre kaufen wollen, gibt es nicht viele, aber genug solche, die sie verkaufen wollen. Ich bin einer von denen, die auf diese Weise Gaben empfangen, daß ich die Gabe derer, die nach Ehre trachten, nicht gering schätze. Wenn einer sie auf andere Weise nimmt als ich, ist das unpassend. Ich nehme die Gaben der Edlen um Gottes willen, damit er selbst sie dafür belohne, und tue ihnen meinen Dank hier vor allen Leuten kund. (Gott hat mich leider nicht in anderen Besitzverhältnissen geschaffen.) Ich danke ihnen hier – möge ihnen Gott dort mit einer kostbaren Krone danken!

EZ IST: Mancher Herr ist von edlem Geschlecht und folgt dem Rat einer niedrigen Knechtsnatur; das erzürnt mich maßlos. Sie haben sich da eine seltsame Verhaltensweise ausgesucht, die sie zu Fall bringen wird. Wer hier seine Zeit in vollkommener

VIL MANIGER   12 Ein.

Swer hie die tzit vŭrtribet
Mit gantzen tugenden gar
Vnd da an stete blibet,
10 Da wirt man hoer burt gewar.
Der engele schar   hat sich tzv̆ ym gesellet.
Swer gar mit kvndicheite vert
Vnde sich da by myt manichvalten houbet schanden nert
Vnde da bi wil wesen edele vnde wert,
15 La sen, wer kan mir daz tzv̆ samene bryngen?
Jr edelen, mynnet wisen mv̆t!
Die varenden smeichen vnde machen manigen man tzv̆ dvnkel gŭt.
Swer syme dinge in dirre werlde rechte tŭt,
Dem mac an syme adel wol gelingen.   *Q 20*

[Melodie]

Eyn wunderlichez kvnder
Wonet nv den herren by;
Nv prubet michel wunder:
5 Ez ist von allen eren vry
Vnde ist ein tzwy,   Da*z* schande hat vŭrhouwen.
Ez luzet vnde loset
Vnde h*at* doch leckers amt;
Ez smeychet vnde koset
10 Vnde ist an aller tugende gar vŭrlamt
Vnde ist vŭrscamt   Also die veylen vrouwen.
Ez irr*et* gŭter meister kvnst,
Ez let sich schenden vnde hat da bi der herren gvnst

Tugendhaftigkeit hinbringt und beständig darin verharrt, an dem erkennt man edle Abstammung. Die Schar der Engel begleitet ihn. Wenn aber einer ganz und gar hinterhältig ist und sich dazu mit den größten Schandtaten der verschiedensten Art durchbringt und gleichzeitig edel und geachtet sein will, laß sehen, ob mir das einer in Einklang bringen kann? Ihr Adligen, schätzt weisen Sinn! Die Fahrenden schmeicheln und machen manchen zu einem Schein-Heiligen. Wer in dieser Welt das Seine recht verrichtet, um dessen Adel ist es wohl bestellt.

EYN WUNDERLICHEZ: Ein seltsames Monstrum hält sich jetzt bei den Herren auf; nun hört etwas sehr Seltsames: Es ist frei von jeglicher Ehre und ist ein Zweig, den die Schande abgeschlagen hat. Es spioniert und horcht und hat doch das Amt des Speichelleckers; es schmeichelt und macht Komplimente und ist lahm an allen Tugenden und ist schamlos wie käufliche Weiber. Es stört die Kunst guter Meister, es läßt sich beschimpfen und hat dennoch die Gunst der Herren und ist doch schädlicher

EYN WUNDERLICHEZ *Ä. 8 nach Q 2, 6 und 12 nach Q 81.*   6 Die.   8 hant.
12 irrent.

Vnde ist doch schedelicher denne eynes landes brvnst,
15 Slange in dem bůsem, ein wolb bi ivngen scaphen.
Ez slizet abe vnde tzuhet vz,
Ez slindet silber vnde golt vnd ysen also ein struz,
Ez betelwerket vnde wil doch wesen drvz.
Man sol mit vůge loter ritter straphen.   *Q* 20

[*Melodie*]

Vrouwe ere sprach tzů der scande:
„Nv sint ir hie vil wert,
Jr habet in manigem lande
5 Gewaltes hivre me denne vert.
Jch bin gekert   Vz maniges herren huse.
Der e mynes lobes krone
hie werdichlichen trůch,
Der git mir nv tzů lone
10 Arge spruche vnd der genvch.
Uwe, lasters phlůch   eret nv durch myne kluse!
Ich hete hie vůr vil manigen wert
durch gotes hulde vnde ere, Der nv myn vnbert,
Die stelen, rouben, wochern vnde meyne swert.
15 Daz klage ich deme, der mich her neder sande.
Daz was der tugende riche got,
Tzů dem so wille ich wider heym vnde leisten sin gebot.
Der eret mich mit alle syner engele rot.
So sit ir hie gelastert, ir v*rou* scande!“

---

als eine landweite Feuersbrunst, eine Schlange am Busen, ein Wolf unter jungen Schafen. Es macht locker und sahnt ab, es verschlingt Silber und Gold und Eisen wie ein Strauß, es führt sich wie ein Bettler auf und will doch draußen sein [*nicht als solcher angesehen werden?*]. Dieses ritterliche Geschmeiß soll man mit vollem Recht schmähen.

VROUWE: Frau Ehre sprach zur Schande: „Heutzutage sind Sie ja sehr geachtet, Sie haben in vielen Ländern in diesem Jahr mehr Macht als im vorigen. Ich bin aus den Häusern vieler Herren hinausgegangen. Wer früher die Krone meines Lobs hier mit Würde trug, der lohnt es mir nun mit Scheltworten, und zwar reichlich. O weh, der Pflug des Lasters pflügt jetzt durch meinen Besitz! Vor dieser Zeit verschaffte ich um Gottes Gnade und Ehre willen manchem Achtung, der jetzt ohne mich auskommt, solche [nämlich], die stehlen, rauben, wuchern und [der], der Meineide schwört. Das klage ich dem, der mich hierher entsandt hat. Das war der tugendreiche Gott, zu dem will ich wieder heimkehren und [dort] seinen Willen erfüllen. Er und die Schar seiner Engel erweisen mir Ehre. Und Sie, Frau Schande, mögen hier mit Schimpf und

EYN WUNDERLICHEZ   17 *Der mal. Glaube, daß der Strauß Eisen fresse, hier auf Metalle allgemein ausgedehnt.*
VROUWE *Å. nach Q 81.*   13 Der nv durch gotes hulde vnde ere myn.   19 vůr.

20 Div schande sprach: „vrouwe ere,
 Nv vart hin, swen ir welt!
 Jr vint hie lutzel mere,
 De v̂ tzv̂ dienste sint getzelt.
 Jch han mich geselt   Vil wol nach mynen willen.
25 Ich lerne sie, ir mv̂ter schelten,
 Dar tzv̂ ir wib, ir kynt;
 Jch lerne sie tzucht vil selten,
 Jch lerne sie an tugenden blynt.
 Jr sint ein wint,   Jch kan v̂ wol gestillen.
30 Er sint tzv̂ swaben kvme dry,
 Die ynnen vnd vzen Durch v̂ sint offenbere vry.
 Daz selbe ist ouch tzv̂ vranken, wie leit ez v̂ sy.
 Die vmme den ryn sint nach tzv̂ mv̂nichen worden.
 So kere ich hin kegen beyer lant;
35 Sich en hûten da die edelen, Jch werde in wol bekant.
 So trachte ich tzv̂ aller tzit Tzv̂ wene of den sant.
 Die hette ich alle gerne an mynen orden."

Q 20

HENNEBERGER

[Melodie]

 Owe dir, arme tzwibelere, du bist an synnen blynt,
 Swen du vûrtzwibels an der sûzen megede kint,
5 Der alle creativre hat gescaffen.
 Swen du vûrtzwibels, sich, so bistu gar vûrlorn,
 Du mv̂chtes kiesen, daz du weres vngeborn.
 Dich vlûchent beidhe leyen vnde pfaffen,

Schmach bedeckt sein!" 20 Die Schande sprach: „Frau Ehre, gehen Sie doch,
wohin Sie wollen! Sie finden hierzulande niemanden mehr, der sich zu Ihrer Diener-
schaft rechnet. Ich [hingegen] bin, ganz wie ich es wollte, unter die Leute gekommen.
Ich lehre sie, ihre Mutter zu beschimpfen, ebenso ihre Frauen, ihre Kinder; Anstand
lehre ich sie überhaupt nicht, ich lehre sie, blind [zu sein] gegen die Tugenden. Sie
sind ein Nichts, ich kann Sie leicht zum Verstummen bringen. In Schwaben gibt es
kaum drei, die allen erkennbar innerlich und äußerlich um Ihretwillen [von mir] frei
sind. So steht es auch in Franken, wenn es Ihnen auch noch so leid tut. Die am Rhein
wohnen, sind beinahe [alle] *[meine?]* Mönche geworden. In gleicher Weise wende ich
mich nach Bayern; wenn der Adel da nicht achtgibt, werde ich mit ihnen vertraut.
Ebenso strecke ich meine Fühler immer nach dem Wiener Turnierplatz aus. Die alle
hätte ich gern in meinem Orden."

OWE DIR: O weh dir, elender Zweifler, du bist nicht bei Sinnen, wenn du an dem
Sohn der heiligen Jungfrau zweifelst, der alle Geschöpfe erschaffen hat. Wenn du in
Zweifel fällst, sieh, so bist du gänzlich verloren, du möchtest es vorziehen, nicht ge-
boren zu sein. Laien wie Geistliche verfluchen dich,

Dar tzv̂ der sûze, werde got
10 Vnde al daz hymelische her gemeyne.
Erdhe vnde luft synt, svnder spot,
vv̂rvlv̂chet, swa sie dich rv̂rent, vleisch vnreyne!
Vv̂rsynne dich, vnsalich man! nym rechten sin in dynen mv̂t,
Vnde bitte der sûzen megede kynt myt ruwe kraft, so wirt din
ende gv̂t! Q 20

[Melodie]

Der sternen kraft, der svnnen glast, dar tzv̂ des manen schin,
wie die myt gotes wisheit vnderscheiden syn,
Daz kan keyn tvmmer leie nicht durchgrvnden.
5 Ia weres eynen wisen pfaffen altzv̂ vil,
Des sich vil maniger tvmmer vnderwinden wil,
Der tiefen vrage vnde ouch von spehen vunden.
Vvie wazzer, erdhe getempert sy
vnde wie die luft myt den vil heizen vivre,
10 Daz wizzen gotes personen dry.
Sich, tvmmer leye, der syn ist vns tzv̂ tivre!
Vvâ man den meisterlichen strit myt rechter kvnst vntstricken
sicht
Mit tonen vnde myt gûter redhe, dar were eyn tvmmer leie gar eyn
wicht. Q 20

---

ebenso der heilige, erhabene Gott und die ganze himmlische Heerschar. Es ist kein
Scherz, Erde und Luft sind verflucht, wo immer sie dich berühren, du verdorbenes
Fleisch! Geh in dich, unseliger Mensch! Laß deinen Verstand zu rechter Einsicht kom-
men, und bete mit der Kraft der Reue zu dem Sohn der heiligen Jungfrau, dann fin-
dest du ein gutes Ende!

DER STERNEN: Wie die [Leucht]kraft der Sterne, der Glanz der Sonne und auch der
Schein des Mondes in der Weisheit Gottes unterschieden sind, kann kein ungebildeter
Laie ergründen. Ja, es wäre selbst für einen gelehrten Geistlichen zu schwer, was an
tiefschürfenden Fragen und Tüfteleien sich so mancher Ungebildete vornimmt. Wie
Wasser, Erde, die Luft und das glühende Feuer gemischt sind, das wissen [nur] die
drei göttlichen Personen. Sieh, ungebildeter Laie, diese Einsicht ist für uns zu hoch!
Wo man vorgeführt bekommen kann, wie der Streit der Gelehrten mit wahrhaftem
Können in Melodien und guten Texten ausgetragen wird, wäre ein ungebildeter Laie
eine Null.

DER STERNEN *Å. nach Q 57.* 12 Vvie.

GAST

*W*as sol ein keiser ane recht, ein Babst ane barmung?
was sol ein kúng ane milten mût? was sol ein fúrst ane scham?
was sol ein vngetrúwer munt, dar in ein valsche zunge,
5 dú mangem dicke schaden tût? si macht gesunden lan.
was sol ein graf, der nit kan tugende walten?
was sol ein frie, der sin trúwe niemer wil behalten?
was sol ein richer dienstman, der sich nit schanden wert?
was sol ein ritter, der sin tag mit laster hie verzert?

10 *W*as sol ein schones wib gar ane tugent vnd ân ere?
was sol ein Lantzherre, der dekeine milte hat?
was sol ein priester ane kunst der rechten Gotz lere?
was sol ein iunger ritter, der nit ritterschaft begat?
was sol ein kôfman, vnde hat er nit gewinne?
15 was súlent kloster vnd brûder an die waren minne?
was sol ein búrg, der nit leisten wil dur sinen zorn?
was sol ein iager an gût hund vnd ân ein horn?
was sol ein valkner, vnde hat er niendert vederspil?
vnnútzer ist ein kúng, ob er nicht rechte Richten wil.   *Q 19*

WAS SOL: Was nützt ein Kaiser ohne Gerechtigkeit, ein Papst ohne Barmherzig-
keit? Was nützt ein König ohne freigebige Gesinnung? Was nützt ein Fürst ohne
Ehrgefühl? Was nützt ein unehrlicher Mund, in dem eine betrügerische Zunge ist,
die vielen häufig Schaden zufügt? Sie macht den Gesunden krank. Was nützt ein
Graf, der keine Tugend üben kann? Was nützt ein Freigeborener, der niemals Treue
halten will? Was nützt ein mächtiger Ministeriale, der die Schande nicht von sich
abwehrt? Was nützt ein Ritter, der Tag für Tag dem Laster frönt?   10 Was nützt
eine schöne Frau ohne Tugend und ohne Ehre? Was nützt ein Landesherr, der keine
Freigebigkeit kennt? Was nützt ein Priester ohne die Kenntnis des wahren Gottes-
wortes? Was nützt ein junger Ritter, der kein ritterliches Leben führt? Was nützt ein
Kaufmann, der keinen Gewinn erwirtschaftet? Was nützen Klöster und Ordensbrüder
ohne die wahre Liebe? Was nützt ein Bürge, der aus Verärgerung für das nicht ein-
stehen will, wofür er sich verbürgt hat? Was nützt ein Jäger ohne einen guten Jagd-
hund und ohne ein Horn? Was nützt ein Falkner, der keine Jagdvögel hat? Noch
weniger nützt ein König, wenn er kein gerechtes Gericht halten will.

WAS SOL *Mel. in Q 29 unter der Bezeichnung* Jn wolframs guldin tone von eschel-
bach.   2 *und* 10 *Initiale nicht ausgeführt.*

STOLLE

[Melodie]

Solte wir svndere gelten gar, waz vnvûrgulten stat,
An uwe gnade, herre, So worde vnser nymmer rat.
5 Des ne truwe ich, herre meyster, nicht,
Daz ir so iamerliche icht haben gesprochen.
Ich weiz wol, daz ir, herre, worden gnaden nye so bar,
Daz ir den svndere hiezen gelten ane gnade gar;
Da von vns allen gût gescicht.
10 Waz hat der hartecker an vns gerochen,
Daz er so gar vûrgezzet hat
an syme liede, daz got ist also milte?
Eer kan ouch geben vil wol rat
Eyme eteslichem svndere, dem die svnde nye bevilte.
15 Tar er sich ruwen vnde bichten of die gnade syn,
vûr war so wirt syn gulde kranc. Der trost ist maniges svnderes
vn̦de ouch myn. *Q 20*

[Melodie]

Swelich ivnger herre balde lob vnde ere erwerben wil,
Der sol der messe vnde des gebetes achten nicht tzŵ vil.
Eyn nvchter trunc sin morgen segen,
5 Slynt er den vrŵ, wie mac ym misselingen?
Eyn ivnger herre vaste liegén vnde triegen sol,
Ot vil gedreuwen vnde lutzel tŵn, daz tzymt ym allez wol.

SOLTE: Wenn wir Sünder gänzlich wiedergutmachen müßten, was ungesühnt ist,
und das, Herr, ohne deine Gnade, so gäbe es keine Hilfe für uns. Das glaube ich,
Herr [und] Meister, nicht, daß du so etwas Vernichtendes gesagt haben sollst. Ich
weiß wohl, daß du, Herr, nie so unbarmherzig gewesen bist, daß du dem Sünder ohne
deine [helfende] Gnade gänzlich wiedergutzumachen befohlen hast; dadurch geht es
uns allen gut. Was hat der Hardegger gegen uns, daß er in seinem Lied so gänzlich
übergangen hat, daß Gott so gnädig ist? Er kann auch jedem Sünder liebevoll helfen,
dem die Sünde nie ein Ärgernis gewesen ist. Wagt dieser es, im Vertrauen auf Gottes
Gnade zu bereuen und zu beichten, wahrlich, dann wird, was er abzugelten hat, klein.
Das ist ein Trost für manchen Sünder und auch für mich.

SWELICH: Ein junger Edelmann, der rasch zu Anerkennung und Ansehen kommen
will, soll sich ja nicht zu viel um Messe und Gebet kümmern. Wie könnte ihm etwas
fehlschlagen, wenn er in der Frühe noch nüchtern als Morgengebet einen hebt?
Ein junger Herr soll wacker lügen und betrügen, auch tüchtig androhen und wenig
ausführen, das steht ihm alles ganz trefflich. Er soll sich auch in Kraftausdrücken

SOLTE *Antwortstr. zu Hardeggers Str. S. 288.* 2 *Mel. auch in Q 29 unter der Bezeich-*
nung alment.

Er sol ouch boser worte phlegen,
Nach lotere vnde nach hůre vaste ringen.
10 Er sol vnteres grůzes syn
Vnde vber dem tische iemerlich gebaren.
Die gůten spise vnde ot den win
Sol er vůrmvchen, Dar tzv̊ sol er eynes wynkeles varen.
Meyneyde vnde ouch vnendelich, daz ist allez wol getan,
15 Den vrivnden wolf, den vienden scaf vnde syne diener in den
noten lan.   Q 20

[Melodie]

Der kvninc von rome ne git ouch nicht vnde hat doch kvninges
gůt.
Er ne git ouch nicht – er ist werlich rechte also ein lewe gemv̊t.
Er ne git ouch nicht – er ist kivsche gar.
5 Er ne git ouch nicht – vnde ist doch wandels eyne.
Er ne git ouch nicht – er mynnet got vnde eret reyne wib.
Er ne git ouch nicht – ez en wan nye man so vollenkomenen lib.
Er ne git ouch nicht – er ist scanden bar.
er ne git ouch nicht – er ist wis vnde reyne.
10 Er ne git ouch nicht – er richtet wol.
Er ne git ouch nicht – er mynnet truwe vnde ere.
Er ne git ouch nicht – er ist tugenden vol.
Er ne git ouch leider nyeman nicht, waz sol der rede mere?
Er ne git ouch nicht – er ist eyn helt mit tzuchten vil gemeit.
15 Er ne git ouch nicht, der kvninc rodolf, swaz eman von ym singet
oder geseit.   Q 20

üben, auf Lotterleben und Hurerei viel Fleiß verwenden. Er soll ruppige Begrüßungen
austeilen und sich bei Tisch miserabel benehmen. Die guten Gerichte und auch den
Wein soll er verstecken und soll sich in die Ecke verdrücken. Meineidig und auch
liederlich, für die Freunde ein Wolf, für die Feinde ein Schaf [sein] und seine Diener
im Elend im Stich lassen, das ist alles in bester Ordnung.

DER KVNINC: Der König von Rom rückt nichts heraus und besitzt doch könig-
liche Schätze. Er rückt nichts heraus – aber er ist wirklich und wahrhaftig mutig wie
ein Löwe. Er rückt nichts heraus – er ist ein sittenstrenger Mann. Er rückt nichts
heraus – und ist doch ohne Tadel. Er rückt nichts heraus – er liebt Gott und achtet
ehrenwerte Frauen. Er rückt nichts heraus – nie hat man einen vollkommeneren Mann
gesehen. Er rückt nichts heraus – er ist frei von allem Makel. Er rückt nichts heraus –
er ist weise und ehrenhaft. Er rückt nichts heraus – er hält gerechtes Gericht. Er rückt
nichts heraus – er übt sich in Treue und Ehre. Er rückt nichts heraus – er ist voll guter
Eigenschaften. Er rückt aber leider für niemanden irgend etwas heraus, was soll man
noch mehr sagen? Er rückt nichts heraus – er ist ein Held von angenehmen Manieren.
Er rückt nichts heraus, der König Rudolf, was man auch über ihn singt oder sagt.

DER KVNINC *Die Str. bezieht sich auf Rudolf I., dt. König von 1273–91.*

[Melodie]

Der lewe wecket syne kynt mit der stemme so,
Daz sie da von irquecken vnde sider wassent ho.
Der struz syne ivngen, so man seit,
5 brût mit den ougen. merket an disen sachen:
Eyn herre solte tzŷ allen tziten haben lewen rŷf
Vnde solte dar an gedenken, daz in got dar tzŷ gescŷf,
Er solte der armen kristenheit
myt syme swerte gŷten vride machen.
10 Ouch solte er struzes ougen han,
Da mite solte er werde ritter mynnen;
Er solte der milte bi gestan.
Tete er daz, so were er wert wol eyner keyserynnen.
Man sol den edelen ritteren beide ligen vnde geben,
15 Sie dienentz wol of eynen tac, swen sie da vmme wagent ritters
leben. *Q 20*

[Melodie]

Ich bitte dich, mŷter, reyne maget, durch dine groze kraft,
Daz du gedenkes an die hoen, waren boteschaft,
Die dir din liebe kint vnbot,
5 do er, vrouwe, tzŷ mŷter din gegerte.
Die botescaft warb eyn engel, so du, vrouwe, vil wol weist;
Da vntfienges du den suzen got vnde ouch den waren geist.
Der an dem krutze leit den tot,
der lobete dich, des er dich sint gewerete,

Der lewe: Der Löwe weckt seine Jungen mit seiner Stimme so auf, daß sie davon
lebendig werden und von da an zu großen [Löwen] heranwachsen. Der Strauß, sagt
man, brütet seine Jungen mit den Augen aus. Lernt daraus: Ein Herrscher soll alle-
zeit wie der Löwe zu rufen wissen und sollte daran denken, daß ihn Gott dazu ge-
schaffen hat, der notleidenden Christenheit mit seinem Schwert einen dauerhaften
Frieden zu verschaffen. Er sollte auch Straußenaugen haben, damit sollte er die edlen
Ritter lieben; er sollte die Freigebigkeit unterstützen. Täte er das, verdiente er wohl
eine Kaiserin. Man soll die edlen Ritter belehnen und beschenken, es kommt ein Tag,
an dem sie es vergelten, wenn sie [nämlich] ihr Ritterleben dafür einsetzen.

Ich bitte: Ich flehe dich an, Mutter, reine Jungfrau, um deines mächtigen Ein-
flusses willen, daß du an die erhabene, wahre Botschaft denken mögest, die dir dein
geliebter Sohn gesandt hat, als er dich, Herrin, zur Mutter haben wollte. Die Bot-
schaft überbrachte ein Engel, wie du, Herrin, genau weißt *[vgl. Lc. 1, 26–35]*; da
empfingst du den heiligen Gott und auch den wahren Geist. Der am Kreuz den Tod
erlitten hat, der versprach dir, was er dir seither gehalten hat, [alles], um was du ihn

Der lewe 2–5 *Vgl. Marners Str. S. 284.*

10 Des tů in gebetes ymmer mer,
   vil edele mv̂ter vnde maget reyne.
   Nv helf vns, sůze vrouwe her,
   tzv̂ hymelriche, da die vreude ist al der werlt gemeyne!
   Da soltu, vrouwe, bote syn vnde bitten din liebez kynt,
15 Daz wir geheizen mv̂zen sin mit den, die in dem rechten gevunden
                                                        sint.   *Q 20*

[*Melodie*]

   Eyn richer bose, karger vrie, an syme tode lac.
   Jn eyner kutten ich vůr in gienc vm eynen mitten tac.
   Jch sprach: „ich bin ein cappelan."
5 Er bat mich tzv̂ ym sitzen in der mynne.
   Er sprach: „vil lieber herre, vůrnemet die bichte myn."
   Jch sprach: „sag an, vil armer man, waz mac din schult gesin?"
   „Ja han ich svnden vil getan,
   als ich es mich noch aller best vůrsynne.
10 Myn lib, myn mv̂t – eynes dreckes wert!
   Min milte were myt eynem eye vůrgůlten.
   Ich leite lesterlichen swert,
   Da von die helfe gerende diet mich dicke hat beschůlten.
   Ich was des gůtes riche vnd kvnd ez vůr ere sparn."
15 „Wol hin, dem tivbel in den ars!", sprach ich tzv̂ ym, „du ne macht
                                              nicht baz gevarn."   *Q 20*

---

je bitten würdest, du erhabenste Mutter und reine Jungfrau. Nun hilf uns, heilige,
erhabene Herrin, ins Himmelreich [zu kommen], wo Freude für die ganze Welt ist!
Dort sollst du, Herrin, Bote sein und deinen geliebten Sohn bitten, daß unser Name
mit denen genannt wird, die gerecht befunden werden.

   EYN RICHER: Ein reicher Bösewicht, [ein] geiziger Edelmann, lag im Sterben.
In einer Kutte ging ich um Mittag zu ihm. Ich sagte: „Ich bin ein Kaplan." Er bat
mich, ich solle mich ihm zuliebe zu ihm setzen. Er sagte: „Lieber guter Mann, hören
Sie meine Beichte." Ich sagte: „Sprich, du Ärmster, welcher Art ist deine Schuld?"
„Ach, ich habe viele Sünden begangen, wie ich mich noch bestens entsinnen kann.
Mein Leben, meine Gesinnung – ein Dreck! Meine Freigebigkeit könnte man mit
einem Ei abgelten. Ich führte ein schandbares Ritterleben, weshalb das hilfesuchende
Volk mich oft verflucht hat. Ich war reich an Gütern und habe sie nicht gegen Ehre
eingetauscht." „Na, dann in den Arsch des Teufels [mit dir]!", sagte ich zu ihm,
„besser kannst du gar nicht unterkommen."

[Melodie]

Vvar vmme horen arge herren note mynen sanc?
Daz mac sich noch gevügen, daz ich gewynne den gedanc,
Daz ich ir laster nicht vůrtrage
5 vnde wil ir lobes mit gůten willen swigen;
Ich wil sie lobes irlazen – sie irlazen mich ir gebe.
Ez wenet maniger boser, daz ich syner gnaden lebe,
Der mir an gabe ie was eyn tzage;
man sicht mich selten sinen handen nygen.
10 Swaz ich nv war gesingen kan,
Daz schadet mir an gůte vnde yn an eren.
Er ne ist nicht ein vngevůger man,
Swer nv der argen herren laster kan mit vůge meren.
Swelich vngeslacht herre die bispil vůr eyn schelten tze of sich,
15 Der sage myrz dryer wochen vůre, ob er icht schuldich sy, so
hivte ich mich.   *Q 20*

[Melodie]

Ich weiz wol, wenne myn armv̊t eyn ende haben sol:
So hertzoge meynhart kernten lant vůrmyldet vnde terol
Vnde der gech vz osterrich
5 vm ere gibet die gůten stat tzv̊ wiene,
So hertzoge heynrich von beygeren nymmer milten phlicht,
So der kvninc rodolf deme soldan ane gesicht
Vnde der swartze walt wirt vůrbrant
Vnde daz mer gevůllet wirt mit griene,

VVAR VMME: Warum hören die geizigen Herren meinen Gesang [so] ungern? Es
wird noch so weit kommen, daß ich den Entschluß fasse, ihr schändliches Betragen
nicht [länger] zu dulden und mit voller Absicht ihr Lob zu verschweigen; ich will
ihnen ihr Lob vorenthalten – sie enthalten mir ihre Gabe vor. Manch schlechter
Mensch, der mir [gegenüber] mit Gaben stets gegeizt hat, glaubt, ich lebe von seiner
Großmut; das wird man nicht zu sehen bekommen, daß ich dem Dankbarkeit bezeuge.
Was ich nun an Wahrem zu singen weiß, ist mir am Geld abträglich und ihnen an
der Ehre. Der ist kein übler Mann, der die Schande der geizigen Herren gekonnt
verbreiten kann. Der ungeratene Herr, der diese Lehrstückchen als eine Schelte auf
sich beziehen möchte, soll mirs, wenn er unschuldig ist, drei Wochen vorher sagen,
dann werde ich mich in acht nehmen.

ICH WEIZ: Ich weiß genau, wann meine Armut ein Ende haben wird: [Dann näm-
lich], wenn der Herzog Meinhard Kärnten und Tirol als Almosen verteilt und der
Spinner aus Österreich die gute Stadt Wien gegen Ehre eintauscht, wenn Herzog
Heinrich von Bayern seine Freigebigkeit aufgibt, wenn König Rudolf den Sultan
besiegt und der Schwarzwald gänzlich zu Feuerholz geworden ist und das Meer mit

---

ICH WEIZ *In Q 19 Boppe (s. S. 421–429) zugewiesen. – Ä. nach Q 19.*   3 *Meinhard II.,
seit 1258 Graf von Tirol, seit 1286 Herzog von Kärnten.*   4 *Wohl König Rudolf I. von
Habsburg (1273–91).*   6 *Heinrich I. von Niederbayern (1253–1290).*   7 *Vgl. V. 4.*

10 So wertzeburch nicht wynes hat
Vnde alle wazzer werden vische lere,
So tzucker wirt eynes ivden quat
Vnde alten hv̂gerechten wibes mynne vrou*d*ebere,
So biscof conrat von strazeburc blibet ane nit
15 Vnde der vurste wert von baden Die alten eberstein durch vorchte
of git. Q 20

[Melodie]

Div warheit sprach: „vnwarheit, wie machtu so vrû ghesin?"
vnwarheit sprach: „da klebe ich an den herren als ein lin."
div warheit sprach: „daz ruwe got!"
5 vnwarheit sprach: „ich han dich gar vûrdrunghen."
Div warheit sprach: „vnwarheit, da habent sie vil valschen mv̂t."
vnwarheit sprach: „warheit, dv dunckes sie tzû nichte gût."
div warheit sprach: „bin ich ir spot?"
„ia", sprach vnwarheit, „mir ist an in ghelungen."
10 Div warheit sprach: „vnwarheit, ich
noch tusent stunt baz in ir hoben ghezeme."
Vnwarheit sprach: „warheit, nv sich,
daz ich in inne ir hertzen bin vur alle dinc gheneme."
Div warheit sprach: „sit daz du in nv lieber bist wen ich,
15 so ist nv daz beste, daz ich tzû den armen tugenthaften mache mich."
Q 20

Sand aufgefüllt ist, wenn Würzburg keinen Wein mehr hat und alle Wasser frei von
Fischen sind, wenn die Scheiße eines Juden Zucker und die Liebe eines buckligen
alten Weibes zum Genuß wird, wenn Bischof Konrad von Straßburg sich seine Miß-
gunst abgewöhnt und der edle Fürst von Baden aus Furcht Alt-Eberstein preisgibt.

DIV WARHEIT: Die Wahrheit sagte: „Unwahrheit, wie kannst du so fröhlich sein?"
Unwahrheit sagte: „Ich klebe wie Leim an den Herren." Die Wahrheit sagte: „Daß
Gott erbarm!" Unwahrheit sagte: „Ich habe dich gänzlich verdrängt." Die Wahrheit
sagte: „Unwahrheit, dann werden sie ja alle zu Betrügern." Unwahrheit sagte: „Wahr-
heit, dich halten sie für gänzlich unnütz." Die Wahrheit sagte: „Bin ich ihnen zum
Gespött geworden?" „Ja", sagte Unwahrheit, „ich habe mich bei ihnen durchgesetzt."
Die Wahrheit sagte: „Unwahrheit, ich würde doch tausendmal besser zu ihren Höfen
passen." Unwahrheit sagte: „Wahrheit, nun sieh ein, daß ich ihnen im Herzen lieber
bin als alles andere." Die Wahrheit sagte: „Wenn du ihnen jetzt lieber bist als ich,
dann wird es jetzt das beste sein, daß ich mich zu den tugendhaften Armen begebe."

ICH WEIZ 13 vrouwebere.   14 *Bischof Konrad III. von Straßburg (1273–1299), be-
kannt für seine zahlreichen Fehden.   15 Die Markgrafen von Baden hatten 1281 die Burg Alt-
Eberstein erobert, 1283 durch Heirat und Kauf die Hälfte dann nachträglich Rechtens erworben.*

BRUNWART VON AUGHEIM

Willekomen si der svmer schône,
willekomen si dú wunneklichú zit!
ich hort aber kleiner vogelin dône.

5   seht, wie heide vnd anger aber schone lit,
sit   der winter mv̂s dem svmer lâssen
sinen strit. seht, frôide ist vf den strâssen,
die vns der vil wunnekliche meie git.

Nieman dur sin tvgende mir das verkere,
10   ob ich aber singen mv̂s der frowen min.
des wil twingen mich dú sûsse here
vnd der lieben rosevarwes mv́ndelin.
pin   lide ich von der vil minnekliche.
troste mich dú reine, tvgende riche,
15   so mv̂ste aller miner swere ein ende sin.

Sol ich niht den hohen trost erwerben,
so bin ich an allen minen frôiden tot.
lat si mih in vngenaden sterben,
owe, wie zimt das ir sv́ssen mvnde rôt?
20   not   lide ich von der vil minnekliche.
troste mich dú reine, tvgende riche,
dú mir zeinem mâle ir lieblich grûssen bot!   *Q 19*

WILLEKOMEN: Willkommen sei der schöne Sommer, willkommen sei die herrliche
Jahreszeit! Wieder habe ich die Lieder der kleinen Vögelchen gehört. Seht, wie
Heide und Anger wieder schön daliegen, da der Winter dem Sommer den Sieg lassen
muß. Seht, auf allen Wegen herrscht Freude, die uns der herrliche Mai schenkt.
9 Niemand soll mir das aus Ehrpusseligkeit verargen, wenn ich für meine Dame
wieder singen werde. Dazu wird mich die süße Gebieterin zwingen und das rosen-
farbene Mündchen der Geliebten. Qualen erdulde ich von der Allerliebsten. Würde
die Reine, an Trefflichkeiten Reiche mich trösten, dann würde alle meine Not ein Ende
haben.   16 Werde ich den gnädig gewährten Trost nicht erlangen, dann ist mir alle
Freude gestorben. Läßt sie mich in Ungnade sterben, weh, wie paßt das zu ihrem
süßen roten Mund? Kummer erdulde ich von der Allerliebsten. Würde [doch] die
Reine, an Trefflichkeiten Reiche mich trösten, die mich einmal schon so liebevoll
begrüßt hat!

MEISSNER

[Melodie]

So vnreyne noch so arc wart nye keyn spynne,
So giftich, so valsch, so vnnvtze, also ich mich versynne,
5 So die bose tzvnge des menschen ist.
Sie livget, trivget, smeychet, manigen mort sie stiftet;
Jr vntruwe, ir luppicheit alle gift vbergiftet,
Vervlûchet vnde verwazen ist ir list.
So ist die gûte tzvnge da bi so gût, daz man ir mv̂z lobes
bekennen,
10 Sie slivzet tzv̂ die helle vnde tût den hymel of, alle dinc kan sie
Sie hat wunschens gewalt kegen gotes barmvnge,   [nennen,
Vnde aller selden segen – so gût ist die gûte tzvnge –,
Des mv̂z sie got gewern an alle vrist.   *Q 20*

[Melodie]

Sele, durchsich dich wol, tziv vz der svnden mantel,
Gienc in din hus vnde kere daz, nym, sûche bûze, wantel!
Vier hande dienestman din hus haben sol:
5 Eynen torwarten vnde da by eynen trozzezen,
Eynen schenken, eynen kamerer myt gûten gelezen.
Gotes hulde vûget tzû torwarten wol,
Daz sie daz tor beware, daz keyner hande bosheit in ir hus icht
drynge.
Kivsche vreude sie schenke, vûrlazene vreude hat mit gote kein
gedinge.

So VNREYNE: Wenn ich richtig überlege, dann war keine Spinne je so abscheulich,
noch so bösartig, so giftig, so tückisch, so unnütz, wie es die böse Menschenzunge ist.
Die lügt, betrügt, schmeichelt, zettelt manchen Totschlag an; ihre Treulosigkeit, ihre
Giftigkeit ist giftiger als jedes andere Gift, verflucht und verdammt ist ihre Tücke. Hin-
gegen ist die gute Zunge so gut, daß man nicht umhin kann, sie zu loben, sie ver-
schließt die Hölle und öffnet den Himmel, alle Dinge weiß sie mit ihrem Namen zu
benennen, sie hat die Macht, Wünsche an Gottes Barmherzigkeit zu richten, und die
Segnungen aller Gnaden – so gut ist die gute Zunge – wird Gott ihr ohne jeden Auf-
schub gewähren.

SELE: Seele, durchschau dich genau, zieh den Sündenmantel aus, geh in dein Haus
und fege es, nimm, suche Buße, Umkehr! Viererlei Diener soll dein Haus haben:
einen Pförtner und dann einen Truchseß, einen Mundschenk, einen Schatzmeister,
[alle] mit gutem Benehmen. Gottes Gnade eignet sich gut zum Pförtner, auf daß sie
das Tor bewache, damit keinerlei Bosheit in ihr Haus eindringen kann. Zuchtvolle
Freude sei der Mundschenk, zügellose Freude hat mit Gott nichts zu schaffen. Truch-

10 Truzzeze sy sterke vůr truren vnde vůr swere.
    Wisliche hoffenvnge sy da by der kamerere
    Vůr den tzwibel *gein* got, der gůte ist vol.   *Q 20*

[Melodie]

    Maria, můter, meit vnd kristes amme,
    Geborn da her von kůninc dauites stamme,
    Du gotes sedel, tempel der dryvaldicheit!
5 Du tugende vaz bist wol eyn hymel porte.
    Dyns kyndes vater schůf mit eynen worte,
    Daz du den trůge, der da hymel vnde erden treit.
    E daz gotes svn mensche wůrde,
    Was er ein geist, des můchte man yn nicht gesen.
10 Von vleische vleisch ane svnden bůrde,
    Sele vnde lib nam her in ir, des můze wir ihen.
    Ez quam da von, her wolte in ir rasten.
    Durch vns liez er sich grifen vnde tasten,
    Her wart vns glich. wol vns des, daz daz solte schen!   *Q 20*

[Melodie]

    Kům, arger tot, die bosen herren sterbe!
    Kům, arger tiubel, nym dyn recht, daz erbe!
    Tot, la die milten leben, die synt der armen trost!

---

seß sei die Festigkeit [des Gemüts] gegen Traurigkeit und Niedergeschlagenheit. Einsichtsvolle Hoffnung sei als Schatzmeister dabei gegen den Zweifel an Gott, der voller Güte ist.

MARIA: Maria, Mutter, Jungfrau und Nährerin Christi, geboren aus dem Stamm König Davids, du Sitz der Gottheit *[vgl. 1 Reg. 10, 18–20]*, Tempel der Dreifaltigkeit *[vgl. 1 Reg. 6, 8]*! Du Gefäß der Tugend bist fürwahr eine Pforte des Himmels. Der Vater deines Sohnes bewirkte mit einem Wort *[s. Lc. 1, 28]*, daß du den trugst, der da den Himmel und die Erde trägt. Bevor Gottes Sohn Mensch wurde, war er ein Geist, deswegen konnte man ihn nicht sehen. Fleisch von ihrem Fleisch, das ohne den Makel der Sünde war, Seele und Leib nahm er in ihr an sich, das müssen wir bekennen. Das geschah, weil er in ihr ruhen wollte. Um unseretwillen ließ er sich berühren und anfassen, er wurde unseresgleichen. Heil uns, daß dies hat geschehen dürfen!

KůM: Komm, schrecklicher Tod, bring die bösen Herren um! Komm, schrecklicher Teufel, hol das Erbe, das dir zusteht! Tod, laß die Freigebigen leben, sie sind die

SELE   12 si.

5 Got hat an syner phlege ē die milten,
Die milten vnder eren dache spilten,
Mit milticheit hat sie got von der helle erlost.
Der milten ich nv kleyne vinde,
Die milte phlegen nach der rechten milticheit.
10 Der was ich wilen ingesynde,
Sie bûzten mir myn aremv̂t, des was ich gemeyt.
Nv vind ich nynder tzwelbe of al der erden,
Vnder den tzwelben viere, die den werden
Nach kvnste geben. ere ist vv̂rworfen vnde ir kleit. *Q 20*

[Melodie]

Eyn menlich man, der sich erlichen heldet,
Ein wiblich wib ym billich ir hende veldet,
Ein menlich man, eyn wiblich wib diz merken sol:
5 Her sol sie meistern libes vnde gûtes,
Sie sy eyn warterynne synes mv̂tes.
her si der man, sie sy daz wib, daz vûget wol.
Ouch sol er sie erlichen halten.
Sie ne sol ane synen rat nicht tv̂n, daz ist ir gût.
10 So mv̂gen sie an vreuden alten.
Eyn wiblich wib irs mannes willen billich tût.
Vvie stvnde, daz eyn wib worde vz dem manne
Vnde vz dem wibe eyn man? men spreche danne:
„Her weychelinc, ir sit ein man myt wibes mv̂t." *Q 20*

Hoffnung der Armen! Gott hat stets sein besonderes Augenmerk auf die Freigebigen gerichtet, die Freigebigen ergingen sich unter dem Schutzdach der Ehre, aus Großmut hat Gott sie von der Hölle erlöst. Ich finde heute nur wenige Freigebige, die Freigebigkeit walten lassen, wie es wahrer Großmut zukommt. Früher gehörte ich zum Gefolge solcher Menschen, sie halfen meiner Armut ab, darüber war ich froh. Nun finde ich auf der ganzen Welt nicht einmal zwölf, unter den Zwölfen nicht einmal vier, die die Trefflichen ihrer Kunst entsprechend belohnen. Ehre und der Schmuck, [den sie verleihen kann], sind der Verachtung anheimgefallen.

EYN MENLICH: Führt ein wahrer Mann ein ehrenhaftes Leben, so ist es recht und billig, daß eine wahre Frau ihm ihre Ehrfurcht bezeugt, ein wahrer Mann, eine wahre Frau sollen sich das einprägen: Er soll der Herr über ihr Leben und ihren Besitz sein, sie soll Obacht geben auf seine Gesinnung. Er sei der Mann, sie die Frau, so ist es in Ordnung. Er soll sie auch in Ehren halten. Sie soll nicht ohne seinen Rat handeln, das ist gut für sie. Auf diese Weise bleiben sie glücklich bis ins hohe Alter. Eine wahre Frau findet es recht und billig, den Willen ihres Mannes zu erfüllen. Wohin führte das, wenn aus dem Mann eine Frau würde und aus der Frau ein Mann? Dann müßte man sagen: „Herr Weichling, Sie sind ein Mann mit dem Charakter einer Frau."

[Melodie]

Ich wolde, daz den argen hienge eyn schelle
Vûr an der nasen, die da klvnge helle,
Da man sie by irkente; secht, daz were ir recht.

5   Sit des nicht ist, so wil ich of sie singen,
Mit irer missetat wil ich sie twingen.
Jch rûge ir werc; sus diene ich in vnde bin ir knecht:
Got welt die gûten vz den bosen
Vnde svndert sie – svs tv̂n ich, sint daz erz gebot.

10 Got mv̂ze vns von den argen losen
Vnde mere vns hie der milten schar durch synen tot!
Sit got ist starker den die tiubel alle,
Der gebe den argen synen vlûch tzv̂ valle! –
Swer sich nv schuldich weiz, daz merke ich, wirt er rot.   *Q 20*

[Melodie]

Slaf ist gût vnde bose, als ich bescheide:
Slaf durch des libes not neman ich leide,
Slaf gût ist, da man die vivnf synne sterket mite.

5   Bose ist der slaf, swa daz die tugende slafen.
Swer ouch in svnden slefet, den mac men strafen.
Des lant wachen recht leben, nicht slafen gûte site!
Ich han ir leider vil gevunden,
Der tugent vnde ere slafet vnde ir milter mv̂t.

10 Des tiubels slaf hat iren gebvnden
Vnde let sie nicht irwachen; der slaf schaden tût.

ICH WOLDE: Ich wünschte, den Hartherzigen hinge vorn an der Nase eine Schelle,
die laut klingelte, daran könnte man sie erkennen; seht, das geschähe ihnen recht.
Da das nicht der Fall ist, will ich über sie singen, mit ihrer Schlechtigkeit will ich
ihnen zu Leibe rücken. Ich tadle ihr Tun; auf diese Weise diene ich ihnen und bin
ihr Knecht: Gott trennt die Guten von den Bösen und sondert sie aus *[vgl. Mt. 25,
31–33]* – ich mache es ebenso, weil er es so geboten hat. Gott möge uns von den Hart-
herzigen erlösen und mehre uns um seines Todes willen hier auf Erden die Schar der
Freigebigen! Da Gott stärker ist als alle Teufel, möge sein Fluch den Hartherzigen
den Untergang bringen! – Wer sich hier schuldig weiß, den erkenne ich daran, daß
er rot wird.

SLAF: Der Schlaf ist sowohl gut als auch böse, das will ich darlegen: Den Schlaf,
der zum Leben notwendig ist, will ich niemandem verleiden, der Schlaf, mit dem man
die fünf Sinne stärkt, ist gut. Von Übel ist der Schlaf, bei dem die Tugenden schlafen.
Auch den, der in Sünden schläft, soll man schelten. Deshalb laßt das rechte Leben
wach sein [und] die guten Sitten nicht schlafen! Ich habe leider viele getroffen, deren
Tugenden und deren Ehre und deren Freigebigkeit schlafen. Der Schlaf des Teufels
hat [auch] den ihren in seinen Bann geschlagen und läßt sie nicht aufwachen; dieser
Schlaf

Die also slafen, der hat got vûrgezzen.
Die tugent sol wachen, der hat got gemezzen
Dort ymmer wernde vreude vnde hie eyn ende gût.   *Q 20*

[Melodie]

Aleke bat cvnzen, dem ein frivnt ĝab hechte.
Jn kreken lant man nam of pant, quam rechte
Schalkes tat vûr. x͡pofer ym tzv̂ selbe sprach:
5   „Diz liet aller bûche bûchstabe beslivzet."
Sliez of den syn! din kvnst des wol genivzet.
Paris, padouwe, salerne ḕ des selben iach.
In disem liedhe sûchet lere
Ein wiser man, der hat vûrloren synen namen:
10   Marn was sin vleisch, groz was sin ere.
Swer myr den nennet, der ne darb sich des nicht schamen.
Eyn itzlich kvnster rate, in disem liede
Wie hiez der man? der snepfe in deme rede
Wil wilde syn, des mac man selten in getzamen.   *Q 20*

[Melodie]

'Sol' vnde 'wil', die tzwe, die eygent sich.
'Wil', daz wil, ist wesende gelich,
Sus dvnket mich;   'Sol', daz ist gar vnwendich.

---

bringt Unheil. Die so schlafen, die hat Gott vergessen. Die Tugend soll wachsam sein,
ihr hat Gott ewig während Freude im Jenseits und hier ein seliges Ende zugedacht.
    ALEKE: Aleke bat Kunz, dem ein Freund Hechte gab. In Griechenland nahm man
Pfänder auf, wurde die rechte Schalkstat ruchbar. Christopher sprach zu sich selbst:
„Dieses Lied umfaßt die Buchstaben aller Bücher." Entschlüssele seine Bedeutung!
Deine Kunst wird davon profitieren. Paris, Padua, Salerno haben das auch immer
gesagt. In diesem Lied sucht ein weiser Mann Belehrung, der diesen seinen Titel
verloren hat: *Marn [mürbe?]* war sein Fleisch, groß war seine Ehr. Wer mir
den nennt, braucht sich dessen nicht zu schämen. Jeder Dichter rate, wie hieß der
Mann in diesem Lied? Die Schnepfe im Ried will ein Wildvogel sein, deshalb kann
man sie selten *[oder:* niemals*]* zähmen.
    SOL: 'Soll' und 'Will', die beiden haben ihren je eigenen Bereich *[?]*. Ein 'Will',
das will, ist geschehend gleich *[Geschehen oder Nichtgeschehen sind, was das bloße Wollen
angeht, offen?]*, so scheint mir; 'Soll' [hingegen] bedeutet etwas absolut Unabwendbares.

    ALEKE *Spottstr. (?) auf den Marner (s. S. 272–286). Auflösung des Rätsels in V. 10.*
*13–14 Mit dem Bild von der Schnepfe könnte die Rätselhaftigkeit der Marner-Texte ins-
gesamt oder nur diese Str. gemeint sein, die schwer (oder nicht) auflösbar sein soll.*
    SOL   1 *Anfang der Mel. fehlt durch Blattverlust.*

5   Kyntheit vnde ivgent, die tzwe man twyngen mac,
    Kintheit kyntlicher dinge ie phlac;
    Alt hvnt hie lac   Jn kriege vnde was vnbendich.
    'Sol', daz mv̂z syn,   'Wil' hat den pyn
    (Diz 'wil' vnde en mac), sus sint die tzwe bescheiden.
10   Kyndes wille ist schade.   Der vater lade
    Diz 'wil' vnde mache eyn 'sol' vnde rat yn beyden.
    Div kyntheit man twinget wol,   Die ist vorchten vol,
    Der sol man tvmpheit leyden.   *Q 20*

[Melodie]

    'Ia' vnde 'neyn', 'ich wene' vnde 'wolte got',
    Der synt tzwey des vrides spot.
    'Ja' tût gebot,   'Neyn', daz ist boses willen.
5   'ich enrûche', 'Ich wene', sich, so tzwibelt der syn.
    'Wolte got' wunschet of gewyn.
    Vntruwe vntryn,   Vnvride lerne stillen!
    Tzv̂ vbele 'neyn'   (Wis nicht eyn steyn!),
    Tzv̂ gûte 'ia', sus soltu dich vûrsynnen.
10   Vluch tzwibels mv̂t,   Din wunsch si gût,
    So machtu gotes hulde wol gewynnen.
    Tvync dise viere vnde phlich ir wol,   wes tugende vol
    Recht vzen vnde enbynnen!   *Q 20*

Kindheit und Jugend kann man beide lenken, die Kindheit hat sich noch immer mit Kindereien abgegeben; nachdem der Hund erst alt geworden war, leistete er stets Widerstand und war nicht mehr zu bändigen. 'Soll', das muß geschehen, 'Will' kann sich [nur] bemühen ([zum Beispiel] gibt es ein 'Will', das nicht kann), so sind die beiden definiert. Was das Kind will, schadet [ihm]. Der Vater locke dies 'Will' hervor und setze ihm ein 'Soll' und berate sie beide. Das Kindesalter kann man gut lenken, es ist [noch] voller Furcht, man soll ihm die Torheit austreiben.

IA VNDE: 'Ja' und 'Nein', 'ich meine' und 'so Gott will', zwei von diesen spotten allen Friedensbemühungen. 'Ja' erfüllt das Gebotene, 'Nein' resultiert aus der Ablehnung. [Heißt es:] 'Es ist egal', 'ich meine', sieh, so zweifelt man. 'So Gott will' wünscht sich ein Gelingen. Meide die Treulosigkeit, lerne den Unfrieden besiegen! Zum Bösen ein 'Nein' (sei nicht von Stein!), ein 'Ja' zum Guten, das sei deine Devise. Vermeide den Zweifel, dein Begehren sei fromm, dann kannst du die Gnade Gottes leicht gewinnen. Beherrsche diese Vier und übe sie recht, sei nach außen wie im Innern voll des rechten Bemühens!

IA VNDE   1 *Anfang der Mel. fehlt durch Blattverlust.*

[Melodie]

Mich wundert, wie die wolken vliegent tac vnde nacht,
Mich wundert, wa die nacht hin kom des tages vnde wa der tac
Des liecht vns hivte scheyn.   [des nachtes sy,
5 Mich wundert maniger wunder, die got hat gemacht;
Mich wundert, wie die svnne nymt der manen synen schyn. –
Die sliezen sich an eyn: [gotes namen dry,
An anegenge, an ende dry – eyn got.
Eynen ich drye, an schrie, Svnder spot,
10 Div trinitat gedryet in dryn namen ist,
Die dry eyn got in eyner goteheit: heyliger gheist, got vater,
Almechtich, got, du bist.   [krist –
                                        Q 20

[Melodie]

E y icht worde, do was got, e was syn wesen, syn wunne,
Mit ym syn wort, Daz wort sin kynt
Was e, do her do sament nv beyde eynes willen.
5 Mit ym, yn ym, von ym so sint alle dinc. sich, menschen kvnne,
Sin kint wart durch vns mensche sint.
Her kan wol blitzen, dvnren, wynde sus ouch stillen.
Her endeloser hohe ein dach,
breite vnde lenge her endet,
10 Her grvndeloser grvndes bach,
Sin kraft wehet vnde wendet
Hymel vnde wolken. swaz ie gescach
Vnde noch gescicht, syn kraft daz allez phendet.   Q 20

MICH WUNDERT: Mich verwundert, wie die Wolken Tag und Nacht dahinziehen, mich
verwundert, wo die Nacht am Tag hingeht und wo der Tag, dessen Licht uns heute
geleuchtet hat, in der Nacht ist. Mich verwundern viele seltsame Dinge, die Gott
geschaffen hat; mich verwundert, wie die Sonne dem Mond das Licht fortnimmt. –
Die drei Namen Gottes schließen sich in einen zusammen: ohne Anfang, ohne Ende
drei – ein Gott. Einen mache ich zu dreien, rufe ich an, [ich spreche] in vollem Ernst,
die Trinität ist aufgefaltet in drei Namen, die drei sind ein Gott in einer Gottheit: der
Heilige Geist, Gottvater, Christus – Gott, du bist allmächtig.
E Y ICHT: Bevor jemals etwas entstand, war Gott, ewig war seine Essenz, seine
Herrlichkeit, mit ihm sein Wort, das Wort war sein Sohn von jeher *[Io. 1, 1f.]*, seit-
her [sind] beide zusammen eines Willens. Mit ihm, in ihm, durch ihn sind alle Dinge
[Rom. 11, 36]. Sieh, Menschengeschlecht, sein Sohn wurde dann um unseretwillen
Mensch. Er kann blitzen, donnern, ebenso auch die Stürme beruhigen. Er überwölbt
jede Höhe, er ist länger als jede Breite und Länge, er unterfließt die grundloseste
Tiefe, seine Kraft ziert und bewegt Himmel und Wolken. Alles, was je geschah und
noch geschieht, ist ein Unterpfand seiner Kraft.

[Melodie]

Ich singe din lob nicht habe in vluch. wes arc nicht tů nach
Wes milte selten diene haz!   [eren!
Wes ouch in gotes banne nymmer ere kristen!
5 Phlich hochvart selten gib durch got! wes gůt nicht scilt die
Wes tzuchtich nicht tzv̂ tugenden laz!   [herren!
Vnrechtes gůtes gere nicht wes gram valschen listen!
Vnreyne wort, die sprich nicht vil
Svnden soltu dich schamen!
10 Die vrouwen ere vngerne stil
wůrtze, golt vz den kramen!
Phlich mordes selten wunsches spil
si dir by! nv rat, schelte oder lobe ich dynen namen?   *Q 20*

[Melodie]

Daz sanc daz hoeste sy in hymele vnde of erden,
Des tzie ich an die engele, die myt sange lobent got in hymele
Mit worten mac von brote gotes lichnam werden,   [dort.
5 Des ist sanc vnde wort daz hoeste, sit daz ie vnde y was gotes
                                     wort.
Sanc leret tugende phlegen, Vlien valschen rat, sanc vreuwet,
                                  sanc rynget vil der swere.
Sanc ist gotelich, Sanc, der ist loụebere.
Gedhone ane wort, Daz ist eyn toder galm, so ist vůr gote sanc
                                   gehort.   *Q 20*

Ich singe: Ich singe dein Lob nicht verfluche dich. Böse sei nicht handle ehren-
haft! Barmherzig sei nie zieh dir Haß zu! In Gottes Bann gerate niemals erweise den
Christen Ehre! Hoffärtig sei nie gib um Gottes willen! Gut sei nicht schimpfe auf die
Herren! Maßvoll sei nicht träge in der Ausübung der Tugenden! Unrechtes Gut
begehre nicht sei zornig über Betrügereien! Unanständige Worte sprich nicht viele
Sünden sollst du bereuen! Frauen ehre ungern stiehl Gewürz [und] Gold aus den
Verkaufsständen! Mord begeh niemals möge Wünschenswertes dir zufallen! Nun
rate, beleidige oder ehre ich dich?

Daz sanc: Daß der Gesang im Himmel wie auf Erden das Erhabenste sei, dafür
berufe ich mich auf die Engel, die Gott im Himmel droben mit Gesang preisen. Durch
das Wort kann aus dem Brot der Leib des Herrn werden, deshalb sind Gesang und
das Wort das Erhabenste, weil Gottes Wort von Ewigkeit her besteht. Der Gesang lehrt
Tugenden üben, falsche Ratschläge vermeiden, Gesang macht froh, Gesang erleichtert
manchen Kummer. Der Gesang ist göttlich, Gesang ist preiswürdig. Klänge ohne
Worte, das ist toter Schall, deshalb wird vor Gott Gesang vernommen.

[Melodie]

Got selbe sprach tzv̊ moyse myt synen mvnde:
„Waz hastu in der hant?" her sprach: „eyne gerte." „die wirf
              drate von dir nyder!"
Her warf sie nider, ez wart ein slange tzv̊ der stvnde.
5 Moyses do vlo. got sprach: „begrif den tzagel, so wirt ez ein
              gerte wider!"
Do diz gescach, got sprach: „stoz in den schoz die hant!" diz
              merket al gemeyne:
Die wart malates. er tzo sie wider, Do was sie reyne.
Ouch hiez er ym wazzer giezen of die erden, daz wart blůt. daz
              schrieb er syder.

Daz die gerte ein slange wart, daz ist eyn tzeychen,
10 Daz ein slange erst vůrriet den ersten menschen, da von starb
Daz aber die hant malates wart, wer mac gereichen   [des lib.
Mit synnen daz? ich wene, ez sy die svnde, die adam tete vnde
              syn wib.
Ouch wart die hant wider reyne, daz ist war. Daz divtet, daz vns
              got myt synen blůte
Koufte an dem krutze, set, dem vnse schade mv̊te.
15 Daz wazzer divtet die toufe. erden kloz, an dem gelouben stete
              blib!   *Q 20*

[Melodie]

Heyliger gheist, nv gheiste vns hie myt dyme gheiste!
Vnser gheist dem vleische lit tzv̊ nahe, din gheist mac vns den
              gheist ertzvnden wol.

GOT SELBE: Gott selbst sprach mit eigenem Mund zu Moses *[Ex. 4, 1–9]*: „Was hast du in der Hand?" Er sprach: „Einen Stab." „Wirf ihn rasch von dir auf die Erde!" Er warf ihn hin, es wurde sogleich eine Schlange daraus. Da ergriff Moses die Flucht. Gott sprach: „Ergreife den Schwanz, so wird es wieder ein Stab!" Als dies geschehen war, sprach Gott: „Stecke deine Hand in dein Gewand!" Nun gebt alle acht: sie wurde aussätzig. Er zog sie wieder heraus, da war sie [wieder] rein. Er befahl ihm auch, Wasser auf die Erde zu gießen, das wurde zu Blut. Das hat er später aufgeschrieben. 9 Daß der Stab zur Schlange wurde, ist ein Zeichen dafür, daß eine Schlange zuerst den ersten Menschen verraten hat, dadurch starb er *[vgl. Gen. 2]*. Daß aber die Hand aussätzig wurde, wessen Verstand kann das ergründen? Ich meine, es bezeichne die Sünde, die Adam und seine Frau begingen. Die Hand wurde auch wieder rein, das ist wahr. Das bedeutet, daß Gott uns mit seinem Blut am Kreuz erkauft hat, er, seht, den unsere Not erbarmte. Das Wasser bedeutet die Taufe. Erdenkloß, harre aus in diesem Glauben!

HEYLIGER: Heiliger Geist, nun erfülle uns hier auf Erden mit deinem Geist! Unser Geist ist zu eng mit dem Fleisch verbunden, dein Geist vermag unseren Geist auf

Heiliger geist, dyner phlicht gere ich aller meiste.
5 Dryvaldich stric – die dry eyn got: vater, svn, heiliger geist,
tugenden vol.
Almechtich got, din kint, barmvnge rich, heiliger gheist, vns
Sin vnde witze, vnser geloube, die drye   [ruwe lye!
An bete eynigen got, der vnsen gheist tzv̂ syme geiste haben sol.

Q 20

Swer sanc, daz der struz sie dry tage an syn eyer,
Der sanc vnrecht, her sy eyn swabe oder eyn beyer.
Her brûdet sie vil anders vz, daz ist myr kvnt.
Swer sanc, daz der fenix vv̂rbrynne sich in vivre
5 Vnde werde wider lebende, des sanc ist vngehivre;
An valschem sange strafe ich lugeneres mvnt.
Swer sanc, daz pellicanus tode syne kynt,
Her hat gelogen, her lese baz die bûch!
Swer valsch synget, der mac wol wesen kvnsten blynt.
10 Spottent der ander meister, ich en rûch,
Diser dryen nativre wil ich vch bescheiden,
Mit waren sange wil ich v̂ lugensanc leyden:
Eyn meister arzt mac siechen wol machen gesvnt.

Vvir lesen, daz der struz als eyn ander tier ezze
15 Vnde daz keyn tier sy, daz sich so drate vv̂rgezze.
Her rechet syne eyer in dem ouste vnder den sant

---

rechte Weise zu erleuchten. Heiliger Geist, in deiner Obhut zu sein, begehre ich aufs
Innigste. Dreifaltiger Bund – die drei ein Gott: Vater, Sohn, Heiliger Geist, voll der
[göttlichen] Tugenden. Allmächtiger Gott, dein Sohn, reich an Barmherzigkeit, Hei-
liger Geist, verleihe uns Reue! Denken und Verstand [und] unser Glaube, diese Drei-
heit bete den einen Gott an, der unseren Geist mit seinem Geist vereinigen soll.

SWER SANC: Wer gesungen hat, daß der Strauß drei Tage lang seine Eier ansehe,
der sang etwas Falsches, er sei Schwabe oder Bayer. Er brütet sie nämlich ganz anders
aus, wie ich weiß. Wer gesungen hat, daß sich der Phönix im Feuer verbrenne und
wieder lebendig werde, dessen Lied ist befremdlich; wegen seiner falschen Lieder
schelte ich den Mund des Lügners. Wer gesungen hat, daß der Pelikan seine Jungen
töte, der hat gelogen, er lese die Bücher genauer! Wer etwas Falsches singt, der hat
freilich von Kunst keine Ahnung. Wenn sich andere Meister darüber lustig machen,
ist mir das gleichgültig, ich will euch über die Art dieser drei unterrichten, will euch
mit wahren Liedern die Lügenlieder verleiden: Es ist der Meisterarzt, der den Kranken
richtig gesund machen kann.   14 Wir lesen, daß der Strauß frißt wie jedes andere
Tier und daß es kein anderes Tier gibt, das so rasch vergißt. Im August scharrt er seine

SWER SANC *Gegenstr. auf die Marnerstr. S. 284. – Ä. nach Q 57.*

Vnde vûrgizzet ir da. die warheit ich vch lerne:
Virilie, die schinet dan, daz ist eyn sterne,
Den set her an. tzv̂ phlege heiz ist ouch daz lant;
20 Vnder dem sande werden gebrudet die eyer syn,
Von der svnnen hitze daz geschiet.
Von dem fenix tv̂n ich ouch die warheit schyn:
Swen der wirt alt, nv merket, tvmme diet,
Der vûrbrynnet sich vnde wirt tzv̂ aschen, sagent die phaffen,
25 Vz der aschen eyn ander, daz hat got geschaffen.
Diser tzwyer nativre synt myr wol bekant.

Der pellicanus vnde der slange, die tzwe sich nydhen.
Der slange, der ne mac syne vngvnst nicht vermydhen,
Her todet dem pellicane sine ivngen gar.
30 So des der pellicanus wirt ynnen – merket wunder –,
Her walgert sich in dicken phûle oben vnde vnder
Vnde let den slym an ym yrdûrren, daz ist war.
Daz tût er, ě er tzv̂ dem slangen striten get,
Of daz er ym geschaden mv̂ge nicht.
35 So daz gescicht, den slym her schiere abe getwet
(Alsus gotes gebot an ym gescicht),
So vlivget her hyn wider tzv̂ neste in vrohen mv̂te
Vnde machet syne ivngen lebende wider myt synen blûte.
Des wil ich v̂ bescheiden baz, des nement war:

40 Der pellicanus, der sol gotes svn bedivten,
Der slange den tivbel, der ist gram allen livten.
Er sterbet vns, wir synt die kynt, die er betrouch.

Eier unter den Sand und vergißt sie dort. Ich sage euch die Wahrheit: Dann scheint
die Virilie *[aus lat. virgilia = Plejaden, Siebengestirn]*, das ist ein Stern, den sieht er an. In
dem Land ist es gewöhnlich heiß; unter dem Sand werden seine Eier ausgebrütet, das
geschieht durch die Hitze der Sonne. Auch über den Phönix sage ich die Wahrheit:
Wenn der alt wird, nun gebt acht, ihr einfältigen Gemüter, verbrennt er sich und
wird zu Asche, sagen die Geistlichen, aus der Asche [entsteht] ein anderer, das hat Gott
so eingerichtet. Das Wesen dieser beiden ist mir wohlbekannt.   27 Pelikan und
Schlange sind einander feind. Die Schlange kann ihre Bosheit nicht unterdrücken,
sie tötet die Jungen des Pelikans. Sobald der Pelikan das bemerkt – denkt nur, wie
seltsam –, wälzt er sich über und über in einem tiefen Morast und läßt den Schlamm
auf sich trocknen, das ist wahr. Das tut er, bevor er den Kampf mit der Schlange
aufnimmt, damit diese ihm nicht schaden kann. Wenn das geschehen ist, so wäscht
er die Schlammkruste sogleich ab (so erfüllt sich Gottes Gebot an ihm), und er fliegt
fröhlich wieder zu seinem Nest und macht seine Jungen mit seinem Blut wieder
lebendig. Darüber will er euch noch besser unterrichten, gebt acht: 40 Der Pelikan
soll Gottes Sohn versinnbildlichen, die Schlange den Teufel, der haßt alle Menschen.
Er tötet uns, wir sind die Jungen, die er betrogen hat. Deshalb mußte Gottes Sohn

Des mv̊ste gotes svn div erde an sich kle*i*ben;
Syn tot lost vns von tode, her wolte vns nicht le*i*ben
45 Dem lugenere, der die ersten luge louch.
Des vacht sige an dem krutze der sůze ihesus krist
Vnde gab vns wider vůrlornez leben.
Der in der toufe wirt getoufet, kristen der ist.
We werde den ivden, die da wider streben!
50 Kristenen gelouben, rechte bigicht vnde ware ruwe
Vůrlye vns got vnde ymmer werende vreude nuwe!
We werde deme, der vns den bovm tzv̊ schaden bouch! *Q 20*

[Melodie]

Die mv̊cken habent kvninc vnder ynne,
Die beyn eynen wisel, dem sie volgen,
Die keyn creativre lebet ane meysterscaft.
5 Mensche, diz merke, hastu synne,
Wes dyme rechten herren vnvůrbolgen!
Her mac dich beschyrmen wol myt vůrstelicher kraft.
Swelich ve ane hirten ist, daz wirt vůrstoret, merket, waz diz divte!
Swelich lant ane houbet man, ane vursten ist, daz hat vil armer
10 Daz lant, daz mv̊z tzv̊ lest vůrterben,   [livte.
Daz volc vůrarmet vnde mv̊z hvnger sterben.
Swa gůt vride ist, da mac man wol gůt vnde ere irwerben. *Q 20*

den Erdenstaub an sich nehmen; sein Tod erlöste uns vom Tod, er wollte uns nicht
dem Lügner, der die erste Lüge gelogen hat, überlassen. Deshalb hat der heilige
Jesus Christus am Kreuz den Sieg erfochten und uns das verlorene Leben zurück-
gegeben. Wer in der Taufe getauft wird, der ist Christ. Weh geschehe den Juden, die
sich dagegen sträuben! Gott verleihe uns christlichen Glauben, rechte Beichte und
wahre Reue und immerwährende beständige Freude! Weh geschehe dem, der zu un-
serem Unheil den Baum herniedergebogen hat *[vermutlich den Paradiesesbaum, vgl. Gen.
3, 1–6]*.

DIE MV̊CKEN: Die Mücken haben einen König, die Bienen eine Königin, der sie
folgen, keine Kreatur lebt ohne Regierung. Mensch, das beachte, wenn du Verstand
hast, sei gegen deinen rechtmäßigen Herrn nicht aufsässig! Er kann dich mit fürst-
licher Gewalt recht beschützen: Die Herde, die keinen Hirten hat, wird vernichtet,
merkt euch, was das bedeutet! Das Land, das ohne Führer, ohne Landesherrn ist, das
hat viele bedauernswerte Einwohner. Dieses Land muß am Ende zugrunde gehen, das
Volk verarmt und muß Hungers sterben. [Nur] wo ein dauerhafter Friede ist, da kann
man Besitz und Ehre erwerben.

SWER SANC   43 klieben.   44 lieben.

[Melodie]

Gamalion, daz ist eyn tier, daz hat die site, swaz varwe ez sicht, die
ym gevellet,
Gele oder rot, grŷne oder bla, wiz oder swartz, swen ez wil, sam
wirt ez ouch gestellet.
Mensche, by dem tiere vnde by den varwen gib ich dir lere:
5 Gele – daz din truwe guldyn sy; rot – daz man sich schame vnde
daz man got vorchte vnde mynne;
Grŷne an der milte vnde nicht val; bla hymelvar – daz der mvnt
daz hertze vnde die synne
Trage vber ein; wiz – daz man schande vlie vnde mynne ere;
Swartz – daz man wol bescheiden sy, barmhertzich vnde grûzsam.
diz merke, edele ivgent!
Swartz tzieret alle varwe gar, sam tût bescheidenheit, die meistert
alle tugent.
10 Tier vnde mensche in menschen hût, meystere dynen lib, daz er
die sexs varwe an ym dulde,
So wirt dir hie der werlde gvnst, dort vreude vnde gotes hulde.

Q 20

[Melodie]

Hoklymich an der wirdicheit ist syn lib, so ist syn mŷt geblûmet
an der milte.
Snel valken vluch of heldes werc; myt gekronter tugent blûhet sin
hertze vnder eren schilte.
Sin gebende hant vreuwet als eyn sûze regen in dem meyen.

GAMALION: Das Chamäleon ist ein Tier, das die Art hat, daß es, wenn es will, die
Farbe annehmen kann, die es sieht [und] die ihm gefällt, gelb oder rot, grün oder blau,
weiß oder schwarz. Mensch, von dem Tier und von den Farben leite ich für dich die
Lehre ab: Gelb – daß deine Treue golden sei; rot – daß man sich schäme und daß man
Gott fürchte und liebe; grün und nicht blaß, was die Barmherzigkeit angeht; him-
melblau – daß der Mund Herz und Sinne in Einklang bringe; weiß – daß man die
Schande fliehe und die Ehre hochschätze; schwarz – daß man klug sein soll, barm-
herzig und freundlich. Beherzigt das, ihr edlen jungen Leute! Schwarz hebt jede
Farbe außerordentlich, ebenso tut es das kluge Handeln, es regiert alle Tugenden.
Du, [der du] in der Haut des Menschen Tier und Mensch [zugleich bist], beherrsche
deinen irdischen Teil, daß er die sechs Farben an sich bestehen lasse, so erreichst
du hier die Zuneigung der Welt, dort Freude und die Gnade Gottes.

HOKLYMICH: Emporragend an Würde ist seine Gestalt, entsprechend ist sein Gemüt
geschmückt mit Freigebigkeit. Geht es um Heldentaten, dann rasch wie der Flug des
Falken; unter dem Schild der Ehre prangt sein Herz in der Tugendkrone. Seine
schenkende Hand erfreut wie ein süßer Regen im Mai. Er [ist] ein unbeirrbarer Vor-

HOKLYMICH *Preisstr. auf Markgraf Otto von Brandenburg (1267–1299).*

5 Her eren kempfe vnvůrtzaget, der tzucht vnde der truwen leitestab
in rechter vůre,
Her balsmen tror vůr argen smac; selde hat sin lob gemezzen nach
der tugende snvre,
Daz ez ist lutter vnde ganz an dem geerten leyen.
Her liebet sich den livten hie, rechte als eyn liebez kynt der mvter
tůt mit gůte.
Swer trurich sy, der se in an, dem git sin tugent vnde syn mylte
houch gemvte.
10 Her ist manlich, werlich, ellenthaft vnde eyn ritter gůt, da von
lobe ich in myt gesange.
Des habe danc von brandenbůrc marcgrabe otte der lange.

Q 20

FEGFEUER

Got hat myr den syn gegeben,
Daz ich kan kleyne kvnst vůrdrucken, die myr wenen syn beneben;
Swie nadhelen scarf sie sint – myn mezzer snytet tzv beiden syten.
5 Er izlich bivtet myr den ort,
Den houwe ich myt kvnst abe rechte hyn hie vnde ouch dort.
Recht kegen valsch kan myt gewalt wol vnrecht vmme striten.
Ich dvnke svmelichen schephen syn, durch daz ich nycht kan
barat vnde liegen.
Mit kvnst ich kvnst irwecken kan, ich wache vnde were mir wol
den vliegen.

---

kämpfer für die Ehre, ein Führer zu Zucht und Treue, der stets den rechten Weg geht,
er [ist] ein Balsamtropfen gegen jeden üblen Geruch; die Glückseligkeit hat seine
Preiswürdigkeit mit dem Maß der Tugenden ausgemessen [und gefunden], daß sie
an dem zu verehrenden Mann dieser Welt lauter und ohne Fehl ist. Er macht sich
hier bei den Leuten beliebt, ganz wie es ein liebes Kind durch seine Gutheit bei seiner
Mutter tut. Wer traurig ist, der schaue ihn an, seine Vortrefflichkeit und seine Frei-
gebigkeit richten ihn [wieder] auf. Er ist mannhaft, wehrhaft, stark und ein vortreff-
licher Ritter, deshalb preise ich ihn mit meinem Lied. Dank für alles habe Markgraf
Otto der Lange von Brandenburg.

GOT HAT: Gott hat mir die Begabung verliehen, daß ich minderwertige Kunst, die
glaubt, neben mir bestehen zu können, an die Wand spielen kann; wie nadelspitz sie
[die Messer der anderen] auch sind – mein Messer ist beidseitig geschliffen. Jedes von
ihnen richtet seine Spitze auf mich, mit meiner Kunst schlage ich sie allerorts schlank-
weg ab. Im Kampf mit dem Falschen kann das Wahre mit Gewalt das Unrechte besie-
gen. Mancher glaubt, ich sei ein Schafskopf, weil ich keine Tricks kenne und nicht
lügen kann. Durch Kunst vermag ich Kunst zu erwecken, ich bin wach und wehre
die Fliegen ohne Schwierigkeiten von mir ab.

GOT HAT *Mel. dieser und der beiden folgenden Str. in Q 2.*

10 Vves her dvnkel meister spilt, daz hat her gar vůrlorn.
   Swer myt luge scallen wil, set, of den ist myr tzorn.   *Q 20*

Eyn menlich wib, ein wiblich man –
Her habe die spille vnde sie daz swert; der scande sie ym vil
Jr dvnkel ere kan sie wol vnde anders neman prysen.   [wol gan,
Swaz er „ia" gesprechen mac,
5 Daz ist ir „neyn", ir „ia" můz syn, syn „neyn" ist nicht, eyn
                                                          wazzer slac.
Swartz vnde wiz ist vngelich, des tze ich an die wisen.
Daz yn eyn wib betwingen mac, der wol tzů strite eynes landes
                                                          kempfe were,
Jr lereke sy eyn valke ho, horet wunder, daz sint vremde mere.
Vvibes swertes slac, mannes spynnen hat selten pris beiaget.
10 Sie man vnde wib! her nicht eyn wib vnde sy vůr ir vůrtzaget.
                                                          Q 20

Sit trene got betwingen můgen,
Des sulen sich alle kristenen vreuwen vnde ir hertze balde hugen!
Die ivden vůrlůren iren kvninc vnde iren hierten in der iordanen,
Daz was vns eyn vil selich vunt.
5 her loste syne dienere vz der helle vnde machete sie wol gesvnt.
Der tzwibelere en darb sich keyner helphe tzů ym vůrwanen.
Vver ist ir stab, wer sprichet ir wort, der ivden da tzů ivngest vůr
                                                          gerichte?
Jch wene, ez kein propheta tů der werlt gemeyne da tzů angesichte.

Was der Scharlatan einsetzt, das ist [schon im voraus] gänzlich verloren. Wer Lügen singen will, seht, auf den bin ich zornig.

EYN MENLICH: Eine männliche Frau, ein weibischer Mann – [da] führe er die Spindel, sie das Schwert; diese Schande gönnt sie ihm von Herzen, [und] ihre zweifelhafte Ehre kann sie und niemand sonst rühmen. Wo immer er ein „ja" spricht, setzt sie ihr „nein" dagegen, ihr „ja" muß gelten, sein „nein" ist nichts, [nur] ein Schlag ins Wasser. Schwarz und weiß sind Gegensätze, dafür berufe ich mich auf die Gelehrten. Daß eine Frau den unterbuttert, der im Krieg einen trefflichen Landesverteidiger abgäbe, ein edler Falke für sie die Lerche spielen muß, hört diesen Unfug, das sind seltsame Geschichten. Der Schwertschlag der Frau, das Spinnen des Mannes hat noch nie Achtung gefunden. Sie [sollen] Mann und Frau [sein]! Er sei nicht das Weib und zittere nicht vor ihr.

SIT TRENE: Darüber, daß Tränen Gott umstimmen können *[vgl. 2 Reg. 22, 19]*, sollen sich alle Christen freuen, und ihre Herzen sollen sich kühn erheben! Die Juden haben ihren König und ihren Hirten im Jordan verloren *[s. Mt. 3, 13–17]*, für uns war es ein seliger Fund. Er erlöste seine Diener aus der Hölle und ließ sie genesen. Der Zweifler darf keine Hilfe von ihm erwarten. Wer ist der Stab der Juden *[s. Ps. 23, 4]*, wer führt ihre Sache am Jüngsten Tag vor dem Gericht? Ich glaube, nicht ein Prophet wird es vor dem Angesicht der ganzen Welt tun.

Vvenne got trûch selbe nacket den bovm, da eva an gebrach.
10 Wol gûten kristenen, owe den ivden, daz daz ie gescach!   Q 20

[Melodie]

„Vvollet ir myt myr ezzen?" daz wort hat vûrlorne stvnde.
„Jr sûlet iz tvn", daz kvmpt von edeles mannes hertzen grvnde.
„Wolt ir iz tûn?" daz ist nicht halb gebeten vnde hat vûrtûrben
5 „Ir sûlet iz tvn" behalt den gast; der kan syn ere halten.   [nygen.
„Wollet ir iz tvn?" – syn tugent slefet vnde mûz myt scanden alten.
Swer also geste bitten wil, der mûchte ouch lieber swigen.
Gût gast, bose wirt da heyme sy vnde habe ym al vnsalde!
Gût wirt phlit der geste wol, vnde seze her in dem walde.   Q 20

[Melodie]

Krist, alter got, din wunder kynt,
Gheboren wart von annen tochter, durch daz wir irloset synt
Vnde sûlen dren kvningen volghen, die dre opper brachten.
5 Des kyndes mûter ist eyn maghet,
Da von herodes wart irscrecket, vnde die ivden sin vûrtzaghet.
Danc habe kynt vnde mûter, daz sie adam bedachten!
Dar nach vber dry vnde drizich iar lie sich daz kynt vûrkoufen
                                                vnde vûrraten,
Da von die ivdhen vûrvlûchet synt vnde alle, die daz taten.
10 Do der ivdhen vngheloube daz kint durch sin hertze stach,
von der not div erdhe bebete vnde manich stein tzvbrach.   Q 2

Denn Gott selbst trug nackt den Stamm, an dem Eva sich versündigt[?] hat [s. Gen.
3, 21–24]. Heil den guten Christen, weh den Juden, daß das jemals geschehen ist!
    VVOLLET: „Möchten Sie mit mir essen?" Ein solcher Ausspruch ist reine Zeitver-
schwendung. „Sie sollen mit mir essen", das kommt dem edlen Menschen aus tiefstem
Herzen. „Möchten Sie?" ist nicht einmal eine halbe Bitte und hat einem das Danken
schwer gemacht. „Sie sollen" behält den Gast im Haus; [und] der kann seine Ehre
behalten. „Möchten Sie?" – [wer so fragt], dessen Tugend schläft und muß mit Schande
alt werden. Wer Gäste so einlädt, der sollte lieber gleich den Mund halten. Guter
Gast, ein böser Wirt möge zuhause sitzen und alles Unheil komme über ihn! Der gute
Wirt kümmert sich bestens um seine Gäste, selbst wenn er im Wald säße.
    KRIST: Gott von Ewigkeit, Christus, dein wundertätiger Sohn, wurde von der Toch-
ter der [heiligen] Anna geboren, dadurch sind wir erlöst worden und sollen den drei
Königen folgen, die dreierlei Opfergaben darbrachten [Mt. 2, 1–12]. Die Mutter des
Sohnes ist eine Jungfrau, dadurch wurde Herodes in Angst versetzt [Mt. 2, 3] und
sind die Juden verzagt. Dank sei dem Sohn und der Mutter, daß sie an Adam gedacht
haben! Dreiunddreißig Jahre danach ließ sich der Sohn verkaufen und verraten, des-
halb sind die Juden verflucht und alle, die das getan haben. Als der Unglaube der
Juden dem Sohn das Herz durchbohrte [s. Io. 19, 34], erbebte die Erde wegen dieses
furchtbaren Geschehens und zerbarsten viele Steine [Mt. 27, 51 f.].

[Melodie]

Her was nicht, e in got gheschûf,
Dar nach wart er vnde was doch nicht vnde wirt ouch nach der
Tzwivalt her kvmt, da man bose vnde gût sol teilen. [enghel rûf.
5 Tzwe wort, dar nach nymmer me.
Die kolben wirfet man da vntzwey – nv tzollet sie, weiz v irghe!
Jr slat in, der v̌ slet, daz ez nymmer kan gheheilen.
(Owe, daz ich den selben sla, der sich lie slan vûr alle myne svnde!)
Her slet vûre baz, dar nach den val werfet er in tiefer helle grvnde.
10 Der mensche weiz nicht, wie oder wenne her von der werlde
scheidhen sol.
vil sv̌zer got, ghib vns gût ende, sich, so tûstu wol! *Q 2*

DER VON BUCHEIN

Wan sagent ir mir, vro minne,
war tûnt ir úwer sinne?
hie vor do wârent ir den biderben armen dike bi.
5 dest ú nv niht ze mv̌te,
ir minnent nach dem gv̌te.
swer des niht hat, der mv̌s ǒch úwer dike wesen vri.
ein edel wib,   dú sol ir lib
dvr gv̌t niht veilen machen,
10 es zimt niht edelen wiben wol.
fro minne, ir welt úch swachen,
sit das man úch mit rehter fûge niht erwerben sol. *Q 19*

HER WAS: Er war nicht, bevor ihn Gott erschaffen hatte, danach wurde er und war
doch [zugleich] nicht, und [er] wird wiederum sein, wenn ihn die Engel angekündigt
haben werden *[s. Apoc. 11, 15]*. Er erscheint in zweierlei Gestalt *[als Thronender und
als Lamm, s. Apoc. 7, 10]*, wo man Gut und Böse voneinander trennen wird. Zwei
Worte *[wird es geben]*, [sie sind] endgültig *[s. Mt. 25, 31–46]*. Dort wird man die
Keulen zerschlagen – nun bezahlt dafür, wie es euch auch ergehen mag! Ihr schlagt
den, der euch so schlagen wird, daß ihr euch niemals davon erholt. (O weh, daß ich
den schlage, der sich um all meiner Sünden willen schlagen ließ!) Danach aber schlägt
er endgültig zu, er wirft den Tod in den Abgrund der tiefen Hölle *[Apoc. 20, 14]*.
Der Mensch weiß nicht, wie oder wann er von der Welt scheiden muß. Heiligster
Gott, gib uns einen gnädigen Tod, sieh, das wäre wohlgetan!

WAN SAGENT: Warum sagen Sie mir nicht, Frau Liebe, was Sie vorhaben? Vor
Zeiten lebten Sie oft bei den tugendhaften Armen. Das paßt Ihnen jetzt nicht mehr,
Sie lieben nur noch für Geld. Wer das nicht hat, der muß auch oft ohne Sie aus-
kommen. Eine edle Frau soll ihren Körper nicht zu einem käuflichen machen, das
schickt sich für edle Frauen nicht. Frau Liebe, Sie werden sich um ihren guten Ruf
bringen, wenn man Sie nicht durch einen guten Lebenswandel erringen kann.

HER WAS *Ä. nach Q 81*. 8 sla.

> Ein vederspil, das vahet
> vnd kleine vogelin smahet,
> das hat man lieber vil danne eines, das kleiner vogelin gert.
> die bischaft sage ich wiben,
> 5   die mit reinen liben
> die nideren minne trútent vnd die hohen hant vnwert.
> ein frowe gv̊t,   dú sol ir mv̊t
> niht nider lâssen sigen;
> da von ir ere ist vnbehv̊t.
> 10   er mehte gerner swigen,
> der nidere minne trútet vnd die hohen hat vn*guot*.   *Q 19*

LITSCHAUER

[Melodie]

> Man sach   hie vv̊ren die alten herren eren phlegen
> Vnd dar tzv̊ hoer werdicheit.
> 5   nv ist herren ere leit,
> an eren willen sie vv̊rtzagen.
> Die ivngen herren haben eren sich irwegen,
> Sie mynnet vv̊r die ere daz gv̊t.
> Swelich herre hat den mv̊t,
> 10   Der kan nicht ganzen pris beiagen.
> Got selbe daz gebot, daz edele herren solten ere mynnen.
> Des mv̊chten wise herren sich vv̊rsynnen,
> Daz herren ere wol an stat.
> Swelich herre ere hat,
> 15   Der herre sich wol vreuwen mac.   *Q 20*

EIN VEDERSPIL: Man hat viel lieber einen Jagdvogel, der zu jagen versteht und wertlose Vögelchen verschmäht, als einen, der wertlose Vögelchen schlägt. Dieses Beispiel sage ich Frauen, die für ihren schönen Körper die unstandesgemäße Liebe vorziehen und die standesgemäße gering achten. Eine edle Frau soll ihre Gesinnung nicht nach unten orientieren; dadurch ist ihr Ansehen in Gefahr. Wer unstandesgemäße Liebe schätzt und die standesgemäße für schlecht hält, der sollte lieber schweigen.

MAN SACH: Ehemals konnte man erleben, daß die früheren Herren auf Ehre und auf hohes Ansehen achteten. Heutzutage ist den Herren Ehre zuwider, sie wollen mit der Ehre nichts mehr zu schaffen haben. Die jetzigen Herren haben Ehre preisgegeben, statt der Ehre schätzen sie das Geld. Ein Herr, der so denkt, kann kein uneingeschränktes Lob erwarten. Gott selbst hat es geboten, daß Herren von Adel Ehre schätzen sollen. Deshalb sollten sich kluge Herren darauf besinnen, daß Ehre gut zu den Herren paßt. Der Herr, der Ehre besitzt, kann sich wahrlich darüber freuen.

EIN VEDERSPIL *Ä. nach Q 65.*   11 vnwert.

[Melodie]

NV hat   die schande truwe vnde ere hyn vŭriaget,
Daz ich sie leider lutzel spŭr.
Dyv schande brichet vŭr,
5 An allen orten kiese ich daz.
Sie machet, daz der edelen mvnt nicht wares saget.
Div schande grozez wunder tŭt:
Sie git an ere gŭt;
Gŭten dingen ist sie gehaz.
10 Div schande drucket kivscheit, sie ist vro, swa man vntzucht
Div schande bosheit leret vnde missetat,   [begat.
Div schande ne wart nye tugenden holt,
Gar lesterlichen solt
Den git sie, swer ir by gestat.   *Q 20*

[Melodie]

Vmme daz   ich ē die warheit spreche tzŭ aller tzit
Vnde der vŭrswigen nicht en kan,
Des ist myr manich man
5 Vngnedich; waz werret daz?
Ich han von hohen vursten tzorn vnde dar tzŭ nit,
Vmme daz ich rŭge ir missetat.
Swelich herre vnkivscheyt hat,
Dem wil ich ymmer sin gehaz.
10 Ir ist vil, die sich da dvnken gŭt vnde die da leider sint so bose.
Vil sŭzer got, div werlt von yn irlose!
Sit sie es nicht wollen bewarn,
La sie von hynnen varn!
Sie synt an allen tugenden laz.   *Q 20*

NV HAT: Die Schande hat heutzutage Treue und Ehre vertrieben, so daß ich leider
wenig von ihnen merke. Die Schande ist auf dem Vormarsch, das spüre ich allerorten.
Sie verursacht, daß der Mund der Adligen nicht die Wahrheit sagt. Die Schande voll-
bringt etwas außerordentlich Befremdliches: Sie verschafft Gut ohne Ehre; dem
Guten ist sie feind. Die Schande unterdrückt Keuschheit, sie freut sich [dort], wo
man Unzucht treibt. Die Schande lehrt Bosheit und Verbrechen, die Schande hat
Tugenden nie geschätzt, ganz schandbaren Lohn gibt sie dem, der ihre Partei ergreift.

VMME DAZ: Weil ich immer und zu jeder Zeit die Wahrheit sage und sie zu ver-
schweigen nicht in der Lage bin, deswegen ist mancher böse über mich; was macht
das schon? Ich ziehe den Zorn und den Haß hoher Fürsten auf mich, weil ich ihre
Missetaten anprangere. Ich meinerseits werde immer böse auf den Herrn sein, der einen
unmoralischen Lebenswandel führt. Es gibt viele, die sich für gut halten und doch
leider so schlecht sind. Heiligster Gott, erlöse die Welt von ihnen! Weil sie es nicht
unterlassen wollen, nimm sie fort von hier! Sie haben für keine einzige Tugend etwas
übrig.

GERVELIN

[Melodie]

Tvbe ane galle, eyn sûze vrsprinc,
Ein wech ob allen gûten,
5 Maria, so bistu geheyzen, vnde ein vride schilt.
Dv meisters alle gûte dinc;
Bewachen vnde behûten
Kanstu vil manigen, die der hoen gabe nicht bevilt.
Dv bist barmvnge ob alle creativre eyn sat.
10 Die vrucht vntfat,   Die nicht tzv̂gat!
Des sich die engele vreuwen, an hymelriche lobent sie, daz wir des
sin gewert.   *Q 20*

UNBEKANNTER VERFASSER

*M*An schiltet got noch sinu wunder wer*c* dar vnbe niht,
ob man der welte bre*s*ten vnd groser missewende ieht.
got leit an si vil starken vlis,
5 nv wirt si leider kranc.
da von der schopher ist vnschuldich, ob sin hant getat
mit willen swachet, sit er wunnencliche Si gebildet hat.
Si wurkut an allen itwis
sin wiser vurgedank,

TVBE: Taube ohne Galle, einen Quell der Süße, einen Weg heilsamer als alle, Maria,
so nennt man dich, und einen Schutzschild des Friedens. Du bist Herrin über alles
Gute; du, die an dem erhabenen Geschenk *[Menschwerdung Christi]* keinen Anstoß
nahm, kannst so manchen bewahren und behüten. Du bist ein Samenkorn der Barm-
herzigkeit, erhabener als alle Geschöpfe. Empfangt die Frucht, die niemals vergeht
[das Altarsakrament]! Darüber freuen sich die Engel, sie preisen es im Himmel, daß
wir dessen gewürdigt worden sind.

MAn SCHILTET: Man schmäht weder Gott noch seine Wunderwerke dann, wenn
man der Welt Gebrechen und schweres Fehlverhalten vorwirft. Gott hat sie mit
großer Sorgfalt eingerichtet, nun aber zeigt sie leider Mängel. Den Schöpfer trifft
daran keine Schuld, wenn seine Schöpfung freiwillig Fehler begeht, da er sie herrlich
        gemacht hat. Seine weise Vorsehung hat sie ohne jeden Tadel geschaffen,

TVBE   3 *Vgl. S. 52 Anm. 37.*
MAN SCHILTET   *Erwiderung auf ein Lied Friedrichs von Sunnenburg s. S. 321 ff., in Q 20
Str. 1–3 und 5 fälschlich diesem zugewiesen, dort auch die Mel. Initialen nicht ausgeführt;
Vorschriften auf dem Rand nur z. T. vorhanden. – Ä. 39 nach Q 79, die übrigen nach Q 20.*
2 wert.   3 brehten.

10 do nam si von ir selber abe; alsam tet lucifer:
der was gotes wunder werk, sit wart enschophet er;
dur sine schulde wart er ein swacer tifel vs eime engele fin.
bestrafe ich den, do von mag got niht bescholten Sin.

*D*v werlt ist ein garte, do got inne brechen sol
15 das wunencliche lob, das siner vróden sal bestecket wol;
doch wisset, das si gar ze vil
vnnvzer bome treit.
e das ze himel vs ir werde ein mvskatris bekant,
e wirt vil menig bilsen ast der tiefen hellen vs ir gesant.
20 ir ist ein vngeliche spil
von zwiin vur geleit:
si kan des argen wunder vnd des gv̂ten wenig phlegen,
des mag ir *tugent* ir missetat vil kvme wider wegen.
ein hag, der alze manigen dorn vnd luzzel rosen vf sich ladet,
25 des fruhten hilfet niht so vol, so fil sin crazen schadet.

*O*b man die welt niht mv̂hte schelten v*mme* ir missetat,
So solte man si strafen doch, dur das si mengen bresten hat:
si lidet alter vnd frost,
durst, hunger, siechtagen.
30 ir selbes schult ir hat gebrv̂uet werendes vngemach.
Das in den aphél eva beis, das schv̂f, das si noch schriet „ach";
si mv̂s mir dur ir schnode kost
den wisen missehagen.
ir angebornre wandel, den si von adam treit,
35 der machet, das irloschen kan das lieht der werdekeit.

---

sie aber suchte freiwillig die Mißgestalt; ebenso machte es Lucifer: Der war ein Wunderwerk Gottes, danach wurde er mißgestaltet; durch seine eigene Schuld wurde er aus einem strahlenden Engel ein schwarzer Teufel. Schelte ich den, kann Gott dadurch nicht geschmäht werden.   14 Die Welt ist ein Garten, in dem Gott das herrliche Laub brechen soll, das den Saal seiner Freuden schmückt; doch wißt, daß sie viel zu viele nutzlose Bäume trägt. Ehe im Himmel ein Muskatzweig, der von ihr stammt, gefunden wird, wird aus ihr so mancher Bilsenkrautzweig in die tiefe Hölle geschickt. Zwei Parteien spielen vor ihr ein ungleiches Spiel: Böses im Übermaß und nur wenig Gutes versteht sie zu tun, deshalb kann ihre Tugend ihr frevelhaftes Handeln schwerlich aufwiegen. Eine Hecke, die sich mit allzu vielen Dornen und mit ganz wenig Rosen bestückt, deren Fruchtbringen nützt weniger, als ihr Kratzen schadet.
26 Wenn man die Welt nicht wegen ihres Fehlverhaltens schmähen mag, dann sollte man sie dennoch ihrer vielen Gebrechen wegen schelten: Sie leidet Alter und Kälte, Durst, Hunger, Krankheit. Ihre eigne Schuld hat ihr dieses ewige Ungemach eingetragen. Daß Eva in den Apfel gebissen hat *[Gen. 3, 1–7]*, bewirkte, daß sie *[die Welt]* noch heute „Wehe" ruft; sie muß mir wegen ihrer schlimmen Speise den Weisen mißfallen. Ihr angeborener Makel, den sie von Adam her an sich hat, ist die Ursache,

23 tv̂gen.   26 vnd.

nu sprechet, ob si niht ze schelten wol von waren schulden si,
Sit nieman ane bresten lebt, ist *her* ioch svnden frj.

*S*wer von der welte seit, an ir si wandelberes niht,
wan swa der menschen kinder hant mit arg*en h*obet svnden phlit
40 der wil ir niht bescholten han
Vnd schiltet si doch gar.
was sol man schelten mer an ir wand svnderich getat?
Swas meines die getv̑nt, die si gevruhtet vnde gewv̑chert hat,
den hat ir selbes lip getan:
45 Si warf den samen dar,
dar vs die wv̑chsen, die mit schulden an ir gevallen sint.
dv́ welt ist anders niht wand mensche vnd menschen kint.
swa menschen kinder svndent, da beget du welt vil sunden arg.
warunbe schulte man an ir niht dise vnv̑re starc?

50 *D*V welt von rehte wirt bescholten verre deste mer,
das sich vs ir gerv̑hte cle᾿den got an aller schulden sere
vnd si des niht erkennen wil,
das er si geeret hat.
sit das der himel chore vs ir noch mv̑sen werden vol,
55 So zeme ir das an eren vnde an hoher selikeit wol,
das si beginge niht *s*o vil
*T*otlich*er* miss*e*tat.
wil *s*i betrah*s*en niht, das got von ir becleidet wart
Vnd ane svnde wv̑s vs ir nach menschelicher art,

---

daß das Licht ihrer Würde erlöschen kann. Nun sagt selbst, ob sie nicht wirklich mit Grund geschmäht werden muß, da niemand, und sei er auch ganz ohne Sünde, ohne Gebrechen ist. 38 Wer von der Welt sagt, sie selbst sei ganz fehlerlos, nur da nicht, wo die Menschenkinder sich mit schlimmen Todsünden abgeben, der will sie ungeschmäht sein lassen und schmäht sie [in Wirklichkeit] doch sehr. Was könnte man schließlich mehr an ihr schmähen als sündige Geschöpfe? Was nämlich die Böses tun, die sie hervorgebracht und vermehrt hat, das hat sie selbst vollbracht: Sie streute den Samen aus, aus dem die aufwuchsen, die, in Schuld verstrickt, ihr verfallen sind. Die Welt ist ja nichts anderes als der Mensch und des Menschen Nachkommenschaft. Wo Menschenkinder sündigen, begeht die Welt viele schlimme Sünden. Warum sollte man an ihr dieses große Fehlverhalten nicht schmähen? 50 Die Welt wird gerechterweise noch viel mehr geschmäht, weil Gott aus ihrer Materie Gestalt gewann ohne den Makel irgendeiner Schuld und sie daraus nicht lernen will, daß er sie damit erhöht hat. Da die Chöre der Himmel aus ihr noch aufgefüllt werden sollen, so würde es sich wahrlich für ihre Ehre und ihre unendliche Seligkeit schicken, daß sie nicht so viele verderbenbringende Schandtaten beginge. Will sie nicht in Betracht ziehen, daß Gott durch sie bekleidet wurde und sündenlos nach Menschenart aus ihr hervorging,

---

37 *f.*   39 argen svnden hobet.   54 *s. S. 383 Anm. 13.*   56–58 *Nachtrag auf dem Rand, Textverlust durch Beschneiden.*

60 So tv̊t si sam ein fules mos, das einen vrischen burnen birt
Vnde es doch selbe niht gevrischet noch gereinet wirt.　　*Q 18*

UNBEKANNTER VERFASSER

Blatte vnd krône wellent mv̊t willig sin,
so wenent topfknaben wislichen tůn,
so iaget vnbilde mit hasen eber swin,
5　　so erflúget einen valken ein vnmehtig hv̊n,
wirt danne der wagen fúr dú rinder gênde,
treit danne der sak den esel zů der mv̊ln,
wirt danne ein eltiv gvrre zeinem vúln,
so siht mans in der werlte twerhes stende.　　*Q 19*

BOPPE

IN ydumea wont ein tier, taphart genant,
das ist von wunderlichen sachen zwein erkant,
vor allen vrechen tieren vsgesvndert.
5　　dasselbe tier vor mitten tage der kv̊nheite pfliget,
das aller tiere kv̊nheit klein der gegen wiget
vnd des lôwen, swie der stete wundert.

---

dann gibt sie sich wie ein stinkender Sumpf, der einen klaren Quell hervor-
bringt und doch selbst dadurch weder frisch noch klar wird.

BLATTE: Tonsur und Krone wollen Torheiten begehen, und Knaben, die noch
mit dem Kreisel spielen, glauben, weise zu handeln, und Unfug jagt mit Hasen den
Eber, und ein schwaches Huhn erreicht den Falken im Flug, wenn dann auch der
Wagen vor dem Zugvieh fährt, wenn dann der Sack den Esel zur Mühle trägt, wenn
eine alte Mähre zu einem Füllen wird, dann sieht man es verkehrt in der Welt zugehen.

IN YDUMEA: In Idumäa lebt ein Tier, es heißt *taphart*, das ist im Unterschied zu
allen [anderen] kühnen Tieren wegen zweier Absonderlichkeiten bekannt. Dieses
Tier ist während des Vormittags von solcher Angriffslust, daß die Angriffslust aller
[anderen] Tiere dagegen geringfügig erscheint, auch die des Löwen, obwohl der stets

BLATTE *In Q 19 Reinmar (s. S. 89–100) zugewiesen; Zuweisung hier in Übereinstimmung
mit der Forschung.*

IN YDUMEA *Ä. nach Q 20, dort auch die Mel., Mel. auch in Q 29 unter der Bezeichnung
„Hofton“.* 2 *Idumäa, griech. Bezeichnung für den westlich des Toten Meeres gelegenen Teil
von Edom.*

swenne es kvmt vber den mitten tag,
so ist sin vrechú kv̂nheit also kleine,
10 das es sich niht erretten mag
vor zageheit, swas lebt in der gemeine.
sich, ivnger man, das tútet dich,
das merke vnd nims in dines herzen klosen!
dise rede wunderlich,
15 die enhabe niht vûr *s*mehe no*ch* vûr *l*osen!
es hat mit dir vnd dv mit ime so gv̂ter maze pfliht:
nv schaffe also in diner ivgent,
so das din mvgent
Jcht wirt in dem alter gar als das tier ze nihte!   *Q* 19

Pardus ein tier genennet ist kv̂ne vnde balt,
in rehter forme grôs vnd da bi wol gestalt,
dem sin nature frômde minne bringet:
das selbe tier wont stete der lôwinne bi.
5 swie doh des lôwen kraft vnd minne besser si
vnd wie sin zagelswarte in zorne swinget,
klein im das alles gegen ir frumt,
sin habe doh zů zim das tier vil zarte.
von disen sachen so kumt
10 snel, ve*ch*e, in valwer varwe der lehparte,
de*s* snelheit niht entrinnen kan
in sprúngen drin, swas lôfens pfligt vf erden.

Ungeheures vollbringt. Wenn [aber] die Mittagszeit vorbei ist, dann fällt seine kühne Angriffslust so sehr in sich zusammen, daß es sich vor Feigheit nicht retten kann, gleichgültig, wo es im Tierbereich auch lebt. Sieh, junger Mann, das ist ein Sinnbild für dich, lerne es und schließ es in die Klause deines Herzens ein! Halte diesen merkwürdigen Vergleich weder für eine Beschimpfung noch für bloßes Geschwätz! Es ist mit dir und du mit ihm in angemessener Weise in Beziehung zu setzen: Nun lebe so in deiner Jugend, daß deine Kraft im Alter nicht wie das Tier ein Nichts werde!

PARDUS: Pardus nennt man ein kühnes und schnelles Tier, von angemessener Größe und schön von Gestalt, das seine Natur zu seltsamer Partnerwahl verleitet: dieses Tier [nämlich] treibt es stets mit der Löwin. Wie viel besser auch die Kraft und Potenz des Löwen ist und wie zornig er auch mit dem Schwanz schlägt, es nützt ihm alles bei ihr nichts, sie begünstigt doch neben ihm dieses Tier. Dadurch entsteht der schnelle, gefleckte, gelbliche Leopard, dessen Schnelligkeit, die er in drei Sprünge legt, nichts entrinnen kann, was auf der Erde herumläuft. Mit ihm vergleiche ich einen

IN YDUMEA   15 versmehe not verlosen.   19 din vrecher lib.
PARDUS *Mel. in Q* 20. – *Ä. 10, 17, 18 nach Q* 20, *11 nach Q* 29.   10 vetche.
11 der.

dem geliche ich einen bôsen zagen,
der lebt in hoher scham, in vil werde.
15 der ist noh sneller danne das tier von den eren hin zer schande.
dem wúnsch ich, das er were sam
vech dvr die scham,
das *man* in bi den lúten vúr ein kebs kint erkande.   *Q 19*

Gros ein gebirge capitania hat das lant,
mozig vnd mezig, losacania genant,
dar vs ein walt gewahsen vollen dornig.
dar inne wont ein wurn von wunderlicher ahte.
5 swanne der erzúrnet wirt, in siner ahte mahte
er schûfe wol, es wirde ein rise zornig.
sin mvnt hat gran vnd niender zene,
sin hals ist kurz, orn vnd ôgen kleine
(sich, mensche, dar nah dich niht sene!),
10 vnfûrig lib vnd ist gar an gebeine.
zwei horn stant an der stirne sin,
da mit er manigen vrechen hat betwungen,
kûn alsam ein eberswin.
ern hat herze, leber noh die lvngen.
15 sechs ane fûze bein er hat, kauwen scharf, gemezen svnder elne.
sin zagel ist spitzig vnd niht lang,
trag ist sin gang,
sitten smal, sin rugge ruch. das rate, swer es welle!   *Q 19*

---

bösen Schurken, der, bei hohem Ansehen, in großer Schande *[?]* lebt. Dessen Weg
führt noch rascher als der des Tieres von der Ehre zur Schande. Dem wünsche ich,
daß er der Schande wegen ebenso gefleckt wäre, daß man ihn vor allen Leuten als
einen Bastard erkennen könnte.

GROS: Das Land Kopfistan hat ein großmächtiges Gebirge, moosbedeckt und -be-
wachsen, das Lausanien heißt, aus dem ein ganz stachliger Wald hervorgewachsen
ist. Darin haust ein seltsames Exemplar von einem Drachen. Wenn dessen Zorn erregt
wird, brächte er es mit der Macht seines Geschlechts fertig, daß [selbst] ein Riese in
Wut geriete. Sein Maul hat Borsten und keine Zähne, sein Hals ist kurz, Ohren und
Augen klein (sieh, Mensch, wünsch dir nicht, ihm zu begegnen!), unbeweglich *[?]*
und ganz ohne Knochen ist sein Körper. Zwei Hörner hat er auf seiner Stirn, mit
denen hat er, mutig wie ein Eber, so manchen Kühnen besiegt. Er hat weder Herz,
Leber noch Lungen. Er hat sechs Beine ohne Füße, scharfe Kiefer, mit keiner Elle
zu messen. Sein Schwanz ist spitz und nicht lang, sein Gang ist träge, seine Körper-
mitte dünn, sein Rücken zottig. Rate, wer will!

PARDUS 17 vetch. 18 *f.*
GROS *Ä. nach Q 20, dort auch die Mel.*   1 *nach lat.* caput, Kopf.   2 mv̊zig.

Zahy, was hoher tvgende hat
got dem kv́nic gegeben
von rome, der dvrh nieman lât,
er minne got vnd rehtes leben,
5 vrowen vnd wibes tvgent, zuht, steten mv̂t, bescheidenheit.
sine fv̂re vnd sinen rat
geliche ich schone vnd eben
kv́nig karlen, svnder missetat,
dar nah dem rehten kvnde streben:
10 got lieb als dauid vnd iosias, den schande meit,
fron als ivdas machabeus, kv̂n als ionathas,
kv́sche als samuel, der gotes prophete was,
gedultig als Job,
diemv̂tig als moyses,
15 milt vnd gv̂t, als was iacob,
gereht gegen got als symeon,
stritber als ieroboam, stark als samson,
wise als salomon,
ein helt als Josue,
20 dem got den svnnen hies sten vnd den tron;
dise tvgent alle got hat an den kv́nig karlen geleit.   *Q 19*

ZAHY: Hurra, wieviel edle Eigenschaften hat Gott dem König von Rom verliehen, der es um niemandes willen unterläßt, Gott und ein gottgefälliges Leben, Frauen und Frauentugend, Anstand, Beständigkeit, Besonnenheit zu schätzen. Wie er lebt und entscheidet, das vergleiche ich ganz genau, und greife dabei nicht fehl, dem König Karl, der stets das Rechte zu tun bestrebt war: gottgefällig wie David *[s. 2 Sam. 7, 14f.]* und Josias *[s. Eccli. 49, 1–4]*, den die Schande floh, tapfer wie Judas der Makkabäer *[s. 1 Mach. 3–9, 18]*, kühn wie Jonatan *[s. 1 Mach. 9, 23–12, 53]*, keusch wie Samuel *[vgl. 1 Sam. 12, 3–5]*, der ein Prophet des Herrn war, geduldig wie Job *[s. Iob 1–42]*, demütig wie Moses *[s. Ex. 3, 11]*, freigebig und gütig, wie Jakob war *[vgl. Gen. 33, 1–17]*, gerecht vor Gott wie Simeon *[s. Lc. 2, 25]*, streitbar wie Jerobeam *[s. 1 Reg. 11, 28]*, stark wie Samson *[s. Iud. 14–16]*, weise wie Salomon *[s. 1 Reg. 3, 28]*, ein Held wie Josua, für den Gott die Sonne und den Himmel stillstehen ließ *[s. Ex. 17, 10–13]*; alle diese Vorzüge hat Gott [unserem] König Karl verliehen.

ZAHY *Das metrische Schema dieser Str. ist möglicherweise identisch mit dem Ton Marners S. 279–286. Die Str. wird allgemein auf Rudolf I., dt. König von 1273–1291, bezogen.* 8 *s. S. 288 Anm. 1.*

[Melodie]

   O hoer vnde starker, almechtiger got,
   Durch dyn almechticheit, durch dich, durch dyn gebot,
   Volkomen gar, an alle myssewende,
5 Durch dyne hohen, starken, klaren goteheyt,
   Eyn vnd dryvaltich wol geschicket in eyn kleyt,
   E wesende vreude an anegenges ende,
   Durch dyne tugende manicvalt,
   Durch dyne hoen wirde dir wol tzvngic,
10 Durch dyne barmvnge vngetzalt,
   Durch werdes menschen bilde dir wol klvngic,
   Durch dyne hoch gelobten bŭrt,
   Durch dine tugentlichen, wird vrstende,
   Durch daz du von der helle vŭrt
15 Tzv̂ hymele nachtes, durch daz du were ellende,
   Durch daz du mensche wŭrde, so habe stete in dynen gnaden,
   Ob hie habe kegen dyr missetreten,
   So wes gebeten,
   Vm den irwelten meister wert von wertzeburc conraden. *Q 20*

[Melodie]

   Ob al der werlde gar gewaltich were eyn man
   Vnde obe syn syn durchsvnne, daz nye syn durchsan,
   Vnde ob er wunder were ob alle wunder,

O HOER: O erhabener und starker, allmächtiger Gott, um deiner Allmacht willen, um deinetwillen, um deines gänzlich vollkommenen, untadeligen Gebotes willen, um deiner erhabenen, starken, herrlichen Gottheit willen, die als eine und dreifaltige in ein Kleid vollendet verwoben ist, eine immer und ohne Ende eines Anfangs bestehende Freude, um deiner vielfältigen Kräfte willen, um deiner erhabenen Majestät willen, die dir von vielen Zungen verkündet wird, um deiner unendlichen Barmherzigkeit willen, um der edlen Menschengestalt willen, die vielfach gerühmt wird, um deiner hochgepriesenen Geburt willen, um deiner machtvollen, erhabenen Auferstehung willen, weil du über den Weg der Hölle in den Himmel eingezogen bist, weil du armselig warst, weil du Mensch wurdest, nimm für immer in deine Gnade auf und laß dich, wenn er sich hier unten gegen dich versündigt hat, um Hilfe anflehen für den auserlesenen, edlen Meister Konrad von Würzburg.

OB AL: Wenn ein Mensch die ganze Welt beherrschte und wenn sein Verstand ergründen könnte, was nie ein Verstand ergründet hat, und wenn er das Wunder aller

O HOER *Totenklage für Konrad von Würzburg, s. S. 356–368, vgl. auch Bd. 2, S. 35.*
OB AL *Ä. nach Q 19.*

5 Ob yn gelucke trũge vnz an der hymel stellen
Vnde ob er kvnde prũben, wizzen vnde tzellen
Des meres griez, die sterne gar besvnder,
Ob sin kraft eyne tusent rysen
Manliche mv̆chte vellen oder twyngen,
10 Ob hoe birge vnde velse risen
Durch syn gebot vnde ob er mv̆chte bryngen,
Swaz wazzer, luft, vivr, erde weben,
Waz wont von grvnde vnz an den tron der svnnen,
Ob ym tzv̆ rechter e gegeben
15 Nach wunsche were eyn wib, in eren wunnen,
Kivsche vnde reyne, wol getzogen, der schonen vbergulde,
Vnde ob er myt ir solte gar
Leben tusent iar –
Waz were ez dan, vnde ob er nicht erwũrbe gotes hulde? *Q 20*

[Melodie]

Vvere eyn ritter turney, strite, tziost so wol gelart,
So bi der lebenden tzit ĕ helt gepriset wart,
Rv̆mete er tzv̆ vil, er worde doch vmmere.
5 Kvnde eyn man dry der werlde hoeste kvnsten list,
Wolte er sich vberrv̆men vil, in kvrtzer vrist
Her worde vnwert, wie scarfer synne er were.

Wunder darstellte, wenn ihn sein Glück bis zu den Sitzen des Himmels trüge und wenn er den Sand des Meeres und sogar die Sterne berechnen, wissen und zählen könnte, wenn einzig und allein seine Kraft tausend Riesen heldenhaft zu Fall bringen · oder überwinden könnte, wenn hohe Berge und Felsen auf seinen Befehl herabfielen und wenn er vollbringen *[oder: darüber belehren?]* könnte, was Wasser, Luft, Feuer, Erde zusammenfügen, was [alles] vom tiefsten Grund bis zum Thron der Sonne existiert, wenn er zu rechtmäßiger Ehe ein Ideal von einer Frau bekommen hätte, von beglückendster Ehrbarkeit, keusch und rein, von feinen Sitten, die Schönste der Schönen, und wenn er mit ihr volle tausend Jahre leben dürfte – was bedeutete das alles, wenn er nicht Gottes Gnade erränge?

Vvere: Wenn ein Ritter, der im Turnier, im Wettkampf, im Speerkampf so vollendet ausgebildet wäre, wie je ein Held zu Lebzeiten gepriesen wurde, sich selbst zu sehr lobte, würde er doch mit Verachtung gestraft. Verfügte ein Mann über die Kenntnis der drei besten Künste dieser Welt, wenn er sich selbst zu sehr lobte, er würde in kürzester Zeit verachtet, wie scharfsinnig er auch wäre. Ich kam einmal dorthin, wo

Ob al 9 mv̆chten.
Vvere 5 *Gemeint wohl das Trivium der Sieben Freien Künste (Grammatik, Rhetorik, Dialektik), der Ausbildungsschwerpunkt der mal. Artistenfakultät.*

Ich quam, da man warf eynen steyn,
Der sus, der so, kraft, vnkraft was dar vnder.
10 Da by stvnt meister werfer eyn,
Der lobete ir aller wûrf, des nam mich wunder.
Her liez sie alle tzv̂ worfe komen;
Do es ym geluste, do warf er vûr sie alle.
Des nam er syner sterke vromen:
15 Sie gaben ym den pris myt grozeme scalle.
Eyn kvnster solte den anderen loben, alsam der werfer tete,
Vnde solt ouch by sich geben den pris,
So wer er wis.
Rv̂m horget manigen, der sus kvnst vnde pris wol an ym hete.

Q 20

[Melodie]

Antylapus eyn tier genennet ist mit namen,
daz moylich menschen sin kan twingen oder tzamen,
wen îz sich ym gar wildichlich wildet.
5 Des tieres macht vnd ouch sin art han ich gelesen,
des lebndes leben, wie sin wonunge vnd ist sin wesen
vnd weiz in den welden stet vnbildet
Mit eynem horne, daz iz treyt,
glich den saghen, in siner stirne vorne,

---

man einen Stein [um die Wette] warf, der eine so, der andere so, es waren sowohl
Kraft als auch Schwäche beteiligt. Dabei stand ein Meisterwerfer ganz allein, der lobte
den Wurf eines jeden, das erstaunte mich. Er ließ sie alle werfen; als er dann Lust
hatte, warf er weiter als sie alle. So hatte er Nutzen von seiner Stärke: Sie gaben
ihm mit großem Beifall den ersten Preis. Ein Künstler sollte den anderen loben, so
wie es der Werfer tat, und sollte auch von sich aus [?] den Preis geben, dann wäre
er klug. Eigenlob besudelt manchen, der sonst wahrlich Kunstverstand und Ruhm
besäße.

ANTYLAPUS: *Antylapus* ist der Name eines Tieres, das der Menschengeist nur mit
Mühe bezwingen oder zähmen kann, weil es sich so außerordentlich ungestüm vor
ihm davonmacht. Ich habe von der Stärke dieses Tieres und seiner Natur gelesen, von
seiner Lebensweise [und] wie seine Behausung und seine Art allgemein beschaffen ist
und wie es in den Wäldern beständig Schaden anrichtet, [und zwar] mit einem säge-
artigen Horn, das es vorn auf der Stirn trägt, wohl eine Elle lang und eine Spanne

VVERE 19 hornet.
ANTYLAPUS *Quelle ist der Physiologus s. S. 284 Anm.* 2 *Namensform ungewöhnlich,
meist die Bezeichnung (griech.) Hydrops, Autholops, auch Antholops u. ä. oder (lat.) Ca-
lopus, (deutsch) Autola gebraucht. Ebenso ungewöhnlich das eine Horn (V. 8) statt der
üblichen zwei.*

10   Vvol elen lanc vnd spannen breyt,
      getzanet tzů beyten siten scharf. in tzorne,
      Wie groz, wie lanc, wie breyt eyn walt
      ist, den iz mit dem selben horn irtastet,
      Vvie schir iz den hat mit gewalt
15   in kůrtzen tagen vůrwŏstet vnd vůrwastet!
      Diz tier in vůrsten hoben ich wol eynen manne geliche,
      der manighe tughnt vnd werdes leben,
      rilichez geben
      vůrwŏstet vnd riligen rat vnd manghe werde riche.   *Q 20*

      Ob yn vunf landen vczirwunschet were eyn helt,
      des libes scone, in gansen tughenden vczirwelt,
      truwe, milt, stet in synen worden,
      her kunde scriuen, lesen, tichten, seyden spil,
5   bersen, iaghen, schermen, schetzen tze dem tzil
      vnd were her gut in waphen tze allen orden,
      kunde her myt behendicheyt
      de swarcen buck, ok kunst der gramacien,
      vnd were in synnen wol bereyt
10   ze tonen, singhen alle stemphanyen,
      vnd worp her den bliden steyn
      wol twolf sco langh vor allen synen sellen,
      Dar mede her queme des in eyn,
      Dat her eynen wilden beren kunde vellen,

---

breit, das beidseitig mit scharfen Sägezähnen versehen ist. Wie bald hat es, wenn es zornig ist, den Wald, den es mit eben diesem Horn anfällt, wie groß, wie lang, wie breit er auch ist, mit Gewalt in kürzester Zeit verwüstet und verheert! Ich vergleiche dieses Tier einem Mann, der an den Höfen der Fürsten große Tugenden und lobenswerten Lebenswandel, freigebiges Schenken und reiche Unterstützung und so manches hohe Ansehen verwüstet.

OB YN: Wäre einer ein solcher Held, wie man ihn sich in fünf Ländern nicht besser wünschen könnte, von schöner Gestalt, vollkommen tugendhaft befunden, treu, großherzig, zuverlässig in dem, was er sagt, könnte er schreiben, lesen, dichten, musizieren, pirschen, jagen, fechten, auf die Scheibe schießen und könnte er seine Waffen überall vortrefflich handhaben, wäre er versiert in den geheimen Büchern, auch in der schwarzen Kunst, und wäre er bestens ausgebildet im Musizieren, im Singen fröhlicher Lieder, und würfe er den schweren Stein gut zwölf Fuß weiter als alle seine Gefährten, wodurch er auch dazu käme, daß er einen wilden Bären erlegen könnte,

OB YN *Mel. in Q 20.* – *Ä. nach Q 55.*   1 eyn.   10 *f.*

15   vnd alle vrowen teyleden ym yren gruz tze hohen dinghen,
      hette her de syben kunste hord,
      wyse vnd word,
      dat were *v*il gar an ym vorloren, hette her nicht penninghe.

                                       Q 6

SINGAUF

[Melodie]

      Swer ritters namen wolle vntfan,
      Als en getivret hat der man,
5   Der erst den ritter machte,
      Die schame sol er tzv̂ schilde han,
      Die tzucht sol her sich kleyden an,
      Als ez syn meyster dachte.
      Syn gurtel si der mylte eyn ort,
10   Daz priset wol eynes ritters wort.
      Syn sper sol syn diemv̂ticheit,
      Syn swert sol vride irwecken.
      Syn mantel snv̂r myt lobe geleit,
      Syn hût vûr schanden decken.
15   So ist der ritter valsches vry.   *Q* 20

---

und würden ihm alle Frauen verheißungsvoll zuwinken, verfügte er über den ganzen Fundus der Sieben Künste, [über] Melodie und Wort, das wäre alles völlig umsonst, hätte er nicht auch Geld.

Swer: Wer den Ehrennamen 'Ritter' in der gleichen Würde übernehmen will, wie ihn der Mann beabsichtigt hat, der den ersten Ritter geschaffen hat, der soll die Scham als seinen Schild erwählen, er soll sich mit Zucht so bekleiden, wie sein Meister es erdacht hat. Sein Gürtel sei ein Höchstmaß an Freigebigkeit, das gereicht dem Wort 'Ritter' zur Ehre. Sein Speer sei die Demut, sein Schwert rufe den Frieden herbei. Seine Mantelschnur [sei] mit Ruhm befestigt, sein Helm [soll] gegen Schande abschirmen. So ist der Ritter untadelig.

Ob yn   16 *Vgl. S. 426 Anm. 5.*   18 wil.

UNBEKANNTER VERFASSER

Cantilena de Rege Bohemię

[Melodie]

Wafin iemer mere!
5   es weint milt vnd ere
den kung vsser behem lant.
dem tod wil ich flůchen,
sol man den kung nite sůchen
vnd sin gebinde hand.

10   Man sol den kung Otachir clagen,
ia, her got, er ist erschlagen!
sin milte sach nie *man* verzagen,
er was ein schilt in sinen tagen
uber alle cristenheit.

15   Den falwen vnd den heiden,
was *die* den Cristen irleidin –
den schilt er gegen bot.
Er was ein lôw an gmůte,
ein adler an gůtte.
20   der werde kung ist tod.
der Behem kung ist nun gelegen,
des weinent, ougen, iamers regen!
wer sol der witwein, weisen phlegen?
der kunc ist tod recht als ein tegen,
25   der noch eeren streit.   *Q 44*

CANTILENA: Lied über den König von Böhmen. Wehe, immer mehr wehe! Groß-
mut und Ehre beweinen den König von Böhmen. Den Tod will ich verfluchen, da
man den König und seine freigebige Hand nicht mehr aufsuchen kann. Man soll den
König Ottokar beklagen, ja, Herrgott, er wurde erschlagen! Seine Großmut sah nie-
mand zögern, er war zu seinen Lebzeiten ein Schutzschild für die Christenheit.
15 Was die Kumanen und die Heiden den Christen auch an Leiden zufügen – er
setzte ihnen seinen Schild entgegen. Er war ein Löwe an Mut, ein Adler an Großmut.
Der edle König ist tot. Gefallen ist jetzt der König der Böhmen, vergießt darüber die
Tränenflut des Jammers, ihr Augen! Wer wird jetzt die Witwen und Waisen schützen?
Der König ist als wahrer Held, der um die Ehre kämpfte, gestorben.

CANTILENA *Totenklage für König Ottokar II. von Böhmen,* † *1278. –* Ä. *12 nach Q 55.*
3 *Mel. unvollst.* 12 *f.*   16 er.

KONRAD VON LANDECK

Mich mv̂s wunder han,
wie es sich stelle bi dem rine
vmb den bodem sê,
ob der svmer sich da zer.
frankrich het den plan,
den man siht in trûbem schine.
rife tv̂nt in we
bi der sêne vnd bi dem mer,
dise not hantz ǒch bi ene,
da ist ir frǒide kranc.
wúne vnd vogelsanc
ist in swaben, des ich wene;
dar so iamert mich
nach der schonen minneklich.

Lieb vnd alles gût
wúnsche ich ir, die ich da meine,
vnde nîge al dar
einer wile tusent stunt.
ich han minen mv̂t
gar vereinet an si eine.
swas ich lande ervar,
mir wart nie so liebes kvnt.
dú vil sv̂sse, reine, wandels vrije
zieret swaben lant.
hanegǒwe, brabant,
flandern, frankrich, picardie
hat so schǒnes niht
noh so lieblich angesicht.

MICH MV̂S: Ich möchte gern wissen, wie es am Rhein um den Bodensee herum aussieht, ob der Sommer dort zu Ende geht. In Frankreich sieht man das Land unter einem trüben Himmel daliegen. Reif bedrückt die Leute an der Seine und am Meer, ebenso trostlos ist es an der Aisne, dort ist die Laune auf einen Tiefpunkt gesunken. Freude und Vogelsang sind in Schwaben zuhause, glaube ich; dorthin zieht es mich schmerzlich nach der lieblichen Schönen.   16 Liebes und alles Gute wünsche ich ihr, die ich liebe, und schicke in einer Stunde tausend Grüße nach ihr aus. Mein Sinnen und Trachten ist einzig und allein auf sie gerichtet. Wohin ich auch komme, nirgends habe ich etwas so Liebes gefunden. Die Süße, Reine, Untadelige ist eine Zierde des Schwabenlandes. Hennegau, Brabant, Flandern, Frankreich, die Picardie haben so etwas Schönes nicht und auch keinen so lieblichen Anblick.   30 Wer Freude und

30   Swer erkennen wil
        fröide vnd werndes hoh gemv̆te,
        dem gibe ich den rat,
        der fúr truren sanfte tŭt:
        rehter fröiden spil

35   ist ein wib in wibes gŭte,
        dú ir wibheit hat
        wiblich mit ir zuht behv̆t.
        die sol er mit gantzen trúwen minnen,
        als ich tv̆n ein wib,

40   der herze vnde lib
        kan vf wibes lob so sinnen,
        das vs eren pfat
        niemer kvmt noch nie getrat.   *Q 19*

        Schowent an den grŭnen walt,
        was er löbes hat gerêret
        von des vngefŭgen rifen val.
        iarlanc sint die winde kalt,

5   winters kraft sich balde meret.
        da von swiget aber nahtegal,
        dú in maniger wise sanc
        lobelichen sv̆sse dône
        in der svmerlichen schône,

10   da der viol dur das gras vf drang.

        Min mv̆t swebt ʒer svnnen ho,
        mirst gebotten, ich sol singen;
        das tŭt miner selden wunsches tag.

---

dauerhaftes inneres Glück kennenlernen will, dem gebe ich den Rat, der gegen Traurigkeit hilft: Eine wahrhaft weibliche Frau, die ihre Weiblichkeit mit dem echt weiblichen Gefühl für das Schickliche hat bewahren können, bedeutet das wahre Glück. Die soll er in beständiger Treue lieben, so wie ich eine Frau liebe, die in ihrem Inneren und Äußeren so auf das bedacht ist, was Frauen preiswürdig macht, daß sie niemals vom Pfad der Ehre abweichen wird noch je abgewichen ist.

    SCHOWENT: Seht den grünen Wald an, wieviel Laub er hat herabfallen lassen, weil der schlimme Reif es überzogen hat. In dieser Jahreszeit sind die Stürme eisig, die Macht des Winters nimmt rasch zu. Deshalb verstummt wieder die Nachtigall, die in der Herrlichkeit des Sommers, als die Veilchen aus dem Gras hervordrangen, preiswürdig in schöner Vielfalt ihre süßen Lieder gesungen hat.   11 Mein Sinn schwebt der Sonne entgegen, mir wurde geboten, ich solle singen; das tut sie, die meinem Glücksverlangen als Morgen aufgegangen ist.

SCHOWENT *Ä. nach Q 56.*   11 der.

ich wart vor des nie so frô
15 von so herzelieben dingen
– das ich wol von schulden sprechen mag –:
das si mir gebotten hat
singen vnde fro beliben
vnd ouch dienen reinen wiben
20 dur si, dú mir git den selben rât.

Ich sach einen roten munt
also minneklich erlachen,
das es in min sendes herze schos.
des frôit ich mich sa zestunt,
25 si kvnde es so lieblich machen,
das mich dar ze sehen nie verdros.
solt es iemer sin gewert,
vnd das ich si solde schowen
bi mir, mines herzen frowen,
30 seht, so were ich liebes wol gewert.

Was ir minneklicher lib
kvsche vnd rehter wibes gvte
in ir herzen schrin beslossen hat!
ia, si reine, selig wib,
35 si hat zuht bi hoh gemûte,
das gebaren ir vil wol an stât.
got, der was vil wol gemvt,
do er schvf so reinem wibe
tugent, wunne, schône an libe
40 vnd vor allem wandel gar behvt.

Ach, genade, ein selig wib,
ach, genade, ein kúniginne,
ach, genade, ein sûsse frowe min,

Bevor dies geschah, war ich niemals so glücklich über so herzerfreuende Dinge – das kann ich völlig zu Recht sagen –: daß sie mir [nämlich] befohlen hat zu singen und glücklich zu sein und auch um ihretwillen, die mir eben diesen Rat gibt, edlen Frauen zu Diensten zu sein. 21 Ich habe einen roten Mund so lieblich lachen sehen, daß es mein verlangendes Herz wie ein Geschoß traf. Sogleich wurde mir so froh zumute, sie tat es so reizend, daß ich nicht müde wurde, dorthin zu schauen. Sollte es jemals dahinkommen, daß ich sie, die Dame meines Herzens, ganz aus der Nähe anschauen könnte, seht, dann wäre wirklich die Liebe in mein Leben eingekehrt. 31 Wieviel Sittsamkeit und echte weibliche Güte hat nicht die Liebliche im Schrein des Herzens verschlossen! Ja, diese reine, beglückende Frau hat Beherrschung und Temperament, das macht den Reiz ihres Wesens aus. Gott war in bester Schöpferlaune, als er für diese edle Frau Tugend, beglückendes Wesen und äußere Schönheit, die vor jedem Makel bewahrt blieb, erschaffen hat. 41 Ach, sei barmherzig, beglückende Frau, ach, sei barmherzig, Königin, ach, sei barmherzig, meine süße Gebieterin,

ach, genade, ein svsser lib!
45   lieb mins herze, trost der sinne,
trut, la mich in dinen hulden sin!
frowe, hilf, est an der not,
ach hilf, la mich niht verderben!
sol ich niht genade erwerben
50   an dir, sost min trost gegen frôiden tot.   *Q 19*

DER SCHULMEISTER VON ESSLINGEN

Got vnd der kvnig wolten kriegen, svnder wân,
si wolten mit ein andern sere bagen vnde bochen.
do sprach der kvnig: „es mag nit mer alsvs ergan.
5   got hat mich vberteilet. das*t* war, es wirt an im gerochen.
wil er die himel haben gar,
so wer sin herschaft gar ze wît vnd min gewalt gar zenge.
risse er mir bas des hvsen dar,
ald vnsre eltú frvntschaft kan gewern nit die lenge.“
10   do schied ichs – si liessens beidenthalb ze mir –,
ich sprach: „her kvnig, swas si hie niderthalb, das habent ir.
sint ir hie got, lant sich den alten dort began.
tvnd ir des niht, ich heisse vch baltlich von dem himelriche stan.“

---

ach, sei barmherzig, süßes Geschöpf! Liebste meines Herzens, Freude der Sinne,
Geliebte, laß mich deine Zuneigung erfahren! Gebieterin, hilf, die Not ist groß, ach
hilf, laß mich nicht zugrunde gehen! Wenn ich kein Erbarmen bei dir finde, dann
ist meine Hoffnung auf Glück gestorben.

Gᴏᴛ ᴠɴᴅ: Gott und der König wollten, das ist nicht gelogen, heftig streiten und
einander Trotz bieten. Der König sagte: „So kann es nicht weitergehen. Gott hat
mich übervorteilt. Wahrlich, das wird an ihm gerächt werden. Wenn er den Himmel
ganz für sich haben will, wäre sein Herrschaftsbereich gar zu ausgedehnt und meine
Macht gar zu klein. Er möge mir einen besseren Grundriß für das Wohnen zeich-
nen [?], oder unsere alte Freundschaft kann nicht länger andauern.“ Da entschied ich
es – beide überließen mir die Entscheidung –, ich sagte: „Herr König, was hier unten
ist, das gehört Ihnen. Seien Sie hier Gott und lassen Sie jenen Alten dort oben sein
Auskommen haben. Wenn Sie das nicht wollen, gebiete ich [auf jeden Fall] mit
allem Nachdruck, daß Sie vom Himmelreich die Finger lassen.“   14 Da zwischen

Gᴏᴛ ᴠɴᴅ *Das Lied richtet sich gegen Rudolf I. von Habsburg, dt. König von 1273–1291, und
seine rigorosen Rückforderungen der seit 1245 entfremdeten, verpfändeten oder usurpierten
Reichsgüter. Es schließt vielleicht an einen vielzitierten Ausspruch des Bischofs von Basel an:
„Sede fortiter, Domine Deus, vel loccum occupabit Rudolphus tuum“ (Sitz fest, Herrgott, oder
Rudolf wird deinen Platz einnehmen). Das metrische Schema dieser Str. ist identisch mit einem
Ton Reinmars von Brennenberg (s. S. 292f.).*   5 das.

Sit das got vnde der kv́nig nv gescheiden sint,
15 so wil der selbe kv́nig den túfel vs der helle twingen.
da hebt sich ein gemv́rde von, das ist nit ein wint,
so sint si beide frôidig. herre, wem sol da gelingen?
si kriegent, wer der wirser si,
der sol pôtstat ze der helle sin [. . .].
20 der kv́nig ist wirser vil, ôwi!
der tievel konde in manger zit vertriben nie so sere
lút vnde lant, als der kv́nig vertriben hât
vnd tv̂t ôch noch in kvrzer vrist, des jst kein rât.
ders an mich lât, ich teils dem kv́nige bas denne ê:
25 schied ich in von dem himelrich, im wirt der helle deste me.

Q 19

Wol ab! der kv́nig, der git v́ch niht.
wol ab! er lat v́ch bi im vressen, hant ir iht.
wol ab! sein hervart wirt ein wiht.
wol ab! swas er geheiset, dast ein spel,
5 wol ab! er enrûchet, wie es im ergê,
wol ab! er gebe es sinen kinden ê.
wol ab! si bedorften dannoch me,
wol ab! si waren an gv̂te gar ze hel.
wol ab! sin kv́nne, das ist arn,
10 wol ab! das wil er an v́ns ersparn.

Gott und dem König nun durch einen Richterspruch entschieden ist, will eben dieser König den Teufel aus der Hölle vertreiben. Da entsteht ein tosender Kampf, das ist keine Kleinigkeit, beide sind schrecklich. Herr, wer wird da Sieger bleiben? Sie streiten darüber, wer der schlimmere sei, der solle nämlich Herrscher in der Hölle sein [. . .]. Der König ist viel schlimmer, o weh! Der Teufel konnte während eines langen Zeitraums nicht so viel Leute und Land ruinieren, wie der König ruiniert hat und noch in Kürze tun wird, da hilft gar nichts. Ließe man mich jetzt entscheiden, ich spräche dem König ein besseres Urteil als zuvor: Entschied ich damals, er habe mit dem Himmelreich nichts zu schaffen, so käme er jetzt desto eher in die Hölle.

Wol ab: Fröhlichen Niedergang! der König schenkt euch nichts. Fröhlichen Niedergang! er läßt euch mit ihm essen, sofern ihr etwas habt. Fröhlichen Niedergang! mit seiner Heerfahrt wird es nichts. Fröhlichen Niedergang! was er verspricht, ist leeres Gerede, fröhlichen Niedergang! er nimmt keine Rücksicht darauf, wie es ihm ergehen wird, fröhlichen Niedergang! wenn er es zuvor seinen Erben zukommen lassen kann. Fröhlichen Niedergang! [trotzdem] brauchten sie noch mehr, fröhlichen Niedergang! sie waren allzu unbedarft an Hab und Gut. Fröhlichen Niedergang! sein Geschlecht ist arm, fröhlichen Niedergang! das will er durch Sparsamkeit uns gegenüber bereichern.

Wol ab *Vgl. das vorige Lied.* – *Ä. 13 nach Q 60, die übrigen nach Q 65.* 3 niht. 5 f.

wol ab! ê sin geslehte erkrvphet wirt,
wol ab! so sin wir verirt;
wol ab! so wirt dem brater hartè kleine.   *Q 19*

Ich bin an minnen worden las,
dar vmbe tragent schone frŏwe mir ir has.
nv tete ich gerne vnd, mŏhte ich, bas;
den willen het ich an dem herzen wol.
5   nv hab ich einen frv̈nt, der lît;
die wile der stv̈nt, do hat ich niht der frŏwen nît.
nv lat er mich ze vnrehter zît;
er stilt sich ein halb abe, so er vehten sol.
sin hoher mv̈t, der ist gelegen,
10 er wil ŏch nit me sin ein degen.
mŏchte ich nv wîn vnd gv̈te spise han,
so wolt ich doch nit abe lan,
ich svnge ein liet der lieben frŏwen min.   *Q 19*

Riche wât hat angeleit
walt, anger vnd dv̈ heide breit.
Der svmer gap dv̈ selben kleit,
abrelle mas, der meie sneit,
5   wêher wât wart nie bereit.

Fröhlichen Niedergang! ehe seine Sippschaft vollgestopft sein wird, fröhlichen
Niedergang! werden wir zugrunde gerichtet sein; fröhlichen Niedergang! auf diese
Weise bekommt der, der den Braten wendet, [vom Braten] sehr wenig.

ICH BIN: Ich bin in der Liebe schlapp geworden, deshalb sind die schönen Frauen
böse auf mich. Ich täte es ja gern und, wenn ich könnte, besser [denn je]; soweit es
das Herz betrifft, wäre ich ja durchaus willens. Nun habe ich da einen Freund, der
liegt; als der noch stand, waren die Frauen nicht böse über mich. Jetzt läßt er mich
zur Unzeit im Stich; wenn er seinen Mann stehen soll, macht er sich seitwärts davon.
Sein Streben nach Höherem liegt danieder, er will auch kein wackerer Mann mehr
sein. Könnte ich jetzt Wein und kräftiges Essen bekommen, dann wollte ich nicht
träge sein, ich sänge meiner Liebsten wieder das [gewisse] Lied *[oder: ich – svnge ...*
ich – sänge [wenigstens] ein Lied für meine Liebste].

RICHE WÂT: Prächtige Kleider haben Wald, Wiese und die weite Heide angelegt,
Der Sommer schenkte diese Kleider, der April nahm das Maß, der Mai schnitt sie zu,

WOL AB   13 kleinen.
RICHE WÂT *Ä. nach Q 65.*

sit der werde svmer gît
dvrch rehte milte, dv́ an im lit,
svs riche gabe svnder *nit*,
des singent vogel wider str*it*
10 sin lop in den landen wît.
dar zv̌ pfifet sv̂ze gar
manig nahtegal dar dar.
swer es rehte nimet war,
so sprichet al der blv̌men schar,
15 als an einem danze var.

Wêlt ir schȯwen richer wât,
noch bas gesnitten vnd genât,
dv́ rehte gar ze wunsche anstât?
ich wils gesagen, est kein rât:
20 seht, min herze liep si hât.
wissent, das ir mantel sî
vro ere vnd tv̌t si schanden vrî.
dv́ ander wât stêt wol der bî,
dast minnekliche schȯne, ahî!
25 si ist der wunne ein blv́ndes zwî.
riche selde ân allen has
gab dis kleit, dv́ zuht es mâs,
kv́sche sneit bas vnde bas,
dv́ reinekeit dvrch nâte das,
30 tvgende nihtes dran vergas.

Ich bin nakent vnde blôs
an frȯide vnd ist mîn truren grôs.
mir gent die súften mangen stos

---

schönere Kleider wurden nie gemacht. Da der herrliche Sommer in wahrer Großmut, die ihm eigen ist, ohne jede Knauserei so prächtige Geschenke austeilt, singen die Vögel um die Wette sein Lob weit im Land herum. Auch flöten viele Nachtigallen lieblich dazu. Wer den rechten Blick dafür hat, zu dem spricht die Blumenschar *[?]*, als bewege sie sich im Tanz.   16 Wollt ihr noch prächtigere Kleidung sehen, noch besser zugeschnitten und genäht, die ganz so sitzt, wie man sie sich wünscht? Ich will es verraten, es ist kein Rätsel: Seht, meine Herzallerliebste trägt sie. Wißt, Frau Ehre ist ihr Mantel und hält Schande von ihr fern. Das zweite Kleidungsstück kleidet genau so gut, es ist liebreizende Schönheit, hei! Sie ist ein blühender Zweig des Glücks. Uneingeschränktes, übergroßes Glück schenkte dieses Kleid, der Anstand nahm Maß, Sittsamkeit schnitt es schöner und schöner zu, Reinheit nähte es bestens zusammen, die Tugend hat nichts daran außer acht gelassen.   31 Mich läßt das Glück nackt und bloß dastehen, und mein Kummer ist groß. Oft erschüttern mich die Seufzer

8 niht.   9 striht.

nah ir, bi der mich nie verdrôs.
35 iamer ist min hv̂s genôs.
trût, nv sten ich schamelich.
den mantel ort swenke vmbe mich,
ein vmbevahen, das meine ich
fúr tvsent zôbel. liep, nv sprich:
40 „also will ich kleiden dich."
Hei, min liehter meien schin,
mis dis kleit, mv́ges gesin,
volleklich vnd snide phin,
stelle wol das mv̂der min,
45 aller tvgende meisterin!   *Q 19*

PÜLLER

Winters kraft ist aber komen.
dien kleinen vogelin ist benomen   ir gesang.
lang   mag in wol sin dú swere zit.
5 da von truret in der mv̂t.
doch bin ich niht von senelicher not behût.
gv̂t   ist si, dú mir vil sorgen git
vnd ich ir mit willen gerne diene.
ze ôsterrich ist vil gv̂t sin.
10 von wiene   were ich gerne hin wider an den rin
zv̂ der schonen, dvhte es den kúnig zit.

ICh mag wol von schulden iehen,
in han in frômden landen liebes niht gesehen.
spehen   kan ich, das ir roter mvnt

---

nach ihr, bei der zu sein ich nie überdrüssig wurde. Jammer ist mein Dauergast.
Liebste, der Zustand ist beschämend. Lege den Mantelzipfel um mich, [will sagen],
umarme mich, was mir lieber ist als tausend Zobelpelze. Geliebte, nun sag: „So will
ich dich kleiden." Hei, meine leuchtende Maiensonne, für das Kleid nimm, wenn es
geht, reichlich Maß, und schneide es hübsch zurecht, mache mir ein schönes Jäckchen
daraus, du Meisterin in allen [diesbezüglichen] Fähigkeiten!

WINTERS: Die Gewalt des Winters ist wieder zur Herrschaft gelangt. Die kleinen
Vögelchen hat man zum Verstummen gebracht. Lang dürfte ihnen die schwere Zeit
werden. Deshalb sind sie niedergedrückt. Doch auch ich bin nicht verschont von
sehnsuchtsvollem Leid. Gut ist die, die mir viel Sorgen macht und der ich doch gern
und bereitwillig diene. Es läßt sich gut in Österreich leben. [Dennoch] käme ich gern
zurück aus Wien an den Rhein zu der Schönsten, sähe der König nur ein, daß es an
der Zeit ist.   12 Ich kann mit Grund sagen, ich habe in der Fremde nichts gesehen,
                  was mir gefallen hat. Aber ich sehe, daß ihr roter Mund,

15   minneklichen lachen kan
    vs hohem mv̊te. das git frôide manigem man.
    an   ir tvgenden lit, das ist mir wol kunt,
    da von bin ich in ir minnen strik
    mit gedanken naht vnd tag.
20   ir blike   mir gros vngemach erwenden mag;
    wil dú liebe, so bin ich gesvnt.

    Wil ieman gegen elsasen lant,
    der sol der lieben tv̊n bekant,   das ich mich senen.
    wenen   kan sich min herze nach ir.
25   si sol mich geniesen lân,
    das ich ir bin mit ganzen trúwen vndertan.
    han   ich trôst, den git dú liebe mir.
    irret mich ieman an miner frowen,
    da ist der kúnig vil schuldig an.
30   solde ich si schowen,   so wer ich ein selig man.
    frômde mac vil lihte schaden mir.   *Q 19*

STEINMAR

    Sit si mir niht lonen wil,
    der ich han gesvngen vil,
    seht, so wil ich prisen
5   den, der mir tůt sorgen rat:
    herbest, der des meien wat
    vellet von den risen.
    ich weis wol, es ist ein altes mere,
    das ein armes minnerlin ist reht ein martere.

---

ein edles Gemüt verratend, lieblich lachen kann. Das beglückt viele Menschen. Ich weiß sehr wohl, daß sie vortrefflich ist, deshalb bin ich mit meinen Gedanken Tag und Nacht in den Fesseln ihrer Liebe gefangen. Ihr Anblick kann mir großen Kummer vertreiben; wenn die Liebste will, bin ich geheilt.   22 Will jemand ins Elsaß ziehen, soll er die Liebste wissen lassen, daß ich Sehnsucht habe. Mein Herz ist daran gewöhnt, bei ihr zu sein. Sie soll mich dafür belohnen, daß ich in unverbrüchlicher Treue ihr Diener bin. Wird mir Trost, so gibt ihn mir die Liebste. Stört jemand das Verhältnis zu meiner Dame, so trifft den König daran die Schuld. Könnte ich sie sehen, wäre ich ein glücklicher Mensch. Der Aufenthalt in der Fremde wird mir vielleicht schaden.

Sit si: Da sie, für die ich so viel gesungen habe, mich nicht belohnen will, seht, so will ich den preisen, der mich von meinen Sorgen befreit: den Herbst, der das Kleid des Sommers von den Zweigen herunterschlägt. Ich weiß wohl, es ist eine altbekannte Geschichte, daß ein unglücklich verliebter Tropf ein wahrer Märtyrer ist. Seht, mit

10 seht, zṽ den was ich gewetten.
   wâffen! die wil ich lan vnd wil ins lûder tretten.

   „Herbest, vnderwint dich min,
   wan ich wil din helfer sin
   gegen dem glanzen meien.
15 dvrh dich mide ich sende not.
   sit dir gebewin ist tot,
   nim mich tvmben leigen
   vúr in zeime steten ingesinde!"
   „Steimar, sich, das wil ich tṽn, swenne ich nv bas bevinde,
2c ob dv mih kanst gebrṽuen wol."
   „wafen! ich singe, das wir alle werden vol.

   Herbest, nv hôre an min leben:
   ‚wirt, dv solt vns vische geben
   me danne zehen hande,
25 gense, hṽnr, vogel, swin,
   dermel, pfawen svnt da sin,
   win von welschem lande.
   des gib vns vil vnd heisse vns schússel schochen!
   kôpfe vnd schússel wirt von mir vntz an den grunt erlochen.
30 wirt, dv la din sorgen sin!
   wafen! ioch mṽs ein rúwig herze trôsten win.

   Swas dv vns gist, das wurze vns wol,
   bas danne man ze mase sol,
   das in vns werde ein hitze,
35 das gegen dem trvnke gange ein dvnst
   als ein rôch von einer brvnst,
   vnd das der man erswitze,

---

denen war ich in ein Joch gespannt. Hurra! Die will ich verlassen und mich aufs Schlemmen verlegen. 12 „Herbst, nimm dich meiner an, denn ich will dein Verbündeter gegen den gleissenden Sommer sein. Um deinetwillen lasse ich den Liebeskummer sein. Da dir *gebewin* weggestorben ist, nimm mich einfältigen Laien an seiner Stelle als treuen Diener an!" „Schau, Steinmar, das will ich tun, wenn ich dich erst genauer herausgefunden habe, ob du mich recht preisen kannst." „Hurra! Ich singe so, daß wir alle total betrunken werden. 22 Herbst, nun hör mich an, wie ich leben will: ‚Wirt, du sollst uns mehr als zehn verschiedene Arten Fisch bringen, Gänse, Hühner, Vögel, Schweine, Würste, Pfauen soll es geben, Wein aus Italien. Bring uns von allem viel und laß uns die Schüsseln volltürmen! Krüge und Schüsseln werden von mir bis auf den Grund geleert. Wirt, da mach dir keine Sorge! Hurra! Der Wein wird ein trauriges Herz schon trösten. 32 Was du uns vorsetzt, das würze kräftig, mehr als man in der Regel tun soll, damit sich in uns ein Feuer entzünde, so daß dem Trank ein Dampf entgegenschlage wie der Rauch von einer Feuersbrunst, und damit

das er wêne, das er vaste leke.
schaffe, das der mvnt vns als ein apoteke smeke!
40   erstumme ich von des wines kraft,
wafen, so gv́z in mich, wirt, dvrh geselleschaft!

Wirt, dvrh mich ein strâze gat,
dar vf schaffe vns allen rat!
manger hande spise,
45   wines, der wol tribe ein rat,
hôret vf der strâze pfat.
minen slunt ich prise,
mich wúrget niht ein grôssú gans, so ichs slinde.'
herbest, trut geselle min, noch nim mich ze ingesinde!
50   min sêle vf eime rippe stat,
waffen, dú von dem wine dar vf gehúppet hat!"   *Q 19*

Swenne ich komen wil von swere,
so gedenke ich an ein wib;
dú ist schône vnd erebere,
das ir tugentlicher lib
5   hôhet minen senden mv̂t,
als einen edelen valken wilde sin gevider in den lúften tût.

Sv̂sser wunsch bi allen wiben,
din hant ere tútschú lant.
dv kanst herzeleit vertriben
10   vnd enbinden sorgen bant.
din sint geret ellú wib,
also here vnd also reine ist din frôidebernder lib.

---

der Mann so in Schweiß gerate, daß er glaubt, er sei heftig mit dem Badwedel beschäf-
tigt. Mach, daß uns der Mund wie eine Apotheke riecht! Verschlägt mir die Macht des
Weins die Sprache, hurra, Wirt, dann gieß mich aus Freundschaft weiter voll!
42 Wirt, durch mich führt eine Straße hindurch, darauf schaffe uns alles heran, was
da ist! Essen jeder Art, soviel Wein, daß er ein Mühlrad antreiben könnte, gehört auf
diese Straße. Alle Hochachtung vor meiner Gurgel, ein massiver Gänsebraten erstickt
mich nicht, wenn ich ihn runterschlinge.' Herbst, mein liebster Freund, nimm mich
zum Diener! Meine Seele steht auf einer Rippe, hurra, auf die sie gehüpft ist, um dem
Wein zu entkommen!"

SWENNE ICH: Wenn ich mir den Kummer vertreiben will, dann denke ich an eine
Frau; die ist schön und hält auf sich, so daß ihre Sittsamkeit mein sehnsuchts-
volles Gemüt einen solchen Aufschwung nehmen läßt, wie die Flügel einen edlen,
wilden Falken in die Lüfte tragen.   7 Süßes Wunschbild unter allen Frauen, durch
dich sind die deutschen Lande geehrt. Du kannst Herzeleid vertreiben und die Bande
des Kummers lösen. In dir sind alle Frauen erhöht, so verehrungswürdig und so

Ich wande, vs dem himelriche
mich ein engel lachet an,
15   do ich si sach so minnekliche;
gar von aller swere ich kan.
ich wart aller frôiden vol,
als ein sele von der wîsse, dú ze himelriche sol.   *Q 19*

Swer tôgenliche minne hat,
der sol sich wenig an den lan,
den man so grôsse missetat
an sinem herren siht began,
5 dem er bewachen gût vnd ere sol.
lat er den gast vf schaden in, wie solt ich dem getruwen wol?

Wer ich so minneklich gelegen
bi liebe tôgen vf den lip,
so wolt ich wenig slafes pflegen
10 dur mich vnd durh das reine wib.
mir selbem so wolt ich getruwen bas
danne ieman, der mich weken solte. so we im, des man da vergas!

Die merker vnd dar zŵ der slaf,
die kônden wenig mir geschaden;
15 ich hŵte ôch vor der merker straf.
wer ich zŵ liebe also geladen,
das ich da hohe frôide solte han,
so mûst er sin ein steter frúnt, den ich das wissen solte lan.

Q 19

---

rein ist deine wonnevolle Gestalt.   13 Ich glaubte, ein Engel aus dem Himmelreich lächle mich an, als ich die Liebreizende sah; all mein Kummer schwand dahin. Ich wurde so überglücklich wie eine Seele im Fegefeuer, die ins Himmelreich eingehen soll.

Swer: Wer eine heimliche Liebschaft hat, der soll sich nicht auf den verlassen, den man so schweres Unrecht an dem eigenen Herrn verüben sieht, dem er Besitz und Ehre bewachen soll. Wenn der den Besucher zum Schaden *[seines Herrn]* hereinläßt, wie sollte ich zu dem dann volles Vertrauen haben?   7 Läge ich so heimlich und unter Lebensgefahr, um zu lieben, bei der Liebsten, ich würde um meinet- und um der geliebten Frau willen sicher nicht schlafen. Ich würde mich lieber auf mich selbst verlassen als auf einen, der mich wecken sollte. Wehe dem, den man dort vergessen hat! 13 Die Aufpasser und auch der Schlaf könnten mir nichts anhaben; auch vor der Anklage der Aufpasser würde ich mich in acht nehmen. Es müßte ein treuer Freund sein, den ich wissen lassen würde, daß ich zur Liebsten kommen dürfte, um dort höchstes Glück zu genießen.

Swer *A. nach Q 56.*   4 herzen.

Svmerzit, ich frôwe mich din,
das ich mag beschowen
eine sûsse selderin,
mines herzen frôwe.
5 eine dirne, div nah krute
gat, die han ich zeinem trute
mir erkorn;   ich bin ir ze dienst erborn.
wart vmbe dich!
swer verholne minne, der hûte sich.

10 Si was mir den winter lang
vor versperret leider.
nv nimt si vf die heide ir gang
in des meien kleider,
da si blûmen zeinem kranze
15 brichet, den si zv̂ dem tanze
tragen wil;   da gekose ich mit ir vil.
warte vmbe dich!
swer verholne minne, der hûte sich.

Ich frôwe mich der lieben stunt,
20 so si gat zem garten
vnd ir rose roter mvnt
mich ir heisset warten;
so wirt hohe mir ze mv̂te,
wan si ist vs ir mûter hûte
25 danne wol,   vor der ich mich hûten sol.
warte vmbe dich!
swer verholne minne, der hûte sich.

Sit das ich mich hûten sol
vor ir mv̂ter lage,

SVMERZIT: Sommerzeit, ich freue mich über dich, weil ich [nun] eine liebliche Glücksfee *[s. Anm.]* zu sehen bekomme, die Dame meines Herzens. Ein Mädchen, das Gemüse holen geht, habe ich mir zur Geliebten ausgesucht; ihr zu dienen, bin ich geboren. Schau dich um! Wer heimlich liebt, soll sich in acht nehmen.   10 Den Winter über war sie leider vor mir [im Haus] eingesperrt. Nun geht sie in ihren Sommerkleidern auf die Heide hinaus, wo sie Blumen pflückt für einen Kranz, den sie beim Tanz tragen will; da plaudere ich dann oft mit ihr. Schau ...   19 Ich freue mich auf die köstliche Zeit, wenn sie in den Garten geht und ihr rosenroter Mund mich auffordert, auf sie zu warten; dann bin ich außer mir vor Freude, denn dann ist sie endlich der Aufsicht ihrer Mutter entkommen, vor der ich mich in acht nehmen muß. Schau ...   28 Weil ich mich vor der Nachstellung ihrer Mutter in acht neh-

---

SVMERZIT *Kontrafaktur dieses Liedes s. S. 446 f. – Ä. nach Q 56.*   3 Hsl. selderin *hier als* sælderîn *verstanden, möglich auch* selderîn = *Bewohnerin einer Bauernhütte.*

30   herzelieb, dv tů so wol,
      balde es mit mir wage.
      brich den truz vnd al die hůte,
      wan mir ist des wol ze mv̂te;
      vnd sol ich leben! dir si lib vnd gv̂t gegeben.
35   warte vmbe dich!
      swer verholne minne, der hůte sich.

      Steimar, hôhe dinen mv̂t!
      wirt *d*ir dú vil here,
      si ist so húbesch vnd so gůt,
40   dv hast ir iemer ere.
      dv bist an dem besten teile,
      der zer werlte frôiden heile
      hôren sol; des wirstv gewert da wol.
      warte vmbe dich!
45   swer verholne minne, der hůte sich.   *Q 19*

      Ein kneht, der lag verborgen,
      bi einer dirne er slief
      vnz vf den liehten morgen.
      der hirte lute rief:
5   „wol vf, las vs die hert!“
      des erschrak dú dirne vnd ir geselle wert.

      Das strô, das mv̂st er rumen
      vnd von der lieben varn.
      er torste sich niht svmen,
10   er – nam si an den arn.
      das hôi, das ob im lag,
      das ersach dú reine vf fliegen in den dag.

---

men muß, Herzallerliebste, sei so gut [und] laß uns rasch zur Sache kommen. Über-
winde Widerstand und Aufpasserei, denn mir ist es sehr danach; solange ich lebe,
sollen dir mein Leben und alles, was ich habe, gehören. Schau ... 37 Steinmar, sei
guten Mutes! Bekommst du dies stolze Mädchen, ist es eine dauernde Ehre für dich,
so wohlgeraten und gut, wie sie ist. Du bist an den besten Teil geraten, der zum voll-
kommenen Glück dieser Welt gehört; der fällt dir damit zu. Schau ...

  EIN KNEHT: Heimlich lag und schlief ein Knecht bis zum hellen Morgen bei einer
Magd. Laut rief der Hirt: „Auf, laß die Herde raus!“ Darüber erschraken die Magd
und ihr Liebster. 7 Er mußte raus aus dem Stroh und seine Liebste verlassen. Er
wagte keinen Augenblick länger zu warten, er – nahm sie in die Arme. Das Heu, das
auf ihm lag, sah die Schöne im Gegenlicht auf und nieder tanzen.

SVMERZIT 38 mir.

Da von si mv̑ste erlachen;
ir sigen dú ȯgen zv̑,
so sv̑sse kvnde er machen
in dem morgen frv̑
mit ir das bette spil.
wer sach – an gerete – ie frȯiden me so vil! *Q 19*

15 (left margin, line 3)

NV solt ich die schonen zit
grv̑ssen, die der meye git,
nv mv̑s ich in sender swere worgen.
Mich frȯit niht der vogel sang,
ellú zit ist mir ze lang,
nah der lieben minne mv̑s ich sorgen.
mich hat enzunt   ir roter munt
mit der minne fúre,
das betwinget, swen si wil, vnd ist doh gehúre.
    Schȯne, schȯne, schȯne, schȯne, trȯste mih!
    la mich, frowe, erbarmen dich!

5 (left margin)
10 (left margin)

Swer herzelieb ie gewan,
es sin frowen alder man,
der sol sich genedeklich erbarmen;
er sol bitten vber mich,
das si tv̑ye tvgentlich
vnd si trȯste mich vil senden armen.
des svmir*s* schin   der frowen min
schone *ich* wol geliche.
wirt mir da bi gv̑te erkant, seht, so bin ich riche!
    Schȯne, schȯne, schȯne, schȯne, trȯste mih!
    la mich, frowe, erbarmen dich!

15 (left margin)
20 (left margin)

---

13 Darüber mußte sie lachen; die Augen gingen ihr über, so himmlisch konnte er am frühen Morgen mit ihr das Bettspiel spielen. Wer hat je größere Seligkeit gesehen – und das ohne großes Brimborium!

NV solt: Eigentlich sollte ich die herrliche Jahreszeit begrüßen, die der Mai bringt, nun muß ich mich aber in Sehnsuchtsqual verzehren. Der Gesang der Vögel heitert mich nicht auf, aller Zeitvertreib ist mir zu langweilig, ich muß um die Liebe meiner Liebsten bangen. Ihr roter Mund hat mich mit dem Feuer der Liebe entzündet, das bezwingt jeden, den sie [bezwingen] will, und ist doch angenehm. Du Schöne, Schöne, Schöne, Schöne, tröste mich! Gebieterin, hab Erbarmen mit mir! 12 Wer je von Herzen geliebt hat, Frau oder Mann, der soll Mitleid mit mir haben; der soll für mich bitten, daß sie tut, was recht und gut ist, und sie mich armen Sehnsuchtskranken tröstet. Die Pracht des Sommers achte ich mit Recht der Schönheit meiner Dame gleich. Erfahre ich dazu auch, daß sie wohlgesonnen ist, seht, dann fehlt mir nichts mehr! Du Schöne ...

NV solt *Ä. 19 nach Q 56.* 18 der svmir. 19 *f.*

Es môht in die felsen gan,
das ich her geflehet han,
25   vnd môht ôch herten vlins gelinden.
wer ir herze ein anebos,
sost min klage doh so gros,
das ich wol genade solte vinden.
des meres grunt,   dem môhte kvnt
30   sin min langes wûfen,
sit mich an der minne tor nieman hôret Rûffen.
    Schône, schône, schône, schône, trôste mih!
    la mich, frowe, erbarmen dich!   *Q 19*

Unbekannter Verfasser

Himelriche, ich frowe mich din,
das ich da mac schowen
got vnd die liebe mŭter sin,
5   vnser schone frowen,
vnd die engele mit den cronen,
die da singent also schone.
des frôwent sv sich:
got, der ist so minnenclich.
10   wart vmbe dich!
    hŭtent ŭch vor sunden, dast tugentlich!

Luzel reden, das ist gŭt,
vnd ze mose lachen.
quinc die ôgen vnd den mŭt!
15   men sol lange wachen.

---

23 Es könnte Felsen durchdringen, was ich bislang schon gebettelt habe, und
könnte auch den harten Stein erweichen. Selbst wenn ihr Herz ein Amboß wäre, ist
meine Klage doch so gewaltig, daß ich wohl Erhörung finden würde. Der Meeres-
grund möchte mein langes Klagen schon gehört haben, wohingegen vor dem Tor
der Liebe niemand mein Flehen hören will. Du Schöne . . .
    Himelriche: Himmelreich, ich freue mich über dich, weil ich dort Gott und seine
liebe Mutter zu sehen bekommen werde, unsere schöne Frau, und die Engel mit
ihren Kronen, die dort so schön singen. Darüber freuen sie sich: Gott ist die Liebe.
Schau dich um! Hütet euch vor den Sünden, das ist gut getan!   12 Wenig reden ist
gut und maßvoll fröhlich sein. Halte Augen und Gedanken im Zaum! Man soll lange

Himelriche *Kontrafaktur eines Liedes von Steinmar, s. S. 443 f. Vielleicht erst im 14. Jh.*
entstanden.

bete gerne vnd wis alleine!
flúch die welt, su ist gar vnreine,
ir valsches leben!
got, der wil sich selbe vns geben.
   wart vmbe dich!
   hûtent úch vor svnden, dast tugentlich!

Sit ich mich nv hûten sol
vor des tifels lage,
herre got, nv tû so wol,
ferlich mir dine gnade!
ich bit dich, herre, durch dine gûte,
das der lip iht an mir wûte
vnd die welt,
wande sv git so bese gelt.
   wart vmbe dich!
   hv̂tent úch vor sv́nden, dast tugentlich.

Q 1

UNVERZAGTER

[Melodie]

Ez ist eyn lobeliche kvnst,
Der seiten spil tzv̂ rechte kan.
Die giger vreuwen maniges mv̂t.
Hie vûr trag ich tzv̂ dem sange gvnst.
Sanc lert vrouwen vnde man,
Sanc ist tzv̂ gotes tische gût.
Her blest da yn der seiten klanc.
Swer vch da lobet vûr meister sanc,

wachen. Bete gern und suche die Einsamkeit! Meide die Welt [und] ihr trügerisches Wesen, sie ist durch und durch schlecht. Gott selbst will sich uns schenken. Schau . . .
22 Da ich mich vor der Nachstellung des Teufels in acht nehmen muß, Herrgott, sei so gut und schenk mir deine Gnade! Um deiner Güte willen bitte ich dich, Herr, daß das Fleisch mich nicht überwältige und [auch] nicht die Welt, denn sie gibt so schlimmen Lohn. Schau . . .

Ez IST: Es ist eine lobenswerte Kunstfertigkeit, wenn einer ein Saiteninstrument beherrscht. Die Geiger machen vielen Freude. Mehr als das schätze ich den Gesang. Der Gesang belehrt Frauen und Männer, der Gesang gehört zum Heiligen Abendmahl. *Her blest da yn* der Klang der Saiten. Wer euch mehr lobt als den Gesang der Meister,

447

Der sol mynes lobes ane wesen.
Sanc mac man scriben vnde lesen,
Mit sang ist al die werlt genesen.   *Q 20*

[Melodie]

Myr grahent alle myne har
Tzv̂ hobe, wen ich den kerl an se
Mit ammet, daz er rvnen kan;
5   Tzv̂ hant wirt myn gemv̂te swar.
Vil tougen ich sie wol irspe;
Sie irrent manigen gv̂ten man.
Mv̂ste ich eyn anteloye wesen,
Der ne lieze ich eynen nicht genesen.
10   Ich welte sie platzen mit der hant,
Daz vch der kerl worde irkant.
Sie habent vil herren hobe gescant.   *Q 20*

[Melodie]

Swer ritters namen halten sol,
Den kan ich leren, ob her wil,
Daz er an lobe wirt vv̂rnomen:
5   Der truwe sol er wesen vol.
her ne sol sich rv̂men nicht tzv̂ vil,
Ob er of abentivre ist komen.
Tzvcht, milte, manheit, scame ist gv̂t,
kegen eren balt vnde wol gemv̂t,

---

der kann von mir keinen Beifall erwarten. Gesang kann man aufschreiben und nachlesen, im Gesang liegt das Heil für die ganze Welt.

MYR GRAHENT: Bei Hofe werden mir alle Haare grau, wenn ich den Kerl in Amt und Würden sehe, der hinter der vorgehaltenen Hand flüstert; das fällt mir sogleich schwer auf die Seele. Selbst unauffällig, kann ich sie deutlich erkennen; sie führen manchen guten Menschen in die Irre. Könnte ich jener Anteloye sein, ich ließe nicht einen davonkommen. Ich würde sie öffentlich ohrfeigen, so daß ihr alle wüßtet, um welchen Kerl es sich handelt. Sie haben die Höfe vieler Herren in Verruf gebracht.

SWER: Wer den Namen eines Ritters bewahren will, den kann ich, wenn er will, so belehren, daß er rühmend genannt wird: Er soll stets unbedingt treu sein. Er soll nicht zu laut sein Eigenlob verkünden, wenn er ein Abenteuer bestanden hat. Anstand, Freigebigkeit, Tapferkeit, Scham sind gut, eifrig und freudig bereit sein, wo es gilt,
Ehre zu erwerben,

MYR GRAHENT   8 *Zwergenkönig aus einer in mehreren Fassungen überlieferten mal. Erzählung, der, selbst unsichtbar, Alexander dem Großen (s. S. 344 Anm. 1) untreue Höflinge durch derbe Schläge verriet.*

10   Mit willen nach dem prise streben.
           Syn vûrdere hant sol vryde geben,
           Daz heize ich ritterlichez leben.   *Q 20*

[*Melodie*]

       Ich byn eyn gast den vremden livten vnde eyn wirt der synne
       Vnde sûche nach der vrage manigen richen edelen man.
       In gastes wis ich iares maniges edelen gût gewynne.
   5   Nv danke ym got, swer gût durch got vm ere teilen kan.
       Den selben wil ich rilich lob myt myme sange schenken.
       Swie verre ich vare in vremde lant, tzv̂ gûte ich ir gedenken.
       Die gar vûrscamten argen tzagen laz ich mynes lobes vry.
       Jr laster wil ich machen breit, wie stille ich in der kvnde by in sy.
                                                            Q 20

[*Melodie*]

       Die kvnstelosen edelen gebent den kvnstelosen livten;
       Daz tvnt sie allez, vmme daz div gabe kleine sy.
       Vva sol man in des wizzen danc? wer sol ir lob bedivten?
   5   Daz sol man in dem piere; dar ist daz lob gar eren vry.
       Sanc vnde gigen meister kvnst, die nement ouch vil gerne
       Jn rechter not eyn kleyniz gût; wa des noch were tzv̂ vnberne,
   -   Daz solten in die edelen geben vnde were vil baz bewant
       Dan eyme kvnstelosen man. pierloter lob, daz en ist nicht wite
                                                   irkant. *Q 20*

---

unbeirrt'nach Ruhm streben. Seine rechte Hand soll Frieden stiften, das nenne ich
ritterlich leben.

Ich byn: Ich bin einer, der bei fremden Leuten Herberge suchen muß, der aber
selbst Verstand und Einsicht beherbergt, und suche der Nachfrage entsprechend
manchen mächtigen adligen Herrn. Als Gast erhalte ich das Jahr hindurch die Gabe
vieler Edelleute. Nun danke Gott dem, der um Gottes willen Gabe gegen Ehre tau-
schen kann. Einem solchen will ich mit meinem Gesang reiches Lob schenken. Wie
weit ich auch in der Fremde herumkomme, ich werde ihrer im Guten gedenken. Die
unverschämten elenden Geizkrägen [dagegen] bekommen bei mir kein Lob. Deren
Schande werde ich verbreiten, wie still ich auch bei ihnen zu Hause sein mag.

Die kvnstelosen: Die adligen Kunstbanausen beschenken Leute, die von Kunst
nichts verstehen; das tun sie nur, damit sie möglichst wenig verschenken müssen. Wo
soll man ihnen dafür danken? Wer soll ihren Ruhm bekannt machen? Das soll man
beim Bier [tun]; da bedeutet das Lob keine Ehre. Gesang und Meisterschaft auf der
Geige, die nähmen, wenn die Not groß ist, auch sehr gern eine geringe Gabe; wo
noch zu entbehren wäre, sollten die Adligen sie ihnen schenken, und [sie] wäre für
einen weit besseren Zweck verwendet als bei einem, der von Kunst nichts versteht.
Das Lob biersaufender Taugenichtse dringt nicht in viele Ohren.

[Melodie]

Daz mesteswyn geliche ich tzv̂ eyme richen wocherere.
Der wile der wocherere lebet, man hat syn keynen vromen.
Swen aber der wocherere stirbet, daz wirt wite mere.
5 So mv̂z sin wocher vnde syn scatz an manigen erben komen.
Also gescicht dem mesteswyne, swen ez hie stirbet.
Mit syme tode man vil manigen gûten vrivnt erwirbet.
Man sendet schuldern, schinken, sultzen, braten manigen man.
Sus teyle wir daz mesteswyn. dem wocherere ich ez wol gelichen
kan.   *Q 20*

DER VON BUWENBURG

Was ist das liehte, das luzet her vúr
vs dem ivngen grûnen gras, als ob es smiere,
vnd es vns ein grûzen wil schimpfen mit abe?
5 es sint die blv̂men. den svmer ich spúr
an den vogellein vnd an manigem tiere.
ahtent, ob nature iht ze schaffenne habe,
ê das all*e* dinge
stelle nah der zit.
10 got gebe, das der herbest sin ere volbringe,
sit des menschen frôide gruntveste da lit.

Wan gv̂t gedinge so meht ich sin tot
von ir stetem „nein ich" vnd „in getv̂n es nimmer",
dv́ niht wan „ia gerne" hat vunden an mir.

DAZ MESTESWYN: Das Mastschwein vergleiche ich mit dem reichen Wucherer. So-
lange der Wucherer lebt, hat man von ihm keinen Nutzen. Wenn der Wucherer jedoch
stirbt, wird das weit und breit bekannt. Dann wird, was er erwuchert und gehortet
hat, an viele Erben fallen. Ebenso geht es mit dem Mastschwein, wenn es stirbt. Durch
seinen Tod macht man sich viele gute Freunde. Man schickt vielen Leuten Schultern,
Schinken, Sülze, Braten. So verteilen wir das Mastschwein. Der Vergleich mit dem
Wucherer ist also wirklich zutreffend.

WAS IST: Was ist das Glänzende, das aus dem jungen grünen Gras hervorguckt, als
ob es lächle, und das uns dadurch einen Willkommensgruß abschmeicheln will? Es
sind die Blumen. Ich erkenne die Zeichen des Sommers an den Vögelchen und an
vielen Tieren. Nun gebt acht, ob die Natur nicht [tüchtig] schaffen muß, bevor sie
alles so einrichtet, wie es die Jahreszeit verlangt. Gott gebe, daß der Herbst seine
[des Sommers] Ehre vollende, da der Grundstein für die Freude des Menschen jetzt
gelegt ist.   12 Gäbe es keine Hoffnung, so müßte ich sterben wegen ihres ewigen
„nein" und „ich tu's nie", wo sie doch von meiner Seite nie etwas anderes als „ja
gern" gehört hat.

WAS IST *Ä. nach Q 57.*   8 aller.

15   wan siht ŏch dike, das schŏn abent rot
       kvmt nah manigem morgen, der trŏibe ist vnd timmer.
       da von ich mit dienste niht wenke von ir,
       dú von manigen iaren
       mir noh lonen sol.
20   ach, het ich erworben die sv̂zen, die claren,
       do wart einem manne zer werlte nie so wol!

       Sich lat doch brechen der herte adamas,
       swenne er vor begossen wirt mit bokes blŭte.
       also mŏht ŏch gnade mit liebe veriagen
25   ir vngenade dvr liebe noh bas.
       wer gesas bi gote an dem rate, da dv́ gŭte
       mir wart widerteilet? des hŏre ich niht sagen.
       liebe, in gv̂te einvaldig,
       wehsel mir dú leit!
30   habs in hoherm mv̂te, des bist dv gewaldig!
       so wirt dir merer mv̂t ze namen geseit.   *Q 19*

       Swas hv́re von des meijen gabe was so spehe,
       das es lihte sv́nde enphie dvr sine glanzen wehe,
       das wil nv twingen   winter zen dingen,
       das es im der hofart stet ze buoʒe.
5   des hat dv́ heide sich begeben in grawen orden;
       so ist dv́ vrigemv̂te lerche demv̂tig worden,

Oft sieht man, daß ein schönes Abendrot auf so manchen Morgen folgt, der trübe
und verhangen ist. Deshalb weiche ich mit meinem Dienen nicht von ihr, die mich
für viele Jahre belohnen soll. Ach, hätte ich die Süße, die Schöne für mich gewonnen,
hätte es auf der Welt keinen glücklicheren Mann gegeben als mich!   22 Der harte
Diamant läßt sich doch zerbrechen, wenn er zuvor mit Bocksblut begossen wird.
Ebenso könnten doch auch Huld und Liebe gemeinsam ihre Widerspenstigkeit um
der Liebe willen noch besser vertreiben. Wer saß in Gottes Rat, als mir die Liebste
versagt wurde? Ich kann es nicht erfahren. Liebe, voll argloser Güte, laß eine Wende
in meinen Leiden eintreten! Laß sie in freudigere Regungen übergehen, es liegt in
deiner Macht! Dann wird ein besserer Charakter mit deinem Namen verbunden.
    SWAS HV́RE: Was dieses Jahr durch das Geschenk des Frühlings so kunstvoll ge-
staltet war, daß es wegen seiner leuchtenden Schönheit leicht in Sünde fiel, das will
der Winter nun in solche Verhältnisse pressen, daß es ihm für die Hoffart büßen muß.
Deshalb ist die Heide in den grauen Orden *[Zisterzienser]* eingetreten; ebenso ist die
Lerche, die so stolz ihre Freiheit genoß, demütig geworden, so daß sie weder

WAS IST   22–23 *Quelle ist der Physiologus s. S. 284 Anm.*
SWAS HV́RE *Ã. außer 31 nach Q 56.*   4 *bŏse.*   5 *erden.*

das in den lúften   hohe dvr gv́ften
weder sweibet vf noch singet sv̂zze.   frôiden vnmv̂zze,
die ich von liebe gewinne,
10   irret mich ze sange niht,
dis noh swas bi mir beschiht.
doch laze ich niemer,   ich diene ir iemer;
wip sint al̂r tvgende fûgerin.

Wip, wol dir, wol, dv́ lob werdú kreatúre!
15   din gv̂te ist zû menschen heil ein gralemezig stúre.
dv kanst vor smerzen   vrijen ellú herzen,
die sich dienten ê fúr sendez eigen.
dich hat dv́ welt von anegenge hort angerbet,
der an selden richer gúlt ist iemer vnverderbet:
20   das ist din ere,   div ist so here,
das nie lob ir zehenden môhte erzeigen.   dir sol sich neigen,
swas hat zû frôiden begirde.
wan swelch wip von rehter tât
teil an dinem namen hat,
25   die sol man prisen   got, dem werk wisen
meister, zeren vnd ir hohen wirde.

Nv rihtent, swes geburt ie wart von reinen wiben:
minne klagt, man wele si von túschen landen triben
mit dem gesange,   den si nit lange
30   hôren wil vs als vnwerden mv́nden.

---

aus Übermut hoch in die Lüfte aufsteigt noch lieblich singt. Die Ruhelosigkeit des
Glücks, die mir aus der Liebe entsteht, macht mich am Gesang nicht irre, dies nicht
und nicht, was sonst mit mir geschieht. Ich höre jedenfalls nicht auf, ihr immer zu
dienen; Frauen sind es, die alle Tugenden bewirken.   14 Gepriesen seist du, Frau,
gepriesen, du anbetungswürdiges Geschöpf! Deine Güte ist für die Menschen eine
Hilfe, das Heil zu erreichen, die dem Gral vergleichbar ist. Du kannst alle Herzen vom
Leid erlösen, die sich zuvor als Eigentum sehnsuchtsvoll dargeboten haben. Dir
hat die Welt von Anfang an einen Schatz vererbt, dessen reicher Glücksertrag nie-
mals vergeht: Das ist deine Ehre, die ist so kostbar, daß kein Lob niemals auch nur
den zehnten Teil davon zur Darstellung bringen könnte. Vor dir soll sich alles ver-
neigen, was nach Glück Verlangen hat. Denn eine rechtschaffene Frau, der dieser
Ehrentitel zukommt, soll man preisen zu Ehren Gottes, des werkkundigen Meisters,
und zu Ehren ihrer erhabenen Würde.   27 Nun fällt euer Urteil, alle, die ihr von
edlen Frauen geboren seid: Die Liebe führt Klage, man wolle sie aus deutschen
Landen vertreiben mit Hilfe des Gesangs, den sie aus so unedlem Mund nicht lange
anhören will.

15 *Der Gral ist in der höfischen Epik ein Heiligtum unbestimmter Art und Herkunft; in
der Metaphernsprache dient er als Inbegriff des Heiligen und Guten.*   17 sender.   25 den.
26 vnd in ir.

wer sol danne wibes mv̊t gesteten gegen minne gv̊ten?
wer sol ŏch von valschen mannen reinv́ wip behv̊ten?
minne des waltet,   der si behaltet,
dem gebrist nit an solichen fvnden.   doch wil ich kvnden,
35 wie man ervar, welr wande:
swer getragener kleider gert,
der ist nit minne sanges wert,
die sol man stillen   dvrh minne willen,
wan ir minne sang ist wibes schande.

Q 19

HEINRICH FRAUENLOB

Was ie gesang Reinmar vnd der von Eschilbach,
was ie gesprach
der von der vogelweide,
5   mit *uer*goltem kleide
ich, vrŏwen lob, vergult ir sang, als ich úch bescheide:
sú hant gesvngen von dem feim, den grunt hant sv́ verlassen.
vs kessels grvnt gat min kvnst, so giht min mvnt.
ich tŭn v́ch kvnt
10   mit worten vnd mit tŏnen
gar ane sunder hŏnen:
noch sŏlte man mins sanges schrin gar rilichen krŏnen.
si hant gevarn den smalen stig bi kv́nsterichen strâssen.

Wer soll dann das Herz der Frau für die Werte der Liebe festigen? Wer soll die reinen Frauen vor Männern hüten, die es nicht ehrlich meinen? Die Liebe schützt den, der sie in Ehren hält, dem mangelt es nicht an entsprechenden Liedern. Ich will jedoch darlegen, wie man herausfinden kann, wer sich abgekehrt hat: Wer um getragene Kleider bettelt, der ist nicht würdig, Liebeslieder zu singen, die soll man um der wahren Liebe willen zum Schweigen bringen, denn ihre Liebeslieder sind eine Beleidigung für die Frauen.

WAS IE: Was Reinmar und der von Eschenbach je gesungen haben, was je der von der Vogelweide gedichtet hat, ihre Lieder vergolde ich, Frauenlob, durch ein vergoldetes Kleid *[d. h. mache Werke, die die ihren an Goldgehalt übertreffen]*, wie ich euch [hiermit] erkläre: Sie haben [nur] aus dem Schaum geschöpft, den Boden haben sie nicht berührt. Meine Kunst entstammt dem Boden des Kessels, behaupte ich. Ich verkünde euch ganz ohne jeden Hochmut mit Worten und Melodien: Dem Schrein meines Gesangs sollte man die reiche [Ehren]krone verleihen. Jene haben [nur] den schmalen Weg neben den Straßen der Kunst betreten.

SWAS HV́RE 31 wie es.   36–39 *Viell. Anspielung auf eine Str. Geltars, s. S. 316.*
WAS IE *Entgegnungen auf dieses Selbstlob Frauenlobs (zum Verfasser s. Bd. 2 dieser Anthologie S. 19–38) durch Hermann Damen (s. S. 459 f.) und Regenbogen (s. S. 461 f.). Mel. in Q 29 unter der Bezeichnung „Langer Ton". – Ä. nach Q 79.*   2 *Reinmar von Zweter s. S. 224–245, Wolfram von Eschenbach s. S. 139 ff.*   4 *Walther von der Vogelweide s. S. 108–138.*   5 *zouer goltem.*   7 *dúm.*

wer ie gesang vnd singet noch
15 – bi grûnem holtz ein fules bloch –,
so bin ichs doch
ir meister noch.
der sinne trag ich ŏch ein iŏch,
dar zv bin ich der kvnst ein koch.
20 min wort, min dône getraten nie vs rechter sinne sâssen.

Q 19

HERMANN DAMEN

[Melodie]

Ich sitze tiefe in sorgen wage,
Des mv̂z ich sorge triben;
5 Ouch irret mich vil manich tzage,
Der myt kyben   Mich vûrriben wil.
Swaz ich gûtes gesyngen kan
Vnde gûtes tichten,
Daz wollen der schanden dienestman
10 Gar yrnichten;   Daz erret mich so vil.
Owe, der ist kleyne, die rechter meister kvnst
wirden nach iren wirde, wen kvnst hat gotes gvnst.
Hievûr do was recht meister sanc
Jn al der werlt geneme,
15 Do er by richen kvningen ranc.
widertzeme   Dvnct myr, daz er nv sy.   *Q 20*

Wer je gesungen hat und noch singt – ob nun ein toter Strunk oder ein leben-
diges Holz *[?]* –, übertreffe ich sie doch alle. Ich gehe im Joch der Kenntnisse einher
und bin ein Kunst-Koch. Meine Worte, meine Melodien verließen nie die Stätte der
wahren Kunst.

Ich sitze: Ich stecke tief in der Flut der Sorgen, deshalb muß ich mich mit Dingen
befassen, die mir Sorge machen; es kommt mir nämlich so mancher Miesepeter in die
Quere, der mich durch seine Hetzreden erledigen will. Was ich Gutes in Wort und
Weise zustande bringen kann, wollen diese Helfershelfer der Schande als gänzlich
wertlos hinstellen; das irritiert mich so oft. Oh weh, es gibt wenige, die wahre meister-
liche Kunst ihrem Rang entsprechend würdigen, besitzt Kunst doch Gottes Wohl-
wollen. Vor unserer Zeit schätzte alle Welt den wahren Meistersang, als er sich vor
mächtigen Königen produzierte. Jetzt, scheint mir, stößt er auf Abneigung.

[Melodie]

Reymar, walter, robyn, nythart,
Vriderich der sŷnenburgere,
Dise alle synt in todes vart;
5 Ane swere   Gebe got, daz sie dort leben!
Der marner, der ist ouch von hyn
Vnd der von oftertyngen.
Dise alle heten wisen sin
Of daz syngen;   Des ist in pris gegeben.
10 Vvolueram vnde klynsor, genant von vngerlant,
Diser tzwier tichte ist meisterlich irkant.
Der mysnere vnde meister conrat,
Die tzwene synt nv die besten.
Jr sanc gemezzen vnde ebene stat;
15 Kunden, gesten   Jst her nach prise geweben.   *Q 20*

[Melodie]

Mich hat myn tvmme syn betrogen,
Daz han ich wol irvunden
An manigem, den ich valsches vry
5 Vnde truwe hette irkorn.
Myn mvnt, der hat sie an gelogen
Myt lobe an manigen stvnden,
Des gebe ich ir tusent vmme dry
Vnde drytzich ouch tzŷ vorn.

REYMAR: Reinmar, Walther, Rubin, Neidhart, Friedrich von Sunnenburg sind alle gestorben; gebe Gott, daß sie im Jenseits unbeschwert sind! Auch der Marner ist tot und der von Ofterdingen. Sie alle widmeten Verstand und Weisheit der Sangeskunst; deshalb ist ihnen Ruhm zuteil geworden. Wolfram und Klingsor, den man den von Ungarn nannte, von beider Kunst weiß man, daß sie meisterhaft war. Jetzt sind die Besten der Meißner und Meister Konrad. Deren Lieder sind von metrisch-musikalischer Ausgewogenheit; für Fachmann und Laien [?] sind sie preiswürdig gefügt.

MICH HAT: Meine eigene Dummheit hat mich getäuscht, das ist mir bei manchem klar geworden, den ich für aufrichtig und zuverlässig gehalten hatte. Mein Mund hat sie oft fälschlich gelobt, deshalb gäbe ich tausend von ihrer Sorte für drei und [wei-

REYMAR   2 *Reinmar s. S. 89–100 (oder R. von Zweter, s. S. 224–245), W. von der Vogelweide s. S. 108–138, Rubin s. S. 192–195, Neidhart s. S. 141–158.*   3 *F. von Sunnenburg s. S. 321–332.*   6 *Marner s. S. 272–286.*   7 *Heinrich von Ofterdingen und Klingsor von Ungarn (10) sind Gestalten aus dem 'Wartburgkrieg', einem fiktiven Sängerstreit, in dem neben bekannten Verfassern auch diese beiden auftreten.*   10 *W. von Eschenbach s. S. 139 ff.*   12 *Meißner s. S. 399–412, K. von Würzburg s. S. 356–368.*

10 Swer nv dry vrivnt getruwe hat,
 Alsam ez in der werlde stat,
 Der ist me den wol gevrivndet.
 Ich ne habe sie vûr die heyne vrivnt,
 Die vryvnt vûr mynen ougen synt
15 Vnde mich myt schaden hynden vntzvndet.
 Der gougel vûre vntgelte ich vil,
 Die sie sus myt myr triben,
 Der hertze ich truwe hete irsen.
 Sie synt vûrvlûchet ane tzil.
20 Vrivnt sol by vrivnde bliben,
 Da mac man gantze vrivntscaft spen.   _Q 20_

[_Melodie_]

 Ich han vil manigen grozen bovm
 Gesen in eyme walde,
 Der da sneller gevellet wart
5 Wen eyn vollen kleyne.
 Erdesch leben, daz ist ein trovm,
 wir sûlen wachen balde
 Vnde reyten vns kegen der sele vart;
 Diz leben ist vnreyne.
10 By dem svnder man merken sol
 Eyn grvndelose, gidich hol,
 Daz gidich ist wider die svnde,
 By dem bovme der sele val,
 Die da vellet in daz tal
15 Der tiefen helle grvnde.
 Mensche, dv kranke creatur,
 sprich, durch waz du so dicke
 tzûrnes Den, der dich gescaffen hat.

---

tere] dreißig noch im voraus. Wer nun drei treue Freunde hat, der ist, so wie es jetzt in der Welt zugeht, mehr als gut mit Freunden versehen. Ich halte die nicht für Freunde, die sich vor meinen Augen als Freunde aufführen und hinterrücks zu meinem Schaden Feuer legen. Das Blendwerk, das die mit mir treiben, deren Herz ich für treu gehalten habe, kommt mich teuer zu stehen. Sie sind in Ewigkeit verflucht. Ein Freund soll zu seinem Freund stehen, das ist als wahre Freundschaft anzusehen.

ICH HAN: Ich habe so manchen mächtigen Baum im Wald gesehen, der schneller gefällt worden ist als ein ganz kleiner. Das irdische Leben ist ein Traum, wir sollten rasch aufwachen und uns auf die [Jenseits]fahrt der Seele vorbereiten; dieses Leben ist voll Sünde. Den Sünder muß man als ein bodenloses, habgieriges Loch verstehen, das nach der Sünde begierig ist, den Baum als den Fall der Seele, die in die Schlucht des Abgrunds der tiefen Hölle fällt. Mensch, du elendes Geschöpf, sag, warum du oft den erzürnst, der dich erschaffen hat.

Syn riche git er dir tzv̊ stivre,
20 Wiltu vz tzwibels stricke
dich losen nach der bichter rat.

Q 20

[Melodie]

Maria, mv̊ter, reyne maget,
Der werlde trosterynne,
Jrwende, vrouwe, myn vngemach
5 Durch al die gůte dyn.
Ich habe die svnde vil getaget,
Nv troste myne synne
Vnde gib mich ruwe vberdach,
Wend ich vil svndich byn.
10 Sit tů vrouwe aller engele bist,
So irbarme dich vnde gib myr vrist,
Vnz ich kegen dinen svn ghedynge.
Ich han daz ofte wol gehort,
Swer dich eret vnde dyne bort,
15 Daz ym ouch nymmer misselinge.
Han ich des, vrouwe, nicht getan,
Daz mv̊et mich vil sere
Vnde ist myr ynnichliche leit.
Nv la mir dyne hulde han!
20 Din tzorn ist myr tzv̊ swere;
We ym, der in tzv̊ grabe treyt!

Q 20

Sein Reich wird er dir schenken, wenn du dich aus den Banden des Zweifels löst,
wie es die Beichtväter raten.

MARIA: Maria, Mutter, reine Jungfrau, Trösterin der Welt, um deiner großen Güte
willen wende, Herrin, Unheil von mir ab. Ich bin in Sünden alt geworden, nun tröste
mein Gemüt und gib mir das Schutzdach der Reue, weil ich so sehr sündenbeladen
bin. Da du die Herrin aller Engel bist, so erbarme dich und laß mir Zeit, bis ich mit
deinem Sohn ins Reine gekommen bin. Das habe ich oft gehört, daß der, der dir und
deinem Kind Ehre erweist, niemals verloren gehen kann. Das nicht getan zu haben,
Herrin, quält mich sehr und tut mir von Herzen leid. Nun schenke mir dein Erbarmen!
Dein Zorn ist zu schrecklich für mich; wehe dem, dem er ins Grab folgt!

[Melodie]

Genv̂gen livten wundert des,
Durch waz got nicht ensende
Eynen andern vv̂r sich an daz tzil,
     5   Da er den tot vntfie.
Vil gerne mv̂get ir merken, wes;
Die sache ist vil behende,
Als ich v̂ hie bescheiden wil.
Nv merkent ebene, wie:
  10   Swer koufet eyn dync, daz ist syn
Billicher, den ez were myn.
Hie myt mag ich daz wol irtzeygen,
Ob sich het an den tot gegeben
Eyn ander vmme vnser leben,
  15   Daz wir sin billich weren eygen.
Dar vmme woltes neman got
Vv̂rhengen, daz er stv̂rbe
Vmme vnsen eygentv̂m wen er.
Her dulde dankes swachen spot,
  20   Of daz vil gar vv̂rturbe
An vns des leyden tivbels ger.   *Q 20*

[Melodie]

Tyrol, metze, megentze, trere,
hette swendeler die vere,
her vv̂rbv̂te in eynem bere
     5   hasehart vmme sie alle.

GENv̂GEN: Viele Leute möchten gern wissen, warum Gott nicht einen anderen statt seiner hierhin sendete, wo er den Tod erlitt. Es wird euch sehr interessieren, warum; die Sache ist ganz plausibel, wie ich euch hier darlegen werde. Nun gebt genau acht, wie: Wenn einer etwas kauft, gehört es von Rechts wegen mehr ihm als mir. Hierdurch kann ich recht deutlich machen, daß, hätte ein anderer um unseretwillen den Tod erlitten, wir von Rechts wegen dessen Eigentum wären. Deshalb wollte Gott nicht gestatten, daß irgendein anderer als er selbst stürbe, um uns als Eigentum zu erwerben. Er erduldete aus freiem Willen schmählichen Spott, damit der Anspruch des argen Teufels an uns zuschanden würde.

TYROL: Tirol, Metz, Mainz, Trier, hätte Bruder Leichtsinn diese vier, er erhöhte
               beim Bier mit ihnen allen seinen Einsatz im Würfelspiel.

TYROL *Ä. nach Q 55.*   5 hasehat.

Swendeler, in dyner wise
han ich nach der tvmmen prise
Vil vůrtzert, da von mich grise
Tůt der sorgen galle.
10　Ich mv̊z dyn abe sten,
Sit ez den wisen missehaget.
Im mac keyn gůt gescen,
Der dyner volge ist vnvůrtzaget.
Swer myt dir vert in schalle,
15　Den wil kvmmer nicht vůrmydhen.
Ere mac syn nicht gelidhen.
Sus tůt her sich vry vůr nidhen;
Daz wirt ym tzv̊ valle.　　　　　　*Q 20*

[Melodie]

Kynt, du macht tzv̊ manne dyen.
Dyn mvnt sol sich rv̊mens vryen,
Daz tůt dyne selde dryen
5　Jn vil kv̊rtzen iaren.
Rv̊mens wirt eyn man vmmere,
Rv̊mens hat eyn man v̊nere.
Vliv rv̊men, kynt! daz ist eyn lere,
Die ich wil vntbaren
10　Durch vrivntscaft vnt durch gůt,
Went ich dir gůtes vil wol gan.
Vůr war, sus stet myn mv̊t,
Waz ich dir gůtes lernen kan,
Des wil ich weynich sparen.

Bruder Leichtsinn, so wie du habe ich um des Beifalls der Toren willen viel durch-
gebracht, weshalb mir die gallbittre Sorge graue Haare macht. Ich muß mich von
dir lossagen, da es den Weisen mißfällt. Dem kann nichts Gutes widerfahren, der
dir unverdrossen folgt. Wer mit dir in Saus und Braus lebt, dem wird die Not nicht aus
dem Weg gehen. Ehre kann ihn nicht leiden. So setzt er sich den Nachstellungen aus
[oder: bringt er es dazu, nicht mehr beneidenswert zu sein*];* das bringt ihn zu Fall.

KYNT: Kind, du wirst zum Mann heranreifen. Dein Mund soll von Selbstlob frei
bleiben, das wird dein Glück in kürzester Zeit verdreifachen. Durch Selbstlob wird
ein Mann verächtlich, Selbstlob entehrt ihn. Meide das Selbstlob, Kind! Das ist ein
Rat, den ich dir aus Freundschaft und um des Guten willen, [das daraus entstehen
kann,] geben will, denn ich gönne dir alles Gute von Herzen. Wahrlich, es ist meine
Absicht, nichts zu unterlassen, was ich dich Gutes lehren kann.

KYNT *Vermutlich eine Entgegnung auf das Selbstlob Heinrich Frauenlobs (s. S. 453 f.);
vgl. auch die Entgegnung Regenbogens S. 461 f.*

15   Dvnkestu aber dich so here,
               Daz dir tûge nemans lere,
               Daz wirt dines hertzen swere,
               Wilt dus nicht bewaren.   *Q* 20

[Melodie]

         Eynes graben lob getzuckert ist,
         Gehoneget, sûzer wen penyt,
         Vûr balsmen wirde ez tivret,
5   Den aromaten ist ez obe,
         Den gymmen get ez vûr,
         Der wûrtze tugent ez vberwiget,
         Dem werden gote ez in den oren senfte tût,
         Die mv̂ter syn ez priset
10   Mit ir aller heiligen schar,
         Hie hat ez sich tzûr werlde gvnst gesellet,
         Nv merkent disen schonen list:
         Die gerenden wirden ez in strit,
         Da von wirt ez gestivret
15   Tzûr kvnynge vnde tzûr vursten hobe
         Nach hohes pryses kûr.
         Vil manigem lobe ez an gesiget,
         Daz man vûr allem vngedinge weyz behût;
         Des wirt ez dort gespiset
20   Mit dem besten lones nar,
         Daz vûr dem throne gotes ynder vellet.
         Der milte got   Sich siner kvnft
         Vrevt, dem diz lob an erbet.

Hältst du dich aber für so überlegen, daß niemandes Lehre dir nützlich sein kann, so wird das, wenn du es nicht für dich behältst, dir viel Kummer bereiten.

EYNES GRABEN: Der Ruhm eines Grafen ist wie Zucker, wie Honig, süßer als Kandis, er ist kostbarer als Balsam, übertrifft die Duftessenzen an Aroma, überstrahlt die Edelsteine, ist stärker an Kraft als jedes Gewürz, dem erhabenen Gott klingt er lieblich in den Ohren, er preist dessen Mutter und mit ihr die Schar aller Heiligen, hier unten gelangt er unter das, was die Welt gutheißt, nun seht, wie schicklich das vor sich geht: Die um Lohn singen, verherrlichen ihn um die Wette, deshalb wird er an die Höfe der Könige und Fürsten gelenkt, wo man prüft, was hohes Lob verdient. Er übertrifft noch manchen Ruhm, von dem man weiß, daß er frei von allen Trübungen ist; deshalb wird er dort mit der Nahrung des höchsten Lohns gespeist, die Gottes Thron je ausgeteilt hat. Der barmherzige Gott freut sich [schon] auf die Ankunft dessen, dem dieser Ruhm zufällt.

EYNES GRABEN *Preisstr. vermutlich auf Otto III. von Ravensberg,* † *1306.*

Der engel rot   Mit sigenvnft
25 Syn vnheil hat irsterbet.
An aller bosheit metewist
Hat er gelebet syne tzit,
Sin tugent in hat gehivret,
So daz ich nymmer in vollobe.
30 Sins edelen hertzen tûr
Durch milte sliezens sich bewiget,
Syn mŭt gebrant ist lotich in der truwen glût.
Vil selde of in ryset.
Got, der vrist in hvndert iar!
35 Diz lob hat der von rabensberc irsnellet.   *Q 20*

REGENBOGEN

Gum, giemolf, narre, dore, geswig der toten kvnst!
min mvnt, min gvnst,
die wider sagt dir beide.
5 gichst von vergultem kleide?
vergultist dv der meister sang, die vf der kvnst heide
gebrochen hant vnd brechent noch vil rosen spêcher fúnde?
der kêmpfe wil ich aller sin. din kvnst mŭs snaben.
ich wil dur graben
10 dir dines sinnes kêssel.

Die Schar der Engel hat siegreich das Unheil, das ihn treffen wollte, überwunden. Ohne jede Beimischung von Schlechtigkeit hat er bis heute gelebt, seine Tugend hat ihn so trefflich gemacht, daß ich sein Lob niemals ausschöpfen kann. Die Tür seines edlen Herzens will sich vor lauter Freigebigkeit niemals schließen, seine Gesinnung ist in der Glut der Treue zu reiner Lauterkeit gebrannt worden. Unendlicher Segen strömt auf ihn herab. Gott lasse ihn hundert Jahre alt werden! Diesen Ruhm hat der von Ravensberg auf sich gezogen.

GUM: Maulheld, Prahlhans, Narr, Tor, schweig von der Kunst der Toten! Mein Mund wie auch mein guter Ruf *[d. h. das Wohlwollen, das mir von andern zuteil wird; oder: Ehrerbietung, d. h. das Wohlwollen, das ich für jene Künstler empfinde]* untersagen es dir. Sprichst du von einem vergoldeten Kleid? Vergoldest du *[d. h. übertriffst du an Goldgehalt]* die Lieder der Meister, die auf der Heide der Kunst die vielen Rosen kunstreicher Erfindungen gepflückt haben und noch pflücken? Für jene alle will ich in die Schranken treten. Dein Können muß straucheln. Ich will sehen, was auf dem Boden deines Kunst-Kessels ist.

GUM *Verfasserschaft Regenbogens (zum Verfasser s. Bd. 2 dieser Anthologie S. 39) nicht sicher. Entgegnung auf das Selbstlob Frauenlobs S. 453 f. Metrisch mit diesem identisch. Vgl. auch die Entgegnung Hermann Damens S. 459 f. – Ä. nach Q 79.* 7 roser spêchen.

din kvnst ist mir ein nessel
gen viol richer meisterschaft. sitz ab der kv́nste sêssel,
dar vf si sâssen! des wil ich wol sin ir aller vrkúnde.
ob dv des nicht gelŏben wilt,
15   wol har! ich fûr ir aller schilt.
min sang dir gilt
gar vnuerzilt.
dis gúdens mich gar sere bevilt.
min kvnst dir dur den kêssel spilt.
20   Lat tot vnd leben dich vrî, slv́s vf min eîs gebúnde!   *Q 19*

OTTO VON BRANDENBURG

Rvment den weg der minen lieben frowen
vnd lant mich ir vil reinen lib an sehen!
den mŏht ein keiser wol mit eren schowen,
5   des hôre ich ir die meiste menge iehen.
des mv̂s min herze in hohen luften stigen.
ir lob, ir ere wil ich niht verswigen;
swa si wont, dem lande mv̂s ich nigen.

Frowe minne, wis min botte alleine!
10   sage der lieben, die ich von herzen minne,
si ist, die ich mit ganzen trúwen meine,
swie si mir benimt so gar die sinne.
si mag mir wol hohe frŏide machen.
wil ir roter munt mir lieplich lachen,
15   seht, so mv̂s mir alles truren swachen.

Deine Kunst ist für mich eine Nessel verglichen mit veilchenschöner Meisterschaft.
Räume den Ehrenplatz der Kunst, den sie innehatten! Davon will ich wahrlich für
sie alle Zeugnis ablegen. Wenn du es nicht glauben willst, nur her! Ich führe den
Schild für sie alle. Mein Lied zielt voll auf dich. Deine Angeberei ist mir ein großes
Ärgernis. Meine Kunst kämpft deinen Kessel entzwei *[?]*. Selbst wenn Tod und
Leben *[d. h. die toten und die lebenden Meister]* dich davonkommen lassen, mußt du
[zumindest] auflösen, womit ich allein dich fessle.

RVMENT: Tretet vor meiner geliebten Dame beiseite und laßt mich ihre wunder-
schöne Gestalt ansehen! Die betrachten zu dürfen, könnte einem Kaiser wohl zur
Ehre gereichen, so jedenfalls höre ich viele über sie sagen. Deshalb muß sich mein
Herz in die luftigsten Höhen emporschwingen. Ihr Lob, ihren Ruhm werde ich nicht
verschweigen; vor dem Land, in dem sie wohnt, muß ich mich verneigen.   9 Frau
Liebe, sei du allein mein Bote! Sag der Liebsten, die ich von Herzen liebe, daß sie es
ist, der ich in vollkommener Treue zugetan bin, obwohl sie mir so gänzlich den Ver-
stand raubt. Sie kann mir überreiches Glück schenken. Wird ihr roter Mund mir
lieblich zulächeln, seht, dann muß all mein Kummer dahinschwinden.   16 Ich bin

Ich bin verwunt von zweier hande leide,
merkent, ob das frôide mir vertribe:
es valwent liehte blûmen vf der heide,
so lide ich not von einem reinen wibe.
dú mag mich wol heilen vnde krenken.
wolde aber sich dú liebe bas bedenken,
so weis ich, mir mv̂ste sorge entwenken.   *Q 19*

20

WENZEL VON BÖHMEN

Vs hoher auentúre ein sûsse werdekeit
hat minne an mir ze liehte braht.
ich súfte vs herzeliebe, swenne ich denke dar,
do si mir gab ze minneklicher arbeit,
als ich in wúnsche hete gedaht,
so zart ein wib, des ich mich iemer rûmen tar,
vnd doch also, das es ir niht ze vare ste.
si gab in grosser liebe mir ein riches we;
das mv̂s ich tragen iemer me,
in rûche, wem es ze herzen gê.

5

10

Mich bat min mv̂t, das ich der lieben kúnde nam.
so wol vnd wol mich iemer me!
min vollú ger, min ôgenweide vnd al min heil,
do si mir durh dú ôgen in das herze kam,
do mv̂ste ich werben bas danne ê
gegen der vil klaren, losen alzelange ein teil.

15

---

auf zweifache Weise verwundet, seht, ob mich das nicht unglücklich machen muß:
Die leuchtenden Blumen auf der Heide werden welk, und eine reine Frau bringt mir
Kummer. Es steht in ihrer Macht, mich zu retten oder zu vernichten. Besänne sich
aber die Liebste eines Besseren, dann, das weiß ich gewiß, müßte mein Kummer ver-
schwinden.

Vs HOHER: Durch ein erlesenes Erlebnis hat die Liebe ein herrliches Hochgefühl
in mir hervorgebracht. Ich seufze vor herzlicher Liebe, wenn ich an die Zeit denke,
als sie mir zum Liebeswerk, so wie ich es mir im Traum vorgestellt hatte, eine so lieb-
liche Frau schenkte, daß ich mich immer rühmen darf, wenngleich so, daß es ihr nicht
schadet. Sie schenkte mir in höchster Freude einen tiefen Schmerz; den muß ich immer
ertragen, es kümmert mich nicht, ob er sonst noch jemanden rührt.   12 Mein Ge-
müt drängte mich dazu, die Geliebte kennenzulernen. Ich Glücklicher und immer
Glücklicherer! Als sie, meine ganze Sehnsucht, meine Augenweide und mein ganzes
Glück, mir durch die Augen in das Herz eindrang, mußte ich mich noch stärker, als
ich es zuvor schon allzu lange [getan hatte], um die Schöne, Anmutige bemühen.

Vs HOHER *Ä. nach Q 48*.   3 lielichte. betaht.

herze vnd sinne gab ich ir ze dienste hin.
al minr frôiden vrspring vnde ein anbegin,
20 si gab mir, des ich iemer bin
fro, vnd ist doch min vngewin.

Recht alsam ein rose, dú sich vs ir klosen lat,
wenne si des sûssen tôwes gert,
sus bot si mir zukersûssen roten mvnt.
25 swas ie kein man zer werlte wunne enphangen hat,
das ist ein niht. ich was gewert
so helfeberndes trostes; ach der lieben stvnt!
kein mv̂t es niemer me durh denket noh vol saget,
was lebender selde mir was an ir gunst betaget.
30 mit leide liebe wart geiagt,
das leit was vro, dú liebe klagt.

Dv̂ minne darf mich strafen rûmes, zwar sin darf:
swie gar ich vmbevangen hat
ir klaren, zarten, sv̂ssen, losen, lieben lip,
35 nie stvnt min wille wider ir kúsche sich entwarf,
wan das sich in min herze tet
mit ganzer liebe das vil minnekliche wib.
min wille was dien ôgen vnd dem herzen leit,
dem libe zorn, das ich so truten wehsel meit.
40 dú ganze liebe das besneit
vnd ôch ir kúschú werdekeit.

Nv habe er dank, der siner frowen also pflegen
als ich der reinen, senften fruht.
ich brach der rosen niht vnd hat ir doh gewalt.

Herz und Verstand widmete ich ihrem Dienst. Sie, Anfang und Ursprung all meiner Freuden, gab mir das, was mich für immer glücklich macht, und dennoch ist es mein Unheil. 22 So, wie sich die Rose aus der Knospe drängt, wenn sie nach dem süßen Tau lechzt, bot sie mir ihren zuckersüßen roten Mund. Was je ein Mann in dieser Welt an Glück empfangen hat, das ist ein Nichts dagegen. So hilfreicher Trost wurde mir zuteil; ach, welch herrlicher Augenblick! Niemand kann es je zu Ende denken noch hinreichend beschreiben, wieviel an lebendigem Glück mir durch ihre Liebe aufgegangen ist. Liebe wurde durch Leid verjagt, das Leid jubilierte, die Liebe klagte. 32 Die Liebe muß mich wegen meines Prahlens schelten, und zugleich muß sie es nicht [?]: Wie innig ich auch die schöne, liebliche, süße, anmutige Geliebte umfangen hielt, keinen Augenblick bedrängte mein Wille ihre Keuschheit, nur in meinem Herzen hat sich die liebenswerteste Frau in wahrer Liebe niedergelassen. Mein Wille schmerzte Augen und Herz, erzürnte den Leib, weil ich so zärtlichen Austausch mir verbot. Die wahre Liebe und auch ihre keusche Tugend zogen diese Grenze. 42 Nun sei der bedankt, der seine Frau ebenso behandelt wie ich das reine, liebevolle Kind. Ich brach die Rose nicht, und es stand doch in meiner Macht. Sie besaß mein Herz seit

45 si pflag mis herzen ie vnd pfliget noh alle wege.
ey, wenne ich bilde mir ir zuht,
so wirt *mein* mv̊t an frőiden also manigvalt,
das ich vor lieber liebe niht gesprechen mag
al mines trostes wunsch vnd miner selden tag.
50 nie man so werde me gelag
als ich, do min dv́ liebe pflag.

„Es taget vnmassen schone,
dú naht mv̊s ab ir throne,
den si ze kriechen hilt mit ganzer vrone.
der tag wil in besitzen nv.
5 der tribet ab ir vesten
die naht mit siner glesten.
dest war, si mag niht langer da geresten,
wan es ist zit vnd niht ze frů,
das man ein scheiden werbe",
10 svs sang der wahter, „e das sich geverbe
der tag mit siner rőte.
wol vf, wol vf! ich gan iv niht ze beliben bi der nőte.
ich fúrhte, das der mine ir teil verderbe."

Das horte in tőgenr schőwe
15 ein ernriche frőwe
vnd őch ir minnen dieb, der durh ein őwe
was ritterlichen dar bekomen.

---

je und besitzt es noch immer. Ei, wenn ich mir ihr feines Wesen vorstelle, so quillt
mein Gemüt so über vor Glück, daß ich vor heißer Liebe meinen Wunsch nach voll-
kommenem Trost und der Erfüllung meiner Seligkeit nicht aussprechen kann. Nie-
mals ruhte ein Mann so herrlich wie ich, als die Liebste mich liebkoste.

Es TAGET: „Es zieht ein außergewöhnlich schöner Morgen herauf, die Nacht muß
von ihrem Thron steigen, den sie über Griechenland in aller Herrlichkeit innehatte.
Der Tag will ihn jetzt besteigen. Er vertreibt die Nacht mit seinem Glanz aus ihrer
Burg. Wahrlich, sie kann nicht länger dort verweilen, denn es ist Zeit und nicht zu
früh dafür, daß man ans Scheiden denkt", so sang der Wächter, „bevor sich der Tag
mit seiner Röte färbt. Auf, auf! Notgedrungen gönne ich euch das Bleiben nicht. Ich
fürchte, daß die Liebe hier Schaden erleidet." 14 Das hörte bei ihrer geheimen Zu-
sammenkunft eine vornehme Dame und auch ihr Galan, der nach Ritterart über die

Vs HOHER 47 *f.*

si sprah: „frúnt miner wunnen,
der wahter wil niht gvnnen
20   vns liebes, wan er wolte sin bespvnnen
mit miete, das ich han vernomen.
es ist dem tage vnnahen."
si stv̊nt vf vnd begvnde gahen
hin zv̊ dem wahter eine.
25   si sprah: „wahter, nim silber, golt vnd edel rich gesteine,
la mich den zarten lieben vmbevahen!"

Er sprah: „ich bin gemietet.
get wider vnde nietet
úch frôiden, wan ich wolte, das ir berietet
30   mich, das habt ir vf ende braht.
ich warne úch, swenne es zitet,
das er mit frôiden ritet.
swenne ich úch sage, so hůtet, das ir iht bitet;
ir lât in, dar er habe gedaht!"
35   si wart sa vmbeuangen,
er kuste ir roten munt, ir klaren wangen,
das was der minne lehen.
lib vnde lust, die liessen sich do wenig ieman flehen.
da das ergieng, da ist ôch me ergangen.   *Q 19*

Wiese zu ihr gekommen war. Sie sprach: „Gefährte meiner Wonnen, der Wächter will uns die Liebe nicht gönnen, denn er will mit Schweigegeldern eingedeckt werden, wie ich gehört habe. Der Tag ist nämlich noch ganz fern." Sie stand auf und lief allein zum Wächter hinaus. Sie sagte: „Wächter, nimm Silber, Gold und kostbare Edelsteine, laß mich den süßen Liebsten umarmen!"   27 Er sprach: „Sie haben mich gekauft. Gehen Sie wieder hinein und genießen Sie Ihr Glück, denn ich wollte nur, daß Sie auch für mich etwas springen ließen, das haben Sie ja jetzt getan. Ich warne Sie, wenn es tagt, damit er glücklich davonreitet. Wenn ich es Ihnen sage, so hüten Sie sich zu zögern; lassen Sie ihn dorthin gehen, wohin er hat gehen wollen!" Sogleich wurde sie in die Arme genommen, er küßte ihren roten Mund, ihre schönen Wangen, das war das Geschenk der Liebe. Um Liebe und Lust brauchte niemand dort lange bitten. Wo das geschah, da ist auch sonst noch was geschehen.

GÖLI

Wis willekomen, nahtegal, frowe,
din ton, der ist riche
maniger sv̂ssen stimmen an dem morgen.
5   dv zierest rehte wol die grûnen ŏwe,
das dv so willekliche
singest vnd truren hast verborgen;
da von solt dv des meien pflegen.
des frôit sich min gemv̂te,
10 des han ich mich gar bewegen.
die kalten rifen sint gelegen,
dú heide stet in wunneklicher blv̂te.

ICh wil úch sagen mine schvmpfentúre
von einem dolen spehen:
15 der hat mich miner liebe gar berŏbet.
so krvsen lok gesach ich vert noch húre.
den selben krispel wehen,
den wir bekennent bi des lôwen hŏbet,
derst wol anderhalb franzoys,
20 stover vnder wiben.
sin pvrse machet in puneize,
sin gvmpan ist ein zampuneis.
wie kvnde vns von den tolen iht beliben?

Er hat gewunden kruse valwe lôke,
25 an dem ende widerstúrzet,
das machet im dú hvbe mit den snv̂ren.

Wıs wıllekomen: Sei willkommen, Frau Nachtigall, dein Lied in der Morgenfrühe
ist voll süßer Melodien. Du bist eine Zierde für die grüne Wiese, weil du so bereit-
willig singst und die Trübsal verdrängt hast; deshalb sollst du den Frühling in deine
Obhut nehmen. Mein Gemüt ist fröhlich darüber, dazu habe ich mich fest entschlos-
sen. Der kalte Reif hat ein Ende, die Heide steht in wonniger Blütenpracht.   13 Ich
will euch erzählen, wie ein übermütiger Geck mir eine Niederlage beigebracht hat:
der hat mir meine Liebste ausgespannt. Nie habe ich je so krause Haare gesehen. Die-
sen famosen Krauskopf, den wir an seiner Löwenmähne erkennen, ist wohl ein halber
Franzose, ein Windhund bei den Frauen. Sein Beutel läßt betäubende Düfte von ihm
ausgehen [?], sein Kumpan stammt aus der Champagne. Wie könnte für unsereinen
bei solchen Gecken etwas übrigbleiben?   24 Er hat blonde Korkenzieherlocken,
die am Ende in die Höhe wippen, das kommt durch seine Schnürenhaube.

Wıs wıllekomen *Str. 1 in Q 43 und Str. 2 und 3 (als Str. 4 und 6) in Q 3 Neidhart
(s. S. 141–158) zugewiesen.* – *Ä. 20 nach Q 3.*   20 stovern.   23 tolren.

             wol gevalten sost er in dem roke,
             vil ebene geschúrzet,
             nieman sol in vngetwagen rûren,
30   er ist so hel, o wurra wei!
             wer kvnde im gelichen?
             lieber min her portenschei,
             ir sint ein sv́sser knappe, offei!
             stet in dem ringe vnd lât dar naher strichen!   *Q 19*

SÜSSKIND VON TRIMBERG

        Kein besser latwerie nie gemachet wart,
        als ich lêr vnd kv́nde, von sinneklicher art,
        gesvnt ze laster wunden vnd ze schanden súchten:
5   Mit fv́nf bimenten rein sol si gemenget sin:
        trúwe vnde zucht, milti vnde manheit hôrt dar in,
        da bi sol mas*e et* búlvern, smeken vnde trúchten.
        dise latwerie ist er genant,
        ein bals ob allen spisen.
10   mit ir wirt schanden not entrant,
        si zimt nicht dem vnwisen.
        wem si wont stete bi,
        der ist vor hôbt schanden vri.
        wol im, des lip der latwerien bv́chse si!
15   sin reines lop, sin hoher nam wirt blôien vnde frúchten.

                                                  Q 19

Er geht in einem fein gefältelten, sorgfältig gebundenen Rock, ungewaschen darf ihn niemand anfassen, er ist so glänzend, eijeijei! Wer könnte sich mit ihm vergleichen? Mein lieber Herr *portenschei*, Sie sind ein süßes Bürschchen, hei! Stellen Sie sich in den Kreis und lassen Sie [uns] näher herankommen!

KEIN BESSER: Nie wurde eine bessere Salbe, sinnreich zusammengesetzt, gut gegen die Wunden des Lasters und gegen die Krankheiten der Schande, gemacht als die, die ich [hier] bekannt mache: Sie soll aus fünf unverfälschten Würzstoffen gemischt werden: Treue und Zucht, Freigebigkeit und Tapferkeit gehören hinein, dazu soll sie die Mäßigung überstreuen, schmackhaft und duftend [?] machen. Diese Salbe heißt Ehre, ein Balsam, der besser ist als alle Speisen. Durch sie wird die Verstrickung der Schande zerrissen, sie hat nichts mit dem Toren zu schaffen. Der, bei dem sie ständig ist, ist von dem Übel der Schande frei. Glücklich der, der das Gefäß für diese Salbe ist! Sein unverfälschtes Lob, sein edler Name werden blühen und Frucht tragen.

KEIN BESSER *Ä. nach Q 65.*   7 maset.

Wenne ich gedenke, was ich was ald was ich bin
ald was ich werden mûs, so ist alle min frôide da hin,
vnd wie die tag mis lebendes lôffen von mir swinde.
vnd ist das nicht ein iamer, súfzen bernde not,
5   das ich von tag ze tage mûs fúrchten den tot,
wie er mich bringe in der vnreinen wúrmen gesinde?
wie solt ich da bi vro gesin?
so ich das als betrachte,
so han ich an dem herzen min
10   michel grosser achte,
wie das min sel dort kvmber dol;
mit sÿnden was mir e so wol.
almechtig herre, du bist aller gnaden vol,
hilf mir, das min sel dôrt vor dir gnade vinde!   *Q 19*

Gedenke nieman kan erwern den torn noch den wise*n*,
dar vmbe sint gedenke vri vf aller hande sache.
herz vnde sin dvr gemach
dem menschen sint gegeben.
5   gedenke *schl*i*effen* dvr den stein, dvr stahel vnd dvrch ysen.
gedank kein achte, wie die hant dis vnd das gemachet.
wie man gedenke nie gesac*h*
*n*och hort streb*en*,
gedank ist sneller vber velt
10   dên der blik eis ôgen.

WENNE ICH: Wenn ich bedenke, was ich war oder was ich bin oder was ich werden
muß und wie mir die Tage meines Lebens so rasch entgleiten, so vergeht mir alle
Freude. Und ist das nicht ein Elend, eine bejammernswerte Not, daß ich Tag für Tag
fürchten muß, wie mich der Tod den eklen Würmern zugesellen wird? Wie kann
ich dabei fröhlich sein? Wenn ich mir das alles vor Augen halte, so habe ich im
Herzen die allergrößte Befürchtung, daß meine Seele dort Pein erleiden wird; habe
ich es mir doch zuvor in Sünden so wohl sein lassen. Allmächtiger Herr, du bist voller
Gnade, hilf mir, daß meine Seele dort vor dir Gnade finde!
    GEDENKE: Gedanken kann niemand weder den Toren noch den Weisen verwehren,
darum sind die Gedanken frei, gleich welchem Gegenstand sie sich zuwenden. Herz
und Gemüt sind dem Menschen gegeben, damit er es sich bequem machen kann. Ge-
danken [aber] schlüpfen durch Mauern, durch Stahl und durch Eisen. Der Gedanke
[schenkt] dem, wie die Hand dies oder jenes ausführt, keine Beachtung *[ist der Ausfüh-
rung einer Sache weit voraus?]*. Obgleich man nie gehört oder gesehen hat, wie Gedanken
sich bewegen, hat der Gedanke schneller ein Feld überquert als der Blick des Auges.

GEDENKE *Ä. außer 7–8 nach Q 65.* 1 wise. 5 gedenke an schleffe. 7–8 ge-
sach si doch. 8 strebeln.

gedank glust bringet nach der minne gelt,
nach der gesichte tögen.
gedank kan wol ob allen arn
hoch in dien lvften sweben.   *Q 19*

Ha*t* richer mel, der arme da bi eschen hât.
dar an gedenke ein wiser man, das ist min rat,
vnd lach *im* nit den armen sin ze smehe zeinem frúnde.
vil lichte kvmet dv́ stunde, das er sin bedarf,
5   da von si richer gen dem armen nicht ze scharf.
kv̂ sunder hagen den svmer nicht wol getûn kvnnen.
wie man den esel hat vnwert,
doch was er ie gereite,
wa man ie sines dienstes gert,
10   das er in nie verseite.
hetti nieman zv̂ armûten pflicht,
der richen richtv̂n wer ein wicht.
wer solt dann dienen, ob der arme were nicht?
gût was ie das baste, das man den sak da mit verbunde.
                                               Q 19

Wa-hêb-vf vnd nicht-en-vind
tût mir vil dicke leide.
her bigenot von darbion,
der ist mir vil gevere.

Der Gedanke weckt die Lust auf den Lohn der Liebe und darauf, Verborgenes zu
sehen. Der Gedanke kann sich höher als alle Adler in die Lüfte erheben.

HAT RICHER: Hat der Reiche Mehl, hat der Arme nebenan die Asche *[zum Backen]*.
Das möge ein weiser Mann bedenken, das ist mein Rat, und den Armen nicht für zu
verächtlich halten, sein Freund zu sein. Vielleicht kommt die Zeit, wo er ihn braucht,
deshalb sei der Reiche nicht zu hart gegen den Armen. Die Kühe können den Sommer
über nicht gut ohne Gehege bleiben [,und sei es noch so struppig]. So sehr man den
Esel auch verachtet, war er doch stets willig, so daß er nie seinen Dienst versagte, wenn
man ihn je brauchte. Wäre niemand arm, wäre der Reichtum der Reichen ein Nichts.
Wer sollte Dienstleistungen übernehmen, wenn es keine Armen gäbe? Selbst der
Bast war stets gut genug, um einen Sack damit zuzubinden.

WA-HÊB-VF: Wogibtswas und Findenichts bereiten mir oft Kummer. Herr Not-
gesell von Darbenhausen ist mein ärgster Feind. Deshalb weinen meine Kinder oft,

GEDENKE 11 golt.
HAT RICHER *Ä. nach Q 65.* 1 Hatte. 3 dir.
WA-HÊB-VF *Ä. 7 nach Q 57, 17 nach Q 65.*

5   des weinent dicke mínv́ kint,
bôs ist ir snabel weide.
eʒ hat si selten sat getan
bis-vf, die frôidenbere.
in minem hus her dv́nne-haben
10   schaffet mir vngerete,
er ist zer welt ein mûlich knabe.
ir milten, helfent mir des bôsewihtes abe,
er swêchet mich an spise vnd ǒch an wête.

Ich var vf der toren vart
15   mit miner kv́nste zwar.
das mir die herren nicht wênt geben,
des ich ir hof wil vliehen
vnd wil mir einen langen bart
lan wachsen griser haren.
20   ich wil in alter iuden leben
mich hinnan fúrwert ziehen.
min mantel, der sol wesen lang,
tief vnder einem hûte,
demûteklich sol sin min gang,
25   vnd selten me gesingen hovelichen sang,
sid mich die herren scheident von iʒ gûte.   *Q 19*

---

um das Futter für ihre Schnäbelchen steht es schlimm. Nie hat Haurein, die Erfreuliche,
sie satt gemacht. In meinem Haus bringt mir Herr Nichtsda Unglück, er ist in dieser
Welt ein beschwerlicher Bursche. Ihr, die ihr gerne schenkt, befreit mich von diesem
Bösewicht, er macht, daß es mir an Essen und Kleidung mangelt.   14 Mit meiner
Kunst herumzuziehen ist wahrlich Torenwerk. Weil mir die Herren nichts geben
wollen, will ich ihrem Hof fernbleiben und will mir einen langen Bart von grauen
Haaren wachsen lassen. Wie ein alter Jude will ich künftig herumziehen. Mein Mantel
soll lang sein, der Hut tief in die Stirn gezogen, demütig soll meine Haltung sein, und
nie mehr will ich höfische Lieder singen, weil die Herren mir ihre Gabe vorenthalten.

7 er.   17 das.

ZILIES VON SEINE

[Melodie]

Ich weiz eyn lant, da vil der toden vmbegraben sint,
Vnde stvnt daz lant tzv̊ banne nye, sit ez mir erst wart kvnt.
5 Owe der not! der selbe smac vnd ouch der valsche wint,
Der vz iren toden mvnde gat, machet manigen vngesvnt.
Daz sint die toden, die da gebent vil manigen valschen rat;
Die sint ouch tot, die valscheme rate volgent mit der tat;
Die sint ouch tot, der hertze vnde ir mvnt die keyne milte hat.
10 Wie were ein man me tot dan der an ere by den livten stat? ˙

Q 20

[Melodie]

Got herre, gewere mich eyner bete, Des gert tzv̊ dir myn můot,
Daz nymmer milter kvninc tzv̊ keysere werde korn
Noch nymmer milter vurste tzv̊ kvninge, sich, so bistu gv̊t,
5 Noch nymmer milter probest tzv̊ biscophe, wen da ist an vv̊rlorn.
Swenne sie nicht hoer mv̊gen komen, So nymt div milte in abe.
Dem bischophe krvmmet sin offen hant al nach deme krvmmen
Die milten armen, sv̊zer got, la leben myne tzit!   *[stabe.*
Jch sie wol, so der arme milte riche wirt, daz er die mynre git.

Q 20

ICH WEIZ: Ich kenne ein Land, in dem viele Tote nicht begraben worden sind,
und dennoch ist das Land nie mit dem Bann belegt worden, solange ich es kenne.
O weh über diese Not! Der Gestank und trügerische Hauch, der aus ihrem toten
Mund strömt, treibt viele ins Verderben. Die sind die Toten, die viele falsche Rat-
schläge geben; auch die sind tot, die falschem Rat die Tat folgen lassen; auch die sind
tot, deren Herz und Mund keine Großmut kennt. Wie kann ein Mann mehr tot sein
als der, der ohne Ehre unter den Menschen lebt?

GOT HERRE: Herrgott, gewähre mir eine Bitte, dies begehre ich von dir, daß
niemals ein großherziger König zum Kaiser gewählt wird und auch niemals ein groß-
herziger Fürst zum König, sieh, dann bist du [wirklich] gütig, und auch niemals ein
großherziger Probst zum Bischof, denn das ist ein Verlust. Wenn sie [nämlich] nicht
[mehr] höher steigen können, so kommt ihnen die Großherzigkeit abhanden. Die
offene Hand des Bischofs wird so krumm wie sein krummer Stab. Die Großherzigen
niedrigeren Standes, heiliger Gott, laß leben, solange ich lebe! Ich sehe wohl, daß der
Großherzige niedrigeren Standes, wenn er mächtig wird, um so weniger gibt.

ICH WEIZ *Ä. nach Q 68.* 5 Swe. 9 des.
GOT HERRE *Ä. nach Q 60.* 2 mv̊nt. 7 *Vgl. S. 241 Anm. 10.*

GUTER

[Melodie]

Hie vůr eyn werder ritter lac
Tot siech da an dem bette syn.
5 So schone eyn vrouwe vůr ym ge,
Daz er so ho ir schone wac,
Sie hatte vůr allen wiben schyn,
Her ne sach ouch schoner vrouwen nye.
Sie stvnt vůr ym vnde sprach: „nv sage,
10 Gůt ritter, wie ich dir behage!
Du has gedienet vlizich myr
gar dyne tage. Nv byn ich komen vnde wil nach todhe lonen dyr."

Von golde ir krone, wol geberlt
Jr wat, ir gůrtel, ir vůrspan.
15 Do sprach er: „vrouwe, wer sit ir?"
Sie sprach tzů ym: „ich binz, div werlt.
Du solt mich hynden scouwen an,
Sich, den lon, den brynge ich dir."
IR was der rucke vleisches hol,
20 her was gar kroten, worme vol
Vnde stanc alsam eyn vuler hvnt.   [kvnt!"
Do weinete her vnde sprach: „owe, daz dir wart ie myn dienest

Swer dirre vrouwen nicht en sicht,
Der sie der werlde diener an,
25 Wie sie in dem alter syn gestalt:
Der ist gra, der ist blynt, so ne hat der nicht,
Die alten er sicht myt krucken gan.
Vnrecht hochvart, vnrecht gewalt,

HIE VŮR: Vor Zeiten lag ein angesehener Ritter todkrank in seinem Bett. Eine Frau
kam zu ihm, die war so schön, daß er ihre Schönheit so hoch einschätzte, daß sie alle
Frauen übertraf, er hatte jedenfalls nie zuvor eine schönere Frau gesehen. Sie blieb
vor ihm stehen und sprach: „Nun sage, edler Ritter, wie ich dir gefalle! Du hast mir
bei Lebzeiten stets eifrig gedient. Nun bin ich gekommen und will dich nach dem
Tod belohnen."   13 Ihre Krone [war] aus Gold, mit Perlen besetzt ihr Kleid, ihr
Gürtel, ihre Brosche. Da sagte er: „Gnädige Frau, wer sind Sie?" Sie sprach zu ihm:
„Ich bin die Welt. Du sollst mich von hinten betrachten, sieh, diesen Lohn bringe
ich dir." Ihr Rücken war ohne Fleisch, er war voller Kröten und Würmer und stank
wie ein Hundekadaver. Da weinte er und sagte: „O weh, daß ich dir jemals gedient
habe!"   23 Wer diese Frau nicht zu sehen bekommt, der betrachte die Diener der
Welt, wie sie im Alter aussehen: Der ist grau, dieser blind, der ist gänzlich verarmt,
die Alten sieht er an Krücken gehen. Ungerechtfertigter Stolz, ungerechtfertigte
Gewalt

HIE VŮR Vgl. Abb. S. 518. – Ä. 25 und 39 nach Q 55.   16 tzůr.   25 sy.   27 sie.

Div leitet die werlt, owe der not!
30 An libe, an sele, an eren tot,
Wib, liebe kynt, vrivnt, alle syne habe
Nymet ym div werlt. myt eyme swachen tûche, sich, sent sie yn
tzṽ grabe.

So yn die vrivnt bestatet han,
So kṽmet div werlt vnde brynget dar
35 Den lon, den sach der ritter dort:
Die kroten, worme des nicht lan,
Sie ezzen von dem beyne gar
hut vnde vleisch. nv horet diz wort:
Get in den kerner vnde set,
40 Wes ir tzṽ vrivnt, tzṽ mage iet!
Wa ist richtṽm, schone, werdicheit?
Da hat div werlt des armen beyn dem richen vûr den mvnt geleit.

Nv dar! der tot ist of der vart,
her tzoget alle tage here
45 Tzṷ vns eyne tageweide breit,
Die straze vns alle hat vûrspart,
Wan tzwier ist er vnser were,
Daz ist vreude oder werendiz leit.
Neyn, alle svnder, bittent dar
50 Div reynen maget, die krist gebar
Gar ane svnde vnde ane we,
daz sie vns helfe of die straze, die tzṽ ymmer werender vreude ge.

Q 20

---

hat die Welt im Gefolge, was für eine Not! An Leib, Seele und Ehre gestorben, nimmt ihm die Welt Frau, liebe Kinder, Freunde, seine ganze Habe. Sieh, mit einem einfachen Leintuch schickt sie ihn ins Grab.   33 Wenn ihn die Freunde bestattet haben, dann kommt die Welt und bringt den Lohn, den der Ritter dort sah: Die Kröten, Würmer verlieren keine Zeit, sie fressen Haut und Fleisch gänzlich von den Knochen. Nun hört genau zu: Geht in das Beinhaus und seht, wen ihr als Freund, als Verwandten hattet! Wo sind Reichtum, Schönheit, Ansehen? Da hat die Welt die Gebeine des Armen vor dem Mund des Reichen aufgeschichtet.   43 Auf nun! Der Tod hat seine Reise angetreten, er kommt täglich eine Tagereise weiter auf uns zu, alle Auswege hat [er] uns versperrt, denn für zweierlei ist er unser Gewährsmann, Freude oder ewiges Leid. Nein, ihr Sünder alle, richtet eure Bitte an die reine Jungfrau, die ohne Sünde und ohne Schmerz Christus geboren hat, daß sie uns zu der Straße verhelfe, die zur immerwährenden Freude führt.

39 kerker.   45 Tzûr.

DÜRNER

Swie der winter kalt,   das ich wol sich,
vogel dône   krenket vnd der blûmen schin,
dv́ min hat gewalt,   des ich vergich,
5   seht, der schône   mv̂s min blv́nder meie sin.
an der finde ich frôiden vnd wunnen mê.
rosen rôt gestrôid   vf wissen snê
sint der lîben vnder ôgen. swies ergê,
mir ist vngedrôid.

10   Wîsse ist ir das vel,   dar vnder rot
sint ir wengel vnd ir sûzes mv́ndelin.
blank ist ir dv́ kel.   das ist ein not!
solt ich hangen, dar so fûr das ôge min,
ermeijen sich dort in ir liehten ôgen klar.
15   fúr das grv́ne lôb   ir valwes har
wil ich iemer gerne prisen svnder var,
ich bin so tôb.

Mir getrônd ein trôn,   des ist nit lank,
kvnden, gesten   disú mêre, dv́ sag ich,
20   wie ein rosebôn,   hoh vnde krank,
mit zwein blv́nden esten   vmbevienge mich.
dar vnder vant ich viol vnd der rosen smag.
das erschein ich mir: so si nv mag,
das ir vmbevang mich bindet halben dag,
25   gestat ichs ir.

Swie: Wenn auch der kalte Winter, wie ich wohl sehe, den Gesang der Vögel und
den Glanz der Blumen zunichte macht, seht, die Schönheit derer, die mich, das muß
ich gestehen, in ihrer Gewalt hat, wird mein blühender Mai sein. Bei ihr finde ich
mehr Glück und Freude. Rote Rosen sind der Liebsten auf den weißen Schnee des
Angesichts gestreut. Was auch geschieht, mich kann nichts schrecken.   10 Weiß ist
ihre Haut, und ihre Wänglein und ihr süßes Mündchen sind rot. Weiß ist ihr Hälschen.
Es ist eine Qual! Müßte ich hängen, wendete mein Auge sich dorthin, Maienglück in
ihren leuchtenden, klaren Augen zu finden. Mehr als das grüne Laub werde ich immer
bereitwillig und aufrichtig ihr blondes Haar preisen, so verrückt bin ich.   18 Ich
habe einen Traum geträumt, es ist noch gar nicht lange her *[oder:* der ist ganz kurz*]*,
ich erzähle die Geschichte Freunden und Gästen, wie mich [nämlich] ein hoher und
schlanker Rosenbusch mit zwei blühenden Ästen umfing. Unter ihm umgaben mich
Veilchen und Rosenduft. Das deutete ich mir so: Wenn sie es einrichten kann *[?]*,
mich durch ihre Umarmung zu binden, und sei es nur einen halben Tag *[?]*, wird sie
mich willig finden.

Swie *Ä. nach Q 65.*

Ia, vil gerne ich wil   dar meijen gan,
da ein sender sieche sust enbvnden wirt,
sit si mag so vil   gewaltes han,
das ir lachen minem herzen frôide birt.
30   ir ôgen klar erlûhtent in mins herzen grvnt.
als ein rose rot   ist ir der mvnt.
swelchen siechen der berv̂ret, der wirt gesvnt
von sender not.

Dannoch hat ir lip   gewaltes me,
35   den si mit ir armen zů zir vahen wil,
si vil selig wip;   fúr sendes wê
ist ir wiplich gv̂te gv̂t, der ist so vil.
gedenket dar, wie liep ein wip, wie trut si si,
sit ir senftes „ia"   tût sorgen vri.
40   „nein", das si verflûchet iemer, swa *ez* si,
es machet grâ.   *Q 19*

JOHANNES HADLAUB

ACh, mir was lange
nach ir so we gesin,
dauon dachte ich vil ange,
5   das ir das wurde schin.
ich nam ir achte
in gewande als ein pilgerin,
so ich heinlichste machte.
do si gieng von mettin,

---

26 Da sie so viel Macht hat, daß ihr Lächeln mein Herz glücklich macht, will ich, ach, unendlich gern dort Maienfreuden suchen, wo ein Sehnsuchtskranker so geheilt wird. Ihre klaren Augen leuchten bis auf den Grund meines Herzens. Rot wie eine Rose ist ihr Mund. Der Kranke, den er berührt, wird von seiner Sehnsuchtsqual erlöst. 34 Aber sie hat noch mehr Macht über den, den sie umfangen und an sich ziehen will, diese beglückende Frau; ihre weibliche Güte, die so überreich ist, ist gut gegen Sehnsuchtsqual. Denkt daran, wie angenehm, wie liebevoll eine Frau ist, da ihr zärtliches „Ja" glücklich macht. Das „Nein" hingegen, wo immer es auftaucht, soll stets verflucht sein, es macht graues Haar.

ACh mir: Ach, ich habe mich so lange nach ihr gesehnt, deshalb plante ich sorgfältig, daß sie das erführe. Als Pilger verkleidet beobachtete ich sie, so heimlich wie ich konnte. Als sie von der Frühmesse nach Hause ging,

Swie *40f.*
ACh mir *Vgl. Abb. S. 513. – Ä. nach Q 56.*

10   do hate ich von sender klage
        einen brief, dar an ein angil was;
        den hieng ich an si – das was vor tage –,
        das si nit wisse das.

        Mich dúchte, si dechte:
15   „ist das ein tobig man?
        was wolde er in die nechte,
        das er mich grîffet an?“
        si vorchte ir sere,
        min frowe wolgitân,
20   doch sweig si dur ir ere;
        vil balde si mir intran.

        des was ich gegin ir so gehe,
        das echt si balde kême hinin,
        dur das den brief nieman an ir gesêhe.
25   si brâchte in tǒgin hin.

        Wie si im do tete,
        des wart mir nit geseit,
        ob si in hinwurfe ald hete;
        das tǔt mir sende leit.
30   las si in mit sinne,
        so vant si seligheit,
        tiefe rede von der minne,
        was not min herze treit.

        dem tet si nie sit giliche,
35   das ir min not ie rechte wurde kunt.
        owe, reine minnenkliche,
        du tǔst mich sere wunt.

        IN getorste gisenden
        nie keinen botten ir,

---

hatte ich einen Brief mit meinen sehnsuchtsvollen Klagen bei mir, an dem war ein
Haken; den hing ich ihr an – es war noch vor Morgengrauen – [und zwar so], daß sie
es selbst nicht gewahr wurde.   14 Mir schien, sie dachte: „Ist das ein Verrückter?
Was wollte er so nah bei mir, daß er mich berührt?“ Sie fürchtete sich sehr, meine
schöne Dame, aber sie schwieg aus Anstand; sie entfernte sich sehr schnell von mir.
Ich gebärdete mich deshalb so stürmisch gegen sie, damit sie sich bald ins Haus be-
gäbe, damit niemand den Brief an ihr sähe. Sie brachte ihn unentdeckt hinweg.
26 Was sie mit ihm gemacht hat, ob sie ihn weggeworfen oder behalten hat, hat mir
niemand gesagt; das ist für mich sehr schmerzlich. Hat sie ihn mit Verstand gelesen,
dann fand sie darin das höchste Glück, tiefsinnige Worte über die Liebe [und] welche
Not mein Herz erduldet. Sie hat sich seither nicht so verhalten, als ob sie meinen
Kummer so richtig verstanden hätte. O weh, du schöne Liebenswerte, du verletzt
mich wirklich tief.   38 Ich habe es nie gewagt, ihr einen Boten zu senden,

40   wan si nie wolde ginenden,
               ir trost irzeigen mir,
               der ir kunt tête,
               wie kûme ich si verbir,
               vnd si gnaden bete
45   nach mines herzen gir.
               da uorchte ich ir vngedulde,
               wan si mir ist darumb gihas,
               das ich so gar gerne hete ir hulde.
               warumbe tût si das?

50   Mjn herze sere
               si mir durbrochen hat,
               wan si da dur, dú here,
               so giwaltekliche gat
               hin vnd her wider,
55   doch es si gerne enpfat.
               si lat sich drinne öch nider
               mit wunnen, die si hat.
               si kan so gefûge wesin:
               swie si mer danne min herze si,
60   swie si drinne gat, des mag ich ginesin.
               arges ist si so fri.

               Mjch dunket, man sehe
               min frowen wolgetan,
               der mir min brust vf brehe,
65   in minem herzen stan
               so lieblich reine,
               gar wiblich lobesan.
               in wige es doch nicht kleine,
               das ich *sî* so mag han.

---

denn sie hat sich nie dazu entschlossen, mir zu zeigen, daß sie mich trösten könnte, [einen Boten], der ihr hätte sagen sollen, daß ich ohne sie nicht leben kann, und der sie um Gnade bäte, so wie es mein Herz verlangt. Ich fürchte ihren Unwillen, denn sie ist böse auf mich, weil ich so sehr nach ihrer Liebe verlange. Warum ist sie so? 50 Mein Herz hat sie gänzlich zerbrochen, weil sie, die Edle, so ganz nach ihrem Belieben [dort] aus- und eingeht, wenn es sie auch gern empfängt. Sie läßt sich auch mit all den Wonnen, die sie zu geben hat, darinnen nieder. Sie kann so anschmiegsam sein: Obgleich sie größer ist als mein Herz, obgleich sie drinnen umhergeht, bleibe ich am Leben. Sie hat ja nichts Böses im Sinn.   62 Ich glaube, wenn man mir die Brust aufbräche, sähe man meine schöne Dame so lieblich zart in ihrer holden Weiblichkeit in meinem Herzen stehen. Ich schätze es wahrlich nicht gering, daß ich sie [zumindest] auf diese Weise besitze.

69 f.

70   nu mŭs si mir doch des gunnen,
                  swie sere si sich frômdet mir.
                  doch gan si mir nicht der rechten wunnen,
                  der ich ie mŭte zir.

                  Owe, dú minne,
75   wie wil si mich nu lan,
                  vnd ich doch mine sinne
                  an ir bihalten han!
                  das noch min herze nie trost von ir gewan,
                  des wil mir sender smerze
80   von not gesigen an,
                  sin kere mirs dannoch ze gŭte,
                  das si die reinen twinge gegen mir e,
                  das si mir ze heile der leiden hŭte
                  dur trúwe gar enge.   *Q 19*

                  ICh diene ir, sit das wir beidú waren kint.
                  dú iar mir sint   gar swer gesin,
                  wan si wag so ringe minen dienest ie;
                  sin wolte nie   gerŭchen min.
5   das wart irbarmende herren, dien warts kunt,
                  das ich nie mit rede ir was giwesen bi,
                  des brachten si   mich dar zestunt.

                  Swie ich was mit hohen herren komen dar,
                  doch was si gar   hert wider mich.
10   si kert sich von mir, do si mich sach, zehant;
                  von leide geswant   mir, hin viel ich.

Nun muß sie mir das doch [wenigstens] gönnen, wie sehr sie sich mir auch [sonst] entzieht. Doch das wahre Glück gönnt sie mir nicht, das ich stets von ihr ersehne. 74 O weh, in welchen Zustand will die Liebe mich versetzen, wo ich doch mein ganzes Denken auf sie gerichtet habe! Weil mein Herz nie ihren Trost erfahren hat, wird mich die Sehnsuchtsqual vor Schmerz zugrunde richten, es sei denn, sie wendet es noch zum Guten für mich, indem sie mir die Schöne vorher so gesonnen macht, daß sie zu meinem Glück aus Liebe der verfluchten Aufsicht entflieht.

    ICH DIENE: Ich diene ihr, seit wir beide Kinder waren. Die Jahre waren schwer für mich, denn sie hat meine Dienste immer so gering geschätzt; sie wollte mich nie beachten. Das tat den Herren leid, die erfuhren, daß ich mich niemals mit ihr habe unterhalten können, deshalb brachten sie mich sogleich dorthin.   8 Obgleich ich mit den hohen Herren angekommen war, war sie doch sehr unfreundlich gegen mich. Als sie mich sah, wandte sie mir sogleich den Rücken zu; vor Kummer wurde ich ohnmäch-

ICH DIENE *Vgl. Abb. S. 513. – Ä. nach Q 65.*

die herren hůben mich dar, da si sas,
vnd gaben mir balde ir hant in min hant.
do ich des beuant,   do wart mir bas.

15   Mich duchte, das nieman mŏchte han erbetten si,
das si mich fri   not hete getan,
wan das si vorchte, das si schuldig wurde an mir.
ich lag vor ir   als ein tot man
vnd sach si iemerlich an vs der not.
20   des irbarmet ich si, wan ichs hate von ir,
des si doch mir   ir hant do bot.

Do sach si mich lieblich an vnd rete mit mir.
ach, wie zam ir   das so gar wol!
ich mochte si so recht geschowen wolgetan.
25   wa wart ie man   so frŏiden vol?
die wile lagen min arme vf ir schôs.
ach, wie sůsse mir das dur min herze gie!
min frŏide nie   mer wart so gros.

Do hate ich ir hant so lieblich vaste, gotte weis,
30   dauon si beis   mich in min hant.
si wande, das es mir we tet, do frôte es mich:
so gar sůsse ich   ir mundes beuant.
ir bissen was so zartlich, wiblich, fin,
des mir we tet, das so schiere zergangen was.
35   mir wart nie bas,   das mǔs war sin.

Si baten si vaste, eteswas geben mir,
des si an ir   lange hete gehan.

---

tig, ich brach zusammen. Die Herren trugen mich bis dorthin, wo sie saß, und legten
sogleich ihre Hand in meine Hand. Als ich das spürte, wurde mir wohler.   15 Ich
glaubte, niemand hätte sie mit Bitten erweichen können, mich von meinem Kummer
zu erlösen, wenn sie nicht gefürchtet hätte, sich an mir zu versündigen. Ich lag vor
ihr wie ein Toter und sah sie in meinem Kummer jammervoll an. Deshalb tat ich ihr
leid, denn ich litt ja ihretwegen, weshalb sie mir [schließlich] doch ihre Hand reichte.
22 Da schaute sie mich liebevoll an und sprach mit mir. Ach, wie gut stand ihr das!
Ich konnte sie in ihrer ganzen Anmut anschauen. Wo gab es je einen so glücklichen
Mann? Die ganze Zeit über lagen meine Arme auf ihrem Schoß. Ach, wie süß ging
mir das durchs Herz! Nie habe ich ein so großes Glück empfunden.   29 Da hielt
ich, weiß Gott, ihre Hand so liebevoll fest, daß sie mich deshalb in die Hand biß. Sie
glaubte, es täte mir weh, es freute mich jedoch: Ich spürte, wie süß ihr Mund war. Ihr
Beißen war so zärtlich, fraulich, zart, deshalb schmerzte es mich, daß es so bald vor-
über war. Ich fühlte mich nie wohler, das ist wahr.   36 Sie baten sie eindringlich,
      mir etwas zu schenken, was sie schon lange in ihrem Besitz gehabt habe.

also warf si mir ir nadilbein dort her.
in sůsser ger   balde ich es nam.
40 si namen mirs vnd gabens ir wider do
vnd irbaten si, das si mirs lieblich bot.
in sender not   wart ich so fro.

Der vúrste von Konstenz, von zúrich dú vúrstin
vil selig sin,   der vúrste öch sa
45 von einsidellen, von Toggenburg lobelich
graf friderich   vnd swer was da
vnd half alt riet, das man mich brachte fúr si!
das taten hohe lút, der frume Reginsberger
nach miner ger   öch was da bi.

50 Vnd der Abt von Petershusen tuginde vol
half mir öch wol.   da waren öch bi
edil frowen, hohe pfaffen, ritter gůt.
da wart min můt   vil sorgen fri.
ich hate ir gunst, die doch nit hulfen mir.
55 her Růdolf von Landenberg, gůt ritter gar,
half mir öch dar   vnd liebte mich ir.

Dem die besten helfent, das veruat öch icht.
dú zůuersicht   wart mir wol schin,
wan der vúrste von Kostenze loblich, gerecht,
60 vnd her albrecht,   der brůder sin,

Und so warf sie mir ihre Nadelbüchse zu. Voll süßen Verlangens nahm ich sie sofort
an mich. Sie nahmen sie mir [jedoch] ab und gaben sie ihr zurück und baten sie, sie
solle sie mir freundlich geben. Mitten in meiner Sehnsuchtsqual wurde ich so froh.
43 Gesegnet seien der Fürst von Konstanz, die Fürstin von Zürich, ebenso der Fürst
von Einsiedeln, der treffliche Graf Friedrich von Toggenburg und wer sonst da war und
half oder seinen Rat gab, daß man mich zu ihr brachte! Das taten Personen von hohem
Stand, der edle Regensberger war auch dabei, wie ich es mir gewünscht hatte.
50 Und auch der tugendreiche Abt von Petershausen half mir nach Kräften. Es waren
auch vornehme Frauen, hohe Geistliche, edle Ritter zugegen. Da wurde ich aller
Sorgen ledig. Und die mir nicht [direkt] halfen, waren mir [zumindest] freundlich
gesonnen. Herr Rudolf von Landenberg, ein wirklich vortrefflicher Ritter, half mir
auch dort und empfahl mich ihr.   57 Wenn einem die Besten helfen, so nützt das
auch etwas. Diese Zuversicht wurde mir zuteil, denn der vortreffliche, gerechte Fürst
von Konstanz und sein Bruder, Herr Albrecht, und Herr Rüdiger Manesse, die edlen

43, 59 *und* 85 *Heinrich II. von Klingenberg, 1293–1306 Bischof von Konstanz.*   43 *Elisa-*
beth von Wetzikon, 1270–1298 Äbtissin am Frauenmünster in Zürich.   44–46 *Wohl*
Heinrich II. von Güttingen (1280–99) und Friedrich III. von Toggenburg († ca. 1303/05).
48 *Entweder Lütold VII. von Altregensberg († 1320) oder Lütold VIII. von Neuregens-*
berg († ca. 1326).   50 *Abt Diethelm von Kastel (1293–1319).*   55 *Rudolf III. von*
Altlandenberg († zwischen 1315 und 1318).   60 *Albrecht von Klingenberg, † 1324.*

vnd her Rûdge Manesse, die werden man,
hulfen mir vúr min edlen frowen klar,
des manger iar   nie mochte irga*n*.

Es ist lang, das mich von erst ir wunne vie
65 vnd das ich nie   so nach ir kan,
wan si stalte vngrûslich sich ie gegen mir,
des ich zû zir   nie getorste gegan.
ich dachte, sit si nicht rûchet grûssen mich,
giege ich fúr si, das were lichte so verre ir has.
70 nicht wan vmb das   verzagt dan ich.

Môchte ein herze von frôiden dur den lib vsgan,
in môchte behan   des minen niet,
sît ich vúr die wolgetanen komen bin,
von der min sin   mich nie geschiet.
75 ich hate ir hant in minen henden, ach!
est ein wunder, das von rechten minnen nicht
in der geschicht   min herze brach.

Ach, ich horte ir sûssen stimme, ir zarten wort,
si reiner hort,   des hat si pris;
80 so sach ich ir munt, ir wengel rosenuar,
ir ôgen clar,   ir keln wis,
ir wiblich zucht, ir hende wis als der sne.
mir was lieblich wol, vnz ich mûs dannan gan.
mir sendem man   tet das so we.

85 Wol vns, das der klingenberger vúrste ie wart!
die rechten vart,   die vûren si,

Männer, halfen mir, daß ich vor meine edle, schöne Dame treten konnte, was viele
Jahre lang nicht hatte geschehen können.   64 Es ist schon lange her, daß mich ihre
Lieblichkeit zum erstenmal gefangennahm und ich [doch] nie in ihre Nähe kam, denn
sie verhielt sich stets abweisend gegen mich, weshalb ich nie wagte, mich ihr zu nä-
hern. Ich dachte, da sie mich nicht grüßen mag, würde sie es leicht ebenso übel auf-
nehmen, wenn ich zu ihr ginge. Nur deshalb war ich so verzagt.   71 Könnte ein
Herz vor Glück aus dem Leib springen, hätte ich das meine nicht halten können, da
ich vor die Schöne habe treten dürfen, von der ich in Gedanken nie getrennt war. Ich
hielt ihre Hand in meinen Händen, ach! Es ist ein Wunder, daß mein Herz bei diesem
Ereignis vor inniger Liebe nicht gebrochen ist.   78 Ach, ich hörte ihre süße Stimme,
ihre lieben Worte, dafür ist der süße Schatz zu preisen; auch sah ich ihren Mund, ihre
rosigen Wänglein, ihre leuchtenden Augen, ihr weißes Hälschen, ihre süße Weib-
lichkeit, ihre schneeweißen Hände. Mir war wunderbar zumute, bis ich fortgehen
mußte. Mich sehnsuchtsvollen Mann schmerzte das zutiefst.   85 Heil uns, daß der
Klingenberger Fürst geworden ist! Die ihn zum Herrn wählten, sind den rechten
Weg gegangen.

61 *Rüdiger II. († 1304) aus dem Zürcher Adelsgeschlecht Manesse.*   63 irgar.

dien ze herren walten. er kan wise vnde wort,
der sinne hort,   der wont im bi.
sin helfe, sin rat, sin kunst sint endelich,
90   des die wisen habten sin ze herren ger,
des heisset er   bischof Heinrich.

Wa vunde man sament so manig liet?
man vunde ir niet   in dem kúnigriche,
als in zúrich an bûchen stat.
des prûet man dike da meister sang.
5   der Manesse rank   darnach endeliche,
des er dú liederbûch nu hat.
gegen sim houe mechten nigin die singere,
sin lob hie prûuen vnd andirswa,
wan sang hat bŏn vnd wúrzen da.
10   vnd wisse er, wa   gût sang noch were,
er wurbe vil endelich darna.

Sin sun, der kuster, der treibs ŏch dar,
des si gar   vil edils sanges,
die herren gût, hant zemne bracht.
15   ir ere prûet man dabi.
wer wîste si   des aneuanges?
der hat ir eren wol gidacht.
das tet ir sin, der richtet si nach eren,
das ist ŏch in erborn wol an.
20   sang, da man frowen wolgetan

Er versteht sich auf Melodien und Texte, er verfügt über ein Höchstmaß an Verstand. Seine Hilfe, sein Beistand, sein Können sind zuverlässig, deshalb wollten die Verständigen ihn gern zum Herrn haben, deshalb heißt er [nun] der Bischof Heinrich.

WA VUNDE: Wo fände man so viele Lieder beieinander? Im ganzen Königreich fände man nicht so viele, wie sie in Zürich in den Büchern stehen. Deshalb beschäftigt man sich dort oft mit dem Gesang der Meister. Der Manesse hat sich eifrig darum gekümmert, deshalb besitzt er nun die Liedersammlungen. Seinem Hof sollten die Sänger ihre Reverenz erweisen, sein Lob hier und anderswo verbreiten, denn hier hat der Gesang Stamm und Wurzel. Und wüßte er [Manesse], wo es noch weitere gute Lieder gäbe, er würde sich eifrig bemühen, sie zu bekommen.   12 Sein Sohn, der Kustos, betrieb die Sache auch, wodurch die edlen Herren viele Beispiele der edlen Sangeskunst zusammengebracht haben. Daran erkennt man ihr Ansehen. Wer hat sie gelehrt, damit anzufangen? Der war auf ihr Ansehen sehr bedacht. Es war ihr Verstand, der sie auf Ansehen bedacht sein ließ, das ist ihnen auch angeboren. Sie wollten den Gesang, mit dem man den Ruhm schöner Frauen vergrößern kann, nicht

WA VUNDE *Ä. nach Q 56.*   5 *Vgl. S. 482 Anm. 61.*   12 *Johannes Manesse († 1297).*
20 man die frowen.

> wol mitte kan   ir lob gemeren,
> den wolten si nit lan zergan.
>
> Swem ist mit edlem sange wol,
> des herze ist vol   gar edler sinne.
25   sang ist ein so gar edles gůt,
> er kumt von edlem sinne dar.
> dur frowen clar,   dur edil minne,
> von dien zwein kumt so hoher můt.
> was were dú welt, weren wib nicht so schône?
30   dur si wirt so vil sůssekeit,
> dur si man wol singet vnde seit
> so gůt geticht vnd sůs gedône.
> ir wunne sang vs herzen treit.   *Q 19*

> Was man wunnen hôrte vnd sach, do voglin schal
> so sůsse hal   den sumer clar!
> des man schone frowen sach sich dike ergan,
> des werde man   gerne namen war.
5   wan swerú kleit, dú leiten si do hin,
> des man sach, wie wiblich wol si sint gestalt
> vnd manigualt   ir lichten schin,
>
> WAn si burgen nicht ir wunne in sůsser zit.
> der winter git   kalt winde vnd sne,
10   des ir antlút, nekil, kelen bergend sint.
> an húten lint   tůt winter we.

---

verlorengehen lassen.   23 Wer sich bei edlem Gesang wohl fühlt, dessen Herz ist auch voll edler Gedanken. Gesang ist ein so edler Besitz, er entstammt einem edlen Gemüt. Durch diese beiden, schöne Frauen, reine Liebe, entsteht so hohe Begeisterung. Was wäre die Welt, gäbe es nicht so schöne Frauen? Durch sie entsteht so viel Wunderbares, von ihnen inspiriert singt und dichtet man so gute Texte und süße Melodien. Ihre Wonne läßt den Gesang aus den Herzen hervorströmen.

Was man: Wieviel Herzerfreuendes hörte und sah man nicht, als der Vogellaut so süß den herrlichen Sommer über ertönte! Deshalb sah man schöne Frauen oft spazierengehen, was edle Herren mit Freude beobachteten. Denn sie hatten ihre schweren Mäntel abgelegt, deshalb sah man, wie hübsch weiblich sie gebaut sind und ihren Liebreiz allenthalben,   8 denn in dieser lieblichen Jahreszeit versteckten sie ihre Schönheit nicht länger. Der Winter bringt kalte Winde und Schnee, weshalb sie ihre Gesichter, ihre zarten Nacken und Hälschen schützend verdecken. Der Winter schadet

Was man *Vielfach werden die Str. 6–9 als eigenes Lied gezählt. – Ä. nach Q 56.*

ir hende wis öch dike bergent si
vnd sint in dien stuben, des mans selten sicht.
wen tete das nicht   vil fröden fri?

15 Nieman mag die sumerzit verklagen wol
wan der, der sol   sin lieb vmbvan,
dem ist winter lieb, dur das dú nacht ist lang,
vúr voglin sang,   vúr schonen plan.
mir were öch so, tete si gnade mir.
20 noch tût si recht, als das niemer súl irgan.
vf lieben wan   diene ich doch ir.

ICh kume in dem sinne selten nicht vúr si,
das ich ir fri   muge sanfte sin.
merker vnd dú hûte, dú verderbent mich,
25 dur dú mide ich   die frowen min.
ir wort, dú snident, si gent scharpfen slag.
doch sende ich ir min herze vnd min trúwe gar,
swenne ich nit dar   selb komen mag.

Was ich dur die merker vnd durch hûte lan,
30 das ich nit gan   so dike vúr si,
das si sin verflûcht! ir zungen sint so lang,
ir heler gang   ist tuginde fri.
si sehent vmb sam dú kazze nach der mus.
das der tieuel mûsse ir aller pfleger sin
35 vnd brechen in   ir ögen vs!

Ach, ich sach si trúten wol ein kindelin,
dauon wart min   mût liebes irmant.

---

der zarten Haut. Sogar ihre Hände verstecken sie oft und halten sich drinnen auf, so
daß man sie kaum einmal zu sehen bekommt. Wen brächte das nicht um jedes Ver-
gnügen?   15 Niemand kann etwas Nachteiliges gegen den Sommer vorbringen, nur
der, der mit seiner Liebsten schlafen will, der schätzt den Winter mehr als den Gesang
der Vögel, mehr als die bunte Wiese, weil dann die Nacht lang ist. So ginge es mir auch,
würde sie mir ihre Gunst schenken. Bis jetzt tut sie noch so, als ob'es dazu nie kommen
wird. Dennoch diene ich ihr auf die süße Hoffnung hin.   22 In Gedanken komme
ich nur so zu ihr, daß ich sie ungehindert lieben kann. Spione und Aufsicht richten
mich zugrunde, ihretwegen gehe ich meiner Dame aus dem Weg. Ihre *[der Spione]*
Worte verletzen, treffen in voller Schärfe. Aber ich wende ihr mein Herz und meine
unverbrüchliche Treue zu, wenn ich selbst nicht dorthin kommen kann.   29 Weil
ich es wegen der Spione und der Aufsicht unterlasse, so oft zu ihr zu gehen, deshalb
sollen sie verflucht sein! Ihre Zungen sind so lang, ihre verstohlenen Schritte ohne
jede Ehrbarkeit. Sie belauern alles um sich herum wie die Katze die Maus. Der Teufel
soll sich ihrer aller annehmen und ihnen die Augen ausstechen!   36 Ach, ich sah sie
ein Kindchen liebkosen, dadurch wurde mein Gemüt an Zärtliches erinnert. Sie nahm

si vmbeuieng es vnde truchte es nahe an sich,
dauon dachte ich   lieblich zehant.
40   si nam sin antlúte in ir hende wis
vnde truchte es an ir munt, ir wengel clar.
owe, so gar   wol kuste sis!

Es tet ŏch zwar, als ich hete getan,
ich sach vmbuan   es ŏch si do.
45   es tet recht. als es enstŭnde ir wunnen sich,
des duchte mich,   es was so fro.
don mochte ich es nicht ane nit verlan;
ich gidachte: „owe, were ich das kindelin,
vnz das si sin   wil minne han."

50   ICh nam war, do das kindelin erst kam von ir;
ich nams zŭ mir   lieblich ŏch do.
es duchte mich so gŭt, wan sis e druchte an sich,
dauon wart ich   sin so gar fro.
ich vmbeuig es, wan sis ê schone vmbeuie,
55   vnd kusts an die stat, swa es von ir kússet e was.
we mir doch das   ze herzen gie!

Man gicht, mir si nicht als ernstlich we nach ir,
als sis von mir   vernomen hant;
ich si gesunt – ich wer vil siech vnd siechlich var,
60   tet mir so gar   we minne bant.
das mans nicht an mir sicht, doch lide ich not,
das fŭgt gŭt geding, der hilfet mir al da her;
vnd liesse mich der,   so were ich tot.   *Q 19*

---

es in die Arme und drückte es fest an sich, da dachte ich gleich an ganz zärtliche
Dinge. Sie nahm sein Gesicht in ihre weißen Hände und drückte es an ihren Mund,
an ihre zarten Wänglein. O weh, sie küßte es so innig! 43 Es verhielt sich auch so,
wie ich mich verhalten hätte, ich sah, daß es sie auch umarmte. Es tat ganz so, als ob
es ihre Süße begriffe, das kam mir jedenfalls so vor, es freute sich so sehr. Da konnte
ich es nicht ohne Neid geschehen lassen; ich dachte: „O weh, wäre ich das Kindchen,
solange sie es herzt." 50 Ich gab auf den Augenblick acht, in dem das Kindchen
direkt von ihr kam; ich zog es auch liebevoll an mich. Es schien mir so reizend zu
sein, weil sie es zuvor an sich gedrückt hatte, deshalb war ich so glücklich darüber.
Ich nahm es in die Arme, weil sie es zuvor so liebevoll umarmt hatte, und küßte es auf
die Stelle, wo es zuvor von ihr geküßt worden war. Dennoch griff es mir schmerzlich
ans Herz. 57 Man behauptet, ich sehnte mich gar nicht so schmerzlich nach ihr,
wie sie es von mir gehört hätten; ich sei wohlauf – ich müßte sehr krank sein und auch
krank aussehen, wenn mich die Fessel der Liebe so schmerzen würde. Daß man es mir
nicht ansieht, ich aber dennoch Qualen leide, das macht die gute Zuversicht, die hält
mich bis heute aufrecht; wenn die mich verließe, wäre ich ein toter Mann.

45 enzstŭnde.

ER mûs sin ein wolberaten elich man,
der hus sol han,   er mûsse in sorgen sten.
notig, lidig man frôit sich doch mangen tag;
er sprichet: „ich mag   mich einen sanft begen."
5   ach, notig man, kumst du zer e,
wan du kume gewinnen macht mûs vnde brot,
du kumst in not.   hus sorge tût so we!

So dich kint anuallent, so gedenkest du:
„war sol ich nu?   min not was e so gros."
10   wan dú fragent dike, wa brot vnd kese si,
so sizzet da bi   *diu* mûter ratis blos.
so sprichet si: „meister, gib vns rat!"
so gist in dan rúwental vnd súftenhein
vnd sorgenrein,   als der nicht anders hat.

15   So spricht si dan: „ach, das ich ie kan zû dir!
ian haben wir   den witte noch das smalz
noch das fleisch noch vische, pfeffer noch den win.
.was wolte ich din?   son han wir nie:der salz."
so rúwetz *ir*; *d*a sint frôide vs.
20   da vat frost vnd turst den hunger in das har
vnd zihent gar   oft in al dur das hus.

Mich dunket, das hus sorge tûie we;
doch klage ich me,   das mir min frowe tût.
swenne ich fúr si gen, dur das si grûesse mich,
25   so kert si sich   von mir, das reine gût.

ER mûs: Wer einen Hausstand haben will, der muß ein gut ausgestatteter Ehemann sein, wenn er nicht in Sorgen leben soll. Ein armer, lediger Mann freut sich doch oft; er sagt: „Mich allein bringe ich leicht durch." Ach, armer Mann, trittst du in den Stand der Ehe, wo du es doch kaum zu Brei und Brot bringst, dann wirst du in Schwierigkeiten kommen. Sorge um den Hausstand ist so bedrückend! 8 Kommen Kinder ins Haus, dann denkst du: „Wohin jetzt mit mir? Mein Elend war vorher schon so groß." Denn sie fragen oft, wo Brot und Käse seien, die Mutter sitzt mit leeren Händen daneben. Sie sagt dann: „Hausherr, gib uns was!" So beschenkst du sie wie einer, der nichts anderes besitzt, mit Reuental und Seufzerheim und Sorgenfeld. 15 Dann sagt sie: „Ach, warum mußte ich je an dich geraten! Ja, wir haben weder Brennholz noch Schmalz noch Fleisch noch Fisch, weder Pfeffer noch Wein. Was habe ich mir von dir versprochen? Wir haben nicht einmal Salz." Dann packt sie die Reue; da ist es vorbei mit der Freude. Frost und Durst packen den Hunger an den Haaren und zerren ihn um und um durchs ganze Haus. 22 Mir scheint, daß die Sorge um den Hausstand schlimm ist; doch beklage ich noch mehr, was meine Dame mir antut. Wenn ich vor sie hintrete, damit sie mich begrüßen soll, wendet das Juwel sich von mir ab.

ER mûs *Ä. nach Q 56.*   11 dû.   13 *Vgl. das Gedicht Neidharts S. 151 ff.*   19 ir e da.

so warte ich iemerlichen dar
vnde sten verdacht als ein ellender man,
der nicht enkan   vnd des nieman nimt war.

Das si mich verseret hat so manig iar,
30 das wolt ich gar   lieblich vergeben ir,
grůste si mich, als man frůnde grůssen sol.
so tete si wol.   si sůndet sich an mir,
wan ir min trúwe wonet bi.
da uon solte si mich grůssen ane has.
35 wan tůt si das?   das si iemer selig si!   *Q 19*

ICh wil ein warnen singen,
das lieb von liebe bringen
nv mag, die mâsse kunnen han.
sus rate ich dien ein scheiden,
5   der ich nu hûte beiden.
der tag, der wil so schiere vf gan.
des ich wunder sorgen han,
wie es vns noch irgange.
ir nahen vmbeuange,
10 die wellent si so kume lan.

IN gibe dem herren nit die schulde;
ich weis ir vngedulde
so wol, si lat in kume varn.
der herre sol si lâssen weinen.
15 der nacht ist noch so kleinen,
er sol es langer nicht ensparn.

Dann schaue ich kummervoll hinter ihr her und stehe versunken in mein Elend
da wie einer, der sein Ziel nicht erreicht und auf den niemand achtet.   29 Daß sie
mich so viele Jahre verletzt hat, wollte ich ihr liebevoll nachsehen, wenn sie mich so
grüßte, wie es sich für Freunde gehört. Daran täte sie gut. Sie versündigt sich an mir,
denn meine Treue ist ihr immer nah. Deshalb sollte sie mich ohne Widerwillen grüßen.
Warum tut sie das nicht? Gesegnet soll sie jetzt und immer sein!

ICH WIL: Ein Warnlied will ich singen, das den Liebsten von der Geliebten trennen
soll, sofern sie sich mäßigen können. Auf diese Weise rate ich den beiden, auf die ich
hier acht gebe, sich zu trennen. Der Tag wird sehr bald anbrechen. Deshalb habe ich
schreckliche Sorgen, wie es uns ergehen wird. Sie wollen so gar nicht von ihrer inni-
gen Umarmung lassen.   11 Ich gebe dem Herrn keine Schuld; ich kenne ihr Unge-
stüm so gut, sie läßt ihn gar nicht fort. Der Herr soll sie weinen lassen. Die Nacht ist
nur noch so kurz, er soll nicht länger zögern. Nun ist mir alle Freude vergangen, ich

ICH WIL Ä. nach Q 56.   11 herzen.

nu bin ich aller frôiden arn,
ich vúrchte mir so sere.
es stat vmb lib vnd ere,
20   in kan ir nicht biwarn,

Sin volgen danne minem rate.
vnd tûnt si das ze spate,
owe, ich bin mit in verlorn.
nu hôrent si doch wol min warnen.
25   mûs ich ir min erarnen
noch me, das ist mir leit vnd zorn.
owe, das ich wart erkorn,
das ich wart ir wachtere.
noch wendent vnsir swere!
30   den tag man kúndet dur dú horn.   *Q 19*

ICh was, da ich sach
in ir swert zwen dorper griffen iunge.
Rûdolf da bigonde in zorne stetschen.
Chûnze darzû sprach:
5   „nieman ist, dem an mir ie gelunge.
ich han dinen zorn nit wan vúr getschen.“
Rûdolf sprach: „du hast ellen gemeinet,
nach der ich vil dike han geweinet.
hût dis libes vor mir
10   an dem werde an sunnentage vor ir!
din schulde ist, das ir hulde gegen mir kleinet.“

Si swigen darzû,
das mans verre vernam in kurzer stunde.
dar kam dôrper vil mit grôssem schalle.

---

habe so große Angst um mich. Es geht [schließlich] um Leben und Ehre, ich kann sie nicht heil aus der Sache herausbringen,   21 es sei denn, sie folgen meinem Rat. Und wenn sie das zu spät tun, o weh, dann bin ich mit ihnen verlorn. Nun hören sie meinen Warnruf doch recht gut. Muß ich für ihr Liebesabenteuer noch mehr büßen, packt mich Schmerz und Wut. O weh, daß ich dazu bestellt wurde, ihr Wächter zu werden. So vermeidet doch, daß wir in Schwierigkeiten kommen! Man läßt die Hörner den Tag verkünden.

ICH WAS: Ich erlebte einmal, wie zwei junge Dorfburschen zu ihren Schwertern griffen. Rudolf fing vor Zorn an zu *stetschen*. Darauf sagte Kunz: „Mich hat noch keiner untergekriegt. Deine Wut ist für mich nur *getschen*.“ Rudolf sagte: „Du hast es mit Elle getrieben, um die ich immerzu gejammert habe. Nimm dich in acht vor mir, wenn wir am Sonntag am Ufer mit ihr zusammenkommen! Es ist deine Schuld, daß ihre Gefühle für mich kälter geworden sind.“   12 Sie ließen es geschehen, daß man es sogleich überall bekannt machte. Viele Bauernburschen kamen mit großem

15 Rŭdolf malch sin chŭ
  vnd rŭfte dien, dien er gŭtes gunde:
  „trinkint vnd sint mir bi húte alle!
  helfe man im, so helfent mir ŏch sere,
  das ich vor ellen beiage húte ere.
20 ich wil Chŭnzen slan,
  das hunde in in mugen zim herzen gan.
  ern gewirbt vmb ellen niemer mere.“

  „Wir suns vnderstan“,
  sprachen zwene der wegsten vnd der Meyer,
25 „bittent Chŭnzen, das er Ellen abe lâsse.“
  „des mag nicht ergan,
  ich gab ir ein geis vnd hundert eyer
  vnde bin ir holt recht ane mâsse.“
  „da vúr sol dich Rŭdolf vil wol mieten.“
30 „nu lant hôren, was wil er mir bieten!“
  „zwo geîsse vnd ein hŭn.“
  Chŭnze sprach: „das wil ich gerne tŭn.
  ich tet ie, das biderbe lúte mir rieten.“   *Q 19*

  Herbest wil biraten
  mang gisinde mit gŭten trachten
  bi der glŭt, ald swa si sin.
  veisse swinin braten,
5 dar vmbe sol ir wirt in achten
  vnd ŏch bringin gŭten win.
  wirt, bisende vns wúrste,
  da bi schefin hirne,

Lärm dorthin. Rudolf melkte seine Kuh und rief denen, denen er Gutes tun wollte, zu: „Trinkt und steht mir heute alle bei! Wenn er Gehilfen findet, so helft ihr auch mir tatkräftig, damit ich heute vor Elle Ehre einlege. Ich will Kunz so fertigmachen, daß die Hunde ihn direkt ins Herz beißen können. Er wird nicht noch einmal mit Elle anbändeln.“ 23 „Wir werden das verhindern“, sagten zwei der kühnsten und der Meier, „bittet den Kunz, daß er die Finger von Elle läßt.“ „Das ist unmöglich, ich habe ihr eine Ziege und 100 Eier geschenkt, außerdem bin ich ganz verrückt nach ihr.“ „Dafür soll Rudolf dich reichlich entschädigen.“ „Na, dann laßt hören, was er mir bieten will.“ „Zwei Ziegen und ein Huhn.“ Kunz sagte: „Aber selbstverständlich mache ich das. Ich habe immer getan, was erfahrene Leute mir geraten haben.“

 HERBEST: Der Herbst wird wieder manche Gesellschaft mit guten Gerichten versorgen, sei sie am Feuer oder sonstwo beisammen. Mit fetten Schweinebraten soll sie der Wirt versorgen und auch guten Wein bringen. Wirt, bring uns Würste her und

das in dú stirne
10 glostende werden, als si in sin angizunt!
mache in, das si túrste!
salze in vast der ingwant terme! tûn den herbst mit vollen kunt!

So der hauen walle
vnd das veisse dar inne swimme,
15 so bigús in wissú brot!
danne sprechinz alle:
„herbst ist bessir danne ein gimme.
wol dem wirte, ders vns bot!"
hande in entefûsse,
20 darzû gût gislechte,
so kumst in rechte,
vnde stet da bi des herbstes ere wol.
swer nu truren mûsse,
der hôrt nicht zû dien frêssen, wan si werdent frôiden vol.

25 Swer sich welle mesten,
der sol keren zûm gisinde;
gûte vûre machit si veis.
wirt, bisend dien gesten
gense, die da sien blinde,
30 vnde mache die stubun heis!
du solt hûnr in vûllen,
dan noch sieden kappen.
frôliche knappen
hast du danne in stuben vnd ôch bi der glût.
35 heis in tuben knûllen
schúzzen vnd ôch vasande wilde, das nemt si vúrs meien blût.

Schafshirne, daß ihnen *[den Essern]* die Stirnen glühend werden, als ob sie ihnen ange-
zündet worden wären! Sieh zu, daß sie durstig werden! Salze ihnen kräftig die Därme
des Eingeweides! Laß sie so richtig merken, daß es Herbst ist! 13 Wenn der Topf
siedet und das Fett darin schwimmt, dann begieße ihnen das weiße Brot! Dann sagen
alle: „Der Herbst ist besser als ein Edelstein. Ein Hoch dem Wirt, der uns aufge-
tischt hat!" Schneide ihnen Entenfüße vor, auch gutes Geschlachtetes, dann bist du
ihnen willkommen, und dem Herbst wird die richtige Ehre angetan. Wer jetzt Trübsal
bläst, gehört nicht zu den Schlemmern, denn unter ihnen kommt die fröhlichste Stim-
mung auf. 25 Wer sich so richtig anstopfen will, soll sich der Esserschar anschlie-
ßen; das reichlich Aufgetischte macht sie fett. Wirt, bring deinen Gästen Gänse, die
zur Mast geblendet sind, und heize die Stube ein! Du sollst für sie Hühner füllen und
Kapaune kochen. Fröhliche Kerle hast du dann in der Stube und um das Feuer. Laß
die Feldhüter für sie Tauben und auch wilde Fasanen würgen *[?]*, das ist ihnen lieber

Welt, du bist vngliche,
frêssen, dien ist wol gischehen,
das tût mangem minner we.
40 frowen minnenkliche
mugent si nu nit gesehen,
als sús san des sumers e.
si hant nu verwunden
dú antlút in ir stuchen,
45 das sú nit ruchen.
swere winde tûnt an linden hûten we.
we vns kûler stunden!
rosen wengel sint verborgen vnd ir keln wis als der sne.

Wir sorgen nit eine:
50 vogel, die hant grosse swere,
in tût öch der winter leit.
wir suns han gimeine,
wir sin beide frôiden lere,
dulden sament arebeit.
55 wan bi ir gedône
was vns dike sanfte.
do dú amsel kamfte
mit der nachtegal, do horte man sûssú liet,
vnd die frowen schône
60 do die minner mochten schowen, des enmuns nv leider niet.

Q 19

---

als Maiblümchen.   37 Welt, du mißt mit zweierlei Maß, den Schlemmern geht
es großartig, den Liebenden entsteht Kummer. Sie können die lieblichen Frauen
nun nicht mehr so anschauen, wie sie sie zuvor im Sommer gesehen haben. Die haben
ihre Gesichter in ihre Kopftücher eingehüllt, damit sie nicht rauh werden *[?]*. Die
scharfen Winde tun der zarten Haut weh. Schlimm für uns, diese kalten Zeiten! Die
Rosenwänglein sind versteckt und ihre schneeweißen Hälschen auch.   49 Wir sind
nicht allein mit unserem Kummer: Den Vögeln geht es sehr schlecht, auch ihnen fügt
der Winter Leid zu. Wir sollen es zusammen tragen, beide sind wir freudlos, erdulden
gemeinsam Mühsal. Denn bei ihren Liedern war uns oft so wohl. Als die Amsel mit
der Nachtigall um die Wette sang, da hörte man süße Lieder, und die Liebhaber konn-
ten schöne Frauen anschauen, das können sie jetzt leider nicht mehr.

Es get nu in die erne
vil schoner dirne fin.
swer frôide habe gerne,
der ker mit in dahin!
5   dar zů get manig geile
dar mit ir tochterlin.
das kumt v̆ ŏch ze heile,
went ir geslŏfig sin.
hete ich ein lieb, das gienge dar,
10   ich nême sin in der schúre war.
da wurde ich lichte sorgen bar.

Es ist dien wol geteilet,
der frowen gênt dahin.
des sich ir herze geilet,
15   es wirt licht ir giwin.
wol vf, ir stolzen knechte,
dien stet vf minne ir sin!
v́ch kumt dú erne rechte,
wan tůt v́ch zemen in.
20   da sagent spel, ir ivngen man,
dú man wol ane lernen kan.
statte machet lichte, dams v́ da gan!

Swer sich kan zůgemachen,
swies si von erst in leit,
25   es wirt darnach ir lachen;
so *wirt dâ* spel giseit,
als man vf stro sol sagen,
da dirnen sint gemeit.

Es get: Jetzt gehen viele schmucke, hübsche Mädchen zur Ernte. Wer gerne fröhlich sein will, der geh mit ihnen hinaus! Dorthin geht auch manche muntere Person mit ihrem Töchterchen. Auch das ist ein Segen für euch, wenn ihr euch heranzumachen versteht. Hätte ich ein Liebchen, das dorthin ginge, ich würde mich mit ihm in der Scheune treffen. Da brauchte ich mir weiter keine Sorgen zu machen. 12 Die haben es besonders gut, deren Liebchen dorthin gehen. Was sie sich im Herzen sehnlichst wünschen, bekommen sie dort mit Leichtigkeit. Auf denn, ihr kräftigen Burschen, denen der Sinn nach Liebesabenteuern steht! Die Ernte kommt euch gerade recht, denn [sie] bringt euch mit ihnen zusammen. Ihr jungen Leute, bringt da eure Geschichte vor, die man kann, ohne sie lernen zu müssen. Nehmt, wo man euch läßt, rasch die gute Gelegenheit wahr! 23 Kann einer sich ordentlich rüsten, wird es, wenn es auch zunächst schwierig für sie ist, schließlich doch ein Vergnügen für sie sein; eine solche Geschichte wird dort erzählt, wie man sie auf dem Stroh erzählen soll,
wo die Mädchen willig sind.

Es get Ä. *nach* Q *56.* 5 eile. 26 *f.*

ob si das wen vertragen,
30   das tôdet sende arbeit.
da ist dú kurzewile gůt
mit speln, sam enentz baches tůt.
wol vf in die ern, dú hôhet můt!   *Q 19*

Wol der sûssen wandelunge!
swas winter trûbte,   das tůt sumer clar.
das frôit alte, das frôit iunge,
wan sumer v̂bte   doch ie wunnen schar.
5   wol im, swer sich nu frôiwen sol!
dem ist so wunnenklichen wol.
swas aber ich von wunnen schowe,
doch wil min frowe,   das ich kumber dol.

Owe, solt ich vnd min frowe
10   vnsich vereinen   vnd vns danne ergên
in ein schonen wilden owen,
das ich die reinen   sehe in blůmen sten!
da sungen vns dú vogellin;
wa mechte mir danne bas gesin?
15   so vunde ich da schôn gerête
von sumer wête   zeinem bette fin.

Das wolde ich von blůmen machen,
von viol wunder   vnd von câmandre,
das es von wunnen môchte lachen.
20   da můsten vnder   múnzen vnde kle.
die wanger můsten sin von blůt,
das culter von bendichten gůt,

Wenn sie es sich gefallen lassen, ist dies das Ende der Sehnsuchtsqualen. Das Ver-
gnügen ist groß beim Geschichtenmachen, wie man es jenseits des Baches treibt.
Auf denn zur Ernte, das macht Spaß!

WOL DER: Preisen wir den lieblichen Wechsel der Jahreszeiten! Was der Winter
trüb gemacht hat, macht der Sommer heiter. Das erfreut Alte, das erfreut Junge, denn
der Sommer hat doch immer Wonnen in Fülle gebracht. Glücklich der, der sich nun
auf etwas freuen kann! Dem ist so selig zumute. Wieviel Wonnen ich aber auch [rings-
um] erblicke, will meine Dame doch, daß ich leide.   9 Ach, könnten ich und meine
Dame zusammenkommen und auf einer schönen Wiese weit draußen spazierengehen,
so daß ich die Süße auf dem Blumenteppich stehen sähe! Dort sängen die Vögelchen
für uns; wo könnte ich glücklicher sein? Auch fände ich dort einen schönen Vorrat
von Sommerzeug für ein feines Lager.   17 Ich würde es aus Blumen machen, aus
einer Unmenge Veilchen und Gamander, daß es [uns] vor Lieblichkeit entgegen-
lachte. Minze und Klee müßten darunter gemischt werden. Die Kopfkissen müßten
aus Blüten sein, die Decke aus schönen Benedikten, die Laken von schimmernden

dú linlachen clar von rosen.
es were ir losen   libe nicht vorbehût.

25   Wêr si nicht so lobeliche,
si wer ze danke   an das bette mir.
(si ist so rein, so wunnenriche,
dauon nit krankú   wunne horte zir.)
so spreche ich: „lieb, nu sich, wie vil
30   das bette hat der wunnenspil,
dar vf ge mit mir, vil here!"
ich vúrchte sere,   das si sprêche: „in wil."

Wan das mir ir zorn we tete,
ich wurde âne lôgen   da gewaltig ir.
35   swes ich si lieblich irbête,
das brechte tôgen   hohe frôide mir.
e das aber ich si wolte lan,
ich wolde si doch vmbevan
vnd si dan ans bette swingen –
40   owe, das ringen   mag mir wol vorgan!   *Q 19*

ICh klage noch   min alten smerzen,
der mir hie ze herzen
lit, den mir tût dú here
mere,   danne ich muge tragin.
5   min mût doch   si nicht mag miden,
swie si mich nu liden
lat nach ir sendes amer.
iamer   mûs ich von ir klagen.

Rosen. Es dürfte nicht unberührt von ihrem anmutigen Körper bleiben.   25 Wäre sie nicht so tugendhaft, teilte sie freiwillig das Lager mit mir. (Sie ist [jedoch] so rein, so wundervoll, daß niedrige Vergnügungen gar nicht zu ihr passen.) Dann würde ich sagen: „Sieh, Geliebte, was dieses Lager für herrliche Möglichkeiten eröffnet, leg dich hierher mit mir und sie meine Angebetete!" Ich fürchte sehr, daß sie sagen würde: „Das tue ich nicht." 33 Und würde mich ihr Zorn nicht schmerzen, ich würde ihr ganz sicher Gewalt antun. Was ich zärtlich von ihr erbitten würde, würde mich im Versteck dort aufs höchste beglücken. Ehe ich sie aber [einfach] weggehen ließe, würde ich sie dennoch in die Arme nehmen und sie auf das Lager ziehen – o weh, zu diesem Kampf werde ich wohl doch nicht fähig sein!

ICh klage: Ich beklage noch immer meinen alten Kummer, der hier im Herzen sitzt, den mir die Geliebte ärger macht, als ich ertragen kann. Mein Sinn kann sie dennoch nicht lassen, obgleich sie mich nun Qualen der Sehnsucht nach ihr erleiden

ICh klage *Ä. nach Q 56.*

Wâfen, min frowe ist so minnenklich
10 vnd houelich vnd eren rich!
da uon bin ich so sere wunt
in mines senden herzen grunt.
si mag sin wol an allen dingen gůt,
arges behůt. ir wunne tůt
15 mich hochgemůt, swie we doch mir
so stetenklichen ist nach ir.

Ach, lieblich wib, zartú frowe,
swenne ich schowe dich, so wirde ich vil wunnen inne.
minne vat mich danne in sendem strike.
20 des irsúfte ich also dike
nach dir, minnenkliche.
nicht lach mich nach dir verderben,
wan min werben nach dir ist alles valsches eine.
reine, lach dich noch min not erbarmen!
25 trôste mich vil senden armen,
frowe wunnenriche!

Swanne ich si sich so rechte wolgitan,
vil lieben wan ich danne han.
ich sender man, ich wird so vol
30 ir wunnen; das tůt mir so wol.
swanne ich bi frôiden von gidanken bin
von ir so fin, der frowen min,
so můs ich sin doch öch in not;
mich iamert nach ir munde rot.

---

läßt. Um ihretwillen muß ich Schmerz beklagen. 9 Ach, meine Dame ist so lie-
benswert und vornehm und angesehen! Deshalb bin ich so sehr bis in den tiefsten
Grund meines sehnsuchtsvollen Herzens verwundet. Sie ist wahrhaftig vollkommen
in jeder Hinsicht [und] fehlerlos. Ihre Herrlichkeit versetzt mich in Begeisterung,
obgleich ich mich doch so unausgesetzt nach ihr sehne. 17 Ach, liebenswerte Frau,
edle Dame, wenn ich dich anschaue, so ahne ich, wie glücklich man sein könnte. Die
Liebe schlägt mich dann in ihre Sehnsuchtsbande. Deshalb seufze ich so oft nach dir,
Liebste. Laß mich nicht [aus Sehnsucht] nach dir zugrunde gehen, denn mein Werben
um dich ist gänzlich ohne Falsch. Schöne, hab doch Erbarmen mit meiner Not!
Tröste mich sehnsuchtszerquälten elenden Mann, wunderbare Frau! 27 Wenn ich
sie in ihrer ganzen Schönheit erblicke, dann überfallen mich so liebe Träume. Mich
sehnsuchtsvollen Mann füllt ihre Herrlichkeit so völlig aus; das tut mir so gut. Wenn
ich durch die Gedanken an sie, meine süße Geliebte, glücklich bin, muß ich doch
zugleich todunglücklich sein; ich verlange nach ihrem roten Mund. 35 Ich habe

35 Jn kunde min herze nie geleren
  keren sich von ir, swie mir
  ir trost nicht sich endet,
  wendet si des nicht, dú gûte.
  doch der pin mir ist ze swere;
40 were si mir nicht gihas,
  das were min frôde iemer.
  niemer wurde mir we ze mûte.

  Swenne ich ir wúnsche, kum ich si verbir.
  doch tût dan mir so wol gegen ir
45 dú sûsse gir; des wúnsche ich so,
  das ich von ir noch werde fro.
  ach, sol mir ir trost iemer werden schin?
  ach, frowe fin, noch rûche min,
  in not ich bin, vnd lach mich doch
50 beuinden dines trostes noch!

  Des were doch wol in dem zite,
  sol mir von ir werden bas, das es schier geschehe.
  sehe si min herze, wie das wûtet
  vnd in sendem iamer blûtet,
55 si môcht das erbarmen.
  owe, noch tû mir gnade!
  zû dir lach mich tôgen gen, sten vúr dich, mich
                    klagen,
  sagen dir von minem senden smerzen,
  wie du bist in minem herzen,
60 so hilfst du mir armen!

---

mein Herz nie dazu bringen können, sich von ihr abzuwenden, obgleich ihr Trost,
wenn die Gute das nicht noch ändert, mich nicht erreicht. Doch der Schmerz ist mir
zu schwer; wenn sie mich nicht ablehnte, wäre das eine unendliche Freude für mich.
Nie wieder würde ich traurig sein. 43 Wenn ich sie begehre, kann ich es kaum
ertragen, daß sie nicht da ist. Doch tut mir das süße Verlangen nach ihr [auch wieder]
so gut; deshalb wünsche ich so sehr, daß ich durch sie noch glücklich werde. Ach,
werde ich jemals ihren Trost erfahren? Ach, süße Frau, beachte mich doch, ich bin
in Not, und laß mich doch deinen Trost erfahren! 51 Es wäre doch wohl jetzt an
der Zeit, daß, wenn es noch gut mit uns werden soll, dies bald geschähe. Sähe sie, wie
mein Herz in Aufruhr ist und vor Sehnsuchtsqualen blutet, würde das ihr Mitleid
erregen. O weh, laß dich zu mir herab! Laß mich heimlich zu dir kommen, vor dir
stehen, Klage führen, dir von meiner Sehnsuchtsqual berichten, wie du in meinem
Herzen wohnst, dann hilfst du mir elendem Mann! 61 Was sie mir auch antut,

Swie si mir   tŭt, min sin ist ir doch bi,
wan ich weis si   gar arges fri.
ein meien zwî   in blŭte clar,
es treit nicht gegen ir wunnen dar.
65   mir git ir   frŏmden grosser sorgen zol,
iamer*s* dol.   das leit si wol

vertriben sol.   ich bin ir knecht;
dauon hat si dar zŭ gŭt recht.˙   *Q 19*

UNBEKANNTER VERFASSER

WAt eman sayt, wat minne si,
da ist vnderwilen conterfeyt bi.
Sunder alleyne dat is minne:
5   szuei herzen in eyme sinne,
zuei lijf – ein lijf vnt dat also,
dat si irs geluckis beyde sint vro,
zuei leit – eyn leit,
da intussinne keyn vnderszeit.
10   wa man dat mach erkennin,
da mach man gerechte minne nennin.   *Q 24*

UNBEKANNTER VERFASSER

Hŭt der eren zallin stundin!
armŭte wirt wol rait;
ere, dẙ wirt nemer vundin
5   dem, der si verloren hait.

---

meine Gedanken sind doch bei ihr, denn ich weiß, sie ist völlig frei von Falsch. Ein Frühlingszweig in schönster Blüte kommt nicht gegen ihre Herrlichkeit an. Mir bürdet ihre Kälte den Zoll schwerer Sorge, wehen Schmerz auf. Dies Leid soll sie ganz vertreiben. Ich bin ihr Untertan; deshalb ist es ihr gutes Recht.

WAt eman: Bei dem, was so mancher als Liebe ausgibt, ist zuweilen Falsches. Nur das allein ist Liebe: zwei Herzen eines Sinnes, zwei Leben – ein Leben und das so, daß beide ihres Glückes froh sind, zwei Leiden – ein Leid und kein Unterschied zwischen ihnen beiden. Wo man das findet, kann man es wahre Liebe nennen.

Hŭt: Gib allzeit acht auf die Ehre! Der Armut kann abgeholfen werden; Ehre aber gewinnt der nie zurück, der sie verloren hat. Er mag nach der Ehre streben, so

ICH KLAGE 66 iamer.

der werbe ummerme vmme ere,
si wirt ym gar nummermere.
Matum vnd ere sint wol in eyn:
wer dỹ zeyme male verlurit,
10   si kůmt yme gar nemer heym.   *Q 24*

UNBEKANNTER VERFASSER

Sint ich mach gantz nach minen wil,
so yst mich allent gaer eyn spil,
nv ich mich haen versonnen.
was he mich ye hayt afgewonnen,
5   Des houde he hem, als he das wan,
nicht anders ich ghevluechyn kan.
Miin verlies, das tel ich cleyne,
zint ich gantz vnde reyne
lijf onde eere hayt beholden.
10   god, die moets voert an gewolden
vnde moet mich nemen in siere waren.
Jch wil hem gerne laetsen varen
Vnde nicht meer geren.
Alzulcher meren,
15   Die willic voert meer anewesen.
gheloeft si god, ich ben genesen!   *Q 12*

---

viel er will, er erringt sie nie mehr. Jungfräulichkeit und Ehre haben dies gemeinsam: Wer sie einmal verloren hat, erhält sie nie zurück.

SINT ICH: Da ich tun kann, was ich will, tue ich alles als Spielerei ab, jetzt wo ich zur Einsicht gekommen bin. Was er von mir bekommen hat, das behalte er, wie er es gewonnen hat, anders kann ich aus der Sache nicht herauskommen *[?]*. Was ich verloren habe, ist nicht viel, da ich Leben und Ehre unverletzt und unbefleckt behalten habe. Gott wird weiterhin sorgen und mich in seine Obhut nehmen. Ich will ihn *[den Liebsten]* gern sausen lassen und nicht mehr [nach ihm] verlangen. Mit solchen Geschichten will ich in Zukunft nichts mehr zu tun haben. Gott sei Dank, ich bin geheilt!

Editorischer Bericht

I Text und Apparat

Der Herausgeber mittelalterlicher Texte kann – von wenigen Ausnahmen abgesehen – nicht über ein Original verfügen; er hat es mit Abschriften zu tun, mit Abschriften von Abschriften zumeist, deren Filiationsgrad und damit deren Nähe oder Ferne zum Original unbekannt ist, deren jeweilige Schreiber in unbekanntem Umfang, absichtlich oder unabsichtlich, in die Texte ihrer Vorlage eingegriffen haben. Ob ein Text in einer oder in vielen Abschriften vorliegt – das Original muß also in jedem Fall erst erschlossen werden. Die dazu entwickelte Methode der Textkritik und Stemmatologie ist zwar von wissenschaftlicher Exaktheit, aber streng begrenzt in den Bedingungen ihrer Anwendung. Die Überbetonung eines geniezeitlich geprägten Originalbegriffs und massive Vorurteile gegen die mittelalterlichen Schreiber insgesamt ließen vor allem frühere Textkritiker, Vertreter einer „schöpferischen Wissenschaft" (G. Müller über C. von Kraus), die Begrenztheit der Anwendungsmöglichkeit textkritischer Verfahrensweisen häufig verkennen. Tiefes Mißtrauen gegen diesen 'unmittelalterlichen' Originalbegriff, oft verbunden mit einer nicht immer begründeten Vorliebe für die einzelne handschriftliche Fassung ließen neuere Herausgeber oder auch nur Editionstheoretiker die Anwendungsbedingungen überhaupt leugnen. Diese beiden Extrempositionen wie auch die verschiedensten Positionen zwischen ihnen dokumentieren sich heute in unterschiedlichen Editionstypen.

Der Minnesang des 12. und 13. Jahrhunderts – frühere Texte waren ihres Charakters als Sprach'denkmäler' wegen weitgehend vor Eingriffen geschützt – liegt in Editionen vor, die als klassische Beispiele kritischer Textherstellung gelten können (zu den Sangsprüchen vgl. die *Einleitung* S. 28). Die lyrischen Texte, den Bindungen von Reim, Metrum und Rhythmus unterworfen und in interpretatorischen Glanzleistungen als ausgefeilte Kompositionen erwiesen, ließen den Gedanken an ein einmaliges, festes Original als besonders zwingend erscheinen, und dieses Original aus aller Abschreiberwillkür zu erschließen galt als höchste Aufgabe textkritischer Bemühens. Jüngste Untersuchungen, im „Spiralgang der Wissenschaft" (G. Müller) Überlegungen von Vogt, Liliencron, Schönbach u. a. wiederholend, lassen es als möglich erscheinen, daß auch in diesem Textbereich mit freier Strophenkombination und Textbearbeitungen durch den Verfasser selbst, mit Aufführungsvarianten, also einem unfesten Original, zu rechnen ist. Hier wird die Diskussion über jeden einzelnen Text neu zu führen sein.

Das aber kann nicht Aufgabe dieses Bandes sein. Es soll denn auch das hier gewählte Editionsprinzip nicht als Position im Streit der Meinungen über die Möglichkeit oder Unmöglichkeit, die Originale der edierten Texte zu gewinnen, verstanden werden. Es war die Konsequenz der Anpassung an das Vorgehen des 2. Bandes, das seinerseits die logische Übertragung des Editionsprinzips dieser Anthologie auf die Periode handschriftlich überlieferter Literatur darstellt. Die Herausgeber verfahren nach dem Prinzip der Leithandschrift, d. h. es werden Fassungen wiedergegeben, die die Texte als Produkte ihres literarischen Lebens repräsentieren: in einer Form, die sie im Verlauf der Überlieferung angenommen haben. Dabei ist ausdrücklich darauf hinzuweisen, daß die repräsentierte Textform und die vermutliche Entstehungszeit ihres Originals, der sie in diesem Band zugeordnet werden, häufig mehr als ein Jahrhundert auseinanderliegen. Es ist dies der Zwang der Überlieferungslage: Wir besitzen die Lyrik des 12. und 13. Jahrhunderts nur in den Fassungen, in denen das ausgehende 13. und das frühe 14. Jahrhundert sie sammelte und las (vgl. das *Verzeichnis der Quellen*).

Der bloße Abdruck einer beliebigen Handschrift konnte jedoch auch nicht das generelle editorische Ziel dieser Ausgabe sein. Es wurde ein verstehbarer Text angestrebt, bei dem die tatsächliche (vielleicht sogar relativ originalnahe) Überlieferung einer Handschrift – wenn nötig – einer vorsichtigen Korrektur unterzogen wurde. Bei mehrfacher Überlieferung liegt dem Abdruck jene Quelle zugrunde, die generell den besseren Text bietet, den Text, der nach Meinung der Herausgeber die wenigsten Eingriffe erfordert. Bei dieser Entscheidung war ein gewisses Maß an textkritischen Verfahren – Rezension der Textzeugen, Bewertung ihrer Fehler bzw. Varianten – unumgänglich. Auf Ausgleich und Modernisierung der Schreibweise (z. B. *vnd* > *und*, *jn* > *in*, *vvar* > *war*) wurde ebenso verzichtet wie auf die Herstellung einer autorgemäßen Sprachform (soweit der Stand der Forschung entsprechende Entscheidungen überhaupt erlaubt hätte, z. B. bei den Gedichten HEINRICHS VON VELDEKE). Metrische Unkorrektheit der Verse blieb erhalten; auch Reimstörungen wurden in der Regel belassen. Selbst grammatische 'Fehler' wurden, wenn sie auch nur entfernt die Vermutung mundartlichen oder individuellen Gebrauchs zuließen (z. B. in der *Jenaer Liederhandschrift [Q 20]* Varianten wie *da*|*do*, *einem*|*einen*, *e*|*ie*), nicht korrigiert. Unverändert blieb auch weitgehend die Form von Eigennamen und Fremdwörtern.

Der Abdruck weicht in folgenden Punkten ohne Apparatnachweis von der Textgestalt der jeweils zugrunde gelegten Quelle ab (zur allgemeinen Orientierung über die Gestalt der handschriftlichen Überlieferung vgl. die Faksimiles S. 509–518):

1. Strophische Gedichte wurden nach den Reimen versweise gegliedert. Dabei wurden Kurzverse, durch Abstand voneinander getrennt, aus Gründen der Platzersparnis in der Regel zeilenweise zusammengefaßt. Damit ist keine wie auch immer geartete Stellungnahme zum umstrittenen Problem der Langzeilen impliziert, auch nicht durch das Fehlen einer Zäsur nach Versteilen, die sonst häufig als 'Waisen' aufgefaßt werden.

2. Die Texte wurden mit einer modernen Interpunktion versehen.

3. Alle Abkürzungen wurden aufgelöst; das gilt auch für die Schreibungen *dc* und *vc* für *daz*|*das* bzw. *vaz*|*was*, ebenso *w* für *wu*.

4. Gelegentlich auftretende Zusammenschreibung selbständiger Wörter, wie auch immer bedingt, wurde rückgängig gemacht; dies betrifft insbesondere die Partikel *ze*, die in den Handschriften oft mit Substantiven und Verben zusammengeschrieben erscheint. Von den Schreibern getrennt geschriebene Wörter wurden nur in einigen besonders krassen Fällen der Leseerschwerung zusammengezogen, z. B. die Vorsilbe *vůr* in der *Jenaer Liederhandschrift (Q 20)*.

5. Offenkundig fehlerhafte Doppelschreibungen (Dittographien) wurden getilgt, ebenfalls ganz eindeutige Schreiberversehen. Stillschweigende Änderungen dieser

Art wurden sehr vorsichtig vorgenommen und betreffen kaum ein Dutzend Fälle. Bestand nur der geringste Zweifel, wurde die Änderung im Apparat verzeichnet.

6. Die graphischen Varianten einzelner Schriftzeichen (etwa die verschiedenen *s* u. ä.) wurden aus drucktechnischen Gründen vereinheitlicht.

7. Alle diakritischen Zeichen (übergeschriebene Vokale, Punkte usw.) wurden, mit Ausnahme von Punkten über *y*, beibehalten; dabei wurden diakritische Zeichen in Form eines Striches einheitlich auf die Form 'reduziert.

8. Korrekturen in der Handschrift sind in der Regel übernommen worden; in Einzelfällen wurde jedoch die erschließbar früheste Fassung zugrunde gelegt, vgl. das Gedicht REINMARS VON ZWETER S. 229. Hinweise hierauf finden sich im Apparat.

9. Bei mehrstrophigen Liedern gelegentlich fehlender Refrain erscheint im Abdruck in der Gestalt der ersten Strophe.

10. Die Wiedergabe von Überschriften ist wie folgt geregelt: Überschriften, die vermutlich auf den Verfasser zurückgehen, erscheinen in größerer Schrift als der Text, Schreiberüberschriften in kleinerer. Kursiv und in neuhochdeutscher Form erscheinen Titel, die sich in der Forschung eingebürgert haben (z. B. *Ludwigslied*).

Dem Editionsziel entsprechend bleiben die Eingriffe in den Text der handschriftlichen Vorlagen im wesentlichen auf Emendation sinngestörter Stellen beschränkt. Allerdings gibt es in einer Reihe von Fällen kein objektives Kriterium für die Entscheidung, ob eingegriffen werden muß oder nicht, denn hier kommen Interpretationsprobleme ins Spiel. Im Konflikt der beiden Grundtendenzen, den Text der Quelle zu halten und einen verstehbaren Text zu bieten, wird im einen Fall die eine, im andern Fall die andere Tendenz sich mehr, als manchem vertretbar erscheinen mag, durchgesetzt haben. Inkonsequenzen waren bei dem Umfang des Materials und den durchaus wechselnden Vorlieben der Herausgeber unvermeidlich. Die dominierende Tendenz der Herausgeber war jedoch, den Text der zugrunde gelegten Überlieferung zu halten, so lange es irgend vertretbar schien. – Frühere Editionen wurden mit Aufmerksamkeit benutzt, ebenfalls wurde im Rahmen des Möglichen die Sekundärliteratur zu Rate gezogen, wobei es bei der ungeheuren Fülle, die hier zu bewältigen gewesen wäre, nicht ausgeschlossen ist, daß uns mancher wichtige und akzeptable Vorschlag zur Textänderung oder zur Kommentierung entgangen ist.

Der Rückgang auf die handschriftliche Überlieferung bedeutete auch in allen Fällen eine Überprüfung der Interpunktion früherer Herausgeber, die in vielen Fällen geändert wurde, ohne daß diese Abweichung im einzelnen nachgewiesen wird. Interpunktionsänderung ist in der Regel Interpretationsänderung, die in diesem Band durch die beigegebenen Übersetzungen faßbar wird.

Alle anderen Abweichungen sind im Text durch Kursivsatz gekennzeichnet, wobei der Apparat die nicht übernommene Lesung der Quelle angibt. Im Fall der Streichung von Wörtern oder Buchstaben gegenüber der Quelle erscheinen der der Streichung vorausgehende und der ihr folgende Buchstabe kursiv; der Apparat gibt bei Wortstreichungen in der Regel außer dem weggelassenen Text das jeweils vorausgehende Wort an. – Im Text erscheinen Änderungen in der Schreibweise der dafür herangezogenen Parallelüberlieferung oder Ausgabe; eine Anpassung an die Schreibweise der Quelle wurde nicht versucht. Diese Änderung ist im Apparat durch den Hinweis *Ä.*

Editorischer Bericht

nach Q (= Änderung[en] nach Quelle) mit Quellenchiffre bezeichnet und kann über das *Verzeichnis der Quellen* ermittelt werden. Änderungen ohne Herkunftsangabe gehen auf die Herausgeber zurück. Lücken in der Leithandschrift, die durch Parallelüberlieferung oder Konjektur geschlossen wurden, sind im Apparat durch *f.* (= fehlt) bezeichnet. Textlücken, die nicht geschlossen werden konnten, sind mit [...] gekennzeichnet. – Auf die Angabe von Lesarten anderer Handschriften sowie der Abweichungen gegenüber früheren Editionen (einschließlich deren Begründung) mußte im Rahmen dieser Ausgabe verzichtet werden.

Textteile, deren Sinn äußerst unklar oder unbekannt ist, etwa Namen oder Bezeichnungen (vgl. z. B. die Gedichte BOPPES S. 421 f. und 427 f.), Wortbedeutungen (vgl. z. B. die Gedichte NEIDHARTS S. 151 ff. oder HADLAUBS S. 489 f.) oder Textstellen, deren Überlieferung offensichtlich verderbt ist, ohne daß diese überzeugend geheilt werden konnte (vgl. z. B. die Texte S. 133 und 245 f.), werden nicht im Text selbst angezeigt (etwa durch Cruces), sondern erscheinen in der Übersetzung kursiv in der Schreibweise des Textes. Dabei wurde versucht, diese Stellen so in den syntaktischen Zusammenhang einzufügen, daß für den Leser die Möglichkeit besteht, ein sinngemäßes Verständnis zu erreichen.

Bei unsicherer Lesung (verwischte oder abgeriebene Buchstaben, unklare Buchstabenformen, undeutliche Korrekturen in der Handschrift etc.) erscheint im Abdruck ein Punkt unter dem betreffenden Buchstaben. Von dieser Regelung wurde abgesehen, wenn, wie häufiger, die Entscheidung unproblematisch war, etwa bei diakritischen Zeichen oder im Fall der Alternative: Majuskel/Minuskel.

Der Hinweis *[Melodie]* vor einem Text zeigt an, daß die dem Abdruck zugrunde liegende Quelle auch die zugehörige Melodie überliefert, unabhängig davon, ob diese unmittelbar mit dem Text oder an anderer Stelle in dieser Handschrift aufgezeichnet ist. Ist die Melodie in einer anderen Quelle überliefert, unterrichtet darüber im Apparat der Hinweis *Mel. in Q* mit Quellenchiffre. Mehrfache Überlieferung wird nicht erwähnt, angegeben ist die jeweils vermutlich älteste Quelle. Fehlende Melodie-Überlieferung wird nicht eigens erwähnt. – Im Faksimileteil befindet sich das Original und die Übertragung einer Melodie KELINS, für weitere Beispiele wird auf *Q 68* verwiesen. – Soweit Mehrfachbenutzung eines Tons durch verschiedene Autoren vorliegt, sind solche Übernahmen sowie später in Gebrauch kommende Tonbezeichnungen im Apparat aufgeführt. Zur näheren Unterrichtung wird auf das Töneverzeichnis bei Horst Brunner (Die alten Meister, München 1975, S. 173–185) verwiesen.

II Zur chronologischen Anordnung

Die vom Prinzip dieser Reihe geforderte chronologische Anordnung der Gedichte stellte die Herausgeber vor vielfach unlösbare Probleme. Nur höchst selten nämlich läßt sich die Entstehungszeit von Gedichten dieses Zeitraums einigermaßen genau angeben.

Da die Überlieferung aus der Frühzeit (8. bis 11. Jahrhundert) besonders schmal und die Entstehungszeit kaum eingrenzbar ist, wurde hier pauschal die Jahrhundertangabe gewählt, die in der Forschung überwiegend als Entstehungszeit vermutet wird. Wo darüber hinausgehende Eingrenzungen möglich sind, wurden sie im Apparat verzeichnet. – Für das 12. und 13. Jahrhundert sind die Probleme der Chronologie kaum geringer. Nicht nur für die zahlreichen Anonymi, sondern auch für namentlich bekannte Autoren wie etwa HUGO VON MÜHLDORF oder KOL VON NEUNZEN besitzen wir keinerlei Datierungsmöglichkeiten. Selbst bei urkundlicher Bezeugung eines Verfassernamens besteht vielfach der begründete Zweifel, ob dieser Autor mit dem urkundlich Genannten identisch ist (vgl. die Angaben im *Verzeichnis der Autoren*). Joachim Bumke (Ministerialität und Ritterdichtung, München 1976) hat nachdrücklich gezeigt, mit welchen Unsicherheiten hier zu rechnen ist. Selbst der Glücksfall zeitgeschichtlicher Anspielungen im Text läßt die Frage nach dem Wann in der Schaffensperiode des Verfassers in der Regel offen. Nur bei wenigen Sangspruchdichtern, die das Zeitgeschehen kontinuierlich kommentierten, wissen wir hier Genaueres. In allen übrigen Fällen bleibt die Zuordnung der Autoren zu bestimmten Zeitabschnitten sehr unsicher und beruht im wesentlichen auf vagen stilgeschichtlichen Kriterien. Die Dreiteilung – *Erstes, Zweites, Drittes Drittel* –, die die Herausgeber für das 12. und 13. Jahrhundert gewählt haben, kann und will also nur eine grobe Orientierungshilfe bieten, um dem Leser die vermutliche Abfolge ungefähr zu verdeutlichen, wobei viele Texte parallel zueinander zu lesen sind.

Da wir in der Regel keine Kenntnis von der Entstehungszeit der Gedichte haben, wurde weder versucht, mehrere in dieser Sammlung aufgenommene Texte eines Autors in sich chronologisch zu ordnen, noch beim vermuteten oder sicher festgestellten Überschreiten der hier gewählten Abschnittsgrenzen (wie es bei Verfassern wie HARDEGGER, MARNER, OTTO VON BOTENLAUBEN, REINMAR VON ZWETER und anderen der Fall ist) dieses Oeuvre auf verschiedene Zeiträume zu verteilen. Es wurde vielmehr eine Reihenfolge gewählt, die die Abfolge der Texte in der dem Abdruck zugrunde gelegten Handschrift wiedergibt. Wurden mehrere Handschriften benutzt, so sind die Textfolgen nach der mutmaßlichen Entstehungszeit der Handschriften geordnet. Dabei rangiert – trotz aller Bedenken – die *Weingartner Liederhandschrift (Q 43)* vor der *Großen Heidelberger Liederhandschrift (Q 19)*. Es wurde bewußt in Kauf genommen, daß durch dieses Verfahren eine Textfolge entstehen kann, die trotz vorhandener möglicher Datierungen aufgrund zeitgeschichtlicher Bezüge jüngere Texte vor ältere stellt (z. B. bei WALTHER VON DER VOGELWEIDE oder NEIDHART). Hier den höchst zweifelhaften Versuch zu unternehmen, nach mehr oder weniger subjektiven Kriterien eine 'chronologische' Anordnung aller Gedichte vorzunehmen, fehlte den Herausgebern der Mut. Der Gewinn bei dem hier eingeschlagenen Verfahren für den heutigen Benutzer: Er erhält einen Eindruck von der Reihung in der mittelalterlichen Überlieferung und wird damit in eine Lage versetzt, die der eines mittelalterlichen Lesers vergleichbar ist. Die notwendigen Umstellungen der Texte kann der Leser über die Apparate vornehmen, in denen jeder Hinweis auf eine mögliche Datierung vermerkt ist. Dankbar wurde dabei die Arbeit von Ulrich Müller (Untersuchungen zur politischen Lyrik des deutschen Mittelalters, Göppingen 1974) benutzt.

Hin und wieder werden mehrfach überlieferte Texte in den Handschriften verschiedenen Verfassern zugeschrieben. In diesen Fällen wurde in der Regel so verfahren, daß diese Texte unter dem Namen erscheinen, der sich in der Handschrift findet, die dem Abdruck zugrunde liegt. Auf die abweichenden Zuschreibungen wird im Apparat hingewiesen. Entsprechend wurde verfahren, wenn in der Forschung Gedichte eines Autors als unecht angesehen werden; es wurden jedoch nur solche Fälle verzeichnet, bei denen den Herausgebern dieser Zweifel an der Verfasserschaft begründet zu sein scheint.

Editorischer Bericht

III Zu den Übersetzungen

Die Übersetzungen sind als Verständnishilfe gedacht, die den Zugang zu den Texten erleichtern soll. Es wurde deshalb eine möglichst konsequente neuhochdeutsche Prosaumsetzung angestrebt, die keinerlei poetischen Anspruch erhebt und auf 'Eleganz' eher verzichtet als auf Entsprechung zum Text. Die in der Syntax begründete Inkonzinnität so mancher Texte ließ sich dabei häufig ebensowenig wiedergeben wie die stilistische und semantische Nuancierung vieler Formulierungen oder gar Paronomasiehäufungen (etwa in dem Gedicht GOTTFRIEDS VON NEIFEN S. 249 f.) – mehr als eine Verständnishilfe können Übersetzungen hier in der Tat nicht sein. Sprachlich wünschenswerte Zusätze und Verdeutlichungen sind im allgemeinen in eckige Klammern gesetzt, Kommentare zum besseren Textverständnis durch Kursivsatz in eckigen Klammern gekennzeichnet. Dabei sind Bibelstellen oder biblische Ereignisse, auf die im Text angespielt wird, nach der *Vulgata* angegeben; die Verweise sollen dem Verständnis der Texte dienen, es wurde nicht versucht, sämtliche biblischen Anspielungen zu verzeichnen.

Kursiv gesetzte Fragezeichen weisen auf lexikalische Probleme oder besonders fragliche Interpretationen hin. Dabei ist das „besonders" nachdrücklich zu betonen. Bei den vielen nur fraglichen Stellen haben wir auf eine Auszeichnung verzichtet. – Selbstverständlich wurden einschlägige Übersetzungen und Kommentare eingesehen, ohne daß diese im einzelnen aufgeführt werden. Oft genug erwiesen sie sich eher als irritierend denn als hilfreich. Das lag zum einen daran, daß die Herausgeber – wie gesagt – so weit wie irgend vertretbar, den überlieferten Text zu halten bemüht waren, also stellenweise von einer anderen Vorlage als ihre Vorgänger ausgehen mußten, zum anderen aber hat vor allem bei älteren Übersetzungen häufiger poetische Begeisterung als genaues Textverständnis Formulierungshilfe geleistet, und gerade die ausführlichsten Kommentare schreiben sich immer wieder mit langen Ausführgen über Aufbau, Responsionen, Korrespondenzen und andere Feinheiten über die konkrete syntaktische oder lexikalische Schwierigkeit der Einzelstelle hinweg. Dabei sind es nicht einmal diese 'schwierigen Stellen', die den Herausgebern das meiste Kopfzerbrechen gemacht haben. Dauerprobleme dieses Bandes waren etwa die Anredeformen oder die dem jeweiligen Kontext angemessene Übersetzung von *wîp* oder *frouwe*, von deren verschiedenen Attributen, wie *edel*, *rein*, *sælec*, *süeze*, *wert*, oder von Abstrakta wie *sælde* und *hôher muot* ganz zu schweigen. Hier hat häufig mehr die Verzweiflung als die Einsicht Lösungen erzwungen, auf deren Vorschlagscharakter wir den Leser noch einmal ausdrücklich hinweisen möchten.

IV Abkürzungen der biblischen Bücher

Act.	= Die Apostelgeschichte
Apoc.	= Die Offenbarung des Johannes
Cant.	= Das Hohelied
Col.	= Der Brief an die Kolosser
1 Cor.	= Der 1. Brief an die Korinther
Dan.	= Das Buch Daniel
Eccl.	= Kohelet (= Der Prediger Salomo)

Eccli. = Das Buch Jesus Sirach
Eph. = Der Brief an die Epheser
Ex. = Exodus (= das 2. Buch Mose)
Ez. = Das Buch Ezechiel (= Hesekiel)
Gen. = Genesis (= das 1. Buch Mose)
Io. = Das Evangelium nach Johannes
Iob = Das Buch Job (= Hiob)
Is. = Das Buch Isaias (= Jesaja)
Iud. = Das Buch der Richter
Iudae = Der Brief des Judas
Iudith = Das Buch Judith
Lc. = Das Evangelium nach Lukas
1 Mach. = Das 1. Buch der Makkabäer
Mt. = Das Evangelium nach Matthäus
Num. = Numeri (= das 4. Buch Mose)
1 Par. = Das 1. Buch der Chronik
1 Petr. = Der 1. Brief des Petrus
2 Petr. = Der 2. Brief des Petrus
Prov. = Das Buch der Sprichwörter (= Die Sprüche Salomos)
Ps. = Die Psalmen
1 Reg. = Das 1. Buch der Könige
2 Reg. = Das 2. Buch der Könige
Rom. = Der Brief an die Römer
1 Sam. = Das 1. Buch Samuel
2 Sam. = Das 2. Buch Samuel

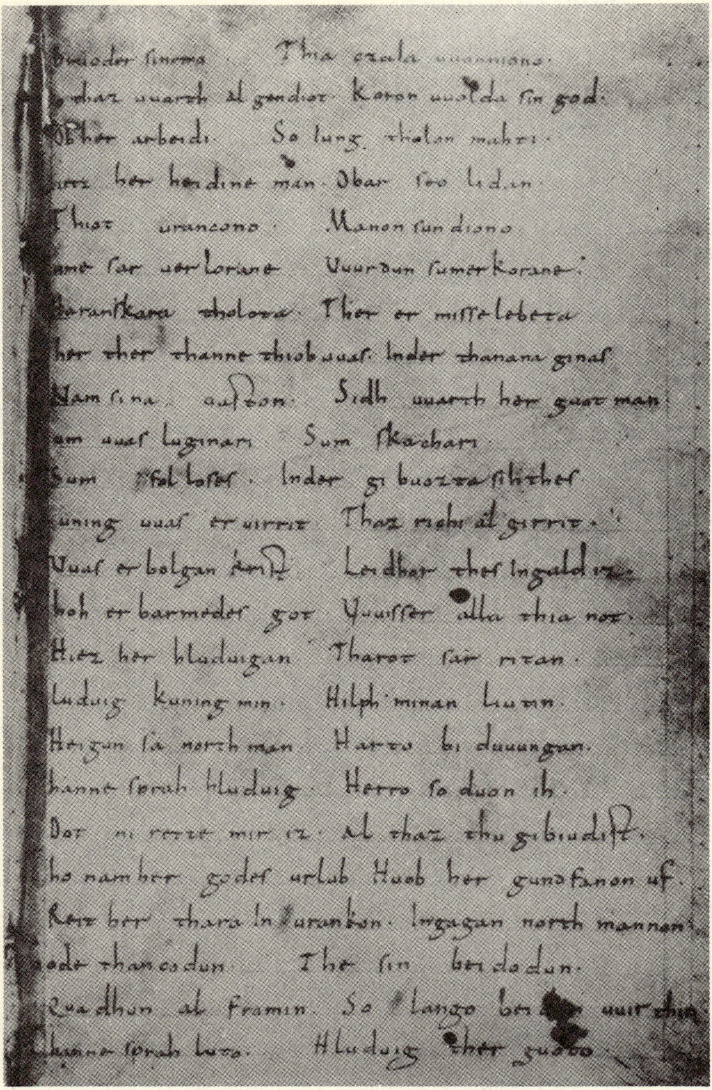
bruoder sinemo · Thia czala uuunniono ·
So thaz uuarth al gendiot · Koron uuolda sin god ·
Ob her arbeidi · So lung tholon mahti ·
Lietz her heidine man · Obar seo lidan ·
Thiot urancono · Manon sundiono ·
Sume sar uerlorane · Uuurdun sumerkorane ·
Haranskara tholoda · Ther er misselebeta
Ther ther thanne thiob uuas · Inder thanana ginas
Nam sina uaston · Sidh uuarth her guot man ·
Sum uuas luginari · Sum skachari ·
Sum fol loses · Inder gibuozta sihther
Kuning uuas eruirrit · Thaz richi al girrit ·
Uuas erbolgan krist · Leidhor thes ingaldiz ·
Thoh erbarmeder got · Uuisser alla thia not ·
Hiez her hluduigan · Tharot sar ritan ·
Hluduig kuning min · Hilph minan liutin ·
Heigun sa northman · Harto bi duuungan ·
Thanne sprah hluduig · Herro so duon ih ·
Dot ni rette mir iz · Al thaz thu gibiudist ·
Tho nam her godes urlub · Huob her gundfanon uf ·
Reit her thara in urankon · Ingagan northmannon
Gode thancodun · The sin beidodun ·
Quadhun al fromin · So lango beidon uuir thin
Thanne sprah luto · Hluduig ther guodo ·

Abb. 1: *Q 46*, Bl. 142r; vgl. S. 36–39, V. 12–35.

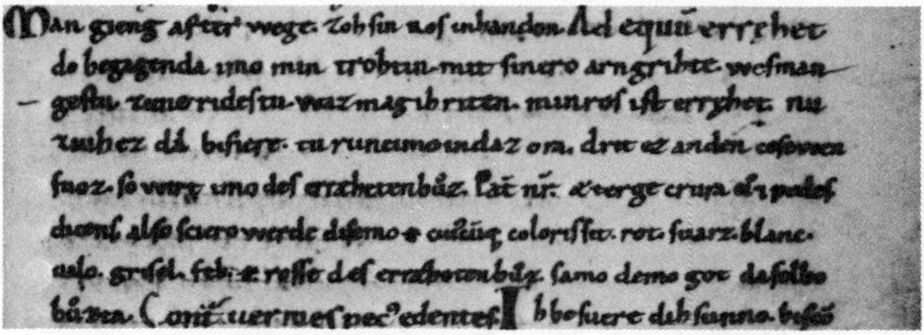

Abb. 2: *Q 38*, Bl. 10ʳ Mitte; vgl. S. 42.

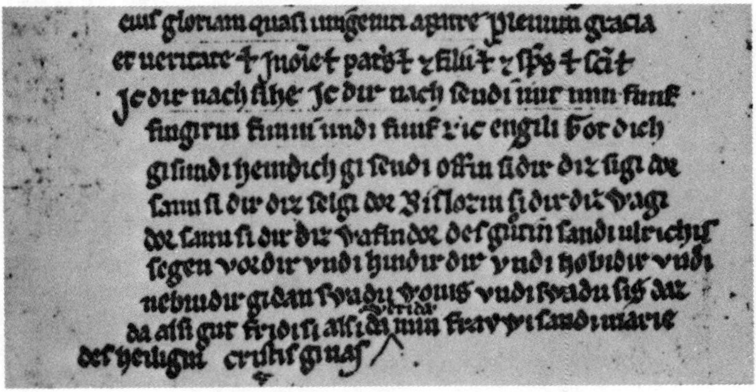

Abb. 3: *Q 42*, Bl. 123ᵛ untere Hälfte; vgl. S. 49.

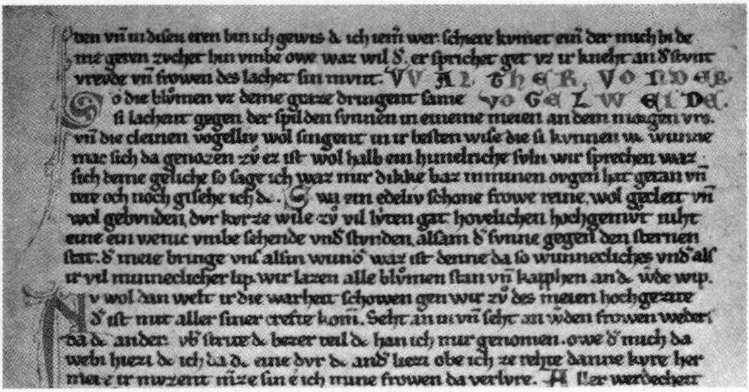

Abb. 4: *Q 18*, Bl. 5ᵛ obere Hälfte; vgl. S. 108 f.

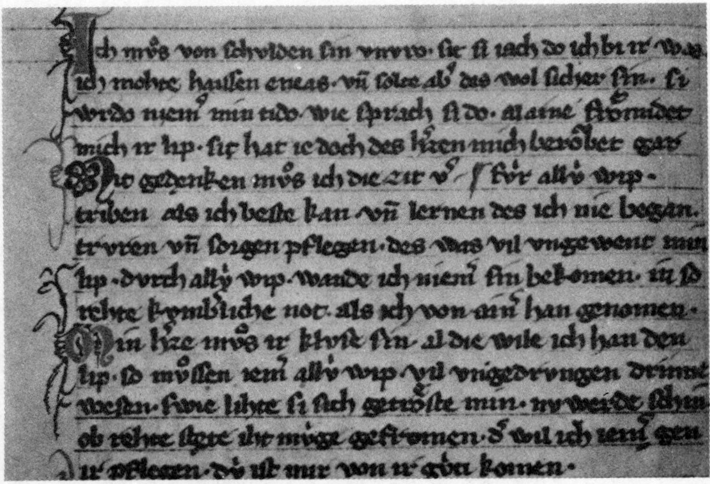

Abb. 5: *Q 43*, S. 10 obere Hälfte; vgl. S. 67 f.

Abb. 6: *Q 43*, S. 20.

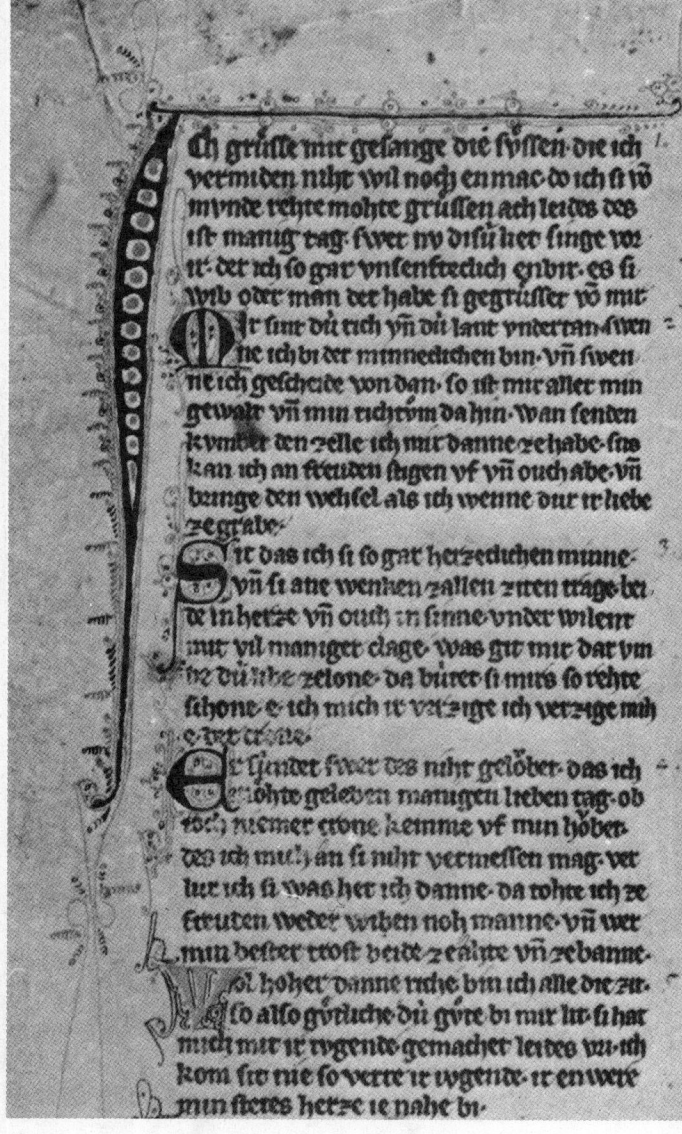

Abb. 7: *Q 19*, Bl. 6va obere Hälfte; vgl. S. 66 f.

Abb. 8: *Q 19*, Bl. 371ʳ; vgl. S. 476–483.

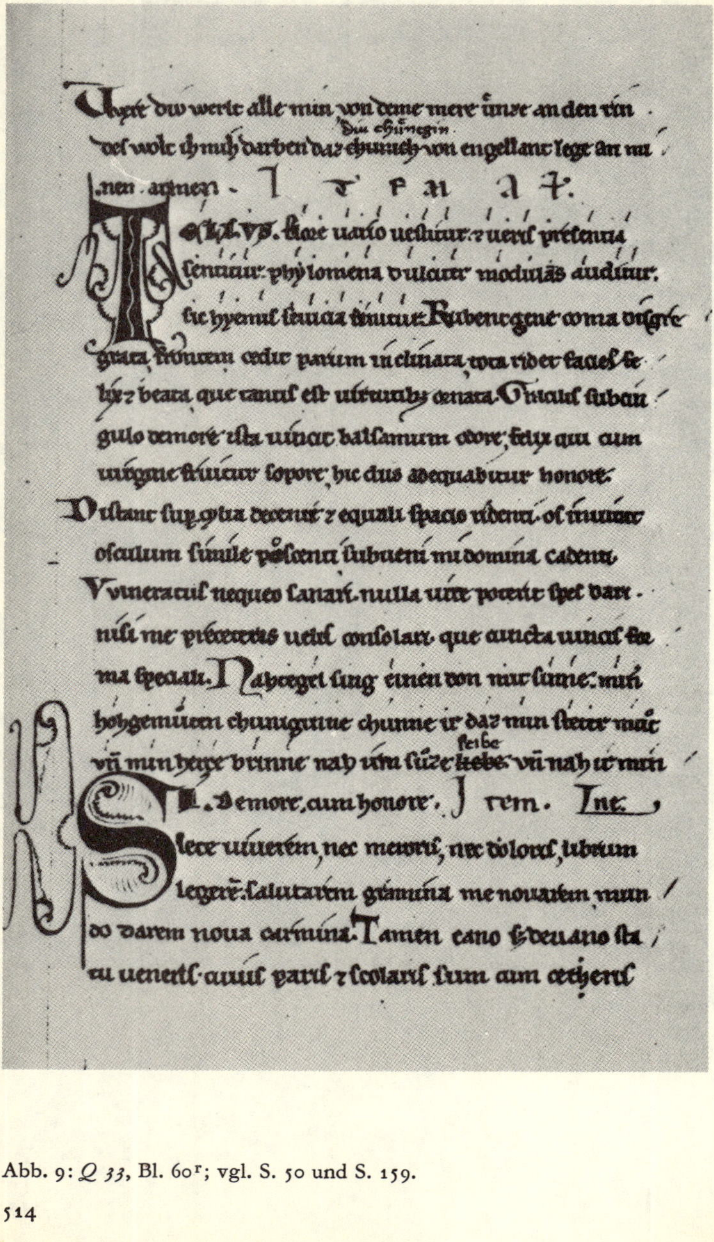

Abb. 9: *Q 33*, Bl. 60ʳ; vgl. S. 50 und S. 159.

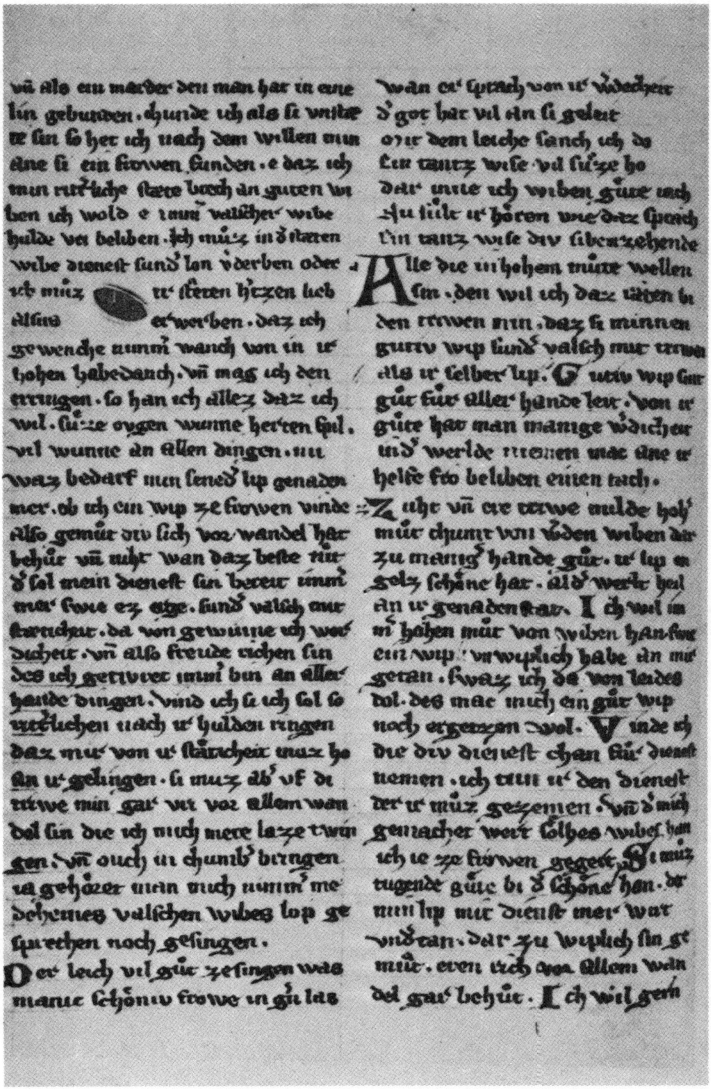

vn als ein marder den man hat in eine
lin gebunden · chunde ich als si wilte
te sin so het ich nach den willen min
eine si ein frowen funden · e daz ich
min ritterliche stete broch an guten wi
ben ich wolde e mir valscher wibe
hulde ver beliben · ich muz in d staten
wibe dienest fund lon verderben oder
ich muz ir steten hirzen lieb
alsus er werben · daz ich
gewenche nimm wanch von ir ir
hohen habedanch · vn mag ich den
erringen · so han ich allez daz ich
wil · suze ougen wunne herten spil ·
vil wunne an allen dingen · nu
waz bedarf men senel lip genaden
mer · ob ich ein wip ze frowen vinde
also gemut div sich vor wandel hat
behut vn niht wan daz beste riu
d sol mein dienst sin bereit immi
mer swie ez ege · sund valsch mir
stanichar · da von gewunne ich wer
dicheit · vn als freude richen sin
des ich getriret inni bin an aller
hande dingen · vimd ich si ich sol so
ritterlichen nach ir hulden ringen
daz mir von ir staricheit max ho
an ir gelingen · si muz ab vf di
triwe min gar vir vor allem wan
del sin die ich mich mere laze twin
gen · vn ouch in chumb bringen
ja gehoret man ouch nimm me
dehernes valschen wibes lop ge
sprechen noch gesingen ·

D er leich vil gut ze singen was
manic schoniv frowe in gu las

wan er sprach von ir wdicheit
d got hat vil an si geleit
o ir dem leiche sanch ich do
ein tantz wise vil suze ho
der inne ich wiben gute nach
zu tut ir horen wie der spranch
ein tantz wise div sibenzehende

Alle die in hohem mute wellen
sin · den wil ich daz raten bi
den trwen min · daz si minnen
gutiv wip sund valsch mir trwan
als ir selber lip · Gutiv wip sin
gut fur aller hande leit · von ir
gute hat man manige wdicheit
und werlde niemen mac eine ir
helfe fro beliben einen tach ·

Z uht vn ere trwe milde holt
mut chunt von doden wiben dir
zu manic hande gut · ir lip in
solz schone har · als werlt heil
ein ir genaden star · I ch wil in
ir hohen mut von wiben han fur
ein wip · ir wiplich habe an mir
getan · swaz ich da von leides
dol · des mac mich ein gut wip
noch ergezzen wol · V inde ich
die div dienest chan fur dienest
nemen · ich trui ir den dienst
der ir muz gezemen · vn d mich
gemacher wert solhes wibes han
ich ir ze frowen gegen · Si muz
tugende gute bi d schone han · der
min lip mit dienst mer war
und tan · dar zu wiplich sin ge
mut · even rich von allem wan
del gar behut · I ch wil gern

Abb. 10: *Q 28*, Bl. 95ᵛ; vgl. S. 213f.

Abb. 11: *Q 20*, Bl. 16^v; vgl. S. 385.

MEISTER KELIN

Ein ku-ninc in sī-me trou-me sach
diu an-der lū-ter sil-ber was

eine werlt, die was sō schō-ne
vil gar al ā-ne hō-ne,

von gol-de, daz er di-cke jach,
ge-lū-tert alsō ein spie-gel-glas,

sie hēt nicht schan-den meil.
unde hēte ouch sēlde ein teil.

diu drit-te was sich ī-se-nīn, diu ir-

schract in ūz deme trou-me. sō

mac sie nū wol kop-fer sīn, des

ne-ment dā-bī gou-me: manic

ede-le jugent gīt liech-ten schīn

un-de zamet an schan-den zou-me.

Abb. 12: *Q 68*, S. 101; Transkription von Abb. 11.

Abb. 13: Frau Welt: Südportal des Doms zu Worms; Anfang 14. Jh.

Verzeichnis der Quellen

Das Verzeichnis umfaßt alle zur Herstellung der Texte benutzten Quellen. Am Schluß jeder Angabe werden kursiv die Verfasser genannt, für deren Gedichte die Quelle herangezogen wurde. – Der Handschriften-Teil ist nach Bibliotheken alphabetisch geordnet, in denen sich die Handschriften befinden oder befanden, innerhalb dieser Gruppen nach Signaturen. Mit dem Vermerk *Abdruck nach* folgt eine weitere Quellenangabe in den Fällen, in denen nicht Fotokopien, Mikrofilme oder die Handschriften selbst benutzt wurden. – Die Ausgaben und Untersuchungen sind alphabetisch nach den Namen ihrer Herausgeber bzw. ihrer Verfasser geordnet.

Handschriften

BASEL, Öffentliche Bibliothek der Universität

1 Hs. B XI 8. – Letztes Drittel 14. Jh. *Unbekannter Verfasser*

2 Hs. N I 3, 145. – 14. Jh. *Abdruck nach:* Die Jenaer Liederhandschrift. In Abbildung hrsg. von Helmut Tervooren und Ulrich Müller. Anhang: Die Basler und Wolfenbüttler Fragmente. (Litterae 10). Göppingen 1972. *Fegfeuer, Kelin*

BERLIN, Staatsbibliothek Preußischer Kulturbesitz

3 Ms. germ. 2° 779. – 3. Viertel 15. Jh. *Abdruck nach:* Abbildungen zur Neidhart-Überlieferung. II: Die Berliner Neidhart-Handschrift c (mgf 779). Hrsg. von Edith Wenzel. (Litterae 15). Göppingen 1976.
Göli, Neidhart, Unbekannter Verfasser

4 Ms. germ. 2° 922. – 1. Viertel oder 1. Drittel 15. Jh. *Abdruck nach:* Tannhäuser. Die lyrischen Gedichte der Handschriften C und J. Abbildungen und Materialien zur gesamten Überlieferung der Texte und ihrer Wirkungsgeschichte und zu den Melodien. Hrsg. von Helmut Lomnitzer und Ulrich Müller. (Litterae 13). Göppingen 1973. *Tannhäuser*

5 Ms. germ. 2° 1062 [Riedegger Handschrift]. – Ende 13. Jh. *Abdruck nach:* Abbildungen zur Neidhart-Überlieferung. I: Die Berliner Neidhart-Handschrift R und die Pergamentfragmente C^b, K, O und M. Hrsg. von Gerd Fritz. (Litterae 11). Göppingen 1973. *Neidhart*

6 Ms. germ. 4° 795 [Mösersches Fragment]. – Um 1400. *Boppe*

7 Ms. germ. 8° 682 *[Verschollen]*. – 2. H. 13. Jh. *Abdruck nach:* Carl von Kraus,

Verzeichnis der Quellen

Berliner Bruchstücke einer Waltherhandschrift. *In:* Zeitschrift für deutsches Altertum 70 (1933) S. 82–87.

Walther von Metze, Walther von der Vogelweide

BRAUNSCHWEIG, Landeskirchliches Archiv

8 Ms. H 1. – Ende 13. Jh. *Rudolf von Rotenburg*

CAMBRIDGE, University Library

9 Ms. Gg. 5. 35. – 11. Jh. *Abdruck nach:* Schrifttafeln zum althochdeutschen Lesebuch. Hrsg. und erläutert von Hanns Fischer. Tübingen 1966, Tafel 24.

'*De Heinrico*'

ST. GALLEN, Stiftsbibliothek

10 Cod. 30. – Nachtrag von jüngerer Hand (wohl 10. Jh.) in einer Hs. des 9. Jhs. *Abdruck nach:* Paul Piper, Aus Sanct Galler Handschriften III. *In:* Zeitschrift für deutsche Philologie 13 (1882) S. 337. *Unbekannter Verfasser*

11 Cod. 857. – Nachtrag von jüngerer Hand (wohl Ende 13./Anfang 14. Jh.) in einer Hs. aus dem 3. Viertel 13. Jh. *Friedrich von Sunnenburg*

DEN HAAG, Koninklijke Bibliotheek

12 Hs. 128 E 2 [Haager Liederhandschrift]. – Um 1400. *Abdruck nach:* Die Haager Liederhandschrift. Faksimile des Originals mit Einleitung und Transskription. Hrsg. von E[rnst] F[erdinand] Kossmann. Haag 1940.

Walther von der Vogelweide, Unbekannter Verfasser

HALLE, Deutsche Akademie der Naturforscher – Leopoldina

13 *[Signatur unbekannt, Hs. nicht auffindbar (briefl. Mitteilung vom 16. 5. 1977)].* – Ende 13./Anfang 14. Jh. *Abdruck nach:* O[scar] Grulich, Bruchstück einer Handschrift des Reinmar von Zweter. *In:* Zeitschrift für deutsche Philologie 14 (1882) S. 217–228. *Reinmar von Zweter*

HEIDELBERG, Universitätsbibliothek

14 Cpg. 24. – 1370. *Unbekannter Verfasser*

15 Cpg. 341. – 1. Drittel 14. Jh.   *Walther von der Vogelweide*

16 Cpg. 349. – Ende 13. Jh.   *Unbekannte Verfasser*

17 Cpg. 350. – Ende 13./Anfang 14. Jh. [Teil 1] und 1. H./Mitte 14. Jh. [Teil 2].
Abdruck nach: Mittelhochdeutsche Spruchdichtung. Früher Meistersang. Der
Codex palatinus germanicus 350 der Universitätsbibliothek Heidelberg.
Band 1–3. [Einführung und Kommentar von Walter Blank, Beschreibung der
Handschrift und Transkription von Günter und Gisela Kochendörfer].
[Band 1: Faksimile]. (Facsimilia Heidelbergensia 3). Wiesbaden 1974.
[Teil 1:] *Reinmar von Zweter, Unbekannter Verfasser;* [Teil 2:] *Marner*

18 Cpg. 357 [Kleine Heidelberger Liederhandschrift]. – Letztes Viertel 13. Jh.
mit Nachträgen aus dem 14. Jh. Nachtrag 1: 1. Viertel 14. Jh., Nachtrag 2:
2. H. 14. Jh., Nachträge 3 und 4: Ende 14. Jh. *Abdruck nach:* Die Kleine Hei-
delberger Liederhandschrift Cod. Pal. Germ. 357 der Universitätsbibliothek
Heidelberg. Einführung von Walther Blank. *[Faksimileausgabe].* (Facsimilia
Heidelbergensia 2). Wiesbaden 1972.
*Albrecht von Johannsdorf, Dietmar von Aist, Friedrich der Knecht, Hartmann von
Aue, Heinrich von Morungen, Heinrich von Veldeke, Der von Hohenburg, Hugo von
Mühldorf, Kol von Neunzen, Leuthold von Seven, Neidhart, Reinmar der Alte, Rein-
mar der Fiedler, Rubin, Spervogel (I und II), Der Junge Spervogel, Ulrich von Singen-
berg, Walther von Metze, Walther von der Vogelweide, Unbekannte Verfasser;*
[1. Nachtrag:] *Reinmar der Alte, Walther von der Vogelweide;* [2. Nachtrag:]
Unbekannter Verfasser

19 Cpg. 848 [Große Heidelberger Liederhandschrift, Codex Manesse]. – Um
1310 – um 1340. *Abdruck nach:* Die Manessesche Lieder-Handschrift. Faksimile-
Ausgabe. Einleitung von Rudolf Sillib, Friedrich Panzer, Arthur Haseloff.
2 Bände nebst Supplementband. Leipzig 1925–29. – Die Große Heidelberger
„Manessische“ Liederhandschrift. In Abbildung hrsg. von Ulrich Müller. Mit
einem Geleitwort von Wilfried Werner. (Litterae 1). Göppingen 1971. –
Codex Manesse. Die große Heidelberger Liederhandschrift. Vollfaksimile des
Codex Palatinus Germanicus 848 der Universitätsbibliothek Heidelberg. [In-
terimstexte von Ingo F. Walther]. Teillieferung 1 ff. Frankfurt a. Main 1975 ff.
[6 von 12 Teillieferungen erschienen].
*Albrecht von Haigerloch, Albrecht von Johannsdorf, Bernger von Horheim, Bligger von
Steinach, Boppe, Brunwart von Augheim, Der von Buchein, Burchard von Hohenfels,
Der von Buwenburg, Christan von Hamle, Dietmar von Aist, Dürner, Der Schul-
meister von Eßlingen, Frauenlob, Friedrich von Hausen, Friedrich der Knecht, Friedrich
von Sunnenburg, Gast, Geltar, Göli, Gottfried von Neifen, Hadlaub, Hardegger, Hart-
mann von Aue, Hawart, Kaiser Heinrich, Heinrich von Anhalt, Heinrich von Morungen,
Heinrich von Rugge, Heinrich von Stretelingen, Heinrich von Veldeke, Hiltbolt von
Schwangau, Der von Hohenburg, Hug von Werbenwag, Hugo von Mühldorf, Kol von
Neunzen, Der junge König Konrad, Konrad von Altstetten, Konrad von Kilchberg,
Konrad von Landeck, Konrad von Würzburg, Der von Kürenberg, Marner, Meinloh von*

Sevelingen, Neidhart, Otto von Botenlauben, Otto von Brandenburg, Püller, Regenbogen, Reinmar der Alte, Reinmar von Brennenberg, Reinmar von Zweter, Rubin, Rudolf von Fenis-Neuenburg, Rudolf von Rotenburg, Rumelant, Der von Sachsendorf, Der Tugendhafte Schreiber, Sigeher, Spervogel (I und II), Der Junge Spervogel, Steinmar, Stolle, Süßkind von Trimberg, Taler, Tannhäuser, Heinrich Teschler, Ulrich von Lichtenstein, Ulrich von Singenberg, Ulrich von Winterstetten, Wachsmut von Künzich, Wachsmut von Mühlhausen, Walther von Breisach, Walther von Metze, Walther von der Vogelweide, Der von Wengen, Wenzel von Böhmen, Bruder Werner, Werner von Teufen, Wolfram von Eschenbach, Unbekannter Verfasser

JENA, Universitätsbibliothek

20 Jenaer Liederhandschrift *[ohne Signatur]*. – 2. Drittel 14. Jh. *Abdruck nach:* Die Jenaer Liederhandschrift. [Faksimile-Ausgabe, hrsg. von Karl Konrad Müller]. Jena 1896. – Die Jenaer Liederhandschrift. In Abbildung hrsg. von Helmut Tervooren und Ulrich Müller. Mit einem Anhang: Die Basler und Wolfenbüttler Fragmente. (Litterae 10). Göppingen 1972.
Der Wilde Alexander, Boppe, Hermann Damen, Fegfeuer, Friedrich von Sunnenburg, Gervelin, Guter, Henneberger, Kelin, Konrad von Würzburg, Litschauer, Marner, Meißner, Rumelant, Singauf, Spervogel (II), Stolle, Unverzagter, Bruder Werner, Zilies von Seine, Unbekannter Verfasser

KASSEL, Murhardsche Bibliothek und Landesbibliothek

21 Cod. theol. 2° 54. – Eintrag aus dem 4. Jahrzehnt des 9. Jhs. in einer Hs. des frühen 9. Jhs. *Abdruck wie* **9**, Tafeln 12 und 13. *'Hildebrandslied'*

KLOSTERNEUBURG, Stiftsbibliothek

22 Ms. 1213. – 1325. *Abdruck nach:* Die Musik in Geschichte und Gegenwart. Band 8. Kassel [usw.] 1960, Sp. 787 f. *[Faksimile]*. *Unbekannter Verfasser*

LEIPZIG, Universitätsbibliothek

23 Cod. Ms. 1285. – Ende 13./Anfang 14. Jh. *Unbekannter Verfasser*

24 Cod. Rep. II 70ª. – Wohl 2. Hälfte 14. Jh. *Unbekannte Verfasser*

MELK, Stiftsbibliothek

25 Cod. 391 *[nach briefl. Auskunft der Bibliothek]* [früher: cod. J 1]. – Datierung umstritten: Ansätze um 1130 bis um 1160. *Abdruck nach:* **66**, Band 1, Abbildung 16 *[Faksimile]*. *'Melker Marienlied'*

MERSEBURG, Domstiftsbibliothek

26 Cod. 136. – Im 10. Jh. auf das ursprünglich leere Vorsatzblatt eines noch dem 9. Jh. angehörigen Sakramentars eingetragen. *Abdruck wie* **9**, Tafel 16a.

'Erster' und 'Zweiter Merseburger Zauberspruch'

MÜNCHEN, Bayerische Staatsbibliothek

27 Cgm. 19. – 2. Viertel oder 2. Drittel 13. Jh. *Abdruck nach:* Wolfram von Eschenbach, Parzival, Titurel, Tagelieder. Cgm 19 der Bayerischen Staatsbibliothek München. [Band 1:] Faksimileband. [Band 2:] Transkription der Texte von Gerhard Augst, Otfrid Ehrismann und Heinz Engels mit einem Beitrag zur Geschichte der Handschrift von Fridolin Dreßler. Stuttgart 1970.

Wolfram von Eschenbach

28 Cgm. 44. – Ende 13. Jh. *Teilfaksimile in:* Ulrich von Lichtenstein, Frauendienst ('Jugendgeschichte'). In Abbildungen aus dem Münchner Cod. germ. 44 und der Großen Heidelberger Liederhandschrift hrsg. von Ursula Peters. (Litterae 17). Göppingen 1973. *Ulrich von Lichtenstein*

29 Cgm. 4997 [Kolmarer Handschrift]. – Um 1470. *Abdruck nach:* Die Kolmarer Liederhandschrift der Bayerischen Staatsbibliothek München (cgm 4997). In Abbildung hrsg. von Ulrich Müller, Franz Viktor Spechtler, Horst Brunner. Band 1–2. (Litterae 35). Göppingen 1976. *[Stellenangaben nach der alten Zählung in der Hs. (röm. Zahlen)].* *Boppe, Marner*

30 Cgm. 5249/42ᵃ. – Ende 12./Anfang 13. Jh. *[Einzelblatt].* *Unbekannter Verfasser*

31 Clm. 536. – 12. Jh. *'Contra uermes'*

32 Clm. 3851. – 10. Jh. *Abdruck nach:* Deutsche Schrifttafeln des IX. bis XVI. Jahrhunderts aus Hss. der K. Hof- und Staatsbibliothek in München. Hrsg. von Erich Petzet und Otto Glauning. I. Abt.: Althochdeutsche Schriftdenkmäler des IX. bis XI. Jhs. München 1910, Tafel X. *'Augsburger Gebet'*

33 Clm. 4660 [Codex Buranus]. – Um 1230. *Abdruck nach:* Faksimile-Ausgabe der Benediktbeurer Liederhandschrift. Mit einer Einführung von Bernhard Bischoff. München 1970. *Walther von der Vogelweide, Unbekannte Verfasser*

34 Clm. 6260. – Anfang 10. Jh. in eine Hs. aus dem 3. Viertel des 9. Jhs. eingetragen. *Abdruck wie* **9**, Tafel 20. *'Petruslied'*

35 Clm. 19411. – Ende 12. Jh. *Abdruck wie* **32**, II. Abt.: Mittelhochdeutsche Schriftdenkmäler des XI. bis XIV. Jhs. München 1911, Tafel XVI, B.

Unbekannter Verfasser

36 Clm. 22053. – Um 814. *Abdruck wie* **9**, Tafel 14.

'Wessobrunner Schöpfungsgedicht'

Verzeichnis der Quellen

MÜNCHEN, Universitätsbibliothek

37 2° Cod. ms. 731 [Hausbuch des Michael de Leone, Würzburger Liederhand-schrift]. – Um 1350. *Abdruck nach:* Die Lieder Reinmars und Walthers von der Vogelweide aus der Würzburger Handschrift 2° Cod. ms. 731 der Universitäts-bibliothek München. Band 1: Faksimile, mit einer Einführung von Gisela Kornrumpf. Wiesbaden 1972. *[Teilfaksimile].*

Reinmar der Alte, Walther von der Vogelweide

PARIS, Bibliothèque Nationale

38 Cod. Nouv. acq. lat. 229. – 12. Jh.   *'Ad equum erręhet'*

ROM, Biblioteca Apostolica Vaticana

39 Cod. pal. lat. 220. – Nachtrag aus dem 10. Jh. in einer Hs. des 8. Jhs. *Abdruck nach:* 58, Nr. XXXI, 3.   *'Lorscher Bienensegen'*

STERZING (VIPITENO), Stadtarchiv

40 Hs. ohne Signatur *[nicht benutzbar].* – Ende 14./Anfang 15. Jh. *Abdruck nach:* Lieder von Neidhart (von Reuental). Bearbeitet von Wolfgang Schmie-der. Revision des Textes von Edmund Wießner. Mit Reproduktion der Hand-schriften. (Denkmäler der Tonkunst in Österreich. 37. Jg. 1. Teil, Band 71). Wien 1930. (Nachdruck Graz 1960). *[Teilfaksimile].*   *Neidhart*

STRASBOURG, Bibliothèque Nationale et Universitaire

41 Cod. L germ. 278. – 11. Jh. *Abdruck nach:* Ezzos Gesang von den Wundern Christi und Notkers 'Memento Mori' in phototypischem Facsimile der Straß-burger Hs. hrsg. von Karl August Barack. Straßburg 1879.   *Ezzo*

STUTTGART, Württembergische Landesbibliothek

42 Cod. HB II 25. – Ende 13. Jh.   *'Weingartner Reisesegen'*

43 Cod. HB XIII 1 [Weingartner Liederhandschrift]. – Um 1310 – um 1320. *Abdruck nach:* Die Weingartner Liederhandschrift. Faksimileband und Text-band. [Mit Beiträgen von Wolfgang Irtenkauf, Kurt Herbert Halbach und Renate Kroos, Transkription von Otfrid Ehrismann]. Stuttgart 1969.

Albrecht von Johannsdorf, Bernger von Horheim, Dietmar von Aist, Friedrich von Hausen, Hartmann von Aue, Hartwig von Rute, Kaiser Heinrich, Heinrich von Morun-gen, Heinrich von Rugge, Heinrich von Veldeke, Meinloh von Sevelingen, Otto von Botenlauben, Reinmar der Alte, Ulrich von Singenberg, Walther von der Vogelweide, Wilhelm von Heinzenburg

44 Cod. hist. 4° 145. – 16. Jh.   *'Cantilena de Rege Bohemię'*

UPSALA, Universitätsbibliothek

45 Hs. C 226. – 12. Jh. *Abdruck nach:* **66**, Band III, Nr. 49 *[diplomatischer Ab-druck]*.
'Upsalaer Sündenklage'

VALENCIENNES, Bibliothèque de la Ville

46 Ms. 150. – 2. H. 9. Jh. *Abdruck nach:* Die ältesten deutschen Sprach-Denkmäler. In Lichtdrucken hrsg. von M[agda] Enneccerus. Frankfurt a. Main 1897, Tafeln 40–43.   *'Ludwigslied'*

VORAU, Chorherrenstift

47 Cod. 276. – 2. H. 12. Jh. *Abdruck nach:* Die deutschen Gedichte der Vorauer Handschrift ‹Kodex 276 – II. Teil›. Faksimile-Ausgabe des Chorherrenstiftes Vorau unter Mitwirkung von Karl Konrad Polheim. Graz 1958.   *Ezzo*

WEIMAR, Nationale Forschungs- und Gedenkstätten der klassischen deutschen Literatur – Zentralbibliothek der deutschen Klassik

48 Ms. Q 564 [Weimarer Liederhandschrift]. – 3. Viertel 15. Jh.
Wenzel von Böhmen

WIEN, Österreichische Nationalbibliothek

49 Cod. 1705. – Anfang 12. Jh.   *'Millstätter Blutsegen'*

50 Cod. 2701. – 14. Jh. *Abdruck nach:* Gesänge von Frauenlob, Reinmar v. Zweter und Alexander nebst einem anonymen Bruchstück nach der Handschrift 2701 der Wiener Hofbibliothek. Bearbeitet von Heinrich Rietsch. *[Faksimile-Aus-gabe]*. (Denkmäler der Tonkunst in Österreich. 20. Jg. 2. Teil, Band 41). Wien 1913. (Nachdruck Graz 1960).   *Unbekannter Verfasser*

ZÜRICH, Zentralbibliothek

51 Ms. C 58. – Ende 12. Jh.   *Unbekannte Verfasser*

52 Ms. Z XI 302 (594). – Ende 13./Anfang 14. Jh.   *Der von Kolmas*

Verzeichnis der Quellen

MÜNCHEN, Bayerisches Nationalmuseum

53 Inv.-Nr. R. 8071 – Um 1250–1260. Lindenholzkästchen, Höhe 8,3 cm, Breite 22,5 cm, Tiefe 8,9 cm. Die Texte befinden sich auf der äußeren Vorderwand und sämtlichen Innenflächen, vgl. S. 319 Anm. *Unbekannter Verfasser*

Ausgaben und Untersuchungen

54 AARBURG, URSULA: Melodien zum frühen deutschen Minnesang. Eine kritische Bestandsaufnahme. *In:* Der deutsche Minnesang. Aufsätze zu seiner Erforschung. Hrsg. von Hans Fromm. (Wege der Forschung 15). Darmstadt 1961, S. 378–421. *Melodien*

55 BARTSCH, KARL: Deutsche Liederdichter des zwölften bis vierzehnten Jahrhunderts. Eine Auswahl. 4., von Wolfgang Golther besorgte Aufl. Berlin 1906. (Nachdruck Darmstadt 1966).
Boppe, Hermann Damen, Guter, Der von Kolmas, 'Cantilena de Rege Bohemię'

56 BARTSCH, KARL: Die Schweizer Minnesänger. (Bibliothek älterer Schriftwerke der deutschen Schweiz 6). Frauenfeld 1886. (Nachdruck Darmstadt 1964).
Der von Buwenburg, Hadlaub, Heinrich von Stretelingen, Konrad von Landeck, Steinmar, Taler, Ulrich von Singenberg, Der von Wengen

57 DE BOOR, HELMUT: Mittelalter. Texte und Zeugnisse. Teilband 1–2. (Die deutsche Literatur 1). München 1965.
Der von Buwenburg, Henneberger, Meißner, Süßkind von Trimberg

58 BRAUNE, WILHELM: Althochdeutsches Lesebuch. 15. Aufl. bearbeitet von Ernst A. Ebbinghaus. Tübingen 1969.
'De Heinrico', 'Hildebrandslied', 'Lorscher Bienensegen', 'Ludwigslied', 'Petruslied', 'Wessobrunner Schöpfungsgedicht', 'Zweiter Merseburger Zauberspruch'

59 BRODT, HEINRICH PETER: Meister Sigeher. (Germanistische Abhandlungen 42). Breslau 1913. (Nachdruck Hildesheim 1977). *Sigeher*

60 HAGEN, FRIEDRICH HEINRICH VON DER: Minnesinger. Teil 1–4. Leipzig und Berlin 1838. (Nachdruck Aalen 1963).
Der Schulmeister von Eßlingen, Hardegger, Rumelant, Zilies von Seine

61 HALLER, RUDOLF: Der Wilde Alexander. Beiträge zur Dichtungsgeschichte des XIII. Jahrhunderts. Würzburg 1935. *Der Wilde Alexander*

62 HILKA, ALFONS und OTTO SCHUMANN: Carmina Burana. Mit Benutzung der Vorarbeiten Wilhelm Meyers. 1. Band: Text; Teilband 2: Die Liebeslieder. Heidelberg 1941. (²1971). *Unbekannter Verfasser*

63 HOLZ, GEORG: Die Jenaer Liederhandschrift. I: Getreuer Abdruck des Textes. Leipzig 1901. (Nachdruck Hildesheim 1966).　　　　　　　　　　*Bruder Werner*

64 KRAUS, CARL VON: Des Minnesangs Frühling. Nach Karl Lachmann, Moriz Haupt und Friedrich Vogt neu bearbeitet. 35. Aufl. Stuttgart 1970. *[Die Stellenangaben erfolgen nach der Numerierung der im Druck befindlichen Neubearbeitung von Hugo Moser und Helmut Tervooren, Stuttgart 1977.]*
Dietmar von Aist, Friedrich von Hausen, Hartmann von Aue, Heinrich von Veldeke, Reinmar der Alte, Unbekannter Verfasser

65 KRAUS, CARL VON: Deutsche Liederdichter des 13. Jahrhunderts. Band I: Text. Tübingen 1952. (Nachdruck mit Berichtigungen und Ergänzungen von Gisela Kornrumpf, Tübingen 1978).
Der Wilde Alexander, Der von Buchein, Burchard von Hohenfels, Dürner, Der Schulmeister von Eßlingen, Friedrich der Knecht, Geltar, Gottfried von Neifen, Hug von Werbenwag, Kol von Neunzen, Konrad von Kilchberg, Leuthold von Seven, Otto von Botenlauben, Reinmar der Fiedler, Rudolf von Rotenburg, Der von Sachsendorf, Der Tugendhafte Schreiber, Der Junge Spervogel, Süßkind von Trimberg, Ulrich von Winterstetten, Wachsmut von Künzich, Wachsmut von Mühlhausen, Walther von Breisach, Unbekannte Verfasser

66 MAURER, FRIEDRICH: Die religiösen Dichtungen des 11. und 12. Jahrhunderts. Nach ihren Formen besprochen und hrsg. Band I–III. Tübingen 1964–1970.
'Melker Marienlied', 'Upsalaer Sündenklage'

67 MAURER, FRIEDRICH: Die Lieder Walthers von der Vogelweide. Unter Beifügung erhaltener und erschlossener Melodien. 1. Bändchen: Die religiösen und die politischen Lieder. 4., durchgesehene Aufl. (Altdeutsche Textbibliothek 43). Tübingen 1974; 2. Bändchen: Die Liebeslieder. 3., verbesserte Aufl. (Altdeutsche Textbibliothek 47). Tübingen 1969. *[Fortlaufende Numerierung der Gedichte]*.
Walther von der Vogelweide

68 MOSER, HUGO und JOSEPH MÜLLER-BLATTAU: Deutsche Lieder des Mittelalters von Walther von der Vogelweide bis zum Lochamer Liederbuch. Texte und Melodien. Stuttgart 1968.　　　　　　　　　　*Zilies von Seine; Melodien*

69 MÜLLENHOFF, KARL und WILHELM SCHERER: Denkmäler deutscher Poesie und Prosa aus dem VIII–XII Jahrhundert. Vierte Ausgabe von Elias von Steinmeyer. Band 1–2. (Unveränderter Nachdruck der 3. Aufl. Berlin 1892). Berlin und Zürich 1965. (Deutsche Neudrucke. Reihe: Texte des Mittelalters).
'Millstätter Blutsegen', Unbekannter Verfasser

70 PFAFF, FRIDRICH: Der Minnesang des 12. bis 14. Jahrhunderts. Abteilung 1. (Deutsche National-Litteratur 8, 1). Stuttgart o. J. [1892].
Ulrich von Winterstetten

71 ROETHE, GUSTAV: Die Gedichte Reinmars von Zweter. Leipzig 1887. (Nachdruck Amsterdam 1967).　　　　　　　　　　*Reinmar von Zweter*

Verzeichnis der Quellen

72 SCHÖNBACH, ANTON E[MANUEL]: Die Sprüche des Bruder Wernher. I–II. (= A. E. Schönbach, Beiträge zur Erklärung altdeutscher Dichtwerke. 3. und 4. Stück). (Sitzungsberichte der Kaiserlichen Akademie der Wissenschaften in Wien, Philosophisch-historische Klasse, Band 148, 7 und Band 150, 1). Wien 1904. *Bruder Werner*

73 SCHRÖDER, EDWARD: Kleinere Dichtungen Konrads von Würzburg. Band III: Die Klage der Kunst. Leiche, Lieder und Sprüche. 2. Aufl. Berlin 1959. *Konrad von Würzburg*

74 SIEBERT, JOHANNES: Der Dichter Tannhäuser. Leben – Gedichte – Sage. Halle 1934. *Tannhäuser*

75 SINGER, SAMUEL: Der Tannhäuser. Tübingen 1922. *Tannhäuser*

76 STEINMEYER, ELIAS VON: Die kleineren althochdeutschen Sprachdenkmäler. 2. Aufl. (Unveränderter Nachdruck der 1. Aufl. Berlin 1916). Berlin und Zürich 1963. (Deutsche Neudrucke. Reihe: Texte des Mittelalters). *'Weingartner Reisesegen'*

77 STRAUCH, PHILIPP: Der Marner. (Quellen und Forschungen zur Sprach- und Culturgeschichte der germanischen Völker 14). Straßburg 1876. (Nachdruck, mit einem Nachwort, einem Register und einem Literaturverzeichnis von Helmut Brackert, Berlin 1965 = Deutsche Neudrucke. Reihe: Texte des Mittelalters). *Marner*

78 TERVOOREN, HELMUT: Heinrich von Morungen. Lieder. Mittelhochdeutsch und neuhochdeutsch. Text, Übersetzung, Kommentar. (Reclams Universal-Bibliothek 9797). Stuttgart 1975. *Heinrich von Morungen*

79 WACHINGER, BURGHART: Sängerkrieg. Untersuchungen zur Spruchdichtung des 13. Jahrhunderts. (Münchener Texte und Untersuchungen zur deutschen Literatur des Mittelalters 42). München 1973. *Frauenlob, Regenbogen, Unbekannter Verfasser*

80 WACKERNAGEL, WILHELM: Lyrische Gedichte des XII., XIII. und XIV. Jahrhunderts. *In:* Altdeutsche Blätter 2 (1840) S. 121–133. *Der von Kolmas*

81 WANGENHEIM, WOLFGANG VON: Das Basler Fragment einer mitteldeutsch-niederdeutschen Liederhandschrift und sein Spruchdichter-Repertoire (Kelin, Fegfeuer). (Europäische Hochschulschriften. Reihe I: Deutsche Literatur und Germanistik 55). Bern und Frankfurt 1972. *Fegfeuer, Kelin*

82 WAPNEWSKI, PETER: Die Lyrik Wolframs von Eschenbach. Edition Kommentar Interpretation. München 1972.   *Wolfram von Eschenbach*

83 WIESSNER, EDMUND: Die Lieder Neidharts. 3. Aufl., revidiert von Hanns Fischer. (Altdeutsche Textbibliothek 44). Tübingen 1968.   *Neidhart*

84 ZINGERLE, OSWALD: Friedrich von Sonnenburg. (Ältere Tirolische Dichter 2, 1). Innsbruck 1878.   *Friedrich von Sunnenburg*

Verzeichnis der Autoren und ihrer Gedichte

Das Verzeichnis ist alphabetisch angelegt. Verfasser, die einen mit *von* oder *der* angefügten Beinamen tragen, sind unter ihrem Taufnamen eingeordnet, soweit dieser bekannt ist. Die Orthographie folgt in der Regel dem Gebrauch im *Verfasserlexikon* (2. Aufl.). – Da die Lebensdaten der Verfasser weitgehend unsicher oder unbekannt sind (vgl. auch den *Editorischen Bericht* S. 504f.), wurde folgendes Verfahren angewendet: a) Sind die Lebensdaten der Verfasser mit einiger Sicherheit bekannt, erscheinen diese ohne jeden Zusatz. b) Ist der Verfassername urkundlich belegt, bestehen jedoch Zweifel daran, daß der Verfasser der Gedichte mit diesem urkundlich Genannten identisch ist, wird dies durch den Zusatz *I. u.* (= Identität unsicher) angezeigt; dabei bezieht sich der Hinweis *urkdl.* bei Angabe von zwei Daten mit Bindestrich auf beide Daten (z. B. *I. u., urkdl. 1185–1209*: durch urkundliche Erwähnungen ist der mutmaßliche Verfasser in diesem Zeitraum als lebend bezeugt). c) Läßt sich die Abfassungszeit der Gedichte aufgrund zeitgeschichtlicher Anspielungen in etwa eingrenzen, erscheint die Angabe dieses Zeitraums mit einem *D* (= Dichtungszeit), z. B. *D um 1250 – um 1275*, d. h. die datierbaren Gedichte liegen in diesem Zeitraum. d) Ist eine Abfassungszeit der Gedichte nur aufgrund stilistischer, überlieferungsgeschichtlicher oder nicht sicher identifizierbarer zeitgeschichtlicher Anspielungen möglich, erscheint dieses *D* vor Daten, die mit einem Schrägstrich verbunden sind, z. B. *D um 1160/70*, d. h. die Abfassungszeit dieser Gedichte liegt vermutlich in diesem Zeitraum. e) Läßt sich mit den letztgenannten Kriterien nur ein ungefährer Zeitraum der Lebens- und Dichtungszeit erschließen, erscheint diese Angabe z. B. in der Form *2. H(älfte) 13. Jh.*, oft noch mit dem Zusatz *wohl*, um die Unsicherheit dieses Ansatzes anzudeuten. – Mehrere Gedichte eines Verfassers werden in der Reihenfolge ihres Auftretens in der Sammlung verzeichnet. Die halbfett gedruckte Chiffre hinter dem Gedichttitel bzw. der kursiv gesetzten Anfangszeile verweist auf die Numerierung im Verzeichnis der Quellen und gibt die Quelle an, der der Abdruck folgt; sie ist identisch mit der Chiffre am Ende jedes Gedichtes im Textteil. Der genaue Fundort in der Quelle wird bei den Hss. in der Regel durch Blattangaben, seltener durch Seitenangaben bezeichnet. Gegebenenfalls schließt sich, durch ein Semikolon getrennt, die Nennung aller weiteren Quellen an, die für die Herstellung des Textes benutzt wurden. – Die Gedichte unbekannter Verfasser erscheinen am Schluß des Verzeichnisses nach der alphabetischen Reihenfolge ihrer Überschriften bzw. Anfangszeilen.

Verzeichnis der Autoren und ihrer Gedichte

Verzeichnis der Autoren und ihrer Gedichte

Verzeichnis der Autoren und ihrer Gedichte

Verzeichnis der Autoren und ihrer Gedichte

Verzeichnis der Autoren und ihrer Gedichte

Verzeichnis der Autoren und ihrer Gedichte

Verzeichnis der Autoren und ihrer Gedichte

Verzeichnis der Autoren und ihrer Gedichte

Verzeichnis der Autoren und ihrer Gedichte

ULRICH VON SINGENBERG (in den Hss. nur als ‚Von Singenberg Truchseß von St. Gallen' belegt, I. u., vermutlich Ulrich von Singenberg, urkdl. 1209–1228)

ULRICH VON WINTERSTETTEN (I. u., vielleicht urkdl. 1242–1280, vielleicht noch 1286)

UNVERZAGTER (wohl letztes Drittel 13. Jh.)

WACHSMUT VON KÜNZICH (wohl 2. Viertel 13. Jh.)

WACHSMUT VON MÜHLHAUSEN (wohl Mitte 13. Jh.)

WALTHER VON BREISACH (urkdl. 1256–1300)

Verzeichnis der Autoren und ihrer Gedichte

Verzeichnis der Autoren und ihrer Gedichte

Verzeichnis der Gedichtüberschriften und -anfänge

In runden Klammern erscheinen die Anfänge der Strophen, die gelegentlich als selbständige Gedichte verstanden werden. Anfangszeilen sind kursiv gesetzt.

Uberschriften und Anfänge